U0918779

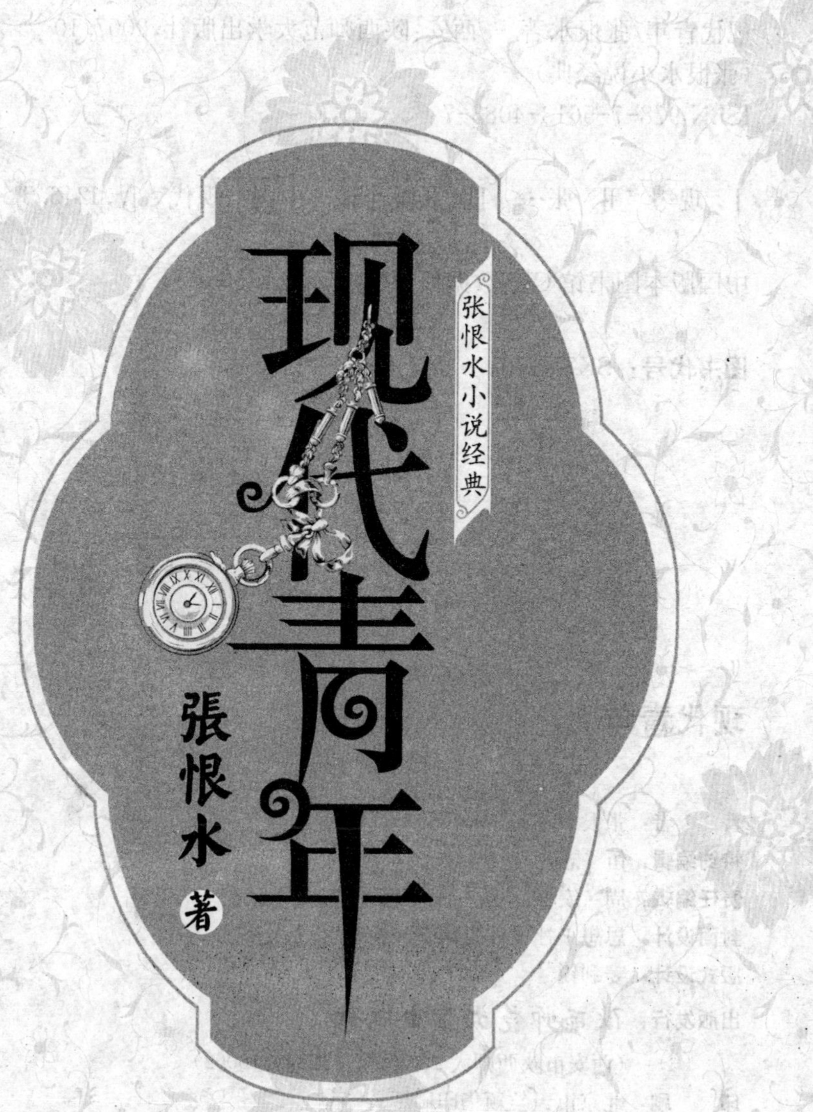

陕西师范大学出版社

图书在版编目(CIP)数据

现代青年/张恨水著. —西安:陕西师范大学出版社,2007.10
(张恨水小说经典)
ISBN 978-7-5613-4083-7

Ⅰ. 现…　Ⅱ. 张…　Ⅲ. 长篇小说—中国—现代　Ⅳ. I246.5

中国版本图书馆 CIP 数据核字(2007)第 155968 号

图书代号: SK7N1001

现代青年

著　　者: 张恨水
特约编辑: 伍　志
责任编辑: 周　宏
封面设计: 思想工社设计工作室
版式设计: 姜利锐
出版发行: 陕西师范大学出版社
(西安市陕西师大 120 信箱　邮编:710062)
印　　刷: 北京市天竺颖华印刷厂
开　　本: 787×1092　1/16
字　　数: 335 千字
印　　张: 23
版　　次: 2007 年 12 月第 1 版
印　　次: 2007 年 12 月第 1 次印刷
ISBN 978-7-5613-4083-7
定　　价: 26.80 元

作者自序

吾作品中，以青年读书不成为主题者，除此篇外，尚有一《似水流年》。《似水流年》该部已为电影公司稍改其情节，播于银幕。公映之第一日，余运客上海，曾拨冗往观。当映至一青年于其爱人前，不认老农为父时，座后有客喟然曰：此非虚想，吾乡实有类此之事。余闻之，心窃慰，以余所描写，幸尚未超过事实也。《现代青年》一书，予不敢谓佳，然下笔时，不敢超出社会实况，则较之作《似水流年》，有过之而无不及，读者而疑吾言，则在青年驰逐之场，稍加研究，必可发现不少之西装革履，皆父母血汗之资所易也，吾人极不赞成养儿防老，积谷防饥之旧观念。但见若干青年，耗其父兄血汗挣来之钱，如泥沙掷去，劳逸相悬，亦良为不平。而此等人则尚高谈主义，以现代青年自命。然则所谓不现代者，其程度又当如何乎？作小说者，理不应自置批评于书中。故余亦唯有出之以叹息之态，而名此书曰《现代青年》！

中华民国二十三年七月廿七日张恨水序于上海新亚二楼

目 录

第一回

此日难忘教儿半夜起
良辰不再展画少年看

一个很值得纪念的晚上，三四点钟的时候，我们书中主要人物的一个，正在磨豆腐。那时天上的星斗，现着疏落零乱的样子，风在半空里经过，便有一些清凉的意味。街上是一点声音没有，隐隐惨白的路灯，在电灯柱上立着，映出这人家的屋檐，黑沉沉的，格外地不齐整。因为街上的情形是这样，所以屋子里头的磨豆腐声：兀突，兀突……一声声响到街上来。屋子里是个豆腐作坊，伛偻的屋子，露出几根横梁。檐席下垂着一个圆的篾架子，上面晾着百叶；柱子上挑出许多小竹棍子，棍子上挂着半圆形的豆腐旗子，好像给这屋子装点出豆腐特色来。四周除悬着豆腐旗外，其余是豆浆缸，豆干架子，磨子，烧豆浆的矮灶，大缸，小桶，以至于烧灶的茅草，把这个很小的屋子，塞得一点空隙地方都没有。屋子柱上挂了一盏煤油灯，灯头上冒出一支黑焰，在空中摇摇不定。满屋子里，只有一种昏黄的光，照见人影子模糊不清。这磨子边有个五十上下的老人，将磨子下盛着的一木盆豆渣，倒在矮灶上一个滤浆的布袋里，要开始做那筛浆的工作了。灶门口的茅草上，坐着一个青年秃子，灶里的火光，照着他通红的脸，圆顶上，稀疏的黄发，光光的额角，半开不闭的眼睛。他手上捧了一束茅草，只管向灶口里塞着，不时地头向前点动着，在那里打盹。老人道："小四子！你今天又没有睡够吗？"小四子突然头向上一伸，睁开眼道："水烧开了吗？"老人道："水是没有烧开，柴快烧完了。年轻人这样打不起精神来，怎样混到饭吃！时候不早了，去把小老板叫起来吧。"小四子道："天还没有亮啦。小老板叫得

起来吗？这么早，把他叫起来做什么？”老人将蓝褂子的大襟掀起一片，擦了一擦额头上的汗珠，笑道：“你知道什么？今天是你小老板初中行毕业礼的日子，天亮就要去，早点把他叫起来，让他洗洗脸，吃些点心，舒舒服服的，让他上学去。”说时，摸了胡须道：“我挣到今日，很是不容易。”说着，用手互相搓起来，嘻嘻地望着小四子。于是小四子放下了火箝，向店房后面去了。这个老儿，站在一条踏脚上，两手扶了滤布，向左右周折地筛着，将豆浆筛到那水锅里去。他听到豆浆轰轰隆隆落到水锅里去的声音，好像都很有力量，像在那里庆祝着他事业的成功。那滤布袋的十字木架子上，墨笔写着“周世良记”。他望了那字，一个人自言自语地道：“我周世良倾家荡产，抚养儿子，儿子居然考了第一，得有今日，也不枉费这番苦心了。”他如此想着，精神大为振奋，两手摇着滤布，更是得劲。约莫有十分钟的工夫，小四子将小老板周计春叫来了。他穿了黄帆布的短脚裤子，上身套了翻领短袖子衬衫，露出白中带红的皮肤来。他头上短黑的头发半蓬乱着，两手一阵向后抄着头发，还连连地打了几个呵欠，表示出他蒙眬未全醒的神气来。周世良放下了滤袋，迎上前来，笑道：“孩子，你已经睡够了吗？”计春伸了一个懒腰，笑道：“醒是没有醒过来，可是我不起来，你还会叫我的。嘿！豆腐浆没有开锅，还早着啦。”世良道：“小四子！你来筛浆，我有点事去。计春！你洗脸漱口吧。”说着，他走进屋子里去了。一会子工夫，他手上提了一个白布包袱出来，将它放在账桌上打开，一双漆黑光亮的皮鞋，一双干净平整的细纱袜子，一套白如雪的制服，一样一样地举了起来，笑着向计春道：“昨天一天，我就全给你办好了。”计春接着衣服，先看了一看，周围四转打量了一遍，简直没有可以放下的地方，依然放到账桌上来。世良道：“新东西，不要没有到学校里去，就弄脏了。”正说着，远远地听到“喔喔喔”鸡叫了几声。接着门外咚咚咚有小车轮滚着石板声。世良道：“推菜的车子，已经上市了，去换上衣服吧。”计春将衣服包起，依然到后面卧房里去。世良回头一看，锅里的豆浆已经沸了，拖过木桶来靠住了矮灶，将大木勺舀了豆浆，向木桶里倾下去。那豆浆的热气，哄哄地向上蒸着。世良卷了蓝布褂子的大袖，两手臂上的肉筋，条条地向上鼓了起来。他口里嘘着风吹那豆浆的热气，还不住地唱着不成板眼的皮簧：“我本当，不打鱼，家中闲坐。无奈我，家贫穷，无计奈何！清晨起，开柴扉……”“干爹！豆腐浆得了吗？”一个十五六岁的姑娘，用手扶了店房后的院门，向这淡黄色的灯光里面望着。世良手扶了木桶，伸着手道：“拿碗来，我和你舀上一碗吧。”菊芬！你妈起来了吗？”菊芬道：“妈起来了，她不喝豆浆。”世良将豆浆连续地舀完了，找了一个箩筐，将浆桶盖上，便开了一扇店门。在屋檐下向天空上看了看，东方有些鱼肚色，头顶心的星斗，只剩几个杯子口大的大星了。世良走进屋来，向菊芬道：“你不喝豆浆，问豆浆开不开做什么？菊芬道：“若是没有开，我来烧火，让小四子筛浆，你好料理着计春哥上学。”世良望了她笑着，摸了胡子道：“你计春哥毕业，连你也起了劲，你现在知道读书上学，是一件好事吧！”菊芬嘴里衔了个指头，靠了门道：“下半年平民小学毕了业，我也进中学去。我妈说，她给我攒了几十块钱了。干爹！你也帮我一点忙吧。”世良道：“你计春哥说是下学期要到南京进高中去了，这不定一年要花多少钱，我还帮得起你的忙吗？只要你计春哥把书念成了功，我们都好了。瞧瞧去，你哥哥衣服换好了吗？”菊芬走到他面前一弯腰，将他的青布裤脚子牵了起来，笑道：“干爹这裤脚上破了这样一个大窟窿，怎么也不脱下来补一补？”世良笑道：“我一个磨豆腐的人，整天身上水淋淋的，穿得那样好做什么？”正说到这里，皮鞋橐橐作响，计春走了出来，见了父亲，缩住脚一立正，两手扯着衣襟，说道：“我这身衣服，真合身材，可是下半年我不在这学校里念书，这身衣服恐怕不能穿。”世良道：“不能当制服穿，平常当便衣穿，还有什么不行吗？只要你好好地念书，多穿我两件衣眼，那倒不要紧。”计春又掉转身来，向菊芬道：“你看，这比我那套旧制服要好得多吧。今天下午，我们一路去游菱湖公园去。”菊芬跳了一跳，笑道：“真的吗？”世良道：“菊芬！这就是你不对了。刚才你还说，要干爹帮你的忙，好让你去念书；现在听到哥哥说要去游公园，你马上就起劲，这是读书人的样子吗？”菊芬反转左手去掏了辫梢，只管在右手心里转着打圈圈，微微地向世良笑着。世良道：“你穿了这衣服，让倪干妈去看看吧。”计春道：“这样早，干妈怕还没有起来吧！”菊芬笑道：“我妈早起来了，在做东西给你吃呢。”世良笑道：“你看，倪干妈都在做东西给你吃了，你若是没有起来，怎样对得住人呢？”菊芬拉着计春的手道：“去吧，我妈等着你呢。干爹！你等一会儿再来点豆浆的卤，

一路去。"世良道:"我不去,我不饿。"计春整了一整衣襟,也笑道:"干妈有吃的呢。你磨了一早的豆腐,还吃不下去一点吗?"世良看看儿子穿了这一身新制服,头发又是梳得溜光的,在捆腰的板带上,取下了旱烟袋衔在嘴里,笑嘻嘻地装了一袋烟抽着,望了计春和菊芬并肩站的样子,说不出来有一种怎样的高兴。他口里衔了烟嘴子道:"好吧,我转老还童,跟着你们后面也来玩一个吧。"于是三个人推开店房后院门,到菊芬家里来。菊芬的母亲倪洪氏,是个女鞋匠,就在这后院三间披屋里住着。每日在鞋子店里,接几双鞋帮子回来做做。她和世良,是个来回账,菊芬拜世良做干爹,计春又拜倪洪氏做干娘。他们一走到后院,便见倪家正中供祖先的屋子里,在正中桌上,点了一对小小的红蜡烛。走进去看时,有两个大瓷盘子,一盘子装着糯米糕,一盘子装着粽子,都是热气腾腾的。洪氏听到他们来了,早捧了一把瓷壶出来,笑道:"周老板也来了,不来,我还要去请你呢。菊芬!你把抽屉里那一把筷子和一碟白糖拿出来。"菊芬答应着,拿了放在桌上。那碟子白糖上面,还放了十来根红丝。世良看了,不住地点头,向计春道:"你不要辜负了你干妈这番苦心。你看这白糖上放了红丝,还取个吉利意思呢。"洪氏斟了两杯茶,让他爷儿俩坐着,把粽子和糯米糕移了过来。计春笑道:"这一早东西都预备好了,多谢干娘费心。天还没有亮,你先吃两个粽子吧。"洪氏一伸手,就拿了一个粽子,将粽箬剥了,用筷子夹了蘸好了糖,然后送到计春面前来,笑道:"恭喜你今天毕业,不要忘了高中,高中,粽子总是要吃一个的。这是好口气,以后你还要高中呢。"计春接了粽子吃着,笑道:"干娘还是这种旧脑筋,以为读书的人,都是像从前三考一样,赶考中状元。我和爹爹早说好了,高中毕业以后,我就去学工……"洪氏道:"哟!要学工,为什么还费那样大的事,在学堂学许多年,家里花许多钱呢?想学哪样,到哪一行去学三年徒就是了。"计春道:"我若是愿当一个木匠,或者愿当一个裁缝,自然用不了费这样大的事。不过我的意思,是想当个造机器的工程师。中国现在最缺少的是这项人才。"洪氏笑道:"做机器倒是一项发财的事情,但是就怕抢洋鬼子的生意不过,还是毕了业混个差使当,大家都风光些。"计春笑道:"和你们这些没受过教育的老太太说话,真没有办法。"世良手上又拿了一块糯米糕,蘸了一些白糖,塞在嘴里吃着,笑道:"我要去点卤了。再不去，豆浆就冷了。”说毕，就向外走。走到院子里，向屋子里叫道：“天快亮了，计春！快上学去吧。”计春向门外看时，果然天上已经现了灰色。他就拿了一块糯米糕，向外走来。菊芬在后面跟着，悄悄地问道：“计春哥！今天下午，你是带我去游公园吗？”计春道：“你到我屋子里去，我慢慢地告诉你。”他说着，向屋子里走，将一顶帽子，交给菊芬道：“你给我戴上。”于是坐在凳子上，等菊芬来戴。菊芬低声笑道：“我手上有糖有蜜吗？为什么要我戴帽子？”计春道：“这个时候，外面没有光亮放进来。灯下照镜子又看不见，所以要你给我戴上，免得戴歪了。”菊芬道：“原来是这么一回事，我就给你戴上吧。”于是两手捧了帽子，给他端端正正地戴上。计春突然握住了她的一只手道：“今天吃糕吃粽子都有意思的。祖宗位前点了一对红蜡烛，那是什么意思呢？”菊芬道：“那有什么不懂的？不过是要红红火火罢了。”计春道：“我看不是那个意思。你猜是什么意思？点红蜡烛……”菊芬将手一抽道：“要不是你今天去行毕业礼，我就要说出不好的来了，你这个人越学越坏了。”说毕，向计春丢了一个眼色，掉转身来，就跑走了。计春笑道：“你只管跑，下午我不带你出去玩。”说着，整了一整衣服，走了出来。这时天色已经灰亮了，天上没有了星斗。豆腐店前的几块铺板都取下了。世良摆了一块板子，坐在店门口，板子上叠了一叠布。他用铜勺子，在豆腐桶里舀起豆腐来，用布块继续包豆干。你看他两只袖子高高卷起，十个指头叠着布块，十分地快，一折两折，就包成一块豆干的雏形。那豆腐的汁水，由板子向下流着，流到门口的石沟里去，溅了不少的泥点，到他赤脚上去，他都不理会。他又继续在那里唱不成板眼的皮簧：“这才是，有子不教，父之过；教子不严，师之惰！……”他看见计春走了出来，就向他笑着：“哟！孩子！你上学去了？”门口有两个赶早市买豆浆吃的，世良就指着计春，告诉他们道：“你看，这是我的儿子，今年十七岁，在省立模范中学初中班，考第一毕业了。你们看我周老头子不出息吧？我还有这样一个儿子呢。”他看到计春遥遥而去，眼望了儿子的后影，只管微笑。计春见父亲如此得意，也是很欢喜，穿了那双新皮鞋，走着石板路橐橐作响。正走着，身后噼噼扑扑一阵脚步响，回头看时，却是菊芬跑了来。便停了脚笑问道：“你跑来做什么？你不是不理我就跑走了吗？”菊芬笑道：“谁叫你不老

老实实的呢。"计春笑道:"我还不会老实的,你不要跟着后面来。"菊芬撅了嘴道:"人家规规矩矩地来和你说话,你还是这样顽皮。"计春道:"什么规规矩矩的事?你不开口,我就知道你为什么来着?你不是问我下午到不到公园去吗?"菊芬微笑道:"你若是不肯带我去,我就不去。"计春笑道:"你以后不躲我了吗?"菊芬撅了嘴一扭身子道:"你老是这个样子,我不和你说话了。"说毕,匆匆地就向回家的路上走。走了许远,回转头来,向计春看了一看,跟着又走开了。计春本来是高兴的,看了菊芬对他这番情形,格外地高兴,笑嘻嘻地走到学校里来了。他们的校长冯子云,是个提倡早起的人,平常已经是要学生早起,遇到了有什么庆典,他就特别地要人起早。所以今天这个初中毕业盛典,他又事先向学生预告:今天非特别加早不可。当周计春走到学校里来的时候,正好顶头遇到了校长。他笑着向他道:"周计春,你是考毕业考试的第一人,怎么你到校的时候,却摊到了第二三十名?这可有些美中不足呀!"计春是个自负勤快的学生,听了这话,心里着实是不痛快。但是看看同班的学生,真到了有二三十名。这是一件事实,叫自己实在无法可以去分辩,只好红了脸,答应着一声是,自己就悄悄地走到同学里面去了。果然,今天一切都早。一线金黄色的太阳,刚刚照到院子里高墙上的时候,便已当当地打着上堂钟,开始举行毕业典礼了。学生都穿了整齐的制服,鱼贯上堂;堂上高叉着两面大旗,四周贴着一些红绿纸的标语;门窗上扎着松枝的花圈,平常一个每日看到的大礼堂,这便有些不同的景象了。只是有一项更为别致的:就是正面墙上,更添了几张人物图画,是一般学生所认为不可解的。学生教员们上了堂,照着一切仪式举行过了之后,校长坐在讲台上面喊了毕业生的名字,挨了次序,开始发给毕业文凭。当然,喊到的第一名,便是周计春。他由群座里站立起来,走到讲台面前去。他行了一个鞠躬礼,两手捧着,在校长手上接过文凭来。冯子云道:"周计春,你这次考第一,当然是你平常很用功;然而这不是根本原因,根本原因,可是为着你是个穷苦出身。你在书本上,当然知道世界上已经有不少的伟人,都是从穷苦里出身的。那么,你自己时时刻刻记着你是穷苦出身,时时刻刻记着要做一个伟人;你虽不必有什么大的成就,至少你不失为一个人类中的人。我很看得起你,在这墙上挂了几张图画,让大家看看,这个意思是很深的。你瞧，是不是呢？”计春答应了一声是，再等校长的回话。冯子云道：“你坐回位子去，我有几句话和大家说。”计春坐回位子来，于是教职员席上，一一地喊着学生的名字，将文凭发散完了。最后，由校长向大家训话道：“诸位，文凭发完了，可以宣告礼毕了。但是我还有几句话，要和大家说一说。你们不是看到这墙上挂的几张图画，很不明自意思所在吗？然而诸位必定相信，在今日忽然把这画张挂起来，决不能是毫无意思的。我可以告诉诸位，这是我们一个毕业同学的历史；现在我们可以把墙上挂的几张画，一张一张看了去。”大家听了校长的话，随着他手指的所在看去：这第一张，是画着一个小学校的课室，由墙上打开的窗户看了去，可以看到里面坐了许多小学生；在这窗户外面墙脚下，坐了一个蓬头赤脚的孩子，半侧了头，似乎静静地在听里面的书声。第二张，是一片水田；水田里有个老人，赶着一头牛在那里耕田，有一个小孩子，捧了一本书，坐在田边一棵树下看。第三张，是雪景；小学校门口，雪深数尺，一个老人，撑了一把伞，在大门外等着人的样子。第四张，是老人推了一小车子零碎东西在路上走，小孩子挑了一副担子跟着；又一个小孩子牵了牛向别条路上去，老人回头望着牛和后面一排人家，有依依不舍的样子。第五张，是老人在一盏油灯光下磨豆腐，那小孩子捧了一块石板，在灯光下用石笔习算术。第六张，没有人物，只是烟水苍茫，一幅很渺茫的画景。那校长将六张画一一指给同堂的学生看了，因问大家道：“诸位看了这六张画，有些明白吗？我想就是明白，也不知道所以然。现在我告诉诸位，这就是我们这次初中考试，考第一的周计春的历史。他自然是个有天才的学生，然而有天才，没有求学问的机会，也是枉然；有了天才，有了机会，自己不去努力，依然是枉然。他有了读书的天才，又得了一个贤明的父亲，竭力帮助他，于是他自己不能不努力，就有了今天。这一至五的五张画；便是实实在在的，描写他求学的过程。可是一个求深造的青年，在初中毕业，那正是登塔的人，进门口后，刚踏上第一层；以后由高中而大学，由大学而大学研究院，层次还多。他真正要做一个社会上有用的人，以后要格外地努力。不过人的年岁大了，容易受外物的引诱。他以后是否能这样用功？我不得而知。而且读书越到后面，花钱越多，图画上那个老人，是否能承受这经济上的负担，也不得而知。

所以这第六张画，却是云水苍茫的一种情形了。在这段故事演过之后，诸位可以知道年轻人读书，应当如何去应付环境；又当知道年轻人有书读，是一种多大的幸福。你们不要辜负我这一番用心呀!”校长说毕，大家鼓起掌来。校长又道:“我很荣幸，今天看到诸位毕业，尤其是一个看牛孩子变做豆腐店小老板的人，考了第一。开会以后，我们有个聚餐会，我主张把这豆腐店的老板请了来，让他报告苦心苦力教儿子读书的经过。你们嫌不嫌他是一个豆腐店的老板，不肯同席?”学生们听说，就乱喊着肯同席，欢迎欢迎！还有一个学生站起来道:“我们很佩服这个劳苦的老人。我和他是邻居，我知道他是很受累的。今天周计春毕业了，他累也受够了。我们后生，应给予他一种精神上的安慰，我主张学生推四个代表去欢迎他来。”这位学生一说，校长还没有表示可否，学生里面，早如雷似的，大家鼓起掌来。校长看到学生这番狂热，也不能加以拦阻，于是校长宣告礼成之后，学生们就推出了四个代表去欢迎周世良。到了在膳堂上开师生聚餐会的时候，这个单独的奇怪来宾，被四个学生代表引着入席了。这种聚餐会的席次，是列着七张方桌子，摆成个人字形。那最上一张桌子，是教职员，而教职员的首席，让给豆腐店老板了。当他走进膳堂来的时候，大家的目光，就都射到他的身上。只见他上身穿了一件蓝旧布褂子，既不长，又不短，却是齐平膝盖。下身穿了短脚裤，一双白的长统大布袜子，恰和长衣相接。他似乎知道这是一种典礼，还特意地戴了一顶软胚麦草帽来；又知道是以脱帽为敬的，于是手上又把这顶焦黄色的软胚草帽拿着。不过他那瘦削的脸上，也不知是得意，或者是难为情，却烘托出一重若隐若现的红色来。校长冯子云是特别地优待，迎上前接过他手上的一顶麦草帽，将他请到首席上来坐着。周世良向教职员拱拱手，然后又向在座的大家拱拱手，这才坐下去。校长于是站起来道:“诸位！我们忝为知识分子，不能有阶级观念。但是不在我们知识分子里面的人，他知道这样卖苦力，这样让儿子去求知识，这是可取的。然而像前二十年，父亲让儿子读书，以使儿子将来做官，家里发财，这是将来求利的办法，社会上并不需要这种人。至于这个卖苦力教儿子读书的人，他的目的，只是希望儿子做个工程师，这不是平常一个豆腐师的思想。我们知道中国正缺乏这种人才，这是一种为社会谋利益的举动，这人值得崇拜。诸位！不用我说，你们知道这人是谁吧？”校长说毕，大家如雷似的鼓起掌来，于是许多人狂喊着：“请周老先生演说！”周世良的脸越发红了，只管摸了稀稀的长胡子，向四处告罪，说是不会演说。谦让了许久，还是校长出来折衷两可，叫周计春代表父亲演说几句，然而让周世良用谈话式的办法，一面吃饭，一面报告他教养儿子的经过。这才使大家赞成了。周计春先站起来演说道：“大家这样看得起我父子，我父子真是惭愧，以后更当努力。刚才校长说家父不是平常一个豆腐师，这不敢当。一个没有受过教育的人，又在封建式的农村里长到了老，他怎样又会知道读书不是为了做官，而是教后生去谋人群社会的利益？归根起来，还要归功乡下的刘校长和这里的冯校长。因为这两位校长，肯和我父亲交朋友，教我父亲这样做，教我这样做；我现在代表家父答谢诸位，还向校长表示敬意。”于是他一鞠躬。绕了一个弯子，归功到校长身上。大家都鼓起掌来。周计春回了席。校长道：“我们不用客套，也不用多废话，耽误了吃饭的时间。西洋人吃饭，是喜欢奏乐的；中国人也有这样一个高雅的故典：‘读汉书下酒。’现在，我们请周老板慢慢地讲他教儿子读书的经过，大家静静听。这是一段实在的故事，这比音乐有趣，这比汉书高雅！大家都要听着，先敬周老板一杯。”于是校长首先端起杯子来，引着大家喝酒。周世良真不料一个豆腐店里的老板，今天这样出风头，心中只管是痛快，自己却不知如何是好。陪着大家喝过了一杯酒，他用手摸摸胡子，又比一比面前的筷子，却笑着向校长道：“我实在不会演说。”冯子云笑道：“你不会演说，你谈话总是会的。你只当屋子里并没有坐这些人，就只我一个，你慢慢地和我谈话就是了。”周世良到了这种情形之下，就是想不说也不可能，只得振作精神，和冯校长说着。他起先说时，很有些难为情的样子，到了后来，他说得多了，也就忘其所以然，滔滔地谈个不绝了。这下一回书起，便是周世良在酒席上报告他卖产教儿子读书，由乡村到城市来的经过。

第二回

小试天才牵牛联旧句
高谈人事移榻受新知

在六月中旬的时候，日子是正长。太阳正当着顶，天气只管热起来，只听着村子前后的知了虫喳喳地叫着，这便是暑天空气炎热的一种征象。在水田里的庄稼人，这时都感到了一种疲倦；有的单独睡在绿荫下，有的两三个人一处，坐在屋檐下的石板上，带打着盹，带抽烟说话。一个临水塘环立的庄子，周围绕着绿树，东南风由水塘的水面上吹了来，吹着水边的杨柳树条，仿佛瑟瑟有声，这更增加了正午的一种寂寞。但是在水塘的那岸，正好有一个三圣庙，庙里原来是一所经馆。这几年来，教经馆的秀才夫子，不能维持原状，把经馆散了，于是改了县立东乡第五小学。这个日子，还不曾放着暑假，学生同起同落地正念着功课。临着南面的高墙，开着窗子，迎风进来，窗子外是一株高入云霄的老冬青树，树阴下正有一片打稻场。冬青树已是有上百年的岁数了，它的老根，由地皮上拱了出来。在打稻场的一边，设着一条长的矮凳。这时树根上坐着一个十三四岁的孩子，他拱起两只膝盖，撑着两只手，托住了他的下巴，他一点响声也不发出。冬青树兜子上，丛生着许多幼年枝，枝上拴着一头牛，那牛低了头，站着不动；眼皮下垂，正像农人一般，想得着片刻的午睡；同时，它不住地回嚼着胃里反出来的草料，唧唧有声，打破了这小孩子身边的寂寞。约莫有半小时之久，这窗子里的书声，突然停止，接着又哄的一声，朝西的庙门开了。庙中孩子们，如潮水一般涌了出来，有几个学生，看到了这孩子，就笑着道："小牛子，你又来偷听我们的书了。没有钱念书偷着听，不要脸！不要脸！"小牛子听了这话，不肯忍受，也就向学生们反骂，于是他一个人和一大群人吵成一团。大门里闪出一个教员来，喝着道："你们还没有离开学堂的门，就要大闹吗？"学生们看先生来了，又是哄的一声散开，只剩了那和一群学生为敌的小牛子，牵了牛绳子，反着两手在背后，有一步没一步的，要离开学堂附近。这位先生向他招了两招手道："小牛子，你来，我来问你。"小牛子于是掉转身来，向先生望着。先生走上前一步，拉着他光了臂膀子的一只手，向他脸上望着道："你搁着牛不去放，到学堂外面来乘凉，我问你是躲懒呢？你还是想读书呢？"小牛子道："我天天要做的事，我天天都做了。我躲什么懒呢？"先生道："那么，你真是为了要偷着听读书来的了？但是你知道读书有什么好处呢？"小牛子道："我从前本来读书的，我爹说读书一年要花许多钱，家里的牛，没有人管，交人带看着，每年还要贴掉两块钱，所以我就不读书了。我想着读书多好，将来进学做官，坐自治局，做大老爹（注：皖俗，乡人称土豪劣绅为大老爹）。我现在给人看牛，到老不过是个庄稼人。"这位先生听说，不由得哈哈大笑道："你一个十二三岁的孩子，就想做大老爹，怪不得大老爹走红了。你说，做大老爹又有什么好处呢？"小牛子笑道："先生，你是故意这样问的吧？买田卖地要请大老爹，打官司要请大老爹，有红白喜事也要请大老爹，大老爹出门坐篮子（注：此为皖中山地数县之物。篾制一巨篮，长可六尺，以木架托之，以被为垫，人坐卧其中，夹以二杠，二人抬之。凡篮，夫可抬其妻，父可以抬其子，若易篮为轿，有抬之者，则引为奇耻大辱），吃酒坐一席头，夏天穿袜子鞋撑洋伞，多么好呢！"他说着话，两只赤脚板，轮流地弯了大拇脚指头在地上画字。这位教员只管和小牛子说着话，把这学校里的刘校长引出来了。他问明白原因，见小牛子的大拇脚指头，依然在地上画着字，画的是神童诗："万般皆下品，唯有读书高。"刘校长向着他笑道："你以前念过几年书？"小牛子道："念过四年书。"刘校长道："你开过讲吗？"小牛子道："二论引端，讲了一半。我要没有开过讲，我也就不知道读书的好处了。"刘校长道："你开过笔吗？"小牛子道；"做过破承题，从前王先生说，若在前清，我一定会进的。"刘校长笑道："了不得！这一套全明白。什么叫进？我来问你。"小牛子道："就是中秀才呀！"刘校长笑道："哦！你自负会进学，我倒要考你一考。你果然把破承题做得不错，国文会

懂得一些的，我可以造就造就你。我出一个孟子上的题目，你顺口做一个破题出来试试看，题目就是'牛何之'。"小牛子望了他笑道："你真要我做吗？"他说着话，将牵牛绳子虚出两尺来，只管晃着打旋转。刘校长正色道："不是我和你说笑话。我看到你常到学堂外面来，偷着听读书，倒是个好孩子，只可惜没有遇到好先生，我要试一试你是不是有读书的天才。你若是有，我可以造就你一下子；你若是没有读书的天才，以后好好地去放牛，不要耽误你的工夫，又在学堂外面惹是非。我限你太阳晒到这个地方时，你要念出来。"说着，用脚在墙荫上画了一道线。小牛子看到校长真要考他，他便笑道："用不着那样久，我这就可以做。"于是他微昂着头，望了天上，身子摆荡着，口里念念有词，刘校长不觉笑道："果然是这个味儿。"小牛子出了神了，却也没有注意到他的批评，口里嚷得更有味。最后，他恍然如有所得，就向刘校长笑道："有了。就是'王有意于牛，惟其去之是念焉。'"刘校长听了，不觉用脚一顿。心想：他真是这一路货，可惜可惜。那一位教员没有赶上八股时代，也不知道八股中这趣味，就笑问道："校长！他做得怎么样啦？"刘校长笑道："我长在这风气闭塞的潜山县，虽是三十来岁了，但也像小牛子一样，得了良师指导，玩过一两年的八股，所以我很知道。刚才他答的破题，很能传'牛何之'这三个字的神。这个孩子的确聪明，他有知识欲，这不算稀奇。"小牛子道："我做得怎么样？你看，太阳还没有晒到你脚画的那个地方，能交卷不能交卷呢？"刘校长笑着点了点头道："行了。晚上没事，我去找你爹谈谈。"小牛子道："你若是答应我到学堂里读书，不收我的学费，我爹就肯让我读书的。"刘校长笑着点了点头，于是小牛子很高兴地牵着牛走了。教员问道："校长认得这孩子的父亲吗？"刘校长道："他父亲叫周世良，四十七八岁了，就只有这个儿子。他女人早五年就死了，他不肯续弦。一来是要增他室家之累，二来怕这孩子，不能同继母合作，所以他对于这个孩子，却是父兼母职，怪可怜的。"教员道："家境大概是很穷的了。"刘校长道："他自己有几斗种，又插有人家田一石多种（注：田以下稻种若干计算，故曰若干种。插人家田，即作佃户之谓。一石种，约纳税四亩，其面积大小无定），吃饭是顾得来，但是人手不够用，所以他要把儿子留在身边学庄稼。再过两三年，这孩子就可以当半个庄稼人用了。"教员叹了一口气道："因贫穷而埋没了的天才，大概不知道多少。像校长这样的人，假使经济上有人帮助，我想也不至于毕业以后，到乡下来过粉笔生活。"刘校长并不答复什么，只是微笑了一笑。抬头看去，乡下人家烟囱里的青烟，正如一条乌龙似的向半空里伸张着，这正表示着吃午饭的时候到了。刘校长笑道："我们吃饭去吧，这是人生大事。"两位先生走了，这个打稻场上，复归入寂静的环境之下。但是不到十分钟，有个光了脊梁，身披蓝布巾，荷着一把长锄的人走了过来。他在打稻场上看了一遍，叹了一声道："他倒没有来。"于是就转身走了。这人就是那小牛子的父亲周世良，来找儿子来了。他没有看到儿子，荷着锄子，走回去了。他家是一所大庄屋的披房，两个茅屋，两间瓦屋，瓦屋是做了稻仓和卧室；那厨房和堆置农具的地方，就占有两间茅屋了。他走回家来，在门边放下了锄子，直奔厨房。他自己是早把饭做好了，锅盖上放了两只瓦碗，装着些腌菜和炒老苋菜干。他肚子实在是饿了，那锅盖缝里，冒出热气来，阵阵的令人闻到黄米饭香，更引得他饥肠辘辘，只是想吃。但是想到儿子没有回来，他也是一样的饿，他既没有吃，自己何必先吃。于是在裤带子上取下了吊皮荷包的旱烟袋，坐在一把矮竹椅上，望了灶上的菜出神。他抽了两筒烟，听到窗子外牛蹄踏土声，回头看时，儿子戴的草帽子，由窗户外过去。他心里这就想着，儿子长得有这样高了，在窗子里可以看见窗子外的帽子，多么可喜！自己在窗子外头，也不过伸了头，可以看到窗子里面而已，一会子工夫儿子也就赶上了。想到了这里，不由得口里喷出烟来，微微地笑着。小牛子进来了，问道："爹，你哪里去了？刚才我回来，没有看到你，我又牵了牛到田坂上去找你，你又不在那里，我怕家里的饭烧糊了，只好先回来。爹，你吃了饭在家里歇一会子吧。下午你不过是到田沟里去看水，我替你去。"他说着话，就把锅盖上的菜碗，送到矮桌子上来。接着就抽了筷子，放在桌上，又掀开锅盖，盛了两碗黄米饭，香气勃勃地来放在桌上，父子两个，就着一个桌子角吃饭。周世良笑道："今天你怎么没有到小学堂外面去听读书，你也有些厌烦了吧？"小牛子道："我去的。那个刘校长要试我一试，还出了个题目让我做呢。"他说着，筷子在苋菜干子碗里挑拨着，拨出了一块猪油渣子，就夹了起来，放在父亲的碗上。周世良道："你吃吧。"于是又把这一块猪油渣子送到他的碗

里去，笑道："那碗里还有一块呢，我吃那一块得了。"小牛子听了这话，只好把那块猪油渣子吃了。小牛子扒着饭道："爹，刘校长他说了，我若去读书，他不收我的学费，你看他这话是真吗？"周世良道："你不要想读书了。而今读书不像从前；以前读书，十年窗下无人见，一举成名天下知，并且是睡在家里就可念出书来，用不着花钱；于今读书，要进学堂，小学花钱罢了，中学花钱多，大学花钱更多。我们乡下，许多从大学毕业回来的人，有什么好处？只是穿了一身的洋装，回来打离婚官司，要了钱带出去用。就是有一两个在外面混事的，也没有看到带一个铜板回来。以前家里典田卖地，下的那一番本钱，就算白丢了。我父子两个插一二担种，每年总不愁煮碗稀粥喝。……这里还有一块油渣子，你吃了去。"说着，由苋菜碗里夹了一块油渣子，又送到小牛子碗里。小牛子道："这一块该你吃了。"周世良手捧着碗偏了一偏，笑道："还是你吃吧。我昨天还在隔村子里上龙王会，大鱼大肉吃了一顿，这就该你了。"小牛子道："做庄稼的人，真可怜，不容易吃一口肉，做大老爹的人，出门去总是有人请，就是在家里，也是鸡子豆干当粗菜吃。"周世良道："唉！何必去羡慕大老爹？他们是前生修的。"小牛子道："怎么是前生修的？我要再读几年书，跟着大老爹后面学学，一样地，我也可以做大老爹了。"周世良笑道："你这孩子出息不大，只想做个大老爹，我像你这样大年纪，想做皇帝呢。"小牛子道："爹，你要做了皇帝，要怎样享福？"周世良道："我别的都不想，我天天要吃油炸锅巴。记得二十岁的时候，在黄财主家里，吃过一顿油炸锅巴，我至今想起来，口里还流馋水呢。"小牛子笑道："你的志向大，坐在金銮殿上，抓油炸锅巴吃。"周世良已经很快地吃过了三碗饭，掏起捆腰的蓝布片的头儿，擦了一擦嘴唇，用手摸了一摸小牛子的头道："你知道什么？做皇帝的人，也不过一个称心如意罢了。我要能在金銮殿上吃油炸锅巴，我也就心满意足了。"说着，打了一个哈哈，抓着草帽向头上一盖，掮了锄子就走。在墙外窗子里伸头向里看着，只见小牛子盛起了锅里的饭，正要烤锅巴呢，因笑道："不要烤锅巴了。我现在又不做皇帝，洗洗碗，你在树阴下睡一觉吧。"说着，他去看水去了。小牛子洗过了锅碗，他并不曾依了他父亲的话，去睡午觉，却捧了一本《幼学琼林》，靠在窗户边看。因为以前先生对他说：《幼学》这部书，实在是好；天文地理，诸子百家，什么都有；他在乡下会做许多应酬文章，都是得了《幼学》的力量；就是真正做起文章来，也可以套用许多典故。小牛子听说，果然买了一部《幼学琼林》来读；他读了几段，看了小注子，真个像暴发户走进了百货商店，一看之下，样样都有用。所以他对《幼学》这部书，特别地嗜好，有工夫就看。这天他得意之余，只管看着，不觉地到了日落西山，等到周世良看了水回来，他还在那里看书。周世良叹了一口气道："你这孩子也有些着迷。大概你总想做大老爹，又在看书了。"小牛子放下了书，在灶上布手巾底下，拿出一把瓦壶来，笑道："我知道，你一定是渴，给你凉了一壶茶。"说时，将一只瓷饭碗，满满地斟上一碗，放在桌上来。周世良笑道："凉的好喝不解渴。"小牛子笑道："我还在灶里给你煨了一罐子开水呢。"周世良解着他的腰带布，在里面摸出两个桃子，手上捏着，摇了两摇道："我也给你预备下了。"小牛子伸手来要，周世良却把手抬得高高的，不让他拿着。于是父子两个，都哈哈大笑起来。正在这个时候，外面有人笑道："你父子二人好快活！"周世良向窗子外面看时，却是小学里刘校长来了。他连忙迎了出来，笑道："校长上哪儿去？今天得闲啦。"刘校长笑道："我特意要来和你谈谈。"周世良道："哎哟！校长要到我家来坐坐，怎办怎办？厨房里坐吗？"刘校长道："不要紧。都是乡下天天见面的人，客气什么？"说着话，他已走了进来。于是周世良拿了一柄稻草扎的短扫帚，胡乱地在桌子上扫了一阵，笑着用手抓了抓头，又抓抓手臂，反是刘校长坐下来，向他客气笑着道："你请坐请坐。"周世良刚坐下来，又忙着张罗了一顿茶烟，刘校长见矮桌子上摆了一本《幼学琼林》，笑道："这又是小牛子看的书吧？"小牛子对刘校长是特别加敬，在灶墙上取下一个瓦罐子来，在瓦罐子里取出一块干腌姜来，又在竹碗橱子里取出一个二寸小的瓦碟子，两手将那块腌姜撕成丝丝的，放到矮桌子上来，笑道："先生，你尝一块吧。是我的书，从前我那个王先生教我看的。真好，什么都有。"刘校长笑道："乡下先生总不过是这一套，除了四书五经，再念一本《幼学琼林》，一套《纲鉴易知录》，那就秀才不出门，能知天下事了。这种书，读得烂熟，顶多也不过多记下几个死典，有什么用处？"小牛子听了这话，一肚子高兴，未免向下一落。周世良道："正是这样说，我们庄稼人，安安分分地做庄稼，能写一张草字账就行了，何必读什么

书？我这孩子，天天到你们学堂外面去偷听读书，刘先生有些讨厌吧？”刘校长笑道：“你错了。我不是说要你儿子不去，正是想叫你儿子进学堂去读书呢。你这孩子很有天才，若是让他做庄稼，未免可惜了。”周世良将手摸了摸两腮的胡茬子，又抓了两抓头发，笑道：“我们这人家，哪有钱供养子弟念书哩。我没有那个福气；我也不想儿子做官。”刘校长笑着摇了两摇头道：“你又错了。读书不光是为了做官，乃是为了做人。因为世上的什么事情，都可以由书上来告诉我们；我们看了书，爱做什么样子的人，就可以做什么样子的人。这话也不是三言两语可以说完的，不过你家小牛子，实在有些天才：譬如一棵大树，把它制成完整的木料，送到城市里去盖宫殿，造楼阁，那自然是用得其分；若是怕费工夫，当木柴烧了，这就可惜，而且你的儿子，又自己很愿意念书，又何必不让他念呢？你不是出不起学费吗？这个好办，我替你代出就是了。你现时留他在家里，每年和你省下来的工资，大概不过两三块钱。你儿子的国文，现在可以说小清顺，再在小学里得一点普通知识，毕了业出来，能向中学一送更好，不能送到中学，你这两三块钱一年的损失，总可以补得起。”周世良将面前一只粗瓷碗，两手捧着向嘴唇皮靠着，只管慢慢地喝，放下碗来，点点头道：“校长，你说的这话有道理。不过，校长说不做官，要他读书又干什么呢？”刘校长笑道：“读书和做官，有什么连带的关系？好像我，就没有做官。我以前也是读书的。你这孩子，据我看起来，他是近乎文学，将来学业成功了，在学堂里当教员也行；在书局里当编辑也行，这都不是官，也不是你儿子说的大老爹。这样一个职业，不但是糊了自己的口，而且可以帮助别人。”周世良笑道：“现在我们自己顾不了自己，倒要先想去帮别人啦。”刘校长道：“因为他有帮助别人的材料……”他说到这里，自己突然顿住了不说，将头摇了两摇，笑道：“我这人有些胡来，怎么和你说这个呢！总而言之一句话，你儿子念好了书，将来比做庄稼强。你不让他念书，埋没了他的天才，怪可惜的。你若是很喜欢你的儿子，你就不能为目前省下有限的钱，误了儿子一生。”这两句话，算是周世良听懂了。他两手一拍大腿道：“这话对！”刘校长道：“我知道他是无娘的儿子，你带起来不容易。既然如此，为什么不索性把他造就出来呢？”周世良笑道：“你这话劝得我们很对的，只是我没有这种力量。”刘校长道：“现在并不要你什么钱，只许他不替你放牛就是了，就是笔纸墨砚的钱，我也可以和你出。”周世良站了起来，复又坐了下来，笑道：“先生，你都有这一番好心，我怎好不让他念书呢？先生你别嫌弃，在我这里吃了晚饭去。我家里别的没有，还存有两斤挂面，用腊猪油煮一碗挂面你吃。小牛子，你找找看，家里还有鸡蛋没有？”说时，他又不等儿子去寻，自己掉转身来就要走。刘校长连连摇着手道：“不用不用，你家吃什么，我跟着吃什么就是了。我要打算找好东西吃，就不走进你们这个大门里面来了。”周世良搔着头皮道：“那我们也不过意。”刘校长道：“你不过意的话，煮一碗挂面我吃吧。鸡子可以不必。”周世良笑道：“校长是个好人，说话不会客气，就是那么说，我煮挂面校长吃吧。小牛子，你端了竹床到外面去，陪着校长乘凉，我来煮面。”小牛子靠了土灶站定，听了校长和父亲说的话，他都听呆了。这时父亲说是移了竹床和校长去乘凉，他才醒悟过来。将一张睡成了红色的竹床，背着放到大门三棵柳树下来。跟着将一把大瓦茶壶，两只饭碗，一个装山烟丝的竹节筒子，一竿旱烟袋，一根点着火的蒿草绳子，一齐搬出来，放在老柳树兜上。刘校长笑嘻嘻地走了出来，在竹床上坐着，小牛子也就在树根上撑了两只腿坐着，两手反着向上托了下巴，望了刘校长。他笑道：“小牛子，刚才我和你爹爹说的话，这都是做人的道理，你懂得吗？”小牛子道：“我哪懂呀！我爹都不懂呢。”刘校长道：“小牛子，你没有学名吗？”小牛子道：“有学名的，叫玉堂。”刘校长摇了一摇头，笑道：“腐得很！看你这名字，又是你那位教《幼学》的王先生取的。他还在醉心金马玉堂三学士呢。”小牛子道：“我还有个名字，是我爹取的，叫计春。先生说一年之计在于春，谁都晓得，这句话太俗了。”刘校长道：“他才不俗呢。名字是人的记号，没有意思，倒没关系；若有意思，就当表示自己一点志愿来。一年之计在于春，这正是你现在应有的记号，你就把这个名字恢复过来吧。”小牛子笑着点了点头。刘校长道：“我告诉你，你愿跟我当学生，我是欢喜的，但是我不能告诉你怎样做官，怎样做大老爹；我只能告诉你怎样做人。你做破承题，做得那样好，那么，我说的话，你应该懂得。”小牛子两手抱了一双膝盖，在地上点了几点，头也随着前后点上几点。刘校长道：“你懂得就好。你愿意跟我学做人，以后我一定把你扶上正路，才不埋没你的天分。”说着话时，周

世良先搬了矮桌子出来，接着又搬凳子，捧托盘，放了三大碗挂面在桌上。他捧起碗来，先笑道："乡下总是这样，鸡子豆干当大荤，挂面也是请客的一碗上菜。校长看得起我父子两个，我父子两个，可没有什么东西来恭维校长。"刘校长笑道："我不是说了吗，并非为了吃东西到你这儿来的。周老爹，你比我年纪大，你是有阅历的人，你觉得人生在世，是一件什么事最是痛快？"周世良放下了筷子碗，又用手抓抓头，笑着摇摇头道："别人的脾气，我一猜就会中的，说到刘校长的脾气，我猜不到了。做官发财，做大老爹，你都是不喜欢的，我还说什么呢？"刘校长道："小牛子，你说着试试看。"小牛子见一碗堆起来的挂面，上面淋过腊猪油，浓香扑鼻，引得口水几乎要流出来，便笑道："据我想，肚子吃饱了，衣服穿暖和了，这就痛快。"刘校长笑道："你不错，总算猜着了一半。我的意思，还不是这样。我吃饱了不算，但愿我看得见的人都吃饱了，那才是痛快事。"周世良一伸大拇指道："校长，你这是宰相的肚肠。"刘校长将挂面挑了两挑，笑道："有宰相坐在这里吃挂面的吗？我若有宰相那个位子，我的野心更大了。我会打算让世界上的人都不饿肚子呢。"他笑着，将一大碗面吃光。周世良也吃完了，小牛子却还剩有小半碗面，就倒给他父亲碗里道："你吃吧。"周世良道："你老早就想煮面吃，怎么倒剩了这些？"小牛子道："还有好些剩饭，不吃，留到明天就坏了，我要吃开水泡饭去。"周世良道："难得吃一顿面，你为什么不吃足了？你吃吧。"索性将碗和筷子，一齐送过去。刘校长笑道："你们父子之间，倒有一种天伦之乐，要永久这样才好。"周世良笑道："这孩子也有点不懂礼节，吃剩了的东西，怎好给父亲吃呢？"刘校长道："这倒是他一点真心。等到懂得礼节，他让你吃，那倒有些假意了。"周世良道："刘校长，你为人真痛快。有儿子，真愿交给你去教训。"刘校长笑道："我这趟算没有白来，你父子两个都算了解我了。就此决定，你这孩子下学期送到我学校里去吧。"他们有了这一番谈话，小牛子的新命运，就从此定妥。这是他新历史第一页的开始了。

第三回

骨肉见天真相依为命
稻粱谋晚计刻苦经年

刘校长和周家父子这一番谈话，和其余三家村里先生说的言语，当然是两样。在这两个月之后，小牛子用了周计春的名字，就插进小学六年级的班次来读书。因为这个刘校长和全村子里的庄稼人，都来往得很好，所以刘校长说的话，总可以引起多数人的注意。这时，刘校长特意收了周计春做免费生，而且一来就把他放在六年级，读一年书，小学就可以毕业了。乡下人见校长如此器重周计春，又是一年抵人家读六年书，大家莫明其所以，就互相传言着说：周世良的儿子了不得，是一个神童，将来一定要做大官。周世良虽是经刘校长说过，读书人是不必一定要做官的，然而同村子里的人是这样说过了，他就格外地高兴。每日在田坂上工作，也就格外有劲。他心里就是这样想着：现在大家都看得起我了。假使儿子把书真读成功了，将来乡下人又要怎样来恭维我呢。因之他每在田里工作的时候，总要比别人回去得早一些，为的是烧好了午饭，等儿子回来吃。儿子回来了就吃饭，吃完了饭就走，免得耽误了读书的时候。至于晚上这一餐饭呢，学校里散学的时间，总比田坂上人回家的时候早。周计春回得家来，照例是烧开了半锅水，抓一把茶叶末子，跟父亲冲上一大瓦壶茶，然后煮菜做饭。一切都做好了，将菜碗放在饭锅里，用盖子盖上，静等父亲回来吃饭。他们永远是这样，父亲做午饭，儿子做晚饭，至于早上一餐饭，那情形又不同：父亲起来要去做庄稼，儿子起来要去读书，就没有人做饭。有时不等天亮起来，烧一把柴草，热一些剩饭吃；有时来不及烧火，只好吃些冷的罢了。时

光容易，不觉到了深秋，慢慢日短夜长起来，窗子外面，淅淅沥沥飘着几点风里头的雨，打着在树枝上，或者在屋瓦上，那种响声，似乎增加了屋子里无限的凄凉。矮桌子上，点了一盏瓦檠瓦碟的清油灯，两根灯草，飘在油碟子里，浮了起来，碟子沿上，一点豆大的火焰，只管飘动着。计春在灯光下摊着算术本子在那里列算式，周世良捧了一件破旧的白褂子，在那里用针线缝托肩，三个指头捏了一根针，横挑直刺，总做得不顺手。计春两手一伸，打了个呵欠道："爹，睡吧。冰冰凉的。"周世良道："我不能睡，我要把这件衣服补起来才行呢。"计春道："你哪里缝得来？有道是拿锄头的手，不能捏针；捏针的手不能拿锄头。明天送给王大妈去替你缝一缝吧。"周世良道："她的事情也很忙，怎好常常找她呢？你先睡吧，你还打着赤脚呢。坐在这里不动，那是很凉的。"计春走到厨房里去，打开盛饭的瓦钵子，看了一看，见里面剩了不多的饭，就走回房来对父亲道："明天早上的饭也不够，又该起早了。"周世良道："为了省事起见，明天加一瓢水，把剩饭煮了汤饭吃就是了。"计春道："一点菜汤没有，一点油盐没有，怎么煮汤饭吃呢？"周世良缝着衣服笑道："我们用手抓了白饭吃，一边抓了吃，一边向田坂上去，又省事，又痛快。"计春铺着被褥，放好枕头，又找了一把蒲扇来。跪在床褥上，向帐子犄角里，四处打扫蚊子。打扫干净了，放下帐子来，对父亲道："你睡吧。我来和你缝起这块补钉来。"周世良身子一偏，将手上的衣服，藏到一边去，笑道："你不要动手，我自己快缝起来了。"计春又坐下来了，望了他父亲的脸，只管笑着。周世良瞅了他一眼道："你笑些什么？"计春道："爹，我看你也太苦了……"说到这里，用手搔了几搔头发，又微微地笑道："人家许多人要和我找个继妈，你为什么不答应呢？有了继妈，煮饭，做衣服，看家，都有了人了，那就好了。"他说着话，又只管不住地搔着头发，望了周世良的脸，只管笑着。周世良放下了衣服，用手摸着下巴，露了牙向他嘻嘻地笑着。许久才道："你这孩子，倒有心……"说到这里，立刻叹了一口气道："孩子，我还不是为着你吗？人生在世，要女人做什么？不就是为了做衣，煮饭，传宗接后吗？我现在有了儿子，饭自己会煮，衣服自己也会补；再说，我又是这样一大把年纪，要女人做什么？还有一个大原因，我要和你找个继母，不知道她喜欢你不喜欢你，也不知你肯不肯听她的话。若是两个人中有一个人说的不对头，家里就会闹得不安宁。我们父子两个，现在虽然是冷清一点，总也过得平平安安的，又何必去再费那些事？有那讨亲的钱，我还拿来给你念书哩。话越说就越远了，睡觉吧。”说着，拉着计春的手，让他上床去。计春道：“你为什么不睡?”周世良道：“你不要闹，让我把这件衣服的托肩缝了起来吧。”说话时，一阵雨点，打着瓦上，清脆之极。窗子外的北瓜藤，被风刮着唆唆作响。计春道：“天气多凉呀！秋蚊子也叮得厉害。”他躺在床上，两手抄了帐子，伸出一个头来。周世良道：“我实在不要睡。”计春笑道：“你再不睡，我就要吹灯了。”说着，呼的一声，将桌上那盏油灯吹灭了，立刻屋子里漆黑。周世良不觉哈哈大笑道：“你这孩子，也是淘气。”说毕，他也只好上床睡觉去了。半夜里鸡一叫着，计春就爬下了床，摸索着走到了厨房里去。在灶头上摸到了火柴，坐到灶门口，擦了一根，点着柴草就向灶里烧起火来。就了灶里的柴草火光，也不必点灯，就洗米煮起饭来。等饭煮得熟了，天色也就发了白。周世良在床上打了一个翻身，伸手一摸，没有了儿子，口里便叫起来道：“人哪里去了?”计春道：“爹，我把饭煮熟了，你来吃了饭再上田里去吧。”世良道：“你这孩子做事，也太用心，不告诉我一声儿，就起来做饭吃了，我这大的力气，还要没有成人的儿子煮饭给我吃吗？你洗洗脸吧，菜就交给我来弄了。”说着话，他开了厨房门，走到菜园子里去。在天色昏暗的当中，半看半摸，在北瓜藤架上，摸下了七八条大小北瓜，带到厨房里面来。计春道：“你还费这些事做什么？屋子里还不大看见。不弄菜了，到腌菜缸里，摸些腌菜来吃，也就算了。”世良道：“你用心血读书的人，不像我这样出蛮力的人，应当吃点合胃口的东西，调剂调剂。”他说着话，毕竟是到菜园子里去了。一会子工夫，他摸着两个嫩茄子，和七八个青椒来了，笑道：“家里还有点佛灯的清油，我来炒茄丝给你吃吧。”他说着，也就动起手来。菜炒好了，父子二人，各盛了一碗饭，饭上各堆着一些茄丝，捧着碗，到门外来吃。眼见田里的秋荞麦，经过昨夜的雨，开了一片粉红色的花。金黄色的太阳，由山嘴子里升出来，照着那荞麦秆上的露水珠子，也是亮晶晶的在荞麦秆子上。计春用筷子指着荞麦道：“爹！你看，这荞麦有一大半是我种的，长得也很好。”世良道：“念书的人，只管念书，就别管种田的事了。”计春道：“我要念出了书，爹，你也就不用种

田了，像东家凤大老爹一样，好好地供养你老太爷。"正说着话，一个十三四岁的女孩，拖了一条毛辫子，手上挽了一个菜篮子由面前经过，站住了脚，望着他们道："你们的早饭真早。小牛子，吃的什么好菜呀?"世良道："小菊子！你不要叫他的小名了。他是一个学生哇。"小菊子笑道："是哇。我妈说，还要做一双鞋送他呢。"计春望了小菊子，扒着碗里的饭，只管是笑。因为小菊子妈说过，要把小菊子许配自己做老婆，因之自己在同村子里的女孩子中间，对于她却是另眼相看。世良道："你娘早就许了一双鞋了，到如今没有见着。"说时，向小菊子笑了一笑道："你娘许下的愿心，也就多了，光是嘴响。"小菊子道："还许了什么呢?"她虽是个乡下姑娘，倒也略知一点人事。说着话时，跳下田去，掐了一小茎荞麦花？插在鬓发上，搭讪着由田里走过去了。世良道："喂！这小孩子不懂事，怎么戴荞麦花。戴了荞麦花，将来老公不喜欢的。"小菊子跑上那边田埂，啐了一声，跑着走了。世良哈哈大笑一阵，随后又低声笑道："小菊子娘有这样一个黄毛丫头，就拿乔得了不得。我的儿子，还不希罕这样一个黄毛丫头呢。"世良也是太高兴了。一碗饭都吃完了，他依然拿了空碗，在荞麦田边下站着。就在这个时候，吹了两阵凉风，吹得人身上凉飕飕的。计春一看太阳，已经出土几尺高，不敢再耽误，放下饭碗，上学去了。乡村学校里，绝对是没有女学生的，这里不会发生小同学的小情人那种事情。但是同学们如有姊妹，大些的学生，常是拿着别个同学的姊妹来开玩笑。小菊子有个弟弟王小海，也在这学校里念书；当然的，大家也就谈到小菊子头上去，为了谈小菊子，也就连带着谈起计春来。因为小菊子妈要把女儿许配给计春，也是人人知道的事情了。计春今天到了学校里，想起了父亲的话，未免情不自禁地，向王小海表示起好感来。下了课的时候，王小海跑到后院上毛厕，计春也跟了来，悄悄地道："小海，我家里有许多米头子，回头送到你家去磨粉，晚上我们做籼米粑吃。"小海笑道："好的。粑做好了，多给两个我吃。我妈说了，要把我姊姊嫁给你做老婆呢。"计春道："呔！不要胡说，同学们听到，会笑我们的。"小海听说晚上有粑吃，非常之喜欢。下学之后，一蹦一跳地跑回家来，在大门口就跳着叫起来道："妈，小牛子说了，要到我们家来磨粉做粑吃呢。"他的母亲王大妈，本来很怜惜周世良父子的，自从计春开始读书了，再觉得这孩子前途未可限量，自己是很乐于和他们联亲。不过周世良这老头子，总是淡淡的，不肯表示着态度出来。将女儿许配人，总也不能太迁就了，所以自己也就不说什么。今天听说计春要送米来磨粉做粑，这倒是个接近的机会，自己立刻就跑到周世良家来，兜揽这笔买卖。当她走到周家时，先伸头在窗子外向里一望，并不曾看到厨房里有人，冷灶无烟，当然是不曾做得午饭。难道他父子都不在家？于是悄悄地走了进来。伸头向屋子里看，只见一张旧竹床上，棉被是堆得高高的，被里伸出一只黑腿来，计春伏在床边，不住地捶打。王大妈道："你父子两个怎么了？"计春回头一看，皱了眉道："今天早上，我爹在屋子外头吃饭，招了凉风，受了感冒了。他只喊着腿酸，要我和他捶腿。"王大妈道："你不会冲些姜汤给他喝吗？"计春道："我家里没有糖，要到乡店里去买糖，把父亲丢下来了，我又不放心。"王大妈笑道："你爹也不过受了一口凉风，身上发些烧热，又何至于闹得让你寸步不离呢？你若是真个不放心的话，我在这里和你替代一会子，你赶快去买些胡椒红糖来，让他喝下去，盖着被出一身汗，病就好了。"计春伸着头到床边去问道："爹，我去给你买些红糖来冲水喝，你在这里等上一等，好吗？"世良道："你去弄饭吃，吃了上学去吧。不要紧的，我睡一会子就好了。"计春也不征求父亲的同意，家里是没有现金，找了一个小口袋，量了二升稻，背在肩上走出去，到乡店里换红糖胡椒去了。王大妈坐在房门口一张竹椅上，就向世良道："你父子两个，真是好！谁也离不开谁。"世良哼着道："嫂子！不瞒你说，我要是没有这个儿子，我就活着没有意思了。这个儿子，自小没有了娘，我一手将他抚养大了，我不能看着他受一点子委屈。"王大娘道："你父子两个这样离不开，将来他要是在乡下毕了业，到省里去读书的时候，你打算怎么样子办呢？"世良道："我就跟了他去。"王大妈道："你乡下的庄稼呢？"这句话算是把世良问住了。他许久没有做声，叹了一口气道："我这点田产，算得什么！丢了就丢了吧。"王大妈道："你不做庄稼，哪里来的进项呢？"世良道："这个我也不知道。但是我无论怎样吃苦，我也不让儿子再停学的。"他说着话时，将被头按下去一些，伸出头来；红红的脸，红红的眼睛，向王大妈看着。她点点头道："难得，你病到这样子，还忘不了儿子的书。"世良道："你哪里知道，我父子两个，就是一条命呀！"王大妈心里想着：

这个人这样疼爱儿子，有了女儿许给他做儿媳妇，那是一点也不会吃亏的了。她这样想着，有一句没一句谈着闲话，就提到了姻事上头来。笑道：“你这个儿子，不但你自己喜欢他，就是我们同村子的人，哪个又不喜欢他。有些人叫我收他做干儿子；我想，那不太好。你老只有这一个大相公，我怎好一定说认做干儿子呢？有道是刘备招亲，认假成真，……”这底下一句，还不曾说出来，早有一阵脚步声走到门外，接着有人叫了一声道：“爹，好些了吗？”王大妈这就不便再说什么了。等计春进来了，帮着他将姜汤做好，计春爬上床去，将世良扶了起来，卷了个铺盖卷，放在他身后靠着，然后下得床来，两手捧了姜汤，让世良来喝。等他喝完了，又从从容容将他放下去睡着。王大妈和周家虽是邻居，可是计春如此孝顺他的父亲，还是今天第一次看见。当日就遍村子一番告诉，说是周家孩子了不得，他是一个孝子。乡下人日出而作，日入而息，是没有什么新闻可谈的。乡下有人生儿嫁女，以及打架吵嘴，这都是大家乐于讨论的新闻。像周计春这个异乎寻常的孩子，本来就是大家的一种新闻材料，于今王大妈又宣传他是个孝子，就闹得无人不谈起来。计春究竟是个十四岁的孩子，他知道什么是虚荣？什么是真理？只是乡下人异口同声地，称赞他是神童，又称赞他是孝子，无人不对他客气三分；就是他所钦慕的大老爹，见着了，也远远地站住了点上一个头。这样一来，倒让计春受了一种拘束，怕人说他孝心是假的，倒处处要谨慎起来。因之他这个孝子的名称，也就始终和神童两个字紧密地联结着。王大妈见满乡满村，无一人不谈着周计春，越是想结这一门子好亲。周家有什么事，常是来照料着。世良那一次感冒，虽是只闹了两三天就好了，但是得了一个咳嗽的毛病，整个月不能出力。光阴容易，转瞬到了初冬，稻子都打收清楚了，省城里收稻的小车子，不断地来收买稻谷，行情也就渐渐地向上涨着。世良除了自己的田产而外，还种有人家的田，当稻子割了捆成堆放在稻场上的时候，就曾去请田东家来收租稻。但是东家约一个日期，又改约一个日期，始终是不曾来。因为这个东家的庄子，离这里有三十多里路，实行收租稻回家去上仓，人工上太不合算，请一个工，只好挑回一担稻去，所以他来收租，总是将稻折了现钱带着走。不过将稻折价，还是一个讲究；若是八九月间，稻一上场就来，这时候的稻价，叫刀口上的价钱，一石稻只好折两块多钱，不值什么；必等过了十一月，卖稻的旺月已到，稻价涨到三四块钱，才来收租。眼见一石租稻，至少也可多收块儿八角的了。世良何尝不知道这个原故，只是东家老推有事，不肯前来。自己咳嗽着，计春又再三地说，不要跑路；直等到十一月中旬，东家周高才才坐了一辆人力小车，带了一卷账簿子前来取租。照着乡下的规矩，东家来了，是必要酒肉相待的。世良招呼周高才和车夫坐了，立刻把王大妈母女请来，请她们代为烧茶，炒北瓜子，杀鸡，打米煮饭；又量了二斗稻，请隔壁唐麻子去乡店里买猪肉和豆腐干，还叫他带一个信到小学里去请刘校长来陪东家老爹吃午饭。诸事办妥帖了，计春也就由学校里回来，一走进门，便看到堆稻的那间屋子里，端端正正坐着一位老先生，灰布羊皮袍之外，罩着青布羊皮马褂，真是个有福的样子。他头顶瓜皮绒帽，足登绒面大棉窝；这还不算，父亲私有的那个泥火笼子，也放在他脚下烘脚，他虽是三年前，见过东家一次，现在有些不清楚了。但是一看之下，他就知道是东家来了。于是走向前去，笑嘻嘻地叫了一声："东家老爹！"周高才也是一个不第的老童生，未免斯文一脉，早听说计春是个孝神童，在孔夫子面上，不便怎样端出东家的威严来，就站起来点了一点头，笑道："两年不见，快成人了。听说你书念得很好。"世良站在一边，不由得嘻嘻地笑了。因道："也没有什么好，不过校长看得起他罢了。"计春正想说两句话，只见小菊子提了一壶茶，由厨房里走了出来。她今天不但把辫子梳得溜光，而且前面还梳了一道刘海发，身上穿了一件毛蓝布褂子，还滚了红辫条，脸上也不知是抹了什么粉，倒雪白的一层。她低着头将茶壶送到了桌上，口头来看道："小……"她望了世良一下，突然把下面"牛子"两个字顿住，笑向计春道："你和我到菜园子里去，掐几片青蒜叶来。"计春笑着跟了她去。到了菜园里，她正一弯腰，掐青蒜的叶子，却将鬓发上的一朵绒草花掉落下来了。计春一上前捡起花来，就要向她鬓发上来插，还笑道："你听我爹说了，就不戴荞麦花吗？"小菊子道："不要胡说了，寒冬腊月，哪有花戴？你爹刚才和我妈说，东家的口很紧，恐怕没有什么推让，你爹都在发愁呢，你倒会寻开心。"计春听了这话，倒勾起了一点心事：父亲总是说，插人家田没有意思，只是和东家出力；自己的田，又不够吃的，只有卖了田，到省城里卖苦力去，也省得受人家的气。他想

着,不免呆了一呆。小菊子在他身上拍了一下,笑着走了。这菜园就在厨房后面,听到父亲和王大妈在那里谈话。父亲说:“大嫂子!请你替我算算这盘账,东家这田,是十五租,插他一石五斗种,要归他二十担稻。但是我今年实实在在只打了三十二担稻,除了东家的,我只有十二担稻。牛粪,种子,人工,都在这十二担稻里刨销,白忙了,恐怕还是不够。我的好处,就是种一季大麦,可以打个六七石,现在我气力不行了,孩子又念书,教我请工来和东家种田,我更不上算了。”说着,咳嗽了一阵,就听到王大妈道:“小菊子!你那朵花呢?那是人家做喜事进的,你也留到过年戴呀。”小菊子道:“计春哥拿去了。”王大妈笑着打了一个哈哈,接着说道:“你不知道害羞罢了。计春是学生,也不明白吗?全村子里人,常是拿你两人开心,你们还是一点都不躲避,周大哥,我这个孩子!真给你了,你到底是要不要呢?”世良道:“难道以前说的,都不是真给吗?”哈哈大笑一阵,计春站在菜园里,却听得有趣,正想父亲跟着再说下去,但是只这一个哈哈,父亲就走开了。接着父亲就在屋子里大叫:“计春呢?”计春走了来,却看到校长和东家在那里坐着。东家却向世良笑道:“你现在很快活了,有这样一个好儿子。”世良口里衔了旱烟袋喷出一口烟来,微笑道:“多谢东家老爹的夸奖,但是我又发愁了,明年这孩子热天毕了业,就要送进中学去,校长说县里中学不好,让我送到省里去;我今年苦省苦做,也只多下十来石稻,三石多高粱,卖得了多少钱?明年春季的麦,现在又看不定,叫我明年下半年,把什么钱送他去念书哩?”周高才道:“我不是说句扫兴的话,念书呢,一边是青云路,一边是陷人坑,就是照你这种算法,一年可以多二十石粮食,这就很不错,二十多石粮食,总可以卖五六十块钱,每年连本带利地滚起来,十年工夫,你可以混上一千多块钱家私了。你把孩子去念书,十年之后,未必有这种把握。而且这十年之间,你得拿多少钱去盘好他的书?所以依着我的意思,你孩子在小学毕了业,也就不必向前追了。功名爵禄,这是命里所定,强求不得,即以我而论,也曾用过十几年的苦功,县考还考过前十名。唉!文章憎命达……”他念了这句诗,两脚摇曳着,看了刘校长。刘校长听说周世良请他来陪东家,早就不愿意,但是想到他会受东家的压迫,不能不出头来和他讲情,所以只好来了,对于这种人,不必和他去说什么,只是点头而已。世良也看到他们是话不投机，不敢多让刘校长停留，马上和儿子端出酒菜，供奉东家，等东家吃喝得醉饱了，就斟了一遍茶，斜着向东家坐了，抓着下巴颏，笑道："东家！今年田里又歉收，请你推让一点吧？"周高才手捧了自家带来的水烟袋，咕噜咕噜响了许久，闭着眼默了一会儿神，然后喷出一口烟来，笑道："俗言说杀鸡杀的东家，你已经杀鸡我吃了，我怎好不推让一点。照理，你应该归我二十石零八斗，把零头抹去就是了。你刚才自己说了，今年多着二十石粮食呢。你既然有多，何必要我让租？"这句话真有力量，抵得世良无法可说，不住地用手去摸下巴。刘校长笑道："周先生你这话错了。他多着粮食，是他苦省下来的，并不是府上田里丰收出来的。刚才周先生也说了，他过了十年，就有一千多家私了，到了那个时候，果然有颗粒不收的日子，总也不能说他家里富足，要他照数纳租吧？"周高才道："这话不是那样说。"只说了这句，挣着通红的脸。周世良怕东家生了气，不能再让步，倒是从中陪着笑脸，拱着手说好说歹。刘校长因为要上课，不能多说，和计春先走了。这里世良客客气气和东家商量，东家怎样地也不松口。看看到了夕阳西下，东家回家有许多路，如何能走，索性留在这里过宿，又把王大妈母女请来做饭。直到吃过了晚饭，东家才许推让一石五斗稻。稻照市价折算，三块五角一担。世良一想，多留东家住一天，多要一天的花销，推让也是有限，只得都答应了。次日早起，恰有一班收稻的小车经过，世良趁着东家在这里把稻卖了，那一班小贩，这个腰包里掏五块，这个腰包里掏三块，凑成一大截洋钱，交给了世良。把他屋子中间，那个屯稻的大屯子，挑了个一粒无存；剩了一张篾席，卷起来放在墙角。那截洋钱，世良也不曾揣到袋里一秒钟，双手捧着，交给了东家。于是东家将洋钱呛啷啷一阵响，放进褡裢内。吃过早饭，坐着小车走了。世良两手抱了膝盖，坐在门槛上，望了那卷篾席子，不觉发了呆。心想：由正月浸种，四月撒秧，忙到了现在，稻是推下省去了，钱是东家带回家了，庄稼人有什么可靠？看看隔壁屋子里，虽有十来石稻，三石多高粱，可是一年的辛苦，去了一大半了，这一半东西，最好是一粒不动，真像东家说的话，逐年向上滚，滚上千儿八百去。不过这些东西要接上麦季，还有半年工夫；这半年之内，要不动这些粮食，非另找生财之道不可。然而数九寒天，又向哪里找生财之道去呢？他这样想着，

口里含了旱烟袋，就不住地在屋子里走着。直等计春散学回来，他还在屋子里走。计春首先看到屋中间的稻屯取消了，地方空阔了许多；其次便是父亲一双愁眉深锁，非常不高兴。他一见之下，就知道父亲是心痛这一屯子稻不见了。因道："稻都卖了吗？"世良道："稻都卖了。钱让东家拿去了。种人家的田，有什么意思？我心里原总想，每年除吃喝之外，多少剩些钱，一来我留付棺材本，二来也预备些钱给你娶亲，但是连年年成不好，总没有剩。今年剩些稻，你要念书，我又害病，十来石稻和高粱，吃到明年四月，大麦出来，也就不多了。我想着这不行，总得另想法。有道：人无混财不富，不如另外找一条出路吧。昨天王大妈告诉我，她的大母舅店里，生意非常之好，原来有两个伙计，管杀猪吊酒打豆腐三件事，现在有一个下手要走，还没找着替工，我想不如我去抵缺吧。"计春道："只要够吃到明年四月的粮食，也就行了。何必去帮工？店里帮工，一年也不过二三十块钱，现在到年边了，能支人家多少工钱？"世良道："傻话！难道家里存着多少粮食，就要吃完多少粮食不成！我一年苦到头，为了什么？不就是想着多剩一点吗？"计春道："若是你这样苦做，我就不念书了。"世良一手扶了旱烟袋，一手抚摸着他的头道："你不要体恤我，你自己好好地念书就是了。我不光为着你要这样卖力，我也预备着我的晚年，一点都不能动的时候呀！"计春听了这话，对于他的父亲也无话可以安慰，只有不做声。这样周世良的计划，就更为固定了。

第四回

两小无猜寄居增友爱
一介不取弃产绝乡情

周计春拦着父亲不要去帮工，他只知道父亲是要省家里的伙食，还可以挣两三块工钱回来过年，所以他也就只根据这两点，反复向父亲说，请他不必如此，却不知道他父亲除此两点之外，还有一种苦心；因之劝说的结果，等于白说。后来周世良还是到乡店里帮工去了。去的时候，他重托了王大妈，将柴米菜三项，送到她家去，请她做饭的时候，代为做一下。王大妈却很慷慨，索性叫计春住在她家里，免得小孩子一人在家害怕。周家的门户却暂时锁闭了。王大妈的丈夫在外县做长工，经年不回来的，所以家事她很能做主。计春搬到她家去以后，第一是王小海高兴得了不得，家里多了一个人，进出多有伴了。其次小菊子心里，也是不住地在那里打算盘：怎么周计春搬到我们家来，莫不是我妈要把他在家里招亲？只是有一点不解，看了许多说亲的，都是先过八字帖，请算命的合了婚，然后过小定；有那童养媳上门，或者小姑爷做亲戚来往的时候，也总要请一桌喜酒；可是家里对于这些事情，一样都没有办，看起来又不是结亲了。不结亲为什么他好住到我家里来呢？村子里的童养媳很多，她们对于她的丈夫，都是不说话的，我还是说话不说话呢？说话吧，人家是会笑的；不说话吧，他不是我的丈夫，我做个样子在这里等着，那多么害臊！这个小姑娘，捉摸了一阵子，却没有法子解决这个问题。计春第一天搬进来的时候，彼此没有什么事接触，就是不说话，也没有什么痕迹；到了第二天吃午饭的时候，她盛着饭菜向桌上端，小海和计春都不在面前，王大妈便道："计春已经由学堂里回来

了，大概在西头刘家玩，你去叫他来吃饭吧。”原来这皖中六县的农村，与别处不同，总是盖一所大庄屋，有五六十间屋子，甚至于一二百间屋子，除了一个总大门之外，其余四周开着小门，分给若干家来住；同住一屋，于是有东西头前后面之分。王大妈说的西头，就是说的隔着堂屋的邻居。小菊子鼓了嘴道：“我不去。”王大妈道：“你为什么这样懒？在本屋里叫人，你都不愿去，若是田坂上有人工作，你更不能去了。”小菊子道：“我不去，你去叫吧。”她如此说着，却不肯举出一个什么理由来，只是不肯去。王大妈哪里知道她葫芦里卖的什么药，只得自己走去把计春和小海叫了来。吃饭的时候，小桌子上，小海和母亲占了一方，计春占了一方，另外两方，一方靠了壁，一方又放了一架纺线车。小菊子由母亲这边纺线车空当里将筷子夹了一些菜，放在饭碗上，捧着碗坐在对面门槛上去吃了。王大妈道：“门槛上有鸡屎，仔细坐了一身。为什么不和计春同坐呢？”小菊子站起来，靠了门框吃饭，却不做声。王大妈并不理会，也就算了。到了晚上吃晚饭，她依然如此。吃过晚饭，王大妈告诉小菊子，将洗晒好了的衣服，折叠起来。小菊子当真折叠了，把家里人的衣服，都送到木橱子里去。只有计春一件短褂子，她折好了，放在大春凳上。母亲正坐在春凳上拉鞋底，问道：“这件衣服，为什么不收起来呢？”小菊子道：“不是我们自家的。”王大妈道：“天上掉下来的不成？”小菊子道：“他的。”王大妈道：“他的，哪个的？”小菊子道：“他的，他的，我不知道。”王大妈拿起来一看，才知道是计春的，便道：“这是计春的呀！他还没有睡呢。你不跟他送到厢房里去？”小菊道：“我不管。”王大妈道：“你们又吵嘴了吗？人家爹爹不在家，在我们家寄住一两个月，是个短局的事。十三四岁的丫头，你也该懂一点事了。人家才搬来两天，你就和人家吵嘴，知道的呢，是小孩子们不懂事；不知道的呢，说我做娘的不合人。”小菊道：“哪个吵了？你糊里糊涂说上这样一大套。”王大妈道：“我看你今天一天，都不睬人家，为着什么呢？”小海已经在床上睡了，由被里伸出一个头来道：“妈！姊姊怕人家说她是小牛子的老婆。”小菊子向床上啐了一口道：“该死的东西嚼舌根。”小海道：“你为什么骂人？同学都说了，小牛子到我们家过门来了，叫我做小舅子。我为了你，得了这样一个诨号，气得要死，你还骂我吗？没羞！没羞！”说着，将一个食指，连连在脸上扒了一阵。王大妈经这一对儿女一吵，心里这才恍然大悟，不由得笑骂道："你们这鬼样大的东西，倒有这些心眼。小海，快不许说这话了，再说这话，我就要打死你。"小海将头向被里一缩道："她先骂人，倒怪我吗？"王大妈听了这话，倒添上了一件心事，假使外面都这样子传说：周计春是我女婿，这倒让我不能不跟着向下做；可是女孩子还是让她大方些的好，就是将来不成功，也没有什么关系。因向小菊子道："为什么那样鬼头鬼脑的？你越是那样伸伸缩缩，人家越要疑心了。"小菊子听了母亲这话，依然还是不减她心中的疑惑，到底这姻事是说好了没有呢？难道我母亲还要瞒着我办这件事吗？不过母亲叫自己大方些，自己也就大方一些好；若是没有这件事，将来更害羞了。她如此转念想着，次日起来就把计春那件褂子，送到他屋子里去。计春正要出门呢，两人在房门口顶头遇见，小菊子一缩腿，偏到门的一边去，计春笑道："喂！这两天你为什么不睬我？"小菊子红了脸道："我不是怕人家笑吗？"计春笑道："人家笑什么？"小菊子道："是吗？你不要瞎说了！"计春走上前一步，将小褂子在小菊子手上接过来，问道："这是你跟我洗的吗？"小菊子道："以后你自己去拿衣服，不要我送给你了。"一句话没有说完，小海在后面撞出来了。他记着昨夜的事，将一个食指，又在腮上扒着道："不害羞！不害羞！老公老婆偷着在夹道里说话。大老婆，小老公；打不赢，头来舂。"他说了不算，还高声唱起来。小菊子急得跳脚，连连用手指着他骂道："该死的！该死的！你叫你叫！"说毕，她一溜烟地跑走了。口里喊道："妈，你不打小海？他骂人。"王大妈早已听到小海说的那番话，他并没有什么大罪，只得骂了声"这东西讨打"也就算了。从此以后，小菊子持着戒心在母亲小海当面，虽不怎样闪避计春，但是绝对地少说话。无人的时候遇着，也只说一两句话就跑开了。冬天日子短，一混就到了年边。一天下着大雪，小海推说肚子痛不肯上学，计春是照常地去了。世良在店里做活，觉得今日是特别地冷，恐怕儿子不曾加衣服，在店里告了半天假，带了半斤肉，十块酱豆干，就回家来看儿子。到了王大妈家，那雪下的是正涌，放下伞掸了掸身上的雪花，走到他们厨房里，只见小菊子一人在那里烧火，灶上饭锅盖缝里，正呼呼地向外冒着气。她哟了一声，站将起来道："周家伯伯来了。"说着，她低了头。周世良倒有些莫名其妙，为什么她说着话，

倒有些难为情起来呢？便道："你妈不在家吗？"小菊子道："大雪的天没事，和小海推磨去了。"世良道："小海他没有上学吗？计春呢？"小菊子低了头答道："他一个人上学去了。"世良道："大概快散学了，我去接他吧。"小菊子有一句话要说出来，想了许久，才向他道："周家伯伯！你等一会子，我还有话说呢。"说毕她就走了。过了一会儿，她抱着一件棉袍子来放在小椅子上，她也没有再说别的什么，依然坐到灶门口去烧火。世良将棉袍子掀开来看了一看，原来是计春的。心里这就有些明白，这是和计春拿出来的，于是就夹在肋下，撑了伞，向计春的学校里来。到了学校门口，手上撑着伞，犹豫了一会子，心想还是进去不进去呢？啊！若是进去的话，人家一定说我做老子的，太姑息儿子了。这样走进去，不免会扰乱人家的书场。大概儿子快出来了，就在门口站着等他吧。于是靠了墙角一个避风雪的所在，静静地站着。果然不多大一会儿，学生一窝蜂似的出来了。世良撑了伞在许多人面前挡着，正想问学生们，周计春在哪里？计春却抢着上前来，叫道："爹爹，你怎么回来了？这样大的雪，我正惦记着你呢。"周世良先拉着他的手，握了一下，笑道："你的手真凉。赶快把这件棉衣服穿上吧。"于是将夹着的这件棉袍子，先递给了计春，笑道："赶快把衣服穿起来吧。回头中了寒，又是一场病；像我上次一样，不就是在门口多吹了一口风吗？"计春也就笑着赶快穿起衣服来，在父亲面前走着，一路到王大妈家里来。王大妈一见，就笑道："究竟父子就是父子，计春上学去的时候，他穿的是短衣，我心里还念着，不要回头中了凉，可是别的事情一混，就忘了送衣服去了，怎么你一回来，就知道他没有穿长衣服，把棉袍子跟他送去？"世良笑道："父子虽然是父子，但是我并不知道他没有穿棉袍子上学。说起来，还要多谢你姑娘，就难为她这样子想得周到。她拿了出来，让我带去的。"王大妈觉得自己的姑娘，也有这样大了，若说姑娘们对于别家的孩子这样寸步留心，未免令做娘的，要负一点责任。便笑着答道："可不？是他两人自小儿在一起，本来就没有什么界限。现在搬到我这里来住，他们简直像姊妹兄弟一样了。"世良见她母女二人对儿子这样关照，心中十分安慰，就向王大妈拱拱手道："你待计春这番好处，我是一辈子也忘不了。将来他读书成功了，再报你的恩吧。你舅爷店里，我做得很顺手，要到明春麦季，我才能回来。遇事都重托你了。”王大妈道：“你是个勤快人，所以这样子忙；其实你就不去帮工，家里还有什么过不去的？”世良道：“我自己田不多，收的粮食，不够吃的，插人家的田，又受气不过，到了明年，我另有一番打算，所以我今年冬下，不能不去帮工。”王大妈叹了一口气，又点着头道：“我知道，你这无非为你那个好儿子。”她这样慨叹系之，世良不但不伤感，倒是嘻嘻地笑了。乡下人在冬天，为了暖和而又省事起见，吃饭多在厨房里举行。王大妈家里，自然也不会例外。世良和王大妈说着话，到他们家厨房来坐着，王大妈就留他在那里吃饭；并且劝他今天大雪，可以不必到店里去了。世良道：“那不行。我五更头，就要帮着起来磨豆腐呢。”他说话的时候，在腰里硬的板带子上，取下了带装烟皮荷包的旱烟袋，放在桌上。那小菊子在一边看到，拿着玩去了。一会子，依然放到原处来。世良吃完了饭，趁着天色已晴，雪地上有月色，告辞了就回店去，他走得很是匆促，走出门来了，才想起旱烟袋没有拿着呢，正待回身去拿旱烟袋，计春已经由屋子里跑了出来，两手捧着旱烟袋，递给了世良。他一接着，就让垂下来的皮荷包碰了一下，因问道：“我这皮荷包里，早没有烟了，这里头怎么有许多烟，你在王大妈家里装的吗？”计春道：“我没有装呀。”世良点了两点头道：“是了，这必是小菊子装的。这孩子小人有小心眼，她以为我是她一家人，所以这样地巴结我呢。”说时，笑着打了一个哈哈，又道：“进去吧。外面凉呀！”他在一种高兴之下，足下窸窸窣窣，踏着雪响，走向乡店里来。走在半路上，前面有两个人走着说话。突然有王贵发三个字，送入自己的耳鼓。这王贵发就是王大妈的丈夫，何以这两人夜行，却会提到了他，于是提起精神来向下听着。有一个人道：“王大嫂子，待周世良太好了，给世良找了一个事，又把他的儿子接到家里去过，这为着什么？”又一个人道：“不是为了那孩子要念书吗？”那一个人道：“我怕这里面有些不干不净。王贵发今年是不回来过年的了。这样亲亲热热地下去，不要给老王改为行八才好啊！”周世良听了这些话音，猜着这两个人，是隔村子里的，虽是在大雪地里，身上也不由得出了一身汗。他心里想着：原来乡下人是这样地议论着我们呢！王家嫂子对于我们，可以说完全是一番好意，这倒让人家背上这样一个恶名，真是好人无人做了。儿子在王家寄住，自己总少不得要去看看的，若是照乡下人这种看

法，恐怕自己去一回，乡下人就要议论一回，为息事宁人起见，还是从此不去的为妙。不过自己不去，儿子又怎么办呢？他走着路，一路想得了一个主意：就是不管如何，把儿子接到乡店里来同住，等过了年王贵发回家了，自己才回家去。儿子每日上学，多走一点路，也就说不得了。他想了这样一个笨主意，第三天就把儿子叫到店里去住。王大妈问他是什么缘故，他又说不出来；王大妈以为他是离不开儿子，这也就不追问了。这其间只难为了小菊子，心想：女婿过门了，怎么只住这几天呢？大概这段姻事又算吹灰了吧？她在这样疑惑的时候，过了三四个月，周家父子，依然没有回来。转眼到了麦熟的时候，要打麦上场了，世良才悄悄地回了家，对于王大妈母女，总是不大敢打招呼；同时还去侦察乡下人的态度，对自己怎么样。他越是侦察别人，越是觉得别人的态度可疑。这真让他窘极了。好在回来的时候，是个忙季，整日整夜地割麦打麦，不到王家去敷衍，王家也不见怪。等他将麦收割好了，共总算了一算，大小麦约莫有十五六担，在春夏之交，大可以接济一下子。可是到了大小麦上屯子了，东家周高才又坐着小车来了。照规矩，佃户对东家，只纳秋季的稻；春季的麦，是与东家无干的，东家这个日子光顾到了，却不知是什么缘故？但是东家既是来了，不能不招待，少不得又是买肉打酒，忙上一阵。往日家里来了客，周世良总是请了王家母女来帮着做饭，现在一想到外面的谣言，就不敢再去找她母女了，只好马马虎虎做一餐饭，给东家吃就算了。周高才捧了他自己带来的水烟袋，坐在屋子正中椅子上，喷着烟，慢慢地向他道："周老大！你不必费事，我不是为了吃东西来的。你出来，我和你说话。"周世良坐在厨房里灶门口烧火，答道："东家老爹，你说话我听得见。"周高才咳嗽了两声，才道："你知道，我这几年，境遇不好；第二个儿媳妇死了，大儿子在外面做茯苓生意，又亏了本；这庄田小而又远，我是星不能照月，打算把它卖了。"世良笑道："东家说哪里话！你老何至于卖万年庄。"周高才道："真的！我何必骗你。"他说着话，捧了水烟袋，走到厨房里面来。世良连忙将竹椅子端正了，弯腰向上面吹了两口灰，让东家坐下。周高才微笑道："你这几年弄得很好，我把田卖给你吧。"世良哎呀了一声，刚在灶门口坐下去，又站了起来，他大为吃惊之下，竟说不出话来。可是他镇静了一下，就想得出话来了。因道："东家！

你不要收庄吧。我种你老爹这多年的田，老东老佃，并没有什么事对不住你老呀。”周高才道：“并不是说你不好，我也有我的一番打算。”说着，他手捧了水烟袋，呼噜呼噜，抽了几袋烟。然后笑道：“卖田呢，我是真有这个意思。不卖呢，我有不卖的打算。你的羁庄（注：即佃户给予田东方面之押款），还是三十年前的；不过是五十吊八足钱，合现在的洋价，只好算是十多块钱，我也未免太不合算了。这也不是我一个人破的例，现在田东都是向佃户加羁庄的，你应该和我加上一些羁庄才对呀！”周世良这就明白了，东家是来要加羁庄的。便道：“照说呢，你老这话，不算为过，但是我手边下并没有什么积蓄，拿什么钱来加呢？”周高才道：“我也不过要你加个四五十块钱罢了。这一点力量都没有吗？你家里屯上两屯子麦，把这个卖了给我也就行了。”世良听着，将手搔了几搔头发，看着隔壁屋子里的两个麦屯子，不由得出了一会子神。许久才道：“我要是把麦卖了，这五荒六月，怎样过去呢？”周高才道：“我也不能为了你不能过五荒六月，就不加羁庄呀！你放在我那里的羁庄，我分文不短少你的。我的田可要给别人种了。”世良一听这话，自己没了主意，就请了田庄上两个做小绅士的人和东家讲情，一个是族长周厚德，一个是董长李子彬。他两人同周高才坐下，先用过茶烟，又吃过酒饭，才慢慢地谈上了东家收庄的事。周高才捧着水烟袋，走出世良的大门，向四处观望着，口里自言自语地道：“这庄子真好，水路十足。”耳后就有人接着道：“真的。宝庄是个好庄子，只可惜周大老爹不是全庄，不过十股里面的一股罢了。”他回头看时，是周厚德出来了，便向他走近了一步，低声道：“诸事请帮忙。这个庄子，我不能不收，多我不敢说，我送厚德先生两块钱买茶叶喝。”周厚德抬着肩膀笑了一笑道：“好说好说！你老自然找着下手了，下手出多少钱羁庄呢？”周高才呼着烟道：“下手呢，是没有找着。你看这样子，不值一百五十块钱的羁庄吗？”周厚德笑道：“一百五十块钱，未免多一点；若是一百上下，我倒可以荐举一个。大老爹！你是个收租的人，什么不明白，给田人种，不在乎羁庄多少，要看看佃户是不是个硬主户。现在乡下人都学坏了，要人家田种的时候，不怕按月出二分息，借钱来做羁庄；但是到了收租的时候，他跟你疲疲缠缠，交不出租来，你也不能要他的命。所以我的意思，倒不如找个户头硬的。”周高才道：“你老知道，我并不

在乎一百八十的羁庄钱；只是周世良这老头子，有些胡来，放了田不种，要去帮工；他收不到粮食不要紧，我的田不能让他这样马虎做下去。厚德先生路上有人吗？周厚德道："有人，不过李子翁那一方面……"周高才道："当然，我也要送他一份礼。"周厚德道："不过周老大种田二三十年，这回收回来，照规矩应该给他一点什么的。你老打算给多少钱呢？"周高才沉吟了许久，才道："这样吧，我也不请收庄酒，他也不用请客下庄，我们两下便当，照着他羁庄的算法，我贴补他十吊八足钱。"周厚德听着说了这些话，他肚子里就有了分寸了。当时将李子彬找到一边，说了几句鬼话，于是就劝着周世良说："你现在和人帮工，自己的田也忙不过来种，怎好种人家的田呢？东家是十分地厚道的，他不必你开口，已经答应贴补你十吊八足钱了。"周世良道："我也知道东家老爹是很厚道的，东家老爹答应给我十吊八足钱，我也谢谢；但是我周世良是个傻子，只许人家沾我的便宜，我可不愿沾人家的一个钱的便宜。我原来是给多少钱东家老爹做羁庄的，现在东家老爹，还给我多少钱就是了，难道我还能霸占东家老爹的田产，非给我多少钱不可吗？田呢，是让东家收回去，不过此外我还有件小小的事情，要有钱的东家帮我一个忙。"周高才连忙说道："你自己说了，不沾一个钱的便宜，怎么又说起有钱的东家起来呢？"周世良道："我说了不沾一个钱便宜，还是不沾一个钱便宜的。刚才东家在门外，不是夸赞这个庄子上的田很好吗？我托东家的福，也有一石种的田。在这个庄子上，我这样的穷命，只配和人家帮工，田也未必种得好。这样吧，我就把这田卖给东家吧。"他坐在下方一张竹椅子上，口衔了一枝旱烟袋，慢慢地抽着烟对人说话，最后他在嘴里抽出旱烟袋来，倒捏着烟袋头，将烟嘴子连连在另一只手心里击着，脸上装出很郑重的样子来。大家以为他是说气话，听着都不免怔了一怔。世良站了起来，向大家表示着一种诚恳的样子出来，他道："真的，我要把我这庄田卖了，这不是假话。一来，我儿子小学快毕业了，我要随着我儿子到省城里去；二来，我要供儿子念书，我田里出不出来那些个钱；有东家的田呢，多少还可以帮助我一点，东家若是把庄收回去了，还我五十吊八足钱，我哪里再写别人的田种呢？五十吊八足钱，写一石多种，那是三十年前的事呀！有道是一不做，二不休，我情愿把我名下的田也卖了，身上带些现钱，可以到省城里去做点小本生意。三来呢，这乡下我住得有一些厌烦了，我……我……我要去交一班新朋友。”他说话时，不能一鼓作气，再板住面孔了，伸起手来，又只管去搔头皮，现出踌躇的样子来。李子彬道：“你真要卖田吗？你说要交新朋友，这乡下的旧朋友，就都不要了吗？”周世良一听到了这话，他就想起乡下人所造的谣言来，于是淡笑了一笑，又哼了一声。这样一来，东家周高才，却是做梦也想不到的事，这庄子上，这样好的田，周世良都肯卖出来，自己是和他共庄子的人，不买何待？于是又去约周厚德李子彬到一边去，唧咕了一阵，然后重新走回来，彼此呼了几筒水烟。李子彬架着腿向世良坐着，抖颤个不定，还将身子摆了两摆道：“刚才东家老爹说了，他原本不能买你的田。因为你要将本图利，在省里去做生意，而且是照顾儿子读书，这是好事，所谓君子成人之美，他愿意促成你这番好事，但不知你下了决心没有？”世良看了东家一眼，觉得他那严肃的面孔上，带了一层笑容，果然是个慈悲脸儿放了出来。便将手一拍道：“有什么下不下决心？田跟着庄屋一齐卖，犁耙锹锄跟着耕牛一齐卖，我卖空了，我要有点后悔的意思，我就不姓周。”周厚德手上捧了水烟袋，将脑袋和上半截身子摆成了个大圈圈，然后向周高才微笑道：“此所谓破釜沉舟是也。”摔过了这句文，才掉过脸来向周世良道：“你卖得这样干干净净，难道不回乡了？”周世良道：“我产业不要了，还要家乡做什么？这些话，三位先生不必替我多虑，只要在作价上给我多帮一点忙也就是了。”周高才这就点点头道：“好了，这些话也就不必提了，我今天不回去，可以请两位中人出来，晚上好好地谈一谈。所有伙食茶烟，都归我来办……”世良觉得田卖妥了，计划是成功了，可是心里头却有一种说不出所以然来的伤感，不等东家的话说完，就走出大门来迎着风看看天色。一回头，却看见计春两眼红红的，靠了墙站着出神；世良走近来问道：“你怎么了？你怎么了？”计春撅了嘴道：“你把田卖了，为什么把屋也卖了，牛也卖了？”世良咬了牙道：“哼！我要和这一乡的人都绝缘了。”说毕，他又顿了一下脚；在这一顿脚之间，知道他们父子，是决计离开农村的了。

第五回

一车行李含泪别故园
数件乡仪赧颜探巨室

这一天周世良卖田，不但他的儿子周计春十分伤心，就是同村子里的人，看到他这种举动，也没有一个不引为奇谈的。因为三四月里，割完了麦，正好插秧；过三个月就可以收到今年的稻子。卖田卖地，都应该过了秋季，等到稻子收到手以后。这个时候，买主买了田，三个月以后，可以收租，利息就大了。然而周世良的东家周高才，就只当不知道这一件事，装着马虎，在这村子里耽搁三天，把田买了。周世良声明：等儿子放了暑假，就把田庄交割，只要田价付得痛快就是。周高才自然是巴不得如此，一口答应了。过了一个月，计春已在乡小学里毕业，高高名列第一。那刘校长觉得不负他那一番提拔之意，写了两封介绍信给周世良，说是乡下人到省里去，关于投考学校的事，那是摸不着头脑的；到了省城里，可以去找他两个同学，那二人必定会指点一切。周世良自是千恩万谢，他一来希望儿子成就，二来恨乡下人太不谅解他，一点顾虑没有，就跑到周高才家里去，请他收庄。周高才在这一个多月以内，卖了几批陈稻，得着上等价钱，心里是十分高兴。这一天周世良又来催他收庄，更是高兴，就留着他在家吃午饭，约他在私厅里，供着茶烟谈话。这里乡下财主人家，都有个私厅，犹如城里人家客厅一样，非是有体面的客，是不向这里引的。周高才给与周世良的面子就大了。周世良衔着自己带来的旱烟袋杆，隔了桌子角，向旧东家望着，他深深地吸过了两口烟，眉毛一耸，笑道："大老爹，你要发财，买我这庄田，买得太痛快了。第一，我这田既是很好，又和你老的田共庄子，你老一块田并成一大片了；第二，你老今年买回，今年就收租，可以多生一年利息，这是少有的事；第三，田是我自己种的，不像买阔人家的田，田在佃户手上，买下了，还怕佃户不交租，你看我多么痛快，倒反来催你老收庄呢。这样痛快的事，我周世良并没有多要你老一个钱，到了现在，你老可以相信我是个好人吧？"周高才手上也捧了水烟袋，架了腿在那里抽着，点了两点头，喷着烟说话道："我向来就没有说过你的坏话听。要不然，你想，你不过下五十吊八足钱的羁庄，这十年以来，我就下了你的庄了。"他身上穿了葛布长袖短褂子，半旧蓝纺绸裤，白竹布袜子，双梁头羽缎青鞋；捧的那管水烟袋，是纯白铜的，托烟袋的手夹了一根长纸媒，而且手腕上，还带着一只玉镯子。在这些事情上面，当然都可以表现出他的斯文一脉来。所以他说了话，也是半闭着眼睛，纸媒灰烧得很长，然后滚到那半旧的蓝纺绸裤子上去；他对于这个，并不怎样地注意，依然在抽他的烟。周世良看着他这个样子，倒有些莫测高深，心里有一句话想说出来，却又不敢说出来，沉吟了许久，才笑道："田是卖了，我还有些零碎东西：水车呀，犁呀，耙呀；还有和王家合喂的一头牛呀，我还不知道怎样安顿的好。"周高才道："难道这个你也打算卖了吗？我劝你不要这样决断。你送儿子到省里去读书，固然是好事，但是到了年老的时候，你总也要回来。有道是树高千丈，叶落归根。"周世良道："那不要紧。将来我要回家的时候，再置下一份就是了。大老爹，你能不能够帮我一个忙，把这些东西给我收下来呢？随便你给我多少钱就是了。你老的田很多，不都是用得着吗？"周高才将两个指头由纸媒末端向上搓，一直要搓到顶端去，低着头只管想着他的心事，许久才道："要是一头整牛呢，我倒有用，你和人家合喂的，我住得这么远，怎好合用？你的动用家伙，我倒有些不便用，人家不知道，以为我买你的田产不算，连家具都买了，那岂不是逼你出境吗？"周世良道："笑话！你老逼我出境做什么呢？你老不肯帮我这个小忙，我也没有法子。"说毕，他衔了旱烟袋，极力地抽烟，一句话也不说。周高才看了他那懊丧的样子，想到他说的话，给了几件痛快的事，这倒也是真的，一点儿不帮他的忙，却也有些说不过去，又抽了两袋水烟，然后向周世良道："你到省里去，有房子住吗？"周世良道："没有，到了省里再说。"周高才道："我老二过继到舅舅家里去，他有钱比我要超过百倍呀！

城里整条街的房子，多半是他的产业，大的小的，他手下都有。你到城里去，我可以和你写封介绍信，让他租两间便宜房子给你，你看好不好？他乡下的田，都是我和他收租。凭着我一点面子，也许他一时高兴，连租钱都不要。你不知道，他没有儿子，只有一个女儿；而且那个女儿，外面还有人散着谣言，说是买来的。他为了这一件事情，拼命地做好事，总想再生一男半女的。你姓周，总是一家人，你去找他，大概他总会给些面子的。”周世良由嘴里抽出旱烟袋来，大声道：“那就好了，不就是那个有名的孔善人吗？”周高才点着头道：“是的。你想，他借两间房子给你住，那算什么？”周世良道：“不出钱住人家房子，那总不方便，只要孔善人肯少算些租钱，那我就感谢得不得了了。”周高才见他愿意如此，那是自己对他有了感谢之处，立刻搬出纸笔墨砚，写了一封荐信，怕周世良不懂，还摇头摆脑地，将全信念给他听了一遍。周世良知道他不是敷衍，也就很高兴地将信拿了回家去，过了六七天，周世良把所有的东西存的存，卖的卖了；将细软收拾了一小车子，就上省城去。小车子是自己推着，计春只背了一个小包袱，随了车子走。他们动身以前，曾到村子里去辞行。这个时侯，全村子里人感到周氏父子卖田卖地出门，大有一去不回的意味，大家心中都有一种感触。老少男女，一齐跟着小车子后面，送到村子外来。这其间只有王大妈母女，心里最是难受；王大妈想着：计春这个孩子，是自己最欢喜不过的，原来的意思，是想让他做女婿，以前周世良的神气，也像很同意，还不时地把这话提着呢；不料这几个月之中，他忽然冷淡起来；自己是个女流，这话也就不便再提。如今看着这一个自小在面前长大的无娘小孩子，跟着一个性子倔强的老子走了，教人真有些舍不得！小菊子在一个时期中，曾深信着计春就是自己将来的丈夫；最近几个月，虽然他不到家里来玩，在外面碰到，总是偷着说两句话，也不像是完全断绝关系。可是现在他可要走了，因之母亲送行，她也跟着送行；低了头，紧紧地在母亲身后走着，转着她两个小眼珠，并不做声。周世良将小车子推到小路口上，放下了车把，然后回转身来，向大家拱拱手道：“大家都有事，不必送了。我本来也舍不得离开家乡，只是为了小孩子前程计算，我不能不忍心走一下。年一年二的，我有工夫，就回来看看诸位。我没有别事奉托的，就是庄子后面，我女人的坟地，请关照一二，不要让小孩子在那里放牛。祖坟上好在有本家，我就不管了。”说时，他嗓子管也哽了。大家都安慰着请他放心，这些小事，一定可以办到。这时，王大妈的儿子小海，手上牵了一头牛，也由田垄上赶了来看热闹，那牛耸着两只耳朵，睁着大眼睛，只管向计春望着。这正是周王两家合喂的牛，现在完全让给王家了。周计春看到，连忙跑上前去，用手摸了牛的脊梁道：“大黄牛呀！我们再会了。你好好地跟着小海，不要淘气。”那牛对于相从多年的小主人，自然是认得的。计春抚摸着它的时候，它就摇摆着它的尾巴，在两条大腿上掸刷着。小菊子在这个时候，也就有一步没一步地走到牛旁边来，看了计春一下，也用手去摸摸牛。计春向她道：“你看，你耳朵上的环子丢了。”小菊子用手摸摸耳朵，俯着眼皮，低声道：“我老早就没有带那个东西了。”小海道：“姊姊！你为什么不哭呢?”小菊子道：“我好好的哭什么?”小海道：“你舍不得计春呀！人家送行的时候，舍不得总是要哭的。”小菊子板着脸，将下巴一伸，啐了他一声道：“该死的东西！你嚼舌根。”在场有几个爱开玩笑的，都笑了。她不能再送行了，一扭身子就转回家去。周世良心里，总记着乡下人的谣言，不敢说什么，以免惹起是非，又向大家拱拱手，说道：“诸位请回，我要赶路了。”于是推着车子顺了大路走去。计春向大家点着头，也就跟在车子后面，一步一步地走着。他父子二人走了几步，就回头看看，慢慢地只看得到村子的屋脊，慢慢地只看到村子前面的一带小树林；慢慢地村子面前一切的东西都看不到了。车子推到一个高坡下，周世良将小车歇了，走上高坡，回转身来望着。计春道：“爹，你推不上这坡吗？我在前面给你拉一把吧。”周世良摇着头道：“我倒不为这个，要歇一歇。你看我们的村庄，已经看不见了。我们不知什么时候再看到这村庄呢，站在高坡上，多看一会子吧。”说时，将手比齐了眉毛挡住了阳光，只管向原路上看了去。计春看到父亲那恋恋不舍的样子，不敢做声，也就跟着走上高坡来。果然，站在这里，不但可以看到自己那个村庄，仿佛自己家里后门外两株大树，都看得清清楚楚的了。计春还未曾说什么，世良叹了一口气道：“我为着你，家乡都不要了，你要怎样努力，才对得住我呢?”计春更不敢说什么，只是正着脸色，望了自己的村子。父子两个站在高坡上，彼此不发言，都是这样呆望着。那高树上的新蝉，吱吱地叫着，好像对这临别的两父子，加上

了一阵什么惜别的意思。世良在半年以来，总是恼恨着家乡，决定了抛家远去；可是到了现在真要走的时候，也不知道是何缘故，心里更觉着难分难舍，眼睛里面含着两眶眼泪，只管要流了出来。不过自己要哭了下来，恐怕会惹着儿子心里难受，于是勉强笑了起来道："不要看了，越看倒好像越舍不得。其实省里到家，也不过一百一二十里路，起早动身，摸黑也就赶回家了，我们有什么舍不得呢？"他说着话，自走下了高坡，掀起腰带来擦额头上的汗珠，顺便他就在眼睛皮上揉擦了几下。计春明知道父亲是要哭哭不出来，再说什么，那会惹着他更伤心，于是悄悄地随着他身后，连出气的份儿，都有些不敢。世良亦复如此，又怕儿子难过，父子两人，就在渺无声息的情况下，一里路又一里路，离开了家乡。小车在路上走了两天，到了安庆城里。先在小饭店里住下了，世良和儿子商量着，还是先去打听学校呢？还是先去见孔善人呢？计春说："还是先去见孔善人的为是。我们在这饭店里多住一天，就多一天的花费。"世良想想也是，于是就把家里带来的薯粉，绿豆，大柿辣椒，芝麻炒米粉，合成四色礼物，将一个大竹篮子提着，父子两个，都换了两件干净些的衣服，便访着孔善人家，前来投书。这孔善人是周高才族弟周高贤舅舅的诨号，因为他没有儿子，把外甥周高贤承继了过来，于是周高贤一变而为孔大有。老善人死了，他也就顶上善人这个诨号了。因为这个诨号是世袭的，所以谈起孔善人来，没有不知道的。世良父子在街上一打听，毫不费事，就找到那个所在了。那里是一个八字大门楼，两扇大黑漆门上，钉着白色大铜环子，门敞开着，向里一看，却是一个朱漆屏风，上面大书"齐庄中正"四个字。这屏风放在白石砌成的大院子中间，分成了一半；隔了屏风，可以看到屏风那边花木扶疏的影子；门两边相对立着，有两间门房。周世良是个常上省城买东西的人，多少知道一些省城里大户人家的规矩，因之到了门口，且不冒昧进去，先站在门外，咳嗽了两声，然后问道："有人吗？"左边门房，有个人应声而出；见大门外站着一个人穿白大布褂子，蓝大布裤子，脸上是黄中带黑，当然这是个乡下人；再看他手提的那个竹篮子，里面通通红的，有半篮子大柿子辣椒；他脚下穿了长筒大布袜子，双梁头布鞋，还在上面屯积了许多黄土，当然，这也是乡下人挂的一个幌子。那门房看了这样子，就迎上前来问道："我们这是孔家，你是来找甚么人的?”世良先笑着，然后放下手里提的篮子，抱着拳头作了两个揖，笑道：“我们是乡下来的，这里还有周高才老爹带来的一封信。”那门房道：“哦！你是潜山田庄上来的，今年来得怎么这样早?”世良笑道：“不。我这里带了一封大老爹的信来，我这里还有……”他说到这里，感觉到有些说不出口，向篮子里的东西看了一眼，门房道：“你这些东西，莫非是带来送礼的？乡下人倒有个意思。哈哈！”周世良听了这话，不知道人家是好话，还是俏皮话，只是站定了，嘻嘻地笑着。计春虽然年纪小，究竟肚子里念过几句书，见父亲僵在这里，不能完全坐视，就抢上前一步，迎着那门房笑道：“我动问一声，这里孔老爷在家吗?”那门房向计春周身上下打量了一番，问道：“你是这年纪大的甚么人?”一句话还未说完，外面有了娇滴滴的声音喊着道：“黄老四！黄老四！快来，快来把东西拿了去。”计春看时，门口来了一辆漆黑油光的自备人力车，车上坐了一位十五六岁的姑娘，穿了一件淡绿色的绸衣服，乌缎子似的头发，分着梳了两个圆髻，身上长长短短的纸卷，大大小小的纸包，却堆着很高。那门房走了过去，将东西一齐拿着，向重门里后进房子提去，门口还站有两个乡下人，他就不大理会。这女子走下车来时，露出脚上一双长筒的肉色丝袜，白缎子鞋上大红丝线绣着大朵子的花，走过人身边，一阵香风扑鼻。计春是个乡下长大的孩子，哪里见过这样艳装的女子；尤其是肉色袜子像是人光着大腿；白色鞋子，平常人家不带孝是不穿的，城里人却在上面绣一朵红花来穿着，这都是生平所未曾见过的事。只是自己在乡下的时候，脸皮就十分嫩不过，如今到了城里头来，见着城里的女子，那里还有抬眼看人的份儿。因之微低了头，闪到一边不敢做声。那姑娘倒偏是不怕人，看到路当中放了一只大竹篮子，篮子里有一个大粗草纸包，两个蓝布袋，其余便全是大红辣椒；她弯着腰捡起一个辣椒看了一看，笑道：“这辣椒很好，是乡下带来的吧？城里现在还吃不到呢。”世良弯着腰笑道：“是的，小姐！是我们从乡下带来的。”那姑娘将那红辣椒丢下，也没有问下面一句话，竟自走了。计春当她弯腰向大篮子里去捡东西的时候，见她那只手臂，真个雪藕似的，他心里就想着：城里的姑娘，究竟是比乡下姑娘好看得多。第一就是这样白嫩的皮肤，在乡下是不容易找出来的。计春在这里想着发呆，世良也在这里想着发呆。他想着：刚才

和那门房谈了一阵子，还没有归到正题，看那门房，有些拿乡下人开心的样子，自己究竟还是跟着向下说，不跟着向下说呢？跟着向下说，又怕碰那个门房的钉子；不向下说，难道就这样回去不成？计春在一边也看出了父亲为难的样子，便道："爹，等那个门房出来了，我们拿出信来，和他直说就是了。"世良踌躇着道："我倒有些后悔。人家这样有钱的人家，我们送一些土货给人家，恐怕人家不欢喜，我想不如把这个篮子提了回去，明天再来吧。"计春抬头看看，这个人家砖墙，高到三四丈，是乡下不容易看到的一幢房屋，看看重门里面，那正屋大柱子落地，配着红色的雕窗，这个人家的富丽，可想而知。据自己在书本上得来的知识，有钱人家，吃的都是珍馐美味，哪个要吃乡下人的芝麻炒米粉，拿回去也罢。父子两人站在大门口没有主意的时候，那门房带一个中年妇人出来了，据世良每次到省里来的经验所得，知道她是一个女仆。她一直向这里走来，向篮子里望着，问道："乡下人！你这红辣椒卖的吗？我们小姐愿意多出几个钱买下你的来。"世良不知道这小姐究竟是这家什么人，就搔着头发短茬胡子，微微地笑道："这个我是由乡下带来送孔老爷的。"女仆向门房笑道："这倒来得巧，小姐想腌大柿子椒吃，就有人送。喂！乡下人，篮子里还有两个破布袋，快拿了出来。"周世良笑道："不！那也是送这里孔老爷的。乡下人送点土东西，不值什么。"女仆听说，提了篮子，就向里面走。那门房连连招着手笑道："喂！喂！喂！你不要糊里糊涂，就把东西拿走，你也要打听打听，这送礼的姓甚名谁？"那女仆笑着放下篮子道："乡下人，你有名片吗？"那门房不由哈哈笑道："乡下人不但有名片，还有一品老百姓很长的履历片子哩。"计春一看，这是一个机会，就迎着上前道："我们倒是带有一封信，请你带进去吧。"世良急忙中也不知说什么好，就在身上掏出那封信来，双手递给了女仆。女仆点着头道："你既是有信的，站一会儿，等个回信吧。"于是提着篮子走了。世良到了这时，信送进去了，东西拿走了，向那门房，已是无话可说，站在院子里只管搓那两手。门房看他那种窘相，本想和他说两句开玩笑的话，可是看那样子，又似乎是主人庄子上的人，侮辱自家人，怕是让主人翁知道不高兴，也就在口里衔了一截烟卷，望了他们发着微笑。过了一会子，那女仆走了出来了，向世良招着手笑道："你送的那些东西太好了。"世良听到，以为这是一句挖苦话，把一张老脸臊得通红；心里也就怦怦乱跳，望了人家苦笑着，说不出话来。女仆笑道："真话。我不和你开玩笑，我们老爷看了你的信，非常之欢喜，说是让你进去当面谈谈。"周世良听了，心里自然是欢喜；可是也就同时感着了恐慌，自己见了乡下大老爹都有些心慌说不出话来，现在要去见城里的老爷，这焉有不着慌之理？因之抬起手来，只管搔着自己腮上的短茬胡子。女仆道："去呀！不要紧的，我们老爷，也是你们同乡呀。他为人很和气的。"世良望了计春笑道："我们同路去呢，还是你……不，还是我们一路进去吧。你也是知道的，我见人是说不出话来的啊。"计春便走了上前，跟着父亲走，低声道："你不用做声，让我去跟他们说话就是了。他问我们一句，我们答应一句；凡事都照实说，这也没有什么为难的。"说着话，他两手扯了他的衣襟，又微微地咳嗽着。他们跟了那女仆，也不知穿过了几重院落；正走路间，却听得身边噗嗤一笑，回头看时，乃是刚才进来的那位漂亮姑娘，打开窗户，坐在横窗的一张桌子边。她手上捧了一只雪白细瓷花碗，用一只小银匙，在那里挑芝麻炒米粉吃。她吃这种干粉大概吃得太急了，呛了嗓子，于是笑将起来。计春匆匆地看了一眼，怕是犯了什么规矩，依然低了头再向前面走。到了一个客厅里，只觉那屋子里陈设，像平常在图画里看到的那样富丽，脚下踏着的地皮，也是软绵绵的，低头看时，才知道地上也铺了厚被单子一样的东西。转过了客厅，旁边有一间房，一张横桌子边，有一张圆桌，上面端端正正坐着一位四十上下的先生，他口里衔了一枝比指头还粗的黄色香烟，微昂着头，看了人进来。他穿了一件蓝绸长衫，由里面向外卷着袖口，露出里面小衣的袖子，赛似银子。他胖胖的一张圆脸，两腮上的肉，向鼻子边直拥上来，浓眉倒配着小眼睛；笑起来，鼻子边两道沟纹，眼睛合成一条缝，倒真个有些像庙门口那大肚罗汉。世良父子两人进来，世良抱了拳头就打着拱；计春一进门，老远地就是一鞠躬，快走到桌边下了，又微微地一鞠躬。孔大有两手捧着水烟袋，略微起了一起身，点着头道："请坐吧。"周世良回头一看，身边倒有两张又肥又大的矮椅子，心里倒想着，有钱的人家，怎么倒用这种粗笨的东西？他倒退了两步，挨着椅子，然后坐了下去。他一坐下之后，那椅底软绵绵地向下一落，他倒吓了一跳。计春知道，一定是很讲旧规矩的，自己待要坐下去，那是和

父亲并排坐着，恐怕孔善人有些看不惯；于是向后看了一下，依然在一边站着。这个样子，正好是合了孔大有的脾胃。他笑着点了点头道："据家兄来信说，你在乡下读书读得很好，到城里是来读书的。"计春道："是的，就怕乡下学生，到城里来赶不上功课。"孔大有又点了几点头道："只要有志气，慢慢总赶得上的。但是还有一个问题，你们在乡下种庄稼的，到了城里来，父子两个何以为生呢？"周世良听说，微微地站起来，又坐下去，抬着手想在头上去搔痒，想着这是失仪的态度，把手又放了下来，笑道："是的呀，大家都是这样说。不过我有一项手艺，会做豆腐。我打算在省城里开一家豆腐店。"孔大有道："你会做豆腐吗？"周世良笑道："不瞒你老先生说，我为了孩子念书，去年下半年到乡下杂货店去帮工，学会了这一项手艺，预备到省城里来混几个钱用的。"孔大有听说之下，身子一仰，大为兴奋之下，却将桌子一拍，扑通一下响着，吓了世良父子一跳，倒以为是什么话失言了呢。

第六回

豪仆夸家世名姝恃宠
新邻来陋巷老媪垂怜

这位孔大有老爷突然一个兴奋样子，还真把周世良父子都吓了一跳。他看到这二人都有吃惊的样子，便笑道："我不是说别的什么，我的意思，以为你们这父子两个，都是了不得的人；儿子肯念书，老子也真肯想法子帮儿子念书。我在省城里，负有一个孔善人的名义，你们是知道的；像你们这样的人，我都不能大大地帮一点忙，那么，我还做什么慈善事业。"世良一听，原来他的大意如此，这倒是自己白白地受了一番惊吓，因之站起来向孔大有作了一个揖道："大老爷！你有这一番好意，我父子两个是二十四分感激。这孩子念书，将来有一点成功，总要重重报答你老人家大恩。"孔大有听他的话音，好像是信任自己有十万八万银子可以相送似的；他的希望也未免太大了，于是正着颜色道："你不是打算在城里开豆腐店吗？我的房子租给人住，向来是有一天算一天的；无论什么人来住，分文不得短少。但是你这个人志向可嘉，而且你又有我家老大的荐信，我怎好置之不理？在这里升官巷，我有一个店面子空着，租给别人，都是十块钱一个月，租给你，我可以打个八折，只要你八块钱。你看这个办法如何？"周世良听说了，默然了一会儿，孔大有道："你明天可以到那店面子去看看。"周世良还不曾说话呢，却听到隔壁屋子里，有人叫了一声爹。那声音娇滴滴的，分明是个女子。孔大有听了这种声音之后，一秒钟也不曾耽搁，立刻就走到隔壁屋子里去。过了一会子，孔大有又走了出来了，就向他们点着头笑道："你父子两人造化，我大小姐听说你们是开豆腐店，欢喜得了不得。她是爱喝豆浆

的人，每日早上，都少不得要喝上一碗的。她说假使你们要租我们的房子开豆腐店，我可以不收你们的租钱，你们每日早晨送一碗豆浆到我们家来，那就行了。”周世良本来不想说什么，就要告辞的，于今孔善人又答应了可以白租房子住，不觉搔了两搔耳朵，笑起来道：“每天送一碗豆浆，这太容易了。照说呢，我们不敢当，但是我们到城里来，哪一件事不是要人帮忙的，我也只好不说什么客气话了。”孔大有道：“好吧，你到明天，就可以同我这里的门房去看房子，布置起来。我们的大小姐，还等着喝你的豆浆呢。你住在什么地方呢？有事我也好派人去找你。”世良告诉了饭店的字号，称谢而去。这不过是完了他父子们心愿之一，此外不曾举办的事，自然很多；因之到了次日，就拿着介绍计春见人的信，去分别投递。人不能一投信就见着，所以有三四天的工夫，都不曾去接洽店铺的事情。到了第五日，孔大有倒派了一个人来问世良的话。这正是那天不愿将他父子引进去谈话的那个门房。他找到饭店房间里，看到世良，先笑着向他点了一个头道：“恭喜你爷儿两个一本万利。”说着，又抱着拳头，作了一个揖。世良听了他的话，倒有些不知所云，瞪了两只大眼睛望着，门房笑道：“我不说，大概你也不明白，我们大小姐，她是个性急的人，听说你们要开豆腐店，正等着要喝你们做的豆浆呢！她老不见你们去接洽，怕是你们没有钱开张，叫我送了一百块钱来，借给你们做本钱，你就快开张吧。不过这里有一个小小的条件，……”说着，又是一笑。世良真料不到有这样好的事情，凭空人家竟会送一百块钱来做本钱；两只手互相搓着，隔了裤子，搔搔大腿，又将手摸了两下胡子，笑道：“这真是不敢当，多谢你老送来，我没有什么可以感谢的，我送一点点意思过来，让你买包茶叶喝吧？”门房在身上掏出一叠钞票来，右手拿着，在左手心上连连敲拍了两下，乜斜了眼睛，望着他道：“你有这些个钱，一家豆腐店，还有什么不够开张的吗？不是我亲自送来，你又哪里会得到？这样办吧，我在这里边抽出两张来用，可以吗？”说时，果然就在钞票里面抽出两张来，另一只手捏着，做个要向身上揣起来的样子，笑道：“我揣起来了，好吗？”世良连连点着头道：“可以的，可以的。”门房道：“我和你闹着玩呢。哪个要你的钱？就是要钱，这是小姐送给你的款子，天大的胆，我们也不敢分用你一文。”说着，便将钞票一齐塞到世良手上来；世良手上捏了钞票，心里怦怦地乱跳着，这一下子，倒不知道是多谢好，还是直接受着好，只急得呵呵地笑着。许久许久，在踌躇的态度以外，他才想出了一句话："你老贵姓呢？我还没有请教啊！"门房道："我叫鲁进。自小就在孔家做事，不是夸嘴的话，问起孔家的事来，除了我，不会更有别人知道的了。"世良捏着那一百块钱钞票在手，正没个做道理处，只瞪了两只眼睛，向屋子周围四处张望着。计春原看到父亲在和人说话，自己就不曾做声，默默站在一边听着，现在看到父亲有些手足无所措的样子，这就迎上前向鲁进点着头笑道："诸事多蒙关照。别的不敢说，将来我们的豆腐店开张了，鲁大爷要吃豆腐干，水豆腐，尽管到我们那里去要。"鲁进笑道："你这孩子，倒也算会说话的。"说着，伸手拍了一拍他的肩膀，接着又道："我倒是不敢居功，还是你们自己的功劳。因为我们小姐，吃了你们的大红柿子椒，又吃了你们的芝麻炒米粉，她高兴得了不得，你们在和老爷说话的时候，她听到你们说得很可怜的，就叫老爷赶快把房子白租给你们住；又怕你们开不了张，所以再送你们这些钱。"计春道："哦！这钱真是你们大小姐的吗？"鲁进道："钱虽不是我们小姐的，也和我们小姐的一样。我们老爷就只有这一个姑娘，万贯家财，将来都是小姐的。大概老爷也想明白了，小姐要天上星，老爷不肯给月亮，总让她称心如意。这钱是小姐告诉账房里拿出来的，将来一报账了事，老爷问也不敢问的。你们既然得了小姐这种欢喜，千万不要再得罪了她；她高兴起来，整千整百送人，不高兴起来，那是一分一厘，也不肯饶人的。到了那个时候，你们不但得不着她的好处，也许要吃亏。"计春究竟是个小孩子，听了这种话，却有些莫名其妙，只是瞪了大眼望着。有了这样久的犹豫时间，世良心里，算是明白过来。他移了一移椅子，请鲁进来坐下，将一只比酒杯稍大的茶盅，斟满了一杯茶，两只手像猴子捧桃似的，两手捧着，送到鲁进面前，这才拱了一拱拳头道："诸事都承你老指教，我一定不忘你老这种好处。"鲁进看到他那番恭敬的样，把他那一肚子荡漾不能止住的故典，就恨不得一下子倒将出来，于是端起那杯茶，喝了一口，接着就向世良望了一下，然后道："你哪里知道我们这位小姐，在学堂里念书，还有名字，人家都叫她皇后呢。你们乡下人哪里知道城里的规矩？皇后这种称呼，以前是不许乱叫的；现在可不然，只要脸子长得好，就可以叫皇后。譬

如饭铺子里姑娘长得好，以前叫饭铺西施，于今就叫饭铺皇后。”世良笑道：“你这位大哥，刚才说着，倒吓了我一跳。外号叫皇后，那可是杀头的玩艺儿！若是你们老爷手下，真有一个做皇后的姑娘，那还了得？”鲁进微笑道：“这本书，在我肚子里，早是滚瓜烂熟，慢说她不能做皇后，就是真个有一日进宫做了皇后，孔家人也不能享福；享福的另外有人。”世良道：“那是什么原因呢？”鲁进端了那杯茶，索性一饮而尽，放下茶杯来，五个指头，罩住了茶杯口，用力一按，表示着很出力的样子。微笑道：“原因呢，自然是有一个原因。但是我不能说。”说毕，又摇了两摇头道：“不要提了，不要提了！我也犯不上来说。”世良道：“你老不说，我们也不敢打听，我们受了大小姐这样的好处，我们还要打听人家什么下落不成？”鲁进笑道：“你要说到这一百块钱啦。”说着，他微微地笑上了一笑道：“这一点子钱，还不够我们大小姐的胭脂花粉费。今天用了，也许明天她就忘记了。我们老爷用钱，那是很经济的，有钱都要做正当用途。譬如说：里里外外，三四十个佣人，我在里面，不说算第一，也要算第二；可是我们老爷轻易不肯赏我们一块一角钱零用。大小姐就好说话了，只要事情办得合她的意，八块十块钱，她随便地赏。”世良笑道：“若是不合她的意呢？”鲁进笑道：“那有什么话说，自然就是吃不了兜着走了。所以我们佣工的，宁可得罪老爷，不可得罪大小姐。”世良笑道：“啊！你们大小姐，倒有这样大的权柄，她今年多大岁数了？”鲁进道：“她今年十七岁。”世良笑着向计春点点头道：“人家才比你大三岁，倒有这样大的威风。”鲁进叹了一口气道：“人只要命好，年岁大小，有什么关系？只要有人捧，三岁的孩子，还可以做真命天子呢。”世良道：“这话倒是真的；不过这样看起来，你们老爷对于这个大小姐一定是捧得十分厉害的了。假使捧得不厉害，怎能够老爷的事，都由大小姐做主呢？”鲁进微微地点了一点头，笑道：“好在他们有的是钱，纵然花个一万两万，不过算老爷在生意上少挣一笔钱，那又算得了什么？”计春听到这里，就不由得插嘴说了一声道：“孔老爷家里，倒有这些个钱，将来都是你那大小姐的了。”鲁进听了这话，却不由得现出十分踌躇的样子来，伸着手抓了短茬头发，只管窸窣作响。他摇摇头道：“这话难说了。据我想，将来是族下人一股，过继的儿子一股，姑爷一股，亲戚朋友也要弄上一股，总而言之，是四分五散的了。这其间，明的钱，都会归到那继承的儿子手上，暗下的钱，那就是姑爷的了。也不知道是一个什么人，那样有造化，既然娶得我们大小姐那样花朵一样的姑娘，又可以发一笔大财。”世良听到鲁进说了孔家许多坏话，心想彼此是初交，知道他说这些话是什么意思？而况自己得了孔家这些好处，也不该回转头来，再议论人家的短处。便站起来拱了手向鲁进笑道：“照说呢，我是应当请你老喝一盅的，不知道可肯赏光？”鲁进道：“请你倒不必请我，我同你一路去看看房子吧。将来你的豆腐店开成功了，常常到乡下找些新鲜玩意来给大小姐尝新，那就好了。这不但你可以常得大小姐的欢喜，就是别人也会有些光沾的。走吧，我们看房子去。”世良以为他是说笑话，也就点着头连连说是。鲁进道：“走！你父子二人，跟我一路看房子去。”说着，他已起身向外面走着。世良父子这时一点也不便违拗，就只好跟在鲁进后面，直向升官巷走了来。这个店面子，倒是齐齐整整的，铺门板一齐关上，半掩着一扇门，远看里面，却是漆漆黑的。鲁进抢上前一步，将门用劲一推，叫起来道：“人都哪里去了？”这门开着，也没有人管，大家走了进去，是一个店堂；由店堂这面，可以看到店堂后面，却是一个四方的荒落院子。院子里，横七竖八搭着竹竿子，和粗绳子。这上面所挂的衣服，自然也就是东飘西荡，如悬着万国旗子一般。地下摆的鸡笼子，洗衣盆，破箱架子，三腿桌子，两腿板凳。地皮很潮湿的，许多鸡鸭脚印，倒好像是一张雕花地毯。墙角上一棵矮桑树，上面挂些破布烂片，又好像乡下福音堂里送给小孩子们的圣诞树。计春进门来，正在这里打量时，那院子里跑出来一个十二三岁的女孩子，一张鹅蛋脸，还有两只黑漆一般的眼珠，简直和那孔家大小姐一模一样。不过孔家大小姐是剪了头发，她却是把头发左右分开，头上梳着两条辫子，由肩膀上直垂到胸前来。她穿着格子布短褂短裤，光了手臂和大腿，跳着跑了出来，活泼泼的，很有趣味。鲁进迎着她问道：“菊芬，你妈在家吗？”计春听了这名字，心里倒不免一动。想着：这孩子怎么也会叫菊芬？菊芬将手扶着一只小辫，在脸上拂了两下，笑着点了两点头。她的一双眼珠，已经是先射到计春身上，再射到世良身上，似乎有些羞答答的样子，不肯说话。鲁进道：“你们家人口又少，地方又大，你为什么把这边的大门打开来了？”菊芬道：“哪个要开这里的大门，不就是你们家的人叫我们先打开

门来等着的吗？他说是有人来看房子呢。”鲁进向世良笑道：“你看我们大小姐想得周到不周到？还怕我们来了，这里大门没有开，先叫人来，向这里后面住的房客，打一个招呼呢。她母亲倪家嫂嫂，那是个能干的人，靠着十个指头，将这个二……啊！不！将这个大姑娘养活了这样大。”他说着话时，用手摸了菊芬的辫子笑道：“这孩子多么好啊！我要认她做干女。”正这样说着，院子门里边走出一个五十附近的妇人，手里拉着鞋底上的长麻线，一面走路，一面拉着。看到鲁进，就把头发上插的一把长锥子取了下来，插在鞋底上，将麻线向锥子上一阵乱绕着，向鲁进点了头道：“二爷有工夫到我们这里来看看。”鲁进指着世良道：“这位周老板，打算租这个店面子开豆腐店。你娘儿两个，现在可以不嫌寂寞了。”这个妇人，就是他说的倪大嫂子倪洪氏。她笑道：“我也听见先前那位二爷来说了，这个周老板，是为了孩子读书到省城里来做买卖的，论起来，这可是难得的事了。”她说着话，就看到计春的脸上来，问道：“就是这一位学生吗？”计春因为她瞪了两只眼睛望着，不便置之不理，就向她弯腰鞠了一个躬。洪氏笑着道：“哎哟！这是一个很好的孩子啊！”世良听到人家夸赞他儿子，他就不由得笑了起来。向洪氏拱拱手道：“倪大嫂子夸奖了。”洪氏道：“唉！做父母的人，忙一辈子，苦一辈子，无非是为了儿女，大家都是一样啊！”说着，她手上拿了鞋底拍了自己手心一下，微微地摇了两下头，表示着无限的叹息的样子。鲁进在身上取出烟卷火柴来，点了一枝烟吸着，向洪氏世良两人微笑着，点了两点头道：“要说为儿女，你两个人，可说都是一样啊。周老板，你就决定在这里开店吧。你们两家人口都少，又都是疼爱儿女的人，一定可以说得上来，不会有冲突的。”世良看这店面是三开间打通，后面还有两间套房，正好开一爿豆腐店。可是想到在乡下和王大妈做近邻，惹出了许多闲言闲语；现在又和家无男子的妇人做近邻，也许又会生出什么闲言闲语来。心里如此想着，自然犹豫着不能够答复出来。鲁进道：“这样好的店面子，白让你做生意，你还有什么不愿意的？我们那大小姐这样待你父子，你要辜负了她，那可是对不住人的事呀！她是个性子急的人，惹发了她的脾气，你们仔细，她翻脸不认人。”洪氏抢着道：“你不要胡说。大小姐为人很好的，年纪轻的人，哪里能够就没有一点脾气？又不是一个木头人！”世良道：“大嫂子也认识这位大小姐吗?”洪氏听了这话,向鲁进看了一眼,然后才道:“是的……认识的。一年我也到她府上去两回的。”她说着这话时,脸皮上有些泛着微红,眼皮微微地下垂,簇拥着睫毛出来。看她的样子,她虽是极力说大小姐为人很好,却又不愿提到大小姐似的。洪氏见世良向她注意着,有些难为情,搭讪着道:“二位难得来的,我去烧一点水来给二位喝吧。”周世良想着,初次见面,怎好就受人家的招待,便拱拱手道:“你不要客气,我们以后做邻居,叨扰的日子还正多呢。”于是望了计春道:“我们就走吧。”计春对于这话,并不置可否,只是向屋子四周观望着。偶然和那个梳两个辫子的女孩打个照面,自己觉得人家很美,仿佛人家也觉得自己很美。因为她只是将眼睛向着自己看来,那黑白分明的眼珠子看着人,光灿灿的,实在不是毫无意思的呢。计春心里既是如此想着,所以对于父亲的话,却是不曾理会得到。世良道:“我们走啊。你还等着什么呢?”计春被父亲说着,以为自己偷看人家小姑娘,被父亲知道了,红着面皮,掉头就走。也是他掉头掉得太快一点,手一摔,在壁上碰了一下,恰是壁上有个钉头,将手掌划了个大口子,只管冒着红血。菊芬看到先哟了一声道:“手上流了血了。”洪氏走向前,一把将计春拉住道:“赶快抬起手来。菊芬!你去把桌上那包牙粉拿来。”计春自己将手一抬,这才看到满手掌都是鲜血,虽然只看见血势来得汹涌,并不知道创口在什么地方,但是血由手掌流到手腕,由手腕更又流到衣袖子里面去,自己也吓慌了,做声不得。在惊慌之时,这位菊芬小姑娘,已经由屋子里取出一包牙粉,跑了过来。看到他手上鲜血淋漓,就咬着牙摇了两摇头。计春虽是个乡下孩子,然而他很聪明,书又读得很明白,理智是情感的钥匙,他岂能没有儿女之情,他看到孔家大小姐那样美丽,心里就很爱她。然而自己心里很明白,像这样大户人家的小姐,休说对她起什么念头,便是多看两眼,也就有些不知进退,所以心里觉得好看,眼里还不敢多看。现在看菊芬的样子,既和大小姐差不多,而且年岁又不相上下,她现时站在当面,向人露出既齐而白的牙齿来,心里真觉可爱。假使自己在这里和她做邻居,她也像小菊子那样待我好,那真会快活死人了。他一个人如此想着,全副精神,都在别人的白牙齿上,却不在自己的血手上。忽听洪氏道:“好了!好了!这个亏可吃得不小。”他这才看到自己的手上去,却原来她

已将一包牙粉完全按在手掌上，代为把血止住了。外面她用一条旧的白纱手绢，紧紧地扎上了两道。他这就向她又鞠了一个躬，道谢不止。洪氏且不理他，向周世良点头道："你这孩子，很是懂礼，也许可以扶上正路的。你将来好歹是一位老太爷呢。"世良只是笑着，他不敢承认，也不愿意否认。鲁进笑道："好吧，你明天就来收拾店面，慢慢办起来吧。为你帮着儿子念书，许多人素昧平生，都愿意帮你的忙，都夸赞你好，你还有什么可说的吗？你先走吧，我在这里还有几句话说呢。"他既叫明了让人家走，世良也不能定在店堂里站着，就带了计春走了。鲁进向洪氏道："你看我们大小姐多大的手笔，为了要喝豆浆，帮助这周家老头子，把这屋子让给他开豆腐店。"洪氏道："你们这是甚么意思？点来点去，点到我们这一所屋子里来了。"鲁进道："怎么着，点到你们这里来了，你有些不愿意吗？这是她的意思呀。"鲁进说到这个她字，声音特别地加重，同时却望了洪氏的脸；洪氏靠了院子门站定，脸上的颜色就立刻沉郁起来了。望了鲁进脸上许久，才道："她这几个月，长得好些吗？我很想等她下学的时候，拦着在路上看看。"鲁进道："你不用得看了，她很好的。你每次见了她，那样亲亲热热的，我很替你担心。"洪氏道："你替我担心什么？我自己认我自……"鲁进不等洪氏说出来，他两只手同时乱摇起来，因道："假使你要像现在这样说话，甚么我都不敢领教；你爱怎么办就怎么办好了。你想想看，以她现在的身份，她能够和你亲近吗？"洪氏呻吟了一会子，很懊丧地道："我并不想她和我亲近呀，我就是个做鞋子的女人，看看大小姐，也不要紧呀。我想她有些明白了，若不是有些明白，为什么把周家父子两个，送到我这里来住呢？"鲁进哈哈一笑道："你这叫梦话了。她会想到这件事上面来吗？你快快不要存这种心事，免得将来节外生枝，为了你这一句话，我要想法子不让周家父子到这里来了。"洪氏道："那为着什么？你又想弄坏人家一场好事吗？"鲁进道："我怕你的嘴不紧。"洪氏道："为什么嘴不紧？若是不紧，这十几年来了，我怎么没有露出一个字来呢？"鲁进道："嘴紧不紧的话，那全在你，倘若你泄漏了什么风声的话，这每个月五块钱的零用，你还要不要？这里的房子，你还想住不想住？老实说，我今天来看房子是假，来告诉你的话是真。你千万不要对周家父子瞎说什么，你不替你打算，你也要替她打算。她的事情，若是大家都知道了，你想想看，她还站得住脚吗？她那个好胜的人，恐怕她真会跳江呢。”菊芬站在一边，看了母亲和鲁进说话，似乎懂，又似乎不懂。这时鲁进说到她会跳江，就扯着洪氏的衣服问道：“妈，他说哪个会跳江？”洪氏道：“说人家的，不相干。鲁二爷，你由我们那边走吧，我来关上这里的店门。”她并不理会菊芬的问话，已经把店门关起来。鲁进穿过这个院子，由后门走出来。洪氏送到后门口，叫起来道：“二爷我还要和你说一句话。”鲁进走得很远了，听她如此说，只好走了回来。洪氏低声道：“你放心得了，我决不会胡说的。你说得不错，我也应当替她打算呀。”鲁进淡淡地一笑道：“你也想明白了。”他也只说这一句话就走了。自鲁进这样一来，平白地添了洪氏的心事。那菊芬年纪虽小，人却是很聪明，看到母亲眉头紧皱，和鲁进说话，又是那样隐隐约约的，心里却很是纳闷。难道母亲不愿意有一家邻居搬来不成？这可不知道她的心意何在了。到了次日，周家父子已经来打扫房子，随后陆陆续续也就搬来一些东西；也不过六七天的工夫，他们就搬进来了。不过世良是个乡下人，见人就不大会说话；加上倪家母女两个，又和乡下王大妈家情形差不多；自己想着，不要惹些什么是非，因此他搬进店来以后，除了到院子里来晾晒衣眼以外，却不出那院子门。有一个晴天，洪氏见计春端了一大盆水，放在院子门口，那盆里满满地浸了许多布片，大一块，小一块，计春蹲在地上，只管低头去洗，洪氏见地上的阳光，快移到他脚边，他满头是汗，兀自洗着不停，便走到盆边问道：“小兄弟，这是什么布，你这样赶着洗？”计春听了问话，立刻就起来答道：“这大的是筛豆浆用的，小的是包豆干用的。”洪氏道：“你家不是还有几天开张吗？你赶着洗做什么？”计春道：“伯母！你有所不知，我爹是个勤快人，无论什么事，他都要自己赶了做。这几天，他忙着开店，外面买东西，家里修灶安磨子，太累了，睡着了，半夜里在床上哼气。我想和他做些事，他不要我做，而且我也要温一些功课，预备考学堂。他昨天就浸了一盆布在这里，没有工夫洗，今天出门去，看到天上好太阳，他又说：误了这个晴天，可惜得很。我怕他会赶回来洗，所以趁他没有回家，先洗起来。这都是新布，没有什么难洗，擦去了浆水就行了。”他说着，又蹲下身子，伸着两手到水里去只管搓洗起来。洪氏听说，将计春周身上下，都看了一遍道：“你这点年纪，倒知道心疼你父亲受

累，怪不得你父亲卖苦力帮你念书了。洗衣服这不是男孩子的事，你也洗不好，我叫我们小丫头来帮着你洗吧！菊芬，这里来。”她如此一叫的时候，菊芬跑得甩摆着两条辫子，跑到盆边来。洪氏指着盆道：“你看这个哥哥多懂事啊！他怕他爹受累了，趁着他爹不在家，给他洗衣服呢。你能够吗？帮着人家洗洗吧。”菊芬将手掌心轻轻地拍着嘴，有些羞答答的样子；洪氏两手按了她的肩膀，让她向下一蹲，笑骂道：“你这孩子做事，真不如人，越比越下去了。”菊芬蹲着在盆边，随手一掏，掏了一个布角在手，她用力一扯，恰好是由计春手上扯了过来。计春不曾留意，身子向前一栽，两手倒按在盆底上。菊芬看到，自然是噗嗤一声笑了。计春臊了一张通红的脸，找了一块小些的豆干布，只管带着水哗唧哗唧搓着。洪氏笑道：“你这孩子又顽皮，人家是乡下来的老实孩子，你可不许再欺侮他。你要欺侮他，我就会打你的。”菊芬笑道：“我哪里欺侮了他，是他自己栽倒的。那个孩子！你说是不是？”计春红了脸道：“不要紧，不要紧。”洪氏点点头道：“这孩子实在好，实在好！我要是有这样一个儿子就好了。”她一迭连声地叫了几句好，却不料被隔壁早已回来未曾出面的周世良听到了。到了这时，他忍不住走出来说上两句，于是一幕错综交互的戏剧，就在这里开始了。

第七回

频唤哥哥相亲如手足
辛劳夜夜发奋愧须眉

洪氏看到小计春替父亲洗豆干布，其志可嘉，其行为又可怜。她正叹息着，想这样一个儿子而不可得。周世良笑着由豆腐店里走了出来，向洪氏拱拱手道："你老心事好，倒要你大姑娘给我洗豆干布。"洪氏笑道："周老板，你造化，生了这样一个好儿子，再苦个几年，你就有接脚的了。这孩子真是读书明理，说出话来，大人都是想不到的。"世良又笑着拱拱手道："你老夸奖，你老跟前也就是这一位姑娘吗？"洪氏道："不，我原生了两个孩子，大的……大的自小给了人，如今不知道流落到什么地方去了。我原是不肯把亲生骨肉给人，是这孩子的老子穷疯了，瞒着我，偷着送给了别人。我五十岁的人了，只有这样一个小黄毛丫头，以后的日子，我就不敢想。"周世良道："你们城市里的人，都说着男女平等啦。养姑娘也是一样的。姑娘好，现在也可以出来做事，也可以挣钱养家的。"洪氏道："男女平等，那不过是句话罢了。有钱的人家，把女孩子送去念书，那也不过是好玩；哪有人真的让女孩子去念书，指望着她来养家的呢？女孩子聪明一点，清秀一点，将来招一个好些的姑爷也就是了。"她说到这话时，那蹲在地上洗豆干布的计春，却向对面的菊芬偷看了一眼，洪氏道："小兄弟，你不必洗了，让她慢慢地给你洗出来就是了。你不是说要预备功课去考学堂吗？你还是去预备功课吧。"计春抬起头来，向他父亲看了一眼，意思是表示着问：可以让她洗下去吗？世良看洪氏说话，却是诚意，就对他道："这位大娘体恤你呢，你就让这位小姑娘给你洗下去吧。你趁着这个工夫，可以去看看书。"计春于是

向洪氏点头道谢，自向豆腐店里去了。洪氏望了计春的后影，她是不住地点头，那意思就是说：这个孩子真好。世良看到别人这样爱惜他的儿子，当然心里十分地高兴，自己也禁不住微微地笑着。洪氏笑道："周老板，你生了这样一个好儿子，你自己也是多么高兴啊！"世良手摸了自己的胡茬子，笑道："你老夸奖，你若不嫌弃的话，就让这孩子拜在你老跟前做干儿子吧。"洪氏笑道："好哇！我这个干娘，别的好处不会有，若论到洗衣浆衫，缝联补缀，我是拿手。这些小事，全交给我好了。"世良道："若肯这样，那是我孩子的造化，挑一个日子，让他给你老磕头。"洪氏道："那都是用不着的，叫一声干娘就是了。你哪一天开张，哪一天就是好日子，哪一天就叫我做干娘吧。"世良笑道："这就好极了。有你这样一个老太指教他，比我好得多呀，男子们对于管家这些事，总不会像太太这样见得周到的。"洪氏道："周老板，到我们家里来喝一杯茶吧。"世良拱了两拱手道："不必费事了，我也要去收拾店房了。"说着，也就转身而去。菊芬回过头来，向母亲问道："你说的话是开玩笑的呢，还是真的呢？"洪氏道："当然是真的。我为什么开玩笑呢？"菊芬笑道："我以后叫那孩子做什么呢？"洪氏道："自然叫哥哥。"菊芬道："我不叫他，叫起来怪不好意思的。"洪氏道："小孩子！哥哥妹妹地叫着，有什么要紧？"菊芬道："他若算是我的哥哥，以后也到我们家来吃饭吗？我还多着一只好花碗呢，让他拿去吃就是了。"洪氏笑道："嗐！你真是天上一句，地下一句，人家有人家的家，为什么要到我们家来吃饭呢？"菊芬倒不明白这个理由，既然不是一家人，哥哥倒可以叫得的？不过自己向来没哥哥姐姐，觉得是不如这街上的小朋友们，于今有了计春做哥哥，这也就可以和别个小朋友一样了。她心里如此高兴着，不多久的时候，就把一盆豆腐干布洗完了。晾布的绳子边，有个小小的窗户，正好望着豆腐店的店房里，窗子下摆了一张桌子，计春左手托着头，右手拿了一枝铅笔，靠了桌子，正向窗子外望了天上的云彩出神。菊芬向里面笑道："你在想笔算题目吗？我也会的，你是算加法呢？还是算减法呢？"计春看她身后院子里，并没有第二个人，这就红着脸笑道："你也念过书吗？"菊芬道："念过一年多哩。在平民学校里念书，真有意思。现在我妈说我慢慢地大了，不让我去，你说奇怪不奇怪？大了就不让念书，你也比我大得多，怎么你爸爸倒让你到省里来念书呢?”计春道;“这有什么不明白的,因为我是男孩子,你是女孩子。”菊芬撅了嘴道:“女孩子就不准念书吗? 街上女学生,可多得很哩。”计春道:“将来我要上了学,我可以对你妈说,叫她让你上学去。”菊芬见计春表示着好感,两只手攀住窗台上的板子,伸了头向里面望着道:“我告诉你一句话,以后我们算是一家人了。我妈说,我可以叫你做哥哥呢。”计春还不曾答话,世良却在身后笑起来道:“当然要叫哥哥,他比你要大两岁多哩。”菊芬倒没有什么感想,依然将两手攀住了窗户上的木板,计春可把脸臊得通红,低了头,只管将铅笔在纸上乱涂着,不敢抬头看人。世良见这女孩子雪白干净,两只乌眼珠,很灵活地看着人,这就向她笑道:“你叫他哥哥,你知道要叫我做什么?”菊芬将牙咬了下嘴唇,望了世良摇了两摇头。世良口里衔了旱烟袋,靠了墙站定,口里连喷出几口青烟来,然后微笑道:“你妈喜欢他,要他做干儿子;我也喜欢你,愿你做我的干姑娘。我们调一下子,你也叫我干爹吧。”菊芬道:“小的时候,我也有干爹的。我还记得,干爹买了好些吃的东西给我呢。”世良口里衔了旱烟袋嘴儿,不住地发着干笑,点点头道:“那是当然的。你要叫了我做干爹,我一定也要买东西给你吃。不但买东西给你吃,还要买花布给你做衣服穿呢。”菊芬听到这位干爹有这样好的意思,知道计春是干爹的儿子,倒不能不联络他,就向他笑道:“哥哥,你要叫了我妈做干娘,我妈也一样她会买东西给你吃,买布给你做衣服的。”计春因父亲在这里,对于她的话,不好怎样去答复她。菊芬将下巴伸进窗户里来,索性叫道:“哥哥,你说是不是? 哥哥!”计春真让她叫得窘极了,只得低了头写字,向她连点着几下头。世良道:“计春! 你这孩子有些不识抬举,人家叫你哥哥,你为什么不答应?”计春听说,不敢做声。世良衔了旱烟袋,喷了两口烟,也就走了。计春低了头,写了许多字,忽然一抬头,看不见菊芬了,心里可就想着:她叫我没有答应,父亲不说破,倒也罢了;父亲说破了,她不会怪我吗? 如此想着,心里未免有些不安,写两行算式,就抬头向窗子外院子里看看。过了一会子,菊芬手上拿了两个沙果在晾的衣服下面吃。她见计春不时地偷看她,于是将手上的沙果,高高一举大声叫道:“哥哥,你也要吃一个吗?”计春如何敢大声答应,站起来笑着点了两点头。遥遥地听到她叫起来道:“妈,你还给我两个沙果,不是我吃,给我哥哥吃。”计

春越是怕她叫哥哥，她越是将哥哥叫得厉害。计春真没有法子，只得红了两片面皮，伏在桌沿上。这次菊芬不在窗子外面说话，拿了两个沙果，推着门进来，向计春道："哥哥，你吃吧。我妈说，我们那里还多着啦。你要吃，我再去拿去。"计春拿了沙果在手上，向她笑道："你为什么这样大声叫我？"菊芬被他如此一问，倒问得有些莫名其妙，望了计春，半天说不出话来。计春看到她发呆的样子，就笑道："你只管叫我好了，可是别那样大声音。"菊芬道："为什么不能那样大声音呢？"她说这话，声音又是非常之大，倒弄得计春更不好意思，只好不说了。从此以后，菊芬叫着哥哥，自己并不加以拦阻。第一二日，计春始终是不敢答应，叫过了两天之后，也就觉得很平常，由她去叫，不再害臊了。这个时候，周世良已经将豆腐店布置清楚，挑了一个日子开张；同时，计春也就向洪氏叫起干娘来。世良因为一个人灶上灶下忙不过来，又托着洪氏，找了一位二十来岁的小伙子，名叫小四子的，在店里打杂。城市里不认识字的妇女们，她们一样地也需要听些新闻来安慰这枯燥的人生，这新闻的材料，无非是对门夫妻吵嘴，隔壁婆媳失和。像本街上有这样一个老头子，为了儿子念书，卖了田到城里来开豆腐店，这就是头等新闻了。所以周世良的豆腐店开了张，就是不买豆腐的人家，也要来买两块豆腐，看一个究竟。因之在开张这两天，豆腐店生意却是很好。世良为了报答孔善人家里那番好意起见，每日早上，就要装两瓶滚热干净的豆浆，送到孔家去。洪氏在豆腐店开张后的第三天，就发现了这件事；到了下午无事，世良端了一大面盆水，放在院子里石台阶上，光着脊梁，在那里擦抹，洪氏拿了一只女鞋帮子，在那里绣鞋头上的大红花朵，就闲闲地问道："周老板，你忙了这一天，该休息了。我那干儿子呢？"世良两手拿了手巾头，在脊梁上倒背着，来回地摩擦，听了这话，停止了摩擦，向她做一个很踌躇的样子答道："考学堂去了，还没有回来呢。"洪氏道："这不要紧，考完了他自然就回来了。"世良道："这个我是知道的，就怕他肚子里没有货，那可要他的好看了。"洪氏道："不会的，这孩子平常这样用功，又是要面子的人，怎样也不会交白卷子的。"这句话说得世良也有些信心了，于是背了手拉着手巾，又在脊梁上摩擦起来，笑道："我也是这样想。"菊芬由屋子里跳出来道："我到店门口去看看，他回来了没有。"人随了这句话，已经跑远了。

世良将手巾在水盆里只管揉搓着，有些心不在焉的神气，就向洪氏笑道："这孩子叫哥哥叫得亲滴滴的，比亲生兄妹，还要亲热许多哩。"洪氏微笑着，突然又正着颜色问道："周老板，你每天早上送两瓶豆浆到孔家去，这是他们家预先定的呢？还是每日零买的呢？是他家大小姐要喝的吧？"世良正和她谈到菊芬身上，倒不明白怎样话锋一转，就转到孔家大小姐身上去，便道："是他们大小姐要吃。我念她的好处，每日送两瓶去。两瓶豆浆，要得了多少钱？不过天天要人跑上一趟罢了。我倒不相信，这样有钱人家的大小姐，倒会爱喝这种东西。"洪氏道："不，这位大小姐，她是个好人，她不会作假的。"世良擦了一把脸，又在墙钉上取下了旱烟袋，在口里衔着，向洪氏望了，做个很可考量的样子问道："呵！你认识这位大小姐吗？"洪氏的脸色突然一变，然而她觉得这种态度不妙，立刻又装出一种假笑来，遮盖她的忧郁和恐怖的状态。笑道："这位大小姐，是乳妈带大的。这位乳妈和我认识。由乳妈的手上，常交些针线给我做，所以我知道这位大小姐。我在女学堂门口，看过这小姐两回，她并不认得我。周老板，你若是到她家去，可千万不要提起这一件事。"世良听了，倒有些莫名其妙，正想问这是什么原因，菊芬手上提了文具小口袋，一路喊了进来道："哥哥回来了！哥哥回来了！"洪氏先笑道："哥哥回来了，你快活得这个样子。"计春走到院子里来，世良问道："怎么是考到这时候才回来，你都考对了吗？"计春笑道："照我自己说，都是考对了的。可不知道学堂里先生看这卷子对是不对。"说着话时，他看到石台阶上，放着父亲一只洗面盆，分明是父亲擦澡了，于是就向前捞起手巾拧干着，将水泼了。世良道："我的事，你实在不用管，好好地给我念书就是了。"计春将手巾脸盆送回屋子去，菊芬拿了小文具袋，也就跟了去了。洪氏点了两点头道："你看他两人相处得真好。周老板，你若是不嫌弃的话，我把这女孩子给你做儿媳妇吧。"周世良不觉啊呀了一声，接着道："你有这样好的意思，我睡着了都会笑醒来。你这样一个好姑娘，给我开豆腐店的人，你老不把她委屈了吗？"洪氏道："笑话，我家又不是家财万贯，也不是做了大官，有什么委屈她？"世良笑道："只要你有那个好意思，我还有什么话说？我只有管着我计春，好好地念书，报答你的大恩。"洪氏道："这话我们搁在心里，不要说破，让他两人混得熟熟的，一说破了，小孩子一

年比一年大，害起臊来，两个人就会你躲我我躲你了。”世良点了头笑着。这两位做父母的，有了这样一个口头契约，对于这一双儿女，更是彼此疼爱起来了。计春有这样一个好父亲，又添上一个倪干妈处处照顾，一个菊芬妹妹前后追随，他的环境，也就比以前好得多。加上他投考的那个模范中学，这校长冯子云也是一个不同流俗的教育人才。他接着乡下刘校长来信，已经将计春好学的话，完全介绍过来了。冯子云在未看计春卷子之前，就决定了成全他，后来看了他的卷子，实在不错，就高高地将他取了。计春上了学，世良首先得了一种安慰。他又是个乡下人，吃苦耐劳是他的本色，所以豆腐店的生意，他也经营得很有起色。他照例是半夜四点钟起来，开始磨豆腐，五点钟筛浆，六点钟包着豆干，带做买卖，一直到九十点钟，都是这样忙着。十一二点钟，吃过了午饭，就开始挑水浸豆子；两三点钟，又要包第二批豆干；直要到晚上七八点钟，方才和儿子共了一盏煤油灯，算这一天的总账。计春看到父亲这样子劳苦，也就不能不用功读书。窗户边一张小四方桌子，常是父亲坐在侧面，儿子坐在正面，两人抱住了一只桌子角，一个看书，一个算账。菊芬却站在桌子边，翻书上的图画看，或者用纸折叠一种小手工。那个打杂的小四子，也就开始坐在灶门口，靠了柴草捆打盹。他打盹的鼾声，呼噜呼噜响得最吃劲的时候，也就是周家父子工作最吃劲的时候。计春想到父亲每日比小四子起得早，总要父亲起来了，才把小四子叫醒，每晚小四子打盹许久，父亲还在盘账，年纪半老的人，如何受得了？因之他功课看到吃劲的时候，每每由小四子的鼾声联想到父亲的辛苦，就连打两个呵欠，笑道：“天不早了，我们都去睡吧。”说毕，将书纸笔砚收起，马上就去睡觉。世良的精神，又何尝比小四子好多少？只是自去睡觉，丢了儿子一个人在这里温习功课，仿佛有些不忍；因之无论怎样地疲倦，总要把身子强自支持着。及至计春打着呵欠，说是去睡觉，想是孩子们实在不行，这就先打开通院子的门，送了菊芬回家去，隔窗叫了声：“倪奶奶，睡觉了吗？”等着洪氏将菊芬放进屋子去以后，他才回转身进房来。他见计春已经蜷缩着身子，在床上睡了，这便不挂念着孩子，自己可睡了。劳力过度的人，大概是一倒上床去，就会睡着的。所以世良每次手扶了床，眼睛已经合了缝，头靠了枕头，那就人事不知了。计春等着父亲睡熟了，他才悄悄地偷着起来，点上灯再温习他的功课。不过次数多了，世良总也会知道的，等着计春私自起来点灯的时候，他一个翻身坐了起来，握着计春的手道："孩子！你何必这样苦苦地用功呢？我的精神熬不过来，难道你的精神就熬得过来吗？"计春道："我们一同睡觉，你四点钟就起来，我要到七点钟才起来，这样算着，我每天要比你多睡三个钟头。整年整月地这样干下去，你这样大年纪的人受得了吗？以后我也不偷着起来了，只是你没有了事，就应当睡觉，不必来管我的事。你要是一定每夜陪着我念书，我回家来，就不温习功课了。"当他说话的时候，世良还是握了计春的一只手，直等计春把话说完了，他慢慢地松了手，然后抬起手来，搔着自己的头，放出踌躇的样子来道："据你这样说，每天晚上，我就不算账了吗？"计春道："我们一家豆腐店，有什么了不得的账？倒要每天晚上，盘几个钟头，在每天下午四五点钟结一结，不是一样吗？本日还有账，就推到明天去算啦。"世良实在没话可以去驳他的儿子，许久许久，才微笑道："这也没有什么不可以，只是从此以后，我要睡觉了。你也不要熬夜熬得太深哩！"计春道："可以的。只是今天晚上，你要让我看一点钟书，因为我还有许多功课没有完呢。"世良看到桌上有旱烟袋，顺手拿了，就放在嘴里衔着，吸着烟就没有做声。计春自拿了灯向外面桌上来，以为世良在屋子里没有了灯，一定是要睡的；可是他在外面屋子展弄书本的时候，那一阵阵的旱烟气味，只管向鼻子里送了来；这不用讲，父亲依然摸黑坐着没睡，只得拿了灯进来，果然见他还斜靠了枕头坐着，在那里抽旱烟呢。计春道："你为什么不睡？"世良道："你一个人在店房里看书，也不害怕吗？"计春真没有什么话可说，只得笑着叹了一口气，他也就睡觉了。世良心里想着，若是不听儿子的话，一定陪着他，他拼着睡觉，不肯念书，那岂不误了大事。因之自次日起，他也只好先睡觉了。不过他睡得早，起来得更早；起来得早的缘故，就是原来每天做一斗豆子的货，现在却每日做两斗豆子的货，除了包三干之外，于今又煎油豆腐，煮起五香豆子来。他的用意，无非也就是要多挣两个钱，好替儿子找出学费来。光阴也像他磨豆腐的石磨一般，一转一转地向前推换过去，匆匆地过了五个月，已经到了冬天。这里满街的人，都知道开豆腐店的周世良，是个望上的好人，他挑着水由街上经过，人家都叫他一声周老板。原来井水里面碱重，豆浆里面多了碱，不容易成膏，因之城里许多豆腐店，都是挑塘水做豆腐。世良觉得塘水太脏，于是不辞劳苦，每日都到城外江边下挑两担水进城来。所以许多人家心理作用，说周家是江水做的豆干，格外干净好吃。这鼓励着世良的勇气不少，更是每日去挑着江水，风雨无阻。这日天上飞着小雪花，世良挑了一担江水进城来，街上人家的女仆看见他，就问道："周老板，这样大的雪，你还在江边挑水吗？"世良笑道："我家江水豆干是有名的，我若不挑江水做豆干，那就是欺人了。"女仆笑道："唉！你真是好人，你只看你头上这一头的雪花。"世良歇下了水担子，用手一摸头上，并没有雪；那女仆走近一步，笑起来道："你看，我是眼睛花了。周老板的白头发，我倒说是雪花呢。周老板，你这半年以来，老得多了。你初到省城里来的时候，没有这些白的头发呀。"世良道："是吗？我自己还不觉得呢。"说毕挑了这担水回家去。回家以后，什么事都不用管，将水倒进缸里，立刻就走向后面院子来，在屋外面就叫道："倪奶奶在家吗？"洪氏迎出屋子来道："天冷了。周老板！屋子里烘火吧。"世良进屋子来，苦着脸子向她道："倪奶奶，你借面大镜子我照照吧。"洪氏忽然听到他说要照镜子，倒不知道他的用意所在，便由卧室里拿出一面镜子交给他道："周老板要刮脸吗？"世良随便地哼着，答应了一声，接过镜子，两手捧着，就看了起来。人家不提起来，自己是不留心，经过人家提醒之后，哎哟，一头的头发，有大半是变白了。不但头发如此，就是自己两道眉毛，和两腮上的胡茬子，都是花白的了。自己向来是这样想着自己筋强力壮的，二十年之内，决计还是一样操劳出力。据先生们告诉：挣到儿子由大学毕业出来，有十年工夫，也就行了；靠自己的力量，把儿子送进大学毕业，这真不为难；等了儿子毕业，自己也许可以享儿子几年福呢。可是照现在自己的形象看起来，半年之间，就差不多老了十岁；那是两年下来，就老二十岁了。他捧了镜子，只管这样地看着，几乎是说不出话来。洪氏见他捧了镜子发呆，倒有些莫名其妙，就问道："周老板你在看什么？"世良对了镜子，发了许久的呆，然后缓缓地道："倪奶奶，你说这不是笑话吗？刚才街上，有人疑我的头发，是落了一头的雪，我倒不相信，何至于头发白到这种样子？现在我拿镜子一照，头发可不就是白了一大半吗？你说这事糟不糟？这真是戏台上唱戏的那句话，一事无成两鬓斑了。"他说话时，脸上放出愁苦的样子来，将镜子放在怀里，长长地叹了一口气。洪氏连忙夺过镜子来，笑道："周老板也是坐在家里怕天倒下来了。你这是中年白，有什么要紧？还有一些人二十多岁就白了头发的，那叫少年白。"周世良道："倪奶奶！你不用给我宽心丸吃了，中年白也好，少年白也好，人家总是慢慢地才将头发白起来，我这差不多像伍子胥过昭关一样，一夜白了胡须，说起来真惭愧死人了。一个做庄稼的人，怎么到城里来住了半年，就如此地不济事哩！"洪氏笑道："周老板！回头你又要说我们妇道人家多嘴多舌的了。你这个头发，不是一夜急白的，也是夜夜急白的。你怕儿子念书太苦了，自己陪着他；又怕儿子书读好了，将来没有钱让他升学；自己天天半夜起来加工做货，周老板你这可不是办法呀。计春年纪小，什么事都指望着你指教他呢，设若你这样苦扒苦挣，把自己身体累倒了，你打算怎么样子办呢？凡是一件事，总要前后想个周到，不能趁着性子办。周老板你说是不是？"世良听着她的话，却是没有话说，在腰带上抽出旱烟袋来，坐在椅子上慢慢地抽起烟来。许久的工夫，才喷出一口烟来，摇了两摇头道："这话是靠不住的。我们在乡下五六月里忙的时候，哪一天不是半夜起来？水田里下蒸上晒，那比磨豆腐还要辛苦十倍，但是我那个日子，并没有白一根头发，那是什么缘故呢？"洪氏道："你不想想，那不过出力就是了。现在你又出力，又操心，所以头发和胡茬子都白起来了。"她说着这话时，站着靠了房门，既可以出，也可以进，手上拿了那面镜子，还不曾放下来呢。世良伸了一只手道："倪奶奶，你还把镜子给我照一照吧。"说着，伸手摸摸头发，又摸摸胡茬子。洪氏放下了镜子，斟了一杯热茶，送到他面前来，笑道："你不要去焦心了。我看你是不老；就是老，头发已经白了，你还能够焦急一阵子，把头发急黑了不成？"周世良取下嘴里衔的旱烟袋，向地面上敲了一阵，敲出烟灰来，然后将烟袋依然插进裤腰带里，两手在桌上托了头，望着人沉默了许久，才道："对了，倪奶奶，你劝我的话，劝得是很对的。从此以后，我要想开一些了。"他说着这话时，声音非常之低；这表示他虽然是想开了，然而他还不能减除他胸中的懊丧，所以并不能振起他的精神。他说完了话，端起那杯热茶来，慢慢地喝着。洪氏道："周老板，你一个男子汉，为什么这样想不开？白了几根头发，这也很不值什么，怎么你总是这样垂头丧气的？"

世良道:“瞎!我并不是想不开,我想这话传到了乡下去,那可是一桩笑话。我这人也未免太无用了,到城里来一年,急白了胡子和眉毛呢。”他这样说着,洪氏也就无法再来宽解,二人坐在屋子里,彼此默然。忽然干爹干妈的声音,由外面直嚷进来,却是菊芬牵着计春的手,由外面跑了进来了。看到了这一对小孩,周世良和倪洪氏都莫名其妙地笑了起来,一切的魔障,都由这两个小天使打破了。在这些情形之下,世良怎能够就完全解放了心灵,废止夜做;计春知识是更加开展了,受恩深重,又怎样敢荒怠他的功课。他父子们创造出来的苦剧,也就是一幕一幕地向前序展了。

第八回

含笑订良缘衣裳定礼
怀忧沾恶疾汤药劳心

这上面七回书，其中六回，是周计春读书的经过。当日周世良在模范中学报告席上所说的，除了儿女私情以外，大致也都说了。全校的师生们，都觉得计春读书的志向可嘉；世良那一番奋斗精神，尤其可以佩服。这一餐筵席，真个是吃得尽欢而散。世良父子两个高高兴兴地回豆腐店来，倪洪氏和女儿菊芬，老远地接到街上来。洪氏看到他爷儿俩，一种笑嘻嘻的样子，就知道他们是很高兴的，因笑着迎上前道："恭喜你父子两个。"世良笑道："恭喜还说不上，计春要扒到大学毕业的话，日子还早着啦。不过有一层，我这几年，起早歇晚，那没有算白忙。"说着话，走进了豆腐店。菊芬跟在后面，微笑了没有做声，计春笑道："真的，我不哄你，考完了，我没有事了，我应该带你去游公园了。"菊芬笑道："哪个真要游公园？我跟你说着玩的，你到我们家去。"说着，拉了计春的衣袖，就向后面院子里拖了去。洪氏道："你这样子欢迎哥哥，预备了一些什么东西给哥哥吃呢？"菊芬笑道："他们在学校里都吃了酒回来的，还要吃什么？"说着拉了计春的手，只管向后院里跑。到了屋子里，她却不顾计春，匆匆忙忙地端了一盆洗脸水放在桌上，水里可浸着一条雪白的手巾。因笑道："我看你忙得头发梢子上都是汗珠子，你快好好地洗个脸吧。"计春道："你为什么一回来就要我洗脸？"菊芬道："你脸脏了，不该洗吗？"计春道："为什么这样子忙呢？我看这里面，一定有个缘故的；你若是不说，我就不洗。"菊芬笑道："你这个人真是讨厌，一点儿事，都要打破沙锅问到底。我告诉你吧，这街上的人，听说你毕了业，

大家都很注意你，真个像新娘子一样，你不把脸上洗干净些，让人看到是笑话。"计春笑道："你怎么不把我比做新郎官，倒把我比做新娘子呢？我又不是女人。"菊芬抿了嘴微笑着，没有说什么，计春道："你说你说，那是什么原因？"菊芬鼓了腮帮子道："我说你是新郎，你好占便宜吗？"计春一伸手，撅了她的腮笑道："你这张小嘴既会说，又会使小心眼儿。"说到这里，恰好是洪氏一脚踏了进来，她哟着一声笑道："哥哥，这就是你不对。妹妹好好地伺候着你，你为什么倒要撅她的脸？"菊芬道："妈，你听听，他说我不该说他是新娘子。"洪氏笑道："这倒是他对了。人家是个男孩子，你怎么说人家是新娘子呢？"计春道："干妈！请你评评这个道理。她说：若是说我像新郎官，就是我占了她的便宜，这怎么会是我占了她的便宜呢？我倒有些不懂。"洪氏笑道："小孩子们，知道什么是占便宜，什么不是占便宜？以后不许胡说了。"菊芬红了脸跑走了。计春是个大些的孩子，懂得人事了，仔细一想，也觉自己的话说得有些不对，红着脸，低了头洗手。洪氏拿了一件衣服，坐在门口竹椅子上缝着，就不住地对了计春身后微笑。计春把脸洗完了，回过头来看到，就问道："干妈，为什么老笑我？"洪氏道："我并不是笑你。我心里想着一件可笑的事，就不觉得笑出来了。我问你一句话，你别害臊，只管对我说出来。"计春虽没有听到干妈说什么，可是她首先就说了别害臊，当然就是可以害臊的事。想到这里，脸上自然先就红了起来，低了头，又低声道："干妈老和人开玩笑。"洪氏道："不是我和你开玩笑，你有这样大了，书又念得很好，你应该懂事。你是很喜欢菊芬的，我又很喜欢你，"说到这里，把脸子就板住了一板，正色道："我问你一句话，你得实说。现在不是婚姻都要自由吗？父母做主，那是算不得事的。我看别人事情，自己也看乖了，所以我趁着你顶高兴的时候，来问一句话。我的意思，想把菊芬许配给你，你是愿意不愿意？"计春倒是没有答应她这句话，却噗哧一声笑着，两手反过背面去，撑住了身后的桌子，又把头来低了。洪氏道："我对你说着，叫你不要害臊，你怎样又害起臊来了？这是终身大事，你害臊做什么？你若是觉得你妹妹不好呢，那可以说；你觉得你妹妹还不错呢，也可以说。你说吧，到底是愿意不愿意？"计春低了头，去看自己的鞋子，却用脚尖在地上涂抹着。洪氏道："我知道了，你一定是不愿意；因为不好意思对干妈说出来，所以用脚在地上涂着不愿意的字，你说是不是呢？”计春这才被她逼着抬起头来道：“谁说的？干妈怎么会知道我的心了？”洪氏道：“既然是我没有猜中你的心事，那就是你愿意了。”问到了这句话，计春答复不出来，他又低下头去，洪氏倒不怪他不做声，却笑道：“你不做声，我就算你是愿意的了，回头我和你爹商量这件事，你可不许反对。”计春只是笑着，没有做声。洪氏道：“你这个孩子，真是没出息。现在的学生，成天地讲着自由恋爱，到了你这里，就不敢提这句话，老是红着脸低了头。”计春笑道：“这有什么关系？”洪氏道：“既然是没有什么关系。你为什么不开口说话呢？”计春笑道：“我用不着说，干妈知道。”洪氏笑道：“这倒怪了，你心里的事，我怎么会知道呢？”计春并不说出理由来，又补了一句道：“干妈知道的。”洪氏被他说得也哈哈大笑起来。菊芬由院子里跑了进来，笑问道：“妈，你笑些什么？”计春赶快丢了一个眼色，菊芬倒以为是计春做错了什么事情，惹着母亲好笑，当然是不能接着向下说，于是向着母亲呆了一呆。洪氏道：“你不用问，反正是好事，不是坏事。”菊芬听着，接着又向计春脸上看了来，计春虽是挤眉弄眼的，脸上可带了不少的笑容。菊芬也觉着这并不是什么坏事，就向计春鼓鼓嘴道：“你们都是这样，有好事总要瞒着人。”计春听说，依然向她眯了两下眼睛。菊芬道：“你们有好事不告诉我可不行。妈，你说你说，你不说，那不行。”说着，一伸手把洪氏手上做的衣服抢了过来。洪氏笑道：“傻丫头！这话你是听不得的。”说毕，噗哧一笑。菊芬看到母亲这个样子，更疑心母亲是不肯说，因道：“不说不行。”计春觉得她闹得糊涂，也笑了。菊芬躺到洪氏怀里去，将身子连扭了几下，鼻子里哼着道：“你不说不行，你不说不行。”洪氏笑道：“你要我说，我就说吧。好在你兄妹两个人，也真像自己骨肉一样，我告诉了你，你以后不要害臊，还像从前一样好了。我的意思，想把你兄妹二人，变成个小两口儿，就是这一辈子，同偕到老。”菊芬已是个十五岁的孩子了，女子的情窦，比男子开得早，岂有母亲的话，说得这样明白，还有不知道的？站了起来，转身就跑，把一个洪氏，笑得前仰后合。周世良在这里开豆腐店三年，岁数是大了，和洪氏也就熟识多了，不像在乡下和王大妈做邻居，要避那些嫌疑。他听到后面院子里，这样地哈哈大笑，也就跑了进来，看看是什么事情。他一脚跨进门，见洪氏满脸的笑

容，兀自未收，这就笑道："干妈实在是疼干儿子，干儿子毕业回来了，干妈老是欢喜着。"洪氏笑道："我怎么不喜欢？现在不是我的干儿子，是我的姑爷了。"周世良猛然听到这句话，倒愣住了，说不出所以然来。洪氏笑道："好教你得知，我刚才对你儿子说，要把他做我的女婿，愿意不愿意呢？他口里虽是没有说出来，心里是已经愿意的了。我是不用说，他自己说出来的，难道还会开玩笑不成。我们那丫头，她也是千肯万肯，现在就是不知道你老的意思怎么样？"周世良先呵呵了一声，然后笑道："我的老太，你有这番好意，我是睡到梦里，也会笑醒过来，就怕我们这个傻小子，没有这样好的福气可以消受。"洪氏道："老板！你这是什么话。我们做这多年的邻居，又是干亲，若要不说实心话，那就是这几年你把我看错了，也是我把你看错了。"世良踌躇满志的，真不知道说什么是好，摸摸下巴颏儿，又摸摸头，只管傻笑。许久，才向计春道："现在你还有什么话说？只有谢谢这位老丈母娘了。"洪氏道："周老板，你看怎么样？我们是一言为定，决不后悔的了。"世良笑道："我盼望也盼望不到，还后悔啦。你不用说别的，只瞧我们这傻小子，站在这里都听呆了。"计春被父亲一句说破，这才扭转身子跑了。世良看到，只管是张了嘴笑，然后手拉了一只衣袖，去揉擦眼睛。洪氏笑道："真的，做父母的人，总望儿女终身有靠。事情办得好好的，现在你找的这个儿媳妇是心疼的；我找的这个女婿，更是愿意的；所以你我两人，都是高兴得了不得。"周世良总是那样看到了事情紧急的时候，就求救于那旱烟袋。于是在裤腰带上抽出旱烟袋来，擦好了火柴，慢慢地抽着烟。直待他就旱烟抽过了一分钟之久，他才向洪氏道："多谢你的美意，我真很感激的。不过我仅仅地开了这家豆腐店，手边有几个钱，都要留着儿子念书，不但是你的姑娘许配给我家，不见什么好处，就是马上叫我拿出多少钱来做定礼，恐怕也是办不到。"洪氏道："你这是笑话了。难道我还不知道你的家事吗？当年孩子拜我做干娘的时候，也就是口里叫叫就是了，并没有花费什么。在两年以来，你看我们相处得有多好，现在我们虽是把姻事定好了，又不是马上就办喜事，孩子还小着啦，讲什么定礼不定礼？要说应个景儿的话，你的景况比我好些，你跟我们小丫头做一件衣服，我和计春做一双鞋，这就行了。当然要等你扒到儿子在大学毕了业，再来办喜事。到了那个时候，还怕你的儿子,挣不出做喜事的这一笔钱来吗?”世良抽着烟,慢慢地喷了出来,许久许久,想着笑道:“你这样说着,是一番好意,只是真照这样子办,可惹着人家见笑。”洪氏道:“你是男家,我是女家,你不笑我,我不笑你;别人笑我们,那是瞎扯淡,有什么关系?”世良道:“真是这样子办,多谢你的美意。我那孩子,是个没娘的人,将来让他重重地感谢你就是了。”这两句话倒说得洪氏有些难为情,好在自己是将近五十的人,这倒也就不去管他,把话撇开来道:“话就说到这里为止,我们都是老古套,全是谈文明派,那也办不到。你翻翻皇历,挑个好日子,就在那一天,你开一个八字帖来,我开一个八字帖去。实不相瞒,这两个孩子的命,我已经叫算命的合了好几次,两张命合得很。有道是天上无云不下雨,地下无媒不成婚。我说还是要找两个媒人,请人家吃一餐饭,把这事就算定了。你看好不好?”周世良究竟是和倪洪氏同时代的人,她说的话,还有什么不同意,一一地都答应了。当日周世良查了一查历书,就是阴历本月十五日的日期好,挽请了左隔壁开油盐店的刘士奎老板,右隔壁开竹器店的阮有道老板作媒。因为菊芬受了计春的鼓励,也已经在平民学校读书了,所以给她做了一件花布长衫之外,又给她做了一件白绸褂子,一条黑纱裙子,另外又买了两双长筒线袜,意思是同偕到老。又买了一顶白布学生帽,意思更显然,乃是白头到老。忙了几天,各事都已齐备,便是十五了。世良只做了半天的买卖,到了这日下午,就上了铺板,不应主顾了。刘阮二位老板,虽然是生意人,遇到了人家的喜事,做起红媒来,却也未可怠慢,各穿了长衫,戴了小帽,到周家来赴席,然后捧了周家的礼物,再到倪家去。这两家的家主,当然有一番忙碌,少不得还请了几位邻居来陪客。可是小新郎小新妇,怕人家臊他们,事先都说了,要到同学家里去,还不曾吃午饭,各人自各人的大门口走了。西门外的大观亭,那是全城看江景的第一个好地方,只是地方太偏僻一点。计春到了省城三年,那地方还只去过两回,趁着今天有大半天在外面跑,可以去看看了。所以计春出了大门之后,一点也不考量,径直地就向西门外走来。走了大半条街,刚一转弯,却听到呼的一声,有人笑了。计春回头看时,却是菊芬。因笑道:“你也不走远些,就在这里等着我。”菊芬笑道:“你这叫乱怪人,我要走远些,知道你是走哪一条路?”计春道:“无论我走哪一条路,反正我们在大观亭可以会面。”菊芬道：“这算是我错了。”计春笑道：“今天哪个也不能算错，就是你错了，今天是我们的好日子，我也不计较于你。”菊芬瞅了他一眼道：“哪个和你说这些闲话。”说着，她就在前面走，计春含着微笑，紧随了她身后，一直向前走着。走过了一条西门外大街，菊芬只管是向前走，始终是没有做声。计春跟在后面悄悄地道：“呔！你生气了吗？今天可是不许生气的啊！”菊芬一回头，噗嗤笑了。计春笑道：“我不是说笑话，今天真不应该生气。”菊芬道：“我也没有生什么气呀！”计春笑道：“那就很好。”于是二人并排走着，走完了这条街，到大观亭来。这里原没有什么花木园林之胜，只是土台上，一座四面轩敞的高阁。不过在这里凭着栏杆远望扬子江波浪滚滚，恰在面前一曲；向东西两头看去，白色的长江，和圆罩似的天空，上下相接；水的头，就是天的脚；远远地飘着两三风帆和一缕缕轮船上冒出来的黑烟，却都看不见船在哪里；只是风吹着浪头，翻了雪白的花，一个一个，由近推远，以至于不见。再看对面，黑影一线，便是荒洲；那荒洲上，在天脚下，冒起几枝树，若隐若现。计春究竟念过几年线装书，肚子里不免有些中国墨水，他靠了栏杆，赞叹着一声道：“真是洋洋大观。大观亭这个名字，取得不错。”菊芬也是靠了栏杆站着，她倒没有注意着计春看的那些，只是江面风浪里，一群白色的长翅膀鸟，三个一群，五个一群，有时飞起来，让风倒吹着；有时落在水上，在浪上飘着，随上随下，看得正是有趣。及至计春这样赞叹着，才把她惊悟过来，因问道：“你说些什么？”计春道：“我说这个地方名字不错。这里景致多好！”菊芬摇摇头笑道：“天连水，水连天，这有什么好看？”计春道：“没有什么好看？你为什么来看？而且来了之后，又靠着栏杆看呆了？”菊芬道：“我不是看江景，我是看这些水鸟有意思。”计春一拍栏杆道：“你也知道看这些水鸟？”菊芬道：“看这些水鸟，还有什么缘故吗？你为什么叫起来？”计春回头看看，并没有人，低声笑道：“这个就是鸳鸯。”菊芬道：“你不要瞎说了，鸳鸯是五彩的，有些像鸭子，你以为这个我都不知道吗？”计春还要说什么时，恰好有一大批人来游大观亭，哄的一声，涌上前来，这才把二人的话头打断。这亭子里面有个卖零食水果的摊子，正吸引着游人，将摊子围绕住了。菊芬掉转身来，也就向那摊子上一托盆半黄半红的李子去注意着。计春笑道：“你要吃这个吗？”菊芬并没有答话，就伸手去掏袋里的钱。在平常的时候，计春不大敢吃热天里的冷食，总怕会惹出什么毛病来，今天自己是很高兴，看到菊芬要吃，就抢上前去买。那个卖水果的人，身上穿了一件白布背心，露出全身的黑肉，手上拿了一只樱刷，不住地在摊上轰苍蝇。他这摊子上，摆着有整堆的桃子，杏子，汽水瓶，咸瓜子，甜花生仁，这差不多都是苍蝇的追逐物。虽是那个小贩有一下没一下地在那里轰着苍蝇，然而那苍蝇却是比小贩还要努力，你轰只管轰，它追逐食物，依然还是追逐食物。计春买了一捧李子过来，那苍蝇也就跟着来了。他平常吃水果，总要把皮剥了，可是今天神情颠倒的，又没有把皮剥去，就是这样地吃了起来。今天他们是太高兴了，竟合了那一句俗话，乐极生悲。这水果上几个不相干的苍蝇，却惹出了极大的一场祸事。二人在大观亭玩了一会儿，看到太阳西坠，带了半天的红云，沉落到江里去。计春向菊芬道："到了现在，家里的人都散了，我们可以回去了。"菊芬道："回去是回去，我不跟你一路走，人家看到，会笑话的。"计春道："你说笑话。刚才你怎么跟我一路走来的？"菊芬道："走来不要紧，离家越走越远；走回去可不行，会碰到熟人的。"计春笑道："看不出，你小小的年纪，肚子里很有算盘。"菊芬鼻子里哼了一声道："你不要看我小小年纪，我是什么事情都知道的呢。"二人说笑着，一路走回家来。到了离家不远的所在，菊芬一定不让计春同路，自己径直地走到前面去了。菊芬先到了家，只见母亲洪氏，正靠了大门的门框，在那里望着呢。她先笑着问道："你怎么样去这大半天？真把我等得可以的了。"菊芬道："要我那样早回来做什么，好让人家笑我吗？"洪氏笑道："以后不许这样藏藏躲躲了，你们原来是哥哥妹妹，现在还是哥哥妹妹；你们原来怎样，现在还应当怎么样。要不然，就会引着人家笑话你的。懂得了没有？"说着，带了菊芬进屋子来，却看到床上堆了一叠新衣，上面压了一张红纸。菊芬走到床面前，掀着衣裳角看了一看，因笑道："妈，我要穿着试一试吧？"洪氏微笑道："你别太高兴，这是你夫家的定礼，你穿了这衣裳，就是周家的人了。"菊芬站在床前就不做声了。洪氏道："你跟着计春，到哪里玩了这大半天？"菊芬鼓了嘴道："我不知道他，我是在同学家里玩着回来的。"洪氏笑道："你这小家伙，倒是嘴硬得很；我看你从今以后，和他见面不见面。"这一句话，却是把菊芬僵苦了。心想：

妈说的这话，倒是不错的；若是糊里糊涂地什么也不管，依旧跟着计春在一处玩，这倒没有什么关系；现在已经和他藏藏躲躲起来了，若是再和他在一处玩，一定会引起人家来说笑话的。因为如此，菊芬自这日起，果然就熬住了不到前面豆腐店里去。有时计春来了，没有人在当面，就低声低气地，偷着说两句话。有人在当面，却一个字也不提。可是她这种做法，也只熬得住两天，到了第三天早上，世良却在窗子外叫了起来道："他干妈，你的干儿子病了。怎么办呢?"洪氏突然地听到这句话，却吓了一大跳。立刻抢了出来问道："怎么好好地会病了?"世良道："我也不知道是什么缘故，我看那样子，还是来势不轻。"说着话时，紧紧地皱住了两道眉峰，洪氏也顾不得高低，忽忽忙忙，就跑到计春屋子里来。只见他侧了身子，半闭了眼睛，躺在床上，两颊和太阳穴下，都烧得红红的。洪氏伸手一摸，可不就是皮肤都热得烫手吗？于是将身子伏在床边，低声问道："孩子！你怎么突然得了这样重的病?"计春半睁开限，望着她微微地哼了一声。洪氏回转头来，见世良靠了门框，在那里抽旱烟，皱了眉，停涩了眼光，这可以知道他是如何地发急。因问道："周老板，这不是光着急的事呀！赶快要去请医生来给他诊病啦。"周世良一只手搓摸着脸道："我也晓得是要赶紧来诊的，可是不知道哪个医生好？计春他信定了他的校医郝先生，要我去请他来，但是他是个西医。"洪氏道："只要能诊好他的病，那就是好先生，管他是中医西医哩。他愿意校医来诊，你就让校医和他诊；病人相信的医生，病是容易好得多的。"世良虽是对西医有些怀疑，然而洪氏也这样地说了，只好依从了儿子，去请校医。这位校医郝先生，正是器重计春了不得的一个人，听了这话，立刻就跟着世良到豆腐店来。他进了病人卧室之后，见这一间屋子，前门是店房，卧室门正对着灶后壁，豆腐缸里的水，和豆腐锅里的水，淋漓满地；再看屋子里头，家具塞满，光线一点也没有，他立刻就摇摇头道："病是不用看，我就知道这个地方是不对劲的所在。念书的人，怎样好在这里面住着呢?"当医生进来的时候，洪氏母女，早是靠了墙站定，瞪了两眼，望着医生，看他是怎样地吩咐。现在见医生首先就说屋子不好，洪氏就插言道："那不要紧，让他搬到我家里去住好了。我就住在这后进院里，先生，搬得的吗?"郝先生正对她脸上望着，她又道："先生，这孩子是我女婿，不是外人。"郝先生没有理会，解开手提包，取出听脉筒在计春周身诊察了一遍，他先对病人的脸上看看，将衣服给他牵好，望着脸道："病是不要紧，但可要好好地调养，一点大意不得。"说着，站起身来，又向世良及洪氏脸上看看，然后道："可以调一个屋子住，那是最好的了。屋子在什么地方？让我去看看。"菊芬道："在后面呢，我来引路吧。"她跳着跑着在前面走，校医跟了他们走到洪氏家里来。洪氏正要张罗茶水，他先摇了两摇手道："你们不必客气，我告诉你们一句话，这孩子的病，非同小可；按着西医的说法，这病叫肠窒扶斯；按照中医的说法，这叫伤寒病。伤寒病这个症候，是可大可小的病；这个病源，是在肠子里，误把脏东西吃到了肠里面去了。假使你们能听医生的话，让病人好好躺着，不给一点硬东西他吃，只要睡上三四个星期，自然好了。倘若你们东抓一把，西抓一把，给杂乱的东西他吃，万一肠子里出了什么毛病，或者流出血来，在中医就叫做伤寒转痢，那是很危险的。"周世良听了，脸上是青一阵白一阵。倪洪氏却是心跳到口里，望了医生，只管说不出话来。医生道："病人是已经病了，着急也是无用；大家是耐着性子，好好地使病人调养，回头你们到我那里去取药水回来。我并不要你们的钱，一天会到这里来一趟；只有一层，希望你们听我的话就是了。"周世良望了医生，几乎要流出眼泪来，问道："先生，这病不是怎样地危险吗？"医生道："我不是对你说了吗？这病是可大可小的。"说着人就向外面走。周世良紧紧地在后面跟着，连连咳了几声，直跟到豆腐店房来，这才向医生道："先生，这孩子的病有救吗？"郝先生道："我虽然不敢胡说来宽你的心，但是伤寒病并非不治之症，所怕者，就是病家胡来。"他二人这样说着，洪氏母女也悄悄地来了。她们站在一边瞪眼看着医生，听到医生并不肯说一句保险的话，这病显然是没有离开险境。洪氏就道："先生，我们两家共这一个男孩子，有个好歹，那是好几条命。菊芬，你和先生磕一个头吧。"说着，她伸手按住了菊芬的肩膀；菊芬果然走到郝先生面前，双膝落地，向他磕了两个头。急得郝先生手忙脚乱，把她搀扶起来，因道："你们不必如此，我们做医生的人，和一个人看病，就望一个人好，用不着你们这样磕头礼拜，费这大劲的。"他只说到这里，却把里面的病人惊动了，连连地哎哟了几声。郝先生听到这种声音，又到病人床边，安慰了一阵子才去。这一下子，周世良和洪氏，都上了心

事。菊芬也是把两只眼珠子睁得圆圆的，只管站在房门口，向病人床上望着。她简直闹得进也不是，退也不是。洪氏就和世良道："你生意总是要做的，孩子治病，还得花钱啦。医生说了，这屋子不是养病的所在，你就把孩子送到我家去，交给我来办就是了。"世良道："送到你那儿去是很好，但是……"洪氏道："只要你觉得送到我那里去是妥当的，那就行。有什么但是不但是的。"她真的也不再征求世良的同意，先把家里的床铺收拾好了，屋子里也打扫干净了，然后将一把藤睡椅拨到病人屋子里来，就向世良道："周老板，来，我们把孩子抬了过去。"世良望望床上，又望望洪氏，因道："你娘儿两个，就是一张床，假如让孩子占了，你娘儿吊起来过夜吗？"洪氏道："这个你就不必管了。只要孩子的病，快快地好，我就熬上几夜，也没有关系。何况现在是热天，随便哪里，也可以睡得着的。"周世良点点头道："你这番好意，倒是不可辜负了。既然如此，我就用不着再和你客气，把孩子抬了去吧。"于是捡了一床被褥，在藤椅子上铺好，然后将计春抱在被褥上，和洪氏两个人，把他抬了过去。这样一来，把洪氏母女就累起来了。洪氏找了针线，坐在床面前做，菊芬却是烧开水，熬米汤，不停地做零碎事件。世良是个勤俭的人，虽然是儿子病了，你叫他丢开了生意完全来看护儿子，他也是办不到。所以他也是一心挂两头，一会儿在店房里做事，一会儿又跑到后院里来看看。洪氏就对他道："亲家老板，孩子交给我了，你就不必多心了。你安心去做买卖吧。孩子寒一点热一点，我自然都会来告诉你。"世良道："诸事都交给了亲母，我怎么过意得去？"洪氏道："你这是傻话。是你的儿子，是我的女婿；你疼他，我也应当疼他。再说我们后半辈子，都指望着谁？"话说到这里，世良也就无话可说了。他回得店房，直待把下午一批货都做完了，然后才到院子里来，果然洪氏是二十四分地细心，来看护这病人。她将一条薄薄的毯子，盖在计春身上，自己坐在床前，将一柄短云帚，不住地和他赶蚊子。世良道："这云帚拿着怪累人的，我有扇子呀。"洪氏摇摇头道："不用扇子了，扇子扇来扇去，是有风的。为了赶蚊子，让孩子上了风，那更是不好。"世良道："他干妈，你对于孩子，顾全得这样周到，我说不出来，要怎样地谢你。"洪氏道："你何必说那些话，你要说那些话，那是显得更见外了。"世良听说，眼珠是呆定着，几乎要哭了出来。这时，计春在床上微微地翻了一个身，又哼了一声，于是周世良和倪洪氏都拢了过来，手接了床，将头伸着问他道："孩子，你的身体好些了吗？"计春微微地睁开眼睛，看了一看，又闭上了，微微地摇了两摇头。看他那个意思，不知道是说不要紧呢，或者是不见好呢？世良看到，嗜了一声，洪氏也就微微地叹了一口气，这两位老人，向床上斜对着坐了，谁也不做声。世良只管去抽旱烟，洪氏却只管去做针线；由下午熬到黄昏，由黄昏熬到夜里，二人不吃不喝，也没有什么话可说。到了深夜，世良看到菊芬身坐在矮凳上，伏在方儿子上打盹，洪氏坐在椅子上，也是前仰后合。世良站起身来道："你娘儿两个，都可以休息休息了。我走吧。"洪氏道："你放心，只管去好了。"世良走到房门口，又回头看看，见洪氏正起身倒杯茶，端到嘴唇边来试试。这不用得挂虑，这位岳母对于女婿，自然是寸步留心的。回到店房去，也就睡了。睡了一觉醒来，走到院子里，看看天上的星斗，约莫已是三四点钟，料着洪氏母女，也该睡了。悄悄地走到窗子外，由窗户眼里向内张望着，只见洪氏坐在床头边，托了计春的头，将腮偎着计春的额头。菊芬站在床边，将药瓶子里的药水，倒到茶杯子里，送到计春嘴边，让他呷下去。世良看到这种情形，心里真个不知道是感激是惭愧。这一下，他万分忍耐不住，就流下泪来了。

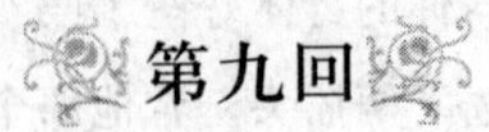

第九回

病榻感私恩掬肠细语
江头系别绪忍泪偷弹

洪氏母女正在屋子里小小心心地伺候病人，忽然听到窗外窸窣有声，却不免吃了一惊。洪氏连声问着是谁，周世良也怕惊动了人家，已是同时地答应着是我。洪氏道："周老板，你不休息一会儿，又起来做什么？一会儿该磨豆子了，你又要不得闲。"周世良说着话走了进来，因道："把你娘儿两个，忙得整夜地不安身，我心里实在过意不去。"洪氏道："只要孩子的病，快快地好，我受一点累，那不算什么。"她母女俩伺候完了汤药，将计春的垫褥牵好，让他安身睡了，于是各在一张椅子上坐了，同望着世良的脸。他口衔着旱烟袋斜靠了桌子站定，两道眉峰，几乎皱到一处去。他却望了床上，倒持了旱烟袋，将烟袋嘴指定着床上的病人道："你看他，一躺下就迷糊了，这事情怎么办？"洪氏听说，就伸手摸了摸计春的额头，因道："不要紧，这是他疲倦了，要睡一会子。上半夜清醒白醒的，和我们说了不少的好话呢。"世良又抽着旱烟，却默然无语，见菊芬坐在一张靠背小竹椅上，两手伏在椅子靠背上，头枕了手臂，闭了眼睛，竟是睡着了。世良道："菊芬这孩子，年纪太轻，她哪里熬得住，你让她先睡吧。"洪氏望了她，用嘴一努，低声道："她比我还热心得多呢。现在的年月，真是不同，小孩子比大人的心眼还多呢。"世良道："照说计春这孩子有这样好的造化，就不至于会怎么样。"洪氏道："一个人吃五谷，难保不生百病。你又何必那样多心，你只管去歇一会子吧。"周世良道："我睡也是睡不着的。还是你们到我那里休息一会子，让我来看守着他吧。"洪氏道："我们熬夜要什么紧？熬了夜，明天还好睡呢；

你可熬不得夜，明天还要做生意哩。”世良道：“只要孩子的病快些好，我就不做生意也不要紧；我为什么做生意，不也就是为着孩子吗？孩子好了，什么事都好了。”菊芬猛然地一抬头，问道：“哥哥好了吗？”说着，两手抬起来揉擦着两眼，只管向床上看着。洪氏道：“你也太留心你哥哥的病了，我们是说你哥哥的病快好了，不是你哥哥的病现在好了。”菊芬听了这话，这就默然了。而且看到世良在这里，觉得那样迷迷糊糊地都叫着哥哥，那是睡梦里都惦记着丈夫了，真个说了出来，未免好笑。因之虽是心里十分不自在的时候，对了这一层，却也不免羞答答，红着脸只好把头低了。世良看到，以为是她要睡觉，点着头道：“你睡吧，也别太累了。你要知道，你要是累出病来，我们是一样地心痛呢。”世良走了，洪氏感觉得有些疲乏，将三个高低不平的方凳，并拢作一行，一歪身在上面睡了。当然她是一歪下来就睡着了。菊芬在上半夜，已经睡了觉，到了这个时候，似乎是不要睡，因之将那把竹椅子移到床面前坐着，眼望了床上的人，只管出神。见计春脸上，微微地有些红晕，虽是闭了眼睛，那眼的四周，已经是向里凹了下去。这虽是一天多的病，人是瘦了不少，要是这样子瘦了下去，那可真不得了；刚刚和他定婚，他就病了，莫不是自己的命不好，有些克夫吧？要是这样，倒不如不和人家定婚，免得害了人家。小孩子有小孩子的心理，竟是越想越对，就是这样想着，向床上流下泪来了。到了天色快亮的时候，计春慢慢地醒过来了，见菊芬兀自醒着坐在床面前，乃是满脸的泪痕，便哼着道：“你这是做什么？”菊芬回头看看母亲，已经是睡熟了，就伸手握住计春的手道：“我想是我的命不好，我们刚是这样，你就病了。”计春将头微微撼了两下道：“这个病的来源我知道，一定是那天到大观亭去，吃了不干净的水果，招成这个病了。”菊芬听说，不觉笑了。计春道：“你笑什么？”菊芬道：“你半夜人都烧迷糊了，现在你说话像好人一样，我心里一痛快，就笑了起来了。”计春点着头道：“你才是真爱我。”那烧着滚热的手，紧紧地捏住了菊芬的手。菊芬怕这话等母亲听到了，又是一桩笑话，将嘴向躺着的母亲身上一努，计春会意，也就不再说了。望着菊芬许久，然后从容地道：“我这病不要紧的，我们学校里有个教员害过这样的病，闹了三四个礼拜，也没有吃什么了不得的药，就是好好地躺着，不吃东西，少说话，少劳动，自然好了。”菊芬道：“既

然要少说话，你为什么还说上这些呢？别做声了吧。”说着，她站起身来，给计春盖好了毯子，又移好了枕头，然后就一言不发地在椅子上坐着。计春虽然是还想谈几句，念着菊芬待自己这一分殷勤，就不愿意说话了。一会子已经可以听到前面店堂里父亲推磨子的声音，因就向菊芬道：“你在我脚头休息一会儿吧，有事我爹会来照应我的。”菊芬道：“我不要睡了，陪着你吧，你哪有那样大的嗓子叫前面店堂里的人呢？”计春点着头道：“好妹妹，你待我真细心，我一辈子都忘不了你呀！”菊芬道：“我这不是应当的吗？你快不要说这些话。”洪氏也是留心太过，虽是睡着了，一颗心还放在病人身上。听到屋子里一种唧唧喁喁的声音，知道是菊芬和计春谈话，一个翻身坐了起来，向计春问道：“孩子，你要水喝吗？”计春摇摇头道：“不要。我让菊芬去睡，她不肯睡呢。”洪氏道：“好孩子，你不要挂念着妹妹，你只管躺着，我们大家都望你平平安安的，慢慢地病好了呢。”菊芬道：“妈，你少和他说话，这个病，是禁止说话的呢。”计春听到，心里就想着：不要看她年纪小，什么事都懂得，我说了一句这个病是忌说话的，她就不让干妈和我说话，有这些真心的人待我，我死了也就不冤了。他如此沉沉想着时，洪氏母女以为他要睡，不但是不做声，连手脚都不敢碰了东西响一下。这样的动作，更是给予计春一种莫大的冲动。心里念着：这岳母比自己的母亲还好，我将来要好好地待遇她的女儿，才对得住她。自这日起，计春昏迷的时候，受着洪氏母女亲切的看护；清醒过来的时候，总是增加了一种感激的念头。他这个肠窒扶斯的病，总还不算是极重的；第一个星期，情形比较严重一点，到了第二个星期，温度便已缓缓地降低下来，病也轻松了许多。洪氏看着他的病是不要紧了，也就离开了病人的屋子，到外面去接些鞋子来做。有一天上午，太阳当顶，天气正热，半空里喳喳的蝉声，响得聒耳，这正表示着日子的长与热。洪氏出门去了，世良在前面店堂里做工，计春也在床上睡着了。菊芬因为薄一点的衣服，都脱下来洗了，今天身上正穿了一件厚布褂子，脊梁上的汗珠，阵阵向外冒着，把衣服都湿透了，拿了一把大蒲扇在手，待要扇风，看看床上的病人，又怕扇不得，手反牵了后身衣服，抖着上面的汗。恰是计春醒过来了，看到她这个样子，便道：“大概你热得很厉害吧？”菊芬笑道：“你知道今天的天气有多热！”计春道：“你不会换一件衣服吗?”菊芬道:“我薄的衣服都脏了,再换也是厚的,倒不如不换。”计春道:“你不是有一件背心吗?”菊芬微笑道:“那是人家晚上穿了睡觉的,没有人的时候才穿呢。”计春见她还晓得避嫌疑,当然也就不好追着向下说什么。过了一会子,他忽然皱起眉来道:“你把我爹找了来吧。”菊芬道:“怎么样,你要解小溲吗?”计春点了点头。菊芬听了,立刻就跑到前面去找世良。然而事情不巧得很,恰是世良到江边挑水去了,她又怕计春焦急,匆匆地又跑回了房来。计春好像是不能等候的样子,已经两手撑了枕头,坐起来了。菊芬连忙向前,两手搀住了他,因道:“让我来伺候着你吧。”计春皱了眉道:“你不怕有些不方便吗?”菊芬道:“没有人帮着你,怎么办呢? 难道还让你把身上弄脏来不成? 你依着我的话,让我来和你料理。”她说着,赶快地就把房门掩上,掉转身来,就来扶计春下床。计春本待不下床,然而已是情急支持不住了,只得依着菊芬摆弄。菊芬和他松了裤带,在床底下抽出一只瓷尿盆子来,顺便递给了他,然后抱着他的腰,自己掉过脸去,听计春自己方便。过了一会儿,将尿盆接过来,放在地下,这才帮他系上裤带,两手带抱带扶,把他抱上床去。计春安然躺下时,菊芬已经累得满头是汗。计春道:“你的气力太小了,怎样扶得动我呢?”菊芬端了尿盆,自向外面去倾倒,走回来了,才向他笑道:“你说我的气力小,做不过来,可是现在我也就忙过来了。”计春笑道:“刚才我看你热得厉害,叫你换衣服,你不肯换,现在你倒和我倒尿盆子。”菊芬道:“我是好人,讲些规矩不要紧;你是病人,只要你是舒服的,那就顾不得许多了。”计春道:“你待我真好,我这一辈子都忘不了你。”菊芬低了头道:“你怎么说这种话? 我这一辈子,都靠的是你,有哪个不望你的病快些好的吗?”计春道:“虽然这样说,究竟你娘儿俩待我这番好处,那是难得。我不害这场病,我只知道你娘儿俩待我好,可还不知道你娘儿俩待我好到怎样,自从害了这场病,我把你娘儿俩的心眼都看出来了。”菊芬道:“若是那样说,我们可不愿你明白我娘儿俩的心眼。”计春道:“你这是真话,有一次我睡在梦里,看到你偷着哭了呢。”菊芬微笑着摇头道:“这是没有,我在什么时候又哭着呢?”计春将一只手微抬起来,向菊芬招了两招,菊芬走近前来,计春就握了她的手,放着很诚恳的样子,低声说道:“菊芬,今天谁都不在这里,我和你说句私话。我在乡下的时候,有个邻居的女

孩子，名字叫小菊子，也是和我过得很好的；她的娘，很有那个意思，想把她许配我，不过意思虽有，嘴上说说罢了，并没有正经找过媒人。自从到了省城以来，遇到了你，我就不想她了。”菊芬微笑道：“你这个人不好，得新忘旧。”计春道：“不要你这样说，我自己也是这样想着，可是我那个时候小呢，不知道什么叫做爱情，她待我也并没有什么好处，忘了就忘了，不能说谁对不住谁。你现在对我，就是结了婚的夫妻，也不过是这样。”菊芬听到了这里，不由得低了头，那一只手被计春捏住了，不便抽回去，另一只手，却在睡席上用指头数着花。计春道：“我这些实在都是真话，你觉得怎么样？”菊芬微笑道：“你说的话太不文明了，让人听见，那不是笑话？”计春道：“结了婚的夫妻，这样一句话，就不文明吗？”菊芬这才将手缩了回去，笑道：“不要说了，我妈快回来了，你的病不是忌说话吗？你还是少说话吧。”计春道：“我还有两句话没有说完，说完了我就不说了。这次，我聪明了许多了；决不做得新忘旧的事，这话还是不对；从今以后，我只记得你，根本就没有甚么新旧。”菊芬笑着点点头道：“但愿你这话是真的就好。你不要说了，我知道了就是了，你不是忌着说话吗？怎样有许多话说呢！”计春对了菊芬的脸上，只管看着，不知不觉地露出一些笑容来。他虽是笑着，然而露出嘴里两排白牙，还是觉得惨瘦可怜，菊芬就向他道：“你这次病，去了半条命，什么心事都不要去想，好好地睡觉吧。”计春还不曾答复着，洪氏就在外面插言道：“哟！孩子，你想着什么心事。还要妹妹来说你呢？”她说着话，一脚跨进门来，计春已是翻身向里，装着睡觉。菊芬低了头，又不知如何是好了。洪氏想着，一个是病人，一个是小孩子，料着没有什么了不得的事，也就不去追问了。可是菊芬因为有了这一席谈话，心里更要亲爱计春许多。现代十四五岁的姑娘，不是以前十四五岁的姑娘，她应该什么事情都懂得的了。又过了一星期，计春的病势越是见好，大家都跟着他高兴起来。不过肠窒扶斯这种病，却是很能拖延日子。约莫有一个月，计春才恢复健康。长远的暑假时期，在病里头，倒是消磨掉一大半。他究竟是个有志向上的孩子，觉得下期的学业，在这个时候不能不先筹划一番。是在本校升学呢，还是另作打算？即日就到学校里去见冯校长。不料事有出人意料之外的，这个模范中学，却因为政治的背景，在暑期内宣告停办了。这位冯校长呢，因为以前是在北京大学毕业的，现在依然到北平去另找出路了。计春无端失了这样一个导师，心里自然是懊丧得很。回来和父亲商量，世良也是踌躇无法。看看暑假快完了，秋季学业，就要开始，计春还没有决定升入哪个学校，只是每和一些旧同学闲着商量而已。这一日，忽然由北平来了一封快信，信封下款，正是冯子云。计春如获至宝一般，连忙拆开来看，那信上大意是这样说着：模范中学既然是停办了，省城没有适当的学校，可以让他上学；他若是可以离开父亲的话，可以到北平来读书；只要川资筹得出来，学膳费虽不能完全免除，总可以想法相当地减少。计春看着，简直欢喜得要跳起来，当时就把这封信念给世良听，世良默然了许久，因道："若是说为你读书这一层，应当让你到这种大地方去，可是你今年才是十七岁的孩子，让你千里迢迢跑到这样远去，我可有些不放心。"计春道："那要什么紧？到了浦口，搭上火车，就算到了，而且那里还有冯校长照应，也和在省城差不多。人家还有漂洋过海，到外国去留学的，那又当怎么办呢？"世良心里虽然十分舍不得儿子走开；可是为了父子的私情，耽误了儿子远大的前程，这也未免不对。因之脸上露出了踌躇的样子，一时答复不出来。计春看了，有什么不明白，因道："这话留着慢慢再商量好了，我也不一定要去。"世良道："我有什么不愿意的。一来你大病之后，一出门就是这么远，怕你自己就照应自己不过来；二来，冯校长虽是答应帮你的忙，但是到北平去读书，不是一年两年的事，人家能永久帮你的忙吗？"计春道："病呢，我倒是完全好了，也没有什么照应不过来，至于冯校长帮忙能帮多久，这话本是难说，其实就是我们自己拿钱读书，能读多少日子，哪里又说得定。"世良见儿子对于自己两层说法，都驳得干干净净，儿子虽是说不一定要到北平去，但是他决不能就这样灰心了。因之私下就和洪氏商量，这件事应当怎样办。洪氏是个旧式妇人，当然也反对女婿远去。于是这一个问题，就搁下来一个星期之久。在这一个星期里头，计春茶不思，饭不想，只是唉声叹气。世良忽然兴奋起来，向洪氏说："孩子已是决心要去的了，留着他在身边，他也是没有心念书的。我的功德，已经做了一小半，不能到了现在反搁了下来，不如我亲自送他到北平去一趟，面托冯校长照管他，拚了多花几个盘缠钱，以后让他放寒假放暑假都回来一趟，我只当他在学校里寄宿了，也没有什么舍不得。"洪

氏看了计春最近一个星期的情形，也怕会逼出他的毛病来，对于世良的提议，也就狠狠心地赞成了。计春得了这个消息，立刻就喜笑颜开。这让世良看到，更不能不送儿子北上。忙了几天，凑了一二百块钱，将豆腐店暂时歇业了，择了一个日子，就带计春动身。动身的前一晚上，洪氏走到世良屋子里来，和计春检理衣箱，该补的补了，该缝的缝了，该添制的添制了，将许多衣服鞋袜堆在桌上，然后当了计春的面，一件一件放到箱子里去。每放一样东西到箱子里去，都告诉他什么时候穿，什么时候洗，仿佛计春连穿衣袜都不知道一样。菊芬手扶了箱子盖，站在一边，呆呆地望着。每当洪氏叮嘱计春什么话的时候，她的眼光，就随着看到计春的脸上来。那灵活的眼珠，在长长的睫毛里只一转，接着一低头；她虽是不说什么，真个是万种柔情，不尽相思，都可以在这里面描摹出来。计春也觉得这次出门，不像以前由乡下到省城里来；虽然是小菊子在送行的一群人里面有些恋恋的样子，但自己对于她，并没有什么深的感觉；现在只看菊芬这样不言不语，眉眼含情的神气，似乎有些埋怨自己不该丢开了她，远远跑到北平去。因之就向洪氏道："干妈，你放心。从今以后，我一定每年回来两次；就是暑假回来一次，寒假又回来一次。"洪氏道："我本来是舍不得你到这么远去，但是为你将来成家立业，做一番大事情来说，把你抱在怀里来读书，那实在不是办法。你这一去，年纪轻，千里迢迢的，眼前又没个亲人，那可是……"说到这里，她已是哽咽着说不出话来了。菊芬见母亲两行眼泪，差不多要由眼沿上滚了下来。便皱了眉道："那些话你都不必说了，好在他过年就回来的，大家欢欢喜喜的不好吗？"洪氏捏了一只袖角，揉着眼睛道："还是菊芬这孩子有心眼。她说得对，大家应当欢欢喜喜的。"她说着就笑了起来了。检完了箱子，洪氏就接他们爷儿俩，到家里来吃饭。她和世良都有说有笑，计春也就因话答话，只有菊芬板住了面孔，并不说话，也不笑，就是这样地在大家一处坐着。计春每次偷眼看她时，她总会晓得，却又对计春嫣然一笑；计春看她那个样子，料着她心里一定也是很痛苦的，也就对之微微一笑。菊芬在默然无语的当中，度过了一天。到了次日，世良自挑着一担行李，到江边来上轮船。洪氏母女，说不出胸中那一番依依不舍的样子，也就紧紧跟着他们身后，也到江边来了。江边的轮船公司，土话叫洋棚子，因为这里除了招商公司而外，没有码头和趸船，搭船的人都在洋棚子里等着。直等下水轮船来了，然后大家坐了江边公司的划子，一同上轮船去。洪氏母女送到了洋棚子里，计春就向她们道："干妈，你们可以回去了，这里乱乱的，你们在这里又没有一个地方可以坐的。"洪氏还不曾答话，菊芬便道："我们回去，也没有事。"洪氏道："对了，我们回去，也没有什么事。"这洋棚子是个面江的店铺改的，凡是买统舱票的搭客，都带了行李在这里等着，不像买房舱官舱票的人，可以到后进房间里去休息。这里送客的，卖零碎食物的，纷纷乱乱，拥挤着满店堂。离别的人，心里头本来是慌乱的，加上眼面前这些慌乱的情形，心里越发是慌乱。计春两只眼睛，只管去看来来去去的人，不知如何是好。他十天以来，一鼓作气的，心里只牢记着男子志在四方的那个念头；到了现在，匆匆将别，便觉得干妈对自己这一份仁慈，未婚妻对自己这一份情爱，都足以令人念念不忘，却也有些舍不得了。菊芬见他站在行李旁边，没个坐处，就向他道："你站着做什么？坐一会子吧。"她说着，倒把世良挑的那个铺盖卷，向前拖了尺把路，牵了计春的衣襟道："你坐下来吧！站着怪累的。"计春向她笑道："这个地方，就是坐，又坐得了多久？"洪氏道："对了，轮船快到了。孩子，你还有什么话，要交代我们的吗？"计春道："这时候我想不起来，将来有什么事，我随时写信来告诉你就是了。"只说到这一句，江边下几个人向里跑，店堂里杂乱的行李中杂乱的旅客，向那进来的人抢着问道："船来了吗？"那人答应着来了。只这一声，一群人向江边跑了去，哄的一声，许多人叫着船来，立刻大家纷乱起来。收拾网篮的，勒铺盖索的，寻人的，和朋友告别的，人声只管喧嚷起来。江边上有两只公司的泊船，已经有人上去料理篙桨。这个样子，船是来了。世良将行李绳索紧了一紧，将扁担插了进去，先挑着试了一试，然后放下。计春将捏在手上的草帽子戴了在头上，这个样子，他们是立刻要走了。洪氏向外面看看，一片浑黄的江水，翻着白色的浪花，滚滚地向东流着，这便是这个十七岁的孩子的去路。再向西看，太阳光下，冒着一缕青烟，盘龙似的，在云水之间弯曲着；一个小楼房模型似的东西，在水面上漂动着，那是来的船。世良父子，就是要坐了这条船去，她怎么着也不能再忍耐了，两行眼泪，如抛沙似的，在脸上挂着，流将下来。回头一看，却不见了菊芬，洪氏

叫着向前看，见她已出门，站在江岸边了。计春跑上前去，拉着她的手道："这江岸下，虽是没有水。那滩地上全是石头子，落下去，仔细打破你的头。"菊芬那一只手虽然是让他握住了，但是并不回头来看着他。计春低声道："你怎么了，生我的气吗？"菊芬背着他，摇了几摇头。计春道："究竟为着什么？"说时，用力一扯，把她扯着，头偏过来了。计春看时，她两个眼圈儿红红的，满脸也是泪痕，她已经哭了。计春不看她的脸时，倒也罢了，一看之后，她却哽咽着，索性将眼泪向外倾倒出来了。计春低声道："唉！别这个样子，让人看到了，那多么难为情。"菊芬道："你走开吧，我在这里站一会子。"说着，又避过脸去，在身上掏出一块手绢来，极力地揉擦着眼睛。洪氏站在洋棚子里，看到菊芬那份情形，也就明白了。因向世良道："你别看她是个小孩子，什么事她都知道。她要哭，哭了又怕人家笑话她，所以躲着人到一边哭去。"世良虽是陪了儿子一处走，然而也是万感在心间，只是向洪氏点了几点头。说话时间，那个小模型似的东西，已经漂泊到了面前，现出是只上下三层楼的轮船了。所有在洋棚子里候船的人，现在已经是尽数地搬运行李，同上划子去。世良挑着行李，跟在人群里走，到了江岸边，见计春还站在菊芬身后，就大声叫道："快下船啦！"计春回头看到父亲，这才省悟过来，自己是赶着要上船的，就一手扶了世良的行李担子，一手取下草帽子，向菊芬连连挥了几下道："我走了，我走了，我走了。"菊芬这才掉转头来，只是呆向计春望着。洪氏抢上前两步，一把将她拉住了道："孩子，你怎么站在这里发呆？我可是吓了一大跳。摔下去了，那真不是玩呢。"菊芬始终是低着头的，她并没有别的话说。在她母女说话时，混乱中周世良父子已经上了划子。在江岸上只看到许多人的上半截身子，夹杂在行李堆中。计春站在一堆行李上，还向岸上挥着手，可是那划子已离开了江岸，漂摇到江心去了。洪氏挽住了她一只手道："傻孩子，走吧。站在这里发什么呆？"菊芬将身子扭了几扭，还不肯走。洪氏以为她还要看看呢，也就只好等着。只见那划子，已贴近了那江心的轮船，旅客扒着船舷，蜂拥了上去。远远地，已看不清人，料着世良父子，已经爬上船去了。一会儿轮船顺水而下，原来的划子，带着一批登岸的旅客回来。洪氏站在菊芬身后，用手摸了她的头发道："我们回去吧。"菊芬将身子扭了两扭，还是不肯走。洪氏道：

"唉！你这个孩子，你哥哥要过年才回来呢，难道你还站到过年去不成?"菊芬听了这话，不由得一阵心酸，然而她还是不愿意别人看到她的泪容，掉转身来，在前面就走，以便抢到母亲的前面去。洪氏料着她是眼圈儿红了，不好意思让人看见，也就只得不问。她回头看那载计春去的大轮船，已经到了那水天相接的地方；船是不大清楚，只是一团黑烟底下，一个黑影而已。她已无可留恋，满怀怅惘，跟着女儿的后影，回家而去。

第十回

隔室听南音他乡遇艳
故宫看国宝御道联踪

那边倪洪氏母女，是满怀的凄楚，因含着两包眼泪回去；而这边周世良父子，却是贮藏着满怀的热烈希望，舟车不停地直向北平而来。这个时候，北平是刚刚改了地名，社会上满布着革命空气，在满墙满壁的标语上，各机关的名义称呼上，很显然地，没有以前那种官场的腐化样子了。计春在一路之上，心里都非常地高兴，既然可以求高深的学问，又可以到这几百年建过国都的地方来看看，以广眼界。世良陪伴着儿子，对于倪家母女，不过一种亲戚关系，并没多浓厚的离别感觉，所以他父子二人情形，正是相处在倪洪氏母女相处的反面。他们在安庆动身的时候，就打听好了，到了北平，用不着去住旅馆客栈，有本省本县的会馆可住；会馆里是不必要房钱的，因之他父子二人到了北平以后，毫不加以考虑地，就带着行李，直奔自己的潜山会馆来。然而时机却不凑巧，这个日子，正是南方学生到北平来投考的日子，加之还有一批附随着革命军而来的人物，也都住在会馆里。这潜山会馆，内容并不怎样大，有了这样两批人来住在里面，也就宣告客满了。周世良到了会馆门口，正由车子上待向下卸行李，大门里却出来一个长班，嘴里斜衔了半截烟卷，偏了头在他周身上下打量一番，看他也不过是个小买卖人，再看计春虽像个学生，然而年纪很轻，也不过是这个买卖人的儿子罢了，因之问周世良道："你是找会馆里哪一位的？"世良道："我不找哪一位，我是这县的人，到这里来住会馆的。"长班道："现在会馆里住满了，个个屋子里有人，倘若是你有熟人的话，可以和人家共一间房，若没有熟人……"

他说到这里，就踌躇了一会子，因为他看到世良这种衣履，本不难三言两语地把他打发走了，但是听他所说的一口话，完全和会馆里的人一样。好在他是一个主人，假使不让他进门，也许他见怪下来，将来会出什么乱子，这就向世良道："你请进来看看吧，也许这会馆里住着有你的熟人，可以和你想点法子。就是没有熟人，好在大家都是同乡，还有能瞧着你在院子里待着吗？"世良初到北平，人生面不熟，走来就碰了钉子，这让他前路茫茫地向哪里去。他听了长班说，将行李搬在大门口地上，他竟是发了呆站着，不知道是进是退。计春看到，就先忙着开发了车钱，然后向世良道："我们既然到了这里，当然不能就马马虎虎地走开。我们把东西先搬了进去，存在一个地方再说。万一没有屋子可住，我再找我的老师去想法。"世良一手提了网篮的提梁，一手提了捆铺盖的绳索，将两件行李，夹住了身体，只管东瞧西望。计春看父亲那个样子，大概是不肯冒昧地进去，等不得了，自己在地下提起一只篾箱子，先跨了门槛走将进去。那长班背了双手在后面跟着，缓缓地走，他看世良父子怎样地去找托足之所。世良父子，将行李搬进第一个院子，见四面屋子，都是木器家具和箱杠布置着，分明是个个屋子有人，刚才那人所说的话，并没有错。这个地方，虽明知道是会馆，究竟可不可以乱闯，却是一个问题。所以他在院子里，又现出了以前那一种态度，一手提了网篮，一手提了铺盖绳子，只管向四周看了发呆。正在这时，上面屋子出来一个穿长衣的，向世良周身打量了一遍，问道："也是由家乡来的吗？"世良听他说话，正是家乡口音，自然是同乡了，便放下了东西向他拱拱手道："我们正是由家乡来的，要到会馆里来住。刚才有位先生在门口拦着我说，会馆里已经没有地方了，这叫我们怎样办？我们到这里来，人生面不熟，什么都不知怎么办？"他穿的大襟蓝布大褂，敞开了钮扣，露出他胸前健康而又黄黑的皮肤来。一只旱烟袋嘴子，在他的裤腰带里向外伸出来，这很可以代表他的地位还是居住在下层阶级里。他说着话，就现出了他那怯样子来了。他情不自禁地，伸手就去摸他的旱烟袋嘴，但是当他的手触到了烟袋嘴边，他想起这是一个怯着，把手又缩回来了，于是向那人道："你老贵姓？"那人道："我叫陈仲儒。"世良道："这就好极了。你先生不就是这里的馆董吗？"陈仲儒道："我不是馆董，馆董是我哥哥。不过大家都是同乡，

你既是来了，不能让你去住旅馆，总得和你想点法子。何况你这个样子，要住旅馆，也担负不起。”说着话时，已经有好几位同乡围了上来，看到世良这样贫寒，计春又这样年幼，便有人向计春问道：“你是到北平来考学校的吗?”计春看他时，穿一件黄斜纹布短脚裤子，露出一截黑腿，下面是白帆布球鞋，上身穿一件翻领衬衫，两袖高高拨起，这现出他是一位摩登少年。他身上皮肤很黑，从那双球鞋上，可以知道他是一位运动员。不过他头上的头发，却梳得溜光漆黑，且还有些香味，在省城里，很不容易看到这种少年，大概他是一位老北京。因之向他答道：“是的，我打算到北平来考学校。”他笑道：“那谈何容易！在北京读书，至少至少，要五百块钱一年。”旁边也有个穿西装的少年，向他笑道：“老李，下午没事，请我去看电影吧!”老李道：“不，公园里吃冰淇淋去。”那人说着话，现出得意的样子，向老李道：“我不能像你那样花钱，我上半年已经花了八百多块钱，再花那样多，我要接济不上了。”老李笑道：“那要什么紧，你有一个有钱的岳丈，遇事总可以帮助你呢。”世良在一边听到，真不料在北京读书，却要这些个钱一年，便道：“北京学校里的费用有这样贵吗?”老李道：“不但是学费，程度也很高的。在省城里学的功课，到这里来升学，多半是赶不上。”说时，望了计春道：“你在省城里进过中学吗?”计春道：“初中我已经毕业了。”世良听了这话，他也有些得意，将手摸着脸笑道：“他就是今年考毕业的。还考的是第一呢！几个同乡，都是少年，大概都是读书的吧?”这样的热天，计春穿的还是一件灰竹布长衫，而且年纪那样轻，听说他毕业第一，彼此望着，微笑了一笑，那意思自然以为是世良撒了谎。倒是那位陈仲儒先生，忽然省悟过来，却问道：“你贵姓是周吗?”世良答应是的。陈仲儒道：“你老是不是在省城里开豆腐店?”他说到这里，脸上带了笑容，很是客气了。世良见馆董的兄弟，和自己这样客气，这不成问题，会馆里大概是可以想法住下的了。便拱手道：“你老好说，我是在省城里开过豆腐店，陈先生何以知道?”陈仲儒道：“你不是种过周高才家里的田吗？我和他很熟。他说过，有个种田的，把田卖了，带儿子到省城里去念书。我很是奇怪，一问起来，他全对我说了。后来我由省里经过，也听到人说过。你这个人真算是有志气的，居然把儿子送到北平念书来了，这样看起来，穷人不能念书的话，也在你这儿破例了。”世良听到人家夸奖他，也不知在什么时候，已经把那管旱烟袋抽到手上来了，两手捧了旱烟袋只管笑着向人拱手。陈仲儒道："我们这会馆里，间间屋子都有人住着，你来一个人，还可以招到人家屋子里去住，但你们父子两个，这里屋子又小，怎好搬进人家房间里去呢?"说到这里时，那几个原先围拢上来的少年，有些儿不爱听，悄悄地各自散了。世良偷偷地看这些人，差不多都带些洋气，虽不必一定穿了西装，至少也是一条西服裤子。心想，若是北平的学生，都非这样不可时，自己又得多打算一笔费用了。陈仲儒见他父子两个，都生怯怯地看人，倒有些可怜他们。便道："这样吧，我介绍你父子两个到怀宁会馆去暂住；他们是我们的邻县会馆，房子又多，那会董是个老先生，他听到你们父子这样刻苦求学，一定不分什么县界，可以让你们在里面住着。我先和他通一个电话，回头你们就拿了我的名片去。"世良父子，真料不到绝路逢生，到现在会有了转机，自是不住地道谢。陈仲儒打电话去了，一会子笑着回来，向世良道："真是巧得很。我打了电话去，正好家兄也在这会董家里，他说你是我们县里出色的人物，过两天请你们吃饭。"说话时，那个在门口曾挡驾的长班走了来了。他向世良笑道："老人家，你拿不动这些个吧？我来给你提着没关系。"说时，他已伸手接过世良手上的网篮笑道："给你雇两辆车吧。"陈仲儒道："人家初到北平，知道哪儿向哪儿？你送他们去，雇车子别多花了钱。你少用那势利眼看人。你没有听见说过，冯玉祥的老子是个当木匠的吗?"长班笑道："我怎敢势利眼，是你贵县来的人，都是我的主人一分子啦。"他说着，当真地和陈仲儒要了一张名片，客客气气，将世良父子送到怀宁会馆去，这边长班接了电话，早知道他是很有来头，找了一间干净屋子，将他父子二人安顿好了。父子二人在屋子里检理了一番。计春道："据我看来，在北平求学，真不容易。你看那些同乡的学生，都是穿得那样漂亮。"正说到这里，却听到门外有个娇滴滴的女子声音叫道："老刘，怎么两天不见我的面呀?"她说这话时，将房门一推，伸了头进来。计春只看到一件白底子印红花的长衣，在门口一闪，就听到哟了一声道："走错了房门。"于是门一推，听到皮鞋响声，人走远了。计春道："这个人，也是我们同乡，你听她说着一口的安庆话。"世良还没有答话呢，听到那娇滴滴的声音，又在隔壁说起来了。她道："考学校还有些日子，住在表叔

家里，遇事都不方便，我带的那些钱，恐怕是不够，你给我打个电报回去，叫我父亲再汇五百块钱来。"这就有个男子答道："现在就和老爷去要钱，有点不好开口吧。"那女子道："我叫你办事，你敢不办吗？你快快和我打电报。"那男子道："带了一千块钱来，才多少日子？这又要五百，老爷不要追问什么缘故吗？我看用不着打电报，写一封……"那女子道："打电报，我要打电报，哪在乎这一两块钱。"那人道："不是那样说。无缘无故打了电报回去，恐怕老爷要吃上一惊。"那女子道："那我不管，你明天把电报局的回条送给我。"说毕，只听得房门一响，一阵高跟鞋子声，由这门口过去。计春轻轻地向他父亲道："爹，你听见吗？这分明也是一个来考学校的女学生，她怎么要用这么些个钱？"世良道："这个女孩子说话的声音，我好熟。一时却想不起来这个人是谁。"计春道："我们别管她是谁，这里的小姐，我没有看到她那份人才，只要听她这一份声音，我就讨厌。打电报要钱可以，家里人受惊不受惊，她不管。我想在北平读书，贵虽然是贵，也不至于要一千五百块钱一个学期吧！我们就是认得她，也不必去理她；不认得她，倒是打听她做什么。"世良听了这话，心中很是欢喜，觉得自己儿子，究竟是个有志气的。这话说过了，父子们也就不再提。到了次日，计春打听得冯子云校长的住址清楚了，就雇了车子前去拜见。照着计春的意思，是要父亲同去的。世良以为自己不是个读书人，去和这种有学问的人谈话，徒惹着人家烦恼，所以让计春一个人先去。计春去了之后，世良很是无聊，也就在附近街上散步一会儿。回得会馆来，有个女子，在门口上汽车而去。他认得清楚那不是别人，乃是孔大有的大小姐。昨天在隔壁屋子里说话的就是她了。怪不得声音很熟的呢。那小姐上车去了，门口有个五十来岁的人相送。周世良也认得，这是孔家上房管账的刘清泉先生。在安庆送豆浆到孔家去的时候，也偶然遇到过一两回，只是地位悬殊，并未和他交谈过；今天在北平遇到了，却不免和人家深深地点了个头。不料这位刘清泉先生，在安庆的时候，根本未曾注意到世良，所以并不认识。他问了世良几句，自己就背起履历来了。他道："我在孔家做点事，送大小姐到北平来读书，刚才在门口上汽车的那位姑娘，就是我们的大小姐。这一趟门，出得是大洋钱像水一样地淌。你也是送孩子来考学堂的，看看遍中国有这样的阔学生吗？看你老这样子，大概也是在乡下的财主，可不要太姑息了孩子，手一花大了，是缩不小的。”世良一想，我倒成了财主，究竟账房先生眼里看人，又是不同。但我要实说了我是开豆腐店的，我倒没有什么要紧，我儿子还要在这里借住呢，不要让人家瞧不起他，还是撒个谎吧。便笑道：“财主两个字哪里谈得上，不过小孩子念书的几个钱，勉强凑得上罢了。”刘清泉听了他这话，却以为他真是个乡下财主，越是和世良说得津津有味，索性把他请到自己屋子里去，奉茶奉烟，谈了一阵子。到了下午，计春由冯子云家回来了。世良回到自己屋子来，私下对他道：“你猜隔壁屋子里人是谁？那就是孔家的账房先生。昨天来的那位大姑娘，是孔家的大小姐呀！”计春呀了一声道：“什么？她也来了？我倒要见她一见。”世良道：“你不是说这种人提也不必提她吗？”计春呆了一呆，才笑道：“我不知道她是孔家的大小姐，所以昨天我那样说。她在安庆的时候，我倒看见过她一次，和菊芬的模样，长得倒有七八分相像。所以……”说着，又笑了一笑道：“我觉得这件事倒很是有趣的。”世良道：“你究竟是孩子见识。有钱的人，我们少认识一个，少受一分气。我们理她做什么？你见了冯校长，他怎么说？”计春道：“校长待我好极了。他说学费不用发愁，都有他想法；住在会馆里，房子又不用花钱，难道几个吃饭的钱，都筹不出来吗？我就说了，若是单单要筹几个吃饭的钱，家父一定可以办到，他就说：那就好了，你安心读书吧！我正要往下说，他来了客，约我明天去再谈。”世良道：“刚才我和刘先生谈天，他说北平念书，总要花一个一千八百一年，我倒吓了一跳。据你们校长的话看起来，这话倒不见是真。”父子二人谈着话，声音不免大一点，那位刘先生，在隔壁屋子哈哈一笑道：“我说的一千八百，那是指着我们大小姐一路人而言，不见得个个如此呀！”他说着话，两手捧了一管水烟袋，趿了一双拖鞋，一拖一踏，慢慢地走到世良屋子里来。他父子赶快让坐，陪着谈话。他吸着水烟袋，还不曾说到三句话，就听大门外有汽车喇叭声，接着高跟皮鞋，由远响到近处来。刘清泉咦了一声道：“我们大小姐来了。”门外边就有人道：“老刘，你在人家屋子里坐着吗？”刘清泉打开门出去，却不曾关。孔小姐站在房门外，向里边看了看，然后向刘清泉道：“我没有什么要紧的事，是我在汽车上想起，昨天你给我送去的大蜜桃很好吃，明天再给我送两块钱的去。”说毕，抽身向

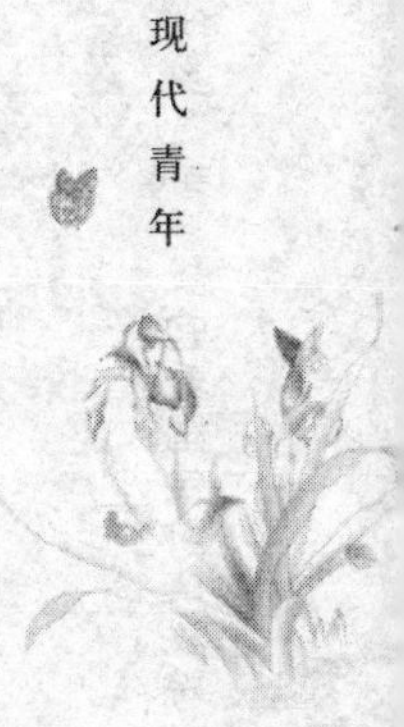

外就走。刘清泉放下水烟袋，赶着送到大门口去，大小姐一面走着，一面问道："那屋子里一个老头子带一个青年，是父子两个吗？"刘清泉答应是的。大小姐笑道："奇怪得很，我好像在什么地方看见过这个老头子？我想起来了，是东街门口卖菜的老朱吧？"刘清泉笑道："笑话了，人家是怀宁乡下的土财主，卖菜的老朱？"大小姐并没有把这个问题，怎样地搁在心上，她已经自开了汽车门，坐上车子去了。手扶了门，向车外伸出头来道："你得把大蜜桃买了送去。你若不买去，我要骂死你。"刘清泉笑着答应是。大小姐将手向前面车夫座上一挥，车子突然开了，车轮子将胡同里的浮土，掀起有三四尺高。刘清泉正站在汽车边，将一套纺绸小裤褂，扑了一身黑灰，他站在门口，望了汽车在胡同里横冲直撞地走了，不免摇摇头叹了一口气。计春正由后面走了出来，问他道："呵哟，刘先生！你是怎么了？"刘清泉又叹了一口气说："别提。这都是伺候人的人应当受的罪。小先生，你们以后念书，要小心，不要交上这样的女朋友。慢说我们伺候她的人，让她呼了就来，喝了就去，我看她的男朋友，没有一个不乖得像儿子一样，那才犯不着呢！"计春微笑道："交朋友，我们怎样攀交得上？"刘清泉笑道："这话可不是那样说，哪个人交朋友，还得先论论家产呢？"计春听刘清泉的口音，觉得他对于他们的大小姐，好像很不满意，心里可就想着：大小姐那样美丽的人，而且说话是那样娇滴滴的，怎么会讨人的厌？是了，这位刘先生在她家管账，当然是到处沾光的；这回送大小姐到北平来，并没有沾着什么光，所以就怨气冲天了。他心里如此存着私念，就向他父亲私下说："这个刘先生，却不是个好人。背地里只管骂他的大小姐。"世良道："我也是这样地说，像他们大小姐，那是一个慈善难得的人；我们一面不识的，第一下子，就答应租房子给我们开店，后来又送我们钱，让我做本钱，旁人哪里做得到？以后我少和这刘先生谈话就是了。免得他说出来，我们承认是不好，反对也是不好。"他父子二人，如此地计议着，果然自当日起，就不再谈孔家的事了。到了第四五日上，世良也和冯子云见过面，关于计春求学的事，大致都接洽妥当了。父子二人无事，只管逐日地去游览名胜。这名胜之中，第一个必须到的，便是故宫了。这一天，父子二人，提早吃了饭，就向故宫而去，恰好这是三路大开放的一个时期，游人非常地多。计春在买票进门的时候，就看到一对少年男女，也买了票进去。那个男子，穿了灰色爱国布的学生服，女子穿了长衣短裙子，露出一双大腿，两个人挤挤挨挨，挽手搀臂，笑嘻嘻地在前面走。计春到了故宫里面，虽然觉得那些金石书画，珠玉翠宝，是看得目不暇接，然而总免不了要抽出百分之一二的工夫来，看看这一双男女。他们是由西路进去的。弯弯曲曲地，经过了许多的宫殿，由西路转到中路的尽头，一幢大殿，高高耸起，乃是乾清宫。站在宫门的檐下，望着前面的玉石栏杆，围着御阶，三级下去，一排玉石平地，直达最前面的乾清门，在那又平坦又宽阔的御阶上，不曾有半点儿草木。强烈的阳光，照在这里，只是更显着这人工建筑的伟大。在计春如此审度宫室之美时，那一双男女，也就不见了。这乾清宫里，正中设着当年皇帝的盘龙宝座；东方殿角，放了一架极大的铜壶滴漏；西角支起一架极大的时钟；宝座前面有绳子拦着，人是不能进去了。在这绳子外，一排七八张桌子，却全摆的是大大小小的时钟。这些时钟上，都装设着极巧的玩意，在这殿里值事的人员，招待游人，逐一地将时钟开给大家看。其间有架钟内坐着个二尺长的西洋女子，机纽一开，这机器人，弹着面前横着的一架琴，调子非常地好听。于是游人就围成了个圈，都说妙极。就有人道："这有什么奇怪，那武英殿里，还有一个钟里的人，能写'九土来王'四个字呢。"这个人如此说着，当然引起了全场人的注意，大家都向他看去。计春虽然在前面挤着看玩意，听到有这样新鲜的报告，当然也不免回头看上一看。他不回头倒也罢了，他一回头却吃了一惊，那个孔家大小姐，正是紧紧地站在自己身后。不说别的，只看她那双黑白分明的眼睛，十分地像菊芬，这就不由人不多看她一下。恰好这位孔家大小姐，她平生是不晓得怕人的，而且她的目光，也相当地锐利，这一对老少，不就是新搬到会馆里去住的两个人吗？这样说起来，人家也是同乡，岂有见同乡而不理会之理？于是笑着向计春点了点头；计春究竟是个十七岁的孩子，未曾和异性有过正当的交际，而况孔家大小姐正是自己的恩人，却也不能和她以平常交际来往，所以当孔家大小姐向他点头以后，他倒是慌了，手足无所措地，不知如何是好。恰好是世良回过头来了，也看到了她，就向她笑道："大小姐也来了。"他自思是个老人家，和姑娘说两句话，这是没有什么关系的。大小姐倒也坦然答应着，便道："你们就是两个人吗？"世

良道："两个人，大小姐呢？"他们说着话，已经离开了人群，站到宫门口来了。大小姐笑道："这地方我来过好几回了，因为有几轴古画，我很想着照样画一画。每过了几天，高兴起来，我就要进来看上几看。所以我来的时候，总是一个人。你回家乡去，可以自豪了，皇帝的金銮殿上，你也到过呀！"她说着这话时，笑嘻嘻地，笑得她耳朵上垂下来的两片翠玉耳坠，都笑得有些颤动起来。计春看她的样子，不但是解放，而且还有些放荡。她身上穿了一件蓝底绉纱长衣，里面衬着白绸套裙，套裙是没有上身的，在薄纱外面，可以看到她两只玉肩，和挂在肩上的两条绣花带子。尤其是在那胸面前，两只乳峰若隐若现的，在薄纱里高高地突起。因之计春每当她不注意的时候，就去偷看她的胸脯一下。她要看过来呢，自己却又低了头。大小姐看到他羞怯怯的样子，多少还不能脱除乡下人气味，反是看得有趣，对他笑起来了。她向世良点着头道："老人家，这里面太大了，你会摸不着头脑。我到这里面来过好几次，你让我带着你走走吧。"世良笑道："怎好烦动大小姐？"大小姐道："那要什么紧？你是我们同乡，又是老前辈，我带着你们走走，有什么要紧？来吧！"如此说着，就顺了白石板的御阶，向前走着。计春在后面，见她穿了一双白色皮鞋，在鞋尖和鞋跟的两头，都有大红的堆花，配着那白色丝袜裹住的大腿，真是美极了。那长衫是十分之长，差不多拖到了脚背。而下摆的岔子，开得也十分长，走起路来，走一步衣襟摆动一下，真个有些飘飘欲仙。计春这就想着：刚才那个男学生，带着一个女学生在面前走着，那没有什么稀奇，不过是年岁相同而已，必须有孔家大小姐这样的美人儿跟了在一处走，这才有意思呢！那大小姐并不注意着有人在旁边偷看她，很坦然地走着。因为世良不敢和她并排走，走走就落了后，她就停住了脚，向他道："老人家不要紧的，只管跟了我走。"她说着话时，眼睛向计春身上瞟了一眼，世良拱拱手道："好吧。同路走，大小姐引路，就不敢当。"大小姐笑道："你倒知道我行大，你贵姓是？"周世良道："我姓周。就住在省城外不远，孔善人家里的事，哪个不知道。"大小姐笑着，那耳坠子又颤动起来了，她那皮鞋，在白石板上响着，一路咯咯有声，在她这步履声中，益发是可以看出她那腰肢款段，那薄纱衫子，正好依了她周身的轮廓，向她周身紧裹着，将她全身的曲折不平之处，完全露着出来了。现代十几岁的孩子，不是以前十几岁的孩子了。有博士们著的性学书籍，在各城市散布着，中学生是不必提，就是小学生们，也极容易将这种书籍得了到手。因为全校之中，只要有一个人有这种书，就不难普遍传观的了。计春虽是个用功的学生，知识却比其他学生丰富，惟其他是一个知识丰富的青年，所以对于男女间的书籍，他也看得不少。在安庆的时候，菊芬实在是个小孩子，而且亲密得像同胞一样了，倒不介意；今天看到孔大小姐这样的装束，又尽量地来接近着，他心里就不免又转一个念头了：假使人生在世，能娶着这样一个老婆，那不是很快活吗？他心里想着，两只眼睛，也就随着大小姐的脚后跟一起一落。自然，他也就在这白石御道上，一步一步跟了她走，孔大小姐两次回头看着，都是他眼睛直视着自己的后身紧跟了上来，于是她嗤的一声笑了。而这一笑，却种下了以后无数的烦恼。

第十一回

品茗传神殷勤迷座客
读书怯试慷慨说名姝

周计春他很明白，自己不过是个开豆腐店人家的儿子，决计不应抱那种奢望，去和孔家大小姐交什么朋友。所以他心里对于大小姐尽管是羡慕，然而他却没有一点自私的心事在内。这很明白，是为了齐大非偶的那个缘故了。不过齐大非偶这个原则，到了现代，是否合用，这却是个问题。因之在计春心里，也偶然有些荡漾。这时候在孔家大小姐后面紧紧地跟着走，看了她那周身的轮廓，又闻到她身上的脂粉香，这已经是麻醉得可以了。偏是这大小姐，走在半路上，却回头向他一笑。这一笑时，在那猩红的嘴唇中间，露出来一排白牙，非常之动人。而且这种笑相，却很有几分像菊芬。因之孔家大小姐一笑，他如同受了一种极大的感触，突然在御道白石板上站定了。世良自然不知道他是什么缘故，就问道："你为什么不走？"计春笑道："大概是被太阳晒昏了，我觉得脑筋有一点晕。"孔大小姐听他如此说着，也突然地站住了，回转身来问道："你怎么了？"一路之上，她并未和计春交谈，彼此更也不曾从中有什么称呼语，这时她毫不客气地说上一个你字，又问是怎么了，这不能不让计春十分安慰一阵。听这种口音，简直是朋友，而且像极熟的朋友。心里想着，默然了一会儿，故意低着头，微闭了眼睛。世良慌了连忙向前扶住了他道："孩子，你怎么了？你怎么了？"计春心里想着，这忠厚的父亲，千万是不可骗他的，便慢慢地睁开眼来，微笑着摇了两摇头道："没关系。偶然头晕一阵，闭上眼睛一阵子，那就好了，我们再向前走吧。"大小姐的肋下，正夹着一个皮包，立刻打开皮包来，在里面取出一个小小的匾银盒子，一按机纽，倒了几粒小丸子出来，用手心托着，伸到计春面前道：“你把这个吞了下去，一会儿就好的。大热天出来，这样的防暑丸药，总也应该带上一点。”计春见她那白雪似的手伸到面前来，怎叫他的心里，不会有些感觉？这就对了那手，先看着出了一会儿神，然后才向大小姐笑着道了一声谢谢。他谢是谢过了，然而他还不曾伸出手来接人家的丸药，两只手先在衣服大襟上，擦了两下，然后偷看过了人家的脸，觉得人家并没有什么介意之处，这才把手掌伸着，让大小姐倒了过来。他接着那丸药一看，虽然粒子不大，但是那丸药的外面，乃是银灰色的，当然是坚硬，干燥的，怎样能吞了下去？这样想着时，他两只眼睛，自然也就不免望了丸药，未曾吞下。那大小姐似乎已猜透了他的心事，便道：“这不要紧的，丸子有些甜津津的，含在口里，过了一会子，再吞下去就是了，吞下去吧。”她说时，就望了计春的脸，计春见人家是如此属望殷勤，这就不能再延误了，举起手掌来，将丸药送到口里去。世良也觉干吞丸药，这事有些勉强，不过儿于已经是坦然处之的了，自己也没有什么话说。总之看计春的神气，对于这位大小姐，却是尊敬得厉害。这也是孩子们读书有得，不忘恩义的好处，也就不必管他了。将来儿子有一天发达了，也许成了他常讲的那句话，要千金报德呢。他心里如此想着，也没有说什么话。大小姐一想，乡下人总是没有出息的，见了城里人就说不出话来，他见了女子，更说不出话来了。不过这孩子，倒生得很俊秀，真不像是个乡下人呢。他既是乡下人，看在同乡的份上，指点指点人家，有什么关系？她如此想着，向前面指着道：“那前面宫门口上，有茶桌子，我请二位在那里喝一杯水歇歇腿去。”世良拱拱手道：“大小姐请便，我不敢当。”大小姐道：“这要什么紧？你这样大年纪，还分别个什么男女吗？至于喝杯茶的钱，那很有限。你是同乡，总知道我家事情的。”世良也说不出什么理由来，只好在口里连说是是！说着话时，已慢慢地走近了门楼下面了。宽敞的地方，摆下了若干副座位，游人们正是纷纷地入座。热的茶香味，以及凉的汽水瓶和玻璃杯子撞击声，这对于行路疲乏而又口渴的人，却更有一种引诱力。孔大小姐是不再招呼，走到一副茶座边站住，手上拿起一把小牙骨洒金扇子，连向世良父子招上了几下，口里却还道：“请坐请坐！”世良到了这时，真觉得有些情不可却了，便向计

春道："那么，我们就坐一下子吧！"计春当然是巴不得有这种机会，鼻子里就跟着哼了一声，到了茶座边。大小姐笑着问道："你们二位是要喝热的呢？还是要喝凉的呢？"她的眼光，先落在世良身上，随后就转到计春身上。计春虽不低头，眼光都是向下看着，很明显地，表示着他还有些害臊。孔家大小姐自行坐下，将茶座的伙计叫来了，吩咐要了一壶茶，凉的要了两瓶汽水，笑道："随便用吧，我是不会招待客人的。"她说着，自己拿起一只杯子来，倒了一杯汽水，仰起脖喝了。那世良父子，一来是萍水相逢，受人家的招待，有些不惯；二来人家是位小姐，总觉得处处不免受着拘束。因之他二人紧紧地把了一只桌子角坐着。世良倒了两杯茶，一杯自用，一杯给儿子。计春忽然心里一动，这可有些不对。一来父亲不能倒茶给儿子喝，二来也不应当将主人翁置之一边不去理她。这两层都是让主人看见心里要不高兴的，于是趁父亲把那杯茶还不曾分过来，先就取到手里，两手捧着，隔了桌子面送到孔大小姐面前来。不过他虽是送过来了，可不知道要说一句什么话好。因之只是抬着眼皮看人一眼，在那个时间，不但是不说话，而且他还微微地咬了自己的下嘴唇皮呢。大小姐看他要客气不能客气，要大方不能大方的样子，却很是好笑。可是她一方面又很能原谅计春，他实在是不惯这种交际行为，那有什么法子呢？她同时也望了计春微微笑着一点头道："多谢了。"世良这才有了机会插嘴，便道："一个小孩子，大小姐和他客气做什么。"孔小姐手捏了玻璃杯子，似乎有点什么感触似的，凝了一会儿神，自己竟微笑起来了。她放下了玻璃杯子，在皮包里拿出一张名片来交到计春这边来，笑道："二位左一句大小姐，右一句大小姐，倒好像把大小姐三个字，来代表我的名字，这可有些不敢当了。这上面便是我的名字，以后就请叫我的名字吧。"说时，手向名片一指，周世良连连道着不敢。计春看她那名片，乃是孔令仪三个字，心想这个名字太文雅了。以前我总愁着，要怎样才可以知道她的名字呢？心里也就猜着她的名字，无非是什么贞，什么淑。现在都不是，却是这样一个文绉绉的字面，这叫人哪里猜得出？这可好了，和她已经通过话了，也知道她的名字了。这话可又说回来了，看人家那种大大方方的样子，正是交朋友就交朋友，那要什么紧，完全是一种不在乎的神气，我这样想入非非地，这算一种什么意思？真个癞蛤蟆想吃天鹅肉，天下真有这种人不成？他在看到名片之后，顷刻之间，那意思却在肚里，连打了九个转身。因为他心里如此沉沉地想，那双眼睛望了那张名片，也就只是望着，一动也不动。令仪小姐在他对面坐着，也都看到肚里去，看了他只微微地笑，心想：不要看这孩子外表老实，也是肚子里用功的。要不然，一张名片递了过去，他就触了电一样，那倒为着什么呢？想到这种地方，那笑意就更深了。计春偶然一抬头，恰好与令仪四目相射，见她那黑溜溜的眼睛，正好朝着人一转，计春以为人家看破了他的心事，吓得满脸通红，一手拿了杯子，一手拿了茶壶，就向杯子里斟了去。可是他拿的不是茶杯，乃是喝汽水的玻璃杯子。那玻璃杯子里面，还有大半杯汽水，谁也不曾喝，糊里糊涂地，自己却向这里面倒了下去。他原是不曾加以注意，偶然一回头，才看到自己是向汽水里加热茶，这就不由得自吃一惊，哪有这样的喝法？这不是说乡下孩子太没有见过事吗？他连忙将壶和杯子，一齐向桌上放下时，对面的孔令仪小姐，已细看得清清楚楚了。她料着人家在省城里读书，不能是汽水要喝凉的都不会知道，这分明是他想事情想出了神，所以弄错了。因之她只当没有看见这件事，手里拿了茶杯子，昂了头四处观看。计春心想这倒谢天谢地，没有在人家面前发觉出来，自己也不再加考量，端起那玻璃杯子，不分冷热，一饮而尽。放下杯子来，又偷看令仪一下，见她并没有什么感觉，这才放了心。自己随即微微咳嗽了两声，来遮掩他那不自然的态度。这桌子除放了冷热饮料而外，还有几只干果碟子。令仪见他父子二人，并不曾伸手，就抓了一把瓜子，又把饼干块子，送到这边桌子角上来。笑道："别枯坐着，随便吃一点。"本来世良父子，都觉得很窘，在人家一处相盘桓，怎好泥菩萨一般，一句话也不说呢？不说话也罢了，怎好一点动作没有呢？这倒好了，人家将瓜子敬了过来，借着嗑瓜子的工作，可以聊以解嘲了。于是父子二人，就不约而同地，一粒一粒，钳着瓜子向嘴里嗑。这虽不至干枯坐在这里，但是彼此画面相对，依然是没有话说。令仪也有些感到无聊了，便想着话来问道："周老先生，你们府上，有几个人在外念书？"世良笑道："哟！小姐，还禁得住有几个念书的啦？只是这一个念书的，我已经累得不得了呢。"令仪也伸手在桌上，抓了几粒瓜子嗑着，顿了一顿，然后向世良道："你还有几位小先生呢？"世良指了计春道："我就是这一

个孩子。”令仪笑道：“了不得！只有这一个孩子，你倒送他到这样远来念书。”世良道：“大小姐，我虽是个乡下人，多少总还懂得一些道理，把儿子关在家里疼爱，疼爱是疼爱了，惯得孩子成了一个废物，那只是害了他，又何苦？现在放孩子出来念书，虽然是远一点，究竟不过一年二年的事。等这日子熬过了，孩子学些本领，就有了个出路，这一辈子是好是歹，都在这里决定了。若是他成器的话，到我晚年，或者还可以依靠他呢。所以我送他到北京来念书，虽然舍不得，但是向大处想，究竟合算啦。”计春望了他父亲，低声道：“你老说的话，夹七夹八，人家听不清楚。”令仪笑着点了几点头道：“这几句话我听清楚了。关在家里养活，那是眼前的疼爱，闹得老大无成，结果是害了青年。放了青年出来读书，养成一个人才，将来的好处无穷，不就是这个意思吗？”世良用手一拍桌子道：“对了。”令仪却叹了一口气道：“我就埋怨我父亲，看不到这一点。巴不得一年三百六十日，我都在绣房坐着，存心把我养成一个废物。你看这不是笑话吗？”世良道：“大小姐，这话不是那样说。我们这种人家把孩子念书，望他学成一种本事，将来好养家糊口。像你们府上，家财万贯，又只有小姐一个人，坐在家里想法子要怎样花这些钱，还愁想不出法子去花呢！还要大小姐去挣钱吗？”说到这里，令仪微微一笑，恰是计春也微微一笑，两个人微笑相对着，这倒让世良有些莫名其妙。世良望了计春道：“怎么着，我的话有些不对？”计春和这位大小姐对坐在一处有了许久，他的胆子，比较要大些了。看了令仪一眼之后，这就低声笑道：“你老人家说的话，可是不大对。一个人生在世上，没有钱，不要紧，没有知识可不行。有了知识没有钱，可以想法子去赚钱；有了钱没有知识，这知识可是金钱买不到的。不要说有了钱，就可以不要知识。就譬如这位大小姐家里，有那些个产业，有那些个家财，必定要一个读书明理，富有常识的人，才撑得住这种局面。固然像大小姐这种人，是很能干的，现在也可以当家了。可是大小姐毕业之后，学问增高了，更可以把她府上那些家产，想法子扩大起来。那不比在家不求学要好得多吗？”他说这一番话时，眼睛可不向令仪望着，好像完全是和父亲去讲理，并不干令仪的事情。说完了，他也不看令仪，自拿着茶杯，倒了一杯茶喝。令仪将手上的小折扇子打开来，放在鼻子下，掩住了自己的嘴唇，两只乌眼珠，却在扇子头上，向计春脸上看着。等到他把话说完了，然后将扇子拿下来，在胸面前连连扇了几下。恰是世良的眼光看过来，这就向他微笑道："你们小先生年纪虽轻，说起话来，可是很有分量。照这样一说，他这人可了不得啦！"世良听到人家说他儿子好，他总笑嘻嘻的。而况孔家大小姐，又是自己向来崇拜的人，当面这样很亲切地夸奖着，决不是一句虚话。于是抬起手来，摸了自己的胡子，微笑着道："这是大小姐夸奖的话。他统共读过几年书哩？"令仪看了世良那样高兴的样子，自己也就想着：一个大姑娘，对于一个初见面的男孩子，这样夸奖，未免有点着痕迹。而且对人家太看得起了，也就显着自己太没有什么知识。于是不加可否地，跟着一笑了事。在皮包里自掏出两张钞票，还了茶钱。世良看见，又少不得道谢了一阵。令仪抬起手表来看了一看，笑道："该走动走动了。这里面地方太大，回头可不能仔细看完哩。"世良心想，这就觉得人家盛情可感了。哪里还能够让她在前领着走？便道："大小姐有事，请便吧。好在我们买了一张地图，照着图画来走，大概也没有什么错。"计春在一边想着，这又是父亲的不对，人家刚刚会过了东，这就要和人家分开来走，显见得乡下人只会占别人家便宜的。可是那位孔小姐倒不注意到这上面，就向世良点着头道："假使你们小先生进学堂，有什么事要我帮忙的话，我也可以帮一点小忙。因为我那亲戚，也在教育界里做事情。这一条路子，我倒是很接近的。"她说着这种话，分明是有告别的意思，计春也只好眼望她走开，没有法子挽留了。然而所幸地，她竟答应了帮忙，有小事都可以去找她，倒还种下了一个好机会。可是世良，他又偏偏理会不到，却向令仪连拱了几下手道："这可不敢当，这可不敢当！"令仪笑道："我不过说句空话，事情没有做到，老先生倒来上了这些个不敢当。"说着话时，大家离开了茶座，按了参观的路线，向东路走去。令仪的高跟鞋子，走得咯咯作响，已离开远了。计春跟在后面，还隔着个父亲，当然也就没有什么话可说。孔令仪走了十几步路，就向世良点点头道："我先走一步了，再会吧。"这一句话说后，她就越走越远了。世良连说请便请便，这就带了计春一路游览。但是走进一幢殿来，回头一看计春时，这才发现他板住了面孔，微鼓着嘴，好像有一件什么大不乐意的事。世良靠近了他低声问道："孩子，你怎么了？"计春道："我不怎么样。"他虽是如此说着，然而他的

脸色并不曾平和下来。世良道:“你走累了吗?这种地方,我们是不容易来的,来了之后,总要看个充量才走。”计春道:“那自然啦!我也没有说不看完就走。”他说这话,自不与世良的意思冲突,然而听起他的话音来,便有很不高兴的意思在内。世良对了他的脸上看看,便道:“我们沿着路线,随便看看就去吧,不要久耽搁了。”计春道:“我在北京念书,这回看不到,下次还可以再来。你老人家是做客的人,第二次到这里来,知道是什么时候。花了钱买票进来,为什么不看足了再走呢?”世良倒不明白儿子是什么意见?既然板住了面孔,怨气扑人,却又体谅老父不轻易到故宫来,总要看个明白,这倒不可埋没了他的好意,还是勉强跟了他继续地游览。心里也就盘算着没有别的事情,会引起计春的不快,除了和孔家大小姐说话,有点言语不合,这才会引起他的不高兴,可是当自己和孔家大小姐谈话的时候,他也在当面,因为我说得不清楚,他立刻和我改正过来了,还会有什么不对的呢?自己如此想着,也就只好静悄悄地跟着计春一路走。计春绕着各处宫殿看了一周,恰是事有作怪,以前初进故宫门,所看到的那对男女,现时又在面前发现了。那个男的,挽着那个女子的手,简直是寸步不离,亲密极了。心里这就想着:中国人的古训,说着男女之间,有什么缘分。据现在的情形看起来,这话不会是假。好像这两个人这样要好,不见得起头就是这样子的,当然先是得了一个机会接近,然后慢慢地要好起来。现在自己和孔家大小姐,也是这样初见面的一个机会,就这样地好起来,若是跟着好了下去,到了将来,那还有止境吗?只可惜今天自己不努力,父亲又是这样地外行,把这机会错过了。他如此想着,在不高兴的态度中,游完了故宫;又在不高兴的态度中,走回会馆去。他因为走出了一身汗,到了屋子里,立刻就去开了箱子,找小衣来换。在他找小衣的时候,首先有一样东西,在箱托子上射进他的眼帘。这不是平常的东西,乃是自己临行的前一晚上,菊芬私私地塞到自己手上来的一张相片。你不要看她那一点点年纪,却是什么事情,她都明白。她知道送相片给人,是最有情的了。而且又知道送相片不必公开,在这些事情上面,觉得这孩子实在有些小心眼,而且对于自己也实在是有情,自己有了这样好的未婚妻,还有什么不足的。今天见了孔令仪,倒那样神魂颠倒,这不是笑话吗?对了,从此以后,不要再想到大小姐身上去了。她未见得比菊芬美，而且年岁是大得多，凭着什么想她？为了她有钱吗？他手上拿着相片，对了菊芬那微转黑眼珠而带着笑容的影子，仔细看了一遍，觉得就有那么一个活泼泼的小姑娘站在身边，自己也微微笑了。世良在屋子外面进来，也笑了。他道："我看你这一下午，你都绷着脸，这会子，你也笑起来了。"计春不便说什么，放下了相片，自去换衣服。世良看他的态度，完全恢复常态了；虽不明白他的不高兴何以突然而来，又何以突然而去，这也只好不去追问了。这天晚上吃过了晚饭，计春什么事也不管，就在灯下写信。世良知道，除了干妈以外，并没有别的人，可以令他这样急于写信去的。若问明白了他，倒会让他害臊，这也就只好不说了。计春写完了，急急地就拿着信出门去，这又用不着猜，无非是寄信去了而已。这样一来，世良是决不疑心儿子有什么轨外的思想，就是计春自己，渐渐地也把在故宫里遇着大小姐的那段事情给忘记了。到了次日上午，冯子云却派了一个人来，请他父子二人到家里去吃午饭。世良父子，都是把冯先生当唯一靠山看待的，当然地，就按照时间到冯先生家里来。冯子云这回上北平来，是有久居之意的，所以他的家眷，也就跟随着来了。他们教育界分子，家庭总多半是新人物，所以计春到北平来了以后，也就见了这位冯师母一回。因之计春对父亲说，到了冯家，要引他见一见冯太太。世良听了，心里倒是好笑，这个孩子，是个最怕和妇女们说话的，不料他倒有那种勇气，能介绍自己和女太太们去见面，他心里闷住了这样一个哑谜，自然是奇怪着。然而到了冯先生大门口来，就把这个哑谜给揭破了。原来当他走到门口的时候，却有一辆汽车在这里停住着。世良这倒呆了一呆：冯校长若是请坐汽车的贵客来吃饭，让自己来作陪，这可有些让人为难。一个开豆腐店的人，是校长先生做主人来请，又陪的是阔客，相差得不是太多了吗？他站在胡同中间，顿了一顿。就在这个时间，随着一阵笑语声，大门里面走出几个人来。其中有一个，世良认得很清楚，就是孔家大小姐。她怎么也会到这个地方来呢？这可有些奇怪了。她正和那大门里面送出来的一位中年妇人说话，点了个头之后，笑嘻嘻地坐上汽车走了。那位中年妇人，先望着汽车出了一会儿神，然后回转头去向女仆们道："你看这也是钱太多了的缘故，一个当女学生的人，又是在外做客，单独地还坐一辆汽车，

这真是岂有此理!”她说完了这话,偶然一回头,看到了计春,却笑着点头道:“周计春!你父亲也来了吗?”计春于是走上前两步,向她一鞠躬,然后指着世良道:“这就是家父。他是个小生意买卖人,他不会应酬,师母不要见怪。”于是告诉世良道:“这就是冯太太。”世良深深地作了几个揖道:“我们孩子,总是在这里打搅,我心里真说不过去呀!”冯太太向他点着头道:“请到里面坐吧,冯先生已经等着你们很久了。”冯太太闪开到一边,让着他们进去。计春在前面走着,引了世良向客厅方面走。这就听到冯子云在客厅隔壁的书房里,大声呵叱着道:“这种人,念出书来了,也是废物。我看到她就要生气……呵哟!周计春来了。”说着话,冯子云已经由书房中走到院子里来,自己却掀起客厅门的帘子,让他父子二人进去。他随后跟了进来,笑道:“你们来得不凑巧,正好我在发脾气。你若是不明白这个原因,倒好像是我在骂你呢。”他如此一说,计春心里,就明白了,这不是骂别人,一定是骂孔令仪了。自己也不知道孔令仪有什么事情不对,惹着冯先生这样地生气,也就不好说什么。可是周世良他对于这些老夫子,依然是有些敬鬼神而远之,绝对地不会应酬,又是向冯子云连作了三个揖,才笑道:“我的孩子,总是在这里打搅,我心里真过不去。”冯子云笑道:“这样一说,倒好像我发脾气,是对你们了。”世良比着两手,连连乱碰自己的鼻子尖,弯弯腰道:“那怎样敢当,那怎样敢当。”冯子云笑嘻嘻地伸着手让他二人在正面沙发椅子上坐下,笑道:“我是和你们说着好玩,请坐吧。”世良两手反撑着沙发椅子边沿,慢慢地坐了下去。一抬头,看到冯子云在下首椅子上坐着,他又起了身子想站起来。冯子云笑着,叫他只管坐下,点点头道:“这只怪我脾气发得不是时候。我今天约你爷儿俩来吃饭,本来要痛痛快快地谈上一阵,偏是来了这位孔大小姐,说的话,我有些听不入耳,所以我生了气。你们来了,这就很好。我们谈谈吧,不要想那些不好的事情了。”世良又微微一起身子,表示很谦让的神气,笑道:“我们孩子,总是在这里打搅……”计春听了,真是着急。怎么老是说这句话呢?不等世良的话说完,立刻就插嘴道:“但不知那位孔小姐,在这里说些什么?”冯子云道:“也并不是她有什么失礼之处,只是我看着这样有钱人家的子女,究竟是社会上一个废物罢了!我原不认识她,大概在省城女子中学的时候,她上过我几天课,就认得我了。到了北平来，她有一个亲戚，也在教育界，倒和我熟，曾和我商量过一次，让我设法，把她插入大学附中，我随便地答应了；也没有了解，是要我怎样设法。刚才她坐着汽车来了，带了许多东西送我，她吐出意思来，却是希望免考。我说免考怕不容易，一个学生免了考，其余的学生，都要援例要求起来。她又说不能免考也不要紧，希望我和她先弄到考试的题目，然后她在外面做好了稿子，带入试场。我本来想说她几句，以为她不该公然运动我。转念一想，她并不是来找事，乃是为读书来运动我，总觉情有可原。便道：你千里迢迢地跑来读书，目的总是要求得一种学问，你考得上，用不着来求我；你考不上，就算免考让你入校了，功课赶不上，也是枉然。依我的意思，你只管去考，考不取，自然北平补习一年半载也是求学。你猜她说什么？她说：补习也可以，她愿意考取了学校以后，多花钱，专请两个先生补习；若是考不取学校，一来家庭不能接济学费，二来说出去了，也与面子有关。说穿了，她为的是钱和虚面子。我真生气！这样的年轻人不造就也罢。有钱有势，再要和她加上一个虚衔，一定是害人害己。”冯子云如此发脾气，计春就不敢说什么。听差送了茶烟进来了。世良抽过一枝卷烟，又喝了一口茶，这才笑道：“据冯先生这样说，学校是不容易考啦？”冯子云道：“计春是用功的学生，怕什么？反正考的功课不能跳出他所读的书之范围以外，他读过书，却怕考，那也算我枉为提拔他了。这个我都放心，你不必管。不过有一件事，我在你父子当面要说一说。现在的青年，把求爱这个问题，看得比读书还要重过十倍。像计春这样的人才，在男女同学的学校里，很容易发生问题。”世良不等他说完，连连摇了手道：“冯先生！这个你放心。我这孩子，没有别的好处，就是老实。见了太太小姐们，简直说不出话来。什么问题，也不会有的。”冯子云看计春时，见他通红的脸，端了杯子喝茶。同时，冯太太可就在窗子外笑起来了。她道：“这可好啦。先生请家长放心，家长又请先生放心，现在放心不放心，只在学生自己了。”她这虽是一句笑话，然而却是一句忏语呢！

第十二回

舐犊情深彷徨度永夜
牵衣泪急踯躅上归车

周世良父子在冯子云客厅里说话，冯太太在外面就搭腔了，引着冯子云倒笑起来了，便道："这个学生，也是你最赏识的，你看我们能放心不能放心呢?"冯太太道："我去催厨房里做菜，你给我两三小时的考虑，让我想想看，我再来答复。"冯子云笑道："那么，你倒是真正的郑重其事呀！"冯太太笑着走了。过了一会儿，她真的来陪客吃饭，就笑道："真话归真话，笑谈归笑谈，计春虽是老实，究竟年岁太轻了。过些时，周老板走了，让他一个人住在会馆里，未免不妥。若是周老板不客气的话，过几天，让我腾出一个空屋子来，就叫计春住在我们家里吧。我想只有那样才可以大家放心的。"世良也不待冯子云再说什么，已是站了起来，深深地向冯太太作了三个揖，笑道："冯太太有这样一番好意，我还有什么话说。我也说不到什么感恩的话。冯先生原是和人家培植子弟的，只要这孩子将来有一点子成就，全是你的名誉。"冯太太一想：这是什么话，难道培植计春，倒是我们冯家的责任不成？可是冯子云对于他这话，却一点也不介意。笑着站起来，点了几点头道："老朋友，你坐下吧。你的意思，我已经明白了。只要你能信任我，我总把你的儿子造就成一个社会上有用的人。你既然信任我了，在北平就不必多耽搁，赶快回省做生意去。你这里已经有了消耗，家里生意又不能做，那岂不是两边吃亏？所以我的意思，劝你早点回去的好。"世良听了这话，望着自己的儿子，立刻一阵心酸，好像有一句什么话说不出来一样。计春坐在他父亲对面，他似乎也已经明白了父亲的意思了，这就道："爹，校长这话说得不错；你还是早些回去的好，我现在也用不着人照顾了。”世良点点头道：“是的，我迟早是要回去的。”冯太太道：“你既舍不得儿子，在北平多住一些时候，也不要紧。我们不过这样随便地说上一句罢了。”于是冯子云看这老儿舐犊深情，也不催他回去，只谈些怎样在学校里安排计春而已。到了晚上，父子们回来，却接到倪洪氏来的一封信。信上说：自从豆腐店停歇以后，主顾是天天来打听，什么时候重开；这都不要紧，只是现在有人贪图这条街上江水豆腐的生意好，打算就在左右前后，也开一家豆腐店。设若这店开成，自己的店还没有重开，恐怕会让人抢了生意去。希望周老板快些回来。计春将这封信念着，世良听了，坐在椅子上，两手按了膝盖，望了计春，做声不得。许久才问他道：“这是什么缘故呢？你再念一遍我听听。”计春道：“这件事发生了，你老人家就该快回去了。总不能说我们的生意，也可以马马虎虎让人抢了去。”于是两手捧了信，将内容再念一遍。世良摇了两摇头道：“这是逼着我非马上回家去不可。孩子，怎么办呢？”计春道：“这没有什么可以为难的。你老人家迟早是要回南的，这不过走得早一点罢了，有什么要紧呢？”世良望着计春，自己的头，不觉慢慢垂了下来，一直垂到胸脯前，两只眼睛，只管向地面上望着，哽着他的嗓音道：“孩子，我自小儿把你带了这样大，可是不容易，而且我们父子，总也没有离开过一步，于今我把你丢到这样远，你死去了的娘，在阴曹里也不会放心。”计春想：这是父亲有舍不得的意思了。实在地，自己长到十七岁，不曾有十天半月地离开了父亲，现在让我一个人单独地住在北平，虽说是暑寒假都可以回家，然而人事无常，又哪里说得定，这就不能不让自己也伤心一阵了。父子两个人，一个是坐在椅子上垂了头，一个却是站着靠了桌子，两只手只管折叠着那信纸，于是这屋子里就默然了，一点声音都没有。那隔壁屋子里摆的小钟，机轮摆得轧轧作响，那响声只管传到耳朵里来，世良想到了自己和儿子说话，儿子还等着下文呢。这就立刻站了起来，向他脸上凝视着，然后问道：“孩子，你决定了在北平读书，不想我吗？你若是舍不得我的话……”他说到这里，声音就慢慢地低落下去了。计春看这种情形，父亲竟大大有些后悔，便也放出了庄重的颜色，向父亲答道：“我想是很想你的，不过我为着我的前途打算，我总应当在北平读书。”世良又慢慢地坐下去了，默

然了一会，他点点头道：“你这话是对的。要不然我们千里迢迢地跑到北平来为着什么呢？好吧，明天我买点东西，后天我回去了。我决不能说为了舍不得你，又把你带了回去。我要睡觉了，有话明天再说吧。”他说完了这一句话，也就自去拾掇床铺，重重地叹了一口气，躺下去了。计春看到父亲这样早就睡觉，知道父亲心里是十分难过，然而把什么话来安慰父亲呢？除非是说自己不读书了，跟着父亲回南去。可是这句话，自己是不能说的，也就只好捧了一本书悄悄地在灯下来读。约莫有两小时之久，听不到世良有一些声音，大概是睡着了。北方的暑天，只要是下过几点雨，或者是刮过两阵风，晚上便用得着盖被。这时周世良敞了胸脯子，半侧了身子向外睡。计春摸着他的手，果然是凉阴阴的，于是将一床旧线毯，向父亲身上盖了。当盖线毯的时候，心里忽然生了一个新的感想，有我和父亲同住着，假使他有点身体上不舒服，我可以伺候他；若是没有我在身边，谁来伺候他呢？干娘那自然是不方便，菊芬她是个小姑娘，而且父亲为人很古板，哪肯要那没有过门的儿媳来伺候他？这样看起来，这位老人家倒是很可怜的。他站在床面前望了他父亲那脸上稀稀的皱纹，念着父亲老了。他虽是老，每日都要天不亮就起来工作，太劳苦了！他虽是劳苦，并没有人去安慰他，这也就太使可怜的老人家孤寂了！他正如此出神的时候，世良忽然重重哼了一声，然后翻身睡了。计春道：“爹！你怎么了？你怎么了？”世良并没有答应，睡得太熟了，这倒把隔壁刚回家的刘清泉都惊动了。便问道：“周先生，你令尊怎么了？”计春答道：“不怎么样！他在家的时候，也是这样，要是白天受了累，晚上睡觉就要哼的。”刘清泉笑道：“乡下老先生们是省钱的，大概你们出去玩的时候，舍不得花钱坐车，走路走累了。”计春怎能说父亲磨豆腐吃多了苦，也只好放声一笑，让隔壁的人去听着。他这一笑，却是把世良惊醒了，立刻坐了起来道：“孩子，你还没有睡觉吗？什么时候了？”计春道：“快十一点钟了。”世良道：“既是这样晚，你为什么不睡呢？”计春道：“我总怕考学校不行，在这里预备预备功课，你还睡你的觉吧。”世良道：“以后你要是像这样用功，我倒不放心。”计春笑道：“好吧，好吧，我就睡觉，你也就不必起来了。”他说着，倒真的就躺了下去。隔壁的钟摆声，继续地响着，夜深沉了，计春跟着这深沉的夜，深沉地睡去。可是世良已经睡过一觉，现在便不要睡，躺在床铺上，只睁了两只眼睛望着顶棚。许久许久，他听到计春的鼾呼声，回转头一看，见计春一双赤脚，直伸到自己面前来，他望着，不由得噗嗤一声笑了。一个人自言自语道："这小家伙倒长得有这样长，也可算是一个大人了。"于是伸出手来，轻轻地抚摸了计春的脚。最后，他坐起来了，看到计春闭了双目，侧睡在枕上，心想：很好的一个孩子呀。他累了，睡得这样子熟，这样好的一个孩子，我把他丢在北平吗？最好是我在北平，也能开一家豆腐店。但是我到北平的第二天，我就打听这件事了，北平只有豆腐作坊，没有小豆腐店。一家作坊，恐怕要用四五个店伙，要很大的铺面，这都不打紧，这里的豆腐作坊，没有什么门市，都是向各油盐杂货店做一种来往，按日送货的。自己是个南方人，人地生疏，这一条路，如何走得通？儿子要进学校，是等着钱花，又岂能把开好了的一爿豆腐店丢了？我回去，我赶快回去做我的豆腐店生意。而且回去做生意，也是为了我的儿子呀。他想到了这里，思想就显着复杂了。因为思想复杂，也就在床上坐不住，于是走下床来，拿着旱烟袋，在床的对面椅子上坐着。手扶了烟袋杆，带撑住了桌子角，口中有一下没一下地吸着旱烟，两眼望了床上。他装过一烟斗子烟丝抽完了，又换一烟斗子烟抽；满地上布着一粒一粒的烟灰，他还只管皱了眉在想心事。他似乎感到脚下有些凉了。回头一看，窗户还敞了半扇。于是将床上的那床线毯，缓缓地拖着，盖在计春身上，他依然坐回去，望了床上抽旱烟。他心里想着：计春这孩子，就不大睡觉的。在家里，我常是半夜里起来和他盖着被，将来一个人在北平，半夜里谁同他盖着被呢？他想着想着，只管抽烟。旱烟袋斗子里，存了烟灰不少，已经不是那样灵活，可以一吹就把烟灰吹了出来；现在抽完了烟，新烟灰和旧烟灰，就在烟斗子里面凝结起来，吹它不出。于是世良抽完这袋烟，便要将那烟袋头子，放在地上敲打一阵，打得地下的方砖，剥剥作响。隔壁的刘清泉，已经睡了一觉，却被他的烟袋斗声拍击醒了，就笑问道："周老先生，你怎么半夜里醒了，想什么心事？"世良望了板壁道："接了家信，催我回去。"刘清泉道："你舍不得你的爱郎吧？"世良唤了一声道："刘先生，不瞒你说，上了年纪了，就是这样儿女情太重哩。"刘清泉道："都是这一样呀！不瞒你说，以前我就不懂什么叫做孝道，自从我有了三个孩子，生灾害病，穿衣吃饭，上

学读书，时时刻刻都留心，我就想着，我们小的时候，父母对我们不是一样的吗？于是乎我对着父母，就知道敬爱了。可是说起来还是恨着，我刚要孝敬双亲，他老人家就双双过去了。真是子欲养而亲不在。再说到现在的青年人，只为了新旧思想不同，总是带了爱人远走高飞的，父母想得儿女什么好处，大概是不可能。我心里头尽管是这样明白，但是叫我不疼我那三个小家伙，总是办不到。”世良道：“也不可一概而论。我们小孩子的这位冯校长，就是思想极新的人。但是他对他老太太，那就孝顺极了，就是我这孩子，他对我也是很好，我心里倒是很满足的。”刘清泉一想，自己也许有点失言，于是就不做声了。世良说着话，就望了儿子，于是和他牵牵线毯，看到点的一根蚊香灭了，重点了一根蚊香，放在计春脚头地上，自己还是抽着烟望了床上，心想：这孩子样样好，我都可以放心，就是怕他人太老实了，将来会受人家的欺侮。万一我的儿子吃了人家的亏，我自己并不看到，这叫我心里多难受呢？他如此想着，就只管抽烟，忘了睡觉。夜更深沉了，什么响声都没有。看看床上，又看看桌子上，桌子上堆着计春的书，还有计春做的文稿。心想这孩子，居然到北平这大地方念书来了，谁知道他是乡下一个牧牛的野孩子出身的？据孩子对我说，无论中国外国的名流，凡是由贫寒出身的，他的成就，也就格外地大。我想我这个孩子，总算是贫寒的人，假使他将来有些成就的话，一定也不同于常人。你看他现在读书，不就是人人夸赞吗？我若真爱惜他，应该让他好好地读书，以便将来有所成就。这个时候，为了眼前舍不得他，耽误了他的一生，那还能算是疼爱儿子吗？我就是这样办了，明天买些东西，后天就回南去。他想到这里，自己觉得是有些兴奋了，不由得将头抬了起来。他这样一抬头，自己倒猛然地吃了一惊。原来窗户纸上，已经露了白色，不知如何地胡思乱想了一晚，天色却已大亮了。索性不要睡觉，吹灭了灯，到院子里去徘徊了一阵。等太阳出来了，就回房去把计春叫醒。计春坐在床上，望着父亲道：“你昨晚没有睡得好，怎么今天又起来得如此之早呢？”世良微笑道：“我在安庆，已经磨了……”计春连连地向父亲摇了几下手。世良会悟，也就不向下说了。计春伸着脚到床下来，正要踏自己的鞋子，一低头，看到地上许多的烟灰，不由得呀了一声。世良道：“不要紧，这屋子脏了，我自己会来扫。”计春道：“不是说脏不脏的话。你看，吹了这样一地的烟灰，知道你老人家抽了多少时候的烟。不用说，你老是想心事想得多了，所以旱烟也就抽得多。据我看，恐怕你老昨天一夜上都没有睡觉！”世良又微笑着。计春道：“爹，我看，我和你一同去吧。我家统共是两个人……”世良正色摇着头道：“唉！你这是什么话？我既然费了半生的心血，把你送到北平来念书来了，还能够把你带了回去吗？人家说我舍不得你，那还是小事；若说我周世良到底不能办事，把儿子念书，虎头蛇尾，只落个半途而废，你想，那不是笑话吗？我已经打算定了，今天在北平城里买些送人的东西，明天一早就走。”说着，就伸手拍着计春的肩膀道：“孩子，你舍不得我，你要知道，我也是真舍不得你。但是为了你将来远大的前程起见，我们必定要忍受了眼前的离别苦处。现在交通便利，父子要见面，那算什么？花二三十块钱，过四五天，父子就见面了。”计春望了父亲的脸，问道：“你老想了一晚，就想出了这样一个结果吗？”周世良点了两点头，低声道：“是的，昨天晚上，我没有睡觉以前，那一种想法，那完全是想错了。”他这样说着，虽然是承认了他自己的错误，但是他的嗓音，已经枯涩着，有些说不出话来了。计春看到父亲这种样子，劝解觉得是不妥当，不劝解也觉得是不妥当，只有默然地去找了茶水来。胡乱忙碌一阵，将心里的那一份凄楚，遮盖了过去。周世良这回果然是把计划决定了，当日下午，就揣了些钱在身上，带着计春到街上去买了一些北平土产。下午，父子二人，又专诚到冯子云家来告别。到了客厅里，见着主人。计春脸上泛出一种很忧郁的神气，皱眉道：“冯先生，我父亲明天就要走了。”冯子云听了，似也出于意外，因之向世良脸上注视了一阵道：“昨天在我这里回去，你也并没有提到回南的这事情一个字，怎么突然地，说是要回去了？”周世良因把接着倪家来信，有人要抢生意的话说了一遍。冯子云点点头道：“这就对了。你只要把孩子送到了北平，就可以放心的。在这地方多耽搁一天，也无非是多花一天的钱。”世良想着，冯校长听了，或许安慰自己两句。现在他倒极力地鼓励自己离开北平，第一个最靠得住的人，他就不曾给予自己一个转圜之地。那么，自己还有什么法子，可以说是不走呢？当时也只苦笑了一笑，就在客厅里坐下。还谈不到三句话，却听到大门外哄哄的一阵轮机声响，世良站起来道：“冯先生有客来了，我们走吧。”冯子云将手

一拦，笑道："没关系，到我这里来的，都是我的客。也许我的眼睛里，把豆腐店的老板，看得比坐汽车老爷还要重呢？"世良本来也是有话不曾说完，就只好依然坐下。这时，一阵高跟鞋响，就有一个娇滴滴的声音在院子里问道："冯先生在家里吗？"大家隔了玻璃窗子向外看时，正是那位孔令仪小姐。冯子云道："请进来坐吧。"门一推开，孔小姐进来了。今天，她穿了一件阴白色的漏纱旗衫，里面自然是摩登极了。露出了两只手臂和脊梁，下面穿了一双滚红边的白色皮鞋，在那旗衫下摆，开着长岔口的地方，下半部只有刚过鞋口的一双短袜子，露了足有二尺长的大腿在外面，那冯子云看到，似乎微微地皱了一皱眉头。可是回头一看世良父子在这里，就带了微笑道："孔女士，我和你介绍介绍吧。"令仪笑着点头道："这位老先生我认得的。"冯子云心想，一位千金小姐，会认识一个开豆腐店的老板？这真有些奇怪了。于是咦了一声道："孔小姐知道老先生是干什么的？"令仪笑道："他是乡下一个土财主。"冯子云笑道："小财主见了大财主，说他算不了什么，那也罢了，为什么在财主上面，和人家要添上一个土字？"计春站在一边，未免着急。心里想着，若是万一把实话说出来了，这却要我父子二人好看。可是令仪并不向下追问，走近前两步，向世良点了个头笑道："真对不住，我是闹着玩的。"当她这样走近前来时，那胸面前两个肉峰，是更显然地向前突起着。计春虽然是两只眼睛，向人对面瞪着，可是想到了冯校长还站在当面，不由自己做主的，却把眼睛皮合了下来，并不向前面去看着，然而虽是不去看着，却也有一阵阵的香气，向鼻子眼里送了来。这让人闻到，简直是说不出所以然的了。当他过了一会儿，抬起头来时，却见令仪两手推了一份洋式的柬帖递到冯子云手上去。她微笑着道："请冯先生务必赏光。"冯子云道："大小姐！为什么又要破钞？当学生的人……"令仪笑着微微点了几点头道："我知道冯先生一定会这样说我的，可是我并不是怎样的大请客，乃是邀我表叔和冯先生谈谈。我就怕由邮政局寄了请帖来，冯先生不肯到，所以我就亲自来请了。"冯子云笑道："好阔的信差！可是坐着汽车来的呢。"于是乎全屋子的人都笑了。令仪笑道："师母在家吗？我见见师母去。"说着掉转身去，打算要走，可是她一回头的时候，看见计春瞪了两眼望着，并没有坐下，就笑道："周先生，不要客气，请坐吧。"她手扶了门，竟是深深地一鞠躬。她这个鞠躬,是向大家告辞的呢?是向冯先生一个人行礼呢?还是向我告别呢?计春看了她临去的后影,也不免呆呆地望着。然而这个时候,世良已经提出问题,来和冯子云讨论了:孩子在这里读书,一切都望冯先生照应。希望冯先生不要把他当学生,只把他当儿子。有不听话的时候,只管骂,只管打。冯子云笑道:“我想还不至于。”世良站了起来,深深地向冯子云作了三个揖,冯子云也站起来,还礼不迭。世良正了颜色道:“冯先生,我是一个无知识的人,也不会说什么话。我知道你是一番好心,要把他造就成一个人才出来,遇到了这样的好先生,我还有什么话说。只是这孩子年纪太轻些,怕他做事糊涂胆大,或者……”冯子云一只手握住了世良的手,一只手拍着他的肩膀,很诚恳地道:“周老板,你放心得了。回去好好地做生意吧。你回去以后,我会叫计春一个星期写一封信给你。过寒假的时候,他若是不回去,你也可以来看望他的。”世良沉默了许久,向计春道:“你当着我的面,和冯先生鞠三个躬,算是替我先谢谢他了。”冯子云对于这个办法却有点不愿接受,可是不等他推辞时,计春已是朝着他深深地三鞠躬了。冯子云也不知是何缘故,经人家这样深深的行过一番敬礼之后,只觉心里受了一种针灸一样,全身都感到一种舒适;可是同时又感到一种惶恐。有了这样一个印象,他更是非和计春帮忙不可了。便道:“你父子二人,也太多礼了。事到如今,我姓冯的对帮忙这件事,还能说个不字吗?”世良听说,又向冯子云道谢了一阵,然后带着计春回会馆来。今天回来,他的态度不同于往常了。也不说笑,也不睡觉,也不要出去散步;一直是口衔了一杆旱烟袋,斜靠了走廊下一根柱子,对了天上的白云呆呆地望着。计春虽然要拿话去安慰父亲,可不知道是用哪些话去安慰他的好。也只有在屋子里呆坐着罢了。吃过晚饭,世良把收拾好了的网篮重新解散了,再收拾一番。口衔了烟杆,坐在床铺上,只管望着网篮里装满了的物件出神。计春坐在桌子边,用两只手撑了头,也是呆呆地向网篮望着。在一盏孤灯下,父子二人这样的态度,未免太寂寞了。因之世良由这几天不知道倪氏母女情形怎么样说起,联想着不知道乡下人的情形又是怎样为止。父子们不说离怀,却把些过往的事,只管挑起来重新地说着。这种过往的事,好像极能引起人家的趣味,把离情忘了,因之一直说到一点钟,还津津有味。计

春道:“爹,你睡吧。明天一早,你就要预备上火车。”世良说话的时候,就忘了抽烟,一到了要走,他就把旱烟袋由桌子挡上抽出来,又慢慢地抽起烟来。计春道:“爹,你睡吧。明天还要起早。”世良做出很懊丧的样子,答应了一个嗯字,他点点头,依然抽他的烟。世良不睡,计春也不睡,靠了椅子坐着,只管望了他父亲的脸。他觉得父亲是上了年纪了,那额上的皱纹,那手上粗糙的皮肤,那杂了白点子的头发,都显出他父亲是很劳苦。这次回去,他避开了儿子的劝阻,而且要多量地去挣钱供给儿子学费……计春简直不敢向下想了。站起来道:“爹!你……睡……吧。”两滴眼泪,不知怎地滚到脸上来了。世良站起来笑道:“傻孩子!哭什么?男子十六岁成丁,你已经十七岁了,还离不开爹吗?那是笑话!睡吧。”他也不再抽烟,不再沉思,就逼迫着儿子睡了。次日早上,计春醒了,却见父亲还躺在床上。心想:他或者舍不得走,让他睡着,耽误了时候呢,就明天走吧。他下了床,见世良睡在床上一动也不动,以为他睡着了,自己一切举动,都是静悄悄的。忽然床上父亲喊了一声,手一拍床,倏地坐了起来,向计春道:“你在北平好好地念书,我决计走了。”说时,就下床来。计春将一件蓝布大褂,交到世良手上道:“今日天阴,凉得很,加一件衣服。”世良并不言语,将衣服接过,展开来缓缓地穿上。他站在屋子中间,低了头抬不起来。那干净衣服的胸襟,立刻印了许多湿的点子,他抢着走出房门咳嗽了一阵,然后才走回屋子来,笑着向计春道:“孩子,你不必送我了。你送我上车,回头一个人回会馆里,你的心里会难过的。”计春道:“我不难过,我要送你。”世良又不言语了。匆匆地洗了一把脸,就弯腰将地上放的网篮,提着试了一试,然后将网篮放下,便坐下来抽旱烟。计春忙着倒了一壶热茶来,又买了几个热烧饼,放在桌子上,向世良道:“爹!不要吃点吗?”世良点了几点头,倒了一杯热茶,捧起来喝了两口,依然放下。计春道:“爹,你怎么不吃一点呢?”世良这才拿了一个烧饼,勉强咬了两口,放到桌上,就向计春道:“现在我实在吃不下去。到了火车上再说吧。”他说着,自向门外去雇好了车子,进房来道:“你不必送了。”说着,一手提了网篮,就向外走。计春一伸手扯住了世良衣服道:“不,我得送……”他话未说完,眼泪就流下来了。世良道:“好吧,你送我,但是你何必哭呢?”他虽如此说着,然而嗓子眼里也僵硬了。他站在走廊下，等儿子锁了房门，才向外走。会馆里住的人，看到他父子二人天性持重，倒也很是赞成。随着也有一大班人，送了世良出门来。计春又雇了辆车，紧随了世良之后，直送到东车站来。世良去买车票的时候，让计春看住了网篮。他买了票来，手提起了篮子来道："孩子走！"从此也不说什么。低了头就在前面走。计春在后面看着，觉得父亲今天是特别地身体软弱，走一步，身子闪跌一步，好像一点力气也没有，提那个篮子不起，计春抢上前一步，提了篮子柄道："爹！让我来和你提上车去吧。"世良道："笑话，我会连一只网篮都提不动，以后不用卖力气吃饭了。"他说着，提了篮子就迈步向前，也是他实在地走快了，走得踉踉跄跄的，脚被网篮一绊，身子倒向前一栽。计春哎哟了一声，两手同起，将他的衣服抓住。他好容易站定了脚，在身上抽出一条大布手巾，擦着额角头上的汗，笑道："你说我不行，我果然是不行了。"计春看了父亲这种样子，心里是万分难受；假如父亲磨豆腐的时候，也是这样头晕眼花，那岂不糟了。于是将网篮提到自己脚边来，向父亲道："这样一来，你一个人回安徽去，我真有些不放心。"世良拍了他的肩膀，笑道："孩子话！你几时看到我拿东西，会自己摔了？这都是脚下没有留神，自己把自己撞了，篮子还是交给我吧。"计春道："我和你送上火车，也不要紧啦。"他提了篮子，很快地向前走，世良弯了腰，却不住地一路要去扶那篮子。到了三等车门口，计春提了篮子就要上去，世良两手将篮子一抱，撞着向后退了一步，站定了，向计春笑道："三等车上，那种挤法，你还没有尝过吗？不用上去了。"计春哪里肯依。世良将篮子掮在肩上，在前面走，计春却牵了父亲的衣服，紧紧在后面跟着。转过了三节车，才得着一个靠窗的位子。世良将篮子塞在行李格板上，刚一转身落座，不觉咦了一声道："我以为你在车子外头呢，你也进来了？快下去吧。"计春眼睛全红了，说不出话来。世良低了头，对他耳朵细语道："这样大人舍不了爹，人家看到，不是笑话吗？"计春怔怔地，只是站着。说话时，车外摇着铃，促送客的人下车。世良又对他耳朵细语道："你下去，你再要哭，我也哭了，那不是笑话。"计春只好将手背揉擦了眼睛，低头走下车去。一到月台上，立刻奔向车窗口，向车里望着。世良道："你回去吧。读书我是用不着吩咐你，自己好好保重自己的身体就是。"计春只是在嗓子眼里，答应了一个嗯字。世良道：

“北方天气凉，你要多穿衣服。到了秋后，我会寄钱来，让你做件皮袍子。过几天，你就搬到冯先生家里去住。你在会馆里，我很不放心。”世良说一句，计春嗓子眼里又嗯上一声。世良又道：“零碎固然是不要吃的好，但是热的，干净的，想吃时，买一点吃也不妨，倒不可过于苦了。”计春都嗯嗯地答应着，可是只在这时，冯子云先生，手上抓了草帽子，东张西望，急急忙忙地走来了。看到世良，隔了窗子点头道：“周老板，我怕你还有什么话要对我说，我特地赶着来了。”世良拱着手道：“冯先生，你真是好人，我……”他只说了一个我字，汽笛呜呜地响了起来，说话的声音，已是听不到。车轮子辗动着，车子向东移动了。那个面带愁容的老人，还是拱手不已。他那番父母爱子之心，托友之诚，不是很可知吗？

第十三回

遗帕散相思似存深意
闭门作闲话遽启微嫌

周计春在车站上送他的父亲，眼见世良在车窗子里向人连连打拱作揖，那种殷勤托人的样子，真令人心里十分地感动。呆呆地站定，只管望那火车去的后影，由大而小，以至于不见，他还是不肯移动。冯子云站在他身后，用手拍了他的肩膀，笑道："不要发呆了，回会馆去吧。在北平读书的青年，有好几万。若是都像你这样，舍不得父亲，那不成了笑话了吗？"他不住地拍了他的肩膀，还向前推着，催他回去。计春揉了两揉眼睛，也不做声，低着头走出了车站。冯子云道："计春，晚上你若是嫌孤寂，到我家去吃晚饭吧。"计春低了头，随便地哼着答应了一声，就雇了车子回会馆去。到了会馆里，推开房门来，只见椅上放了一壶茶，几个烧饼，还有大半个烧饼，是周世良咬了一口的，心里这就不由得一动：刚才还有父亲在这屋子里吃喝说笑，于今父亲走开有几十里之遥了。自己坐在床上，两手按了膝盖，望着桌子面上，只管是出神。心里想着，父亲心里的难受，大概还在我以上。沏了这一壶茶，他只喝了一口。买了这些个烧饼，他也只吃了小半个。这时候在火车上，也不知道他有多么难过了。想着想着，坐不住了，就横着在床上躺下。他也不知道经过了多少时候，昏昏沉沉地在床上睡着。睡着醒过来以后，午饭已经开过去了。自己也懒得去找厨子开饭了，就吃着冷烧饼，喝着凉茶，在屋子里翻着几页书看了。那几个冷烧饼，他也并不曾吃完；到了晚上，又把那几个冷烧饼，继续地吃着。晚饭这也不要吃，不点上灯，就倒在床上睡了。他心里这一番难过，绝对没有一丝办法来排解，只有床上

那个枕头，在这时是他所最亲切的了。到了次日早上，天一拂晓，就醒过来了。这却和昨日的情形，整整地成了反面。昨日以倒在床上为安慰，今日却以离开床为安慰。他走到院子里来，在栏杆上坐坐，在院子里树阴下站站，有时还绕着院子，走上两个圈子。自己是青年，又怕人家笑话，说是离不开父亲，于是嘴里带唱着细小的歌声，继续地唱个不了。忽然一阵高跟皮鞋的响声，由远而近。鲜红的衣服在眼前一晃，原来是孔令仪小姐来了。计春突然地看到了她，不由地身子一愣，她倒深深地向计春点了一个头道："周先生起来得早啊？"计春虽然是满面愁容，到了这时，也不得不勉强放出笑意来，露着牙和她点了一个头。令仪站住了脚，向他周身上下打量了一遍，问道："你们老先生已经走了吗？"计春点点头道："昨天走的。"令仪微笑道："那么，你一个人在会馆里住着，未免寂寞得很了。"计春道："离开家庭一个人在北平求学的多着哩，这有什么寂寞？"令仪笑道："虽然那样说，我总说你们父子两个人的感情很好的。"计春微笑道："父子之情，总是有的，这无所谓好不好。"令仪手上拿着一个手皮包，在里面抽出一方花手绢来，在脸上轻轻地拂了两下，斜里伸出一只脚来。她高跟鞋的鞋尖，在地上不住地点着，表示出那沉吟的样子来。她不说什么时，计春当然也不说什么。两个人相隔着有二三尺路，就这样怔怔地对立着。计春怎样能够和这种女子面对面地发呆？不由得红了脸只把头来低着。令仪耸着肩膀，微微地笑了一声。她耳朵上正垂着两只碧玉圆耳坠，顺了她的笑声，像摇鼓的小槌子那样摆着。计春见了她这种样子，更不知道如何是好，也只有向了人家微笑。令仪沉吟了许久，她算想出一句话来，就问道："周先生，现在打算考哪个学校？已经决定了吗？"计春被逼着不能不说话了。因道："我当然是根据了冯先生的指导。他要我到哪个学校里去，我就到哪个学校里去。"令仪笑道："据说你在安庆中学毕业考试时是第一名。你的学问很好呀！"计春微笑道："那也是侥幸的一件事情罢了。"令仪笑道："密斯脱周！倒会说话，再见吧。"她说毕，掉转身就走了。一面走的时候，一面将那方花绸手绢向皮包里塞了下去。也许她走得太慌张了，那方手绢没有塞得稳，竟落在地面上了。只看她那高跟鞋子，一起一落走得地面上突突作响，头也不回地向前去了。这个时候，院子里并没有第二个人。计春看了地面上这样一条花手绢，决没有置之不睬的道理，只好向前拾了起来。可是他一捡之后，这就有问题了：是收没下来呢？还是送还人家呢？他站在院子里如此考量着，依然还是怕第三个人知道了，就赶紧地把这花手绢塞到衣服里面去。他虽是把花手绢塞到衣眼里去，然而他心里对于这个问题，依然在徘徊着，不肯走开，但是这位孔小姐走过去之后，始终不曾走了出来。计春在院子里连连打了几个转身，几次想冲到隔壁刘清泉先生屋子里去，把花手绢送还人家，然而自己仔细想起来，却没有那种勇气。第一是怕那刘先生见怪，以为你这个年轻的人，何以会把大小姐的花手绢拿到手上去；第二呢，见了孔小姐，却不知道要怎样地措词。因之自己只管踌躇着，在院子里踱来踱去。约莫有一个多钟头，孔令仪方始由屋子里走出来，那刘先生在她身后送着，一路谈着话走了出去。计春站在一边，她却不曾看到，决不能够半路上把人家拦住，将花手绢塞过去，这也只好眼睁睁地看了她走去，也就完了。这时太阳光已经由墙上慢慢地移挪到地面上来了，会馆里的这些住客，自也陆续地起来。计春怕一个人久在院子里徘徊，会引起人家的疑心。走回房去，把房门掩着，躺在床上，将身上那条手绢由衣袋里抽出来，两手互相展弄着，看了只管出神。心里这就想着：她这条手绢，似乎不是无心遗落下来的。那个时候，院子里并没有第二个人，她不会是和别个人留下来的吧？这样一位有钱的美丽小姐，会留心到我头上来，这真是猜想不到的事，难道她还真有心于我吗？不！不！这完全是我神经过敏之谈，我有什么特长，会让这有钱的小姐看中了。这个人，大概相当地浪漫，冯先生也曾说过的，她是一个没有希望的青年，自己何必去和她接近。如此想着，心里头似乎有点觉悟了。凭着什么，自己可以和这样的阔小姐来往？难道说我在中学考了一个第一，就会引起人家注意吗？然而现在的女子，决不如此。她们爱的是学生会代表，运动员，游艺团体里出风头的角色。至于孔小姐，她是个摩登女子，自己会驾汽车出来拜会朋友，至少也应当是个西服光头的少年，方才有和她同坐汽车、同逛公园的资格。自己穿这样一套灰布学生服，要和她在一处，恐怕人家会疑心是一个听差了。他躺在床上，将被卷齐着，高高地枕了头，手上只管舞着那条花绸手绢，抖擞着那香气。忽然房门一推，那位刘清泉先生走进来了。计春想把这手绢收藏起来，刘清泉已

经是看见了，就笑道："呵！小周先生，你这样的老实人，也用这样的花手绢。"计春只好笑着站了起来道："我正为了这条手绢发愁呢！"说着话，脸可就红了。刘清泉笑道："这有什么可以发愁的？"计春道："早上我在院子里站着，你们大小姐由面前经过，落下了这一条手绢，我捡着了，想送还她，又有些不好意思。"刘清泉笑道："这是笑话了。捡着人家的东西，不敢收下，拿来送还人家，这正是你有公德心，怎么倒说出不好意思来呢？"计春道："我向来脸嫩，见女人说不出话来。刘先生来得正好，这一条手绢，就请你交还给孔小姐吧。"刘清泉对于这一层，倒没有怎样地考虑，接过手绢，先闻到一阵香气，料着是自己小姐的无疑，就在身上收着。计春虽是把这方手绢拿出去了，然而总像是自己做了什么亏心事似的，脸上青红不定。刘清泉看了这个样子，倒不能够不疑惑，就向计春笑道："你若是喜欢这条手绢，你就留下吧，好在我们小姐的绸手绢，都是论打买下来的，就是每天丢了这样一条手绢，她也不会挂在心上的。不交还她了，你还是拿去，我猜她后来决不追问。"他越如此说着，计春越是不好意思将手绢收着，笑道："虽然是孔小姐不在乎，可是在我这一方面，总不应该收没人家的东西的。"刘清泉笑道："好吧，我收下转交就是。这是一件很小的事，用不着提它了。令尊走了，你一定是很寂寞的了。没有事，可以到我屋子里去谈谈，也可以解解闷。"计春觉得这总是人家一番好意，自然是连声答应着。刘清泉和他说了几句闲话，看他有些很不自然的样子，不便搅扰，也就回屋子去了。至于孔小姐之遗落这条手绢是有意与无意，根本他就不放在心上。不料这日下午，孔小姐又来了。她进来的时候，看到隔壁周计春屋子的房门是关好的，就问刘清泉道："隔壁那个姓周的孩子，不在家吗？"她说这句话时，手还扶着那刚开的门环呢。刘清泉倒不想她会这样地急于要问计春的下落，便笑答道："人家现在一个人，很寂寞的，大概是到先生家里去了吧，小姐很注意他的行动。"令仪道："你不要瞎说了，我注意他的行动做什么？我因为今天早上到这里来，丢了一条手绢，那个时候，只有他一个人站在院子中间，我想这条手绢，也许是他捡了去了，所以我打听打听。他若是没有捡着，也就算了。我并不追究。"刘清泉笑道："大小姐，你快要读书成功了。对于一条小小的手绢，你倒是这样地留心，可不是他捡着了吗？人家可不敢隐瞒，又不好意思送给小姐，特意交给我让我来转交。”说着，打开箱子来，就把箱托子上放的那条花绸手绢拿着，要双手递给令仪，令仪连连摇着手道：“不，不！这不是我的手绢。”刘清泉这倒很是纳闷，怎么这会不是小姐的手绢呢？他手上托着那手绢，就犹豫着不知如何是好了。他忽然领悟了一件什么事情似的，就问道：“莫不是这个孩子滑头，把小姐的手绢掉了过去了吧？”令仪道：“那他倒是不会的，就算这手绢是我的，经过许多人的手，上面都是男人油汗，我也不要了。”刘清泉将那花手绢，依然搁到箱子里去。令仪望了他道：“你倒打算没收起来吗？既然不是我的，当然要退还给人家了。”刘清泉道：“哦！是是是！回头我交给他。小姐的款子，已经发电报催去了，今天你已经问了我一次，怎么这又要问？”令仪笑道：“这会馆我也有份，我喜欢来，就多来两趟。何必一定要为着什么事？这次我是来看看的，不是问你款子的事。”刘清泉因她如此着，自也不敢多问。令仪原是靠了门站定，手拉扯着门，让它来回做玩意儿。笑道：“你怕我麻烦吗？也许明天我还要来麻烦你呢！”说毕，笑得花枝招展地走了。刘清泉心想：好哇！她看上周家这个小孩子了。一天来两趟，送手绢给人，还怕人家没有捡到，这都是下的一番苦心工作了。人家周家孩子，父亲千里迢迢送来念书，当然是望他成就一个人才，若是让这位大小姐一勾引，结果那不必说，必定是跟着她后面吃吃逛逛，胡闹一阵。这个青年，还有什么书可读？这条手绢，我得没收下来，不可以交给他。我们东家，顶了一个善人的头衔，倒养这样一个姑娘，真是替善人两个字丢脸。他想到这里，原是坐在桌子边喝茶的，却捏了拳头咚的一声在桌上捶了一下。不想这个时候，计春恰是由外面回来了，听到隔壁屋子里这样一下重响，就向了壁子大声问道：“隔壁的刘先生！你屋子里摔坏了什么东西了？”刘清泉怎能不认可这句话，说是屋子里不响，只好说在屋子里练八段锦，碰了桌子了。计春道：“那一块花绸手绢呢？”刘清泉道：“我已经交给我们小姐了。”计春道：“我在大门口碰到你们小姐，她说已经叫你退回给我了。她硬说这花手绢不是她的，你看，这不是一件怪事吗？自己用的东西，自己会不认得。”如此说着，他也就移步走到刘清泉屋子里来了。这让刘清泉实无法再把那花手绢没收起来，只得将箱子打开，取出来，交到计春手里。计春笑道：“这样的花手绢，上面又是香气

勃勃的，我这样一个穷学生，怎用得出去？这分明不是我的东西，我收下来做什么？还是搁在刘先生这里吧。”刘清泉正着颜色，站着望了他道：“小周先生，不是我多吃两斤盐，就在你面前端起长辈排场来，可是我和令尊大人，倒是谈得很投机，而且我看你又是个好学生，所以我不能不对你说几句老实话。”说到这里，声音就低下去了几分，这才接着道：“我们这位小姐，南京上海苏杭二州，什么地方，都跑了一个够。阔小姐的脾气，她都有了。青年人和她在一处，决计交不出一个好来。现在青年人，动不动不就是讲爱情吗？她的爱情，可有些不同，是博爱的……”他说到这里，声音不觉得又高亢起来。计春点着头道：“好了！我知道了。”也不知在什么时候，他把那一方花绸手绢，已经揣到衣袋里去了。刘清泉谈话谈得高兴起来了，一伸手握了计春的手，俯着身子低声道：“老弟台！我劝你几句吃紧的话，读书的时候，千万别谈恋爱；谈恋爱更别找那有钱的姑娘，你用的钱都是你家里人一粒一粒的汗珠子换来的，你犯得上和阔人拼着用吗？人家用一个铜子，是用一块瓦碴子，你用一个铜子，是用父亲一粒汗珠呀！”他把话说到这里，捏着计春的手，更紧一层，微微地摇撼了几下。计春想着：这话真是不错的，用一个铜子就是用了父亲一粒汗珠子。当时心里大受感动，向刘清泉告辞走回房来，立刻把那方花绸手绢塞到藤箱底下去。他心里想着：用了父亲的汗珠子到北平来念书，我要怎样地求得一些学问，才对得住父亲那一把汗珠子呢？如今我父亲刚走，我就要认识这样有钱的大小姐吗？她大概有些玩弄男子的，我早些躲开她就是了，若是冯先生家里立刻腾不出房子来，我先搬到自己本县会馆里去住，有了这些日子，也许里面腾出地方来了。他如此想着，觉得自己是相当觉悟的，心里倒空洞了许多。次日早上就跑到自己会馆里去，长班已经知道他真正是个学生了。好好地招待他，总比那赋闲多久常住会馆的人要好些。马上就向计春道：“周先生，你来得很好，今天恰有一间房子腾出来了，你快些搬进来吧。你今天不搬进来，明天就会让人家抢了去了。”计春听说，走进去一看，是一间两扇玻璃窗的小屋子，里面一副床铺板，一张小桌子，两个方凳，还有一个小书架。窗子外面，有一排垂杨柳，拖下来的长柳枝，在窗子外面，荡漾着来去。在这小屋子里住，客边已是不错了，他很满意地对长班说下午就搬来。长班道：

"是同乡的人，谁都可以搬来住。你不来，有人要搬了进去，我可拦不住。"计春道："我特意来看房子的，为什么不搬来呢？你还同我保留一天，把屋子门锁上。明天上午，我若是不来，你就把屋子让给别人，你看好不好？"长班笑道："怎么着为难，一半天的工夫，我总可以对付过去的，你明天一早搬来吧。"计春看看，屋子里一切都很干净，就是窗户格子上破了几个窟窿，于是回来的时候，还在纸店买了两张白纸，预备作为糊补窗户之用。到了这时，他迁回自己会馆的意思，自然是一点也没有更改的了。回到寓所里来，首先就是整理书籍，一部一部地叠着，预备向箱子里装去。当他正在这样忙碌的时候，却听到有人在屋子外面咦了一声，分明有一番惊奇之意在其间，情不自禁地，就伸出头到屋子外面来看看，原来是隔壁刘清泉先生把屋子门倒锁了，孙令仪小姐进不去，正在屋子外发愣呢。计春是很认得人家的，不能见了面不理会，于是也就向她点了一个头，然后身子向回一缩。他的向例，是身子缩转来之后，就要把房门关上的，可是这一次不知如何有了例外，人虽缩到屋子里面去了，可是房门并不曾掩上。那孔小姐站在房门口，伸着头向里面看了一看，笑嘻嘻地道："原来你这边的屋子，也和那边是一样大的。"计春不是个木头，不能推得太开了，只好站起来和她点了一个头道："孔小姐不到我们这脏屋子里来坐坐吗？"他是一句很平常的敷衍话，却也不料到会发生什么黏着性。可是这位孔小姐那样精明伶俐的人，偏是不懂得这句话是敷衍的，就跟着一推门走了进来。这一下子倒让计春觉到十分地窘，就向着人家站立起来，微笑道："请坐吧。"说着，就提起桌上的茶壶来。想要倒茶给她喝，不意壶提到手，里面却是轻飘飘的。这无须说，里面必是空的。于是手提了茶壶，就要向外走。令仪一伸手，将他拦住了，笑道："你不用张罗，我不喝茶。"计春不能强迫着人家喝茶，也只得坐下了。二人隔了一张小桌面，计春坐在床上，她坐在一张小木椅上。化妆品的香气，阵阵地向人鼻孔里送了进来，这让计春看着人家的脸子是有些冒犯，低了头不理会人，也就显得自己太不大方，因此他在一分钟的时候，抬头与低头，倒有五六次之多。令仪看到了，只是微笑。计春坐着咳嗽了两声，然后才问道："大小姐考什么学校，已经决定了吗？"令仪皱了眉道："我就不服那位冯先生，人家越是正正经经地要求他，他倒越是要搭架子。我也气了，不

找他了，只要交学费就可以考取的学校，那有的是，再说吧。”她说时，微微地鼓了她脸子，自含有几分娇态。计春道：“冯先生人很好的。”他说着话时，手上拿了一枝铅笔头，只管在桌上涂抹着字。令仪看到，就噗嗤一声笑了。计春这倒愣了一愣，我说冯先生为人是很好的，这还有什么错处吗？何以她在这个时候，倒笑了起来呢？他那一份踌躇的情形，令仪看出来了，只管顿了眼皮，向他脸上望着。她这个样子，越是把眼睛上的那长睫毛簇拥了出来，那红红的面孔拥出这长长的睫毛，实在是增加了无数的媚态。这让情窦已开，正在青春的周计春看了，怎能够说丝毫无动于衷哩？因之他手上的那个铅笔头，在桌面上涂着更厉害了。令仪笑道：“密司脱周，你在安庆的时候，没有女朋友吗？”计春道：“我们那学校里，没有女生。”他正正派派地说着，脸上不带一点笑容。令仪笑道：“男女交朋友，也不一定要是同学呀！如今社交公开的时候，什么男女都可以交朋友的。”计春笑着摇了几摇头道：“也没有。”令仪微微地点了两点头道：“这也是事实，因为内地风气闭塞，你为人又很老实，大概是不容易接近女性的。”计春依然不做声，将铅笔在桌面上涂着字。令仪道：“密斯脱周！到了北平这地方来，眼界应该宽得多了。现在你情愿交女朋友吗？”计春摇着头，本当说不愿交女朋友，可是他这就立刻想起了使不得！试想：若说不愿交女朋友，当面这位小姐，难道能说是亲戚吗？只得微笑道：“我什么交际也不懂，怎么能交朋友？”令仪笑道：“我们当学生的人，一不开茶会，二不请客，在一处遇到了，至多是吃个小馆儿，瞧个电影儿，谈个什么交际不交际，若要谈交际，那就失了学生本色了。”计春虽然对她谈话，眼睛可是不敢向她迎面看着，斜斜地望了这房门。房门原是敞开的，不知如何被风吹着，慢慢地就关闭起来了。计春一想，这可不大好。两个青年男女，关了房门谈话，这是极容易引起人家误会的，于是很快地站起身来，老远地伸着手，就要去开房门。令仪看到，又是噗嗤一笑，计春红了脸，站在屋子中间，倒说不出话来。令仪笑道：“我不笑别的，你不要多心，我看到密斯脱周这样踌躇不安的情形，想起了《悦来店》这一出戏了。那安公子只当十三妹是个坏人，要叫人抬大石头把房门扛上，结果是把人家引进来了。那是十八世纪书呆子干的事，我们现代青年，为什么也做出那古板样子来？没关系，请坐吧，我并没有什么事，借着你这儿坐坐，要等我们那位先生回来，我有话和他说。你若是要练习功课，你只管练习功课，不必理我。我自己不爱读书，还能打搅别人，也让人家不读书吗?”她说上了这样一大串，闹得计春无言可答。那扇房门始终也不曾去打开，只得默默地含着微笑，又坐下来了。令仪刚才一番话，自然觉得是说得很痛快，可是她说完了之后，看到计春那种情形，自己一想，总是一个生朋友，不曾把人家的性格摸得清楚，就这样地大大教训人家一顿，也有些不对。于是微微地向计春一笑，就伏在桌子上，搭讪着来翻弄他的书本。这正是一本地理，她无话找话地问道:“密斯脱周！你以为地球真是圆的吗?”一个初中毕业生，会问出这样的话来，这知识太幼稚了。计春便笑道:“那是当然!”令仪一手按住桌沿，一手翻那书页，口里就道:“我听说有人又发明了地球是平的。坐船漂海，一直向前回到原处来，那是一种……一种……呵哟！我在那个杂志上看到过了，那是另有理由的，可是我忘了，一刻儿倒想不起来了。”计春并不要和她去研究地球是圆的，或是平的，她自己出了这样一个难题去和自己为难，把一张染了胭脂晕儿的脸子，染得更加地红了。计春笑道:“宇宙的秘密，那是探讨无穷尽的。谁也不能说谁的学理是坚固而不能推翻的。”令仪无话可说，把桌上一本地理都翻完了，接着又去翻第二本书，然而她这样翻第二本书的时候，已经感到自己没有了言语。计春更是不知道说什么好，所以在一度狂热辩论之下，屋子里却是寂然了。这时，庞杂的声浪，忽然起于隔壁。强烈的咳嗽声，椅子和桌子的撞击声，衣服掸灰声，一齐并作，令仪这才听到了，站起来笑道:“大概是刘先生回来了，我瞧瞧去。”说着话，她就向门外走去，接着就听到隔壁屋子里刘清泉很重的声音问道:“小姐几时来的?”令仪答道:“我早来了。因为你把门锁着，我在隔壁周先生屋子里等着呢。”刘清泉道:“我原来也听见小姐说话的，可是隔壁房门是关的，后来又没有什么声音了，我倒以为小姐并不在那里呢!”令仪带着有笑声了，她道:“那位周先生，人是很固执的。他屋子来了女客，他立刻将门打开，可是风又把门吹着关上了。”计春在这边听了这些话，不知是何缘故，心里止不住怦怦地乱跳。那一阵阵的热气，由脊梁上烘托出来，脸上也就红了起来，似乎耳朵根子都有些发烧。心里想:这真是自己一时的疏忽，刚才和孔小姐谈话的时候，为什么不把房门打开？这可让人疑心很大了。心里如此想着，尽管是不安。但是隔壁人说话，自己还是禁不住去听，又听得刘清泉道："小姐！你喝了酒吗？脸上怎么这样地红？"令仪道："我由家里来的，喝什么酒？你再写快信给我催钱吧，我没有什么和你可说的了。"说完了这话，只听到一阵高跟鞋子响，由那边屋子里出来，经过这里的房门，向前走去，随后，隔壁屋子的刘清泉就长长地叹了一声。计春对于孔小姐来谈话的这件事，本来是居心无亏，假如刘清泉真问起来，自己可以坦自地说出来。然而他只是旁敲侧击地说，教自己辩论也无从去辩论，心里头非常难受，只好躺在床上，那迁居自己会馆的一件事，当然是搁置下来了。

第十四回

年少怎忘情终随艳迹
交深为泄愤自发狂言

凡是年轻而又好胜的人，他是受不得什么刺激的。计春和令仪这一度谈话，引起了刘清泉的误会，心里却是非常地难受。这一天，他只在屋子里躺着，连房门也不曾出去。到了次日清晨起来，精神是比较地好一点，自己这才有点醒悟了。心里想着：我既是感觉到在人家会馆里住有些不方便，更是要搬回自己的会馆去住。于是也不再作什么考虑了，立刻就到自己会馆里去。可是到了那里时，已经有人在那间空屋里，布置行李，什么话也不用说；这是为捷足者先占去了。自己和长班约好了的，只要他保留昨日下半日，那半日自己未来，这就自己把权利放弃了，还有什么话说呢？当时自己是垂头丧气地走回去了。他一走进大门，恰好是和刘清泉顶头相遇，自己虽是没有那种勇气，可以和往常一般，睁着两只大眼望人，但是又不能不理会人家，就这样闯过去。因之也就乘了取下草帽子的机会，向着人深深地一鞠躬，可是当自己抬起头来的时候，却见刘清泉脸上，兀自带着冷笑。计春心里很明白，这无非是为了孔小姐不该到我屋子里来关门说话。可是这件事，真是天大的冤枉；自己虽然很羡慕孔大小姐那一份美丽，但是不过放在心里罢了，那有那样大的胆，敢去勾引这千金小姐。他心里万分地懊悔，走进了自己的屋子，一个人静静地躺着。他有时听到有人从窗户外面经过，便疑心又是偷听什么来了。有时又听到隔壁屋子里，有人笑语声，也觉得这与自己那一重公案，都不无关系。假使他们真是这样地笑我，那么，自己一举一动，都要受人家的注意，这会馆却是怎样住得下去呢？想到了

这里，心里就不由得怦怦一阵乱跳。躺在床上有了许久的时间，自己忽然省悟过来了，心想我这不是发傻吗？平常的时间，窗户外何曾没有人经过？平常的时间，别个屋子里，何曾又没有笑声？自己做贼心虚，听了这些动作，故意多疑，其实哪有什么事情呢？他如此想着，把精神特别地振作起来，就在桌上摊开了书，低头看将起来。看过了两个钟头的书，这也就觉得心里安宁许多了。然而那引人心动的高跟皮鞋声，却又是滴咯滴咯，由远而近，一直响到身边来。计春心里想着：这也许又是孔家大小姐来了。她不进我这房门，倒也罢了，设若定了进来，一定要引起误会的。因为昨天到我这屋子里来时，那可以说是偶然，今天到我这屋子里来，那就绝对不是偶然了。既不是偶然，那就难免人家从中议论了。心里一动，走到房门边，立刻用双手向前推着，远远就做个要关门的样子。但是屋子里有一双手向前推，屋子外也有一双手向里推。那屋子外的一双手，却比屋子里的手要早过两秒钟碰着门，所以计春虽是要闭门不纳，终于是来不及，人家已经推着门，走将进来了。不必抬头看是什么人，只听听这高跟鞋子响，可以知道这就是孔小姐来了。她进门来先笑道："对不住，今天我又要搅扰你了。你瞧我来得是这样地不凑巧，刘先生又出了门。我还得借你宝斋，稍微坐一坐。"计春对于她这种请求，虽然是二十四分地不愿意，但是看看她今天的妆束，又不同了。那长长的头发梳了两个小辫，各插上一朵墨绿色的大花结，身上穿了短短的洋式外衣，虽然那料子白得像雪一样，然而在衣服上却很疏落地绣了几只彩色蝴蝶。衣服上身挖着套领，露出一大截脖子，衣摆的长度，还够不到膝盖，所以大腿上这一双肉色丝袜子，便是整个地透露。这个样子的打扮，将她显得更活泼，更婀娜了。对于这样一个美丽的小姐，要由屋子里把她轰了出来，似乎是太不知趣，太不讲面子了。因之计春自身也不知是何缘故，竟是退后了两步，让她进来，而且还深深地向人点了一个头。令仪也是一点都不客气，走到屋子里，就直奔桌子边，在计春看书的方凳子上坐下，用手将桌上的书本翻了两页，笑道："周先生真是用功，一天到晚看书。可是这样看书，足不出户，也与卫生有碍吧。"计春笑道："我哪里谈得上用功两字？不过怕学校考不取，在这里临时抱佛脚罢了。"令仪向他摇摇手道："你别着急，现在我想破了，北平城里的学校多着呢。第一个考不取，考第二个；第二个考不取，再考第三、第四个。只要人肯用功，无论进哪个学校，都是一样用功的。周先生咱们同考一个学校，你看好不好？你的功课样样都比我好，我也可以请你和我帮一些忙。"计春对于她待要客气两句，却怕这话会说长了，若是不说，人家的态度，是这样地客客气气，却又怕无故把人得罪了。因之令仪坐在这里，计春倒反是局促不安地站在屋子当中。令仪用嘴向床上一努，笑道："你不坐下？"计春被她这样一催，做主人的仿佛是变成了客，却不能不坐下了。但是他坐下去的时候，也不曾超过两秒钟，他微微地一笑，又站了起来了。令仪笑着叹了一口气道："我说了叫你不要客气，为什么还要客气？"计春笑着将肩膀抬了两抬，因道："倒并不是我客气。"他仅仅地说了这几个字，不是客气，为着什么呢？他可不能把这句话，充足起来了。令仪见他那样不安的样子，倒也并不去怎样地为难他。看见桌上有一张小报，就随手拿起来，看了一看，似乎这报纸上那大号字的题目，都不能给予她一种注意。只一过眼，她就翻到背面去了。这背面上不过是游戏文字，和广告而已。照说，这是没有什么可以注意的，可是令仪看到了那广告以后，忽然大吃一惊的样子呀了一声。计春倒猜不出来，什么事会引着她这样地大吃一惊？不免瞪了两只眼，只管望着她。令仪笑道："周先生，你不爱瞧电影吗？这北平的电影院，虽然赶不上上海，可是比我们省城里的电影院那就好得多了。至于电影片子，那是不必说，这里映过了，也许一年之后，还到不了我们省里呢。"计春笑道："我向来就不大看电影。关于这些事情，我简直是外行。你就不用和我提了，那算是对牛弹琴。"他很直率地说完了这几句话，以为未免大杀风景，若不是有心得罪人家，也是少年不懂事。这就向令仪笑道："像我们这种人，那真正不愧是乡下人了。什么都不懂得。"令仪对于他的话，倒不曾介意，就笑着道："你怎么老在我面前说这句话？我并没有说过你是乡下人呀！"计春道："实在地，我是个乡下人。我也就用不着勉强来遮掩了。"令仪并不曾去注意，他是怎样地来分辩那句话，就笑着道："这部《璇宫艳史》的片子，在上海我没有赶上，现在居然到北平来了。密斯脱周，无论你懂电影，不懂电影，这张片子，你是千万不能不看。"计春倒不料她把话说得这样郑重，就向她望着道："这与人生大问题，有什么关系吗？"令仪将她两只皮鞋，互相地支搁着，只管把下面一只皮鞋的高后跟，在地面上扑打个不已。看那样子，她是在沉吟着什么心事哩！最后她眼珠一转，又好像她得了一个主意了，这就笑着向计春道："我说得这样要紧，当然有非看不可的缘故在内，你要不要看？"计春道："在省城里的时候，我倒是听见说过，有声电影，非常奇怪，影子能够说话。"令仪不由地笑着肩膀乱颤，便道："你是故意这样说的吧？连电影会说话，你都当着是一件新闻了。"计春被她笑着，未免脸上一红。令仪也觉得自己有点失言，便做一种道歉的样子，对他道："这实在也不能怪，住在内地，如何看得到有声电影呢？密斯脱周，赏光不赏光？今天我请你去看《璇宫艳史》。"计春虽没有看过有声电影，但是这《璇宫艳史》四个字，在耳朵里，却听得很熟，是怎样一部片子，也应该见识见识。他有了这一番好奇心，于是对于令仪这一请，只是微微地笑着，不曾加以拒绝。令仪手臂抬了起来，看看带着的手表，这就笑道："我先去买票，买好了票，我打电话来请你。"她也只说到这里，又把眼珠转了一转，却摆了头道："这个不妥。北平地方，你大概不太熟悉，叫你到哪里去找电影院？再说，你又不到电影院这些地方去的，也不好叫你乱撞木钟。我看就是这样办，回头我自己来接你吧。"计春笑着，连连说是不敢当。令仪道："这也没有什么不敢当，我有车子，无论到什么地方，来往都是很便利的。"计春觉得若让她坐汽车来接的话，那就未免太招摇了。于是就急不暇择地，抱着两只拳头，向令仪乱作了一顿揖，笑着连连地道："那是怎样地敢当？那是怎样地敢当？"令仪对于他这些话，睬也不睬，起身夹了手皮包，自向外走去。走到门外，手扶了门纽，回转头来向他笑道："回头你一定得到。你若是不到，那就是瞧不起我了。"说着，她就噗嗤地一声，笑着走了。计春坐在屋子里，隔了玻璃窗，眼望着她娉娉婷婷而去。他将一只手撑着桌子，托住了自己的头，静静呆想着。若论到孔小姐这一番盛情，实在是不应当拒绝人家；若论到这会馆里大家如此地注意，自己还要和孔小姐来往，也就未免太不知事体。看这个样子，下午她必定是要来的，自己怎样地去避免这一场嫌疑，倒是可以考量的一件事。他想了许久，忽然将桌子一拍，突然地站立起来，下了一个决心了。他想着：这要什么紧，纵然把她得罪了，也不过欠缺一个朋友来往罢了。那也是冯先生说过的话，像我这种人，又何需要这样一个朋友呢？我既是不怕得罪她，等她来接我的时候，我就当面和她说，会馆里人很有议论，我不能去。有了这样重的话，我想她也要维持体面的，那就不好意思要我走了。不过自己向来也就脸嫩，回头见了人家的面，自己怎说得出这种话来？这只有一个笨主意，立刻就出门去，让她再来的时候，就扑一个空，到了二次遇到她的时候，就硬赖是冯先生找去了，也不要紧。她还能够到冯先生那里去对质不成？如此想着，这个办法，已是很对，于是不再做第二个打算，戴上帽子，锁了门，就向冯子云家来。冯子云也是个事务很忙的人，哪里能够终日在家里守着。计春到他家来时，他恰是出去了不多大一会儿。计春又不便说是躲人来的，冯先生既不在家，自己也就只好出来。北平之大，自己并没有第二个熟人，这还可以到哪里去？这只有想了一个笨法子，满街去乱跑一阵。初到这种大都会来，有许多地方，自己是不曾到过的。借了这个机会，也可以广广眼界了。自己原是住在偏于西南城的，现在也不择目的，只拣着向东北城的大道走去。一路之上，时而遇到黄瓦红墙，时而遇到峻峨宫殿，时而遇到热闹街市。久住南方内地的人，到了这里来，自然是另到了一个世界。一路行来，也合了古文上那一句话：忘路之远近了。约莫走有两三小时，自己觉得有些倦意了。心里想着：这应该回家去休息休息了，终不成这样地走到晚上去。好在有了这样久的时候，孔小姐也应该到过会馆去了。自己因为来时可以瞎走，回去就不可瞎走了。于是也就雇了人力车子向会馆来。到大门口的时候，并不看到停有汽车，自然是孔小姐不在会馆里面，这很觉得身上轻松了一阵，不必犹豫，一直地走了进去就是了。可是他到了自己房门口，不知何故，门上的锁，却是不见了。用手一推门，首先射入眼帘的，就是一件花斑斑的衣服，一丛短蓬蓬的头发，自己吃了一惊！待要向屋子外退出来，那件花衣却是很快地一转，计春这才看清楚了，原来是孔令仪小姐。这真是冤枉，满城乱跑了一阵，结果倒赶回来遇着她了。令仪见他神气一愣，就笑道："你猜不着我这个时候会来吗？我想起来了，你一定是躲开我。"计春被人家说破了心事，自己怎好承认，便摇着头笑道："没有的话。我是刚才到冯先生家里去了，倒让孔小姐久等。"令仪道："我倒是没有等，桌上这几本书，我翻着看了一看，把时间也就混过去了。不过你出门的时候，何必那样地匆忙，锁还不曾锁好，你就

走了。对不住！我没有得你的同意，就闯进了你的屋子！”计春是一个不会说话的孩子，怎样对答得上？只好笑笑而已。令仪道：“我亲自来接的人，已经是来接来了，票子也已经买好了，你能去不能去呢？”计春原打算告诉她会馆里人很注意的话，到了这里，就一句也说不出来了。只看她周身上下，现在又换了一件衣服，又换了一双皮鞋，配上她脸上那红红的两个胭脂晕，十足地烘托出她那一个华丽的颜色来。男子们的青春期间，谁没有追求异性的思想？不过或者没有那个勇气、机会、能力，也只好罢休。现在令仪一再地来挑逗计春，他这样聪明的少年，怎样能分拨得开？于是就向她深深地笑着道：“大小姐一定地要请我，倒叫我推辞不得，等我先出去雇车吧。大小姐怎么没有坐汽车来呢？”令仪笑道：“我要把汽车放在大门口，你还肯进来吗？小兄弟，你放开胆子来吧。这个年头，男女交朋友，那很算不了一回什么事呀！”计春垂着头，更无话可说了。令仪将计春手上放下来的草帽子拿着，替他戴在头上，将嘴向前一努，低声道：“你先走。”计春也不知是何缘故，就乖乖地听着她的指挥，向前走去。令仪由后面走出来，倒和他带上了门，又锁上了。计春总是怕会馆里人看到了，有些不方便，低了头，赶快地向前走。可是这会馆里人早注意他在先，当他走出来的时候，各间屋子里的住客都在玻璃窗里，伸出头来向他望着。他不走快，还是罢了，他一走快，那些注意的人，倒哈哈大笑一阵。计春这一下子，只觉无地自容，突然地出了一身汗，把小褂子都湿透过来了。他走出了大门，就直奔胡同口，可是令仪却从从容容地由后面跟着走来叫道。“我的汽车，停在胡同这一头呢。”计春回头看时，她却站在会馆大门那一边，不住地招手。这绝不能够一个站在大门口这一边，一个站在大门口那一边，就这样地僵持着，只得硬了头皮，慢慢地走了过去。离着令仪还有三四丈路，就避到胡同那一边去走。偏是令仪一点也不顾虑到别人的立场，就向他连连地招着手道：“你的钥匙在我这里呢，你不拿去吗？”她说着这话，把手就伸得远远的，这叫计春怎能置之不理，于是又上前接了钥匙，靠近了走。当二人走出胡同口的时候，只听到身后一阵哄然大笑，计春也知道这一定是那会馆里的人追在后面偷看，但是却不敢回转头去看人一眼，只管是低了头抢先地走着。到了胡同外，果然她那辆汽车，横在路头上放着。她的思想实在是比自己还周密，自己以为门口没有汽车，她就没来，不料她竟是想到了这一着，把汽车预先藏起来了。令仪拍着他的肩膀道："上车，你还想些什么？"计春于是第一次坐汽车，第一次看有声电影，第一次和有钱的大小姐在一处周旋，他这个十七岁的男孩子，开始做那粉红色的梦了。影戏院里一个少男与一个少女，一同并排坐着，而且是初次，这当然是异乎平常观众的情绪。在都市里新的少年们，大概十有八九，都经历过这种滋味；那时的心房，当然是跳荡；那时的血管，当然是沸腾；那时的脸色，当然是腼腆。不过这一对，现在略有些不同，平常是女子如此，男子好些；现在是男子如此，女子好些了。他们进电影院的时候不到两三分钟，电影就开映了。所以他们除了看银幕上的人而外，却来不及看银幕下的人。及至休息十五分钟的时候，电灯一亮，令仪那一双眼睛，她就开始着活动起来了。她微微地昂着头，将这个楼座上的人，看了一遍，到底让她找着一个目的物来了。她微笑了一笑，拉着计春的衣袖，站了起来道："你跟我来，我和你介绍一个朋友。"说着她已起身先走。计春待要不上前去，然而今天这影院里，几乎卖的是满座，拉拉扯扯，让人看到未免不像样子，所以不顾一切，也只好跟了她走上前去。她引着计春走到一个比她更时髦的姑娘面前，介绍着道："这是密斯袁，是我最好的朋友。"计春为势所迫，也就只好对人点了两点头。那袁小姐用目光对计春周身上下一看，就不住地在嘴角上露出微笑来。同时，她就连连地点着几下头。这是不用说，她有一份赞成的意思。令仪介绍着道："这是我同乡密斯脱周，是一位用功的朋友。"她说到用功朋友这句话，就噗嗤一声地笑了。袁小姐向他身上再看一遍，就笑道："密斯脱周贵庚是？"计春红了脸笑道："十七岁了。"袁小姐道："我们去喝一点汽水吧！"计春被这位小姐实在望得可以了，有话也说不出来，再要她一同去喝汽水，就未免是虐政。笑着点头道："不要客气，我心里不大舒服，不敢喝冷的。"说毕，他点了一个头，就回到原位子上坐着去了。袁小姐捏着令仪的手，向她微笑一点头道："来，我们一块儿去喝一点。"于是两个人携着手，走到咖啡室里去，坐下来两个人都要了一杯冷的喝着。袁小姐喝的是爱斯蔻蔻，她将两个手指头，夹了那纸管子，在水里转了两转，接着眼珠一转，噗嗤地笑了出来，却用手臂来枕着头。令仪瞪了眼望着她道："你笑些什么？"袁小姐笑道："真有你

的，你居然照着你的话办了，找着这样一个年轻的。”令仪鼻子里哼了一声，回头看附近无人，使低声道：“从今以后，我要把男子们对付我的办法，再加到男子身上去了。我以为今天小陈也要来的，他怎样倒没有来？”袁小姐微笑道：“你是得意之至啦！要在小陈面前透露这一手。”令仪鼻子里又哼了一声，就微笑了。十分钟以后，她们两人，又各自入座。不过袁小姐叮嘱着，有话要和她说，所以完场以后，袁小姐站在楼梯门口等了他们微笑着道：“孔！你赏面子不赏面子？我想请你们二位吃吃小馆子。”令仪且不说话，先向计春看了一眼，见计春丝毫也不理会，便向袁小姐道：“你请我有什么不到？不过密斯脱周去不去，那是他的事，我可不能代人家答应。”她说完了，眼珠依然回转着，再向计春看来。计春对于两个小姐伴着吃饭的这件好事，当然是十分赞成的。不过今天由会馆里出来的时候，许多人在后面笑着，嫉妒的心事谁也是免不了的。设若他们往下追究起来，也许会闹出什么乱子。到了那个时候，把什么脸去见冯先生？自己不是负着一个好青年的名声吗？好青年哪里可以这样地自暴自弃，和这些资产阶级的姑娘去做陪客呢？自己是个没有见过花花世界的乡下孩子，若说忽然一跳，就跳到了红粉队里去，过那甜香的日子，似乎天下没有这样容易的事。他究因为自己胆子小的原因，谢绝了袁小姐的约会，只在人丛中一挤，就不见了。袁小姐依然握住了令仪的手笑道：“真的你和我吃饭去，我有话和你说。”令仪笑道：“你要说的话，我大概也知道了。不过我倒听听你是怎样子的说法，好吧，我就陪你一路去吃饭吧。”于是令仪又把这个女朋友，用汽车载到饭馆子里来。她们到了一个雅座里，把门帘子放下。令仪首先一句话说道：“是不是小陈托你来转圜的？”袁小姐笑道：“有话只管慢慢地来说，你急些什么？”令仪道：“你难道还不知道我的脾气，我向来是性子很急的。”袁小姐倒不忙，先把菜单子开好了，然后倒了两杯茶，放一杯在令仪面前，自己端了一杯，坐在令仪对面，口里呷了茶，眼望了她微笑。令仪道：“你笑什么？以为我是拿周家这孩子开心，故意做给小陈看，出这口气就拉倒吗？不！老实说，我对于周家这孩子，倒也是很爱他的。不过现在我学了乖，不轻易和人谈上婚姻问题了。”袁小姐道：“我在上海的时候，见你和小陈的态度是很好的，何以他追你追到北方来，二人倒翻了脸了？”令仪叹了一口气道:“以前的话,那是一言难尽,不去管他,什么三角恋爱,多角恋爱,我们都经历过了。在许多朋友中,我看定了小陈是个可爱的青年,钱不必说,充量地给他用,就是别的什么,他所需要的,我都给他了。”袁小姐那一杯茶是喝完了,她将那空杯子的杯沿,在她雪白的门牙上碰着,叮叮作响,却向了令仪笑眯眯的。令仪道:“你以为我说话说漏了吗?你想呀,我们这样好的朋友,谁又不知道谁的事?你反正知道,我何必不说出来呢?”袁小姐微微地摇着头道:“你的事,我哪里会知道?”令仪道:“我也不管你知道不知道了,我就是这样实说。你想我一片痴心,为着什么?不就是以为婚姻没有问题吗?小陈这东西……”说到这里,将牙咬着,用一个食指点了两点,继续着道:“他完全是个骗子罢了。他追到北平来的时候,我要求他也在这里读书;他不肯,我交涉了许久,他始终不答应,我就猜定了他是没有钱用,才来找我的。我就说了:你把我当做上海式的小姐,拿钱来津贴小白脸,那就错了,你猜他说什么?他说我这样二十岁的白面书生,包围我的还多着呢!我是气急了,便说:二十岁算什么,以后我非十六七岁的青年,不和他交朋友了。”袁小姐点着头道:“这一出戏我明白了,我看你未免有点误会。小陈说他并不是不愿在北平读书,不过在这里读书,没有一点活动的余地。在经济方面,非完全仰仗你不可!若是完全靠你呢,你的脾气不容易对付,而且你也是个学生,他也不能整个地倚赖着你,所以他拒绝你的要求了。现在他很后悔,你留他读书,总是好意,就是你发脾气,他也忍耐了,愿意和你言归于好,依然在北平读书。”令仪将身子一挺,向了袁小姐道:“这些鬼话,你相信他的吗?”袁小姐只好笑着,点了两点头道:“我和他没有什么深交,让我完全断定虚实,那是不可能的。不过在表面上看来,没有什么假意。”令仪道:“这小子,他骗够了我了,说什么我也不能相信。我是有了经验了,他等着要用钱的时候,就是对你磕头,他也是肯干的。只要有了钱,他立刻就是大爷了。密斯袁!你不必提他了,他没有什么特长,不过会照相,会打网球会跳舞,会写热烈的爱情信。我看小周这孩子,有半年工夫,我可以全把他教会了。那算什么!”袁小姐笑道:“这样说,你是要由自己一手造就一个可爱的人才出来。不过周家这孩子太老实一点。”令仪道:“太老实一点,怕什么?就怕是太滑头一点。造就得出来,我就把他造就成功。造就不出

来，我再换一个，而且我现在也变更方针了，不像以前，只注重一个人，如今要同时多造几个对象，等他们竞争着，我从中来挑上一个。”袁小姐笑道：“你现在有些精神病了吧？说的话，全是些疯话。”这时，伙计送上酒菜来，令仪先斟上一杯酒，一仰脖子喝了，哎了一声，表示着痛快，然后放下杯子来，碰了桌面一下响。她笑道：“我怎么不疯？不疯我出不了这一口气。请你告诉王小姐，我把小陈让给她了，可是仔细一点，她别受这小子的骗呢。”说时，又斟上了一杯酒。袁小姐道：“密斯孔，你可别误会，王小英虽是我的表妹，我并不赞成她和小陈来往呀！”令仪笑道：“没关系。我已经另有个可意的人了，我不要的乐得送人了。”说毕，她又举起杯子来，将酒喝了。在这一篇谈话中，把令仪垂青计春的缘故，已是透露无遗，然而计春这个被玩弄的孩子，哪里会知道呢？

第十五回

冷眼未能逃传书逐客
热心终不改闭户留宾

孔令仪说的这一番话，周计春虽是没有听见，可是这天，他别了令仪匆匆地走回会馆去，心中究竟是忐忑不安。在令仪与袁小姐杯酒纵谈的时候，计春正掩了自己的房门，在靠窗的一张横桌边，用两只手撑了额角，只管低了头，在那里打主意。他心里想着：孔小姐对我这份情意，实在太好了。她为什么要这个样子，倒叫我猜不出来。若说为了我的学问，她那种人，不会注意到这一点上来的；若说为了我年轻，但是找年轻的男子，这并不是一件困难的事。据我干妈说，我长得很漂亮，大概是这一点关系吧？不过她是南北大码头都走过的人，哪里就没有看过美少年，何至于忽然遇到我，就十二分地钟起情来？可是这话又说回来了，情人眼里出西施，焉知不是她看着我太好了，所以就拼了死命地爱我。要不然，到哪里去还可以找出第二个理由来？这样说着，她实在一片痴心在那里爱我。我不但不接受，还有些瞧不起人家的神气，这未免不对。就是那个袁小姐，为人很和气的，她那一番客气，要请我去吃饭，我倒一棍子打一个不黏身。她心里不但是说我寡情，恐怕还要说我不懂事，陪人家看电影也看了，何以就不能陪人去吃馆子，和令仪一路出会馆门，是有人看见了，但是在电影院里，并没有什么人看见，这分明早回来是一种嫌疑，迟回来也不过是一种嫌疑，反正是惹着嫌疑的了。那样匆匆忙忙，丢了人家跑回来，那究竟算一回什么事。可惜我不知道孔小姐的亲戚家里，是不是可以随便拜访的，若是可以随便地去拜访，自己怎么着也当去登门道歉一番。那就无论自己怎样地殷勤，

这会馆里人看不见，他们也就无从议论了。其实也不一定要到她的亲戚家里去，只要她能指定一个地点，就是公园也好，电影院也好，都可以让我按时前去道歉。只是除了朋友丧失和气之外，决计没有哪个人指定了时间，让别人来道歉的。这一层既不可能，除非是有个巧遇，明天在街上和她碰到头了，自己在当街和她道歉。然而天下哪有这样巧的事，这不是自己想入非非了吗？他想到了这里，觉得在路上相遇，虽是不易得的巧事，然而故意这样去做，也未尝办不到。因为她每日到会馆里来，总是在吃过午饭以后，设若事先自己到胡同口去等着她，等汽车来了，我就拦住她，不让她进胡同口，这也就可以和她道歉，不会让别人知道的了。他觉得对于孔小姐方面，有了办法了，只要对于孔小姐有道歉之法，那就不愁无法去求袁小姐的原谅。于是乎两个新女友，都不至于得罪了。他托着额头的两只手，不期然而然地，已经松着放了下来了。两只眼睛望着窗户外边，自己带了微笑，摇晃着他的头，表示着他那一番得意的情形来。桌子上摆着许多书本，摆着许多功课练习簿，却遭了他的冷眼，好像这和他的眼睛，已不能发生什么关系。书对了他的脸，他的脸已朝着窗子外了。在各种思想的起落之下，他混过了一晚。到了次晨起来，看着窗户外边，那碧槐树顶上，抹了一截金黄色的朝曦。墙角上一大丛牵牛花藤，在绿叶油油之中，开着拳头大一朵的紫色花。把窗户开了，一阵清凉的空气，向脸上扑了过来。心里这就想着：这样好的早上，到院子里去散散步吧。于是手拉着房门，正要向外走，不料这里刚一伸头，就看到同院子住的两个人，正站在院子当中交头接耳，在那里说话。听到这里房门响，都向这里望着，吓得他将头一缩，不敢向外走了。自己站在屋子里，呆呆地想了一想，他们成日成夜都在议论我吗？这样一大早，就来谈论着我的是非，那也见得自己的行为，是太让人家注意着了。正这样地为难时，院子里又哈哈一阵笑声，计春心里扑通跳了几下，想着这笑声不要是讥笑我的吧？自己要到院子里去散步的那段意思，已经打消了，便是开着窗户听会馆里人说话，自己也没有那样的勇气。于是轻轻地将两扇玻璃窗户关着，就在桌子边坐了下去。他坐下来时，桌子上放着一叠书本，就有一页书面上的题字，射进了他的眼帘：乃是少年丛书《哥伦布传》。他想着冯子云校长，常是这样地教训他：一个少年人，不怕不去奋斗，就怕不能忍耐。奋斗而不能忍耐，偶然失败，就不能再起了。所以他总是介绍着那艰苦卓绝的人，给他做范。哥伦布当日发明地圆之说，而又没有寻到新大陆的时候，那不是到处受着人家的讥笑吗？可是他始终忍耐奋斗，到底把新大陆寻到，证明地圆之说了。想到了地圆之说，又联想到孔小姐了。她那天在这屋子里谈话，似乎有些不好意思，忽然地谈上地圆这个问题了，看她那羞态，真别有一段令人可爱的趣味在里面。有这样好的漂亮姑娘和自己做密友，总也是人生一桩幸福，我猜着像她这样美丽的人，恐怕有许多人想追逐她还追逐不上呢！现在许多人都这样说着："读书不忘恋爱，恋爱不忘读书。"我就是和她交朋友，这与我求学的事，并没有什么关系。我又何必鬼鬼祟祟的，怕人家看见呢！这会馆里的人纵然讥笑着我，也不过是那种嫉妒人的心事。假使孔小姐给他们一点颜色，只怕会跪在地下磕头呢，那么我不很足以自豪吗？他想到了这里，就心旷神怡起来了。他不踌躇了，也不悲观了，调换了一种思想，默念着见了孔小姐，应当如何向她道歉。自此以后，自己的态度，应当放大方些，不要见了人就先红脸。孔小姐是个女子，她还毫不在乎，我是一个男子，倒害起羞来吗？今天我决计迎到胡同口上去和她道歉。他在屋子里也不看书，也不坐下，有时在屋子里来回踱着步子，有时又横躺在床铺上，将两只脚高高地架在一张茶几上，互相摇曳着。好容易熬到了吃午饭的时候，就买了几个烧饼在口袋里揣着，走到胡同口上，靠了一根电线杆靠住，一面吃烧饼，一面向远处望着，有汽车来没有。在三十分钟以后，他便和令仪同坐在一辆汽车上，应着他的理想，成为事实了。令仪道："你不要胆子小，放开手来做事就是了。除了父母，哪个人配管我们？我们在北京，都没有父母的，你还怕些什么？"计春道："我并不是怕什么，因为我由内地出来，一切男女交际的手续，我是全不知道。见了人，总不知道应当说什么话好。所以我索性不谈交际，省得露马脚。"令仪笑道："那是笑话。我们一见如故，又是同乡，不过彼此在一处谈谈学问，或者解解闷，一同去吃一个馆子，瞧一场电影，这也谈不上什么交际呀。难道说是初中毕业生，连吃馆子看电影都不会吗？"这些话，抵得计春哑口无言，只是向令仪微笑。令仪一伸手握着计春的手道："不要做书呆子了，我们一块儿看电影去。"计春到了在汽车上的时候，人就

糊涂了。现在令仪将手心握住了他的手背，她那身上的电流，就由手心通过了他的手背，酥麻遍了他的全身。到了这时候，他还能够有什么主张？一切都由令仪去主持了。又是二十分钟之后，他们已经安坐在电影院的楼座包厢里。这还只有一点多钟，便是第一场的电影，也离开演的时候尚早，所以这楼座上，仅仅是很散漫的几位座客，这倒给予了这二位看客不少的便利。在邻厢绝对无人的当中，就喁喁细语，谈起话来。在这个时候，计春自然是忘了会馆里人那种不相干的议论，更不会想到冯校长和自己的父亲，放开了胆子，把整个的身子，沉醉在香粉丛中了。看完了电影以后，令仪起身走，计春也起身走。在这时，他已经大方得多，不像以前，在人群里面退退缩缩了。可是天下这种不甚公开的事，却是最容易遇到人，当二人挤出电影院门的时候，却有一个人在后面叫着周计春先生。这个人似乎怕单叫周先生，他还不会知道，因之特地把名字也叫出来了。计春猛然回头一看，让他认得很清楚，就是怀宁县会馆，对房门住的一个人，这种朝夕见面的同乡，决不能够抵赖着不认识，于是臊成一张通红的脸，向人家点了一个头。他的鼻子眼里，虽然也还答应着人家一声，但是这一声答应，究竟答应出来了一个什么字，连他自己，都有些含混，只好说是也不知道了。这时，令仪正和他挨肩走着，伸过一只手臂，拦住了计春的腰，就向他微笑道："你到北京来，不过是这一点子时候，居然也就有了朋友了。"计春对了那位同乡，要避开和女人联合的嫌疑，还有些来不及，偏是令仪还故意地表示亲热，真让他难受已极。他为了顾全令仪的面子起见，又不敢不敷衍她。只得向她低声答应了一句道："是个同乡。"他口里说着，腿下是很急促地走开，已经离开了这一丛人群了。令仪看他这情形，却也猜出一点原因，心里未免有些不高兴。心想：我是一个有名的大家闺秀，和我在一处走路，有什么玷辱了你，倒要你这样躲躲闪闪，也就红了脸，在后面紧紧地跟着叫道："周！你跑什么？一块儿走哇！"说完了这话，她还回头向那个问话的人看了一眼，以为我偏偏要和周计春在一处走，难道你们还干涉得了吗？我就是这个样子办，活活地要气死你们这班人了。你们要吃那种飞醋，那只好说是活该了。她如此地想着，抢上前两步，扶着计春一只手臂道："别忙呀！一块儿走。"她于是带拉带扯地，将计春引上汽车去了。这一天，计春到了晚上九点钟，才回到怀宁会馆来。自己只将房门锁开着咔嚓一下响，那隔壁住的刘清泉就叫起来了。他用很沉着的声音问道："周先生，你刚回来吗？忙呀！"计春听他这话，分明是言中带刺，却又不能不答应，便道："是的！在我们一个旧教员那里，研究一点儿功课，回来就晚了。"刘清泉道："你倒很用功。"他说这句话的时候似乎带了一些笑意，计春不敢再答应了，点上了煤油灯，自己就悄悄地展开了被褥，爬上床去睡觉。可是他心里就在那里想着：我知道你有些不服气。可是据你说，你姑娘的男朋友也很多，当她和别人谈恋爱的时候，你怎么不去干涉呢？这也是吃那种最无意识的飞醋，我尽管干我的，大概你捧着你主子的饭碗，总也不能管束你的小姐吧？他想到这里，隔了那扇板壁，用眼睛瞪着大大的，向刘清泉那方面望着。他心里觉得这样睁眼望人的时候，眼光里大可以有两道真火，洞穿了墙壁，射到刘清泉身上去。又想到：我的行动，我自己是可以自由，谁管得着？我明天午饭也不吃，就走了出去。你不知道我是和令仪在一处的时候，你无话可说，你就是知道，你也决不能走来质问我什么。他越想越胆子大，为表示着他有这样大无畏的精神起见，就"多啦梅华"口里将歌胡乱唱了一阵；唱了一小时之久，他才安然入梦了。到了次日早上，他果然照着预定的计划，没有吃午饭出门去了。隔壁的刘清泉，在他锁着门的时候，就三脚两步地追了出来，可是已来不及，他的后影，已是由转廊前方一折，就不见了。刘清泉不由得叹了一口气道："一个很好的孩子，就这样坏了。"身后有个人答道："你一个人自言自语，在这里说谁？"刘清泉回头看时，是这会馆里的正董事。想了一想，才道："刚才出去的这个孩子，你不看见吗？在南方，是个最用功的孩子；自从到北平来以后，没有了管头，就整天地在外面游玩。"董事笑道："那人岂不是为了你家大小姐诱惑着他？"刘清泉淡淡地一笑道："那也不见得吧？"董事道："为什么不见得？我接连到会馆里来三次，都看到你们大小姐，到这里来坐了好几小时不走。而且那个时候，正是你不在会馆里的时候。有一次，她把汽车停在胡同口上，自己却到会馆里来，那分明怕是汽车放在大门口，会引起许多人的注意。可是她那样聪明的孩子，也是当局者迷，你想想看，汽车放在胡同口上，会馆里人就没有哪个由那里经过吗？你们大小姐，反正是有了名的了，只可惜姓周的这个

孩子，听说他父亲是开豆腐店，苦扒苦挣，弄他到北平来读书，那实在不容易。他这样地胡闹，哪里还能够好好地念书。活活糟蹋他那个可怜的老子几百块血汗换来的钱罢了。”刘清泉道：“什么！他家是开豆腐店的吗？他的老子对我说可是乡下一个财主呀！我真想不到像那样子老实的人，也会对人撒谎。这年头，什么怪事都会有的。不要他们是看到我家小姐有钱，打伙来行骗的吧？”馆董未免觉得他拟于不伦了，便笑道：“哪至于？”也就走开了。只是他是个讲孝悌忠信的旧式人物，几次看到计春和令仪纠缠在一处，究竟不是一种正当行为。原来认为计春是个努力向上的孩子，所以让他在这会馆里住，现在他既不是一个好孩子，那就不必容留他了。他如此想着，当时就在会馆里留下一封信，交到长班手上。等到这天下午五点钟，周计春玩了一个够，从从容容地回来了。长班也不做什么表示，当他提开水壶进来泡茶的时候，悄悄地将那封信由袋里取了出来，放到计春的小书桌上，依然是悄悄地走了。计春正开着衣箱，暗地里检点，还剩有多少钱，偶然一回头，看到桌上摆着一封信，写了“周计春先生亲启”的一行字，倒是一惊。哪里来的这一封信？立刻抢着盖了箱子，把那封信抢到手里，看信封口时，却是露封的，这越发地让他惊疑不定了。手上也不知是何缘故，只管抖抖擞擞地，把持不定，伸着两个指头，将里面的两张信纸夹了出来，只看那信上写的是：

“计春先生大鉴：径启者，会馆定章，向不能寄居他籍人士。足下虽为邻邑同乡，然此系怀宁一县会馆，终有未便容留之处。前以足下来平，仓促之间，不能觅得寓所，特别通融，允许足下暂为借住若干日。现已为时日久，想当从容觅得寓所，请即日乔迁，以免敝邑同乡，有其他烦言。不情之处，均乞原谅！……

以下的文字，那就不必看了。他手上捧了这两张信纸，呆定了站在屋子中间，一点也做声不得。许久，才冷笑了一声，自言自语地道：“这有什么稀奇。这里不容留我住，我花几块钱，在公寓里租一间房子住得了，充其量，也不过每月多花几文而已。这也有什么了不得吗？”如此一想，三把两把，就将那两张信纸撕了个粉碎。他一点也不考量，反带上了房门，将锁扣着，立刻就跑了出去。他心里在那里嚷着搬，一定得搬！他走过两条街，便有公寓，一连看了几家，打听打听价钱，连伙食在内，都要十五六块钱。自己原是一鼓作气的，想即刻就搬出别人的会馆来，现在经过一番选择寓所之后，未免气馁了。估计一下，一个月需要十五六块钱，十个月就要一百五六十块钱，自己预定每年在北平读书的钱，包括一切来算，也不过就是要这些个，现在单是房饭一项，就要这些个，那么学费、书籍、衣服、杂用，这些应当要用的钱，都到哪里去找呢？所以找了几家公寓之后，在街上缓缓地踱着步子，就大有向会馆走了回去的意味。可是转念一想：不搬呢？那会馆里也不能容纳，现在仅仅只写一封信来，那已经是很客气，再要住在里面，也许人家要由墙里面将铺盖行李向外扔了。心里一层层地想着，脚下一步步地走着。结果，他在马路旁边，突然地站立住了。自己认定了会有办法跑出来的，难道一点没有办法地又走了回去吗？不能够，我还是应当去想法子。可是除了搬入公寓，只有寄居到冯子云先生家里去的一个办法。冯子云先生本来也曾表示过，可以腾出一间屋子来让自己到他家里去住，可是真搬到冯先生家里去住了，膳宿费当然都可以省下来，但是孔小姐是冯先生所不赞成的人物，她就没有法子来找我了。就是我常去找她，恐怕也会引起冯先生的疑心，还是花几个钱，在公寓里住一两个月再说吧。他有了如此一个转念，就回转身再向前走，还是去住公寓。他心里虽在想心事，然而他一双眼睛，却依然不住地向四围看着。看到那墙上贴的标语，"革命青年，应当离开爱人的怀抱。衣食恐慌，不是恐慌；缺乏知识和技能，那才是真恐慌。"这是平民教育促进会贴的。他咀嚼了一下，心里有些感动了。假使自己这样地沉迷着孔小姐，冯先生是不会许可的，冯先生不赞同，请问怎样去进学校念书？从今以后，我应当回避了孔小姐，自去读我的书了，而况我自有我的未婚妻，老实说，年岁比她轻，相貌还要比她好，我为什么丢了那样好的未婚妻，来迷恋这个孔小姐呢？她不过有钱，衣服穿得华丽一点；至于学问一层，那也就有限。我是一个向上长的青年，为什么迷恋那比我年大又习性浮华的姑娘呢？他如此慢慢地走着，又差不多陷于停止状态了。心想，这么着，不必去找公寓，我还是去见冯先生吧。于是抬起手表来看看，是几点钟了，是冯先生在家的时候吗？他一抬手臂，看到了这手表，忽然又让他的心理一变了。这一只表，是今天上午同令仪一路出去买的。

她买得手表之后，就在钟表店里，笑嘻嘻地替自己带上。像她这样地待我，我突然地抛弃了她，在良心上说，这未免有点说不过去了吧？暂不忙去见冯先生，让我回家去睡一觉，把这个问题仔细考量一下吧。他这最后的一番打算，竟是完全决定了，于是就顺着原路，走回会馆来，这已是下午七点钟了。计春回屋以后，忘了吃晚饭，也忘了喝茶，就着一个小小的灯头，躺在床上想。一直想到深夜，觉得还是不应当就这样抛开了令仪，必定对她婉转说明，自己应该是开始去读书了。她是个聪明女子，决不能说是不必读书了跟我玩吧。只要是她肯开口说，我应该读书了，那么，我纵然疏远着她，也是依照着她的话行事；她也就不能责备我什么了。计春如此想着，觉得完全是对的，才安然入梦。到了次日清晨，把昨晚所想的，这时都要解决一下了。因之匆匆地漱洗完毕，就向门外走。这会馆里长班，看到他还是空了一双手走出去，就向他道："周先生，你的房子已经找妥了吗？几时搬？"计春脸一红道："找妥了。过些时候……"这话还不曾说完，他就逃走了。他心里想着，会馆里相逼得这样地厉害，我怎能够混赖下去。我今天回他们会馆时，不做别想，说决计是搬。一个青年人，总不能那样没志气。不问公寓找得好找不好，可以把东西先搬到冯先生家里去暂放一两天，自己哪怕是在冯先生客厅里椅子上，打两晚瞌睡，那也没什么要紧的。他如此想着就放开了胆子，来拜访孔令仪小姐。孔小姐虽住在她的表叔余子和家里。可是这位表叔，是她父亲出钱念书的。到了今日，在教育界立足，可以说是孔善人一手提拔的。再说孔家在华北有些商业上的往来，还不断地要余子和管理。经手银钱，总是好事，而况又是多数的，所以孔小姐在这里寄住着，一切都十分自由。客人来拜会，这是更公正的事情，一点留难也不会有的。计春是陪着孔小姐坐汽车到这里来过一次的，到了门房外边，且先咳嗽两声，门房里走出来一个听差，一看见就笑道："你是来拜会孔小姐的？"计春极力地放出坦然的样子来，答道："对了。"然而这仅仅是两个字，腔调还是不同。"对"字似乎可以听到，又似乎听不到，那"了"字的声音，却重而沉着。那听差竟是一个超人，一切听差对付人的习气，都不曾有，就笑着点头道："她在书房里呢！请到里面去坐。"他说着就引导着计春到间小巧的客室里来，却顺手带住门走了。计春看那门外，在一个月亮门的小跨院里，地上堆了三四块太湖石，种上一丛小竹子，两堵粉墙交界的角落里，堆着一架葡萄，这很感到这小跨院的幽雅。看到月亮门上的横格子眼里，飘荡着那爬山虎的垂藤。他就不免向玻璃窗内出了神。忽然肩膀上一种柔软滚热的东西，按了一按。回头看时，正是令仪小姐站在身后。她带着微笑道："你什么事想出了神？昨天看的电影好吗？"计春想到昨日影片上的故事，乃是一个男子失误走入了女子的卧室，引出了一段情史。今天到这里来，她忽然地问到了这句话，似乎有点影射的意味，倒不由得心里一动，便笑道："叫我看电影，那是部部片子都好。我是一个人在这里想着，人比人，气死人；你也是个学生，出门坐汽车，在家里住这很幽雅的屋子。你看，坐在这上面，犹如坐在棉花篓子里一样。"说着，将手扶了茶几按坐的沙发椅子，又接着道："我呢？借住在人家会馆里，人家下了逐客令了。我昨日在街上找了十几家公寓，都没有合适的。我想为了读书便利起见，还是搬到冯先生家里去住吧。"计春口里说着，眼睛可就望了令仪，以为她对于读书便利这一句话，不能不表同情。可是她并不答复这句话，却在题外反问一句道："你不打算和我交朋友了吗？"计春觉得她这一句话，竟有些猜中了自己的心病，不由得脸上红了。恰好这个时候，有女仆们送上茶壶干果碟子来，周旋着打了一个岔，把这话就扯开了。令仪坐在他对面椅子的扶手上，悬起一只脚来，只管摇撼着，向他微笑着道："你以为我这个样子很舒服吗？"计春道："像孔小姐过惯了舒服日子的人，当然是不觉得。"令仪又笑道："假使你愿意过这种舒服日子的话，我可以帮你的忙。此地最上等的公寓，带着花园的都有，你愿住到公寓里去，我马上就和你一路去看房子。"计春虽觉得这是极好的机会了。可是他转念一想，果然是这样办的话，第一就瞒不过冯子云先生。这样胆大妄为的事，他知道了，一定有极严重的教训。无论如何，不可造次。可是在另一方面，又绝对不敢向令仪说，不接受她的好意。这就笑道："你对我太热心了。"说完了这七个字，将放在桌子上的草帽子，拿到手里来，两手盘弄了一会子。令仪在碟子里抓了一把松子仁，两手互相搓挪着，搓去了松仁上的薄衣，托在手掌心里。用口一吹，把薄衣全吹去了。然后放到计春坐的这一边茶几上，笑道："尝一点香香口吧。"这些动作，都是计春看到的，心里说不出来是一种愉快，或者是一种麻

醉。除了向人微笑而外，便没有别的动作。他两只眼睛，却不敢正视着令仪，只是向门外望着。原来女仆送了茶点进来以后，竟是忘了带上小客室门了。令仪很会意，立刻站了起来，将门掩上。见玻璃窗上的窗纱，有大半边不曾遮全，也前去把窗纱掩了。这才坐回原处向着计春笑道："大姑娘，不必害臊。现在我们可以坐着慢慢地谈一谈了。"计春红了脸笑道："你以为我还害臊吗?"他虽是这样说着，否认害臊，但是依然将两只手盘弄着一顶草帽子。令仪走向前，将他的帽子接过来，放了在桌上，将茶几上的松仁抓起，拖了他一只手起来，将松仁塞到他手心里，笑道："不给面子还是怎么着，怎么不吃呢?"计春笑着，这才将另一只手，箝了松子仁，一粒一粒地，向口里放了进去。松子仁是很容易吃完的。其后，茶几上一碟瓜子，一碟花生米，完全都吃光了。桌上摆的一壶茶，只剩了一些冰凉的卤子。满地面上，都是瓜子壳。当计春来的时候，看到对面墙上，还有大半截阳光，现在却是移到院子中心来了。他们谈的话，当然不止一个问题，所以虽是把吃喝都闹到九成九了，彼此都是在不知不觉之间经历过去了。那门外有个女人的影子，闪了几闪。令仪叫着问道："是王妈吗?有话进来说。"王妈听说，就进来了。因道："表小姐在家里吃饭吗?还有这位客人?"令仪道："就要吃饭吗?"王妈道："快一点钟了，还不该吃饭吗?"令仪向计春笑道："这样说，我们真也算能聊天的了。我表叔家里有厨子，菜也做得不错，你就在这里吃饭。好吗?"计春踌躇着说了不吧二字。令仪笑道："我知道你是不愿和生人在一处吃饭。那么，我让他们开到客厅里来，我们两个人共吃，你看好吗?"计春也觉谈话谈得很有趣，两个人在客厅里吃，这也没有什么关系；若是不吃的话，那就把令仪得罪了。在无可奈何之中，他又委委屈屈答应了这个要求。他原来是为什么来找令仪的，他就完全忘记了。

第十六回

深入迷途受金迁客寓
忽生悟境侧耳听书声

他们这一场谈话，经过了一个很长的时间。只说桌上泡的那一壶茶，原来是为了周计春来到，才开始沏上的，而且是一壶很浓厚的茶，到了现在，可就变成既清淡，而且冰凉的水了。令仪看到计春面前那半杯茶，已是放了很久的时候，便笑道："我只管谈话，连茶也忘了招待你喝。"便掀了壶盖，在壶口上连连敲了几下，叫道："王妈！还不来泡茶吗?"计春站起来，摇了几摇手道："说了这样久的话，我也应该走了。我自己说糊涂了不觉得，恐怕你们令亲家里的人，伺候着我，伺候得都有些烦腻了吧？我也应该走了。"令仪向他脸上望着，呆定了一会儿，然后才失声一笑道："你究竟是个小孩子，无论怎样地来训练你，你也不敢公然地来说交际。其实你在北平，是一个孤身人，谁也不能来干涉你。非常地自由，你为什么倒要躲躲缩缩呢?"计春自己未尝不明白这种办法不对，只是说不出一个理由来，为什么自己没有和令仪公开交朋友的勇气？若说是怕冯子云先生，其实自己在外面这一类的行动，冯先生又哪会知道？他心里如此想着时，对于令仪的问话，虽是答复不出来，然而有相当的同情。所以他两手捧了帽子，对了人只管微微地笑。令仪向他对立着，待了一会子，忽然点了几点头道："你稍等五分钟，我有话和你说。"说毕，她就抢着进屋去了。果然不多大会子，她又跑了出来，她手上捏了一把票子，向计春手心里一塞道："你不敢搬到公寓里去住的一个缘故，无非是为受了经济的压迫。现在就我个人的经济力量来说，当然不能算是十分稳当，可是我家里的资产，总足够我花的。只要家

里有钱来，我一个月帮贴你在公寓里的一些花销，那是毫无问题的。这一点款子虽是不多，可是搬进公寓去的用费，大概总够了。你今天赶快地就搬，搬好房子以后，给我一个电话，我就去看你。缺少什么东西的话，该借的当借，该买的当买，也许我还可以帮你一点忙呢。要不要我的汽车送你?”计春还不曾答复出来呢，令仪又抢着笑道:“大概不要。你坐了汽车回会馆去，那不更显得是很招摇吗?”计春的心事，已经被令仪猜着了，便否认不得，于是向她笑道:“你的盛情，我自然是感激，不过在朋友一方面说，虽然可以接受你的，在个人一方面说，我倒是成了无功而受禄，这不是个问题吗?”令仪咬了下嘴唇皮，微微地点着头，好像在那里说:这话固然有理，但是算不得什么大问题。计春悄悄地将那卷钞票塞到袋里去了，然后向她深深地鞠了一个躬道:“我真是感谢你。”于是他也告辞走出来了。他走出大门口的时候，本就想掏出钞票来看看，只是他想着，这件事或者有些小气，不可让人家识破了。因之手放在衣袋里，却不曾抽出来。可是等他到了胡同口上以后，他实在是忍耐不住了。这就向后面观察了一遍，然后抽出钞票来，点了一点数目。这都是五元一张的中国银行钞票。数了一数，一共是十张，计春自有生以来，手上不曾经历过这些钞票，突然握了这些钞票在手上，这不由得自己心里不蹦跳起来。在大道旁边站着，不由得不呆上一呆。心里默想着:孔小姐待我真是不错，一松手就给我五十块钱，这不能还说人家有什么假意?世界上有拿整大批的钱给人，还存着假意的吗?她还说了呢，我找好了公寓，就可以打电话把她找来。我欠缺着什么东西的时候，她就可以和我办来。这还有什么话说?我父亲待我也不能够这样子周到吧!她这样待我，我若是不照着她的话去办，我良心上简直有些说不过去，那么我就是这样子办，马上去看好公寓。至于冯子云先生那一方面，暂时不必和他说明，就说别人会馆里，不能容留，只得搬到公寓里来住了再说。这种不得已的办法，冯先生不能说我什么。就算我是有意搬到公寓里来住的，然而在北平求学的青年，在公寓里寄宿的人，未尝不是成千累万的。大家可以住公寓，我也可以住公寓，这会犯着什么条款呢?他如此想着，就把昨日所拜访过的公寓，今天重来拜访一下。昨天来看的时候，每问到房价，自己打一个冷颤，就不敢向下问了。今天身上带了那些个钞票，精神就十分饱满。公寓里人说起房价来，居然也可以还出价钱来。他走了两三家，最后挑到一家很好的公寓了。这公寓字号大乐，是一家大住宅改的。随处都有游廊假山，花草间杂的大小院子。在一个小跨院里有竹子，有葡萄架，而且也是两堵白粉墙围着。这种形势几乎和令仪所借住的地方，大相仿佛了。这院子里有三间空房，都不曾住人，假使租下一间来住着，做一个良友谈心之所，那就太好了。计春站在这院子里走廊下估量着的时候，陪他在一边看房子的账房先生，就跟着说了："这儿多清静！像你在学界的人，要找这种房子读书，都没有地方找去。要是来个朋友，沏一壶好茶，谈个心儿，那真自在。"他说到这里，忽然带些微笑，好像这话里头还有别的意思含在里面似的，计春听着脸上也就不由得微微地一红。那账房倒越是看出一些尴尬的情形来，便道："你若是有朋友要看的话，请你把朋友引来看看，他一定满意。"计春道："我没有朋友。我是找房子自己住，你说这房子要多少钱？"账房造："一间是每月十块钱，茶水灯火，都是我们的。若是把这院子全租了，可以打个九扣。"计春道："加上伙食，岂不要二十多块钱？"账房笑道："这话不能那样说。你就不住公寓，饭也总是要吃的。"计春也知道公寓里房饭钱，是要先付的，若是照他这样算法，马上就要把身上的钱用去一半，未免可惜了，可是要以地方而论，却又以这个小院子最为幽静。而且给予人的印象，也是最好；若是不租了来，也是怪可惜的。他站在走廊里，不住地在四周观看着。那账房就笑道："你就租下吧。这房子真不算贵！就是你自己找房子住，也恐怕不能这样顺心。这房子可真是搁不住，这是今天上午才空出来的，接着就有好几班人到这里来问，若是再迟个一半天，房子就没有了。"计春听了这话，少不得又考虑了一番，只管微昂了头向屋子四周去看着。那账房道："你定下吧！迟一会子就让别人定去了。"计春已经是没有了主意，被账房先生三催四促，将心也就说动了。因道："你也不能言无二价，不能少算一点子吗？"账房看他这种神情，已经是非租这房子不可了，落得更抬一抬价钱，便道："十块钱一间，我说的还是旁边这间小屋子。若是中间这两间大些的屋子，还得租十二块钱。就是那间小屋子，电灯也只能点十六烛的；若是点十六烛以上的，就得另外给钱。"计春一听，这家伙说话，未免诚心欺人，说好了十块钱一间，他看到我愿意租了，又

涨上了两块钱，那都罢了。这一间小的，也要涨我一些钱，未免故意捣乱。本当负气不租，可是看看那房子，实在是好，为了自己种种事情便利起见，不应该到别处去租。而况这笔钱就是令仪给的，又何必替别人舍不得呢？他想来想去，终于是走上了账房先生那算盘上的路，掏出一张五元钞票，把一间大房子定了，一切都依了账房的话办理。他又转念一想：既是把房子定了，迟早都是搬出来，也就不必在别人会馆里留连。因之坐了人力车子回来，当时就回房收拾行李，要搬到这家大乐公寓来。当他将行李一齐捆束好了的时候，长班就走了进来了。他向计春捆束好了的行李，各瞟了一眼，然后微笑道："你果然就搬走啦！搬到哪里去？"计春道："搬到我一个姓冯的先生家里去住。"长班道："有信就向那里转吗？"计春连连答应道："不不！有信来，请你给我留着，我自己来取去就是了。"说时，心里同时想着有这样的事要重托他，不能不给他几个钱，先博得他的同情，于是掏出身上带的那卷钞票来掀了一张，交给长班，让他去破开。长班一看之后，心中更有数了。他哪里会有这些个钱花，这就微笑着，接了计春的钱，拿出去换去。计春自己也有些省悟过来，若是让长班去叫车，说明了到公寓里去，那明明是走漏消息于人，结果必会让刘清泉知道了去。于是自己走出去，雇好一辆人力车，监督着车夫，将行李搬上车去，自己也不坐车，站在会馆门口，等长班换钱回来。长班回来了，交钱到他手上，他就抽出一元钞票，交到长班手上，也不和他说明所以然。回转头来，就向拉着行李的车夫道："走吧！走吧！"车夫扶了车把道："先生！你自己不坐一辆车？"计春道："不用，我到胡同口上去再坐车吧。"他说着这话，扶了车子的后面，就向前面推了去。这长班看了他这种慌里慌张的神气，心中不但不能释然，倒反加上一层疑惑，却悄悄地跟随着到胡同口上来。计春出得胡同口来，倒是如释重负，就雇了一辆人力车子，很坦然地坐到公寓里来。当公寓里茶房和他收拾房间的时候，他就打着电话去告诉了令仪，说是一切都布置好了。在这天晚上，令仪带了四包点心，四个罐头，还有一大篓子水果，亲自送到公寓里来。计春在这种无人的所在，和令仪又是这样地熟识，他的口才也就跟着出来了。他望了桌上堆的那些蒲包纸盒，向令仪微笑道："一而再，再而三地只管要你破钞，我心里头实在是过意不去。你自己说吧，我应当怎样地感谢呢？"

令仪将手上拿的那个肉色皮包，轻轻地向桌上一放，头并不动，只斜转了眼珠，向计春瞟着。然后微笑道："我是不要人家感谢我的，不是我自吹一句，我心里想要什么东西的话，我自己总可以拿钱去买，用不着别人来送我。"说毕，看到身边有一张椅子，就半侧着身坐下了。计春道："虽然是那样说，不过在我这一方面而论，总不应该得了人家的好处，并不报答人家。"令仪道："有你这样好的心眼，那就是报答我了。"计春听了这话，倒有些莫名其妙。这就向着她问道："怎样就算报答了你呢？"令仪两只脚是互相地交架着，将上面一只脚的皮鞋高跟敲了地面得得作响，同时身子也摇撼不定，然后向计春微笑道："你难道不懂得精神上的安慰，比物质上的安慰，要强得多吗？你有这几句话，就是……就是……"说到这里，她噗嗤一声笑了。在这种情形之下，计春坐在她对面一张椅子上，神情倒真有些恍惚，可是他一时答复不出来。令仪并不介意，反笑问他道："我这话你懂是不懂？"计春被她如此问着，真是无话可说，只好向她笑。令仪道："不是说笑话，你要明白，我一切都是真意待你，你不是总嫌那位冯先生督着你吗？最好的办法，从此以后，你就不必上他的门。"计春听了这话，却是半天不敢做声。令仪道："你不就是为了你父亲拜托他，把你送进一个学校去吗？这值什么，我就可以替你包办。"计春笑着摇了两摇头道："你这话说得我有些不大相信，你自己考学校，还再三再四地去求他，怎么到了现在，你就能替我包办进学校呢？"令仪笑道："这有个原因，以前我总想进一个有名声的学校，也好在我父亲面前交一篇账。既然求不得人情，我就不必找有名声的学校了。北平这地方，只要你交出学费来，那就不怕没有学校考进去。"计春道："像交学费就可以进去的学校，恐怕没有什么学问可求吧！据说，那种学校，叫野鸡学校，我们能够进那种学校去念书吗？"令仪听说，这就不由得红了脸。因道："凡事不能一律而论，资质不好的人进好学校，恐怕也念不出书来。资质聪明的人，就是进那不相干的学校，未尝念不出书，事在人为罢了。"她说时不但脸色是红了，而且眼睛也睁得很大，两个脸腮子，也有些向外鼓着。看她那个样子，竟是有些生气了。计春心里一想：自己受着令仪这样大的恩惠，怎好把人得罪了？只是话已说错了，悔也无益，要说用话来解释吧，又不知道如何解释才好。便向了令仪，嘻嘻地微笑。然而他脸上的红

晕，便已红到耳朵后面去了。令仪也没有什么话说，将那个手皮夹拿到手中，打开来对里面的镜子照了一照，依然关起来，向桌上放下，站了起来，两只手拂了几拂身上的灰尘，手接了皮包，悬起一只脚来，在地上连连点了一阵道："我就不坐了。"计春虽明知道她不免生着气，然而又不会说留客的话，只好也跟着站了起来。令仪见他并不说什么，便道："明天会吧。"说完了这一句话，她拿起那个手提包就走了。计春跟在后面，一直看到她上了汽车，方才走回房去。到了房里之后，坐在椅子上，望了桌上摆的那些礼物，不由得发了呆。要说令仪待自己这一番情意，实在是好，说她会用钱，她是个千金小姐，这很不足以为奇。若说她喜欢玩，年纪轻的人，哪个又不喜欢玩？而况这些事，都是个人的私德，我不能因为她个人的私德抹杀了她待我的那一番好处。如此想着，心里越发地过意不去，就背了两只手，在屋子里踱着大方步子。在屋子里走了几个圈圈之后，转念一想，令仪这个人，也未免太过分了。我仅仅地对她说了这两句话，她就发着气走了，莫不是以为我常常受她一点好处，她就在我面前摆起架子来吗？要是这样，我讨了你做女人，那真还应当天天跪床踏凳呢！于是站在屋子里发呆。向了那令仪刚才坐的那个地方，只管去出神。因为注意着那椅子，不觉地又看到桌上放的那些礼物上面去了。他想：我由会馆里搬到公寓里来，并算不得什么盛典，你看她却郑重其事地，办了这些礼物来，而且自己又哪里有钱住公寓，不都是花着人家的钱吗？我不曾感激人家，倒把人家得罪了，想来想去，这总是自己的不对。人家如此款待，为什么不在言语方面，敷衍敷衍人家呢？就是我觉得她的话不对，放在心里好了。何必说了出来呢？这样自悔了一阵，又觉得这并不是自己的不对。我说那种野鸡学校，不可进去，这是一个求学的青年应该有的态度；若是她说进野鸡学校，自己也就附和着她，说是可以进那学校，那么，父亲千里迢迢，把自己送到北平来，为着什么？就为了进野鸡学校来的吗？他一转念想着了父亲，那个枯瘦的脸和那黄而且黑，筋肉怒张的两只手臂，就好像在他面前，幻出了一个影子。想到了这影子，便又继续地想到了父亲挑江水推大磨的那种情形。父亲辛辛苦苦，挣着几个钱，让自己来求学，他为着什么？就为了我到北平来住着，混一个学生的资格吗？若不是来混一个学生资格的，自己就这样和令仪一处混着，那只有一步一步地向下堕落，还能求什么学？不听到孔小姐说了吗，要到好一点的学校去，那不过为着求一点名声好听。进那野鸡学校，只要交了学费，这责任就算尽了，那么，无论进一种什么学校，都是好玩而已。和她在一处厮混，那可断言一下，决计混不出一点好处来。父亲花了许多血汗钱，把自己培植到初中毕了业，对于自己的前途，那真抱着无限的希望。自己若是就这样把学业荒废下去，有一天自己回家，或者父亲来了，怎样去交这一篇账？迷途未远，自己还是赶快地向原路走回去吧！不过要是在公寓里住的话，花的是人家的钱，人家要来拜会，那是没有法子拒绝的。她既来了，要出去吃喝，要出去游玩，恐怕也就没有法子避开。自己要觉悟过来，也许是办不到，唯一的法子，那只有住到冯子云先生家里去。冯子云不但是她最所忌恨的，而且是她所畏惧的。我住到那里去，她就不会找我去了。我只有起一个绝早，把东西收拾好了，向冯家一搬，留下一封信给她，就说冯先生逼着我走，我不能不去，她反正也不敢到冯家去质问所以然，我不是落得推一个干净吗？人家都说我是一个有用的青年，就是我自己，为了有许多人赞许我，也觉自己前途有莫大的希望。若是这样消沉下去了，不但无面见人，自己也对自己不起吧！他一番悔恨之余，就一点力量也没有了。身体软绵绵地，先靠了椅子背坐着，后来索性倒在床上躺下了。他自己仰着身体，睁了大眼，望着床顶，也不知道躺下了多少时候，然而他眼前所看去的，好像没有什么东西，只是一片空洞洞的。同时，却有一种声音，向耳朵里送来。初听这种声音，并不怎样介意，后来这种声音，继续地向耳朵里送来，这就不能不静心听了。原来这不是别种声音，乃是隔壁院子里，有人在那里读书。那书声读得字斟句酌，一个字一个字地向耳朵里送来，似乎那个人很是高兴。他情不自禁地，走出房来，隔墙向那边一看，那边好像是个中产阶级的人家。墙头上高出两棵树的黑影，屋子里的灯光，射到一丛叶阴之下。由叶阴之下的反光，映出了一带整齐的屋檐，那朗朗的书声，就由这屋子里出来的了。计春背了两手，侧耳听着，正要听出来他读的是什么书，可是书倒没有听出来，这空气里面却若断若续地，送了一种香气过来。闻了这种香气，好像让人的精神，为之一振。这时，他不但是来不及辨别人家读的是什么书，几乎不知道自己站在什么地方了。虽然这

还是热天，然而北方的气候，到了晚上，温度就低了下去。计春站在院子里久了，身上觉得有些凉飕飕的。这两只大腿，由脚背以至臀部，都像凉水洗了一般，他这才醒悟过来，人站在这里发呆呢。于是身子一转，赶紧地走回房去。然而，他到房里以后，精神恢复过来，这书声又听得很清楚了。脚下情不自禁地，在地面上顿了两下，自言自语地道："我决计改过。从立刻起，开始读书了。"于是把桌上的那些糕点水果，一阵风似的，搬到桌子下面去，而且把桌子擦抹干净了，就找了一张厚的白纸，在桌面上铺好，然后，在书架子上捧了一叠书放到桌子上，预备随便抽出一本书来看。可是他一弯腰要搬了凳子来坐的时候，同时却有一股清香，袭入他的鼻子。他想起了，这是孔小姐送的水果。据外表看起来，这一个大蒲包里面装的大概是不少。我应当透开来看看，里面究竟有些什么东西？如此想着，他就把那蒲包拉出桌子底下，在电灯光下，撕取了盖叶，这里面深红浅碧，早是把那初秋的白梨，苹果，牛乳葡萄，各种颜色，送到了眼前。计春拿起一个溜圆的苹果，在手上掂了两掂，心里这就想着：女人的面孔，不都是这样吗？孔小姐的面孔，不也是这样吗？这苹果也和女人一样，有一种迷人的颜色。我一个刚刚觉悟过来的人，为什么又沉迷下去，这不是一种笑话吗？于是将这只苹果向蒲包里一掷，立刻，用脚一踢，把蒲包踢到桌子底下去。自己就靠近桌子坐好，抽出一本书，摊开来看。翻开书来，已去了若干页，当然不是书的第一章，自己在一个段落的起头，诵着行数，看了下去。约摸看了有七八页之多，才想过来：我看的是什么书？于是翻过书面来看了一看，呵哟！难怪乎不懂，这是新出版的《少年修养论》，是到冯子云家去的时候，冯先先送的。这一阵子胡忙，总不曾看一看书的内容，今天突然地把这种含有哲学意味的书翻着来看，如何可以了解！于是按住了书的封面，自己定一定神，今天却是怎么的，神经如此地错乱。于是用两手撑住头静静地想着。在他自己这样静静想着的时候，那隔户的书声，又一阵阵地送入耳朵来了。他心里就跟随地想着，人家也是个人，也是在这个月落风轻，星斗满天的夜里。他何以就那样安心定意，书读得那样起劲，我何以心事混乱，读书不知所云呢？是了，这无非为着我有一段心事。我有一段什么心事呢？为了有这样一个女朋友。那么，说来说去，还是自己有女朋友之害。自己唯有毅然决然地丢开了这个女朋友，然后才可以谈到读书。不然，这个心为女朋友分了去，就不会牵挂到书上来了。他一个人坐在那里颠三倒四地想着，索性忘了自己打算要做什么了，只管沉沉地把事情想了下去。猛然一抬头，只看到屋子里越显得银光灿烂，电灯的光力，已是格外充足。这是北平城里夜深了的表现，自己这倒不明白，为何糊里糊涂，就混到夜深了。这般时候了，读书已是不可能，这就只有早早地就寝，一切的事情，到了明天早上再说。想是有一晚上构思的力量，总可以有个脱身的法子吧！他如此想着，才放下托住头的那两只手。可是看看桌上，那本《少年修养论》，已经不成样子了。因为下半截被自己的手胳臂压着卷折了两只角，那半截呢，也不知自己是何时打泼了一杯茶，书页被泼的茶浸着，都粘成一片了。计春赶快地提起书来，兀自点点滴滴向下淋着水。恰是不曾拿得稳，在桌子角上一挂，那烂泥也似的《少年修养论》，已是毫无眉目，只剩了半截书角，拿在手上了。计春心想：弄坏了一本书，这很算不了什么，只是这一本书是冯子云先生特别注意送我的，将来问我书中说些什么，我怎么样对答呢？那也就少不得买一本书来再看上一遍了。计春心里很懊悔的，真是不解，今天何以如此神情颠倒？站在屋子中间，发了一顿呆，又顿了一下脚，自言自语地道："会馆不能住，公寓更不能住。明日早上，起来就收拾一切，搬到冯家去。冯家若是没有屋子可住，就是在他门房里住上一两天也好。反正是不受外物的引诱了。"他如此地想得坚决，似乎明天之离开公寓，已不成问题，不过他一日一夜之间，心理有了好几次变化，还有一夜之长，究竟有无问题，那还是不得而知呢！

第十七回

索影作甘言再施妙腕
赠衣惊厚宠更溺情波

这一番起落不定的思潮，把计春闹得坐立不安，最后他躺在床上，仰了面孔静心静意地想出了一条出路；就是起一个绝早，不等令仪来，就离开这公寓。于是解衣就寝，安然地入梦了。他是思虑有些过度了，头搁在枕上，坦然地睡着，及至醒过来的时候，看那竹子外面，白粉墙上，抹了一带金黄色的阳光，这纵然是早上，也不会是绝早了。一个翻身坐了起来，揉那眼睛，再仔细地向窗子外面看看，可不是太阳有几丈高了吗？于是向外面喊了一声伙计，等他走到房门口，在里面就问道："几点钟了？"伙计猛然地听到了这一声问，倒愣住了，以为这位阔少爷在发脾气，嫌伺候着来晚了呢！就推了门进来道："这还不算晚吧？才只八点多钟呢！我们这里，住着学界的人也不少，都差不多是这时候起床呢！"计春知道他是误会了，和他说明白了，也是无用，于是披衣下床，只是催伙计搬茶水来。伙计见他衣服披在身上，一只手拿了袜子，一只手就把桌上放的散碎东西，一样一样地给它归并起来，伙计望着他，倒有些呆了。便问道："周先生，你这是什么意思？"计春道："我要搬起走了。"伙计正端了一只脸盆，要向外走。听了这话，索性把脸盆放了下来，睁着两只眼睛望了他，许久做声不得。计春道："你不要以为我是赖房钱，昨天我搬来的时候，我就把房钱付了。我的意思，就是不爱住公寓，所以要搬，公寓不是一个读书的地方。"那伙计听了这话，真是不住地想着希罕。既然说是公寓不好，昨天为什么搬了进来？搬了进来，觉得公寓不好，也就不该付房钱。这样颠三倒四地想着，只管看了计春的脸，想不出一个道理来。计春被人家这样望着，倒有些不好意思，便笑道："你为什么望着我？觉得这件事很有些奇怪吗？"伙计笑道："我猜着你准是和我们开玩笑，不然，哪有这个道理。"这样看起来，分明是伙计都不能相信了。这种举动，大概有点失于常态，必定要说出一个充足的理由来，那才好搬的。于是向伙计道："你不必管我是什么原因，反正我要走的话，总有一个原因的，你去和我打水来吧。"伙计虽看到这人不免有些像神经病，但是他已经付过房钱了，他居住自然可以自由，公寓里人如何可以干涉他？伙计自去了。计春一人在屋里，自穿着衣袜，昂了头只管向着窗户外，不住地发呆。因为心里平静了，却听到隔壁屋子里的笑话声。这时，有个女子的声音道："哼！俗言道得好，男子的心，海样深，看得清，摸不真，我这样地待你，你还不肯把真心待我，你叫我是多么灰心啦！"接着就有一个男子哈哈一笑道："妇女们总是这样犯了一个疑心重的病。"说到这里，声音就细小下去，听不清了。计春想着，公寓这种地方，那总是作为男女交涉场所的。这大概又是哪个男子有抛弃女子的心事，所以就发出这种怨声来了。他如此想着，就不免顺脚走到院子外面来，只转了一个弯，便看到那有人说话的房间，正和这院子为邻。那玻璃窗户，恰好卷起窗纱，在外边看得里面清楚，见有一个时装女子，两手撑了头，靠桌子坐着，虽不能将她的脸完全看到，但是在她的双手以下，依稀有几道泪痕。在桌子的另一方，站住了一个西装青年，满脸带着委屈的样子，半弯了腰，斜伸了一只脚，只管向这女子看着。许久，他才叹了一口气道："我对于你牺牲一切，都不管的，你还是不谅解。"那女子道："好！你牺牲一切，什么我也不要；我要你的命。你若是真能牺牲的话，就死在我面前，让我看看。"那男子道；"好！我就死在你面前。"说着就把桌上一把裁纸的小刀，拿了起来，打算向颈子底下就横抹了去。那女子虽是双手撑住了头，而且低了下去的，但是她对于这男子的态度，依然是注意。她就猛然地向上一跳，伸开两手，将那男子抱着，带着央告的声音道："得啦！算我错了，还不行吗？"男子举起刀子的一只手，被那女子极力地扯了下来，他才掉转头向外面看着，原来走廊下还站有人呢，急忙地伸手把窗纱遮掩住了。计春明知道人家遮掩窗户，是为自己而设，当然也有点不好意思，不必人说，自己也就闪开来了。他低了头，向自己屋子

里头走。心里也就想着：这个男子，实在也能为他的爱人牺牲，只求他的爱人谅解，性命也可以不要。假使把他做一个标准，来和自己打比，那么，自己就未免太对不住令仪了。她对我花了许多钱不算，尽心尽意，多么会体贴人，结果，我却背了她逃走，这似乎有点说不过去。他心里考量着，态度又是那样犹豫的时候，恰又有一双男女，由面前走廊上过去，那男子和女子提了花伞皮包，笑容可掬地在身后跟着。伙计正端了一盆水过来，见计春望了别人发呆，便低声笑道："这是一对未婚夫妻，两个人和睦着啦！现在是一块儿上学校去了。"计春道："现时还在暑假里头，他们到学校里去做什么？"伙计道："据说，人家是补习功课，补习好了，打算考到一个学校里头去呢。"计春望了人家的去路，微笑点了两点头，也就跟着伙计走回房来了。他这时来不及收拾东西，一面漱洗，一面咀嚼着男女进出成双的滋味。自己并不是没有这个机会，只是自己怕会耽误了读书，所以有向后退之意。其实像公寓里这些男女青年，何尝不是每个一双成起对来的。这是一个明证，读书无妨恋爱，而恋爱也就不碍读书。他有了如此一个转念，昨天晚上预计好了，起个绝早就搬出公寓的话，未免有些摇动。因之自己归理东西的那番手续，也仅仅地做到将桌上的纸墨笔砚，归并到网篮里去，此外也就不曾动手了。在他这种犹豫的时候，伙计已经沏了一壶茶来，放在桌上。计春闻到壶嘴子里透出来的那阵茶香气，便也跟着想要喝茶。于是斟上一杯热茶，用手托了慢慢出神。这杯茶还不曾喝下去，房门口就有一个报贩子，夹了一卷报纸过去。计春出了一会子神，倒觉得很是无聊，买一份报看看，倒也不错。于是买了大小报纸各一份，就在靠门的一张矮沙发上，靠了椅子背，两手捧了报，慢慢地看去。报还不曾看到一半，忽然身后有人问了一声道："今天哪家的电影好？"回头看时，却是令仪来了。她手上正也拿了一把绿质白点子的花绸伞，她悄悄向房门里一伸，那计春就两手接了过来，在书架子边放着。令仪笑道："你很不错，居然会和女友拿伞了。这是你交际上一种很明显的进步。"说着，走进房来，就在靠近计春的那把椅子坐下，微笑道："这公寓里住着，比在会馆里舒服吗？"计春道："天理良心，住着这样幽雅的所在，还不舒服，要怎样子才算舒服呢？"令仪笑着点了两点头，却昂了头在屋子四围看了一遍。计春道："你看什么？还有什么不妥当的地方吗?”令仪道:“屋子外表不错,但是里面的陈设,既很简单,又不艺术化,不是一个白面书生住的所在,让我来替你布置布置吧。”计春道:“你不必费事了,我心里很过意不去。”令仪将眼睛斜瞟了他一下,却微笑道:“你怎么老说这句话?这是生朋友说的客气话,不是心眼里掏出来的,若是好朋友,你用我的东西,我用你的东西,那都不在乎的。”计春点头道:“固然是如此,但是一个人只管得着人家另眼相看,自己却是毫不在乎,这个人也就未免心肠太硬了吧!”令仪笑道:“你必得报答我一点什么东西,你才过意得去,是也不是?”说时,她一只左腿架在右腿上,半扭了身躯,望了计春,笑嘻嘻地静等他的回答。计春说:“是的。”令仪道:“你打算怎么样子报答我呢?”计春不觉抬起手来连连搔了一阵头发,他就笑道:“我是一个穷书生,你是一个阔小姐,就是叫我谢你,我也难于出手。”令仪道:“你这话完全错了。难道报答人家的情义,就完全在钱上说话吗?我和你要一样东西,并不要你花一个钱。”她如此说着时,又是把眼睛向计春身上一溜。计春听了她的话音,又看了她这种态度,脸上一红,倒有些不好意思了。令仪笑道:“你以为我和你要什么呢?我什么也不要,只要你一个影子。”计春昂着头想了一想道:“哦!我明白了。你和我要一张相片,有有有!”说着话,他就去开箱子,打算把相片取了出来。令仪向他连连摇了两下手道:“不对!我不要你的相片,我只要你的影子。”计春掉转身来,对她望着,站在床头边,手扶了箱子盖,竟是呆了。令仪两只腿,依然是架着的,身子向后靠着,向了计春微笑,却把手来指着那张空沙发道:“你坐下,我有话和你说。”计春听她的话,真有些摸不着头脑,索性站定了,向她微笑。令仪笑道:“你都猜中一半了,怎么又发愣呢?”计春笑道:“我猜中一半了吗?我自己真还有些不明白。我的影子,怎么可以拿去送人呢?”令仪道:“我实告诉你吧,我想和你一路去照几张相。款子是归我付。你想,那上面有你,可也有我,相片两个人都有份,不能算是你一个人的。所以要你去照相,就仅仅地只要你把一个影子相送的了。”计春笑道:“原来是这样一件容易办到的事,何必绕了这样大的弯子来说呢?”令仪道:“你不知道,我这个人的脾气,是很古怪的。无论做什么事,不愿碰人家的钉子,所以我先说上一句似是而非的话,探一探你的口气。既然你并没有什么不可的意思,那我就乐得要求你一下子的

了。”计春笑道：“这简直是谈不上的话。像你这样的大小姐，肯和我在一处照相，那正是大大地给面子的事。我还有一个不乐意的吗？可是这话又说回来了，我要是和大小姐在一处照相，恐怕是有些玷辱你，不是你来提起，我就和你交十年朋友，还不敢这样地开口呢。”令仪抿嘴微笑着，只管望了他许久才道：“我以为你是个老实孩子，心里有一句，口里说出一句，可是现在你慢慢地会说话了。说出来的话，居然不是由心眼里出来的了。”计春不住地搔着自己的头发微微地笑道：“我觉得我始终是一个老实人。你要说我心口不如一，那可有些冤枉了。”令仪笑道：“我自然是希望你心口如一，但是有时候不便对我说的话，我也就不逼迫着你说出真话来。”计春笑道：“这话我倒有些不懂，既然是要我心口如一，怎么又说是有时候不便说真话呢?”令仪眼皮一撩微笑道：“你呀！在情场上的阅历，还是太浅。再过些时候，也许你就明白了。”计春道：“怎么过些时候这个原因就明白了呢？你只说了这样半截的话，倒不免要我纳闷一辈子，何不现在对我就实说了呢?”令仪笑道：“你是一个傻子，老追究着这句话做什么？不要说这些小孩子话了。这个时候，是吃午饭的时候了。我带你一块儿去吃午饭吧。”计春笑着，正想说那一句，又要叨扰，令仪突然站了起来，向他连连摇着几下手道：“你不许说下面那一句话，你要说那一句话，我就恼了。”计春笑道：“你不是要我把心眼里的话都说出来吗？我真要说出来，怎么又不许可呢?”令仪道：“我有一个脾气，花钱请人就是不许人家道谢。你去不去?”计春虽然是预想好了要和令仪脱离关系，但是一和令仪见了面之后，心里所想的一切计划，都化为乌有了。现在令仪对了他，追着问去也不去？他怎敢说是不去，只得笑道：“我只有奉陪就是了。”令仪于是自提了花伞皮包，就要向外走。这让计春更是一点也推诿不得，于是戴上了帽子，自行带上了房门，就走了出来。见令仪斜伸了一只腿，站在走廊上，将那把伞，斜靠了大腿放着，计春忽然灵机一动，弯了身子，就把花伞和皮包接了过来，就随了令仪身后，向外面走去。先前那个伙计站在一边，看到了这情形，就向了计春微微地笑着。计春想到早上那对未婚夫妇一同去上课的情形，不觉想到自己，也有这个样子的排场，而且在我前面走的那实实在在是一位大小姐，比之早上那个女学生，那又要高过一个码子了。他如此想着，心里头得意至极，于是望了那公寓的伙计，也报之一笑。不过伙计笑着，是伙计的意思；计春笑着呢，又是计春的意思。同时令仪回转头来，看到计春向伙计对笑着，好像这里面有一种很深的意味，于是也就瞟了计春一眼，笑着低低地说道："这个傻子！"计春在身后自不便问，直等一同坐在汽车上，心里头这句话，实在忍耐不住了，这就向她笑道："我到底不明白，我问那一句话以后，你就连说我两回傻子，这是什么用意？"令仪笑道："你若是老追着这句话来问我，你就是个傻子。总而言之，你是越问，越见得傻。"计春笑道，"那我也就只好不问了。"于是他心里闷住了这个哑谜，陪着令仪去吃馆子，又陪着她去游了一趟公园。最后她却向计春道："你不许辞谢，我还要送你一些东西。"计春笑道："好的！我一切都唯命是从，省得你又说我是傻子。"于是她就将汽车把计春载到一家西服庄上来。那西服庄的伙计，早有两三个迎上前来，和她点了头道："孔小姐来了，请坐请坐。"计春一看，好像他们原来就是相熟得很的，这倒有些奇怪了。令仪回转头来，指着计春道："这是我们的亲戚，来定做两套西服，你们拿样本来看看。"计春听了这话，心中倒是一怔。我又不曾发疯，好好无事的做什么西服，而且一做就是两套，便笑着望了令仪，有话想要说，又不敢说出来。令仪回转头来，就向他笑道："我和这家西服庄，有点来往，多少钱，你不必管，都记在我的账上得了。"计春心想，这位小姐，真是厉害。我一举一动，她都可以猜透了我的心事，便笑道："你又要和我客气，我真是不敢当。"说这话时，那两个伙计，已经走开了。令仪就向他瞟了一眼，低声道："越说你是傻子，你倒越傻了。"计春听她的话音，看她的行为，心里也就明白了一些，只好微微地笑着。这时，两个伙计一个捧了衣服的样本，一个捧了衣料的样本，一齐送到计春面前来，笑道："你就挑吧，有孔小姐介绍，我们不敢多算钱。"令仪道："这可是记在我账上的，你若是多算钱，那就是多算了我的钱一样，你们好意思吗？"伙计笑着连说不敢不敢。计春站在玻璃橱子旁边，先打开料子样本一瞧，只觉样样都好，而且自己没有穿过西服，根本也就不注意人家穿西服。这个时候，让他来挑衣料的样子，叫他怎样能够决定？令仪在一边，也就看出他那副情形来了，就两手把样本夺到怀里来，向他笑道："你做中国衣服，是我当参谋。干脆，做西服也让我来当参谋吧。"她一面说着，一面在那里掀着衣料本子看。她

选了一套淡灰色的，选了一套藏青色的，用手指点着，向计春问道："就是这两种料子吧。你看怎么样？"她说时，已经有些命令的意味在内。计春怎敢说是不好，自然地就点着头答应了，还笑道："我最信任你的，你索性把样子也给我挑好了吧。"令仪抿嘴微笑着，又和他挑了两种衣服的式样，索性将领子领带衬衫，甚至领扣和袖扣等，一齐都定好了。算一算账，共计一百二十元，令仪一点也不踌躇，就在皮包里掏出了二十元钞票来付了定钱，然后就挽了计春一只手，一同出门上汽车去。计春在车上笑道："你又要说我俗套了，真要多谢你！你若是要送我西服，送我一套也就够了，为什么送我这许多呢？"令仪笑道："我说出来，你不要说我挥霍，昨天晚上我打八圈麻将，就输了二百块钱。一二百块在我高兴的时候，我随便就花了的，那很不算一回什么。"说着，又在皮包里取出三十元钞票来，向计春手里一塞，笑道："你自己去办吧，要买一双好的皮鞋，一顶帽子。记着，不要买那太差的。"计春见人家如此款待，只有答应是的份儿，哪里还说得出别的什么来。汽车一直将计春送到公寓，令仪才坐着车子走了。计春回得房来，觉得口里有些干燥。等不及茶房来泡茶，就把桌子下面那个蒲包扯出来，摸了两个大蜜桃，两个大梨，用小刀子慢慢地来削了吃。当他在削梨的时候，心里头就想着这个送梨子的人，觉得人家这番相待的意思，实在是好极了。我若是搬出这公寓，就是不和她绝交，也就辜负了人家这番盛意，何况自己原定的主意，就是从此便要躲开她呢。她家里家财有几百万，就是这样一个姑娘，假使我要做他们家的女婿，何必还念什么书？坐在家里享福就是了。她说得也不错，只要有钱交学费，不愁没有学校可进；何况我的功课，还可以考相当的学校呢！我和她往来，不过是得罪冯子云先生一个人，对于别人，并不相干。得罪了冯先生，没有别的，只是进学校差一个人照应而已。我有孔令仪在金钱上帮我的忙，什么事不好办？我又何必要姓冯的帮忙呢？是了，我就照了现在的计划进行，不必理会别人了。这天晚上，月亮虽然是出来得晚一点，但是那隔壁人家的书声，还依然送到这边来。今晚计春听到，并不觉得有什么感触，他心里想着，一个星期之后，有漂亮的西服可穿了。现在是夏去秋来的时候，白帆布鞋子当然是不合，是穿黄色的皮鞋呢？或者是穿黑色的皮鞋呢？帽子，自然是应当戴薄呢的。平常看那少年人穿西服，多半戴上一副眼镜，自己最好也找副眼镜戴着。这里有三十块钱，十块钱买鞋，五六块钱买帽子，还可以多一半，这一半怎样地用呢？买一副眼镜又太多了。要不然，再买一枝自来水笔，却是钱又不够；或者是自己将钱垫出来呢？或者是再和令仪讨呢？或者剩下几块钱来，留着自己零花呢？他今晚的态度，与昨晚是大不相同，这思想方面，也是大为变更。他所想的不是书本子，将来的事业。所想的乃是西服、西洋皮鞋、克罗克斯眼镜、康克令自来水笔。看看令仪送的那只手表，抬起来看着，却是九点钟了。往日到了这时间，觉得应当还看几页书。今晚所想到的，便是已到电影开映的时间。若是令仪在这里，就可以坐了她的车子，一路去看电影了。他对了手臂上只管出了神，靠了桌子站定，不觉呆了。表上的短针，依然指在九点上。他抬起手臂来看着，还是那样出神，然而这已在十二小时以后，他睡在枕上，刚醒过来呢。心想：我向来不会睡得这般晚起来，人是思想着劳累很了，想到了劳累一层，又不免闭上眼睛再养一会儿神。可是这时就听到房门外有人问道："有位周计春先生，就住在这房间里吗？"计春听得出来，乃是冯子云先生的声音。一个翻身坐了起来，心里想要答应，但是第二个感想跟着来了。他想：冯先生何以会找到这公寓里来？也许是听了什么话，来教训我的吧？和他见了面，十之七八，难免要受他一顿教训，不如装了马虎，就这样含混过去吧。因此索性倒了下去，向被里一钻，并不答应。冯子云又在外面问道："这位周先生，到底在家不在家呢？"伙计就答应着道："在家，还没有起来。"接着房门一推，冯子云就进来了。这是计春的大意，为什么昨晚睡觉，不把门闩上呢？冯子云走到床面前，连连叫了几声计春，而且用手按了盖被。到了这时，计春实在不能再做作了，就由被里伸出头来，叫了一声先生。冯子云道："你怎么不通知我一声，就搬到公寓里来了呢？"计春哼着道："我本来打算去告诉先生的，只因为搬得急一点，所以来不及告诉了。"说着，又哼了一声道："冯先生，真对不起，我病了，病得爬不起来。"冯子云站着对他脸上瞧瞧，然后退了两步，坐在椅子上，依然对了计春的脸上注意着，似乎不大在意的样子，就问道："你什么所在不舒服？"计春由被里伸出一只手来，摸了额头道："头晕。"冯子云对他笑道："大概你是昨天晚上回来得太晚了的缘故吧？"计春觉得他这一句话，未免言中有

刺，就红了脸道："不，昨天我回来得很早的。"冯子云抢着问道："回来得很早，你是由哪里来？"计春倒不料撒着谎说话，还会把话说漏了，急忙中又撒不出第二个谎，就很随便地答道："由公园回来。"冯子云道："哪个陪你去的？"计春顿了一顿，答道："没有人陪我，我一个人去的。"冯子云连连摇了两下头，又微微地一笑道："不能是你一个人去的吧？老弟台，不是我做先生的人，无故要干涉你的行动，但是你是我最希望成功的一个人，而且又得了你父亲的重托，我为了这两层关系，不能不照顾你一点。现在你刚离开父亲的怀抱，就滚到千金小姐的怀里去，这是你巨大的错误。本来呢，年纪轻的人，哪个没有一些儿女私情；可是在于你，就不应该有。为什么呢？假使你现在还是在乡下做一个牧牛的孩子，我来问你，你知道世界是怎样的一种情形吗？你知道现代文明，到了什么程度吗？当然，你全不知道，更不要说是摩登少年讲究的男女恋爱了。你托你父亲的福，把家产故园都牺牲了，又得了许多先生的帮助，对你另眼相看，更细心地教你。这些人，不是指望了你中状元，也不是指望你发洋财，将来靠着你吃饭。只是看到你是个有用的青年，希望把你造就成国家社会需要的一个人才，若是像你这样，终日跟在大小姐身后鬼混，都市里还少了这种青年，值得你父亲那样牺牲，值得我们做先生的这样地教训吗？就是你自己这几年的努力，当然也是不愿埋没你的天才，不愿辜负你的师父的期望，难道千里迢迢地跑了来，就为的是来谈恋爱不成？"这一番话，说得计春哑口无言。当然地，自己的行动，已经为冯先生看破了，抵赖固然是抵赖不了；就是承认，又怎样地说得出口呢？于是躺在枕头上发愣，只有不做声。冯子云道："你不必装病，只要你改过自新，以往的事，我也不追究你。你要明白，你有了今天就是你的造化，你还做什么妄想呢？再说孔令仪那孩子，乃是社会上一只害马，谁和她在一处，谁就要受她的害。她不是我的女儿，她若是我的女儿，我不把她杀了，也要把她送到感化院去。"计春只有听着，哪里敢说什么。可是他在屋子里虽不说什么，那屋子外面，却一个人搭起腔来了。那人道："冯先生，你劝密斯脱周不要紧，为什么在背后批评我，侮辱我的人格？"说着话，推开门走进一个人来，不是别个，正是孔令仪。她突然地走了进来，挺着胸脯子，一手按了手上的花伞，撑在地上，一手叉了腰，鼓着脸蛋子。这一下子，真弄得形势大僵之下。但是冯子云也决不肯在她面前示弱，也红了脸道："不错！我说过的，假使我有你这样一个女儿，就要把她弄死。"令仪道："我有什么罪要处死刑？我杀了人吗？放了火吗？"冯子云将桌子一拍道："你这种行为，我以为比杀人放火还厉害呢！像计春这样望前进展的青年，你诱惑着他陪你去堕落，废坏他一生的事业，破坏他的家庭，那还是小，你断送国家有用的青年，成为像你一样的害群之马，这罪还小吗？"令仪道："就是这几项罪名，没有别的吗？我请问你，现在社交公开，男女交朋友，是不是许可的？若说交朋友是许可的，那就诱惑破坏，这些字眼，都安不上。我告诉你，你知趣的，你赶快离开这屋子，因为这屋子是我出钱租的；你若不走，我就到法院里去告你，说你公然侮辱我。你是个教授先生，大概不能否认你所说的话吧？"说毕，瞪了两只大眼，望着冯子云。冯子云当然不肯否认他所说的话，一拍桌子道："我不能走，你去告我吧！"令仪说了一个好字，转身就向房外走去了。

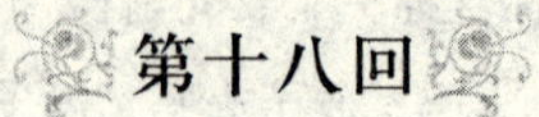

第十八回

甘伏雌威背师铸大错
真同儿戏负气订新盟

周计春见令仪突然而去，一点也不考虑，好像是真要告状，心中大吃一惊，立刻由后面追着。追到大门口，一伸手将令仪拉住，就问她道："我的大小姐，你难道真打算去告状吗?"令仪横了眼光道："我为什么不去真告状，他一个做先生的人，可以随便地侮辱我，我就可以随便地告他。"计春道："你这样一闹不要紧，叫我夹在中间的人，那怎样办？我自然不能得罪你，但是我也不愿意得罪冯先生。而且这样的事情，我也不愿意我父亲知道；你若是和我表示同情的话，自然你也不忍让我为难的吧?"他说话时，那一只手依然扯住了令仪的衣袖不放。令仪根本就不知道状要怎样的告法；受状的衙门，也不知道在哪里。这时，既是被计春牵扯住了，也就不再向前奔。却望了他道："你拉住我怎么办？打算还让我去受他的教训吗?"计春道："我不是拉你去见他，我只是不愿你去告状。"令仪道："为了你起见，我就不告状吧，但是我让他骂过了一顿，就这样地罢了不成?"计春这却没有话可说，因微笑道："凡事都看破一些吧，你叫我有什么法子呢?"令仪昂头想了一想，点着头，鼻子里哼了一声道："今天暂时罢休，教他知道我的手段。我先回家去休息休息。"计春看她那情形，虽然不至于真告状了，可是也不敢完全放心，一直望着她上了汽车。才要转身进去，却听到令仪在身后乱叫他，回转身来看时，她由车窗子里伸出一只手来，向这里乱招着，计春看到，只好走上车边去。令仪笑道："你若是愿意听我的话，今天下午，就在家里呆着，不许走开。我不定在什么时候，打电话来，约你去玩儿呢!"计春待要和她定一准的时间时，可是她已经用手向车夫一挥，车夫手将机盘一转，就开走了。计春心里想着，这位姑娘美是美极了，可是手段也相当地厉害。怎么捉住了冯先生一句话，就要闹得人家不能下台呢？现在去见了冯先生，却叫自己去说些什么？老实说，离开了他，那简直不好意思再去见他了。自己低了头，正是这样沉吟着要向房子里走，对面有人叫了一声道："计春！你自己就这样地甘心堕落下去吗？"看时，冯子云板住了面孔，在走廊正中站着，这让计春无可藏躲，不能不向着他谈话了。于是微低了头红着脸道："我原打算今天搬出这公寓去的。"冯子云连连地摇了几下头，笑道："你不要将话来骗我了。我今天来了，你就是今天要打算搬出去，我若是今天不来呢？你今天也就不想搬了。"计春还有什么可说，只管是低了头，而且身子一步一步地向后退着，靠了一根廊柱站着。冯子云走近一步道："并不是我做先生的人，要多你的事，老实说，我的学生，没有三千，也有二千几。若是我都像这个样子，一一地去管他，我还会来不及吃饭穿衣呢。我因为你是那样的出身，自己不曾埋没自己的天才，很是可取。再说你的父亲，为了想把你造就一个人才出来，他肯把田地都卖了，到省城里去开豆腐店，这种牺牲精神，那就伟大极了。我在我服务教育界这一点上说来，我不能不帮他一点忙。若是照你现在这种情形看着，把你造就成功了，不过为社会上添一只害马，大家费那一番力气做什么？唉！据我看来，中国人是没有希望，绝对没有希望！"他说这话时，深深地皱起了他一双眉毛，而且用脚重重地在地上一顿。看他这一种神情，知道他是愤恨极了。计春不敢说什么了，只管低了头。冯子云道："孔令仪她不是说要去告我吗？我不管，让她去告我得了。现在我要再最后问你一句话，你自己打算怎么样？"计春觉得怎样子说，这话也不能让冯子云满意的，于是微低了头很踌躇地道："我自然是愿意读书。"冯子云望了他的脸，许久许久，就微笑着点了几点头道："好的，你愿意读书，有这句话就成，不过我现在还有些别的事，来不及和你说多的话。晚上，你到我家里去谈谈，我们可以把这个问题解决一下。"计春也不敢说别的，就答应了两声是。冯子云对他周身上下，又打量了一番，然后迈开步子走了。计春回到房来，脸上倒泛了红色，心里也就扑通扑通地跳着。他私下里可就想着：总算幸事，冯先生约我晚上去谈话，

并没有约我下午去谈话;若是约在下午,这又要和令仪约的时间冲突了。等到下午,我和令仪好好地商量一番,得了结果之后,再去和冯先生谈话。那样对于两方面,那就都可以顾全得到。他如此想着,就在公寓里安安静静地坐了几个钟头,并没有出门,可是令仪说了下午来的,一直等过了下午四点钟,连电话还不曾来一个。按着自己心里头想,她若是不来,最好今天就不来吧;不但是今天不必来,便是从此以后不来,那也是自己所欢迎的。因为如此,自己就解掉了一方面的纠缠,可以听了冯子云的话,专心去读书了。他坦然自得地,在屋子里坐到了下午五点钟,可是孔令仪的电话就来了。她在电话里先笑起来道:“对不住!我让你在家里,困等了好几个钟头了。”计春听了她的笑声,人就先软化了,便笑道:“我反正没有事,等也在家里坐着,不等也是在家里坐着,没有关系。”令仪笑道:“你这样说,我就更是放心了,那么你索性等我一等,咱们一块出去吃晚饭吧。”计春还想加一种什么考虑之词的时候,令仪那一方面,已经把电话挂上了。计春想着,既然和她说得妥当了,这是不能够推诿着走出门去的,要不然,她跑来扑一个空,那就会和我翻了。照说翻脸就翻脸吧,无非彼此不做朋友而已,有什么关系?可是自己真要和她翻了脸的话,用人家许多钱,得人家许多好处,有些说不过去。重一点说,那也是忘恩负义;叫自己做个忘恩负义的人,这是不愿干的事。自然,定做的那两套西装,也要牺牲了。他这样踌躇了以后,在屋子里一把软椅子上坐着,静静地把前后的事,颠倒着一想。觉得走开是无不可,不走开,也不至于有什么大妨碍。约莫想了两三小时,却不曾得一个结论。自己起初不知道是过了多少时候,后来屋子里的电灯亮上了,才觉得天色业已晚了。为什么把这个问题这样郑重地研究着呢?不必等她了,冯先生约着晚上到他家里去谈谈,这就到冯先生家里去吧。不过冯先生虽是叫我去,并没有指着一定的时间,自己就是马上去了,也许冯先生不在家,那就在寓所里再等一会儿吧。抬起手表来一看,是七点钟,自己想着,等到八点钟好了,她既来邀我去吃饭的,决不会迟于八点钟。他想着是对了,现在并不瞎想心事,捧了一本书,到电灯下面去看。但是不时地检查手表,一直到八点半钟,她还不曾来。站起身来,待要出门,在屋子里来回走了几步,又犹豫着道:既是等到了八点半钟了,索性再等十分钟;这样子久，都等过去了，十分钟的时候，不能不展长一下；要不然她来了，自己是刚刚走开，那才是有些对不住人呢。他有了这一番转念，在屋子里又闷坐了十分钟，但是令仪的芳踪，依然不见。计春为了她有话，一路去吃晚饭，所以公寓里的饭，已吩咐茶房不必开来。如今她不曾来，少不得还要出去买点东西吃了，于是穿上了一件干净些的长衫，戴上帽子，向房外走；手扶了门向外面带着。正要叫茶房来锁门时，就听到咯的咯的，一阵皮鞋声响，远远看到令仪来了，于是开了房门，复又进去。令仪走进来，微笑着，向他周身上下看了一遍，便笑道："对不住！我来迟了一步，累你久等了。你打算到冯子云家去吗?"计春伸手取下了头上戴的帽子，向她笑道："因为我老等着你不来，肚子实在有些饿了，我打算出去买点东西吃。"令仪微笑道："绝对不是去看你唯一尊敬的冯先生吗？我想你不敢毅然决然地和他脱离关系吧!"计春笑道："一个学生和先生，有什么关系可言呢?"令仪点了头笑道："你倒说得很干净。那么，我相信你是我的一个信徒了，我们一块儿出去吃馆子瞧电影吧。"说着，在桌上拿了那顶帽子，交到计春手上，于是两个人一同走出公寓的门，坐上汽车去了。计春既然是做了孔小姐的信徒，当然就不能分身去做冯先生的信徒。这天晚上，冯子云先生的约会，他竟是误了。晚上看过电影，虽有孔小姐的汽车相送，到了公寓里，也就是十二点钟了。这还有什么可踌躇的，当然是铺床就寝。心里也曾自忖着：今日不曾到冯先生家里去，冯先生一定是大为失望；明天上午，他不是自己来呢，一定就打电话给我，到了那个时候，这却叫我怎样地去答复呢？有了，我就装病吧。我说我晚上临时头痛，走不了。无论他说是真是假，反正在我自己这一方面，那总是可以自圆其说的了。自觉这个办法不坏，也就安然地入梦了。但是次日睡到上午十一点钟醒的时候，冯子云本人，自然是不曾来，可是也没有电话打来。装病也只得装到这个时候，再睡，就真会感到不舒适了，于是把这层疑虑除掉，径自披衣下床。果然，太平无事地到了下午，也没有一点意外。两点半钟的时候，孔小姐花枝招展地由外面走了进来。她一进门，对了计春站定，就微微地笑着，露出了她的白牙；红嘴唇里露出了白牙，这自然是一种令人销魂失魄的事。可是她这回笑，似乎带了勉强的样子，那两只嘴角向上翘着，不像是往日那样自然。再说她那两腮

上的胭脂圆晕而外，还由皮肤里面，透出一层红色来。当然，这不是化妆的力量。她进了屋之后，将手上提的那柄花绸伞，轻轻地放下，靠了椅子边的墙，那轻缓的程度，很是异乎寻常，分明她是故意这样地做作出来的。她坐下来，两手放在怀里，又向着计春笑道："你为什么很注意地看着我？"计春因为她来了，正用一方干净的手绢，擦着茶杯，预备倒茶给她喝呢。便笑道："没有哇！我并没有注意到你呀！"令仪的胸口，伸张了一下，好像深深地嘘出了一口气，便笑道："你没有注意着我，那就很好。我以为你应当注意着我呢。"计春斟了一杯热茶，两手递给了她，她含笑接着，胸口又像是伸张了一下，呷了一口，就放在茶几上。刚放在茶几上，她又端起来呷着。呷完了半杯茶，她似乎有一句话忍不住了，非说不可，就笑着向计春道："在这半小时之内，冯子云没有打电话给你吗？"说时，她的脸越发地红了。计春不明白这句话，有什么重要之处，倒要闹得她不好意思起来。便很率直地答道："我也以为今天他必定要来找我的，可是他并没有来，我也没有接着他的电话。"令仪听了这话，似乎得到一种安慰似的，便笑道："他虽没有找你，可是找了我了。哼！我怕什么？"于是冷笑了一声道："叫他冯子云提防着，将来瞧瞧我的手段吧。"她说这话时，眼睛向他身上一溜，见计春脸上，带了那些惊慌不定之色。于是一手挽了计春的手笑道："你先别着急，我有话，还没有说完。我的意思是不让冯子云来管束你，并不是对你生什么气，天气不早了，你也饿够了，我们吃饭去吧。"计春站定了脚，向令仪脸上望着，微笑道："究竟怎么回事？把你逼得生这样大的气。你若是不告诉我，我心里难受。这顿饭，就吃不下去了。"令仪见他还执着犹疑的样子，且不理会他，先叫了一声茶房。人来了，身上掏出两张毛票，教他去买一盒烟卷，自己倒安然地在椅子上坐将下来了。计春倒不知道她是什么用意，也只好默然地坐在一边。茶房买了烟来了，她就燃了一根，两个指头夹了放在嘴唇边，深深地吸着，然后喷出一口烟来。笑道："冯子云这个风潮闹大了。"计春听了这话，心里不由扑扑跳了几下，望了她不敢做声。令仪道："我不找他，他倒找起我来了。他写了一封信给我表叔，将我痛骂了一顿，我就打电话告诉他，问他什么资格，干涉我交朋友？他说是你父亲托他的。我也不和他废话，我就到他家里去，问他有什么证据？他说不管有证据没证据，一定把你拖出公寓，送进学校。他说他是先生，他对一个心爱的学生，禁止他和女朋友来往，有这种权力，并用不着你父亲拜托他。你要明白，他这样一来，一定会借着要你读书为名，把你拘禁起来。”计春心想，她居然到冯家去大闹了一顿，这未免有些过分了。如此想着，对了令仪望了一下，淡淡地道：“对于我个人呢，我倒无所谓。”令仪微笑道：“对于你个人，倒无所谓，可是他对于我的手段，那就太厉害了。他居然打了电报给我父亲，说我在北平引诱你。冯子云在北平，那算不了什么。在安庆省城里，他可是在教育界坐头一把椅子的人，我父亲接了这一封电报，还有个不着慌的吗？可是……”说到这里，她笑着喷出一口烟来，笑道：“那不要紧，我也打电报回去了。”计春道：“你也打电报回去了？你们有钱的大小姐，真不在乎，把打电报当写信一样办。”令仪继续地喷着烟，直把那支烟卷都抽完了，才笑着站了起来，向他微微点了一个头道：“我和你告一个罪。”计春对于她这种话倒真有些莫名其妙，就向她笑道：“为什么突然和我客气起来？”令仪道：“你想，冯子云的手段太辣了。在北平呢，把你拘禁起来；在家乡呢，通知家里，这至少会让我的经济要受一层限制。我到了现在，索性一不作二不休了。他可以干涉我们做朋友，总不能干涉我们……”说着，她顿了一顿，脸红着，眼珠在长的睫毛里一转。笑道：“你要知道，我的个性是很强的，我决不愿意在人家面前宣告失败。我除了比你大几岁而外，无论哪一层，总可以和你平等。从来只有男子向女子求婚的，没有女子向男子求婚的，依我想，你对于我，或者有那样一天。我若是端起大小姐的身份来，当然装着糊涂，静等你来进行。可是现在要讲求一种政治手腕，把冯子云压下去，我就顾不得许多了。并不是我把家产夸耀人，只要我们两个人合作，慢说北平这个地方，我们要进什么学校，都可以如意。老实说，我还不屑于在这里读书呢。有了伴，我们不会出洋去留学吗？我的话，你懂了吗？”说着，她的眼珠又向计春一转。计春不但是脸上红，心里跳，而且他全身的肌肉，都有些抖颤了。他真料想不到在这样极短的期间，她会亲口说出这种话来。不过，叫自己这个时候，向她去求婚，自己还是没有这种勇气。第一，自己没有这种经验，虽然和菊芬已经订过婚了，彼此只是像兄妹一般地在一处过着，不知道什么叫恋爱，自然地也就恋爱成熟了。第二，她虽是如

此地说了，可是她真意何在，还是不知道；设着她是闹着玩的呢，自己真的向人家求婚，那倒会让她笑掉大牙了。再说，我对于倪家这头亲事，该怎样地对付呢？我最好是装着不大了解她的用意，把我的家境对她说一说。他想着，他就取下了头上的帽子，两手在怀里抚弄着，低了头道："你的话我很明白，但是……但是我的家境不好。"令仪摇了头道："没关系！慢说你家是乡下一个土财主，就是安庆六属，也找不出来有几个人可以和我比家产的。有个十万八万的人家，到了我面前，也只好说一声家境不好，这何足为奇！你要知道，我并不和你比家财，只要我父亲一欢喜，他一句话，你就可以发财了。我何必希望你有家财呢？"计春的心里，刚刚是安静一点，这又扑扑地跳了起来。令仪把原来抽的那根烟卷，已经是抽完了，这又取出一根，将两个指头夹住，放在嘴唇下待着。她一口连住了一口向外喷去，不曾间断着。两只眼睛，望了计春，却不做声。许久许久，她哼了一声道："你为什么不做声？难道说，你还有什么不同意的地方吗？"计春颤动着他的声带，发出很微细的声音来道："我同意的。"令仪笑道："你真是傻子！要答应，立刻答应出来就是了。我的聪明不会下于你，我看你对我欲进又退的样子，我就很明白你是觉得彼此之间贫富悬殊了，所以没有法子开口。现在冯子云苦苦相迫，倒给了你一个机会了。现在，你有什么话？你说呀！你难道还要我教给你一句，你才会说一句吗？"她如此一说，计春更是没有话可说了，只是涨红了脸，向了令仪微笑。令仪站了起来，将烟头向房门外一丢，伸着手一撅计春的脸腮道："你真是个傻子！走吧，我们一块儿吃饭去。"她说着，一手拿起帽子，向计春头上盖着，一手就挽了他一只手臂，脚步一齐地走出房门去。计春到了这时，已是身不由主，只好一切都听着她的指挥了。这餐晚饭之后，接连着自然又是一场电影。计春回来，又是十二点钟了。那公寓茶房迎着他道："周先生今天晚上出去得忙一点，房门也不曾叫我锁，还有那位小姐的伞，丢在这里，也不曾拿了去。"计春笑道："哦！是的，伞丢在家里，那不要紧。我们是一家人。"他说到一家人这三个字，脸上自然带了一番可喜的笑容。茶房道："你们是姊弟吗？"计春笑道："你看她像我姐姐吗？"茶房道："对了。我看也不大像，莫不是你没有过门子的太太吧？"计春微笑着，脸上表示着一种得意色出来；而将头微微地摆了几下。

茶房笑道："嘿！感情好，你太太真美！"计春道："她家是我们安庆最有名的财主，家财有一两百万呢。"茶房原是站在门边的，听了这话，虽觉得还没有什么法子去恭维他，可也走近了两步。这时，让他看到了桌上的茶壶，他忽然计上心来了，于是用手摸了一摸茶壶，觉得冰凉的，赶紧跑了出去，替他沏上了一壶茶，又倒了一杯，恭恭敬敬地放到计春身边来。笑问道："你没有什么事吧？该安歇了。"说毕，退出门去，给他向外反带上了房门。计春看了茶房都是如此，自己也是得意之至。这天晚上，虽然头一着了枕，就不免想心事；然而今晚上所想的，不是以前的事情，如考学校是什么题目，及冯先生要干涉自己住公寓等问题。现在所想的却是一百万家产的十分之一是十万，五分之一是二十万，买田，开店，一切都可以替父亲安排。出洋，取得学位，一切也都可以替自己安排。想过了之后，不像往常，只是踌躇，如今是只有一味快活兴奋了。他十二时上床，精神过于兴奋，直在三点钟方始睡着，可是次日起来得很早，八点钟他就出门去了。约莫四五十分钟，他就回来了。他在衣袋里，掏出一只小小的锦纸盒子，打开来，在里面取出一只金戒指。那戒指仅仅是个圆箍，里外都不曾雕刻什么字样，他托在手掌心里，偏着头看了一阵子，自己情不自禁地说出来一句话道："可惜也真是可惜。时间太匆忙了，没有法子在这上面刻字。"他一个人将戒指把玩了一会儿，依然收好，放在袋里。今天是过分地高兴，不时地带着微笑，叫茶房沏好了一壶香茶，又把迦南香燃了两根，插在小铜炉里，放在窗户台上。自己掩了房门，捧了一本书，坐在窗边看。他手上虽是捧着一本书，可是他一双眼睛，却是老向着窗子外，而且两只耳朵，也同时在那里注意，有高跟鞋子响着没有。等了许久的时候，并不见她来，很无聊地，也就翻着书看了几页。茶是凉了，香也点完了，令仪还不曾来。看看手表，已经十一点钟了。据自己看来，今天这个约会，是廿四分贵重的。然而她竟是像平常一样，又误约两小时了，大概她昨晚回家去，想了一遍，有些悔约了。自己是个老实孩子，居然把金戒指一早去买了来，真是痴汉等丫头了。一晚没有睡得好，又起来得太早，这个时候，便觉得眼睛有些疲涩，而且脑子也是昏沉沉的，有些抬不起来，于是将书本一推，伏在桌子上，暂时地休息一会儿。他不伏在桌上，那还罢了；他一伏下来，就忘却了一切，不知经过了多少时

候，仿佛是在豆腐店房里，同父亲推着磨豆腐的磨子；又仿佛在破窗下看书，菊芬却伏在自己的肩上，问书上的字呢。这种过去的旧梦，让他一一重温起来，感到有些不对，立刻睁开眼来一看，却是令仪站在身边，只管推了他的手臂笑道："怎样就这个样子睡着了呢？"计春笑着站了起来道："我等久了，怕是希望断了，所以心里万分地……"令仪靠住了他，将头枕在他的臂膀上，笑道："对不起！又让你等久了。"计春经过她昨晚在酒馆子里与电影院里一番陶熔，胆子已经是大得多了，于是两只手握住了令仪的两只手，向她笑道："你怎么和我说起这些客气话来呢？"令仪笑道："我今天实在应该按着时候前来的，可是我表婶缠住了我，让我走不了。"计春道："他们知道我们的事吗？"令仪眼珠一转，微笑道："我们？我们的什么事？"计春是面朝里的，这时看看令仪那脸上的皮肤，仅仅是薄薄地抹上一层脂粉，越显得人是水葱儿似的，便紧紧地握住了她的手，向她笑着。令仪将嘴对门外连连地努上了两下，计春回转头看时，原来房门是向外开着的，就是上次计春隔了窗户看到和女友并坐谈心的那个男子，他在走廊上呢。于是放了手，故意走出房来看了一看天色，再进房去，就把门关上了。那个男子恰是多事，也悄悄地走近来听着，只听到里面人说道："以后你叫我姐姐吧。""不！你还应当叫我哥哥呢。""小兄弟！你今天比哪一天更快活吗？""姐姐！我一辈子算是今天最快活了。"那人在门外听了许久，抬着头，笑着走了。茶房远远看到，也向着他微笑。约莫有半小时之久，计春在屋子里叫茶房。茶房先答应着，然后推门进房去。只见孔小姐靠了桌子坐着，一只手放在桌上，另一只手，却用两个指头去抚弄无名指上一个金戒指。这是周先生一早出去买回来的，曾见他回公寓来，就拿了只管看。原来这大半天工夫，他是和没过门的太太，戴上戒指呢。

第十九回

服敌挟郎来高宣约指
伤心连夜梦暗毁家书

在这两小时之间，周计春办了一件大事，就是和全省最有名的富豪做了翁婿了。这在两三个月以前，不但是不会存这种希望，就是做梦也想象不到的。他想到了那得意之处，两嘴角尖，只管向上翘着，眼睛可就向令仪望了，不住地要笑。因为岳丈家里是那样有钱，这位夫人，又长得是这样地漂亮。由安庆到上海，由上海又到北平，知道有多少人想得着她，可不料归根结底，她会嫁了我这人，卖豆腐的孩子了。他这样想着出神的时候，令仪也偷眼看见了，便笑道："喂！你别只管笑，我还有正经的话和你说呢。订婚我们是订婚了，但是我们的环境，各有不同，以后无论在什么地方，我愿意宣布婚事，你就宣布；我若没有做声，你对人不许乱说。只含混着说我是密斯孔就得了。"计春想着，这是什么用意？婚事有的地方可以宣布，有的地方，又不可以宣布，难道我们这还是半明半暗的事情吗？可是和她刚刚订婚的，自己决没有这种勇气，敢去质问她，为什么不能完全公开呢？于是也不做什么表示，也不说什么，望了令仪淡淡地一笑。那意思好像是说：我不相信。令仪正色道："这是真话。"她原是坐在一张矮椅子上的，这时突然站了起来，将胸脯子一挺，将那双亮晶晶的秀眼，向计春望着。她这种眼光，似乎带有一种威严，加之她把面庞绷得紧紧的，右手握住了左手的手背，放在胸面前，看那样子，简直是要生气的神气，吓得计春更是有话不敢说了。令仪将她的一只高跟皮鞋尖在地面上连连点了许多下，然后笑扛着双肩道："你不要对我的话，生着什么疑虑。我觉着，只有我们这样开门见

山地说话，才可以痛痛快快地不会生什么隔阂。计春！你的意思怎么样呢?”她既喊了计春的名字，来问怎么样，这让他不能不答复，而且不能不赞成她所说的话是对的。他笑道：“自然，要彼此有什么事在心里，口里就说出来。这才见得是心里并没有一点渣滓。可是，就怕不容易办到吧。”说着，抬起手来，摸了几摸头发，好像这话里面，却是有点踌躇的神气。令仪笑着昂了头，做沉吟了一会儿的样子，点点头道：“我一定勉力向这条路做去，你是个老实孩子，还有什么办不到的吗?”说着，就伸手摸了几摸计春的肩膀，微笑道：“我说你老实，你要老实到底才好哩!”说着，又在他肩上拍了两下。计春被她摸着拍着，真不知道是酸是甜，仿佛是身上曾麻醉了一阵，于是向她笑着道：“只要你这样地鼓励我，我就这样地朝前做。”令仪的那只手，依然还拉住了计春的袖子，抬着眼睛皮想了一想微笑道：“你果然是个老实孩子的话，我这里有一件事，你得替我办上一办。”计春笑道：“请说吧。老实人只会做老实事情，你要我耍花枪，我可不会。”令仪道：“当然，我也不会叫你老实人同我耍花枪。现在，我们应当去打破第一个难关，就是一路去告诉冯子云，说我们已经订婚了。”这虽是两句很平淡而且很实在的话，但计春听了之后，不由得身上抖颤了一下。接着他的心房也就怦怦地乱跳起来了。他脸上泛着一阵似红非红，似白非白，难看的尴尬颜色。犹豫了一阵子，才道：“我们今天就去吗？未免显得早一点吧!”令仪道：“你这话，我倒有些不懂。在我们订婚以后，马上就应当向人家宣布的，根本上就无所谓迟早。你怎么说是太早了呢?”计春心想：你这人真是太难说话。你自己说的你能宣布婚事的地方，我才可以宣布，现在又说订婚以后，就应当宣布，根本上没有迟早。若是根据了你的话，在我不能宣布婚事的地方，当然你也不能宣布。我只是怕直说出来了，有些得罪了你，所以改着说：太早了一些吧。这样说着，分明还是不敢把话肯定下来，可是你这位孔小姐，依然表示着不愿意，非立刻跟了你去宣布不可。彼此之间，这也未免太不平等了。他心里如此沉吟的时候，口里应当答复的那一句话，当然是说不出来。令仪一只手扶了桌子角，斜斜地靠着，将一只脚尖，又在地上打着，却微斜了眼珠，打量着计春的全身。计春是在一张有扶手的椅子上坐着，这两只手臂扶在两边的扶手板上，将五个指头，轮流地敲打着，那扶手板得得作响，十足地表示出他那内心的不安，故作镇静的样子来。头是微微地低着，然而眼睛皮却向上撩着，去偷看令仪的态度。她淡淡地笑了一声，也没有做声。约莫沉默了有五分钟之久，才用很和缓的声音向他道："你的意思，我很知道，以为我们订婚，这是大大地违反冯子云意思的举动，再要到他家里去宣布订了婚，那简直是和他宣战，彼此的感情，非破裂不可。可是你不知道，我正为着要和你一同去见他，十足地气他一气，才和你这样快地订婚。若是你怕得罪他，不敢前去，我这番心思，不是白用了吗？再说我们已经订了婚了，我们两个人关系应该密切到什么样子，大概不用我说，你也会知道。冯子云无论是你怎样好的一个先生，他和你的关系，总不能像我和你这样密切。到了现在，你是应当帮着我来对付他呢？还是为了不敢得罪他，让我永远地憋住这一口气呢？事实是很明显地摆在这里，你说吧。"她放爆竹似的，说了这一大串子理由，计春虽有理由去驳她，也没有这样的一回勇气。只得笑道："你虽然猜得很对，但是我另外还有一种困难。"说到这里，半仰着脸，望了令仪，好像有一种向她求情的神气。令仪将她在地面上打点的脚停止了，就向了他问道："你有什么困难，我倒是想不出来。"计春皱了眉道："若是我们去对冯先生说了，不到明天，他就要写信去告诉我父亲的。"令仪不由得咦了一声道："这可奇怪了。难道我们这件事，你不打算告诉你的父亲吗？我早就打电报回去了，对家庭多么公开，你要把这件事保守秘密不成？"计春不曾做声，将一只手摸了椅子扶手，只管是低了头下去。令仪道："你若是要保守秘密的话，那就是家里已经定了亲事，要不然，像我这样的身份，你家里还能说一个不字吗？设若你已经娶了亲的话，那你瞒着我和你订了婚，可是一件麻烦事。"计春见她说话这样地厉害，就红着脸道："我可以起誓，我没有娶亲。"令仪点点头道："你没有结婚，只是定了别人家姑娘，那还好办一点。但是你想想，我家在安徽，是什么人家？我能和订过婚的人再订婚吗？你得赶快打电报回去，把那亲事退了，至于花多少钱我倒是不在乎，要不然，你要损坏了我一点点名誉，我简直可以不要这条命了。"她说着这话，心里的那一番愤恨不平的颜色，也就直涌到脸上来，两面腮帮子，便紧绷得鼓了起来，两只眼睛望了计春，仿佛也就大了许多。计春极力地挣扎着，站了起来，向她道："你这些话完全误会，我的意思

不是那样说。因为我在北平读书，一半儿靠我父亲维持，一半儿还紧靠冯子云先生维持。这样一来，冯先生自然是不管我的事了。他写信告诉我父亲时，也不知道他信上会写些什么。我父亲自然也是会信任他的话，再要把我的经济来源一家伙断绝了，我可怎么办呢？”他说这话时，依然还是把两道眉深深地皱着。令仪自然还是向他脸上望着，忽然噗嗤一声笑道：“你果然为的是这样一个容易解决的问题，你也就未免太没有出息了。在北平读书，要得了多少钱？充其量一千块钱一年罢了。这一千块钱，并不用得我另外去设法，我一个月自己节省一百块钱给你，那就怎么样子用，也就够了。”计春也只好笑道：“你这番好意，我是二十分地感激你。只是我五尺之躯，怎好永久地靠你来维持我的生活呢？”令仪一伸手，又在他脸腮上轻轻地撅了一下，笑道：“哟！你也唱这种高调啦。你不过是个小孩子罢了，什么五尺之躯，六尺之躯的，老实对你说，我家里那百万家产，你将来都可以分到几分之几，这一年千百块钱的学费，又算得什么呢？你愁的不过是这一点不是？你不用杞人忧天了，都有我啦！”说着，先把大拇指一伸，然后又挺了胸脯，自己轻轻地拍了两下。计春听到了百万家产都可以分得几分之几的话，自然这也是让他周身的血脉加了一度紧张，沸腾起来，就笑道：“你既然这样说，我就不发愁了。”令仪道：“不发愁了，那就好办。我们就一块儿见冯子云去，看他今天还有什么话说？”计春微笑着，这就不加可否了。令仪道：“走！我们这就去。”计春道：“你是一鼓作气地，打算一进他的门，就让他猛吃一惊的，可是这必定要他本人在家，那才有趣味。若是他不在家，你跑了去扑一个空，又要扫兴了。不如先打一个电话去问问吧。”令仪道：“那也好！让茶房用了你的名义，向他家里打一个电话问问看吧。”于是叫了茶房来，吩咐他照办。茶房去了，计春心里这就暗暗地祷告，冯子云不要在家才好。不一会儿，茶房回来报告了；他以为问的人在家，自然是好消息，远远地就把手一扬，大声道：“在家啦！周先生若是要去的话，他就在家里等着啦。要是你不打电话去，他马上就要出门去了。”令仪笑着向计春点头道：“还是你细心，先打了一个电话，去问上一问；要不然，他走了，我们却是刚刚地去，那也就未免扫兴了。”计春听了，心中大为懊悔之下，却向令仪笑道：“所以我有些时候说的话，你也应当采纳一二。这不是很明显的一个见证吗?”令仪也不待他再说什么,将帽子交到他手上,挽了他一只手臂道:“我们一块儿走。”计春心里想着,管他呢,我跟着她一块儿走就是了。有了这样有钱的老婆,要发老婆财了,不求学也没有关系。得罪了一个先生,那又算得什么呢?这样一来,他的态度就比较地镇定了些,跟着令仪上了汽车,向冯子云家来。在汽车上的时候,他故意笑着和令仪说话,把心里的恐慌给忘却了。可是那汽车一尺一尺靠近了冯家,他心里怦怦地乱跳起来了,腕上也就一阵阵地向外冒着热气,仿佛连眼睛里面,都有两道火光要直冒出来,就在这时,汽车到了冯家门口了。令仪首先走下车,去按冯家的门铃。大门一开,她也不问冯先生在家没有,侧着身体,就在半开的门缝里,挤将进来了。计春只好硬着头皮,跟了她进来。令仪一面向客厅里走,一面对开门的听差道:“刚才我们打了电话来,同冯先生约好了,说是在家里等着我们的。”听差明知道主人翁是不愿意这位小姐的,然而刚才打电话来得好,那却是真情,只好由她了。令仪的态度,今天更觉着自然,在客厅里来回地踱着,看看壁上挂的画,又看看对联。计春坐在椅子上,只是低了头。门一推,冯子云进来了。他看到了令仪,脸色早是红了,苦笑着向令仪道:“孔小姐也来了。还有什么话说吗?”令仪笑道:“冯先生!我们言归于好了,现在,你固然干涉不了我们,我也犯不上再和你生气。你瞧!我们订了婚了。”说着,就把一只手抬了起来,竖着一个手指头给他看,笑道:“瞧见这上面的戒指没有?我们订了婚了。”冯子云猛然地听到了这一句话,倒不由得抽了一口凉气,他们居然不声不响就这样地订婚了。在订婚之后,他们是未婚夫妇了;这未婚夫妇,当然有同行的可能,怪不得她说,我不能干涉她了,就微笑着道:“那很好,我倒不曾喝你们一杯喜酒。”他这话原是向令仪说的,转着眼珠,就向计春身上看来,这可不是他的手指上也带着一个金戒指吗?计春似乎也有些感觉,立刻将手缩着垂下去。人跟着站了起来,就低了头而且垂着眼睛皮。冯子云脸上带了三分冷笑的样子,就向他道:“你读书的成绩很好,进行恋爱的成绩,却也是不错。怎么以前没有听到说这话,突然之间,你们就订了婚了?”计春只是低了头,没有做声。冯子云道:“你已经征得你的家庭同意了吗?”令仪原是远远地站着,这就抢上前一步站到他身边来道:“冯先生!你也是个崭新的人物吧?现在的婚姻,有

征求家庭同意的必要吗?”冯子云笑着点头道:“我也是如此地想着。但是计春的家庭我是知道的,与常人有些不同,所以我这样问上一问。”计春听他如此说着,心里就不由得极度地跳荡着,那颗心差不多要跳到口里来。还好,冯子云只说知道他的家庭,却没有说知道他家庭里是怎么一回事。因之那涨破了脸的红色,复又退了下来。令仪道:“冯先生,你说知道他的家庭与常人不同,你且说出来,是怎么个样子与寻常人不同?”冯子云看看令仪的脸色,又看看计春的脸色,就微微地笑着道:“知道是知道,但是你已经和他订了婚,应该比我知道得还详细些,我就不必说了。二位到这里来有什么事,是劝我做证婚人呢?还是另有他事呢?”令仪这就想着,这话可难说了。难道就对他说,我是为了来宣布已经订婚了吗?便借了这个机会,带着一点玩笑的意思道:“对了!将来少不得请冯先生和我们做个证婚人,所以今天我们订婚之后,立刻向你来报告这个消息。你觉得我们这婚姻是很美满的吗?”冯子云点了头微微地笑道:“那自然是很美满的。”令仪觉得这也就没有什么话可说,挽了计春一只手臂,笑道:“我们可以走了。”计春对于令仪这种行动,当了冯子云的面,实在难堪得很。只有取下帽子,向冯子云深深地一鞠躬,随着令仪走了。走到院子里的时候,恰好碰见了冯太太,她点着头笑道:“我刚在窗户外面听到,你们已经订婚了。特别快车,你们的成绩,真也可以打破一切纪录了。”令仪微笑道:“是的。这是许多人所来不及料到的。”冯太太和他们说着话,一直送到大门口来,见他们二人上了汽车,而且开着汽车走了。冯太太靠了门框,兀自站定了望着,心想:我原来以为孔小姐太放浪了,希望周计春不要交这样一个朋友;结果,倒把这样一个无阔不阔的小姐,讨去做老婆了。她这样站在大门口向前望着,冯子云也就走出来了,冷笑一声道:“你看这不是一件笑话吗?周老头子牺牲一切,把儿子混到初中毕了业,挣命似的把他送到北平来,想步步前进,造就一个人才,偏偏就遇到孔令仪这种魔鬼,他不过是我的学生,我有什么法子能干涉他的婚姻?我看这孩子的前途,要断送在女子手上了。”冯太太笑道:“他可以发老婆财了。你怎么倒说要断送了呢?”冯子云鼻子里哼了一声,冷笑道:“你以为这是好现象吗?我知道,他在家里已经订了婚的,而且女孩子还很好。不料计春这孩子胆大妄为,竟敢犯重婚罪。”冯太太道:"你为什么不说出来?"冯子云指着去路道:"你看计春这孩子,受了令仪的挟制,上上下下,好像是她一个亲随的听差;我若是把他犯重婚的罪说了出来,我看计春这孩子,他没有应付令仪的能力,那更要受她的挟制了。这是他们的家事,自然是让他们的家庭去解决。我虽是受了周老板的重托,我只能管他读书的事。我马上写信给周老板,顺便告诉他一声,也就是了。"说时,他一路摇着头,走进他的书房去。在他走进书房去一小时以后,也就把给周老板的那封信写了起来。他自己踌躇了一会儿,替自己着想,也当替人家着想,直沉吟了两小时之久,才用双挂号寄了出去。在五天以后,这封信到了安庆了。这个时候,周世良在安庆城里,为儿子奋斗,依然在磨豆腐。心里也正自计划着,自己离开北平的时候,和计春曾算过一回账,好像留给他的钱,只能维持两三个月。这时,忽然接到冯子云先生寄来的一封挂号信,心里这就想着,必是儿子要钱用,不敢写信来要,只好托先生代为催讨。那么孩子也就够可怜的了。他虽然不大懂得文字,可是自己急于要知道这信的内容;接到信之后,就拆开来,站在豆腐架子边来看。所幸这封信,全文都是白话,竟可以看懂十分之九,其余不识的一分,也就可以猜出来了。那信上是:

世良老板台鉴:自从你老去后,我就打算着计春搬到舍下来住的。只因为有点小事耽误,没有去催他。不料,就在这个时候,出了毛病。不知那位孔小姐怎么会和计春认识了,她就代他出了钱,搬到一家公寓里去住。我听到这个消息,真是奇怪得了不得,要去拦阻,已经是来不及了。计春是个穷孩子,年纪又轻,哪里经过舒服日子?受不住孔令仪把钱来引诱他,终日里坐汽车,吃馆子,看电影,一味地游玩,什么也不管了。我劝计春不醒,就用师长的资格,骂了孔令仪一顿,不料她恼羞成怒,糊里糊涂,就和计春订了婚。他们订了婚,就是未婚夫妇了;一对未婚夫妇来往,做先生的有什么法子可以干涉他?而且他们知道我不能干涉,今天还特意同到我家里来,举着订婚戒指给我看,好像他们订婚,倒是专为了在我头上来出气,才这样子的。我虽是十分生气,也无可奈何!我想,你老将儿子念书,牺牲太大,不能和他人打比,必须要让儿子成就一个人才,那才不冤。至于那个孔令仪,是百万家财人家的小姐,多少王孙公子在她身后追求,她也未必真能

嫁计春，这时偶然高兴，玩弄计春一下子，将来她不要计春了，她另找十个八个也不难。计春呢，可是就这样让她毁了。我知道这件事很重大，但是我没有权干涉，所以只好老老实实地写这封信来告诉你，至于你打算怎样办，可以赶快写信来，好早早地挽救，要不然，你再跑一趟北平，那是最好的了。收到了这信，也不必着急。事情已经做出来了，急也是无益的。你慢慢想法子吧，问你好！

冯子云上

周世良捧了这封信在手上，颠三倒四，看了好几遍，人也呆了。有好几个买豆干的，手上拿了篮子，葫芦瓢，全围了豆腐架子，望住了他。约莫有了十分钟之久，周世良两手捧了那几张信纸，不住地抖颤着。有人在身后环绕着他，他却是不知道。买豆干的，都是熟主顾，就有人喊道："周老板，这是谁给你的信，把你都看迷了？"周世良啊哟一声，回转头来，看到许多人，倒有些慌了；一面将信纸信封，向怀里塞了去，一面就向大家笑道："是我们孩子的先生，由北平写来的信。信上说着孩子在北平读书的事情，我怎能够不仔细看一看呢？"他说着话，赶快打发主顾走了。一个人走到小房里去，将房门关上，背对了窗户，把那信掏出，又从头至尾，看了一遍。这把冯先生报告的话，已经看得很清楚了。那样一个老实的孩子，刚刚离开了膝下几天，就会做出这样反常的大事来，这怎样办？请冯子云劝说，冯子云是没有那种权力；自己去跑一趟，慢说盘缠就有问题，而且豆腐店重开几天，又上铺门了，人家不会说我是个疯子吗？再说自从把倪家姑娘定做儿媳妇以后，她母女两个人，真也像自己家里人一样，相待是非常之好，自己怎能够把这话宣布出来呢？于是一个人坐在屋子里，踌躇了又复踌躇，却想不出一个妥当的办法。忽然房门上砰地打了一阵响，菊芬在外面叫着道："干爹！哥哥来了信吗？"世良赶紧将信揣了起来，开着门道："我正要关门换衣服呢！谁说哥哥来了信？"菊芬撅了嘴道："又是王家那个大脚妈妈骗了我了。她说刚才来买豆干的时候，看到你在念信呢。"世良笑道："我认识不了三个大字，有信总是要找人看才放心的。我怎能够自己看了就算事呢？"菊芬道："可是我算着，他也该来信了。我还要等他的信来，给他写回信呢。"世良皱了眉道："好孩子！你给我照应照应买卖吧。我头痛得要裂开来了，想睡一场觉。”菊芬道：“你若是不舒服，只管睡吧！我准可以和你照顾店面。”世良的心里，这时如火焚一般，掩上了房门，自己又伸手到怀里去掏那信。一想到菊芬在外面，又中止掏出来了。只是口里说病，身上的病，也就真个来了。头胀得昏昏的，实在有些坐不住，于是摸到床上，躺了下去。坐着的时候，心绪本来就很乱的，现在躺了下来，心绪就更乱了。只是在床上睁了两只大眼，望着屋瓦上一根根的桁条。好在店面子里的买卖，已经托菊芬照顾了，也不要紧，索性放大了胆，安然大睡。由下午睡到黄昏，并不将房门打开。秋天里的长脚蚊子，正自厉害；趁着屋子里漆漆黑的，成群地向屋子里轰了进来。周世良在床上躺着，依然不动，半天的工夫，将扇子在暗中扑扑地拍上几下。倪洪氏随着送了一盏灯，在房门口放着，又点了一根大蚊烟，叫菊芬送了进来。她却站在房门外问道：“周老板，你身体怎样子不舒服？屋子里沉闷得很，不出来凉爽凉爽吗？”世良一想，人家相待太好了，自己怎样好让人家听着失意的消息，而且让人家着急，于是勉强地哼着走了出来，抱就两只拳头，连连地向洪氏拱着手道：“又要劳累你娘儿两个。不要紧的，我不过心里烦闷得很，好好地睡上一觉，病也就好了。”洪氏笑道：“我猜着，你又是想你的儿子吧？不是我事后埋怨你，现在也没有三考中状元了，你又何必把孩子天远地远地，送到北平去读书？安庆有这些学堂，哪一个学堂里不能读书？若说在这里读书，读不出好处来，难道说这城里的学堂，都是无用的吗？若是无用的，为什么又有许多人进去读书呢？”她这一篇话，不过也是譬喻说的，可是周世良听了，好像是她已经知道了冯子云来信这件事了。犹豫了许久，就叹了一口气道：“现在呢，我也很后悔的。”他这句话，说得有音无字，洪氏却也没有听清楚他说的是些什么，不过他那意思，是赞成自己的话，这却是可以看得出来的。便又笑道：“我是房门里头的人，知道什么？我的话是瞎说的，你瞧着应当怎么样子办，还是怎么样子去办吧。”她这样地说了一句体贴的话，世良心里就越发地难受了。叹了一口气道：“人没有前后眼，我也高兴得太过分了。”洪氏在灯光下，见他脸上的皱纹中间，透露着苍白的颜色，便道：“周老板，你真是病了。你就躺着吧！我去和你熬一点稀饭来吃。”世良倒不是要躺着，只是心绪太乱，连话都不愿说，就摸着进房去了。在床上躺下，心里就那样

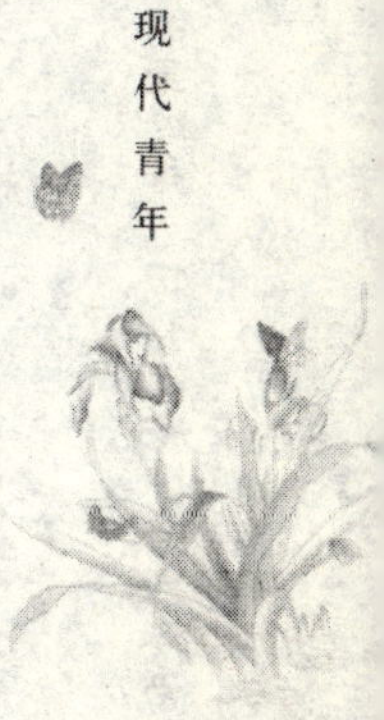

幻想着：这个时候，计春必是和那孔家大小姐，双双地住在公寓里；当然，那银光灿烂的电灯，照着一双红男绿女，在那里笑嘻嘻的。他心里如此幻想，那个幻像，果然也就在眼前出现了：只见计春穿了一身的绸衣，挽了令仪的手，在一片白玉阶上，一步一步地并肩着；虽然自己正端端地站在他们的面前，他们却是睬也不睬；自己心里正是气愤不过，却见倪洪氏，哭得泪人儿似的，由身后追了上来，指着计春大骂；世良恨儿子，又心疼儿子，急得无话可说，只是乱咳嗽了一阵。洪氏到底是可怜老年人，走过来搀扶了他道：“周老板！周老板！你怎么样了？”世良抬起头来睁眼一看，原来还是在自己卧室里。洪氏和菊芬都站在屋子里。桌上正放着两碟菜，一瓦罐子稀饭呢。洪氏道：“周老板，你在做梦吧？我看到你脸上，急成了满脸的皱纹，嘴只管动，说不出话来。”世良点点头道：“不错的！我梦见和孩子在游北平城里的皇宫呢。”洪氏笑道：“游皇宫是快活事呀，为什么梦里只管着急呢？”世良摇了两摇头道：“这个我也就说不清了。”说时，见菊芬伸出一双白净的手臂，盛了一碗稀饭，放在桌上。木勺子由罐子里舀到碗里来，却是一点一滴，也不曾倾泼，将一双毛竹筷子，用挂钩上的白布擦抹干净了，架了在碗上，响都不曾重响一下。再看她的脸，苹果一般的两腮上，配了两个漆黑的眼珠。心想：这样聪明伶俐的女孩子，哪一些配不过计春呢？偏是这孩子，人大心大，又变了心了。洪氏笑道：“你吃稀饭呀！为什么老看了你儿媳妇？”世良笑道：“菊芬这孩子，越发能干了。虽然儿子不在身边，有这个孩子在眼前转转，我心里就宽畅得多了。”说着话，也就坐到桌子边，扶起筷子来，慢慢地吃着稀饭。但是心里已经是如火烧一般，那里还分得出来什么滋味，更也不晓得什么叫做饥饿，勉强扒了几口，实在是无味，就放下筷子来了。那菊芬见世良夸奖她伶俐，更是特别讨好，立刻备了一把热手巾来，让世良揩脸，然后帮着母亲，将碗筷收拾去了。世良见她母女如此周到，越觉得儿子对于倪家这头婚事，那是千万抛开不得的。屋子里无人的时候，悄悄地把那封信又从怀里掏了出来，躺在床上，远远地就着灯光，将那信再反复地看了几遍。不看则已，越看就越出毛病，而且又怕这信让菊芬看到了，更会惹出是非来，因之看过了信之后，依然放到口袋里面去。这手接了口袋，自己沉沉地想着：假使这封信落到倪家母女手上去了，那就是两条人命。他这个猜想，不料又成了事实。不多一会儿，洪氏一路嚷了进来道："好老头子！你儿子，嫌贫爱富，娶了有钱的小姐，你怎么把信隐瞒起来？你非把那信拿出来不可！我要拿了信去告你父子两个。"说时，就伸手来抢那信。世良一把捏住，死也不放。挣扎着出了一身大汗，睁开眼来一看，又是一场梦。这一晚，他睡得特别早，梦也特别多。一直到鸡叫了，起来磨豆腐了，才把梦做完。次日一天，都没有精神，只是称病，坐在店房里发闷。可是表面上发闷，心里在那里想着：儿子惹了这样一场是非，怎么办呢？他坐不稳，便到街心里站站。站了一会儿，心想：应当赶快想法子才是，怎能够这样清闲，倒在这里闲望？于是掉转身向店房里走。他并不晓得东西南北，一直走到灶门口来，灶门口直放着一根扁担，一眼看到，心想该挑江水去了，到江边看看，散散闷吧。于是拖了一根扁担，就向江边走来，一直走到江岸边，下了石阶，到江里汲水。啊！原来拕的是一根光扁担，不曾带有水桶呢。来挑水的人，竟不曾带得水桶，这真是一桩笑话了。还好，身边没有第二个人，赶快拕了扁担，走上江岸去。回到家的时候，两只水桶放在店房中间，他的店伙小四子就问道："老板你去挑水，怎么不带着水桶呢？"世良笑道："我没有去挑水。今天人力气不够，不挑了。"但是他不挑水，带了这根扁担何用？却没有说出缘由来。小四子见周老板面上颜色不好，一歪一斜地向房里走了去，心里想的那句话，他就没有法子说了。周世良心中恍恍惚惚的，不但是人家注意他的行动，他不知道，就是自己如何地会走进了屋子来，也不知道。于是手摸了床沿，软瘫了身子，就赖着躺下去了。自己刚刚地闭上了眼睛，便看到孔令仪手挟了周计春在一处吃饭，一处游公园，一处坐汽车，再要不然，就是倪洪氏和计春在一处争吵，又闹又哭。有时候明知道是梦，自己就警戒着自己：这是梦，不要理会，就醒过来。醒过来之后，倪洪氏却又告诉他道："你儿子在北平做的事，桩桩件件，都是真的，怎么说是做梦呢？"世良觉得洪氏必然知道十之八九，但是在表面上，依然执着强硬的态度，说是并没有那件事情。自己说得舌敝唇焦，替儿子辩护着，可是睁开眼睛来，依然还是一场梦。心里这就想着，一夜到天亮，老是这样做梦，神魂颠倒，非闹出事来不可。第一道凭据，当然就是身上的这一封信，不管好歹，我非把它毁灭掉了不可。没有了这封信，倪家大嫂子，

她纵然要那样说，也是口说无凭吧！他如此想着时，就一个翻身坐了起来，将信在身上掏出，在煤油灯罩上，就点着了。那店伙小四子睡在店堂里，醒了过来，心里正想着，这该到磨豆腐的时候了。蒙眬着两眼想起来，又贪睡着不肯抬身。忽然看到里面屋子里这一阵火光，就不由哎呀一声，跳了起来，口里喊道："火！火！"这一下子把全屋里的人都惊醒了。

第二十回

意外周全还珠舍爱婿
醉中慷慨奋臂谒封翁

这一丛火光，将小伙计小四子惊醒了一喊，连后院的倪家母女也听到了。披了衣服，跑到前面店房里来，口里连问："怎么样了？怎么样了？"周世良不料越是要秘密做的事，却越是惊动了人。这就开了房门，迎出来笑道："什么事都没有。这都是小四子大惊小怪，无风作浪。"小四子揉着眼睛，撅了嘴在一边站着，低声道："屋子里都向外冒烟了，还是我无风作浪呢。"洪氏向周世良看了一眼道："屋子里到底是烧着什么了呢？"周世良料着是隐瞒不了，用脚踏了纸灰，随便地道："我一觉醒过来，睡也睡不着，没有事，就翻翻陈账，在这里面，找出了许多借字借条。算一算借钱的人，有的是死了；有的是比我还穷。这借据留着无用，看了还会让我更烦恼，我一下气不过，就全在灯上烧了。"洪氏向来不曾听到他说，有债放在外面，突然地睡到半夜来烧借据，这是真有些奇怪。但是也猜不着他除了烧借据之外，究是烧的另一种什么东西？可是他无论烧什么，也无法过问。所以也就只在心里纳罕，却不便怎样地说出来罢了。周世良笑道："你娘儿两个去睡吧。天快要亮了，我们这也就该磨豆腐了。"洪氏听说是没有什么事，自不能老站在这里，去看他的究竟，就手扶了菊芬向里院走去。菊芬站在店房里的时候，并没有说什么；及至到了后院这才向洪氏道："妈，干爹说是烧借据，我看那是撒谎的吧？"洪氏道："胡说！他爱烧什么就烧什么，哪个也管不了他。他凭什么要撒谎？"菊芬道："怎么不是撒谎？他说在灯上烧的是借据，可是我看地上烧的字纸灰，还没有烧光的纸角，分明是八行信纸

呢。前天我听到人说，计春哥哥来了信，我问干爹，他说是没这回事。昨天我又问别人，人家都说，亲眼看到干爹在店房里看信的，怎能没有？自从那一天起，干爹神魂颠倒的，好像就是为这个病了。莫不是计春在北平出了什么乱子了吧？我猜干爹烧的，一定就是北平来的信。”洪氏道：“那不会吧？是北平来的信，他为什么不告诉我们呢？我们挂心也不在他以下呀。”菊芬道：“无论怎么样，我看决不是烧借据。借据放在那里，也不会咬手，好端端的，半夜起来烧借据做什么？我看这里面，一定还有别的原因。”洪氏究竟是个大人，她的观察力，不应该不如菊芬。只是和周家父子相处得很好，决不疑他们有别的原因，会躲开了自己母女。这几天，看看周世良的态度，果然有些魂不守舍，说有心事，在表面看来很像。说他害病，他脸上带的烦闷的气色，就不是病相。这里恐怕是有别情；要不然，计春没有考取学校也罢，钱不够也罢，这都是不要紧的问题，随便怎样都可以解决的，犯不上焦急得饮食不想，眠坐不安。洪氏如此想着，对于女儿的话，就不曾加以答复；坐在门边一张椅子上，用手撑了头，只管出神。院子上面的天空，渐渐现出了鱼白色了。菊芬见母亲半蓬了头发，微闭了眼睛，将背靠着屋门，便笑道：“无缘无故地，半夜起来，这样地胡闹上一阵。妈，你也倦得很了吧？睡觉去。”洪氏摇摇头道：“我不要睡了。你说的话，把我提醒了。我想这里面，一定是有缘由的。若是没有缘由，你干爹不会这样藏头露尾的。不过他这种情形，是不肯对我们说实话的。今天我们不必做声，留心看个一天两天的就是了。”菊芬反背了两只手，靠了门框站定。将牙微咬了下唇，把一只脚踏在门槛上，擦抹门槛上的灰尘。许久许久，她叫了一个妈字，并无下文，却低了头。洪氏道：“你叫得我清清朗朗地答应着，你有什么话说？”菊芬抬着头向她母亲微笑了一笑道：“我想一定是计春哥写信来，说了我们家什么事吧？要不，为什么干爹见了我们，总有些惭愧的样子呢？洪氏道：“你倒是人小心大了。你计春哥在北平念书，不碍我们的事。我们在家里过苦日子，也不碍他念书。千里迢迢，他写信回来说我们什么？再说，我们两家，也相处得很好的，也不至于来说我们的。”菊芬依然是低了头，将脚去轻轻地踢着门槛，洪氏看了她，也是有话不曾说出来的样子，因道：“你说呀，究竟有什么事吧？”菊芬低了头道：“你怎么就忘了呢？干爹说，他们在北平游皇宫，不是碰到了孔家的大小姐吗？”洪氏听到孔家大小姐这五个字，脸色就是一变。但是她知道这时和女儿说话，是要格外持重的，便哈哈笑道：“你这孩子，真是用心过分了。孔家大小姐，是一只怎样大的天鹅，她会把你计春哥哥看在眼里？以后你不要提这位大小姐了，我不愿听到这个名字。”菊芬放下门槛上那只脚，对母亲很注意地望着道：“你为什么怕听她的名字，和她有仇吗？”洪氏叹了一口气道：“是的。我和她有仇，但是她和我没有仇。”菊芬更向她母亲脸上注意着了，她将玲珑的乌黑眼珠，只管转着，问道：“你这是什么意思？你和她有仇，自然她就和你有仇，怎么说……”洪氏微微地摇着头道：“你不必问。我的话没说错，将来你或者有明白日子。天色这样地早，我们就坐在这里说闲话，街坊听了，不会说我们是一对傻子吗？你还去睡觉，我来烧一锅水泡衣服。”菊芬说：“我也不睡了。到前面店房里去，帮着干爹包豆腐干吧。”说着，她就走到前面店房里来。今天，店房里的情形有些不同了：小四子代了老板的工作，站在那里筛豆浆。灶门口空了一条矮凳在那里，并没有人烧火。店门开了一扇，在屋子里可以看到街上的白石板，一块一块地，横卧在朦胧的曙色里。那敞开来的一扇门边，正露着一幅衣裳。菊芬正要出去看时，一阵阵的青烟，横在空中飘荡，而且有了周世良的咳嗽声了。菊芬于是悄悄地走了出来，看他在做什么。只见他端了一把小竹椅子，靠了店门板坐下，两只腿搭架起来，手扶了一根旱烟袋杆，有一下没一下地吸着，喷出了烟来。他的头微微地向街的尽头偏了看去，分明是在想心事呢。菊芬在他身边悄悄地走了出来，他也并不知道，依然三十秒钟的时候，将衔着的旱烟袋吸上了一口。烟斗里的烟丝，有些成了冷灰了，慢慢地就喷不出烟来。菊芬心里，这就想着却不知什么重要事情，让他想着沉迷到了这种样子？且不惊动他，看他想着有个结果没有？她于是悄悄地向后退了两步，在一块干净的阶沿石上，也就慢慢地坐了下来。那周世良只管微偏了头，看定了他所看定的一个方向，决不肯回过头来，手扶着旱烟袋，依然把烟嘴塞在口里。虽然是烟斗里已没有一点热气，然而他尽管是静默了一会儿，接着就吸上一口。这时，早上的温度，已是十五度上下，坐着不动，应该感到一些凉意。这里又是一条冷街，并没有早起的人，在街中心两头一看，两旁的人家，全将门关

得紧紧的，不见一个人影。因为不曾看到人影，平常的一条长街，便觉十分地凄凉。菊芬虽然是个小姑娘，情感总是有的，对了这种景况，也觉得一种不快。可是看看周世良的样子，他一味地在那里抽烟想心事，一切身外的景物，他都不曾理会。菊芬呆看了一会，已是忍不住了，这就悄悄向前，正待用手扶他，离着他还有两三尺路的时候，他忽然把旱烟袋由口里抽了出来，将脚一顿，重重地道："这个畜生！其情可恶！"这句话的声音，说得非常地粗暴。倒吓了菊芬一跳，也就情不自禁，拖着声音，叫了一声哎哟！亏世良回头看到，这才站了起来，笑道："你什么时候走出来的？我一点不知道。"菊芬道："我早就出来了。看见干爹在想心事，没有敢做声，不想你倒吓了我一大跳。"说时，还不住地用手拍着胸口。周世良笑道："这真对不住了！我是在这里骂计春，恰好你碰着来了。"菊芬道："干爹！你一大早爬起来，茶也不喝，脸也不洗，事情也不做，就坐在大门口骂我计春哥，这是为了什么？"周世良一时大意，对她说了实话，是骂计春的。现在让菊芬连驳带问，却是说不出所以然来，只是叹了一口气过："瞎！你哥哥离开了我，有些不听话。你不要问了，问得我心里很难受。"菊芬究竟是个小孩子，看看世良的颜色不好，就不敢追着向下问了。但是这样看起来，自己疑心世良发愁，为的是计春，这一猜完全猜着了。有了这样的事，如何能够不问？当时在街上站了一会儿，想得了一句话，便道："干爹！我给你去倒一碗茶喝吧。"说着这话，人就向屋里走了来。这时，洪氏正在灶口里烧水呢。菊芬牵了洪氏一只衣袖，将她拉到卧室里来。于是把刚才所看到的事，从头至尾，告诉洪氏听了，因道："你想想看，这能说是一点事情没有吗？"洪氏仔细想着，果然的，若没有事故，世良不会这样怀恨的。于是走到前面店房里来，叫道："周老板，天色大亮了，买卖快要上门啦！你还不进来做货吗？"世良这才一手拿了旱烟袋，一手拿了那把小竹椅子，懒懒地走进了屋子来。向洪氏苦笑着道："把你娘儿两个吵了起来，倒让你们不能睡觉。"洪氏道："我帮着你老少两个把店房里事情弄清楚吧。小四子，你下铺门。周老板，你来冲浆。我和菊芬替你包豆干，先包出一批货来再说。"世良还不曾做声，小四子听说有人帮忙，首先就高兴起来，立刻卷了袖子，就去开铺门。那锅里的豆浆，正烧得热气腾腾的，向半空里喷腾着。一个勤俭为本的人，看了工作当前，却也是不能完全置之不理。周世良只得拿了一把大木瓢，由锅里舀出浆来，向大缸里冲将下去。在大家这样忙于工作的时候，也就把各人的心事，放到一边，一直把早上这一批买卖混过去了。倪洪氏就向周世良道："你心里想宽一点吧！何必一个人生闷气呢？"世良一想，倪家母女，总算不错，自己怎能够拂人家的好意。只得带了旱烟袋，跟了洪氏到后院去了。菊芬心想：这两个人到了一处，不免要提到今日早上的事，回头说明了，却是我多嘴，我不如避开了他们吧。因为如此，菊芬在店房里坐着，照应买卖，就不到后面院子里去了。不到一小时之久，门口来了一个邮差，将一封信高高地举起来道："周家的快信，北平来的，快盖戳子吧。"菊芬听到，心里一机灵，恰是小四子又不在店房里，立刻跑了上前，接过快信与回执，将豆腐店的水印，盖上了一方，立刻打发邮差走了，就把快信揣在身上。当时她也不看，拿到背着人的所在，先看了个大意，大致是明白了。到了这天晚上，就详详细细地，对母亲说了。当晚母女两个人，哭了一场，并没有让周世良知道。洪氏不但对计春并没有什么怨言，而且反将菊芬劝了一顿，叫她把事情看破些。到了次日，除了周世良之外，又多了两个愁人。世良不到后面来，洪氏母女也不到前面去了。这样地又混过了一天，到了这日晚上，世良结过了当日的琐账，装了一布袋烟叶，揣了一盒火柴，手扶了旱烟袋杆，就踏了一双鞋，慢慢地走到后面院子里来。他在院子里就叫道："菊芬！你娘儿两个睡觉了没有？"洪氏就在屋子里答道："没有啦！我正想到店房里去，找你谈谈呢。请进来坐吧。"周世良走进她们正中的屋子里来，见她的卧室，已是把一个半旧的布帘子垂了下来，拱氏手擦擦了她的眼睛，掀着帘子走出来了。向世良笑道："菊芬睡了，你请坐吧。"世良道："这孩子我今天一天不曾见着她。"洪氏也没有做声，将茶壶斟了一杯热茶，放到世良面前，好像她预先知道有人来谈话似的，桌子正中，放了一盏罩子煤油灯，灯芯拧得大大的。洪氏坐在对面一张椅子上，正着颜色向世良道："周老板，你一肚子心事，为什么不和我们娘儿两个说明白了呢？自古道：'三个臭皮匠，抵个诸葛亮。'你若跟我们说明了，我们能够替你分忧解愁，也未可知。"说着，自己牵牵怀里的衣襟，又咳嗽了两声。周世良一看这种情形，肚子里的话，是不容再隐瞒的了。便皱了眉道："我也没有得着计春

的信，究竟是怎么一回事，我也说不清；我本想自己到北平再去一趟，可是又离不开身来。”洪氏站起来，连连摇着两下手道：“周老板，你不用着急，我比你明白得多呢。”说着，她走进房去，手上捧了一叠折好的干净衣服，放在桌上，衣上又放了一封信，已经拆了口了。洪氏道：“这件事要怪菊芬，她偷着接了你的信，就拆开来看了。一看信之后，才知道是这样一回事。菊芬年纪小啦，一不瞎，二不聋，三又不是疯子，还怕寻不到婆家吗？这桌上是你老放的定礼，你可以收了回去。我们先议的那场婚事，就此一言了事，让计春自已定的亲事，圆圆满满地，白头到老。你先看这封信，你就明白了。”周世良突然地听了这些话，真有些摸不着头脑。且先把这封信拿起来看，究竟是怎么一回事？信上写的是：

父亲大人膝下：敬禀者，自大人别后，儿就分向各校投考。但因为省中所学的功课和北平各校考的功课，差得很远。正在为难，幸得孔令仪小姐帮忙，一力担任学膳各费，同她进外国人办的大学高中部，我两人日夜在一处研究功课，情投意合，现在已经订婚。儿想在现今时代，恋爱神圣，婚姻自由，父母做主买卖式的婚姻，当然不能算数。因特快信告禀，请向倪家提议，把以前婚约取消。孔小姐是我省孔善人之女，门第身份，比我家要胜过万万倍，这样的婚姻，岂能错过？有了孔小姐帮忙，一千八百款子，不算回事。只要父亲回信来，倪家婚事可以取消，儿立刻寄钱与父，回家养老，不必开豆腐店了！这样一来，我得了良缘，父亲也免得有儿受累，岂非一举两得？若是父亲不答应儿这个要求，儿就与家庭脱离关系，永远不回家乡，父亲和倪家，也没有别的法子吧？儿的话，说得很直的，望父亲仔细想想。专此，并叩金安！

儿计春禀

世良看了这信上言语，怎能够不气得周身抖颤？脸上也就青红紫白，颜色变个不定。洪氏很从容的样子，向他笑道：“你只管坐下，我们慢慢谈吧。”世良手里捧了那封信，只管发了呆，哪里坐得下来。洪氏道：“周老板！我也替你想了两天了，你只有这个儿子，难道能够为了婚事，就把他舍了不成？再说，这孔家小姐，既是财主的女儿……”世良道：“大嫂！你这是什么话，难道我还是个嫌贫爱富的人吗？”洪氏道：“我也知道你不是嫌贫爱富，但是他已经下了决心了，非娶孔家小姐不可。你若是把他婚事打退了，他就不回家了，我就是把女儿许给他，不也是守一辈子活寡吗？为了我女儿终身打算起见，倒不如答应了他，彼此一刀两断，以后我女儿也好另找人家呀。”周世良将那封信又看了一遍，放在桌上按了一按，表示很出力的样子。这才顿了一顿，向洪氏道：“大嫂！我的儿子，你不是很喜欢的吗？你不是说：这个女婿，你是最疼爱的吗？像你这么说，你以前的话，都是假的吗？”洪氏叹了一口气道：“慢说是女婿，就是儿子，又怎么样呢？他不爱我，我爱他也是枉然呀！周老板，你把这几件衣服收了回去，你给我们孩子的定礼，就算一笔勾销了。婚事呢，以后也就不必再谈。”周世良道：“这又不是什么珍珠宝贝，还要退回做什么？就算这亲事打退了，这孩子叫过我几年的干爹，干爹做两件衣服给干女儿穿，那也不算为过吧！”洪氏道：“你说不是珍珠宝贝，我把它比珍珠宝贝还看得重呢。我必定要退回给你，我心里才会坦然。至于你说到干女那一层的话，你愿意认菊芬做干女，我也很欢喜的。我一定让她跟着叫干爹，叫了下去。你愿意和干姑娘做两件衣服穿，我也很高兴收下的。但是只能让你另外去做，原来算是当定礼的那几件衣服，我不能要她穿，她要穿了，就是你周家的人了。你说那是几件旧衣服吧，我可是把它当珍珠宝贝还你呀。”世良望了她许久，见她是正正经经地说着这些话，不像是说笑，也不像是生气。眼睛望了她时，左手扶了旱烟袋杆，塞到嘴里去，右手两个指头，却塞到烟叶袋里去，只管掏烟叶去。好容易掏出一撮烟叶来，放在烟斗上了，这才慢慢地擦了一根火柴，将烟叶点着，因坐下来喷出两口烟，这才从从容容向洪氏道：“什么话我都不说了。大嫂，我只问你一句，为什么你一定要把这婚事打散呢？”洪氏微笑道：“你这个老人家，自己真是有些不明白。并非我一定要抛开这可爱的姑爷，实在这可爱的姑爷，他不要我这讨厌的丈母，那有什么法子呢？他下了那个决心，是挽不回的。只看你这几天愁眉不展，也就大大地为难了。我若是死守非把女儿嫁你儿子不可，他一气脱离了家庭。我没有了女婿，连你也没有了儿子，闹得大家鱼死网烂，何苦呢？”世良静静地抽着烟，忽然用脚一顿，跳了起来道：“孔家这个贱丫头，实在是个下流东西。她见我儿子年轻好学，就这样勾搭他，她毁了我们周倪两家，我追到北平去，我要把她杀了！”他说话的时

候，一手拿了旱烟袋比划着。说到一个杀字，将旱烟袋捏着向下一砍，做一个杀人之势。不料他这一下砍得太凶，那烟斗子向桌上一砸，砸得啪嚓一声，把旱烟袋一碰两节。洪氏看到，早是脸上红里发白，白里发青起来，呆了两只眼睛向世良望着。世良也觉自己过于粗鲁，就向洪氏陪笑道："大嫂，吓了一下子吧？我是心里气昏了。"洪氏定了一定神，才笑道："你瞪了两只大眼，那样砍了下去，真把我骇着了。其实这件事，也不怪孔家小姐……"世良抢着道："大嫂，你真是宽宏大量，人家把你女儿婚事拆散，你还说是不能怪她。"洪氏正色道："我是真话。周老板，你可不要胡来，动刀动斧，那万万使不得！"世良见她按了胸襟，身子微微向前升起一点，正正地板了面孔，像个郑重其事的样子，并不是假意，这倒奇怪了，于是昂着头想了一想，哦了一声道："我明白了！孔家那丫头，待你有点好处，你记着她的恩典，愿意把女婿让给她吧？"洪氏笑道："你这是笑话了。无论一个人有怎样大的恩典，他也没法子让别人害儿害女吧？我若是为了她以前周济过我，舍这几间屋子给我住，我就把女婿让给她，我这人也就太不知道轻重了。周老板，你不用猜了，我的心事，你猜不到的。"周世良将那半截旱烟袋拿在手上，放在嘴里是不可能；丢到地下去，这是一件相随多年的东西，又有些舍不得，站在一边，只管发愣。洪氏见他那种神气，已是愤恨极了。这倒不能不有些害怕，就向他笑道："话呢，我是这样说了，周老板，你就仔细去想想吧。这衣服你既是不肯拿走，暂时放在我这里，那也不要紧。"世良弯着腰，把跌在地上的那半截旱烟袋捡了起来，拼合了一阵，没有做声，只得两只手各拿了半截旱烟袋杆，就这样走了。洪氏以为今天晚上这一番话，激动得他太厉害了，他不免发生一点误会，有话留着慢慢和他商量吧，也就没有再说什么了。可是这一晚上，周世良又没有睡得好觉，整整地想了一晚。到了次日，他依然早起做事，把早上这一批买卖做完了。他穿了平常到江边去挑水的短衣服，却一直来拜会他的新亲翁孔善人孔大有。孔家那个八字门楼，两扇黑漆大门，钉着白钢环，还是那个样。只是大门里几棵树，越发长得高大了。世良在门外徘徊了两个圈圈，并不见有人来往，他不是平时那样有耐性，举起手来，滴答滴答，在门环上乱打了一阵。这一片响声，早是把里面人惊动着跑出几个来了，一连声地问着什么人？周世良将短夹袄的袖子，慢慢地翻了向上卷着，瞪大了眼，望着来人道："我是开豆腐店的周老头子，见你们老爷有紧要的话说。"跑出三个人来，都是这里的老听差，世良就是不报告，他们也自认得。有一个就向他笑着说："你这老家伙，什么事这样气鼓鼓的，一定收租的人，催你的店租催得紧一点了。"周世良冷笑一声道："你们把眼睛睁开一些吧。你们接着北平来的喜信没有？你们大小姐，不是新近订了婚了吗？"听差道："对了，这与你有什么相干？"世良冷笑道："你们还睡在鼓里呢。我告诉你吧，那个男孩子，就是我的儿子。"听差们听了这话，都愕然起来，大家望着他的脸。世良道："你们不用奇怪，我问你们的姑爷，是不是姓周？是不是同乡？是不是新到北平的？若是对了，那就是我的儿子了。"一个听差点头道："我们也听见说的。这是大小姐来信提着的话，我们也不清楚。但是我们听说姑爷家里，是乡下一个财主呀。你不要冒充。"世良在怀里掏出一封信来，高高地举着道："有信为证。你说我冒充，我为了不愿意这头亲事才来的呢。什么话和你们说也是白说，你赶快进去告诉你们老爷出来见我。你就说，他不必嫌我穷，我是来退亲，不是来攀亲的。"他说着这话，把信依然揣到怀里去，两手松开短衣外面的板腰带，重新又系了一次，两手叉腰，瞪了大眼，向里面望着。大家见他来势汹汹，不像是一点没有凭据的，就把他让到外面门房里坐了，一面进去报告。那孔大有连接了女儿的快信和电报，说是和同乡周计春订了婚，正在这里纳闷，自己原是周家子孙，同宗里面，哪有什么了不得的人物，会让女儿看上了？这段婚姻，可不能冒昧答应。除了一面回复令仪的电报之外，一面在省城打听周计春的家世。现在周世良跑来这样一说，他倒不能无疑；好在来人是说退亲的，不是攀亲的，倒也不必拒绝他。只是自己亲自出来相见，总怕有些不便，于是派了他手下的内账房先生，请世良在小客厅里谈话。世良看那账房穿了一件半旧的古铜色湖绉长夹袍，微微地卷了一小截袖子，头戴一顶瓜皮小帽，向后仰着帽顶子，鼻梁上架了一副大框眼镜，右手两个指头，夹了小半截烟卷，一见人之后，捧了两只拳头，比齐了鼻尖，口里连说请坐请坐。世良见不是孔大有自己出来，便道："你们家老爷不在家吗？"账房笑道："周老板，有什么话和我说了是一样的。我是这里的账房。"世良向他看了一眼道："先生，并不是我小看你，这件事，你实在解决不下来呀。"账房道："你的来意，我也知道了。有话总好商量。"世良道："什么有商量没商量！你们老爷，是全省一个大财翁，我是一个开豆腐店的人，他岂能愿意和我家联亲？我呢，有道是'穷人发财，如同受罪'。我也受不了那个抬举，和大财主做亲家。我是好意来见他，好把这婚事打消了。他为什么怕见我？我会讹他的钱吗？他不见我也好，这亲事就这样地摆着，我儿子是早已定了亲在前的，让他家大小姐来做二房吧。"说毕，他晃着膀子，打算就要走。那账房愣住了，倒不知道怎样好？只听到窗子外面有人答应道："你不要走，我出来了。"只这一声，孔大有走了进来。他穿了四花蓝缎袍，外罩天青缎子背心，大袖飘然，很有些古道照人。他口衔了一枝七寸长的烟杆，红着脸站在门口。那头上的小瓜皮帽，和账房一式也是顶子朝后。只这一点，配上那臃肿的两腮，和几根水清胡子，显着他气宇轩昂。在平常人家见了这大善人一站，不是作揖就是鞠躬；可是世良不然了，他手一指道："你是什么善人？你是个带鬼脸儿的伪君子罢了。"他不分青红皂白，说出了这一句话，中了孔善人的大忌，这事情就大僵而特僵了。

第二十一回

一电激啼痕登门问罪
满城传笑柄闭户逃名

孔大有自从继承了这个孔善人的雅号以后，差不多连妇人孺子，都这样顺口地传颂他。虽然，他自己有时也觉得所为的，不能全是善举，可是对于善人两字，自己向来是当之而无愧的，也就没有哪一个人敢当了他的面，说他不是善人。这时，周世良指着他是伪君子，他受了一点小小的侮辱，那很不打紧，只是当了他佣人面说出这话来，大大地有损他的威信，不由得走到桌子边，伸手将桌子一拍道："你这个东西，太岂有此理！我既不曾下帖子去请你来，又不曾拦门把你截住；我不见你，你倒再三地要见我，见了我，我也不曾得罪你，你开口就骂我一顿。这是你的家，我到你家打搅你了，让你骂我一顿。我不说你别的，我只说你无故侵入人家，妨害他人自由，你是犯罪不犯罪呢？"他说着话，气得嘴唇皮只管抖颤个不了。那个神气，自然是心里有许多要说的话，为顾全善人的名号，没有说了出来。这时，那位账房先生，觉得没有把周世良挡走，惹着东家受了这样一番大气，这是他的不对。于是也就向周世良道："你这个人太不懂事。这是我们老爷，不和你们穷人计较；若是别个，你这样追到人家里来骂人，那还了得吗？"周世良虽在气头上，可是人家一说破之后，显然是自己的理亏了。但是事已至此，认错是认不得的，便道："你以为我说这话，得罪了你们了。哼！我正要得罪你们；得罪了你们，我们这头亲事，就可以吹灰了。"指了孔大有道："姓孔的！你莫看我是个开豆腐店的穷人，但是我决不抱你财主老爹的大腿。我现时不是住了你的房子吗？你来收房子好了，我这豆腐店不开了。你赶快打电

报告诉你女儿，我儿子已经定了婚的，姑娘家和我们就住在一处。若是你不肯退婚的话，你那姑娘，就做我儿子的二房。我的话，就说到这里为止，听不听那就在乎你了。”说毕，扭转身躯，向外就跑走了。孔大有背了两手，在屋子里踱来踱去，涨得两块面皮，红中带紫。早有听差们，两手捧水烟袋递到他手上去。他一手托了水烟袋，一手甩了大袖子，在屋子里站站又走走，托水烟袋的那只手上，夹了一根纸媒，并不去点着烟抽，只管两眼发赤，一直地向前看着。账房先生在他身后一二尺路的所在，悄悄地立着，先用手握住了嘴，微微地咳嗽了两声，然后说道：“这个姓周的老头子，大概是有点疯病。你老人家似乎也犯不上为了他生气。”孔大有并不做声，许久的工夫，才将脚一跺道：“这不能怪人！全是我家这个臭丫头生的是非。你跟我拟个电报底子来，把周家的事情说上一说，叫她把这婚事，赶快地打退了。她若不打退这婚事，我不承认她做我的女儿了。”账房把袖子握住了嘴，又咳嗽了两声，然后靠近了一步问道：“东翁！电报就照着这个样子拟吗？不大妥吧！”孔大有道：“没有关系，就是这个样子打出去。她本来不是我的女儿。”说着就用脚一顿，表示他这一句话是切实的。账房见东家下了这样大的决心，要这样发出电报去，那大概并不会假的。东家正在气头上，若是说多了话，更会让他生气，便低声道：“我先去拟好一个电报底子来，让你看了再说吧。”孔大有这就坐下来了，手上捧着水烟袋，吸了几筒烟，然后说道：“不要犹疑了，你就去把电报拟来吧。我在这里等着你呢，就是语气重些，那也没有关系。这样的女儿，有也不如无。嗐！活活地把我气死了。”说着，将脚又在地上一顿。东家先生今天竟是不住地顿脚，账房还敢多说什么？只好退避下去，把电报稿子拟了来。他双手替东家接过了水烟袋和纸媒放到一边去，然后将拟的那张电稿由袋里掏了出来，双手呈给孔大有。他看了两行，就不由得皱着眉望着账房道：“嗐！我不是叫你把语气说得重一点吗？为什么还说得这样含混呢？”账房又在袋里抽出一张电稿，躬身递给他道：“我原也拟了一个语气重的，自己看看，恐怕不大合宜，所以又留下了。”孔大有看了几行，点头道：“这倒还可以，不过有两句话还得改一改。”账房这就在衣袋里掏出一枝转动的铅笔，两手奉上。孔大有放在茶几上，改了两句，就交给账房道：“马上就送去发，不要耽误了。”账房虽明知道这封电报发出去了，是要发生天大祸事的，但是东家的命令，如何可以违抗？万一有祸，自由东家去承当，也就不必延搁了。在下午四点钟，这个电报由安庆发了出去。在本晚六点钟，电报已经到北平，转入孔令仪的手上了。她手上捧着这一张电报纸，躺在一张沙发榻上闲闲地看着。因为她和家里通消息，打电报当写平常信一样地办，所以她接了这封电报，很不算一回事。电报是由电局译好了送来的，看得很痛快。她看了两行之后，颜色有些变了；越向后看，两只手越是抖颤个不了；最后直跳了起来。向墙上悬挂的钟一看，正是六点三刻，拿起桌上的电话机，就向计春公寓里打了一个电话，叫他不要走动，自己就来。计春今天把令仪和他做的新西服，已经穿上身了。因为常在娱乐场所来往，自己这已把摩登少年的态度，揣摩得很够了。在那浅褐色的西服小口袋里，塞进了一条花绸手绢，露了两只尖角在外。头上的黑发梳得又光又滑，一丝不乱，两只手也就洗得雪白光嫩，不带一点墨迹。左手无名指上，带了一只金戒指，自己不住地用手摸着头发，向一架衣橱的镜子照着。心里想着：我这样地打扮起来，不也就是一个摩登少年吗？而且还要比任何少年年纪轻些。我这个样子，和令仪在一处走着，就没有什么配她不过的了。自己这样地想着，摸摸自己的白领子，又扯扯西服的下摆，衣服是平整极了，一点皱纹没有。正对了镜子里面的翩翩风度，在那里赏鉴着，茶房却进来报告，说是孔小姐电话来了，请你不要出去，她马上就来。计春点点头，心里可就想着：这必是她临时想起了吃馆子，要带我出去。抬起手表一看，七点还差五六分钟，吃过了晚饭，再去看电影，那就正是时候了。于是在床栏杆上取了衣服刷子，对着镜子，将衣服周身上下，摸刷了一遍，放下刷子，将桌上摆的香水瓶子，举了起来，向头上只管洒了去。他正在修饰着得意的时候，卜笃卜笃，一阵高跟鞋子响着，接着房间扑通一声，令仪跳进屋子里面来了。计春手上拿了香水瓶子，半鞠着躬向着她笑道："你来得真快。"令仪更不答话，在他手上夺过香水瓶子，迎面就砸了过去。计春将身子一闪，那香水瓶子，直飞到衣橱的镜子上，呛啷一声，将镜子中心砸了一个窟窿，四周射出菊花瓣子似的裂缝。计春倒吓了一跳，什么事得罪了她，会让她这样大闹？两腮通红，只管发怔。令仪鼓了腮帮子，瞪了两只眼睛望住了他。计春看到她这样，起初以为她是闹

着玩；现在看到她脸上红中带紫，那是生气生大了。便道："什么事情，惹着你生这样大的气？"令仪也不分辩，在身上抽出电报稿子，向计春脸上丢了过来，喝道："你看！你看！有了这样的事，我的脸都丢尽了。我不做人了，我不做人了。"口里说着，两只脚就在地上乱跳，然后向旁边的沙发椅子坐了下去，两手捂着脸，放声大哭。计春一时真摸不着头脑，只好接着电报稿子，向下看了去。那电报是：

……函电均悉。婚事虽可由儿自主，但此举冒昧太甚。余正在调查间，周计春之父，今忽来我家，大肆咆哮。其人即往日每晨送豆浆至我家之老周，非我家周济，豆腐店且不能开，何有于财？以我家在省城之门第，欲招快婿，何求不得？未知何故，一味降格，乃与一磨豆腐人为亲？以余揣度，其父如此，其子可知，尔所遇者，恐非端人。钱财等事，极宜审慎。况老周今日在此扬言，谓其子原聘有童媳，现方在省。其言无论实否，余亦决不肯使尔蒙为人做妾之名。此电到后，即与周子交涉，废除婚约，否则余大义灭亲，决不认尔为女。父有电。

计春匆匆地将电稿抢着看过了一遍，已经明白了大意，心里是怦怦地乱跳，又一字一句再复看了一遍。令仪不等他开口，擦了眼泪道："你说，这事应当怎样办？"计春两手捧了电稿，不免发愣。因缓住那口气道："这事我很对你不住，我立刻写信……"令仪道："放屁！现在打电报还来不及呢，你写信回家，不是有心迟延着事情吗？"计春心里原想着：父亲贪慕孔家一百多万的财产，必是赞成自己的婚事，把菊芬退了。不料他大反乡下人的常态，倒跑到孔家去大闹。若是自己为了求学起见，将令仪的婚事退去，一切都恢复了原来的计划，这才是正理。只是自己是穷苦人家出身，不曾吃过的喝过的，不曾见过的听过的，在这两个星期里都尝到了，往后她那几十万家产，她还可以分我若干，我的希望就大了。现在若要恢复原来计划，势必就要把搂到怀里来了的幸福，完全推送出去，未免可惜了。他因为心里头这样地踌躇着，口里就说不出一个所以然来，只是站在一边发愣。令仪道："你怎么不做声？哑了吗？我问你家里有亲事没有亲事的时候，你口里说了个水点得灯亮，那就不哑了。"计春道："你别嚷，要怎样子办，你出一个主意，我照办就是了。假使你愿意离婚，我就离……"令仪坐在沙发椅子上，顺手向后一掏，掏出一只靠垫，两手拿了，高高举起，就向计春身上砸了过去，跳了脚骂道："离！离你的魂！离你的魄！"她口里骂着时，那个靠垫已经砸到计春的头上。虽然这个东西，并不怎样地沉重；但是一大团东西，突然地打到脸上来，眼前一黑，也有些发晕。于是身子一闪，红了脸道："有话慢慢地商量，你为什么动起手来？"令仪跺了脚道："动手？我要咬你两口，才解我心头之恨！"计春被她说着，无言可答，只是低了头。令仪道："你说话呀！怎么又不做声了？"计春道："你瞧，这不是令人为难吗？我不开口，你怪我不说话；我一开口呢，你就把东西砸我，让我说什么好呢？"令仪道："你要知道，我无论在家乡，在外面，人家都认为我是一个大家闺秀。老实说，多少男子追逐着我，我都不看在眼里，现在我许多人不要，单单地和你订婚，一下子就上了当。第一，你是家里有童养媳的；第二，你又是开豆腐店的孩子，千挑万选，落这样一个下场头，人家不会说我是瞎了一双眼吗？"她说着，两只脚又车水似的在地上跳了起来。这真让计春为难到十二万分了，要离家里那个未婚妻吧，权操父亲之手，自己是不能做主的。现在说了出来，不能实现，将来更增加自己一行大罪。要离面前这个未婚妻吧，那就是自己将一把黄金大椅子，给砸碎了。他两个要行不能行的主张，只管在脑子里打旋转，口里就没有法子可以说出话来。令仪顿着脚道："你为什么不说话？不说话这就可以算得了事吗？"计春道："这一会子工夫，我也想不出什么好法子来。请你给我出个主意，你又不理会。那叫我怎么办呢？"令仪掏出手绢来，擦着眼泪，将脚一顿道："好！你要我出主意，我就出个主意。你今日打个电报回去，不承认你家里那头亲事。"计春道："这也不必你现在说，我早就写了好几次信回家，这样办了。"令仪道："你在这里当地的报上，给我登上一段道歉的启事。说是不该欺骗我；我们这婚事，算是取消。"计春道："既然我们的婚事要取消；那么，我自己的事，你就不必管了。为什么又要我把家里的亲事，也要取消呢？"令仪听了他这话，就站着起来了，手指指着他道："你瞧瞧！你说出你的真心话了，你哪里肯离开你家里那个黄毛丫头呢？我对你说，你赶快照着我的话去办，你若是存心推诿，对不住，我就要到法院里去告你。哼！你以为我是一个好惹的人吗？"说着她坐了下去，又伸手来乱拍着桌子。这一下子，真把计春逼得死去活来。总

而言之，自己说什么，就跟着驳什么。自己在屋子里呆站了一会，然后皱了眉毛，向她比着袖子弯着腰深深地作了一个揖道："我的大小姐！总算我怕了你，你提的条件，我照办就是了。嘿！你赏给我的戒指，在这里，拿回去。"说着，从无名指上脱下那个订婚戒指，交给令仪。令仪以为自己是个百万家财的小姐，只有人家来追求，没有人家抛弃之理；不料自己手上的戒指，未曾脱下，人家手上的戒指却已经退回了自己。事情虽没有第三个人在这里看见，然而这可以证明，自己并不是人家非要不可的了。这与自己的面子太有碍了。急遽之间，自己找不到下台的地步，就将鼻子一哼，睃着他冷笑一声道："你说得好。就这样随随便便地让你离了婚吗？我要告你的重婚罪，你的戒指在我这里，就是老大一个证据。别的话不必说，你赶快做一个道歉启事的稿子，好让我拿去登报。"计春道："我登了启事，你还告我不告？"令仪道："为什么不告？这样大的事，就这样三言二语地算了吗？你赶快给我写，赶快给我写。"她说着话时，身子只管挪搓着，两只脚乒乒乓乓在地上打着，犹如擂鼓一般。脸上的胭脂粉，已经为眼泪洗干净了；黄黄的面皮，微红的眼睛眶子，加上那一头的短发，纷披地盖着脸和前额；又是凶狠狠身子乱动，这不但把计春以往醉心她美丽的思想，完全打消，而且觉得这个女人十分可怕，于是心一横，也就强硬起来了。脚一顿道："你欺侮我是一个小孩子，想把我逼死不成？反正我也没有枪毙的罪，你爱怎样就怎样吧。"说毕，他一扭转身躯去，人就跑走了。令仪起初以为他不过是站到屋外去暂避一时，自己并不怎样地介意，依然板着脸子，在屋子里坐着。但是越等越不见他进来，约莫有一小时之久，依然没有消息。自己这可有些诧异：他到哪里去了？莫非他到警察局里告我去了？谅他也不敢。莫非因我逼得太厉害，自杀去了？然而也不至于。或者他又到冯子云那里去，请他出主意去了。就是冯子云帮他出主意，我也不含糊。只是这样一来，未免让他笑话了。他若是说，你为了负气订婚的，现在怎样的，不也是完了吗？他若是果然去找冯子云的话，也许冯子云马上就会到这里来和我为难。我自己搬石头砸了自己的脚，我还有什么脸面见他？不如走开吧。她起了这念头之后，片刻也不敢耽搁，马上将这屋里面盆里的冷水，擦了一把脸，手提包里有粉扑脂膏，拿出来对了计春洗脸用的镜子，很忙地搽过了一遍脂粉，叫了一声茶房锁门，就回到表叔家去了。她表叔余子和，向来是不敢干涉她的事情。今天她接了电报，突然地跑出去闹了一场风波，人不知，鬼不觉，余家人哪里又会晓得。所以她回来之后，自己进了房去睡闷觉，余家的人，还以为她是玩得太疲倦了，回家就休息了呢。这晚令仪睡在床上，翻来覆去，想了一宿的主意，觉得要和计春离婚，这太容易了。这只要把戒指丢还他，以后永不和他见面，也就完了。可是果然和他离了婚的话，有两层不大妥当：第一是让冯子云见笑；第二是让自己那一班抛弃了的男朋友见笑；其三呢，这个孩子，年纪是真轻，人也长得漂亮，很费了一番心血，把他陶熔得成了一个摩登少年了，倒不要他，这岂不让别个女子捡一个大便宜去了吗？这就成了那句俗语，"前人栽树，后人乘凉"了。这树是我栽的，无论如何，我应当乘两天凉。只要我肯花钱，叫计春把家里那头亲事打退了，大概也没有什么不可以。只是有一层，他家是个开豆腐店的，未免与自己面子有关；这只好说一句时髦话，爱情是没有贫富阶级的了。我若是下了决心的话，要嫁周计春，是没有什么问题的。但是自己父亲电报上，说得很明了的；若是不退掉周家这头亲事，他就不认我为女。他的思想很顽固的，这样说着，也许他就真这样的做出来，那我就犯不上，为他蒙这样大的牺牲了。然而想到了最后一个关节，假使不嫁周计春，那就免不了别人笑话。她在床上想了一宿，却毫无结果。因此次日早上，她竟是拥被鼾睡，反而坦然了。睁开眼睛，只见太阳光照在院子里，反映到墙上，只觉得光彩射目，阳气蒸人，分明是天气不早了。自己还不曾开口叫女仆说话，却听到有账房先生刘清泉的说话声。他道："我早就要回南的，总是耽误下来了。昨天接到东家的电报，让再迟两天走，说是那里有事要我办呢。大小姐还没有起来吗？"接着又有个人说："你是为了今天报上登的那段新闻来的吗？"刘清泉低声喝道："不要胡说了！仔细她听了去。"令仪听到，不由心里一惊，报上有一段什么新闻？我听不得，难道我要计春登的那一段启事，他已经登了出来了吗？自己突然由被里向外一伸，抓着衣服披在身上，就这样披着，趿了鞋子，掀开一角窗纱向外张望着，正是刘清泉和余家的女仆在说话。情不自禁地这就叫了起来道："老刘！你说什么，报上登着我什么消息呢？"刘清泉听到小姐的声音，只好站了过来，隔了房门答道："小姐起来啦？

我早就来了，可不敢惊动呢。你看见报了吗？”令仪道：“这叫废话，我若是看见报，还问你做什么？周妈今天的报呢？快拿来给我看。”外面周妈答道：“今天的报早就给你放在床面前啦。你往日不是醒了，就随便拿起来看的吗？”令仪回头看时，床面前茶几上一叠大小报纸，被自己拖曳到地上来了。加上拖鞋在上面一阵践踏，印下了无数的脚印子，而且还踏破了几块，于是自己捏了两个拳头，只管在屋子里跺了脚道：“混蛋！真是大混蛋！把报弄得这样一地，你们吃了饭，都干些什么？”说着话时，那周妈正进来收拾屋子，心里可就在那里想着：你只管多多地骂上几声吧，看看倒是谁混蛋呢？令仪将报纸放在茶几上，一手理着头发，一手翻阅桌上的报纸。在登启事的所在，逐一地都注目看过了，并没有关于自己的消息。就叫起来道：“老刘！老刘！你到底是在哪一家报上，看到登了我的消息？怎么没有呢？”刘清泉还在屋子外面站着，听候小姐的消息呢。令仪一问，他就答道：“哪家报上都登有。你瞧瞧社会新闻，就瞧出来了。”令仪被他一句话提醒，翻着报上的社会新闻一瞧，早有一行大字，映入了眼帘，乃是：“摩登小姐巧遇拆白党。”令仪心想，这也不一定就是指着我吧！可是再跟着去看第二行小题目，这可很明显地说着自己了。那小题目上，标明的是：“百万富翁的大小姐，要嫁豆腐店的小老板。”令仪不必再看别的什么了，只这十七个字，已使她心惊肉跳，人是摇摇晃晃地有些站不定。最难堪的，下面还有两行小题目，乃是：“赔了身体又耗财，原来他有黄脸婆。”令仪看到这里，恨不得一拳，将这报纸打一个窟窿，但是心里尽管恨这张报，却是也非知道这新闻的内容不可，于是还忍住了那口气，将这段消息，跟着看了下去。那消息原文登载于后：

有皖籍大富翁之女，孔其姓，而某某其名者，姿色甚佳，又善交际。男女娱乐场合，常见其芳踪，因之男性在后追逐者，亦为数甚多。但有钱之人，多不知爱情为何物，女士不能例外，对于真诚拥护之有志青年，皆置不理，专与年轻貌美，佼童一流之少年为伍。盖在彼亦系一种享乐主义也。最近与一同乡周某者往来频繁，由朋友而订婚，由订婚而行同居之爱。周年方十七岁，而又姣好如女子，女士出入相携，甚为自得。而为该男子制衣服，供食用，同游玩，所耗亦达千金。平常男子施与女子者，女乃反其道而行之，但女固非视货财如粪土者，只因周某假称家中系乡中财主，拥有巨产，唯乡人禀性吝啬，其父不肯多与游学之资，所以外表依然寒酸耳。孔女对于此种言语，居然深信不疑，以为所耗之财，不久可以取回。不料昨日得其家中来电，调查确实，周某家中，并非富有，其父在省城开一小豆腐店，而其房屋，尚系孔家之产业。不但此也，周某自幼即聘有一黄毛丫头，作为童养媳，此女尚在家中。孔女拥有交际明星之名，不料乃为一小孩所骗，目前欲退婚，则已失身于人；不退婚，则如此大家闺秀，断无嫁人做二房之理，十分踌躇。而一班对孔追逐失望之男子，则无不抚掌称快云。

令仪跳着脚道："这报上胡造我的谣言，我不能随便放过，一定要告他一状。"于是掀开这张报，又拿一张小报看看。那社会栏头一条新闻，便登的是这件事。题目安得更弯曲，是：豆腐店小掌柜人财两得。小题目是：百万富翁的小姐会看上了他。那新闻的内容，大概是一个所在发出来的，所说的都差不多。令仪本订有五六份报，大大小小都有。今天将各报一翻，竟是一家不曾遗失，完全把这消息登载了。令仪顿了脚道："他们全登了，要什么紧？我就全告他！"回头一看，老妈子怔怔地站在一边呢，便瞪了眼道："怎么不给我打洗脸水？"周妈道："水都凉了。正等着伺候您啦。"令仪红了脸道："你们这些人，都有些不识抬举。平常待你们太好了，你们就一点也不怕我，做什么事都很随便。哼！好歹有那么一天，要我大发脾气的。老刘呢？"这三个字的声音，却来得格外地大。刘清泉道："在门外边站着啦。"令仪道："你一早就到这里来干什么？是知道报上登了我的消息，你打算羞辱我一场吗？"刘清泉笑道："那我怎么敢呢？我也是怕小姐瞧了这一段报会生气，所以特地跑了来瞧瞧，看看有什么事没有？"令仪道："有什么事呢？人家毁坏了我的名誉，我就得去告他赔偿我的损失。"刘清泉道："告人家不着吧。人家没有在报上登出你的名字来呀！你要是出头告人家，不是自抓着金片子向脸上贴吗？"令仪也不做声，匆匆地洗完了脸，就来找她的表叔余子和。他正在书房里看书呢，好像是很镇静，并不把这件事放在心上。令仪一进来，他就迎着笑道："大小姐！也不必生气，这是交际上免不了的事情，我看一定是不满意于你的朋友，放出来的谣言；好在这报上也没有指明着是谁，含糊过去就算了。你一定要去追究，反而不妙。"令仪道：

"难道我就罢了不成?"余子和道:"你若是有这件事呢,你要追究的话,岂不是把事情更加一重证明吗?你若没有这件事,让他们说去,不久也就自然水落石出了。"令仪一听,话不投机,又发了她那大小姐的脾气,扭转身躯就走开了。心里可就想着:他说这段新闻,是我失意的朋友放出来的,这倒有些像;这其中袁佩珠小姐,和这班人还是接近的,我去访一访她看。若是在她口里找出一点消息来,我再和这个人算账。脑子里忽然泛出了这个主意,就一点也不考量,立刻吩咐汽车夫开车,坐上车子,就向袁小姐家里来。都市里面,代步的东西,那要以汽车为最快的了。但是令仪心里有事,坐在汽车上,依然还嫌它走得太慢。偏是这辆汽车,又喜欢出事故,走到十字街头,街中间的巡警,横着手一拦,车子走不过去了。当那车子停着的时候,街上卖报的小孩子,拿了报高高地举着,就叫到车子边来道:"瞧哇!财神爷的小姐,爱上了豆腐店小掌柜的新闻。"令仪听了,就不由脸上一红。偏是那汽车夫偏了头向车子后望着,大有买上一份之势。令仪只得敲着座前的玻璃板道:"快走吧!快走吧!"车子开到了袁家,又给她一个打击。便是她一下车,门口听差迎了出来,向她笑道:"我们小姐,刚刚出去呢。你要有什么事?留下一个字条吧,也许她一会儿就去拜访你呢。"令仪道:"不必了。回头再通电话吧。"说毕,刚待要扭身走开,后面就听得有嘘嘘的声音道:"就是她。报上登的就是她。"回头看时,乃是几个小孩子,半闪在屏风后面,还是袁小姐的侄儿侄女。这只好装聋不听见,悄悄地走开了。上得汽车来,车夫问上哪里去?便答道:"哪里也不去。回家!"汽车夫也知道小姐今天的脾气发了,不敢多说,开了汽车回来。令仪在余家,住的是正屋之外的一个小跨院,进出必须由正屋面前经过。往日她总是穿高跟鞋子的,所以那咯的咯的的声音,一由窗子外面经过,屋子里便有人迎接出来。今天她是穿了便鞋来的,在院子里,却是一点响声没有。所以她尽管走她的路,那屋子里却也尽管说他们的话。令仪由那里经过,稍稍地注意一听,就听到他们所谈的话,正是自己离婚的事情。心里这就想着:你们和我是这样亲密的人,也是这样地议论我,那些和我没有关系的人,为什么不说?怪不得街上卖报的小孩子,大喊着看新闻了。自己悄悄地溜进屋子去,将房门关上,一个人坐在屋子里想着:这件事教我怎么样子办,还是离婚呢?还是不离婚呢？若说离婚，人家硬指着我失身于姓周的，让姓周的白捡一个便宜去了；我嫁起人来，就不免要发生问题。不离婚吧，便算是他把家里那头亲事打退了，人家也会说我无聊；何以抛了千金小姐的身份，嫁这样一个开豆腐店的小掌柜？自己好强太甚，一时要压倒冯子云，糊里糊涂和姓周的订了婚，不想作茧自缚，于今转害了自己了。她这样地想着，有一天的工夫，自己不曾解决，这一天也就不曾跨出院门。她表叔余子和，知道她是难为情，也不来看她，只是吃饭的时候，叫女仆来请她去吃饭而已。但是她觉得孔令仪这三个字，已经在人口里说烂了，本人见了人的面，更是怪不好意思的，所以只推着身上有病，掩上了房门，再掩上了跨院的门，只在屋子里躺着看几篇小说，而其实看小说还是一个名，眼睛在书上，心却在大门外满处地跑：有时在安庆，看到父亲的怒色；有时在公寓里，看到计春无可奈何的神气；有时又在交际场合，看了男朋友的冷笑。她三天没有想出一个妥当办法来，三天也就没有出门。终于是旁人看到她没有动静，忍耐不住，来和她出了一个主意了。

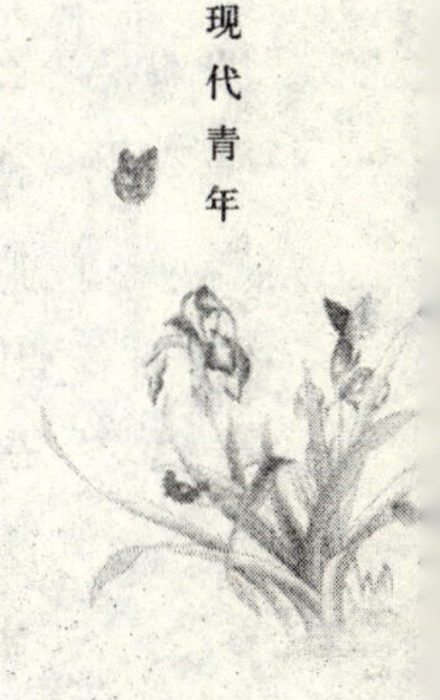

第二十二回

接木移花突来和事老
焦头烂额重伍弄潮儿

到了孔令仪在家中藏躲的第四日，那位和她素来交际的袁佩珠小姐，就来探望她了。袁小姐到余家来，已经是熟路，在门房里，并不经过打招呼的手续，径直向里走。到了那个小跨院里，她的高跟鞋子，惊动了里面院子里老妈子，就迎出来笑道："哟！袁小姐来了。孔小姐病着呢。我给你瞧瞧去吧！"佩珠笑着摇摇手道："我又不是什么外人，还跟我来这一套做什么？"她口里说着，人已经踏到了小客厅的房门口。令仪在玻璃窗子里面，已经看得清楚，连忙抢着推开门，伸出半截身子来，只管向她招手。袁佩珠抢上前来和她握手，连连摇撼了两下。走进屋子来，第一句便道："孔！我很替你烦恼，但是现在过渡时代，这是应有的现象。那个青年人，也免不了有这种打击，这有什么关系？"说时，握了令仪的手，一同在一张沙发椅子上坐下。令仪道："报纸真正可恶！他们只登我的姓，不登我的名字，叫我一点没有办法。可是熟人一看报，便知道说得是我了。他们对我说了一些什么？"令仪所说的他们，就指的是她一班男朋友而言。佩珠听到，也就心领神会的，就笑着摇摇头道："你怎么这样地想不开，报上那些谣言，不就是他们造出来的吗？他们既然造了你的谣言，你还想到他们面前去打听消息做什么？"令仪垂着头，望住了她所握着袁小姐的手背，许久许久，才叹了一口气说道："我做梦也想不到，会栽了这样一个大筋斗。"佩珠道："这也无所谓大筋斗呀！你若是非嫁姓周的不可，你就叫他把那头亲事打断了，切切实实地，登两段启事，让社会上全知道。你若是不愿嫁姓周的，你离婚就是了。男的要和女的离婚，免不了许多困难；女的要和男的离婚，这是极容易的事。只要你把这话说了出来，事情就算完结。有什么困难之处，闹得你这样愁眉不展?”令仪用很微弱的声音，轻轻地答道：“你倒说得那样容易。”佩珠道：“本来就是那样容易。并不是我把事情说得容易了!”令仪道：“别的不用说了，以后谈到孔令仪三个字，人家都会说是离过婚的小姐。我见着人，就不免矮上三尺。你说糟心不糟心?”佩珠道：“这个样子说，你是愿意和周计春离婚的了？你愿和他离婚那就好办。因为你的朋友，都为你要嫁周计春，追求你不到，所以大失所望之下，才来造谣言糟蹋你。你既然离婚了，又成了他们一个追求的目标，他们只有巴结你的份儿，哪还能够说你什么？至于对社会上呢，孔令仪三个字，又不是镀金招牌，没有法子更换的。你不会改上一个名字吗?”令仪沉思了一会道：“但是……”佩珠两只手握住了令仪两只手，连连摇撼了几下，摇着头道：“没有什么但是了。第一你的朋友都知道你是冤枉；第二北平社会上也没有多少人知道你。即使知道你，也不知道你是长的，矮的，肥的，瘦的。你以后改了名字，你依然可以把新名字大出风头。”令仪不由得叹了一口气道：“唉！你以为我还要出风头啦。我现在灰心到了一万分，只要有这样的屋子，可以容留我一辈子在里头住着。那么，我就死在这屋子里，不出大门了。”说着，她用脚在地上顿了两顿，表示她那消极的决心。佩珠松了她的手，正色向她道：“我是和你商量办法来了，你干吗老在我面前发牢骚？你不想一想，这样的大问题，在家里躺上几天，一表示消极，就可以了事的吗？我为了彼此的交情，来和你解围，你怎么倒是这样地随便呢?”令仪又握了她的手道：“我的姐姐！我现在是心慌意乱，什么都没有办法了。”佩珠道：“你别慌！有话慢慢地商量。我暂时不走，在这里叨扰你一顿午饭，你慢慢地筹划着，也许可以想出一些办法来。你想想是也不是?”令仪正在心乱如麻的时候，有个朋友在家里和她谈谈，多少可以减少一些胸中的苦闷，于是也就依了袁佩珠的话，将她留在家里吃午饭，两个人把这件事慢慢地来谈着。在她们谈过了两小时之后，也就有了办法了。到了这日下午，佩珠告辞要走，令仪送到大门外来，佩珠握了她的手，轻轻着摇撼了两下道：“你千万不要性急，你千万不要性急。天大的事，有了调人，就可以解决，何况你这件事，也不觉得怎样地严

重。我出来了，总让你过得去。你放心好了。”佩珠虽没有汽车，却也有一辆自备的人力车，于是坐上车去，飞也似的向计春住的公寓拉了来。平常她要由令仪家里走，令仪纵然是不用汽车送她，她也会讨着汽车坐的；今天令仪要用汽车送她，她也推辞。到了公寓门口，刚一下车子，就看到计春反背了两手，在大门口站着。她心里就不由得叫了一声：人无远虑，必有近忧。计春为了和令仪常在一处，和佩珠是很熟的，这就笑着鞠了躬道：“袁小姐，也到这里来了，拜访朋友来了吗？”佩珠笑着，眼珠向他一转道：“对了。我是来拜会朋友的，请你引一引路行不行？”计春哪里知道她是要拜会哪个房间里的客人，只是她说明了叫引路，自己却是推辞不得，于是笑着连说可以，就在前面走。进了大门，转过了第二个院子，再拐弯到第三跨院里。计春只管是走一截路回头看看，以为自己走的路，究竟走得对是不对呢？可是佩珠笑嘻嘻的，只管在他身后跟了走，并不置可否。计春也有计春的算盘，心想：我哪知道你要向哪里走，且把她先引到我屋子里去坐一会儿再说。他走到了自己房门口，便向佩珠笑着点了一个头道：“请到我屋子里坐坐好吗？”佩珠笑道：“我们交了这样久的朋友，我还没有来过呢。我也应当瞻仰瞻仰。”她口里说着，人更是爽直，那高跟鞋子，走着的咯的咯作响，表示她那番得意的情形。计春手扶了房门，闪在一旁，倒是跟着她后面走进去。佩珠走到屋子里，将那个手皮包夹在怀里，昂了头，四周观看着，将一只高跟皮鞋尖，连连地在地板上点了一阵，表示着赏鉴自得的神气，四周全光顾遍了，她才将皮包放在茶几上，然后一挨身在沙发上坐了下来。计春看到这一番从容不迫的样子，并非急于要找什么朋友，她的来意，倒有些奇怪了。心里这就想着：必是帮着孔令仪来责备我的，于是倒了一杯茶，两手捧着送到佩珠面前放下，笑道：“请用一点茶吧。既来之，则安之，可以先休息休息。你那朋友贵姓？可以让茶房先去打听打听，看看在家没有。”佩珠向他瞟了一眼，笑道：“密斯脱周！现在学着也很会说话了。你问我那朋友姓什么吗？我那朋友姓周。”计春道：“哦！倒是我同宗。他住在哪一号房间呢？”佩珠眉毛一扬道：“你这儿房间是多少号？”计春道：“是八号。”佩珠笑道：“好！就算是八号吧。”计春笑道：“难道说袁小姐到这里来，是来会我的？”佩珠将两只脚伸着，一只脚架在另一只脚上，颠簸了几下，身子也就随了两条腿，颠簸了一阵，向计春道："你猜呢？"这三个字说得非常之妙，她要说是的吧，嘴里不便说出来；不是的吧，说明了倒有些得罪朋友。所以倒反让问话的人去猜，看你怎样地措词。计春虽然是学得了一些交际，可是面皮还很嫩的。这话也就不大好说，只是向着佩珠微微笑了一笑。佩珠伸了半个懒腰，带着笑容，默然了一会，然后才向计春道："你和孔小姐感情很好的，怎么会闹翻了呢？"计春摇摇头道："她的脾气太大，遇事又不容人家解释，她一开口就要离婚，什么都不许商量。其实呢，离了婚也好，从此以后，我还是好好地去念书吧。"佩珠将茶几上的手提皮包，取到手里，打开来取出里面的粉扑粉镜，半侧了身子，缓缓地扑着脸。她右手将粉扑子放到皮包里去，左手还拿了那杯口大的粉镜，握在手心里，远远地向脸上照着。她时而头偏左，时而头偏右，好像在那里找镜子的光，而其实她那双眼睛，却由镜子上面，向计春脸上看来。计春对于她今天这一来，本就有些可疑，加之她这一番故意撩拨的行动，便有两三分明白。可是平常也曾听到令仪说，袁小姐是交际最滥的一个人，太不顾身份，男朋友得她好处的也有，受她害的也不少。想到这里，自己立刻就警告着自己，这一回和令仪混到一处，已经逼得死去活来，刚刚解开了绳索，不要又缠绕上了，于是假装心里很焦急的样子，两手插在西装裤袋里，在屋里只管走来走去，头低了望着地板，躲开了佩珠的目光。佩珠将粉镜收好了，两只手将皮包在大腿上按住着，就向计春望着微笑道："密斯脱周！你大概心里很难过，还要找两个调人出来，和你们调和一下子吗？"计春这才站住了脚，向她摇了两摇头道："算了，算了！我死了这条心了。"佩珠垂下眼睛皮，咬着下嘴唇沉吟了一会子，这才笑道："老孔的脾气呢，固然是不大好，又何至于要你怕到这种样子？你要知道，她这几天，为了报上把这事登了出来，她懊丧极了。"计春道："说到报上登的这一段消息，我也真奇怪。那天我除了对冯子云先生说了一点大概情形而外，并没有对第二个人说，何以那样快，立刻就让新闻记者打听了去，第二天就登上报了？据茶房说：原来住在我屋子隔壁的这个客人，对我们的事，当天晚上知道得很多。恐怕他有点嫌疑。"佩珠笑道："你这叫笑话了。同一个公寓里的客人，不过是萍水相逢，有什么可疑了？"计春道："你说得固然是对，可是这天我不曾回来的时候，他曾去打一个很

长的电话，把我们的事，报告给人。第二日报上登出新闻来了，便听到隔壁屋子里，有男有女，唧唧哝哝议论了半天，似乎很关心。当天就搬出这个公寓里去了，好像有些避开我。”佩珠放下了皮包，站将起来，对了桌上放的镜子照了几遍，又牵牵衣襟，约莫勾留了有两三分钟之久，这才转过身来笑道：“过去的事不必谈了。你手上戒指不见了，大概是已经交回给孔小姐了，你在她那里的戒指，交还了你吗？”计春道：“这个没关系。她是讨厌我的人，还能留做凭据吗？”佩珠淡淡地一笑道：“这话可就难说了。”计春于是向佩珠拱拱手道：“那么，就托一托袁小姐，给我讨回来吧。今明天，我还在这公寓里住着。三天以后，大概我要搬到冯先生那里去了。”佩珠望了他的脸道：“这里房钱已经住满了吗？”计春道：“没有。但是这里环境不好，我要离开这里，才好念书。”佩珠微笑道：“念书，念书，你在我们面前，老是这一套。”她这两句话，分明有责备计春撒谎的意思在内。计春这就红了脸，勉强笑道：“说起来是很惭愧。我老说念书，总没有能够念得成功。不但是朋友……”佩珠不等他说完，两只手连连地摇着，扬了眉笑道：“别谈了，别谈了。今天下午，我想做一个小东道请你，你赏光不赏光呢？”计春向来是个面皮软的人，朋友相请，怎好当面拒绝？而况佩珠为人是那样美丽活泼，自有吸引人的地方，便是要拒绝她，这话也不忍出口。就笑道：“袁小姐到敝寓来了，应当是我来奉请。”佩珠笑道：“你说这话，我就要罚你。你以为我也像平常的交际明星一样，认定了女子是该男子请的吗？我们终日里嚷着男女平等的那一句话，就算白讲了。可是话又说回来了，我怎么样子罚你呢？”计春笑道：“罚我喝三大杯吧。”佩珠望了他，眼珠一转，摇了两摇头笑道：“这倒用不着。”她看到桌上放着的那杯凉茶，拿起来，倒在别一只杯子里，将这只空杯，交给了他道：“给我再倒杯茶来喝。我向来不喝凉东西，要热热的香香的。”说着，噗嗤又是一声笑。计春是个聪明透顶的孩子，什么事不了解？于是照她的话，倒了一杯热茶，两手捧了，送到她面前，笑道：“这就是热热的，香香的。”佩珠右手接茶杯；左手伸出来，在他脸上撅了一下，笑道：“瞧你这小家伙不出，你倒会说话。”她说时，那黑眼珠子，在眼睛里面，连打了两个转转。计春笑着望了她，也没有做声。佩珠道：“书呆子，你现在看书不看书呢？”计春道：“哪有客人在这里，自己还念书之理？”佩珠道："你既是不念书了，也不必在家干耗着了。我们一块儿瞧电影去吧。"计春自从和令仪交朋友以来，每日只是出去听戏，看电影，跳舞，吃馆子。这两天和令仪闹翻了，没有人陪着，也没有人掏钱做东，实在闷得可以，今天有女人陪着，又有人出钱，自己哪里还禁得住不去？便笑道："既是叨扰，我就叨扰到底。你要到哪里，我都奉陪，绝不客气了。"佩珠举起手上的手表来看了一看，笑道："时候也就到了，我们一块儿走吧。"说着，在衣架上代计春取下了帽子，就交到他手上，这竟是和令仪订了婚以后，那份亲热一样。计春接着帽子，顺便就向她一鞠躬，笑道："袁小姐，我们认识的日子也就不算短了，以前不见你有这样亲热。"佩珠道："你是个聪明孩子，怎么会问出这样一句话来？以前你有孔小姐监督着你呢。你是她的专利品，我们怎好说什么。现在……"她又转着眼珠笑了。计春心里这就有一句话想问出来：你不是来调和我同令仪合作的吗？你现时却在勾引我了。只有离开我们的份儿，怎么倒要我们合作呢？他心里如此想着，眼睛可就不住地向佩珠身上看来。佩珠这就笑道："你不用做声，你心眼里的话，我已经知道了。"计春道："要我说什么呢？难道你还不许我看看吗？"佩珠笑道："我欢迎你看，我十分地欢迎你看，不过我不赞成表面上那种敷衍态度，走吧。"说着，她就伸过一只手来，搭了计春的肩膀，带说带笑地，把他引出来了。计春当佩珠初来的时候，自己曾经警戒着自己，不可上了佩珠的圈套；后来慢慢地说笑着，就觉得大家都是面子，不必让人太难堪了；只要自己心里明白，就是面子上敷衍敷衍她，也没有什么关系。现在佩珠说破了，不愿意人家敷衍面子，这倒不能不表示一点切实的态度出来。到了电影院里，佩珠刚是将脖子下面的斗篷纽扣解开，立刻就向前一步，将斗篷接了过来，搭在手臂上，佩珠也没说什么，只看了一眼。进了电影院，佩珠看定了两个座位，计春立刻在身上抽出了手绢，在椅座上拂了几拂，让佩珠坐下，然后才紧靠着她身边一个位子坐下来。佩珠回看四周附近无人，这就低声向他道："你回回同孔小姐来，也是这个样子伺候她吗？"计春道："对你，可更要客气一点呢。"说着，将她的手胳臂，轻轻碰了自己一下，按了嘴微笑着，并不曾说别的。但是，袁小姐也就是对于这一个关节，默然着不曾说什么。自此以后，她的言辞，可就滔滔不绝，一直把电影看完，才没有话可说了。

可是到了深秋，这日子可就慢慢地短了；出了电影院以后，街上已经电灯全亮了。佩珠找到了自己的人力车夫，让他放空车子回家去，自己却带了计春一路去吃小馆子。他们这样一路去找快活，把那另一个当事人孔令仪却等苦了。她原来和佩珠约好了，今天晚上，好歹给她一个电话。可是候到晚上一点钟，也没有消息，心里这就想着：佩珠原说了，公寓里不大方便去，只有打电话和计春谈判。也许她打电话去的时候，计春不在公寓里，或者是搬了，但是找不着的话，也该给我一个回信，何以竟是渺无消息呢？她本来嫌计春年岁太轻了，说他不懂事，也许就不把这一件事放在心上；那么，这个电话，根本她就不曾打。我还等什么消息呢？在一点钟以后，令仪死了这条心，也就安然睡觉了。但是到了次日清晨，她又想着这件事不能含糊过去了，总应当打一个电话给佩珠，问一个最后的消息，就是没有她出来了断，自己也是要把这个订婚戒指送回计春去的呀。如此想着，便先打一个电话到袁家去。因为自己这一件新闻，袁家人是全知道的，也不好意思向人家直说出姓名来，随便捏了一个姓，在电话里询问着。那边答道："我们小姐，昨天晚上打牌去了，还没有回来呢。"令仪道："知道是在哪一家打牌吗？"那边答道："是在西城余宅孔小姐那里打牌呢。"令仪哦了一声，将电话挂上。心想：这自然是听差撒谎；佩珠若要撒谎的话，随便说在哪里打牌都可以，不必说是在我这里打牌，但是听差不知道我是谁，为什么要对我这样地撒谎呢？也许佩珠真打牌去了，不过不知道在什么地方打牌，所以随便就答应一句，其实也就不会料到打电话的人正是孔小姐呢。于是坐在电话机下，用手撑了头，只管呆呆地想着，一会儿老妈子送了报来，展着报纸慢慢地看着，不觉就到了正午。她心里一想：嗐！我这人未免太傻了；这件事我已经闹得满城风雨了，要收回来也收不回来，自己缩在屋子里，永不露面，这件事就算解决了吗？管他呢，我还是玩我的，我还是乐我的。我为了他，牺牲了我这一生的幸福，那才是不值呢。她本来在家里闷得不得了，这样一转念头，自己无论如何禁止自己不住了，便举起报来，看看游艺栏里，今天有些什么好电影，有些什么好戏。不料这种广告，却是最能引人入胜；看了之后，更觉得处处都可以去娱乐一下。想到这里，连午饭也不想在家里吃了。立刻，就按了电铃把老妈子叫了进来，吩咐汽车夫开车，自己极力地修饰了一会儿，走了出来。到了汽车上，车夫问着到哪里去，这才发生了问题。因为自己性子急，说走就走，究竟要到哪里去，却还不曾想到，于是口里随便地答道："开到东安市场吧。"这是她急中生智的一句话，因为自己一个人坐了汽车，上饭馆子里吃饭去，究竟有点神经病。如今到市场里去，或者是赴约，或者是买东西，车夫就不知道了。到了那里，随便在什么地方坐着，再约会朋友吧。一个浪漫惯了的人，在家里坐不住，毫无主张地跑了出来，这是常事。跑了出来之后，依然无主意，买点不需要的东西，复又回家去，这也是常有的事。她到了市场里以后，看到那来来往往的游人，脚不停留地走着，好像都很忙，可是自己却不知道向左转弯好，或者是向右转弯好，然而自己不是一个乡下人，决不能在店铺外面，人家玻璃窗子下呆站着的。偶然看到一排水果摊子，那上面，一堆堆地堆着鲜红嫩黄的水果，恰是好看。眼睛正瞟着，水果贩却笑着相迎道："小姐！不买一点大苹果大石榴去吃吗？"令仪也觉得无聊，走近一步，挑那好的水果，买了两块钱的，打了一个大蒲包，引着摊贩，送到汽车上。二次走进市场，又不知道干什么好，于是慢慢地走着，见那烧料摊上，许多仿玉仿翠的首饰，挂在玻璃盒里，很是好看，像真的一样。那摊贩也和水果贩一样，打算笑脸相迎。令仪一想：无故买了许多水果，这还可以带回去吃，无故又买些烧料首饰做什么呢？赶快走开吧。她干脆不理会那摊贩，一扭头走了。但是走了几家铺面，依然不知所之。心想：不必游荡了，到小馆子去吃一点东西吧。刚一转念，却有一阵铿锵的音乐声音送入耳鼓。回头看时，原来是一家话片公司的支店，这倒触引起她一点兴趣来，不如进去看看有什么新到的话片子没有。买一两张回去，消遣消遣吧。她一走进门时，却不由她一怔；原来这里面，已有三个西装少年，围在一架钢琴边谈笑。其中一个，雪白的面孔，穿一套藏青哗叽西服，敞开胸口，露出那米色的绸衬衫，和斜条纹的长领带；头上一顶宽边黑呢帽，是法国式的，微歪地戴着，左肩上架了一只梵阿铃，右手拉着弓，正在试弦子呢。看到她进来，大家一齐放下笑着，向她点头。原来这三个人，都是大学生。拉梵阿铃的叫陈子布，那两个一是朱尽直，一是杨益默。这三个人都是青春少年，间接直接，都有追逐令仪的意思。自从令仪和计春在一处了，他们都眼红，不断地写信给她，冷嘲热讽，在街上遇着

的时候，有时微笑一笑，有时偏过头去，不理会就走了，而且这位陈子布有一个朋友，也住在花园公寓，和计春的屋子只隔一层墙，令仪天天上公寓去的时候，往往两个人顶头遇见。今天陈子布虽也笑着点个头打招呼，然而她的脸可就红破了。同时，他和袁佩珠感情也还不错。自己的事，佩珠知道很清楚，料着更不能瞒过他。这一见面，冤家路窄，少不得要受他的一番奚落，所以令仪心里很不好过。但是出乎她意料以外的，那陈子布立刻放下梵阿铃抢近前一步，向她笑道："密斯孔！身体痊愈了吗？我听到密斯袁说你身体不大好。我正想去看看你呢。"令仪因为多日不和他们见面，想不出一句什么话来转圜，他倒代说了，那正好。便笑道："不敢当。我不过感冒而已，早就好了。"陈子布道："密斯孔要买什么吗？"令仪道："不买什么。我在玻璃门外看到了你们，特意进来看你们买什么呢。"杨益默笑道："老陈！你应该请客吧？"说着，眼睛一溜。陈子布道："当然，当然！这个时候密斯孔大概还没有吃饭。我想奉请，不知道可肯赏光？"他说着话的时候，已是伸手取下了头上那一顶艺术家的帽子，表示敬意，于是就露出他漆黑溜光的头发来。陈子布这家伙已经三十七八岁的人了，可是他那漂亮的西装，温和的态度，总不显老。而且他还挂名在大学研究院里研究戏剧，依然过着那青春生活。令仪虽知道他很是虚伪，可是见了他以后，就强硬不起来了。微笑着道："见了面，就叨扰你的吗？我还有事呢，改日会吧。"她口里说着，身子可是慢慢地转过去，推着门走。杨益默靠着陈子布，嘴向前一努，用手臂一碰子布的手臂，三个人六眼相视，不再说话，也悄悄地跟了出来。果然，只走了几步路，令仪就回转头来看看，她以为这三人在铺子里，不曾出来呢。不料紧随在身后，急忙中无话可说，就向朱尽直道："密斯脱朱！今天怎么这样老实？"尽直淡淡地一笑道："我是不得已而为之呀！"令仪道："为什么呢？"说着话，三个人都走上来，将令仪包围在中间了。尽直道："朋友里面，都说我一张嘴坏，有许多风潮，都是我鼓动起来的。我说话就闹乱子，所以我现在什么话也不说了。瞎！事久见人心吧。"益默笑道："谁要见你的心。孔小姐要见你的心吗？你也不自己照照镜子。"令仪也不说什么，由陈子布引导着，进了西菜馆，找了一个房间，却让令仪在靠近主人的第一个位子上坐下。令仪脱下身上那件白色短绒的外衣，搭在椅子背上。陈子布和杨益默四只手一齐伸了过来。杨益默因为自己不是主人翁，就缩了手，由子布将衣服挂上。益默因茶房送了四杯热茶过来，就捧了一杯，两手捧着，送到她面前。朱尽直无事可孝敬了，就在身上取出烟卷盒子来，抽出一根烟卷，送到她茶碟子边。令仪向三人望着，微笑道："你们对我，还是这样客气吗？大概我不和姓周的翻脸，你们的态度，不能这样子好吧？哎！我现在是闹得焦头烂额了。我也不怨人，只怨自己做事太任性。不过，你们现在是很痛快了。"说着，向了大家一笑。陈子布将桌上放的菜牌子拿过来，悄悄地放到她面前，笑道："过去的事，还说它做什么呢？人生是向前的……"他一面说话，一面看令仪的颜色。令仪虽然将菜牌子拿在手上，然而她的眼珠，却由菜牌子上面，射到子布的脸上来。子布笑道："我们都是好朋友，有话不妨明说。孔小姐对于报上这次登的新闻，总以为是我们这几个人做的事，慢说我们和孔小姐，不过是朋友而已，便是更进一步，在情场上逐鹿的人，不见得都成功；有失败的，自然也就有成功的，这何足为奇？"说时，他只管笑，在西服袋里抽出一条又长又大的紫色花绸手绢，在脸上擦了一擦，微咬着嘴唇，昂起头来想了一想，这才坐下。他将身子向令仪这边微侧着，又问道："刚才密斯孔，说到什么焦头烂额的话。我小时念《幼学琼林》，仿佛还记得这个典，好像是说朋友帮忙未免过晚一点的意思。若是你还要我们帮忙呢，我是任何牺牲在所不惜。"说着，将手上的茶杯举了举，表示盟誓的意味。令仪心里这就想着：他们几个人，就是浪漫一点，喜欢闹着玩，这还有之；若说他们放暗箭伤人，或者不至于。尤其是老陈，什么都带着女态，哪有那么狠的心呢？她心里想着，手上捧了那菜单子来只管看。子布以为她不喜欢吃那上面的菜呢，便道："不必客气，只管换。"令仪一转脸，说是不必换。手一带，却把面前这杯茶打翻了。茶由桌上淋到楼板上，由楼板缝里，更淋到楼下房间去。这房间里也有一对情侣在那里吃饭，可把他们惊动了。这一对情侣是谁？正是袁佩珠和周计春。你看这不是造化弄人吗？

第二十三回

捉月拿云蹑踪追旧友
钩心斗角易帜激娇娃

孔令仪到这菜馆子里来吃饭，乃是无意中遇到了一班朋友，被人家强拉了来的，那底下的袁佩珠，是不是也被周计春强拉来的呢？这可是个疑问了。那楼板缝里洒下来的水点，恰好是洒在佩珠的衣服上，连颈脖子上，也洒有几点。佩珠看到心里急了，拿着叉子，连连地敲着盘子，只管叫茶房。茶房进来了，佩珠大声嚷道："这楼上是什么人在那里吃饭？凭着什么，要抖他的威风，把水洒到楼下来？"茶房立刻陪笑道："这是我们的不对，楼板有了缝，我们早就该修理了，只因本厂子耽误了，所以……"佩珠红了脸道："你胡扯些什么？我问你楼上是些什么人在那里吃饭？"茶房陪着笑道："这个我们也不知道。不过是一位小姐，几位先生。"佩珠冷笑道："哦！也不过是一位小姐，几位先生，并不是什么总司令总指挥在这儿，他们洒的是什么？可把我的衣服弄脏了。"茶府陪着笑道："是放在桌上的一杯凉开水洒了，不碍事的。"佩珠道："你去告诉他们，我姓袁，也不过是一位小姐。但是……"她高声嚷着的时候，一面偷看计春，见计春坐在那里有点局促不安的样子，便问道："怎么样？你不赞成我去质问人家吗？"计春微笑着，佩珠将手一挥向茶房道："你去吧，算我便宜你了。"茶房退出去。佩珠笑道："你胆子真小，这是我们有理的事，怕什么？"计春道："不是那样说，楼板上的水漏到楼底下来，这是饭馆子里的错误，与顾客何干？在楼上的人，决不会想到水洒在楼板上，倒会淋到楼下人身上的。"佩珠道："他们昏迷了，吃饭怎么会洒下水来？"计春笑道："你想，有小姐在座，人有哪个会不昏迷的吗?”佩珠笑道:“你这有些不通,我勉强也算是个小姐,我在座,你怎么不昏迷呢?”计春笑道:“我这就昏迷着啦。你不知道吗?”他这虽是一句很平常的话,佩珠听了却是非常地陶醉,斜了眼角,向他望着道:“你这孩子,越来越会说话了。”他二人微睇浅笑的中间,自然也就把洒水的事情忘了。但是茶房因为洒了一回水,已经有很大的误会,却怕再有这类第二次的事情发生,也就悄悄地上楼对令仪这一桌人低声笑道:“各位先生可别洒水了,水漏到楼底下去,洒在一位女客的身上。”陈子布就变了脸色道:“你这是废话,你们饭馆子里的楼板,能把水漏到楼底下去,这是什么建筑?我们报告市政府,请你吃不了兜着走!”茶房听着这话,也是很有理,又能够对人家再说什么?也就索性罢了。他们三男一女,很坦然地吃过了饭走下楼去,由佩珠那个雅座门口经过。朱尽直道:“密斯脱陈!别散,我们去打两盘球吧。”佩珠一入耳,就知道是朋友的声音,不知道同行的还有些什么人,未敢冒昧叫人,赶紧走到门帘子下,掀开了一点门帘子,在里面张望着,这不能不让她大吃一惊。令仪正偏了头,向这个雅座里张望着呢。佩珠站在门帘子下,早是像触了电一般,周身都麻木过去。计春见她老是在那里望着,不明是何缘故,就也赶着走上前来,用手拍她的肩膀道:“你瞧什么?”这一下子,才算将佩珠惊醒了。她回转脸来笑道:“多谢你!刚才你拦阻我,幸是我听话,不曾发着脾气;要不然,可闹了笑话了。刚才过去几个人,有我两个女同学在内,她们看到,不会说我无聊吗?”计春道:“哪里的女同学?”佩珠想了一想,才道:“反正我的女同学,你也不认识,告诉你,也是白告诉。”计春碰了这样一个钉子,也不能用别的话来驳回,因为佩珠说的话,本来也就是对的,于是低了头,用小匙子,慢慢舀着咖啡喝了。佩珠看到他有些难为情的样子,分明是自己用言语将人家得罪了,心里倒十分地感着惶恐,就把自己袋里一条花绸手绢掏了出来,悄悄地送到计春面前笑道:“擦一擦嘴吧。”计春笑道:“这可了不得。喝咖啡嘴上又黑又黏,把这样好的手绢来擦,未免……”佩珠咬了下嘴唇,点点头道:“对了,我给了你一个钉子碰,你也必定要给一个钉子我碰呢。你说是也不是?”计春这才明白了,人家乃是一种苦肉计,也就只好笑笑了。女人肯对男子这样将就,就难得了,还有什么话可说呢?佩珠看他已经有笑容了,心中已是痛快得多,这就靠了他坐

下来，笑道："吃过饭，我们一块儿听戏去好吗？"那声音又低微又柔和，令人一听到，就要起一种快感。所以计春一听之下，也绝对说不出一个不字来，只向他笑道："你又要请客吗？"佩珠笑道："这算什么？我们的交情，也不在乎此。"计春道："听戏也许早一点吧。"佩珠笑道："我想起来了。你对于高尔夫球，很有兴趣，我们还是去打高尔夫球吧。你看怎么样？"计春道："你到哪里去，我也可以奉陪。"两个人说着这样的话，就格外显得亲密了，于是相偎相傍地坐着谈起来。佩珠为什么不在吃完了饭以后，马上就走呢？这有个缘故：因为她看到令仪同三男友正在一处走，出了饭馆，少不得还要在市场里面溜达溜达，走出去和她碰个对着，有些不大稳便。好在有的是闲工夫，就在这里，和计春多缠绵一会子，也没有关系。所以只管找着闲话来说。其实令仪并没有远去，隔着一方板壁，那边也是一间雅座。雅座里面一位小姐，一人坐在那里喝蔻蔻，这蔻蔻的力量，比酒还要厉害，她醉得眼睛都红了呢，这就是令仪。原来她走出了饭馆以后，不是男友那样包围着，她心中有些清醒了，自己出门来，不是想打听周计春的消息的吗？我得摆脱这几个人，再打电话给袁佩珠。于是向陈子布等告别，约了再会，走出市场，找到自己的汽车，对汽车夫说："开到袁家去。"汽车夫道："什么？袁小姐不在一处吃饭的吗？"令仪道："没有呀。"车夫道："我亲眼看到袁小姐和周先生，一路进市场大门里去的。周先生还说了呢，市场里馆子不大好。袁小姐说：吃西餐吧。我想你们一定可以在市场里会着的。"令仪道："这就怪了。我就吃的是西餐，市场里只有一家西餐馆子，我怎么没有遇着呢？我再去找。"说着，她就下了汽车，一直走向西餐馆来。茶房见她二次进来，以为丢了东西，就跟着在后面问话。令仪一面向里走，一面低声问道："有一位圆圆脸子的小姐，和一位年纪很轻的学生，在这儿吃饭吗？"茶房道："有的。那学生穿的是西服，浅灰色的呢帽子。"令仪在钱口袋里摸出一块现洋，塞到茶房手上，低声道："你在他们隔壁屋子里找一个座儿，送一杯蔻蔻去，什么也不要，你也别问话，回头再给你小账。"西餐馆子里茶房，总是能伺候摩登小姐的，看了这种情形，还有什么不明白的，于是微笑着，将令仪带到佩珠的雅座隔壁房间来。她等茶房走了，在板壁上四处找着缝隙，以便向这边看来。然而这西餐馆子的建筑，乃是异乎寻常的，楼板上有缝，这板壁上却是无缝；找了许久，却也找不到一丝缝隙。然而缝隙虽是找不到，隔壁人说话的声音，却是听得很清楚的；佩珠向计春献殷勤的那一番意思，完全听得了。最后听到吃吃的笑声，计春道：“晚饭我们在哪里吃呢？原地方吧！”佩珠带着娇音说：“今天下午，我该回去了。难道对家里说，接连打两晚牌吗？”计春道：“打两晚牌有什么要紧？你不是说过，你们姨太太一打牌就是三四天吗？”佩珠道：“我怎能和她比？她是我爸爸宠爱的人，而且她打牌也是真打牌。”计春道：“你老太爷要说你的时候，你不会把话去堵他吗？姨太太可以在外面打三宿四宿的，袁小姐在外面打一宿两宿的牌，那也不要紧呀。”佩珠道：“为了你倒要我得罪我的父亲吗？”计春笑着说：“你不肯答应，我也就不敢勉强了。”佩珠道：“得啦，得啦！我就依了你的话吧。”令仪听了这话，气得浑身只管抖颤。但是他们说了在原地方相见，但不知这原地方，是什么地方？且不惊动他们，把这话继续地听了下去。隔壁两个人咿咿唔唔地说着，又混了许久，最后听到计春说：“那间房子很好，也清静，你不该退了。”佩珠道：“这有什么难？打个电话，告诉茶房，把房间留下来就是了。”说到这里，就听到叫茶房声。茶房进去了，佩珠道：“你给我打个电话到安乐饭店二层楼，找姓方的茶房说话。叫通了，我自己去接话。”茶房答应去了。一会子茶房复来，引着佩珠去了。一会子佩珠笑着进来，会了饭账，和计春一同走了。令仪坐在屋子里，不由得笑着自言自语地道：“袁佩珠呀袁佩珠！不怕你诡计多端，这一下子，你栽在我的手心里了吧？”说毕，又狂笑了一阵，那个得钱的茶房，这时进来了。向令仪笑着一鞠躬道：“隔壁两位走了。”令仪道：“他们打电话到安乐饭店，你听见吗？”茶房笑道：“我特意去听的。那位胡小姐说：让茶房把十八号房间还留下。”令仪笑道：“哦！她又改了姓胡了。你听清楚了，是十八号房间吗？”茶房道：“那没有错。”令仪笑道：“你很会办事，我再赏你一块钱。”于是打开钱袋，又赏了他一块钱。她出得饭馆来，不住地想着心事。由市场后门出去，雇了一辆人力车，先到安乐饭店来，她先到账房里打听，二层楼有没有房间？账房说：“还有几间，你自己去看吧。”令仪听说，脸上带着几分微笑，就向账房道：“好！你叫茶房引我去吧。”茶房看她是个摩登姑娘，当然，住旅馆是在行的事。这就引着她上二层楼。令仪故意地一直向前走，到了十八号房间

门口一看，原来是在一条夹道的尽头，微向里弯的房间，自然是清静的了。便笑道："这房间很好，就是这里吧。"说着，就伸手去推门，茶房抢着拦住道："你另找一间吧。这间房，人家定下了。"令仪道："你瞎说的，什么人定下了?"茶房道："是定下了。刚打电话来，我们还没有在牌上写下呢。是一位姓胡的先生定下的；昨天他就住在这间房里。"令仪听说笑了一笑，因问道："那么，十七号空不空呢?"茶房道："十七号不空。这对过的三十六号，倒是空着，房间一样大。"令仪笑道："好吧！就是三十六号了。"茶房开着房门让她进去看时，她就在钱口袋里掏出二张五元钞票来，交给茶房道："你拿去存柜。我姓王，是西山女子中学来的。"茶房心想：这位小姐也太急，没有问价钱，先付了存款，没有拿号簿来，她先报上姓名来，只好接了钱连说几声是。令仪道："这样子说，这房间可就是我的了。"茶房笑道："那可没有错，你放心得了。"令仪交代清楚了，一面在手皮包里抽手绢，一面走着路，洋洋得意而去。手绢带出两张名片，落在楼板上，也不曾介意。到了晚上九点钟，令仪第二次到这旅馆来。这次来，她的装束有些改变了。身上穿了一件高领子夹大衣，将领子完全提了起来，几乎是挡住了半边脸，鼻子上又架着一副大框子墨晶眼镜。她一直地走上二层楼，向三十六号走来。但是她的目光，并不注意到三十六号，却注意在十八号；见那门框上，一个活动玻璃格扇，放出灯光来，这分明是里面有人了。鼻子里哼了两声，冷笑着，茶房打开房门，让她进去。她脱下大衣，取下眼镜，靠在沙发上坐了。茶房泡了一壶茶，送将进来。令仪笑道："茶，我倒不要喝，你去拿一瓶酒来。"茶房道："什么酒?"令仪道："威士忌吧。白兰地也好。"茶房望了她道："你一个人喝吗?"令仪道："可不是一个人喝吗?"茶房笑道："那可不行。你未必有那样大的量。"令仪沉思了一会子。便笑道："那么给我来一瓶葡萄酒吧。"茶房见她一定要喝酒，她有钱，茶房没有拦阻的道理，只得答应着，和同伴商量了一阵，取了一瓶平常的葡萄酒来。令仪一想，不要太兴奋了，茶房看到我失常的样子，会疑心我是来借地自杀的人了，于是让茶房打开瓶子，当面斟上两杯喝了，用手一挥道："我的酒够了，你拿去吧。"茶房一看她这情形，又不是来泄愤的，乃是来糟钱的，不过这女人的行动可怪，要略加注意而已。令仪两杯酒下肚，便觉有一股热气，向脸上冲了上来，于是在沙发椅子上静静地再坐了一会儿，她有了主意了。开着房门，对了那十八号的门，呆呆地望了一阵，心里这就想着：袁佩珠和周计春两个人，这个时候，必是相偎相抱地坐在屋子里；我猛然推门冲了进去，他们看到我，看她还有什么话说？这样一来，周计春绝对是和我不能合作的了；袁佩珠和我一定也要变为仇人；我是不是应该和他们结下仇冤，这样地做了下去呢？有道是冤家宜解不宜结，我还是退让一点吧。事后，我给他们一个消息，他们就知道我是知而不较了。她这样地想着，心肠一软，胆子也就小了起来，于是向后退了一步，将房门掩上了。但是掩上了房门，自己还不肯坐下，扶了桌子，静静地想着：这件事，我就罢了不成？那也显着我未免太柔弱了。不！我决定撞了过去看看，我见了他们，什么话也不说，打个照面就走。只要他们明白我是糊弄不过的也就行了。如此想着，二次将门打开，身子一挺，就拉开了冲将出来。手扶着那十八号的房门，却是虚掩的，向里一推，人又跟着冲将进去。她正想冷笑一声，说是你们在这里开心啦！可是她定睛一看，不但是冷笑不出了，而且呆了。这里没有摩登姑娘袁佩珠，也没有摩登少爷周计春，有一个连腮胡子的人，穿了一件黑袍子，蓬着一头长发，睁了一双圆眼坐在椅子上望着人。另外一个穿灰色制服的大兵，斜躺在床铺上，床边搁了一把木椅子。他将紧裹着腿布的两只脚，高高地放在椅子背上。令仪正愣住着，不知道如何是好。那个大兵跳了起来，笑道："啊！我们可等久了，你是班子里来的吗？"令仪也不答话，扭转身躯就走。那大兵抢了过来，拉着她手臂，笑道："我们叫茶房打电话，到处找人，好容易来了一个，怎么来了就走？"令仪急得脸上红一阵白一阵，用手一甩道："你当我是什么人？我不过是走错了房间。"她这一摔，用力很大，果然是把那大兵的手摔脱开了，如漏网之鱼一般，忙奔到自己屋子里去，将门一关，用背来撑住了，那一颗心，像乒乓球一般乱跳，几乎要由口里跳将出来。同时，却听到对过十八号房间里呵呵大笑；靠着门约莫站有十分钟之久，这才把神定了。于是将小铜闩一锁，然后倒在沙发椅子上坐下。心里这就想着：这件事可有些奇怪了，分明是袁佩珠的房间，怎么变了两个野男子在里面？就算是我听错了，怎么定这房间的人，也姓胡？和大茶馆茶房所报的一样，不能碰巧碰得这样好呀。慢着，这件事恐怕有诈，我得叫茶房来问一问。

于是坐定了，定了一定神，拔了门闩，按着电铃，把一个茶房叫了进来，因带着笑容道："这对过，不是胡小姐定的房间吗？她是我的朋友，怎么没有来呢？"茶房笑道："我们哪里说得上！"说着，抬了两抬肩膀。令仪一看那情形，分明知道是茶房串通一气的，便是要发脾气，那也枉然。三十六号房间的客人，怎能过问十八号房间客人的事呢？便笑了一笑，向茶房道："告诉你吧，那位胡先生不姓胡；胡小姐也不姓胡，他们是有意和我开玩笑的。你告诉我，他们什么时候把房间让给人了？我赏你五块钱。"说着，在钱口袋里摸出一张五元钞票来，当着茶房的眼光就是一晃。茶房回头看了一看房门，微笑道："你们是闹着玩吗？"令仪道："我们赌了一席酒的东道呢！谁查出了谁的行动，就算赢了。东道是小，面子是大，所以我非查出来不可！"茶房看了那五元钞票，就管不着她那话是真是假，便笑道："那胡小姐今天晚上，根本没有来。"令仪道："白天什么时候来的呢？"茶房道："她在五六点钟来的。"令仪道："是一个人呢？是两个人呢？"茶房笑道："是一位小姐，和一位年纪轻的先生。"令仪鼻子里哼着一声道："那就是了。来了怎么又走了呢？"茶房笑道："这得怪你自己不小心，你有一张名片，落在他们房门口，让那位小姐捡着了，立刻脸上变了色，找着我们伙计，只管追问这名片是哪里来的。我们伙计说，也不知道，以为是来拜会胡先生的留下了片子，所以给塞在门缝里。那胡小姐听说，就盘问可有你这样一个人，什么样的脸，什么样的身材，什么样的衣服，我们伙计一说，她就完全明白了，没有耽搁多大一会子，她就走了。八点钟的时候，那位先生没来，胡小姐就带着一个大兵，一个穿黑袍子的，送到房间里去，会了房钱，给了小账，笑着走了，没有说什么时候再来。"令仪这才知道捉贼不曾捉到，让贼倒抓了一把。看起来这件事一半误在自己身上，一半误在茶房口里。将来也许还有利用茶房的时候，这五块钱不能不给他，于是将钞票交到茶房手上，向他笑道："这一回东道，算我失败了，可是我不能这样算了，总要报这一笔仇。她二回来了，无论是和谁一道，你得给我一个电话。我重重有赏。"说着，索性在皮包里取出一张名片来，交给了茶房道："我的姓名住址，电话号码都在上面，你可记清楚了，我也没有事情了。"说着，自己穿上了大衣，就向外面走去。走到下楼梯的地方，却听到后面有一种笑声。心里想着：莫不是茶房笑我？我装成大方一点，不让他们笑我无用，于是站定了脚，回头看一看，又故意用两只手整了一整领子，这才慢慢地走下楼，出得旅馆门，回家而去。她走是走了，但是她心里头这一股难平之气，越是在无人看见的所在，越是心焚如火。心里想着：我和袁佩珠虽然算不得知己之交，但是彼此往来，比较一般朋友，总亲密得多。我和周计春闹了这种大风潮，你在交情上说，应当帮我一个大忙，和我圆转过来，才是道理。你不管我们的事，也就罢了，明的，倒反要在我们面前卖好，叫我和计春离婚，暗中可就和计春勾搭上了，双飞双宿，这真是天字第一号的倒戈奸细。她心里想着难受的时候，不免用高跟皮靴，连连地在车踏板上顿着。车夫以为她催着快拉车子呢，拉起来飞跑。令仪到了家门口，掏了几张毛钱票，扔在车踏板上，扭转身躯，就向家里面跑。到了家里，一直就向自己卧室里面跑。到了屋子里，将皮包扔在床上，脱下大衣来向沙发椅子上一扔，一下没有扔得准，倒有大半截衣服拖在地上，这都不去管它，拖了两个枕头，放在床中间，自己向枕头上伏着。那两眼眶子眼泪，无论如何，也忍耐不住了，哇的一声，大哭起来。她的女仆跟在她的后面进来，看了她这种受着大冤屈，突然发泄出来的情形，也大吃一惊，就站在床面前，低声问道："小姐！你这是怎么了？肚子痛吗？"令仪满肚子忧愁，很不容易吐了出来，吐了出来之后，如何肯停止，依然伏在枕头上，呜呜咽咽地继续向下哭着。女仆站在这里，初以为她哭了一会子，也就会好的，所以就站在一边，呆看着令仪以下的形态。不料她越哭越厉害，好像十分伤心的样子。女仆一看，自己虽是专门伺候孔小姐的，可是余太太说了，她是个年轻姑娘，遇事得照应着她一点，照现在这情形看起来，该是照应着她的事了。于是俯了身子向令仪道："小姐，你说吧，究竟有什么事，有用得着我的地方吗？无论如何，我一定可以和你帮忙。"令仪哭着道："你呀！你帮不了我的忙。"她只将头略微昂了一昂，说到这里，又伏在枕上，哭将起来了。女仆觉得这事非同等闲，于是赶快跑到余太太屋子里去，把她找来了。这余太太虽是令仪的表婶母，但是和丈夫犯了一样的毛病，只能恭维令仪，不敢拂逆了令仪。这时听说令仪受了屈，在屋子里哭，这是非同小可，也就俯着身子，一手抱了令仪肩膀，一手轻轻拍着她的脊梁道："孔小姐！你有什么事？你对我说。我做不了主，还有你表叔，大小也可以和你

拿一个主意呢！你别哭，有话尽管说。”令仪哭了这样久，心里头那股抑郁之气，也就吐出了不少，于是坐起来，掏出手绢，揉擦了一阵眼睛，才道：“表婶！你有所不知，这话说了出来，真可以哭出三缸眼泪水呢！我这委屈，可就受大了。”嘴一撇，又哭起来。余太太在她对面椅子上坐下，很从容地道：“你别急。有话只管慢慢地说。”说着，又回转头来向老妈子道：“给孔小姐拧把热毛巾来，先让孔小姐擦把脸。”老妈子对于令仪的哭不哭，倒无甚关心，只是她为什么一回家来，就哭得那样泪人儿似的？这是自己极愿意打听的一件事。于是赶快地打了热水来，拧一把手巾，交给令仪，也不用余太太吩咐，斟了一杯热茶，两手拿着，送到令仪面前去。令仪擦过了脸，又呷了一口茶，神智算安定了一些，眼圈儿红红的，望着余太太，先叹了一口气道：“说起来呢，也是我自作自受。”于是把袁佩珠自告奋勇来做调人，以及今天一天所经过的事都说完了。因道：“那周计春罢了。那姓袁的丫头，实在是下流，太对不住我了。”余太太道：“说起来也实在可气，但是你性子太急了，你若是白天回来的时候，给我们有个商量，我想多少可以让她吃一点眼前亏。”令仪道：“难道我就这样罢了不成？表婶请你给我想一个主意，报这个仇。花钱我不在乎，我马上打电报回家去要，我和袁佩珠这贱货，誓不两立！”说时，瞪了眼睛，咬了牙，两只脚连连在地板上跺了一阵。余太太咬了嘴唇，扬着眉毛，昂头想了一想，微笑道：“要对付她，那也不是什么难事。你表叔出去了，还不曾回来，等他回来之后，我一定和你想一条主意出来。”令仪道：“就是有人肯拿手枪去打她，我也愿意出这一笔钱。”说时，站了起来，又连连顿了一阵脚。余太太笑道：“那何至于！要是那样办，那个主意也就太笨了。”令仪看余太太的神气，好像倒真有绝妙主意似的，心里先就舒畅一下。然而余太太的法子，却又不是她心意中所想得到的呢。

第二十四回

踌躇带羞来坠欢可拾
牺牲垂泣道缺憾难填

俗言道得好，“人急悬梁，狗急跳墙。”一个人到了发急的时候，什么事都干得出来的。孔令仪这次受了袁佩珠的捉弄，她觉得比要了她的命还要厉害，恨不得即时即刻，就想一个报复的法子。现在余太太说是有了办法，心里先痛快一阵，立刻跳了起来，握住她的手道：“表婶！你说，是怎么样报复的法子？我愿把这条命不要，也得出一出这一口气。”余太太笑道：“你别慌！等你表叔回来了，我和他计议妥了，再告诉你。”令仪道：“你先告诉我要什么紧？我是当事人，难道还泄漏了秘密，破坏我自己的事不成？”余太太笑道：“不是那样说。因为我想的这条计策，要你表叔出面，非征得他的同意，我不敢说，过一两个钟头，他就回来的，我们商量好了，明天早上，就可以告诉你。今天晚上告诉了你，你今天晚上，也做不出什么道理来。”说着，又拍着令仪的肩膀，安慰她一阵。令仪究竟不知道余太太肚子里卖的是什么药，她一定不肯说出来，也就罢了。不一会儿，前面门响，令仪听说是余子和回来了，就催余太太赶快地回去商量办法。余太大笑道：“你别性急，反正……”令仪拖了她一只手，向屋子外拉了便走，连道：“去吧去吧，最好是今天晚上，就能给我一个信呢。”她口里说着，一直把余太太拉到前院，方才回房去了。余太太走进自己的卧室，余子和果然回来了。等太太进了门，迎着笑问道：“什么事要孔小姐拉拉扯扯的？”余太太掀起窗户帘，将头靠紧了玻璃，向外面张望了一下。这才把令仪受窘，和她想法子的话，重述了一遍。子和道：“你有法子就很好了，何必还要征求我的同意？”余太太笑

道："我有什么，我有屁法子。我因为她说了花钱不在乎，既是花钱不在乎，我们落得借这个机会分用她几个钱，但是要怎样弄她的钱，我可没想到，所以等你回来出主意。"余子和笑道："我说呢，你怎能这样和我客气，原来是主意还不曾想到。她在外面胡闹的情形，我不大清楚。一时叫我想主意，我也想不出来。"余太太道："看得起你，你倒要拿乔了。她明天一早，就等着我的回话呢。你今晚上不把主意想起来，那可是不行。"余子和道："还有这样一个长夜呢，忙什么？你以为弄了钱来，我能分多少吗？"余太太道："别嚷了。这话传到她耳朵里去了，那岂不是万事俱休。这回有钱，我们二一添作五好了。"子和笑道："我倒不是为钱，只要你以后听我的话，不过河拆桥就是了。"余太太在灯光影里，对他嗤的笑了一声，夫妻二人便在一种协定之下，把主意想好了。到了次日早上，余太太刚是漱洗完事，令仪就打发女仆来请余太太去说话，余太太向丈夫笑道："你看她不是性急吗，哪里还让我们耽误得下去呢？"余太太到了令仪屋子里，令仪迎上前来握着她的手道："表婶和表叔把办法商量好了吗？"余太太道："我知道你是性子急的人，怎么能不把这事办好呢？"令仪笑着，拉了余太太进屋，一同在沙发椅子上坐下，笑道："我的表婶！你说吧，我怎样能够报复她呢？"余太太道："这可有一句话先要问问你，你是和周计春从此撒手呢？还是要把他夺了回来？"令仪脸一红，又鼓着腮子道："谁希罕他！可是能出这口气的话，怎么样子办都行。我不会把他和佩珠拆散了，再不理他吗？"余太太道："那就好办。你表叔和新潮大学校长是熟人。他们那里办了高中部，有你表叔说一声，可以把考试卷子，考后再补发一份，你在家里做好了，再由表叔送去。考的时候，只要你到场点个卯，卷子上随便写什么都行。只是这要运动好几位教员，得多花一笔钱。你表叔也要请两个客……"令仪越听越不对，抢着摇了头道："表婶！你怎么和我谈考学校的事情？我还有心念书吗？"余太太笑道："谁管你念书不念书，这是一条计策呀。只要你赞成这事了，你表叔他自然有法子驾驭着周计春，让他也到新潮大学高中部去。你两个都在那里读书，他有戒指在你手上，你可以把这个要挟他，不许他和佩珠来往。你的男朋友不是很多吗？你可以分开来重托他们，绊住了佩珠，让她近不得周计春。"令仪静静地听着，摇了两摇头道："这个不好，一点也不能出我的气。”余太太笑道：“这不过是一个大纲，这里面自然还有许多曲折详细的办法，我自然会随时和你商量，而且这主意也不是我一个人出的，回头同子和大家议论了一阵子，你就自然明白了。”令仪将信将疑地，照着她的话办。在这天下午，余子和得着令仪一百块钱，就来花园公寓，拜会周计春。他正是回公寓来吃午饭的，吃过了午饭，精神疲倦已极，昏昏沉沉的，只想睡觉，于是和着衣服，就在床上躺下。刚刚有些昏迷过去，茶房走了进来，连叫着客来了。计春一个翻身坐起来，笑道：“你不说是晚上见的吗？怎么来地这样子早？”口里说着，睁开眼睛一看，原来是孔令仪的表叔余子和。令仪曾介绍着见过一回，并未交谈过，为什么来了？只好勉强堆下笑来让坐。子和笑道：“对不住！兄弟来得鲁莽一点，但是兄弟此来，息事宁人，是为着阁下的。”计春听着，料是令仪的事，只得连连答应了几声是是。余子和斜眼看了他，见他穿了枣红花条呢的西服，里面雪白的衬衫和领子，垂着斜纹花领带，小背心口袋里微露着橙黄的金表链子，于是取出一枝卷烟，自己擦火引着了，喷了两口烟，微笑道：“阁下很好的青年，为什么干拆白党的事情？”计春红了脸道：“余先生是为了孔小姐的事情来的吗？我们已经把交涉解决了，没有事情了。”子和淡淡地笑道：“哪有这样容易的事情？你穿了这身西服，和她照过相吧？这相片我有不少张，我看你们表记的东西，你所有的，不见得尽还了她。她所有的，也不见得尽还了你。翻起脸来，这都是老大证据。她对你是无所谓的，可是她的父亲，肯把女儿白白地让人欺侮了一阵子就完了吗？我已经收到孔大有三个电报，叫我把你告了。你虽然年轻，法院里或者可以饶恕一点，但是我只到公安局去告你拆白，你能说没有用令仪的钱吗？老实说了，你越年轻越觉你这人将来可怕，并不要经什么法律手续，就可以把你送到感化院去，感化你三年四载，你决计赖不了吧！”计春听了这话，脸就红了，淡笑道：“这是笑话。我和令仪订婚了，彼此同照一张相，交换一些东西，这也是平常的事情，怎么能说是拆白？”余子和道：“这个我不管，将来你到公安局说理去。现任公安局长是最恨拆白党的，只要我一个电话，大概警察也就来了。”计春哪里还能辩驳，心中只有怦怦乱跳的份儿。子和见他脸上红一阵白一阵，更有把握了，便将声调低了一低，变做柔和的模样，因道：“你放心，我既说明了，是为息事宁

人来的，只要你肯就范，决不把你告到公安局去。你和令仪的事情，已经闹到安庆去了，怎好随便离开？你家里那头亲事又没有结婚，有什么不能拆伙的？暂时搁下再说。现在第一步，你还是去进学校读书；至于学校怎样进去，要花多少钱，你不必管，都在我身上。”说着，用一个食指，摸了他上嘴唇的胡子，微笑着，带有一种得意的样子。计春这倒不解所谓，望了他的脸，犹疑了一阵子道：“那是什么意思呢？”子和道：“那有什么不明白的，我还要跟你们做和事老，你难道这一点事不懂，做了孔家的女婿，可以发几十万银子财吗？”计春手扶了桌沿，眼看自己的手背，沉吟了许久，才道：“我和令仪订婚，并非为了金钱。”子和道：“我也不说你为了金钱，但是既得着爱人，又发了大财，那不更好吗？”计春默然了许久，低声道：“只是她……现在很恨我了，而且……她府上也不愿意。”子和站起来，哈哈笑道：“只要你在令仪面前表示一点忏悔的意思，她自然可以回心转意。你看，这一些不都是她替你置的吗？她怎能真恨你？”说时，指着计春身上，指着床上的新被褥，指着桌上的奇巧摆设，又道：“至于她家里，只要你把家里那头亲事肯退了，她父亲又怎会不把女儿给你？于今是恋爱自由的年头，她父亲还真能把女儿关起来不成？”计春道：“我怎么办呢？”子和笑道：“赔礼你总会吧。再写一封信回去，一定要把亲事退了；不然，就脱离家庭。你父亲只有你一个儿子，不愿发财，还愿不要儿子不成？”说着，又把包考新潮大学高中部的话说了一番。计春听到这些话，把承继孔家财产以后，盖洋房，坐汽车，穿好的，吃好的，那些消灭了许多天的幻影，重新又虚构起来，踌躇着道：“只是……”子和道：“你不要下什么转笔。现在一言为定，还是愿到感化院去受拘留呢？还是愿意做财主的姑爷？两项由你现在择定一项。”说着，板了面孔，侧着身子，只管吸卷烟。计春又沉吟了一会子，说出两个字：“当然！”子和笑道：“你既说当然做财主老的姑爷好，你现在和我一路去见孔小姐。”计春吸了一口气，才道：“其实我对于她毫无恶感，只是她那个脾气。”子和站起来拍着胸道：“我保险。她受了这番教训，决不和你闹脾气了。”计春道：“只是我有一件事，做得对不起她。”子和道：“我告诉你吧。她说了只要你肯认错，就是你拿刀杀过她，她也饶恕你了。无论如何，你总没有拿刀杀过她吧？你不可犹豫，你们今天言归于好了，明天预备一天，后天就是新潮大学补考的日子，你们一块儿去考。”说着，站起来拍着计春的肩膀道：“真是傻子！这样的好事，你为什么不干？”计春怕拂逆了余子和，他会告到公安局去，而且那几十万家产的希望，实在太可以迷惑人了，怎能够拒绝？既是有余子和出来担保无事，就随着他去碰一个钉子试试看。万一令仪不能谅解，我也可以和她最后说明，从此以后，各不相犯。如此想着，对了镜子，整一整西服领子，又牵牵上身的衣襟，然后在帽钩上取下帽子，对了镜子，悄悄地向头上盖了下去，那意思是怕弄乱了头上的头发。子和心想：这孩子受着摩登姑娘的熏陶，绝对不是豆腐店的小老板了。便笑着点了两点头道：“你跟我去吧。只凭你这个态度，我就敢担保孔小姐不会同你为难的了。”说着，又伸手拍了两拍计春的肩膀。计春和他走出门来，就不免大吃一惊。原来孔令仪的汽车也停在这里，莫不是她也追来了？然而子和大大方方的，却挽了他一只手，一同上车来坐着。这样看起来，好像余子和是得了令仪的同意，派汽车送他来的，心里又宽慰了一点。然而她为什么要这样地将就我？我和佩珠昼夜在一处胡缠，她不恨我吗？他心里怀着一个疑团，也不说话，就一直地到了子和家门口。子和下了车，他还在汽车上等着不动。子和道：“你下来呀！到了。”计春皱了眉道：“还是请余先生先去和她说一声。她要是不生气，我就进去。”子和笑道：“你也未免胆子太小了。我既然专诚去把你找来，难道还能够让你来专诚碰钉子不成？”计春一想，这话也是，于是跟着在子和后面，一路走到客厅里去。子和向他笑道：“你在这里坐一会子，我去把她叫了出来，而且对她说，不能给你钉子碰。若是让你碰钉子的话，她就不必出来，免得彼此都受气。你看我这话合理不合理？”计春到了这里，那气焰自然也就挫下去一半，只有唯唯答应子和的份儿，哪里还说得出别的什么来。子和去了，不多大一会子，便听到院子里得得做声，一阵高跟鞋子响，计春料得是令仪来了，心里立刻随着突突不安起来。那客厅门轻轻地向外一拉，令仪带着笑容，悄悄地进来了。计春站起来相迎，一句话还不曾说得，令仪先就陪着笑道：“你年纪轻，脾气可是不小。不是余先生去劝你，你还不来呢。”计春笑道：“我很后悔！望你原……”令仪连连摇着手道：“你来了，就来了，从今日起，我们完全跟以前一样。至于我们发生误会的这一档子事，也不是谁的过失，不必谈了。你要

我原谅你，我也要你原谅我呢！”计春听着，这又是一个出乎意料之外的事情，怎么她会毫不生气，倒要求我来原谅她呢？于是笑道：“你这样说，我更是惭愧。这一回的事，你应当知道，我完全是被动的……”令仪还是连连摇了手皱了眉道：“这一件事，我们不必谈了。你怎么又提了起来呢？你今天不必走了，就在我这里吃饭。回头我们一块儿去看电影。”计春真不料她一句怨言没有，在这种情形之下，人家还留着吃饭看电影，哪里还说得出一句推辞的话来。随口就笑着，答应了当然两个字。这一天随在令仪之后，糊里糊涂地过去了。到了晚上，陪着令仪看了电影，一同坐上汽车，令仪抬起一只手来，捏着小拳头，在额头上连连捶了几下道：“这是怎么回事，头痛得厉害。”计春道：“你既然不舒服，我送你回去吧。”令仪倒并不推辞，只说那就劳驾了。计春将令仪送到了家门口，见令仪懒懒的样子，索性就搀着她下了车。进门之后，余子和就迎出来了，便笑道：“孔小姐不大舒服，你不应该走。我外面书房里，现成地有一张铁床，你在舍下屈居一宿吧。”令仪扶着老妈子进里院去了。走到里院门边，还回头来，向他看了一眼，计春想着，这里既是有地方可住，也就不必走，要不然又会逗着令仪生气的。于是答道：“那就好极了，只是又要打搅余先生。”子和笑着，引他到书房里去安歇。桌子上摆着有热茶瓜子花生仁碟儿，另外还有一叠画报。计春看电影回来，精神并不疲倦，看到桌上这些东西，就在椅子上坐下。一面翻画报看，一面抓花生仁吃。看过了两册画报，忽然隔壁丁零丁零一阵电话铃响，看那桌上的小座钟，已经快有两点钟。在这个时候，余家有什么人起来接电话？不如代接了吧。于是走过去接了电话机问答起来，一听之后，那边却是一个女子声音，她一开口，便道：“啊！果然是你！我是袁佩珠。”计春慌了，糊里糊涂地就把电话机挂上，但是这边肯中止，那边却不肯中止。丁零！电话铃只管是响。计春待要不接话，怕余家人醒了，说是本人太不管事，电话铃在耳边响，却不肯接话。要接话吧，佩珠听得出自己的声音，自己何辞以对？于是急中生智，拿着身上的手绢，将电话铃的碰钟，给它塞死，于是安然也就睡觉了。那边的袁佩珠坐在自己的卧室里沙发椅子上，两手抱着腿，斜望了桌上放的电话机，鼻子里哼哼两声，又冷笑一声道：“孔令仪的本领，倒也不错。但是我决不能这样罢休！这样看起来，年纪轻的男子，用情太滥，不足和他谈爱情，只是他为什么不接我的电话？必是令仪在一边监视着吧？这样夜深她还在一边监视着，这话也就难说了。”想到这里，心火如焚，哪里睡得着。听到隔壁屋子里钟声当当响了四下，心想：我这不是发了傻劲吗？这样坐到天亮去，也是自己教自己吃亏罢了，于是解衣就寝。可是说也奇怪，翻来覆去，哪里睡得着。等自己一觉睡醒过来，已经是一点钟了。起来以后不曾吃饭，也不曾喝茶，只抱了膝盖，在屋子里坐着。一会子工夫，女仆拿了一张名片进来道：“有一个客来拜会小姐。我和门房说了，小姐不舒服呢。”佩珠接过名片一看，却是陈子布，便站起来道：“赶快出去看看，他走了没有？我就出来。”女仆赶紧走了，佩珠走到梳妆台边，打开了粉缸子扑了两扑粉，又用牙梳在头上梳了几下，这才走到客厅来。陈子布今天穿着西装，是格外平帖整齐，裤子上两条折纹，直通到底。衣服小口袋里露出来的花绸手绢，活像一只花蝴蝶。自己还不曾向前，一阵香味，早是传达过去了。可是看着佩珠呢，蓬蓬的头发，黄黄的脸儿，走起路来，要动不动的，好像害了很重的病似的。便迎上前去向她笑道：“我不知道密斯袁不舒服，我要是知道，就不来打搅你了。”佩珠笑着请他坐下，向他脸上打量了一下，才很不经意的样子问道：“你今天来，有什么事吗？”陈子布笑道：“当然是有事。”佩珠正色道：“什么事？莫不是……”陈子布笑道：“你应该明白，我无非来看看你。你想，我们彼此之间，还有什么要紧的事？无非是你探望我，我探望你罢了。”佩珠皱了眉道：“凭你说这话，我就该把你轰了出去。我们这样久的朋友，还要对着我灌这样浓的迷汤，不显着你是虚意吗？”陈子布站了起来，口里连道：“言重言重！可是我实在是来看望你，并没有说假话。”佩珠道：“你是好话不会好说，你老老实实地说着，来看望我的，那就算了。为什么要加上一个所以然的帽子呢？”陈子布不敢说什么，只是笑。佩珠靠了椅子背坐着许久许久，才叹了一口长气。子布笑道：“这些日子，密斯袁应该快活才是，怎么反是郁郁不乐？”佩珠道：“你以为我和周计春在一处，交情很不错吗？”子布只是微笑着，没有答话。佩珠一板脸子道：“男子没有一个好东西！”子布在西服袋里掏出烟卷盒子来，从从容容地取出一根烟卷来抽着，然后微笑道：“为什么又骂我们呢？”佩珠道：“你是装傻，你还是真不知道？”子布道：“你突然说出这句话来，我实在

不知道什么事得罪了你。”佩珠道：“这件事来得突然，也许你不知道。我看天下最无聊的人，莫过于孔令仪了。自己怕做姨太太，和姓周的离了婚。离了就离了吧，她又怕别人把姓周的夺了去，下着身份，又再三地哀求，差不多磕着头，又把姓周的弄了回去。”子布也装出很郑重的颜色来道：“这实在是有点失身份。不过密斯袁可说得是男子汉不是个东西，这件事也罪在男子吗？”“佩珠道：“自然。令仪肯失身份，周计春可就更是失身份。只为贪图令仪有几个钱，就像一条狗一样，让人家呼之便来，挥之便去。其实我对于他，并没有什么感情。只因为看他年纪轻，若是这样胡闹下去，一定会堕落的，所以我一番好意，不时地去照顾他。我也很知道，外面的朋友，对于这件事，对我发生很大的误会；以为我要和令仪争这一个人，其实他的程度，比我要差十万八千里，和他说什么，他也是不懂，我何至于就单独看上了他。”子布听她这一番话，不去驳她，也不附和，默然地坐在一边。佩珠道：“这都不去管他了，说来说去，还是孔令仪这丫头可恶，就算我有心于周计春吧，反正是你不要的人了，与你还有什么妨碍？她倒是处处打听我的行动，把我当了贼待。昨天上午，她叫她的表叔把车子接着周计春到家，索性把他关了起来。昨天晚上是余子和打了一个电话给我，我不在家，他约我晚上两点钟回话；我回得话去，倒是姓周的接着。你想，这样夜深，他还在余家，这内幕还用得说吗？就是你，也疑心我和姓周的有什么关系了。我为姓周的受了多大牺牲，结果，我倒让姓孔的气我一顿，我多么委屈。”说到这里，她嗓子一硬，两行眼泪，就跟着流了下来。子布道：“事情已经过去了，你就不必搁在心里了。”佩珠在肋下抽出手绢来，慢慢地揉着眼睛道：“那么，你瞧我是多么冤！我早知道姓周的是这样主张不定，趁着那两天，我就和他订了婚，请上两桌客，找一个律师做证人，当众宣布一下子。不怕她孔令仪有天大的本事，她也不能把周计春夺了回去。”子布总是不做声，在一边听着。佩珠只管说得痛快，一说之后，自己的感情，遏止不住，接着又道：“我总是忠厚待人，心想不过一会子，谁想他变卦变得这样地快。”子布这就冷不防地插言道：“这样说，密斯袁也不见得是完全无心于他的了。”佩珠把话已经完全说出来了，却是否认不得。便正着脸色道：“老实告诉你吧，令仪和周计春订婚，也不是什么真心，不过是让男朋友气极了，要做出来气男朋友一下。我就是照刚才的话说了，没有别的作用，也只是要气一气孔令仪。不想我没有把孔令仪气倒，反受着十分委屈。你想，我心里难受不难受?"说着，又擦眼泪。子布笑着只把肩膀来抬着，然后淡淡地道："你们这是孙庞斗智呀!"佩珠偏着头，坐在那里许久没有话说。子布笑道："牺牲你是受了牺牲了，这条妙计，你没有做出来，真是一个缺憾，要不然，你就挟着周计春，爱怎么就怎么，孔小姐只好白瞪眼。"佩珠突然回过脸来道："照你这个样子说，男子还敢和女子订婚吗？订了婚，就要受人家挟制的了。"子布笑道："袁小姐，你可别和我抬杠。我对于哪个女朋友，态度都是很光明的，决不因为女朋友订了婚，我就生气。"佩珠道："那就好。你是我的朋友，索性和我帮一个忙，也不要你和我帮什么大忙，你就只把那个姓周的拖到能花钱能堕落的地方去，让他把花钱的事完全学上了瘾，让孔令仪享受不成。那小子也教他弄不成功，什么嗜好都有了，女子全不爱他，最好是让他鸦片都抽上了瘾，到了那个时候，我才解恨呢。"说着，用高跟鞋子连连在地板上顿了几下。子布咬了下嘴唇，点着头道："计倒是一条好计。只是我这个照计而行的人，得花多少钱去做东，又得费多少工夫去奉陪他。"佩珠道："自然是要费钱费工夫的。不然，我为什么说要你帮忙呢？不过你心里也要明白一点，我把这样大的事托付着你，那就是二十四分地看得起你，难道你不愿意做我一个忠臣吗?"说到这句话，露着牙齿微微一笑。子布追逐袁佩珠，也很有时日的，只因佩珠嫌他对于女人的事晓得太多了，不敢和他接近。但是为人是很漂亮的，玩艺儿也挺多的，在一班朋友里，也不算疏远。这时，佩珠说的这些话，完全把他当一个心腹人，他如何不懂得？便笑道："我怎么不愿做你的忠臣？只是你不肯重用我罢了。将来，计划成功了，你怎样地感谢我呢?"佩珠昂着头想了一想，微笑道："那当然的。我对我父亲说，和你找一个小位置，挣了钱补贴补贴你的小用度，你看好不好?"子布笑道："那自然是好的。不过我的目的，并不在此。因为……"佩珠向他摇摇手道："话只能说到这里为止，反正你真为我尽力的话，我心里明白就是了。但是我还有一句话要声明，就是孔令仪也是你的朋友，你要帮她的忙，就别来帮我的忙，既然答应了帮我的忙，就别再去帮她的忙。我的话告诉你了，交朋友也在你，卖朋友也在你。"说着，在茶几上的烟卷筒子

里，取出一根烟卷，衔在嘴里。子布连忙掏出身上的打火机，打着了火，替她点着了烟，然后笑道："你这样一个人，还有什么不明白的？男子和女子交朋友，总是亲近今密斯，疏远昔密斯的。孔小姐，她总算是有所属的了。"佩珠点点头道："这总算你一句实话。你去办吧。我是遗憾在一时，但可要人遗憾千古呢！"说着，深深地吸了那烟卷，默然无语。在这个默然的当儿，也就暴露了女人的心怎样地可怕了。陈子布坐在她对面的一张椅子上，两手互相地搓着，不过他的脸上依然还表示出一种笑容来。在这种笑容里面，却又深藏着男子的心又是如何可怕呢！

第二十五回

别具阴谋暗布迷魂阵
各存退步难抛赤子心

这又是一个所在。陈子布还是在搓着手，脸上发出笑容来，也是在一张沙发椅子上坐着；然而他对面坐着的一位女子，不是袁佩珠，换了孔令仪了。令仪架了腿，坐在椅子上向外靠着，淡淡地笑道："她不会觉悟的。我不希罕她道歉，我也没有那闲工夫，和她计较那些。下个礼拜一，我就进学校去了。计春已经写了很详细的快信，回家去了，限他父亲在一个礼拜之内，把要求的事，完全答复。若是他的父亲不能容纳，他就登报脱离家庭。"陈子布淡笑道："这件事，你应当还考量一下才好。因为周君没有到二十岁，在法律上还没有什么地位。"孔令仪笑道："这个我们早已知道。现在他只要登报声明一下子就得了，又不到法庭里去起诉，过了二十岁，我们才来进行一切，那总行吧？"子布道："一登启事，他父亲马上追了来，又当怎么样呢？在法律人情上讲，他管束自己的儿子……"令仪表示着很有把握，将头靠住了椅子背，昂起来哈哈笑道："一切计划，我们都安排已定，这倒不用别人操心。"子布道："是不是你们逃到外国去留学？"令仪鼻子里哼了一声，点点头道："也许。"子布在身上掏出烟卷盒子来，取了一根卷烟在嘴里衔着，也架起腿来，然后将茶几上烟插上的火柴取了一根，在皮鞋底上擦着了，才点上了烟，左手拿了那白铜烟卷盒子，在右手心里打着，充分地做出放浪的样子来。令仪斜眼地看着，微笑道："老陈，你以为我和姓周的订婚，没有诚意吗？"子布笑道："这是笑话了。别的什么可以闹着玩，订婚哪里有闹着玩的？不诚意就不订婚；订了婚，自然就有诚意。"令仪道："是了，你因为我订

婚是真的，不需要我这样一个朋友了。所以我托你办的事，你都是敷衍手段，不肯实在地和我去办。”子布笑道：“这话说在孔小姐口里，未免有些侮辱女性吧！难道男子和女子交朋友，都是不愿女友订婚的吗？那么，翻转来说，女子和人交朋友，都是候补……”他把话突然停止了，将烟盒子揣进袋里，用手在衣襟上按了几下。令仪道：“你别打岔，把那句话只管说完了。”子布耸着肩膀只是笑，不肯说下文。令仪道：“这是我呀，若是袁佩珠；哼！她能放过你。”子布抱了拳头，连连拱了几下道：“对不住！对不住！是我失言，我也很闻大名，周君在贵省是个有名的用功学生。这样的朋友，多交几个，是与自己有益呢，能不能介绍我和他交一个朋友呢？我并不是一位小姐，大概你不会拒绝的吧？”说着，将肩膀连连又耸了几下。令仪以为他这种举动，不会含有什么坏意。就笑答道：“是我的朋友，当然也就是他的朋友，我自然是乐于介绍的。王妈！来，把周少爷请来。”陈子布想着：这可透着新鲜。豆腐店的小老板，一下子跳着做少爷了。不多一会儿，计春来了，子布一看他身上穿的衣服，比自己穿的还要整齐漂亮，头发梳得油亮，一阵阵的香气，先透着向人鼻子送了来。子布抢着向前，和他握了手，连连摇撼了几下。笑道：“久仰久仰！好几次在交际场合上遇到，因为没有得着孔小姐介绍，未曾交谈。”计春半鞠着躬笑道：“我不懂得什么。”令仪坐在一边，看看陈子布，又看看计春，觉得自己的未婚夫，实在要比自己的朋友高上一筹。架了腿，抖着高跟皮鞋，向人笑嘻嘻地扬着脸子。计春向子布鞠着躬，请他坐下，然后才问他贵姓？令仪笑道：“你瞧，我这人真大意了。我原是要介绍你两个人做朋友的，倒忘记替你两个人报告姓名。”于是指着陈子布道：“他是一位多才多艺的大学生，姓陈号子布，对于交际一项，更是拿手。凡是摩登男女，他都认识。”转过脸来向计春道：“这是密斯脱周。”子布笑道：“孔小姐做事有点不公，介绍我的时候，就加上许多形容词。到了周先生那儿，连台甫都不告诉我们？”令仪笑道：“他是个老实人，叫我介绍什么，将来跟着你学学，学得也摩登了。自然我就也会把他的本领，介绍给人知道。”子布笑道：“跟我学什么？这句话，我可是不敢当。现在就有一件合作的事要求周先生，不知道周先生可能俯允？”计春听了这话，肚子里为难着，可不敢答应他。令仪笑道：“哟！陈先生会有事要和他合作，什么事呢？”子布笑道：“你先别着急，并没有什么了不得的事。”令仪笑道：“自然是不相干的事。若是了不得的事，也不会来找他！”子布听她言中带刺，心里头很不高兴，觉得这样看得起计春，令仪不该反用俏皮话来损人。便笑道：“若说是不相干的事呢，可又算是很有面子的事。因为我有一个朋友要结婚，缺少一个傧相，我想周先生辛苦一趟。不料我还没有说出来，就碰了孔小姐一个钉子。这叫我还说什么呢？”令仪却也不曾料及陈子布是来邀计春去做傧相的，这却是自己太冒失地得罪人了。便站起来笑道：“对不住！对不住！我把话说错了。他一定去，若是要做礼服的，我也就一定给他做一套礼服。”子布笑道：“不相干的事，孔小姐倒看得很郑重起来了。”令仪向他点了两点头，笑道：“对不起！我这里和你道歉了。”计春坐在一边，只看他两人的做作，并不做声。子布笑道：“好吧！我斗胆还是奉邀，今天我那朋友约我吃饭，顺便我约周先生一路去见见面。周先生肯枉驾？”计春站起来答道：“人家并未约我，我怎好去叨扰呢？”令仪向他道：“既是陈先生有这样一番好意，你就随他去吧。那个主人翁是陈先生的朋友，当然是个明白人，他自然知道你不是去蹭吃蹭喝的人。”子布听了这样的转弯迷汤话，微笑地向令仪望着。计春到了这个时候，受着令仪的怀柔政策，又成了驯羊了。令仪既当着面说可以去，哪里还敢推辞？便答应着和子布一路走。子布脸上带着笑，心里可恶狠狠地说了一句：不怕你鬼，到底上了我的钩。于是拍了计春的肩膀，二人很高兴地向外面走来。据子布和令仪所说的，是到他的朋友家里去吃午饭。他朋友的父亲，是一位博士，乃是书香人家。当学生的人，到博士家里去，这是适当其分的事。还有什么可说的呢？三十分钟以后，他们到了那位博士家了。那是一个小小绿色洋门，门框上一个圆球电灯，上有一个红色美字。计春心里先就纳闷，社会上哪里有姓美的。子布手按着门铃，所谓朋友的长辈出来了，也就是子布所谓的博士。她穿一件白辫滚边的黑绸旗袍，短头发梳得溜光，尖尖的脸子，虽不曾抹胭脂，也擦了一层很浓厚的粉。两只耳上，还拴着两只小金圈圈。计春看了，又是一怔。这妇人怕有五十上下，尚是这般打扮，那妇人看到子布，便笑道：“陈先生来得正好。我们情美，在家里正闷得很呢。这一位先生贵姓？还没有来过呢。”计春听了这话，很觉不解。但是他的一只手，已被子布挽

着，情不可却地，就随他一路走了进去。走过一重小小的院落，正北有三间洋式房子，红色的窗栏，玻璃里面，垂着镂花的雪白窗纱。那妇人早抢前一步将门打开，让他二人进去。计春以为这必是那位老博士的书房。进来看时，却是三间地板屋。左手一间，垂着绿色的门帘，另两间，是打通了，用白底印紫玫瑰的花纸四面糊了。屋子里除了沙发而外，一切都是立体式芽黄摩登家具。屋子里的陈设，鲜花和女人的照片最多，此外也是钢琴话匣的欧化物件，却找不着一本书，这很像是一位时髦小姐的客厅。计春正在这样揣想，还不曾决定下来，却听到那里边屋子里，娇滴滴地有女子的声音叫道："老陈呀，我成了相思病了。"子布笑道："你想谁？我和你找那个人去。"里面人又道："你说想谁呢？我想别人，用得着在你面前说这话吗？"子布笑道："好浓的迷汤！一进门就灌，把我灌醉了，我出不了大门，看你怎样办？"他说着话，人就向那房门口走来。屋子里人大叫道："别进来，别进来，我在换衣服呢！"子布笑道："换衣服要什么紧？我们夏天常常就在一处游泳的，谁没有看过谁的脊梁呀！"说着，就伸手去掀那门帘子。屋子里乱叫起来道："哎哟！妈呀！你把小陈拉住，他要向人家屋子里跑了。"那个妇人这才跑向前，一把将子布拖住，笑道："她是真在换衣服，你可别捣乱。"计春站在屋子中间，看得呆了。这分明是一个住家人家，如何小姐的言语行动，是这样地放浪。无论是孔令仪袁佩珠，对比这位小姐，那也就望尘莫及了。那妇人将子布拖住了以后，就请二人坐下，取出茶烟进客。随着门帘子一掀，屋子里那个女子也就出来了。她穿着桃红色镶白辫子的旗袍，一面走着，兀自一面扣纽绊。搽着一张红脸，弯而且细地画了两道长眉，头发烫得蓬松弯曲，垂在脖子后，两耳吊了两根长耳坠子，走起路来，摇摆不定，飞扬艳丽，那另是一种风格，决非自己平常所遇的摩登女子可比。子布就向前介绍着道："这是周计春先生！是南方新到的一位阔公子。"又向计春道："这是陆情美小姐！交际界的……"情美就瞅了他一眼道："不要胡恭维。"于是伸出手来和计春握着笑道："欢迎之至！欢迎之至！只是我们这里屋子小，又招待不周，请你原谅一二。"她手伸将出来的时候，一阵迷人的香气，也就随着直送到人的鼻子里来。计春虽是和女性也接触惯了，然而像情美这样的女子，似乎另有一种勾人的魔力。在那一握手之下，也就情不自禁地神魂飘荡起来。情美让计春在沙发椅子上坐着，自己也就挨了计春坐下。子布坐在横头的一张小沙发上，却是毫不为意地在抽烟卷。情美将手做着兰花式，在茶几上端了一玻璃杯茶，递到计春手上，笑道："周先生喝一杯热热的茶！这比舞场里的香槟，应该喝得自在一点吧！"说着，一双溜黑的眼珠，就向计春一转。计春听着这话，心里有些明白了，大概她是舞场里一个伴舞的舞女，怪不得有许多青年，都沉醉在舞场里，原来这舞场里的舞女，是这样醉人的。子布见他只管向情美打量着，心中暗喜。却由茶几下伸出一只脚来，将情美的皮鞋轻轻踢了两下，然后笑道："周先生的步法也是很活泼的。只是他向来没有到有舞女的地方试过。"情美向计春又勾了一眼，笑道："和女朋友到跳舞场里去，要讲许多规矩，那是没有什么意思的。和我们在一处跳舞，在场的舞女，胖的，瘦的，长的，矮的，各式各样都有，你高兴和哪个跳舞，就去和哪个跳舞，全听你的便，那可另有一种趣味。"计春向了她笑着，却说不出话来。子布伸了一个大拇指道："情美，她是皇宫舞场的一个台柱，步法怎样好，身段怎样好，那都用不着我去恭维了；单说她这一番交际手腕，落落大方，说话有趣味。在她们同道里面，简直找不着第二个。"子布这样滔滔不绝地恭维情美，计春未便不做声，拼命地挣扎着，说出四个字来，乃是"那是自然"。子布笑道："既然你很赞成她，今天晚上，我请你到皇宫去，和情美同舞两回，你去不去呢？"计春也曾听说，到跳舞场里去，是一桩极端费钱的事，子布邀自己到这种地方去，如何敢答应。便笑道："这位你的朋友……"只说到这里，脸就红了。情美看他这情形，就知道他是个雏儿，将身子一歪，靠住了计春，便笑道："我是舞女里头的侠客，讲的是四海之内，皆为朋友，他是我的朋友，你也是我的朋友。"说着，伸出一只手来，勾搭着计春肩膀。在这个时候，已看得清楚，计春穿的西服，由里到外，都是上等质料；那背心口袋里的金表链子，和外面口袋里的自来水笔，全不是平常专谈外表的西服少年所能有的。就笑道："周先生为什么不赏光？怕我们做舞女的会敲竹杠吗？"计春正是这种心事，被她一语道破，倒不能不用话来遮盖，便笑道："不瞒陆小姐说，我并没有到舞场去过，一点儿规矩都不懂得。"情美将嘴向子布一努，笑道："嘿！他可以做顾问。"子布道："说什么做顾问？我已经有言在先，由我来请。"情美道："由你来请，那

是今天晚上的事，难道人家就去一回，不去第二回？若去第二回，以至于七八上十回，回回都可由你来请吗？”子布笑道：“第一回还没有去，你又定下七八上十回的预约了。”情美眼珠斜瞟了计春道：“周先生，你放心。我决不能敲你的竹杠，去不去由你，可是你今天得给我一个面子，就说可以去几趟。将来你不去，我还能到你府上去找你吗？”这几句话，真个说得计春笑不得，哭不得。因道：“我一定去的，只要陆小姐不嫌弃。”情美听他这句话，又是露了狐狸尾子了，有一个舞女嫌弃舞客的吗？便向子布道：“不管周先生的意思怎么样，总算是给面子的了。”子布没有答话，一会儿起身出外去了。他回来之后，却在身上掏出一张名片，交给情美道：“我有一个姓边的朋友，他说认得你，叫我带一张片子来问候。”情美接过那名片，只见上面用钢笔写了几行字道：“他富可百万，不可错过，留他吃饭。”情美将名片揣到身上去，向着子布点点头道：“谢谢你，要你这样费心。这个朋友，我是对他很表示好感的。”只说了这几句，立刻向计春道：“我家里有蔻蔻粉，冲一杯蔻蔻喝，好吗？”计春道：“不用费事。”情美喊道：“妈！叫刘妈冲两杯蔻蔻来喝，把我匣子里装的牛奶糖，咖啡糖，装两碟子出来。”她说着，自有人答应了。子布笑道：“陆小姐为什么这样客气？平常我来的时候，没有这样子招待过呀！”情美道：“今天有了一位新客，你不知道吗？”说着，眼珠向计春一溜。计春心想：小说上说的有，姐儿爱俏，鸨儿爱钞。这个舞女定是看中了我年轻貌美，所以特别对我有情，这真应当到舞场里去敷衍她一回两回的。在他如此想着，蔻蔻也来了，糖果也来了。情美也不必人家招呼，竟自把话匣子开了，摆上了音乐片子。自己站在话匣子边，悬了一只脚，叮冬叮冬，跳着地板响。大凡会跳舞的人，听到了音乐，不免就要脚板响了起来。计春被令仪教导着，早就会跳舞了。现在耳听音乐，眼看舞女，如何不想跳舞？那情美也就是他肚子里一条蛔虫，只看他眼睛向这边看了一眼，立刻就笑着向他道：“周先生，我们先来试一试好吗？”计春笑着，还没有答复。子布就暗中踢了他两下脚，笑道：“陆小姐这样特别优待，就是不会跳舞的人，也应该勉强奉陪呢。”计春听着，心里自然明白，就起来和情美合舞。在跳舞的时候，情美轻轻地捏着他的肩膀，向他道：“今天在我这里吃了便饭去，肯赏光吗？”计春怎能够不赏光？自是答应了。一个初见面的舞女，对于来宾，有这样好的表示，自是至矣尽矣！他们是上午来的，到了下午电灯明亮的时候，方才回余子和家去。因为令仪和他有约，铺盖行李，尽管放在公寓里，但是每日都要到子和的书房里去休息，所以出了情美家，依然到余家来。他一到，令仪就迎了出来问道："你到哪里去了这样大半天？我实在放心不下。"计春笑道："你这叫多心了，有陈子布在一路，我还能到袁佩珠那里去了。"令仪道："袁家我知道你是不会去的。陈子布是个娱乐大王，什么娱乐的地方，他也能去，我就怕他会带你到一种不相干的地方玩去。"计春道："人家只管拉住谈话，又留着吃饭，我也没有办法。"令仪道："那位老博士，有多大年纪，为人很和蔼吗？"计春皱了眉道："不要提起，他顽固极了。"令仪扛着肩膀，咯咯地笑道："你指望到处都有如花似玉的小姐们陪着你开心呢。也应该让你受受憋。今天你受憋受够了，我应当陪你去玩玩的了。你说，愿意玩哪一样？"计春正色道："我不能玩了。那位老博士，对我说了，让我常常去和他研究学问。我说过一两天就要上学。他听了这话，很不高兴，以为我不识抬举，连他约我谈话，我都不去。我们当学生的，怎样可以得罪这教育界的泰斗？所以我就说了在没有进学校以前，要天天去叨教。他见我这样说了，才高兴起来。今天晚上九十点钟，我似乎要去和他谈谈。"令仪道："你说了半天，哪里来的这样一个博士，我还不知道呢。这博士他姓什么？"计春只知道北京城里有一个无大不大的吴博士，就随口答道："他姓吴。"令仪道："什么？你和吴博士会谈得这样子好，那你真是幸运了。多少留学生回来，他还不肯正眼儿瞧一瞧呢，你一个这样年轻的中学生，他会看得起你吗？"计春道："所以啦，我觉得这是一个不可失却的机会。"令仪虽是不喜欢读书，但是博士这个名词，却是听得很入耳的。高兴得将身子颠了两颠，用手一撅计春的脸腮道："你这小家伙，真是运气来了，门板也拦不住，你怎么糊里糊涂地，就会和这位大博士认识起来了呢？你交别个朋友，我劝你考量考量。若是和他这样大名鼎鼎的人来往，我是十分赞成的。你晚上去，我用汽车送你去吧。"计春一想：汽车夫是令仪的耳目，便笑道："你也是聪明一世，糊涂一时。我穿着这样漂亮的西服会见人家，就怕人家说话，于今索性坐了汽车去，那不是一桩笑话吗？北京城里坐汽车的中学生，除了你还有谁？"令仪手扶了脸，想了一想，因道："你这话也

很对。汽车是不能坐，我让门口的熟人力车子送了你去吧。”计春听到，却是不敢拒绝，笑着答应了。吃过了晚饭，令仪让听差雇好了门口的人力车子，把计春送到吴博士家里去。计春坐车坐到半路途中，照数付了车钱，却自己一个人向博士家里来。所谓博士之家，门口有一个电灯泡扎的月亮门，门框上有电灯扎的四个大字“皇宫舞场”。计春笑嘻嘻地整理着西服领子，随着那来往的红男绿女，也就进到里面去了。跳舞场里是如何的情形，大概现在中国能看新闻纸的人，十有七八都可以想到，充其量，也不过是搂着女人在光滑地板上走路罢了。当计春的皮鞋，在光滑的地板上摩擦的时候，他父亲周世良，一双赤脚，也在狗牙齿一般的磨板上走着；肩上还挑了一担水呢。他心里有事，眼睛并不向前看，不经意向前猛地一撞，撞在人家转弯的墙角上，把前面一只水桶，撞得直翻过来，水倾了满地。后面那只水桶，失了平衡的牵扯力，也就向后直坠下去，两只水桶，都砸得只剩几十块木板。世良猛然地被两只水桶震撞着，脑筋也是一阵混乱，先站在巷子中心，发呆一会儿，然后在地上捡起扁担来，将扁担头把木板拨到墙脚下去。然后自己笑了起来道：“打碎了也好！迟早这一碗苦饭，我是吃不成功的了。哈哈！”他用脚把水桶的散板踢了几踢，然后扛着一根扁担，一溜歪斜地走了回去。当他离豆腐店还有几十步路的时候，只见倪洪氏站在街心，只管向街两边张望。见着世良来了，连忙迎向前来道：“周老板！你倒回来了，可了不得！”世良满肚子装了不耐烦回来，已经是不分东南西北，现在经洪氏这样兜头一问，又吃了一惊，脸色便分外地不好看，心房扑扑乱跳了一阵，向后退了两步，望着洪氏道：“什么事了不得？”洪氏道：“孔善人家里刚才派了两个管家来了，追问着计春有信来没有？我说没有，他说这店铺不能租给你开店了，而且也不能让我在这里住，限我们三天之内，就要搬出去。三天之外，若是没有搬，他就派警察来将我们赶了出去。这三天之内，我们到哪里去找房子，就是找得到房子，我们也没有搬家费呀！”世良将两只带了鱼尾纹的眼睛，睁得很大很大，便道：“什么？他要把我们赶了出去。他凭什么，要把我们赶出去？你给他看守房子，这么些个年了，又没有犯一点子错，为什么把你赶出去？我呢，是租房子的，又不差他一文房租，他又凭什么赶我？至于他恨我儿子要娶他的女儿，我先和他说了，把这婚事取消，这还有什么对他不住？他女儿打电报回来，不也是说要退婚吗？他的女儿要退婚，我这边也要退婚，这件事情就等于没说，何必苦苦地还要与我为难？”洪氏坐在一张矮竹椅子上，两手抱了膝盖，做个沉思的样子，许久才道：“这件事，到了现在，我也有些莫名其妙了。”说着，连连地摇了两摇头，世良道：“大嫂子！你说的这些话是什么意思？我倒有些不懂。难道你疑心我也想发横财，嫌贫爱富去攀那一门大亲吗？”洪氏回头向自己后院子看了一看，见并没有人在那里，这才低声道：“你不知道，刚才孔家的人说，孔家大小姐接连打了两个电报回来，又说计春只是订了婚，又没有结婚，他们的婚事，用不着退，只要把我家这婚事打退就完了。孔小姐有身份，家里有钱，和我们这穷孩子争一头亲事，不能失败了。他们在北京由朋友劝合着，已经和好了。现在只要我们家拿出凭据退婚。孔善人接得这些电报，气得不得了，路远山遥，管不了他的女儿，只好在我们头上来出气。”世良抱了一根扁担在怀里，斜靠着屋子里的一根直柱，凝想了许久，将扁担靠墙放下，两手同起同落，拍着大腿道：“这件事我有办法了。大嫂子，你不用为难。”洪氏两手互抱在胸前，昂着头看了屋瓦下的椽子，仿佛一根一根地数着一般。许久，她两手按了大腿，向世良道：“周老板，你不用着急。这件事，我有一个办法了。好在他要我们搬家，还有三天的期限呢。这三天之后，我保着孔善人不能再来和你为难。”世良因自己心里，已经有了主意，却没有去留心洪氏的话。当天和伙计依旧地完了那一做午后豆腐，到了晚上，在灯下把半年来的出入账目，盘算了清楚，人欠的都是些零碎小账。欠人的，也不过是三四块钱。把账目结了，业已夜深，半敞着房门，抽了两袋旱烟，然后悄悄地走到后院门边。向倪家看了去，只见那窗户纸上，灯火煌煌的，那喁喁的谈话声，兀自向外传了出来，这分明是她娘儿两个也不曾睡呢。倒不知她两个人有了什么事？向着她家窗子，连连地摇了几下头，自回房睡觉去了。次日起来，依然把早做豆腐做出。但是并不在店房里做生意，带了一杆旱烟袋，直奔孔大有家里来。这时，孔家那些仆人，都认得他了，虽是瞧他不起，却又不敢十分地得罪他，便有人将他引到外客厅里坐着，让他等老爷的话。这个外客厅，里面套着一间小客厅，有门相通，却也另有门可以出入。在门帘子外听到里面窸窸窣窣小动作声音，似乎那里面有人，

但是不知里面是什么人，却不敢探望。不多大一会儿，听到一片杂乱的脚步声，走到隔壁屋子里去，接着，便是孔大有的声音道：“你是为了房子的事来吗？你不必说，我的意思，已经决定了，你趁早找房搬家，我把房子让你白住了几年，结果闹了这样一场大笑话。倘若是还让你住在那里，倒好像我有心和你攀亲戚。”一个妇人答道：“孔老爷，你错了，你们大小姐打了许多电报来，不都是要我家把亲事打退吗？这个我一点不为难。”孔大有抢着道：“哪个和你说这些？我只是要我的房子，别的不管。”那个妇人道：“房子我自然退还你，我这样的穷人，还能霸占你的房子不成？”孔大有道：“你既然退房子，万事俱休。你白住了我几年的房子，也应该感谢感谢我，能够故意住我的房子，来坍我的台吗？”那妇人便是倪洪氏。她道：“我愿把我女儿和周家的亲事退了，你们大小姐，就可以无挂无碍定那百年好事了，再说房子也搬，免得我们碍你的眼。”孔大有喝道：“废话！哪个和周家是亲戚？你女儿退婚不退婚，和我什么相干？”他口里说时，迈着步子，人已经走到这边客厅里来，抬眼看到了世良，用手指道：“你又来做什么？”世良道：“你不是要我搬家吗？房子是你的，我有什么法子。我一定搬，不碍你有钱人的眼。只是我要请求你一件事，隔壁大概是倪家大嫂子。她说的话，我已经听到了。你千万不可迫她搬家。她母女靠十个指头过日子，不但是租不起房子，搬家费都出不了。”这时，有人捧上纸媒烟袋，交给孔大有。他坐下来连吸了两袋烟，屋子里默然地，只听到水烟袋呼噜呼噜作响。他抽完了两袋烟，才向世良道：“我现在也想明白了，我不能管住女儿，也和你不能管住儿子一样。这事也不能怪你，但是我家佣人很多，把这话传扬出去了，说我女儿嫁给手下一个开豆腐店的房客，那不是要命吗？所以，我望你们搬走，你和倪家若是肯搬下乡去住，我可以替你们出这一笔搬家费。你们愿不愿结亲，那是将来的话。眼前，倪家不能退婚；倪家退了婚，不是便促成我们小姐嫁你儿子吗？我已经有了电报到北京去，托人将我们小姐弄回来，两个人拆散开了，这事也就好办了。”世良道：“孔老爷，你既然说有情理的话，我们也可以和你说心里头的话。你在省城里，上结官府，下结绅商，我们在你势力圈子里，敢怎么样？我现在决定了，把豆腐店就盘出去。盘个五六十块钱，自己到北京找儿子去，哪怕讨饭，我也要把他逼了回来。他……他……他来了航空快信，要和我脱离父子关系，我怎样舍得呢？我就是这个儿子。我当了爹，又当妈，好容易把他带到这么样子大。他……他……”连说两个他字，世良道不出下文来，却在身上掏出一封信来，两手战战兢兢地，交给了孔大有。他放下水烟袋，将信看了一遍，中间有几句紧要的话是：

父亲生得了我的身，生不了我的心。我的心，不能像你那样想不开。我受了孔小姐这种推衣解食的待遇，我不能不和她订婚；而且孔小姐答应我一同去上学，什么花费，都是她负责，人心都是肉做的，我能再打消这场婚事吗？我为了我一生大事，不能不跟了孔小姐走。父亲不答应这婚事，是牺牲我一生。我以前读书，所为何来呢？你若是不把倪家婚事打退，我为了救我自己，只有和你老人家断绝父子关系。因为你看人家的姑娘，比自己儿子还重呀！还要儿子做什么？……

孔大有看完了这信，顿了脚道：“我这个贱丫头，竟是处处拿钱去买动人，可恶可恶！好吧，老周，你若是能把你儿子招回来，也是和我解了围，我送你一百块钱盘缠，你马上就走。”世良摇着头笑道：“老爷，你又说到了钱，我穷是穷，但是非分之财是不要的。我去找我的儿子，为什么要你出钱？”孔大有袭了善人的大名而后，给人的钱，只有人家磕头作揖来称谢的，却没有碰过人家这样一个钉子，一时气得没有话说。世良看了他发愣的样子，也觉得自己有些错误，于是站起来和他深深作了两个揖。这几个揖，自然是有缘由的：他们这一对欢喜冤家，也就实行其为欢喜冤家了。

第二十六回

想念未全灰两番破产
悲风何足惧千里寻儿

孔大有眼里，向来都看着穷人是乐于接受他的恩典的。现在周世良这样干脆地拒绝，他不但引为奇怪，简直引为是一桩耻辱。瞪了大眼睛，向世良望着，面孔上自然现出一种难看的颜色。世良心里一转念头，人家也是一番好意，何必用恶话来对答人家？便陪着笑脸，向他拱手道："孔老爷，刚才是我的话说错了。对不起！并非你有钱给我，我还不要，实因为我年纪大了，儿子又不听话，我今生报不了你的恩，我来生要变犬马报答你。那又何必！我虽是开家小豆腐店，倒是有点名声在外。我做的江水豆腐，无人不知；我要说是把这家店出盘，决没有人不受的。只是那倪家母女，实在可怜，望你高抬一点儿手，让她们还在那里住着。我有三四天工夫，这店决计盘得出去。盘个百十块钱，我立刻就走。在几天以内，你可以含糊着，回个电报到北平去，让他们别把这事闹大了，我去了自然有办法。孔老爷，你现在应当看得出来，我不是个坏人了吧？我说的话，一定可以算数的。"说毕，扭转身来，就要向外走。孔大有对于他，虽然是很生气，可是听了他的话，一律出于至诚，就也觉得要把这场婚姻纠纷解决过来，还是要和他合作。他两手捧了水烟袋，来不及抓住他，只急得口里乱喊着道："你回来，你回来！我还有话和你说呢。"世良站住了道："你若是肯让倪家母女不搬走，我就死心蹋地地到北平去办这件事了！你只要看到我们两家，交情这样好，就知道我们这两家的亲事，是拆不开来的了。我们越拆不开来，你也就越欢喜了。"孔大有两手捧着水烟袋，将眼睛微微地闭了一下，做一种沉吟的样子，然后微晃着身体道："所以有了这种情形，我才说愿意帮一帮你的忙。这样吧，你既然是不愿白得我的钱，我也不勉强白给你，但是你要出盘铺底的话，盘给别人是盘，盘给我也是盘，你说值多少钱？一言为定，我就给多少钱。这样算，你没有白用我的，你早早地动身，倒算帮了我一个忙。你看好不好？"世良不由得抬起手来，搔了几搔头发，却望了孔大有，出神道："难道你做老爷的人也开豆腐店吗？"孔大有笑道："我开不开豆腐店，你不必管；反正我出钱盘你铺底就是了。你若是不好意思和我开口，你就和我账房谈谈，你说要多少钱，我就给多少钱。"世良笑道："是了。谁不知道你老是有名的善人呢？"孔大有终于是把世良说得合作了，心中大喜，就吩咐听差，把账房叫了进来，当面交代明白了。把倪洪氏索性叫了出来，让她跟世良一同到账房里去谈话，自己也就回上房去了。洪氏埋怨着道："周老板，你这人做事，未免太糊涂了。你辛辛苦苦撑起了这一家店，为什么盘出去？"世良摇着头微微地笑道："各人的心里，都有一部《春秋》。我来问你，你为什么愿意躲开我父子，让孔善人留住我呢？"洪氏叹了一口气道："我这娘儿两个，是没了指望的人了。再落下去，也不过是打鞋底洗衣服过日子。要说爬起来，好比人家屋檐下的麻雀，前程有限，我何不躲开，助你父子一下？"世良笑道："那就不用问我为什么盘铺底了。我们的意思，却是差不多。"两个人一路说着，走到了账房，还是彼此对立着，在那里对谈。洪氏牵牵自己的衣襟，头一伸，嗓子里咽下去了一口痰。正望了世良，有话要说，账房就向他们瞪了眼，望着道："你们的话，有完没有完呢？若是没有说完，回头我再来，让你们先谈谈吧。"世良见账房又变了一副面孔，大概是知道这婚事不能成功的原因，本待和他计较两句，转念一想，这种奴才骨头的人，和他讲些什么理？好在他主人翁的态度，今天已经改变过了，我还是看他主人三分面子，不睬他就是了。于是陪笑道："对不起！倒把你冷淡了。"账房自在身上掏出了一枝烟卷在嘴里衔着，擦火柴将烟吸着了，抱了两只手臂，斜靠了椅子坐着，望了世良道："你说吧，你那铺底要盘多少钱？你要明白，并非敝东家想做你那贵行当。"说着，噗嗤一笑，在这一笑之中，自然地流露着那十分鄙视的样子来。洪氏横看了他一眼，不由地鼻里呼呼两声。但是世良倒毫不介意，在账房对面椅子上坐了，还招呼洪氏坐下。账

房既然问了他的话，也不再问，嘴角高衔了烟卷，却把眼珠在眼镜里斜着望人。世良才从容地道："你贵东家是位有名的善人，他难道还会占我们穷人的便宜……"账房连忙抢着道："但是寒苦的人，也不能因为我们东家是个善人，就乱敲竹杠。你说吧，你要多少钱？"说着，就喷出一口烟来。世良道："我不是光看得起钱的人。孔老爷这样子肯帮我的忙，我还能乱说吗？我多了钱也不要，少了钱我又办不动事，我和孔老爷要一百二十块钱。"账房把气沉住了半天，然后笑起来道："你只要一百二十块钱，那真不算多。不过你出盘铺底，应当看着你铺子能值多少钱来说，不能依着你想花费多少钱来说。这个时候，我很想花个十万八万的，但是我这一副老骨头，连皮带血，也值不了一百文。你说，能凭着我心里来想吗？"说毕，打了一个哈哈。世良睁圆了眼，哼了一声道："你为什么说这种俏皮话？又不是我贪孔老爷有钱，一定要盘给他。是他自己说，愿意受盘的；既是这样说，这铺底我不盘给他了。倪家大嫂子！我们走。有猪头，还怕找不出庙门来吗？"说着，起身就要向外面走。账房看到，倒吃了一惊，立刻抢了上前，将世良衣服一把抓住，笑道："坐下，坐下！我和你闹着玩的。"世良扭转头来，望了他，还不肯站住。倪洪氏在一边，就连忙打着圆场道："周老板，你还是坐下来慢慢地商量吧。买卖不成仁义在，那有什么关系？"世良这才坐下来，自己也抽出旱烟袋来抽着烟，淡淡地道："那就听账房先生的吩咐吧。"账房道："不是我说俏皮话，我们既然做生意，当然要谈生意经。所以周老板说是要一百二十元才够用的话，我就驳了一驳，其实不相干，我还要请示东家才能做数呢。"世良道："你贵东家也说了，这不是平常买卖，我要多少钱，就给多少钱，所以我越发地不敢多说。请你进去问上一声吧。"账房又抽了一枝烟卷，这才道："既是如此，我看给一个整数吧。"世良道："我倒不计较二十块钱。就请你同孔老爷去说妥。"账房见他倒一口答应了，心里很是懊悔。想着，何不只出八十元呢？于是答道："你那店，不过是木榨水缸铁锅，哪里值得了许多。我是好意，所以多出两文，进去和东家商量，也许这个数目还办不到，我只好是尽尽人事了。"说着，他才斯斯文文地走到上房去了。孔大有捧了水烟袋在那儿出神，也在想着，自己失言了。怎好对周世良说，他要多少钱，我就给多少钱呢？设若他讹我一下，开口不是八百，就是六百，我怎样办？不过他要是一个懂理的人，就不应该这样说。正这样地出着神呢，猛然一抬头，看到了账房，立刻就问道：“他说要多少钱？”账房站在东家面前，沉吟了一会子，这才从容地道：“那周世良开口就要一百二十块钱。”孔大有头一偏，望了账房道：“什么？他倒只开口要这些个钱，我以为对半还价，也要给他二三百呢。”账房见东家果然不嫌多，倒是自己多了事。然而已是代出了一百元了，怎好问上一问，倒多了出来，自己却是不好打圆场了。于是陪着笑向孔大有道：“你老是不懂这些小生意经，其实他这已经讨价过分了。我看给他一百元，小便宜虽有，也不算沾他大便宜，很对得起他了。”孔大有坐在太师椅上，架着脚，摇撼了几下，然后微笑道：“你还是不会还价钱。与其还他一百元，何如依了他的价钱，只打个八折，这样一来，面子上很好看。其实一八得八，二八一十六，共是九十六块钱。又省下四块钱了。”账房这才明白，东家是这样一番高算。便笑道：“东翁这意思，我明白了。我想周老头子，是等着要去找儿子的，只要我们快快地答应他，有现钱拿出来，我想他也就很愿意了。”孔大有一手捧了烟袋，一手拍了腿：“唉！不是图他早早地上北平去，我为什么要盘他的铺底呢？你去说吧，就是补足这四块钱呢，我也认了。只图他马上就走。”说着，用手向外连挥了几挥。账房走到外面客厅里来时，周世良心里已经是七上八下，思潮起落了无数次。他半弯着腰，左手肘撑了左膝盖，用手心托住了头，却把右手捏紧了拳头，在空中摇撼了几下，表示着他的愤激态度。账房来了，他才抬起头来问道；“孔老爷怎么样说的？不问是多少钱，我这铺底都算盘了。”账房倒愣住了，以为他未卜先知，倒知道了自己的意思。及至细察他的态度，不像是知道什么，这才说：“价钱依了你了，打个八折，好吗？”世良昂头想了一想，笑起来道：“这是你的算盘对了。明是依了我的价，暗里还要更少出四块钱，就是那样吧，你们什么时候交钱？我的铺子，随时都可以点交的。”账房倒真不料他如此好说话，一时回复不了话出来。世良向洪氏点着头道：“事情完了，大嫂子，我们回去吧。”洪氏在一边看到这些事，真像看了一台戏一般。她急于回去，要问个所以然，于是二人匆匆忙忙，走回豆腐店去。到了店里，世良先哈哈大笑起来，手一指道：“这块鸡骨头，算是去了下来了。”洪氏望着他出了一会儿神，因道：“周老板，你要出盘这铺底的意思，我

已经懂得了。你把孩子找了回来，你打算怎么办？”世良道：“只要孩子学好，我就天天在街上拉车，也要把他抚养起来，就是这一家豆腐店，迟早也不难再开。若是儿子不肯学好，我一世的道行，都完全牺牲了。回省也好，回乡也好，只落下一辈子的骂名，我哪里还有脸回来？只好老死在北平了。”洪氏听他说得这样决断，又是实情，望了他，不知道怎样去劝解才好。世良靠了店堂中一根小木柱，昂着头望了帘外的天，微笑道：“我也是人家抖文的一句话，‘破釜沉舟’，就是这一下子了。”什么叫破釜沉舟？周世良不知道，洪氏更是不知道。不过常听到人说，拼了干一下的，好是这回，坏也是这回，这就叫破釜沉舟。换一句话说，若是干不好的话，永远地就算完了。洪氏道：“我们做邻居一场，我的小菊芬，你也是很喜欢的。你就这样不顾她了吗？”世良半晌，叹了一口气道：“我也顾不得许多了。计春能回来，自然他们还是一对小两口子。计春不能回来，你叫我把什么脸见你娘儿两个？”说着，两行眼泪，早是偷偷地爬过了他两只高撑的颧骨，流向嘴角来了。洪氏先是只管望了他，后来突然地转过身去，向自家屋子里就跑。进得房来，掩上了房门，呜呜咽咽地，她就哭了起来了。菊芬有这样大，母亲过的是哪一种环境，还有什么不知道的。现在忽然地哭了起来，决不能为的是什么柴米油盐小事。但是要去劝解母亲吧，又想这事牵涉到自己身上来，于是站在房门口呆呆地听着。听得久了，觉得母亲定是二十四分地伤心，先是随着母亲的哭声，缓缓流泪，到了最后，也就呜呜咽咽地哭起来了。洪氏听到她的哭声，由里面跑了出来，牵住了她的手，望着她脸道：“孩子，认命吧，哭什么呢？”菊芬听母亲的话，觉得她完全误会自己的意思了。因道：“我不冷不饿，有母亲带着我过日子，我很好的，有什么事要认命？”倪氏叹了一口气，牵着她到屋子里去，同时却掩上了门，低声问菊芳道：“你干爹这几天很有心事，你少到外面房里去吧。明后天……”说着，又叹了一口气。菊芬道：“明后天怎么样了？”洪氏道：“不要谈了，到那个时候，你也就会知道。”菊芬心里想着，怕是有什么牵涉到自己难以为情的事发生，那就听了母亲的话，不到前面去也好。这天在家里闷了一天，到了次日上午，听到前面店房里，有嘈杂的人声，小姑娘究竟忍耐不住了，便抢到前面去看，只见两个穿长衣服的人，带了四个穿短衣的，都站在店堂里，和周世良讲话。世良指着东西，那穿长衣的，就按着件数，在簿子上记着，把店堂里东西都记完了。世良口衔了旱烟袋，靠了柱子站定，淡笑道："诸位！不必说我这块江水豆腐的招牌了。就是我这店里，大大小小的东西，也值这九十六块钱吧。"那穿长衣的人笑着，就递了一叠钞票给他。世良接着钞票，拱了两拱手道："多谢诸位费心，将来我再报答各位吧。恭喜你们贵东家，一本万利。"菊芬一看这情形不对，立刻跑到屋子里去，问她母亲，这是什么缘故？洪氏想着：说是去找她哥哥，也许她是快活的。就告诉她世良是盘了店去做盘费。菊芬道："去是容易，回来没有店了，吃什么？喝什么呢？"洪氏道："他有他的算盘，事情是难说啊。"菊芬鼓了嘴道："这个样子说，干爹是去了，就不回来的了。"洪氏也没有做声，默然地坐在一边。菊芬对于这个问题，还不曾得着解决呢。世良口衔了旱烟袋，就缓步走将进来，两手抱了拳头道："倪家大嫂子，我今天晚上搭下水船走了。我和孔大老爹说妥了，这里还是让你娘儿两个住，你们好好地过日子。你的心肠好，将来总有好收场的。"洪氏和世良虽不过是一对儿女亲家，然而彼此做邻居许久，在贫苦的晚景之中，都有些同病相怜。于今猛听得要从此分别了，觉得这老头子倾家荡产，前途茫茫，更是作孽，所以呆望了世良，却是做声不得。世良道："小四子这伙计，总算有良心的。他听到说我盘了店，我又要走，哭了两晚上，我给了他几块钱，让他另找生意去。大嫂子，据我看起来，人还是不认识字的好。认得字的人，他心眼多，格外会出花样，就靠不住了。"洪氏不愿兜起他的牢骚，便道："菊芬，你到街上去打四两酒来吧，我做两样菜，和你干爹饯行。"世良连连地摇着手道："不用不用！你娘儿两个，以后少我帮忙，银钱恐怕更要紧些。我看你把替我饯行的钱，留了不用，也许可以多过两天宽裕日子吧。事到于今，我们只有彼此原谅的份儿，还讲些什么客气。"洪氏轻轻地叹了一口气道："周老板说得也是不错。只是你这回出门，不同平常。我不略尽人事，好像心里十分过不去。"世良摇了两摇头道："你这话不是替我说着吗？"洪氏见他越说越有些惭愧，就不谈了。世良一手摸了菊芬的头，一手扶了旱烟袋，约莫有两三分钟之久，才硬着嗓子道："孩子！这两年，我是把你当我自己的姑娘看待。但是我想不到你计春哥哥这样不听话。"菊芬低了头，咬住自己一个食指，没有做声。洪氏见世良两行

眼泪，几乎要流了出来，便沉着脸色道："周老板！我不能骗你，我由我的心眼里说出话来，设若计春真要娶孔家小姐，你就答应了吧。我这个孩子小啦，哪还怕给不了人？设若你欢喜她，她总是你的干女，将来做一门亲戚走吧。"菊芬突然地插了嘴道："将来我当尼姑去。"小姑娘说出这句话来，自然表示着她非嫁计春不可，两位老人家，相对默然，却无话可说了。最后还是世良自己脱身道："我还要去检东西，有话回头再谈吧。"他说着，衔了旱烟袋到店堂里去了。洪氏也不言语，悄悄地上街去买了半瓶酒和一些鱼肉。回家来安排得好了，天已昏黑。在小堂屋里中间桌上点好了一盏煤油灯，将菜碗摆好，酒壶在炉子上煨着，这才叫菊芬去请世良来吃晚饭。世良看到酒饭都预备好了，如何推辞得了，只说了一声："你娘儿两个，何苦一定要费事呢？"也就在桌子横头坐下来了。菊芬提了酒壶，站在桌子下手，就来和世良斟酒。世良因她头发梳得齐而有光，布衣服穿在身上，不但是干净，而且没有一点皱纹。拿酒壶的手伸了出来，雪白干净，站在这里斟酒。她只是微低了头，垂着那长而且黑的睫毛，表示她那聪明的样子出来。世良心里想着：这样伶俐的孩子，又能吃苦，不知道我这儿子，为什么不要？但是心里如此想着，脸上可不愿表示出来，免得又惹起了洪氏伤心，于是勉强地向洪氏笑道："一人不饮酒，二人不打牌，大嫂子也来喝一杯。"洪氏在隔壁小厨房里答应着道；"周老板，你先喝着吧。我知道你喜欢吃面食，在这里用鸡汤煮家乡挂面给你吃呢。"说时，她果然捧着一大碗面出来。她笑道："长来长往，周老板你吃一碗这个吧。"世良道："大嫂子倒还要讨这样一个口气。"洪氏笑道："可不是？二来这家乡面，你到了北方去，恐怕不容易吃到的。"世良心想，据她这话，分明是疑心我一去不回家了，便笑道："多蒙你的好意，我一定记着。我当你面，先干了这杯酒。"洪氏看他如此，倒觉得自己的话，未免有些使人难堪，便搭讪着，望了墙上掀的日历道："今天是阳历什么日子？"世良望了日历，没有做声。菊芬道："今天是廿九。下月一号，干爹可以到北平了。"洪氏道："在一号那天，这个时候，你们父子相会了。"菊芬道："干爹你到了，就早早地给我们写一封信啊！"周世良看看这天真烂漫的姑娘，又看看那隐忧满面的老妈妈，心想：快快地回信给她们，这就是她们最后的指望了。可是到了下月一日，自己究竟会着了儿子没有？

也很是难说呢。他这样沉沉地想着，眼睛依然是向那日历望着。他沉沉地想着，呆呆地望着，几乎是忘了一切了。经过若干小时，他依然向那日历望着，日历上不是廿九，乃是一日了。他所坐着的地方，不是安庆城内一家豆腐店的后院，乃是北平前门外一家小客店里了。因为他在路上就计算定了，这次到了北平，无面目去见同乡，就不再住会馆了。当下火车时，来得匆忙，来不及找托脚之所，先在小客店里投宿了。这种旧式的小客店，大部分还保存着四五十年前的规模：阴暗的屋子里，一张大炕，一张薄木板桌子，两三张方凳，所多的只是一盏光力很弱的电灯，和一组卖药公司的广告日历。世良进房之后，安顿了行李，坐在方凳上，刚要休息片刻，抬头一看，就看到那组日历浮面一张，很大的"一日"两个字，映入了他的眼帘。他想着菊芬的话，这时应该和计春见面了，现时却还住在这冷落的客店里呢。我这个儿子，是我既做老子又做娘把他养大的，我是把他的性情猜透了，他是又勤俭又聪明的孩子，何以会变到花花公子一样呢？这里面或有点特别原因，必定要见了他，问个仔细。好在他写信回南的时候，信上曾经载明了通信地址，照着通信地址去寻他，总不会错的。火车是九点钟到站，现在应当有十点多钟了。这个时候，他会不会不在公寓里？趁着这黑夜无人，我去找找他看，若是先去向冯子云打听，倒显得我们父子们不和了。这样办着有理，先去看看儿子行动怎么样。我想儿子便是有些不好，父子当面一说，他有什么错处，也就改过了。世良如此想着，客店里伙计送上茶水来，只倒一杯茶喝，脸也来不及洗，就出客店门来找儿子了。他是一个贫苦出身的人，凡是力量可以节省的钱，自然地就要节省下来。他在乡下做庄稼，在城里磨豆腐，走路当然是一件很平常的事。北平城里这样宽平的马路，又随处有警察可以问路，他就拿着一张写了通信地址的纸条子，逐段地访问着警察，向计春住的公寓里寻找了来。他刚刚也只是走得两条街，那街半空的电线，忽然嘘嘘怪叫，呼呼哄哄，一片响声，半空中的飞沙卷着很大的浪头，阵阵地向人扑了来。不但街上的行人，东倒西歪，就是店铺屋檐下的市招和木牌，也狂舞着落到地上。原来出人不意，发起了大风了。世良才出客店不远，本来可以回去的，但是他急于要知道儿子的情形是怎么样，两手抱住怀里，低了头，只管向前钻，照着他固定的计划，看到街上的警士，

就取出字条，向前打听路径。街上的警士，他也是人，并没有铜筋铁骨，这样大的风，如何站得住，也是躲避到人家屋檐下去。街心的电灯杆上，电灯虽然是亮着，经不得那就地卷起的风沙，变做了烟雾弥漫。在半空里，便是灯光也显着有些昏暗了。在这样的天气里面，街上的行人，决没有什么留恋，都只有各自回家，各事付与明天去办了。世良把目前是怎样的环境，他都忘了，还是继续地走，遇到警士，就上前去问。警士见他在这样大风沙的晚上，还要打听路径，怎能不疑心，就问他是找什么人？世良满肚皮烦闷，也隐不住，就把意思略告诉了人家。警士道："你儿子既是住得有一定的地方，你明天白天去找他，也还不迟！这样大的风，又是晚上，你一个生疏的远来人，哪里去乱跑，回客店去吧。"世良道："我为了找儿子，就是刀山也要爬过去，说什么风。"说着，他别了警士又向前走。他由外城向里城走，正是顶头对了那刮来的西北风，他闭了眼，半蹲了身子，走两步，又向人家屋檐下躲一躲。这风也好像是特别和他为难，一阵紧似一阵，向他身上猛袭着。也是祸不单行，当他躲到人家屋檐下时，恰好屋檐下吹来一块窗户板，不歪不斜，正对了他脑袋上直落下来。世良本来就被风吹得七颠八倒，再让东西打着，站立不住，人就倒了下去。这个时候，街上没有什么行人，只是那能抵抗大风的汽车，一辆一辆飞跑过去。他倒在的地方，又恰是电灯不明，便有人经过，也看他不到。可怜这个千里寻儿的老人，便静静地躺在人家屋檐下。然而他所寻的儿子，哪里会知道，有辆很小的轿式汽车，呜呜地响着喇叭过去。车子里面坐有一男一女，女的是皇宫舞场的舞女陆情美。男的呢，正是他的儿子。他和她紧紧地搂抱着，带了浅笑，坐在车厢里。那汽车转弯时，掀起地面上的浮土，向地上躺着的人身上，重重地盖了来。车子上的儿子，做梦也想不到他老子睡在街上，将汽车轮子敬了他父亲一阵飞土；在地上躺着的老子，做梦也想不到儿子是那样舒服，带了美女坐汽车，由身边过去。但是他终于要感谢这汽车的喇叭声，它呜呜地响着，却把世良由地上惊醒过来了。他并不因为这块窗户板，打消了他寻儿子的心思。他扶着人家的墙壁，慢慢地挣扎了起来。凝神了一会儿，辨清楚了方向，还是照着原来的计划，步步走去。到了晚上十二点多钟以后，他到底是把那家公寓找到了。公寓是不像普通旅馆，他住的是固定的客人，这样夜深，早闭门了。世良捶了许久的门，里面有个伙计开门出来了，问道：“这样大风还有人回来？”及至让他进门，开了电灯细看，见世良穿了破旧的布衣，满脸满身是土，便瞪了眼问道：“找什么人？”世良道：“你们这里住了一个周计春吗？”伙计道：“你问这个做什么？”世良想了一想，看看自己的衣服，便道：“我是他家里人，由南方来的。”伙计笑道：“借钱也看时候，半夜三更，是借钱的时候吗？他出去了。”世良道：“他什么时候回来？我在这里等等他吧。”说着话，账房也出来了。他道：“不行！我们不知道你的来历，半夜三更，不能胡乱留下人，你回去吧。明天白天来找他也不迟。”世良听得四处静悄悄的，看这情形，料着公寓里是不肯留下的。拱拱手，便道：“我是周计春的父亲，千里迢迢，特意来寻他的。今晚刚下火车，我住在前门外小客店里，你看我迎了这样大的风，前来寻他，我是怎样地要紧。诸位！你们忍心不让我见一见吗？”伙计望了他道：“这里头更有可疑了。刚才你说是家里人，怎么现在又变成了他的老子了呢？”世良道：“这些你们不必管，让他当面来认我一认，事情就明白了。”账房点头道：“你说得是。他若是在家，我们不乐得让他出来见见，事情就解决了吗？就因为他不在家，我们才不敢留你呀。我也老实告诉你吧，他在我们这里住，是挂一个名，总是整晚不回来的。你在这里等着，我们都要睡觉，哪里安插你？你带了行李呢，我们还可以把你当客人，开一间屋子让你睡。这年头，知人知面不知心，我们吃客寓饭，处处受着公安局干涉的，能随便地在半夜里留下一个孤单客人吗？老人家，我和你找一辆洋车，把你送回客店去，你明日来好了。”世良是个懂事的人，人家这样地说了，怎样好一定赖在这里，便道：“那也好！请你带我到儿子房门外看看，我就走了。”账房看他有些不放心的样子，为了早早送他走去起见，只得亲自带了他到计春房外，把电灯扭开，让他在窗户外看着。世良在窗户眼里向里面张望时，床上是绿绸的被，绣花枕，玻璃书橱叠着书本，衣架上挂了几件西服，样样东西精致极了，简直没有一样是原来的东西。因问道：“这是他的屋子吗？”账房指着房门柱上一张名片道：“你不看看，这不是周计春的名片吗？”世良一看果然不错，只得望着房门叹了一口气，垂着头走了出去。当他走到大门口时，那风在半空里，又是呜呜嘘嘘，发出那惨厉的声音。他在那失望之余，这就越发地难过了。那账房倒

是肯破钞，已经雇好了一辆车子，在门外等着，不问他同意与否，将他扶上车去。世良正要坐下，只听得后面伙计说："来了来了！"他以为是计春回来了，又跳下人力车来。喜剧或悲剧的开展，也似乎在这一刹那了。

第二十七回

客店病身孤思儿肠断
倡家秋夜短结伴情豪

人生的遇合，不少是偶然的，但也不能随处都是偶然的。世良找不到他的儿子，要离开公寓，而计春却回公寓来了，这事情未免又近乎偶然。但是世良满怀热望，指望会着儿子，却不以为这是不可能的。眼见一辆汽车，开到了公寓门口来停住，立刻迎了上前，看是儿子不是？汽车门开了，却走出一个有胡子的人。世良本待要说话，却猛然地向后缩了回去。那老人见公寓门开着，他又站在公寓门口，以为他是公寓里的人，便问道："这样大的风，吴小姐还要回去吗？"世良道："什么吴小姐，我不知道。"老人道："是在这里做客的吴小姐。"世良这且不答那人的话，回转头，看到公寓里伙计，便问道："朋友，你说公寓里，晚上不能留人，怎么可以留小姐呢？"伙计道："你不见有汽车来接吗？"世良道："设若没有汽车来接，也就不让走了吧？你们这种做公寓生意的人……"那账房抢出来，只管拱手，陪着不是，笑道："老人家，你回去吧。明天周先生回来了，我告诉他，让他等你好了。"世良心想，孩子们住在这种公寓里，便算是没有孔令仪来勾引他，也会跟着别人学坏了。便垂头无语地坐上了人力车，让车子拉了回小客店去。但是他一路迎风走来，过于兴奋了，当时满怀希望见着儿子，可以知道实情。所以虽有什么痛苦，都不感觉。现在失望回去了，痛苦的身体，加上消极的精神，人在人力车子上，竟是昏晕过去了。那车夫在呼呼的风声中，拉了他向前走，并不知道车上的人是怎样一种情形，及至将车子拉到利达小店以后，放下了车把，世良不曾预备着，却向下一栽。还是那车夫未曾走开，立刻抢了上

前，两手将他抱住，连连地问道：“老先生，你怎么了?”世良被他扶住站定，才把眼睛睁了开来，因道：“哦！原来到了。”车夫已经是得着公寓账房的车钱了，绝对不敢要双份，拉着车子就跑了。世良将小店门叫开了，摸索走进房去，展开了被褥，什么也来不及管，就躺下了。到了次日早上，天色还是刚亮，那客店里伙计，就推着门抢了进来，见世良将被拥着头睡。便远远地站定，先查看了一遍，然后走近两步，向他道：“这位客人，你身体有些不好吗?”世良猛然听得叫喊声，睁开眼来，不曾答应，先哼了一声，然后点了两点头道：“昨天晚上出门去，让风吹着受了凉，中了感冒了。”伙计见他开口说了话，才把胆子放大了，于是向前伸手摸摸他的额头，又摸摸他的手心，点着头道：“倒是中了感冒，我去和掌柜的说一声儿。”说着，他转身就走了。果然，不多会儿，一个带旧式夹鼻眼镜的老人，走了过来了。他将眼镜撑起，顶在额顶上，长夹袍上，套了一件大歪襟背心，手扶了旱烟袋衔在嘴里，烟杆上吊着一个黑的烟荷包，晃里晃荡地走了进来。看那样子，和这家客店一般，还保留不少的古风。他不等世良问着，先就说：“这位客人，我是这里掌柜的。我瞧你这样子，感冒还是受得不轻。你在北平有什么人？你告诉我，我去代你通知个信儿，也好让人来瞧瞧你。”世良两手撑住炕席，打算抬起头来，却又摇了两摇头，哼着道：“我脑袋晕得很，抬不起来了。”说着，还是躺下，手抖颤着，扯起衣服来，在口袋里摸出一张纸条，交给那人道：“这上面开的地方，是我儿子的住所。你派人去叫了他来，他会安顿我的。你放心，我决不能死在你宝号里。”又用手指指垫褥道：“这下面有钱，请你掏着给我。”那掌柜的果然依了他的话，将被褥下面一把毛钱票和钞票，一齐拿来，塞到他手上。他两手颤巍巍地理出一元钞票，交给掌柜的道：“请你把这个做去人的车钱，回来越快越好。我等着要和我儿子见面呢。”掌柜的听说他有儿子在北平，心里就落下了一块石头。便道：“只要有地址，我们就好替你找。你不要点热水吗?”世良睡在枕上点了两点头，这掌柜的出去，一面派人去替他找儿子，一面叫人和他送茶水。心想只要他儿子来了，说一声店家不错，早早将这病人搬走，也就完了。世良睡在那黑暗屋子大炕上，平生不晓得什么叫做寂寞，这就有些感触了。这房门掩着，在外面反扣了，为的是怕风来吹开。然而咯吱咯吱地，门和窗户还一同响着。那窗户纸眼里,射进一丝凉风来,在枕上受到,只觉凉入肺腑。那窗户纸上,始终是带着鱼肚色,并不见到一些阳光。再看看这屋子,除了睡的这张大炕,有炕席蒙着,分不出什么新旧来。其余更是桌椅的黝黑色,墙壁上报纸的焦黄色,墙粉上的淡灰色,这都透显着这环境的衰落起来。尤其是上面糊的顶棚,垂挂着许多碎纸片,老鼠饿着在上面跑来跑去,扑扑作响。世良静悄悄地睡在这炕上,处处都感到苦闷。在苦闷的当中,也只有盼望着儿子,早早地前来见面。不想等待的结果,却是那掌柜的皱着眉毛进来了。他迎着世良的面,轻轻问道:"这位客人,你那位少爷,昨晚上出去的,还没有回来呢。北平还有别的什么人吗?我再替你去找找。我瞧你这病来得很猛,可是耽误不得。依着我说,你还是再找一个人来瞧瞧吧!"世良依着他心里,总想在没有和儿子见面以前,不知儿子的情形如何,暂且以不和冯子云见面为妙。然而除了冯子云,又没有第三个人是熟识的。他听了掌柜的话,心里头默念了一会儿,然后就向他道:"还是等我儿子来吧。北平城里还有一两个朋友,在交情上还够不上去找人家,我也就只好不说了,就是硬去找人家,恐怕人家也不会来,那岂不让人加倍地失望。"掌柜的道:"你这话不是那样说。不管人家来不来,我们替你把信送到了。来与不来,我们总算尽了一番心。若是压根儿就不给人家送信去,将来你的朋友知道了,可要说我们不会做买卖。你何必不告诉我们?你怕出车钱吗?这回我派人和你白跑,不要你出车钱了。"世良哼着道:"掌柜的,你说得对。但是我也有我的难处,你再等半天,我就有办法了。"这掌柜的见他死也不肯说,一味地苦逼他,也是无益,只好叹着气走了。可是不到一小时,那掌柜又进房来,向世良皱了眉道:"刚才我向你们少爷住的公寓里,通了一个电话,他还是不曾回来。你干耗着,那可不是办法。"世良心里既急于要看儿子,又不晓得这害的是什么病。孤孤单单地在这小客店里睡着,过一小时,犹如过了一个长年。睁着双眼,只管看顶棚上垂下的纸。那样飘飘荡荡,脑筋里可同时幻想着。那片纸像只狗,那片纸像个妖怪,还有那片纸,像儿子计春。但只管把这无聊的幻想,来安慰自己,及至不做幻想了,就更显着无聊。这时掌柜的又进来了,他就转了个念头,自己儿子不好,冯子云是完全知道的,就是父子见面了,少不得还有许多事要人家帮忙,何必瞒着他呢?

于是向掌柜的道："我有是有个同乡朋友，倒不必去找他，只和他通个电话，问问他可知道我儿子的所在；若是他能把我儿子找来，也就用不着把他请来了。"掌柜的笑道："有这话你怎么不早说呢？你这朋友，既然家里头有电话，一定是情形很好的。你快说，他是干什么的？我马上就去给他通个电话。"世良由被中伸出一只手来，指着掌柜的道："电话你只管打，你只能说我找不着儿子，请他告诉我一个地方。千万不能说我病了。"掌柜的听他这个条件，越发是有些疑心，表面上也就答应了，照他的话办。世良于是把冯子云住的所在和电话号码，一齐告诉了他，还许了他，儿子来了，一定多给伙计们的小费。掌柜的对于这件事，自然是挑有辫子的抓，立刻向冯子云家通了一个电话，报告周世良的病状。不料这个电话打去以后，却令他更是失望。原来那边回的电话，却说冯先生到南京开教育联合会去了。太太也跟着去了。家里就剩有几个听差看守门户，有话等先生回来再说；再问问先生什么时候回来，就说两个月以后才回来。掌柜的哭丧着脸，走到屋子里去，向炕上的人拱拱手道："客人，这可不巧，这位冯先生已经走了，要两个月才回来呢。你还有什么朋友？我再和你去找找。要不然……你是千里迢迢来寻儿子的，我们开客店……客人……"世良听他说话吞吞吐吐的，便由被里伸出两只手，抱着拳头连拱了几下道："掌柜的！你放心，我这是感冒，不会死的，就是要死的话，你临时也可以把我拖到大门外去。我那儿子，到了今天晚上，还能够不回公寓吗？回头再和他通一个电话，他听说我害了病，还能够不管吗？"掌柜的想着，他这话总是有理的。儿子听了老子害病，能够不理会吗？而况老子是为了寻儿子来的。为了寻儿子害病的，慢说是儿子，就是一个朋友，听了这话，也应当来看看吧？他自己设想，替自己转弯，也就宽解过来了，于是坐到柜房里去静等那看老子的儿子前来。店里的人尚是如此着急，那本身害病的老子，就更可想见了。这窗外的风沙，不曾息了下去；纸窗上依然是鱼肚色，看不见一点阳光，自然也就看不出来是什么时候。闭着眼睛默一会儿神，又睁开眼睛看看。时而风吹门户响，疑是儿子来了，时而听到墙外面有人说话，也疑心是儿子来了。他虽然是静静地躺在床上，可是他那一颗心，比全身任何一部分，都要忙碌，时时刻刻都在那里等着儿子。他由安庆到北平来，在轮船上，舍不得那统舱买铺位的钱，坐在舱外的舱舷上，江风吹着，这就让他够可怜的了。上了津浦火车，偏偏是三等车上，挤得人放脚的地方都没有，两宿不曾睡觉。及至到了北平，一点东西也不曾吃，就在大风里面跑了大半夜。一个年过五十的人，如何能受这种辛苦？所幸他身体强健，所以昨晚上还挣扎着坐了人力车子回到小客店来了，但是今天等了一天的儿子，心里焦急异常，内外夹攻，把他这病体，逼迫得越发地沉重。到了下午，温度加高，头上好像束上了一道铜箍，又紧又重，哪里抬得起来，全身筋骨酸痛，自己是直着身体不好，缩着身体也不好，眼睛闭上，却不得安然睡觉。但这是初期的形势，到了后来，也就昏迷过去了。可是这个时候，他那可爱的儿子，已经发现在面前。时而看到计春在山上放牛；时而看到计春在豆腐店后面房里读书；时而看到计春陪了自己游故宫。儿子倒是看得到，只是像演电影一般，事实过去得很快，令人头晕目眩，捉摸不定。因为这样变迁太快，吓得世良不敢再看。原来是他的病症和思想错综在一起，就反映出这一个段落一个段落的断梦来。不过他的眼睛，又有些不受他的支配；睁开了一会儿，就要闭上，闭上之后，他又做梦了。他的身子，几乎是成了天上的月亮，转过来，看到某个地方风涛汹涌；转过去，看到某个地方人山人海；再回过来，又看到某个地方鼓乐喧天。总而言之，他是在最烦杂的地方，做最忙碌的过客。不必身上有什么病苦，就是这千头万绪的幻梦，把他这个千里孤客，也搅扰得可以了。那外面店房里的掌柜，见他昏昏沉沉睡着，哪里知道他这样忙于做梦。悄悄地走到屋子里来，偷看了两三回，见他睡在那里，还呼吸得胸脯上下起落，料是活人。叫了两声，他只糊里糊涂答应着。这一下子，掌柜的真急了，不得已，还是向计春住的公寓去电话。可是那边所答复的，好像是一种刻版文章，总是还没有回来呀五个字。到了最后，他心里想着，恐怕这是那公寓里捣鬼的，哪里能够整天整夜地不回来。说不得了，自己就坐了加快的人力车子，直奔到那公寓里去。他照着同行的资格，先会晤了这里的账房，把实在情形说了，因道："这位客人，病得很重。若是死在我店里，我不但要担上一副很大的责任，而且还找不着人收尸呢。"公寓里账房听他如此说了，才告诉他，计春实在没有回来，不过昨天晚上有个皇宫舞场的舞女陆情美，邀他坐汽车走了。若是找着了这个舞女，也许可以打听得

他的下落出来，但是这个时候，舞女也不会到舞场里去，你熬到晚上再说吧，若是在晚上以前，他回公寓里了，必定将这个人送到贵店来。掌柜的听了这话，总算是无办法中的一个办法。心里又怕客店里这位客人变了症候了，急急忙忙，又跑回店里来。进门以后，别事不说，见了伙计，就问屋子里那个病人现在怎么样了？伙计说："掌柜！你得想法子，那个人我看病势不轻。而且老说找儿子，儿子又不来；找朋友呢，朋友又到南京去了。这里面多少有点别扭，还是趁早报警的好。"掌柜道："这也有理。我先去瞧瞧这个人。"说着，就放轻了脚，走向大炕屋子里来。这屋子里，现在更昏黑了。因为大风之后，电线坏了不少，电灯又没有来火。伙计却找了大半截洋蜡烛，黏着站在一只茶杯底上。偏是这只茶杯翻了过来，放在世良的头边，好像是死人头边的一枝烛，未免有点阴惨。看看世良那颧骨高撑的脸上，倒红着两个晕子，掌柜疑心这是俗说回光返照的一种现象。有了这种现象，这个人的生命，那时间也就很有限了。他越是向那可疑的事情上去想着，这事情就越发地可疑。他再看看世良两只眼睛向上睁着，他竟有些害怕，不敢移步上前了。世良见他进来，点了点头，慢慢地道："掌柜的，你找着我的儿子了吗？"掌柜道："瞎！我又跑了一趟，他还是没有回去。我知道是什么缘故呢？"世良将眼睛望了窗户外道："计春！我的孩子，你到哪里去了？你爸爸要死了，你不来见上一面吗？"说话时，他眼角上两行眼泪，斜着流了下来。掌柜的看到这个样子，心里也觉惨然，就向他道："不要紧的，你不过是受了感冒罢了。你儿子也许有点特别的事情，把身子牵扯住了。在今天晚上，我必定把他找了来。只是你这病虽不要紧，也拖不得；你还是信西医呢？还是信中医呢？我去替你找个大夫来瞧瞧吧。"世良沉思了一会儿，才慢慢地道："我倒是不怕死，但是若要连累了你宝号，我也不过意。那么，就请你给我找一位中医来瞧瞧吧。"掌柜的不明白他害的是什么病，自然是急于要找个大夫来诊断一下。当时就依着他的话，连夜找医生去了。世良躺在床上，依然还是不断地喊叫着计春。他是这样地喊叫儿子，儿子却和他一样，也躺在床上在那里低低地喊叫。不过他喊叫的，不是父亲，却叫着好姐姐！好姐姐！你来尝一口吧。在他喊叫的时候，有个女人在玫瑰色的灯光下，回转头来，向他盈盈一笑。这个女人便是计春为她迷惑住的陆情美。

她靠住了梳妆台，一手斜扶了台面，一手抚摸着鬓发，斜了眼睛，瞅着床上。这一张金晃晃的铜床，垂了雪兰般的帐子，在绿色的锦被上，放了软枕头，让计春横着。床中间，放了一只长方形的银质托盘；盘子里有盏玻璃罩香油灯，光如豆大，在灯旁边随配了一些小盒子细签子之类。计春两只眼望了那鬼火似的灯，陈子布却坐在腿弯床沿边。他向情美笑道："你怎么不替小周烧一口？"情美笑道："我虽抽这个东西，完全因为总是熬夜，提提精神用的。现在我上了瘾，非常之懊悔，只好极力忍耐住了，不让这瘾再向上加。小周这年轻轻的人儿，偏喜欢这个好玩意儿，我不赞成。"计春跳了起来，拍着手笑道："你也太过虑了。难道抽两口好玩，就会弄上瘾来吗？"情美抬起手臂来，看了看手表，笑道："你无非是要女人陪你玩玩，我就陪你玩玩得了。论到玩，无论做什么也可以，何必一定要抽大烟。现在时间还早，我们打四圈牌，再到舞场还不迟。"陈子布笑道："三差一，怎么办？"情美将嘴向计春一努道："他不是喜欢老九吗？打电话把老九叫来就是了。男女交朋友，大家说得来就好，我决不吃醋。小周！你只管和她要好，那没有关系。"陈子布笑道："陆小姐真是开通，什么话都说得出来。"情美道："我说得出来，这才见得我心里头一点作用没有呢。老实说吧，男女都是一样，男子不能有个女子，心里就满足了，女子也就不能因为有一个男子，就算够了。现时我在这屋子里陪着你们说笑，好像我同小周十分要好，可是我背过脸去，和别人也是一样要好的。我不说，你们不能不知道吧？"计春笑道："我可不那样想。你别冤枉好人。"情美笑道："好人？这个年头，哪里有哇！小周！你说句心眼里的话，你是不是喜欢老九？"计春笑道："这是哪里说起？我和她跳舞，还是你介绍的。"情美道："以前就算你没有什么意思吧，在我介绍以后，你能说丝毫都不动心吗？你说实话，我就打电话把她找来。你要装假道学，我就不管。"计春笑道："请她来打四圈，那也好。"情美笑道："我说是猜中了你的心眼儿不是？"说着，她就笑着向外面叫道："陈妈，你打电话把唐小曼小姐请来，说周先生要打牌，现时三差一呢。"计春听说，只是笑，并没有做声。他暗地里却伸手到口袋里去摸摸，还有多少钱。这是前日向令仪撒谎要的钱，说是要买些参考书，还要做两件朴实些的衣服，于是向令仪要了一百元钞票，揣在身上来散花。这两天和情美混在一处，都花

的是这笔钱。现在情美用电话去召小曼来打牌,这正是自己所乐意的事。因为小曼生得娇小玲珑,还只十六岁,在年岁一方面看来,实在觉得是小曼比情美更有趣。她既是来打牌,绝没有不奉陪之理。所以事先伸手到衣袋里去摸摸,还有多少本钱。自己揣度了一下,约莫有三十元左右,若是打小牌,这钱也就够了,于是笑着站起来牵了两牵衣襟,点着头道:"老陈!我的牌是新学的。真打,我可不行,你得让我的张子。"子布正是背着脸对了情美的,就向他眨了两眨眼睛道:"那可不行。下棋可以让子,打牌不能让张。难道说我们还做两个人的轿子来抬陆小姐吗?"说着,又连连眨了两下眼睛。计春心里可就想着,陈子布这个人总算讲交情的,处处维护着我,处处又顾全着我的面子。年轻的朋友,有这个样子,总是不容易的了。同时,情美也就斜着眼睛,向计春瞟了一下道:"你这人老实又老实得可怜,调皮又调皮得可怜。我们是打牌消遣时候的事,谁赢谁输,都没有关系,让张不让张,还成什么问题?"计春却不料自己所说的一句玩话,却会引着人家这样瞧不起。人家说舞女是唯利是图的,那也就不见得,于是红着脸道:"我并不是说钱不钱的问题,乃是说的牌,打得太坏,若是四圈牌,永不开和,这也未免丢人。陆小姐,你相信我是怕输掉十块八块钱的人吗?"情美笑道:"那何至于!"这时,陈子布转着站到计春身后去了,就不由得笑着耸了两耸肩膀,又和情美丢了一个眼色。情美的乌眼珠子在眼睛眶子转了一转,似乎是向子布打个招呼,说是知道了。计春虽是没有看到他二人的动作,心里却是十分后悔。他想着:人家舞女把银钱都看得那样地淡泊,自己还不曾打牌就先声明着叫同场人让张越是显得自己小器,然而这句话已经说出去了自己想要挽回,也是来不及。搭讪着只好去把话匣子开了,放上跳舞的音乐片子,一个人在屋子角落里,七歪八倒地跳起舞来。不多一会,只听院子里高跟皮鞋得得作响,表示着那个人欢愉而来的情形。接着房门扯开,唐小曼笑着跳了进来,嚷道:"你们真高兴!这个时候,还要抢忙打四圈牌。"情美笑道:"你说我们高兴,为什么打了电话去,你就很快地跑了来呢?"小曼笑着,并不加辩驳,跳着走到计春面前去,将背对了他,反过手去道:"劳驾劳驾!"她身上穿了桃红色的绸旗袍,上身穿了一件雪白的绒绳短外衣,那蓬松的烫发上,也是斜斜地戴了一顶白绒绳帽子。看她两颊红红的，越显得天真可爱。这也不必她说什么了，他就伸手代她把绒绳外衣脱了下来。情美笑道："小周！你瞧，怎么样？你不是欢喜老九吗？这很明显地证明了吧？"小曼握了计春的手道："你背着我说了我一些什么。那不成，你说了我，你得说了出来。"说着，撅了嘴巴。陈子布笑道："你们这对欢喜冤家，到了一处就要闹，不在一处又要想。来来来！打牌吧。"他口里如此说着，两只手扶了桌子沿，就有个要抬桌子的样子。小曼笑道："来了就打吗？我可没有带钱。"计春急于要表白他并不小器起见，立刻就答应着道："没有带本钱吗？这有什么问题，我这里先垫付。"情美笑道："说你们的感情不错吧！"小曼听说，就向计春瞅了一眼，于是他在这样打情骂俏的声中，打起牌来了。将四圈牌打完，已是十一点多钟了。偏偏是计春和小曼两个同输，计春除会了自己所输的款子而外，又替小曼付了账。情美收钱的时候，倒说了一声，还要给钱吗？也并不十分地谦逊，将计春交付的十几块钱一齐收了。计春将金表掏出来看了看，便道："二位小姐该到舞场去。我有一天一晚没回公寓，也该去看看了。"小曼瞅着他道："你好意思不陪情美姐去绕个弯儿吗？"情美撇嘴微笑了一笑，然后拍了小曼的肩膀道："要人家打牌，一个电话就把人家叫来了，上跳舞场就不奉陪。"计春笑道："我本来是要回公寓去看看的，既然两位小姐这样说着，我就明天回去吧。"情美坐在椅子上，斜靠了椅背，头不动，只把眼珠斜转着，向他道："并不是有谁留着你，要你明天回去。可是孔小姐还没有嫁过来呢，你就这样地怕她吗？"计春什么也不能说，只是笑着。子布笑道："还不是交情好到了十二分，是不会说出这种话来的。走吧走吧！"计春估计着身上的钞票，总还有二十元，说不得了，花了再说。明天见了令仪再撒谎吧。他有了这样一个预备撒谎的念头，心里所认为不能解决的问题，立刻就解决了，于是随着三个男女朋友，又到了皇宫舞场。在舞场里，眼睛所看到的是红绿色电光，耳朵所听到的是热闹的音乐，口舌所尝到的是熏人的香槟，加之身体所接触的是美丽的女人，无论怎样的能人可以五官并用，在这样的情形之下，也决不能想到其他的什么事情上去。计春在这时，不记得他客居的公寓，也不记得给钱他花的孔小姐，更做梦也不会想到前门外那绝对和他无关的利达小店。在三点多钟的时候，舞客渐渐少了，浅紫色的电灯光里，奏着华尔兹的音乐。

计春手搂住了情美的细腰，提着脚尖，似乎有些软绵绵了。倦着双眼，向怀里情美的脸上看去，低声道：“我们回去吧。”情美也眯着眼睛，抿嘴微笑，也就略略地点了两点头。“我们回去吧”这五个字是多么令人陶醉！可是另一个地方，一张大炕上，卷着一条单薄的被，炕头桌子上半截短烛，那微弱的光焰，摇摇欲熄。薄被里睡着一个瘦削肚子的人，在身边炕席上，放了一只有裂缝的药碗。那人半伸着一只手在被外，招了几下道：“计春呀！我不行了。我想家乡哇！你来，我们回去吧。”他也是一声“我们回去吧”，这五个字，多么令人凄惨！然而发这种凄惨声音的人，和那种令人陶醉声音的人，关系很密切呀。我们知道他是谁呢？

第二十八回

恩怨不分解囊救病叟
聪明尽塞胠箧背情人

当周世良卧病在小客店里魂消魄散，几乎要死的时候，他儿子周计春同舞女陆情美，却坐一辆汽车，去回她的私寓，却也魂消魄散，几乎死去。不过这两种死法，有些不同，一种是悲的，一种是乐的罢了。计春在这个时候，魂魄都没有了，自然也不回公寓去。到了早上十点钟附近，世良在床上翻来覆去一夜，人已昏昏沉沉地睡了过去。这可把这位小客店里的掌柜，急得像热锅上蚂蚁一般。他想着：这个老头子，无论如何，是支持不住的。好歹要去把他儿子找来。于是一面派伙计向警察署里报告了这事，自己一面坐车子到公寓里来等候计春。这次他下了决心，非要公寓里账房陪着他去找人不可！那账房一来怕惹事，二来大海捞针一般，又到哪里去找计春。却是无论如何，也不肯陪他去。彼此正争持着，却有一辆汽车呜呜地叫着，来在大门口停住。汽车门开了，下来一位艳装的女子，穿了高跟皮鞋，咯吱咯吱响着走进门来。公寓里账房笑道："好了好了！周先生家里人来了。你有话和这位孔小姐去说吧。"小客店掌柜，这倒大为吃惊，这位周先生家里，有这样坐汽车的阔小姐，立刻把心里一块压重千斤的石头，向下一落。孔小姐走进来，立刻板着脸道："周先生还没有回来吗？到哪里去了？"掌柜的笑道："周先生老太爷来了。"令仪道："哦？他父亲来了？父亲来了，就该躲着和我不见面的吗？你知道他在哪里？"掌柜道："他在我小店里。"令仪道："有地方寻他就好办。坐我的车子，我们一块走吧。你坐在开车的一处。"掌柜的不料她这样慷慨古道，心想：我管你和他们是什么关系，我是只

挑有辫子的抓，只要你肯同我到小店里去，我把那病人的担子交给你了，怕你不出钱把他弄走吗？令仪也没有计较什么，只要是计春在他父亲那里这就好办。上了车子的时候，还向掌柜重问了一句道："他是在你们那里吗？"掌柜笑道："当然在那里，我怎能够骗你呢？"有了这句话，于是这辆汽车风驰电掣地向前门外利达小店开了来。令仪下了车，见这里是在黑灰墙上，开了一座小门，门框上悬着四方玻璃罩子灯，上有四个字：利达小店。她看到这种情形，不由得身体向后一缩，发起愣来。问道："就是在这个里面吗？"掌柜下了车，笑道："对了，就是这里面。"令仪心想：周世良是个乡下人，什么苦不能吃；他有钱，也不会去住大旅馆的，说他住在这种旅馆里，事实上却也可信。于是让掌柜在前走，跟着他走了进去，先进了一个丈来宽的小院子，便有一阵恶劣屎尿臭味，向鼻子里猛扑将来。令仪很快地将鼻子捏住，随着掌柜穿进一条熏黑的夹道。一连有几扇小门，都关得紧紧的，直到第四个门边，还不曾推门进去，老远地，就听到门里一阵呻吟之声。掌柜抢上前一步，将门推开了，侧着身子，闪到旁边去，就向令仪陪着笑道："在这屋子里，你请进吧。"令仪看那屋子漆漆黑的，不由在门外顿了一顿。然而心里恨着周世良一来，计春就躲了不见面，虽是个乡下人，却也太专制了。自己非当面去质问他一下不可。因之先将脸色板了起来，挺着胸脯子，便向屋子里一冲，以为这样地进去，先就可以给父子两个个下马威看看。及至自己冲进那屋子以后，见大炕上躺着一个要死的病人，并不见计春，这倒为之愕然。回头见掌柜站在房门外，便问道："这是怎么回事？你不要弄错了吧？"掌柜的两只手同时摇着道："不错不错！"那炕上的病人，被他们说话声惊醒着，就睁开眼睛了，拱着手道："孔小姐！你不认得我了吗？我是计春的父亲啦。"令仪见他两只颧骨高撑，睁着两只眼睛，那益发是觉得瘦得可怜。自己就是要发脾气，看着人家这种病态，也就不忍心怎样了，于是向炕上的人点了一个头，并不曾说什么。世良道："孔小姐！我和你令尊大人见过几面了，我们商量好了，来和计春接头。"他本来就是说一个字哼一个字，说到这里，他的眼睛慢慢闭上，竟是说不下去了。令仪看了这样子越是不忍，就问道："老人家！你害的是什么病？"世良微微地睁开了眼，却又闭上，然后深深地哼了一声。令仪看他那样子，竟是十分厉害，便问客店掌柜，世良是怎样病了？掌柜先看令仪的样子，那般汹汹而来，很是诧异。后来令仪的态度，转变得良好了，似乎有些挽救之意。他心里想着，只要把这位瘟神爷能够送出大门去了，就是自己之福，于是把世良的情形，说了个大概，因皱了眉头："这位周少爷不来，可把这老人家害苦了。醒过来就嚷，嚷着又晕过去了。"说时，世良在枕头上将头摆了两摆道："客边人可怜啰！"这一句话，不由得动了令仪的心坎。便道："这实在也不是办法，难道让这种样子的人，就躺在炕上等死不成？这样吧，我这里有车子，把他送到医院里去吧。"掌柜听了这话，立刻向令仪请了个安，笑道："小姐，你若有这番好心，你积德就积大了。要不，眼看这个人就不成啦。"令仪道："你这栈房里的账呢？"掌柜的连连摇着手笑道："那不相干，病人要紧，你赶快把他送上医院去好。我这里有伙计，把他抬上车去吧。还是待一会儿呢？还是马上就去？"令仪看掌柜的这番情形，乃是巴不得立刻就把人轰了出去。病人危急的程度，可想而知。但是自己要救人，就只管救人，别的事就不必管了。于是点了头道："我还能到这里来第二次吗？就是现在走吧。"掌柜的是巴不得一句，马上叫了三个伙计进来，笑道："这位小姐，真是个活菩萨呀。看到炕上的人，病成这个样子，立刻答应用自己的汽车，把这位老人家送到医院里去，我长到这么大岁数，没有看到过这样慷慨的人。小姐说是让我们搬上车去的，那么，我们就动手吧。"说话时，两只眼睛，只管向令仪周身上下打量，以便得着她的回话。令仪受了他这阵恭维，越是不好意思说不替世良医病，于是向大家点了两点头。那位掌柜先自动手，就走到炕边，将世良的被抄着紧了一紧，然后和那三位伙计，将世良带抬带抱的，拥上了汽车去。车厢里连被带人，横躺在椅座上，就不能再容留第二个人了。因之令仪毫不踌躇，就和开车的同坐在前排。这在她总算二十四分地好意了。到了医院门口，令仪先跳下车挂了一个急症号，然后让医院里人用了病床，将世良抬了进去。令仪也想着，既是把人送来了，少不得要担些责任。索性在诊察室外面坐着，等候医生诊断。诊断完了，据医生说：他的病很杂，乃是神经受了刺激，身体过于疲劳，感冒菌侵入到血液里面去，才成了这样的重病。这必须在医院里好好地疗养。要不然，很容易出别的毛病，那就更危险了。令仪想着：他是计春的父亲，计春是自己的未婚夫，既

把人送来了，不能不医治到底，于今只有把病人安顿好了，再去和计春商量。于是也就不再犹豫，填了志愿书，交了医药费。在志愿书上，她写了真姓名，说世良是她表叔。因为写着世良是她表叔，自己这样阔的小姐，不能让表叔住三等病室里，所以替他出了二等病室的钱。好在孔小姐一笔拿出百十来块钱，却也不感到什么困难。当时稍微考量考量，及至钱已经交了，也就无所谓了。令仪在收款处交了钱，医生也就和世良换了衣服，送到二等病室里去。令仪又想着，送世良到医院里去治病了，自己就得担负一种责任，究竟如何，应当去看看。所以她把入院的手续都弄清楚了，也就跟着到二等病室里去看病人。她这些动作，一层层都是逼着来的，要说她完全是出于自动，或者有些不可能，不过在卧病的周世良，这时又有些清醒了。他看到孔小姐这样殷勤，心想着这个人几乎把我当父亲一般伺候。我原来说有钱的小姐，不能沾染，这可是我错了。当时令仪走到床面前，世良睁了大眼向她望着，表示很恳切的样子，微微地哼了两声。令仪道："老人家，你现在觉得怎么样了？"世良由盖的薄毯子里，伸出一只手来，向她微微地招了两招，然后答道："好些了，多谢你！就是我很惦记我那孩子，他怎么不来见我呢？"令仪道："好的！我明天把他找了来看你。今天是已经过了看病的时候了，你好好养病吧！这件事，我可以办到的。"说着，用手轻轻地按了两下床褥，做一种安慰他的样子，然后转身走了。她忙了这半天，把找计春的事，放到了一边。现在把世良安顿好了，这件事又兜上心来。心想：这件事可有些怪，他忽然不见，躲得渺无踪影，难道是为了他父亲来阻碍他的婚姻，故意地闪开了吗？若果然如此，他对我这不能算是一番恶意。令仪如此想着，又叫车夫开向公寓去。不想到了公寓里去，计春依然是不曾回来。令仪也曾问账房先生是同着怎样的人出门去的？账房对于此点，怎样肯说，只说是他一个人出去了，以后就不见了。令仪问不出个底细来，心里就更疑惑得深了。她在账房里站站，又在院子里徘徊徘徊，最后想了许久，又走到房门口去，对着窗户纸眼里向里面张望，于是叹了一口气，低着头出门，上汽车回去了。到了家里，就躲在卧室沙发上，一手撑了头，一手理着沙发上叠好了的报纸，也不展开来看，只是眼睛注视着沉沉地向下想去。偶然一瞥眼，看到报上登着寻人的大字广告，上面说："自君去后，汝母昼夜哭泣，命在旦夕，举家惶惶，不知所措。见报望速回来，以安母心。至于汝之婚姻，决听尔自主。予老矣，儿岂能以个人爱情之事，置衰年父母于不顾乎？父白。”令仪看到，不由心里一动，再由此想到计春，十九必为婚姻问题避开的，其实这是他误会了。我看这位老人家，是非常心慈，只要好好和他说，没有不成功的，我也照样来登一段广告吧。她这样想着，那报上登的广告，到了次日，换上字样了。乃是“春弟鉴：为何忽然不见？令尊寻弟来平不遇，身患重病，现由仪送往医院疗治。彼神经受刺激过深，梦呓中屡呼弟名，极欲一面。所有问题，似均好解决。见报盼即刻回来，同往探病，否则老人若有差错，吾人不能负此重罪也。姊白。”令仪想着：这一段广告登出去了，计春是必定要回来的了，于是静静地在家里等着。不料等了一整天，并不见他回来。到了晚上，令仪实在不能忍耐了，只好坐了汽车，到外面去散闷，以为遇到了熟朋友的时候，或者可以打听打听计春的消息。她出去之后，犹如在笼子里放出一只关着的鸟一般。少不得在娱乐场中，多多地勾留一些时侯。可是当她在外面这样消遣的时候，恰是计春用空了钱回来找她的时候，自己正编了一套言词，预备见了令仪来说着好交代那一百块钱的下落。可是当他到了余子和家以后，就听到女仆说：“小姐一个人坐着车子出去了。”计春听了这话，忽然联想起一件事情来了：今日上午坐着人力车子在街上经过，看到令仪放了汽车的车厢不坐，却和汽车夫坐在一排座位上，现在她又是一个人坐着汽车出去了，这种摩登姑娘，什么事做不出来？莫非她和汽车夫有什么问题吗？说起来，那可气死人了。如此想着，一直向令仪住的小院子里走。女仆对于这未来的姑老爷，当然是没有监视之理，由他在内书房里坐着。计春坐在书房里闲着无事，就向书架上望着，打算抽两本书来看，只见浮面的所在，有一套锦装匣子，套着一部书。顺手抽出来看时，上面题着有《恋爱真诠》四个字。这样的书没有少年人到手不读的，于是抽出书来，靠在沙发椅子背上看起来。约莫看有二十来页，眼睛觉得有些疲倦了，放下书，却看到茶几上放着一杯茶。用手摸时，乃是凉的，不用说是女仆早送来的，自己在这里所耗费的时候，也就不少了，怎么令仪这个时候还不见回来呢？这间内书房是紧套着卧室的，于是掀开门帘子，伸头向卧室里看着，只见锦被叠得平平的，软枕叠得高高的，设着睡在

这上面，成双成对地，是多么舒服！这样想着，就有一阵细细的香味，袭了鼻子里头来。于是拿了书本，索性走进屋子来，向床上一倒，两只手在床上胡乱地摸着。不觉摸到了枕头下面来，顺手触着，却有几项零碎东西。掏出来看时，乃是一只小手表，一个粉镜盒子，一只金刚钻的戒指。这手表和粉镜盒子，那是男子不能用的；至于这钻石戒指，仿佛却听了别人说过的，值一千多块钱，是最阔绰的装饰品，这应该自己戴着试试，也让自己尝尝这身上带宝石的滋味。如此想着，便将那钻石戒指在左手无名指上戴了上去。戴上了，自己将手反复着看了两遍，见那上面的钻石，亮晶晶地向外射着反光。他心里想着，所以值一千块钱的原因，就为着是这一点子光了。这要在跳舞场里露了出来，可是很出风头的事情，这倒不妨今晚带去了给情美看看。他这样想着，将手表粉镜盒子塞到枕头下面，那戒指可就不曾还原。他忽然站起来，将自己的手表抬起来看了一看，已经十一点钟了，便冷笑道："唉！这时候还没有回来呢。"他这样说着话，也并没有什么人理会他。他将两手插在西装裤袋里，在屋子里转了两个圈子，便看看令仪用的皮箱，一层层地叠了上去，却有好几个，心里想着：她送了我一只手提皮箱，那钥匙还在我身上，不知道能否开这里的箱子，我且开着试试。于是掏出身上的钥匙，在浮面手提箱子的锁眼里，试了一试。谁知手随便地一扭，那锁片嘎的一声便开了。计春也是好奇心重，想着既然是把锁打开了，那就看看这箱子里有些什么？因之索性揭开箱子盖来，向里面看着。原来令仪用的零钱就存在这箱子里，掀开浮面两件衣服看时，钞票现洋样样俱有。计春先看到，未免是愣了一愣，后来一转念头，今天晚上，皇宫舞场，有上海新到外国女人表演，原约好了情美，一定到的。只因为身上的钱用光了，所以不敢去。现在这箱子里的钱，怕不有一百多元，带到舞场里去，足够快乐一晚上的了。管他呢！将钱带去用了再说。好在令仪用起钞票来，总是动把抓的。虽然拿她一二百元去，那也不要紧。他想定了，一把就将钞票捏到手心里来，立刻盖了箱子，伸着钥匙到锁眼里去，要把箱子锁起来。但是当他伸手要锁的时候，心里第二个念头，却又变了。这钱不能拿的，令仪用钱，虽是很大方，但是我想用多少钱，应当明明白白地向她去讨，不当背了她，暗中偷她的，还是把票子送回箱子里去吧！他犹疑着将手扶了箱子盖，不免出起神来。最后他又想了：拿就拿了吧。我们既是夫妻，谁用谁的钱也不算偷。我把钱带去，留个字条，让老妈子交给她就是了。他想着，这个办法是对的。于是将钞票揣在身上，就到隔壁内书房里来，看到书桌上有现成的纸笔，坐下来，就提起笔在一张洋式信笺上写道："令姊！我晚上来看你，久等不回，你到何处去了？奇怪奇怪！枕下戒指，我借去一用……"写到这里，不免踌躇起来。只管用笔头倒擦抹着自己的鬓发，戒指在枕头底下，我顺手摸来，还有可说，这钞票人家是放在箱子里的，为什么我打开人家的箱子来拿钱呢？这钱和戒指，我虽拿了，我若不说明，令仪未必知道是我拿去的，我乐得不做声，让她去疑心仆人好了。心里想着，手上已经把写的那信笺，捏成了个纸团，接着往白衣袋里一揣，这桩案子，自己既然打算胡赖，那就不能够再在这里等着了。要不然，令仪回来了，彼此当面，这话可不好说，于是戴上帽子，就向外面走。当他走到院子里的时候，皮鞋底在青砖铺的地面上得得作响。老妈子就追着出来问道："周少爷，你走了吗？等了这样久，索性等一会儿吧。我们小姐，一会子也就回来了。"计春道："不不！不等了，我还有事呢。"他口里说着这话，嗓子眼里，可是抖颤着的。女仆道："余老爷来了。你不和余老爷谈一会子去吗？"计春心里想着怪呀！她为什么老留着我，莫非她已看出了我什么形迹吗？便答道："我明天再来吧。夜深了，我要回公寓去了。"一面说着，一面就向外面走，到了大门外，心里还怦怦乱跳，自己定了一定神，一跺着脚发着狠道："事情既是做了，害怕也是无益。做就错到底，管它呢！我上舞场去了。"下了这样的决心，那就什么也不怕了。立刻雇了街上的人力车子，飞奔到皇宫舞场来。今天这里是更热闹了，那大门口两个圆圈圈的红绿电灯门框之外，又有四个电灯球大字："特别表演。"大门外空场子里，汽车挨着汽车停住，把人行路都塞断了。人力车到门外路上，还不曾停着，一阵铿锵的音乐，就送入耳鼓来。计春心想：总算来得不晚，还把热闹时间赶上了。跳下车来，也没有毛票给车钱，只好给了车夫一元现洋，自己匆匆忙忙地，就向舞场里面跑着。到里面看时，恰好情美没有得着舞客，独撑着头，在舞女座上等人呢。计春看到，认为是个绝好的机会，立刻买了廿块钱舞票，到舞厅里去找了一个座位坐下。他这里一坐下，向情美那边看去，恰好她也向这边看了来，四

目相射，就对笑起来了。情美对他这一笑，为着什么，他不知道，他对了情美那一笑，就为着说不来，今天晚上，还是赶着来了。二人对笑着，音乐台上的乐队已经开始奏起音乐来了。他二人在音乐声中，好像得着一种什么命令一样，立刻走到一处，搂抱着跳舞起来。在跳舞的时候，那晶光闪闪的钻石戒指，已经射到情美眼里来。情美一想：这小子到未婚妻那里去了一趟，就带着钻石戒指来了。老陈说他岳父家有钱，这倒不是假话。当她眼睛射到戒指上时，计春也跟着她的眼光看来，脸上带了微笑，自己先问道："你看这个戒指好不好？"情美微笑道："好是好，但是这放在你手上，我说好又有什么用处？"计春若是要安慰她两句，除非这样说你喜欢我就送给你吧。然而这是太贵重的东西，怎样能随便地说送人，算是碰了人家一个橡皮钉子，也只得微笑着不做声，把这场困难胡乱地就牵扯过去了。计春跳完了舞，自己回到座位上去，一看今天的舞厅里，十分热闹，各座位上都三三两两的，唯有自己这里是一个人，却太孤单了，想着刚才暗中得罪了情美，没有什么可博她欢心的，不如让她来坐桌面开香槟，和她捧捧场吧。他如此一想着，摸自己衣袋里钞票，还是成卷地塞在里面呢。这大可够今天一晚挥霍的了。于是二次起舞的时候，将情美邀了过来坐下。接着，就开了香槟。情美在暗中握住他的手，就笑问道："今天的报纸，你看过了没有？"说着话时，眼睛很注意他的脸部，看他是如何答复。计春很自然地答道："今天我没有看报呢。国家大事，与我毫不相干，我看报做甚么？"情美咬了下唇皮，微微地点了两点头。笑道："那样就好。"这四个字，忽然听着，倒有些费解。难道说一个人要不管国家大事，那才是好吗？计春没有追着向下问，也想不到这里面有其他的问题，当时也就只知道搂着情美，继续地向下跳舞。这舞场里，今晚本来就特别地热闹，先是三位舞蹈女星，逐位单人表演，后来又有男星配演，也是每人一场。等到这些节目做完，夜已深了，计春手拿着玻璃杯，伏在桌子上，眼望了跳舞厅中心，并不说什么，就打了两个呵欠。情美在她自己座位上，斜着眼睛看去，心里已明白了，这就走近身低声向他道："我去打电话叫汽车，你送我回去吧。"计春笑着点了两点头。但是情美也不曾计及他是否答应，早是掉转身匆匆地走去打电话去了。计春听到她说，须要他送了回去，已经让他的精神兴奋起来，这不待情美吩咐,他也有那相当的聪明,就悄悄地会过了座位上的钱,先到大门口去等着。不到二十分钟,情美挽了他的手胳臂,就一同回到自己家里来了。当太阳高照,时钟的短针在一画上面时,计春睡在很高的软枕上,睁开眼睛来看时,便觉这屋子里,充满了脂粉香气。情美对了梳妆台,正在浓抹脂粉;她在镜子里,看到计春坐将起来,就回转头来微笑道:“你还睡一会子吧!昨天晚上……”说着,抿嘴一笑,计春将手抬起来,看了一看手表,微笑道:“若是在学校里的话,下午第一堂课,都该上了。床上只是我一个人,为什么还舍不得起来?”计春口里如此说着,坐起来,伸着脚到床下来踏鞋子。情美就在衣架上取了一件很干净的睡衣,向他身上披着,同时喊道:“王妈,周先生起来了。打洗脸水呀!”计春只把睡衣的带子系好,洗脸水漱口水,便一齐放在梳妆台上。计春来洗脸时,情美却趁了这个时候,站在衣橱子边和他刷西服。计春也莫名其妙。她突然之间,在哪里就找着了一把毛刷子,这或者是事先就预备好了的了。自己洗完了脸,穿上了衬衫,情美拿着领带和领子,就来和他一一加上。衬衫领子都穿好了,情美就提了西服,让他来穿好。计春走到外面堂屋里来,向窗外看看天色,他还不曾在椅子上坐下来呢,那个女仆就用一只红色的雕漆盘子,托了一小瓷碗油汤似的东西进来,笑嘻嘻地放在桌上,她道:“周先生,这是今天一早炖的新鲜牛肉汁,很补身体的,你就喝了吧。”计春道:“怎么只一碗呢?”情美就在屋子里答言道:“这是特意为你预备下的,你就喝了吧。”计春听她如此说着,也就不必客气了。但是心里想着,令仪要像情美这种样子待人,那就好了。令仪只是肯花钱给人用罢了,至于温存体贴那些事情,她是完全不管。可惜情美没有令仪那么多财产,不说那样多财产,就算十分之一吧,我也愿意丢了令仪来娶她了。他正如此想着,情美笑着走出来了,用手轻轻地抚摩着计春的脊梁,问道:“早上你还要吃什么东西吗?”计春道:“不吃什么了。劳驾!叫佣人给我一杯茶喝就行了。”情美道:“有有!早预备好了。你喝龙井呢?喝香片呢?屋子里桌上,圆壶是龙井,桶壶是香片,听你自己的便吧。”计春笑道:“你也太周到了,何必为我泡两壶茶呢?”情美叹了一口气道:“你到今天才知道我对你是很周到吗?无论哪个女人,对于自己心爱的男子,是不肯放弃的。但是我因为你喜欢唐小曼,就把她介绍给你交朋友

了。我只要你精神上得着安慰，其余的事，我并不计较。可想我对你是怎样一番心事了。”计春想着，这话果然。走到屋子里斟了一杯茶，靠着桌子，慢慢地呷着。一只脚悬了起来，只管抖着。情美进来，用一只手搭着计春的肩膀，偏了头，向计春脸上望着微笑道：“小兄弟，我爱你是真正地爱你，并不像别人，为了失恋，才和你要好。那是给别人看着，她自己来出气的。你这样年纪轻轻的，给人家拿来当傀儡，真是可惜呀。”计春听了这话，未免心中一动，同时脸上也就红了起来。情美这样一句很平淡的话，可让计春的心境，起了莫大的转变。袁佩珠所施的计策，总算有效了。

第二十九回

约指借来计成人忽遁
纤腰舞倦梦醒客何归

周计春这个青年，聪明是很聪明的，但是他岁数太小了，而且他是穷苦出身的人，声色场中，这些无边的风浪，哪里能抵抗得住？他和令仪订婚以后，用钱是用得舒服，但是令仪那个脾气，可也不容易对付，动不动就变着脸色，闹得人笑也不是，哭也不是，他心里也就委屈极了。在他和袁佩珠要好的时候，彼此之间，自然是无话不说。提到了令仪，佩珠就没有说过她一个好字。当时因为佩珠和令仪是情敌，自己就也是听一半疑一半。后来在陈子布口里，有意无意之间，也曾提到令仪身上来，他曾在很不经意的时候，说着令仪是为了负气，才订婚的。计春也曾想着这话有些相近。要不然，她那么一个有钱的大小姐，为什么要和我这穷小子订婚呢？这两天和情美在一处周旋以后，这才知道女人的可爱，并不限于脸子好看而已。有许多所在，是文字和言语，都不能形容出来的。就以情美而论吧，她能舞，她能唱，她又会照应着人；和她在一处，时时刻刻都感到舒服，决不让人受上一点子委屈，将她来和令仪打比，那很可以证明令仪不是真爱自己的了。所以情美说出为了自己出气才相爱，这就知道她说令仪的爱，不是出于真实的。自己现在修饰得丰致翩翩，却不免去做一个情场的傀儡，这也就太可耻了。他当时红着脸，又不便哑口无言，微笑道："你这话是很怜惜我的。可是老实说，我本人是个穷小子，所用的都是亲戚的钱。我纵然爱你，我也没有那个力量娶你，那也不是枉然吗？"情美顺手将他手上的茶杯，接了过来，喝着一口，然后再用那只手拍了他的肩膀微笑道："小兄弟，你错了。你

以为婚姻的关系,都是建筑在金钱上的吗?"说到这里,她又连连摇了几下头道:"不说了,不说了,在这个时候我说着,显然见得我是夸嘴。过久了,你自然也就明白了。"计春再要说时,情美搂着他,在屋子里,东倒西歪跳起舞来。计春看看这种情形,分明是人家不愿向自己灌迷汤,这更见得她是好意了。因为彼此越说越投机,计春并不想走。在情美家吃过了午饭之后,情美又陪着他打打乒乓球,下下跳棋,混混就天黑了。吃过了晚饭,情美就不等计春开口,先就拦住他道:"你今天不必上舞场去了。"计春听了她这话,倒是愕然,就站定了,望着她的脸道:"这是什么意思? 我有什么事情得罪了你吗?"情美这时站在屋子里梳妆镜前,在理头发,于是放下手上的梳子,掉转身来,两手握了计春两只手,连连摇撼了几下道:"我无论说着什么,你怎么总不当是好意呢! 你想呀,我们这样早晚不离,我是把你当一个平常的舞客看待吗?"计春正色道:"你简直把我当自己的小兄弟一样看待了。怎么倒说出这种话来。"情美道:"却又来了,我既把你当自己人看待,你的钱,就是我的钱。你到舞场里去,买舞票,开香槟,一晚就花好几十块钱。我呢,不过得个几分之几。你为了我花钱,我又不曾得着实惠,那是何必? 依我说,你还是省了那几个钱,留着我们或是买衣料,或是吃馆子,或老留在你那里,作为我的零用。这都不比在跳舞场上花去强得多吗? 你若是闷得慌,就在我床上躺躺,找本小说看看,这岂不是好? 我今天晚上不会闹到夜深,可以早点回来的。你看我的脸。"说着,将脸两边偏侧着让计春看,果然只是淡淡地扑上了一点粉,并不曾抹一点胭脂;眉毛也是平常的样子,并不曾画。情美道:"我们和舞场里是有合同关系的,无论我怎样舍不得离开你,可是不去不行。"计春听了这话,真个是由心里疼了出来,便道:"难道我能叫你为了我,把工作都牺牲掉了吗? 你只管去吧。"情美笑道:"我去是去,我会装着生病回来。一点钟以前,我准可以到家,你等着吧。你可不许走。"说时,握住计春的手紧紧地摇撼着。计春笑道:"我若是走开,以后彼此就不用相会了。你想,我还有脸子见你吗?"情美听了这话,才带着笑容出去,到了院子里的时候,还高着声音叫道:"妈,你可别让小周走了呀。他要走了,我回来了,可和你要人。"她母亲也就在院子里高声答道:"慢说是你心爱的人,就是你心爱的东西,也不敢放松的。你把人交给我得了，绝没有错的。”这样说着，才听到一种高跟皮鞋的响声，一路响着出去了。计春躺在情美屋子里，就心里暗想着：她们对于我，真是十分亲爱。就算是假的，人家为着什么？她并不曾胡花我的钱呀！计春如此想着，自是得意之极，也就信了情美的话，不曾走开了。情美说的话却是言而有信，到了十二点半钟，也就回来了。这时，计春和情美的感情，那就更加进一层了。次日正午，计春先起床，却看到窗户边的桌上，放了一封请帖。封套上写陆情美小姐。顺手抽出里面的请帖看时，乃是穆祥生穆石佩贞谨订。这分明是夫妇两个合请了。因将帖子送到床面前，向情美道：“喂！快起来吧。今天下午，有人请你吃饭呢。”情美接着帖子看了，哎呀一声，连说了不得！计春见她大为吃惊的样子，便问是怎么了？情美就噗嗤一声笑起来道：“这是想不到的事。他们夫妻两个会请我吃饭。”计春道：“这下请帖的是谁，不是舞客吗？”情美道：“怎么会是舞客？人家是规规矩矩的人啦。这穆祥生，是前门外四五家绸缎庄的东家，家产几千万呢。他太太认识我，曾托人对我说过，要认我做干女。因为他两口子今年五十多岁了，还不曾生育，有个儿子，是过继来的，已经娶亲添孩子了。但是这两口子有儿无女，还嫌不足，又想认我做小姐。我想我一个当舞女的人，哪里配去做这么阔的小姐？所以我还不敢十分答应。今天这一回，我也想不去呢。”计春拍着手笑道：“这是好事呀！你为什么不去呢？”情美低头想了一想，又摇了两摇头。计春道：“你为什么不能决定？”情美道：“你想呀！他们家里请客，当然是什么样子的阔人都有。我衣服首饰全没有，怎好去得？”计春笑道：“照说你的衣服，那是很多的了，像你做客，都嫌没有衣服，难道还要穿描龙绣凤不成？”情美笑道：“倒不是如此。我的衣服虽多，但是在舞场上穿的东西，未免太华丽了，到人家去，恐怕人家说我不庄重。这也罢了，我挑两件极老实些的穿就是了。只是我一件可宝贵的首饰都没有呢。因为这两位老人家和朋友介绍，一定说我是位小姐，不肯说我是舞女的。”计春道：“这很容易办。你把这个钻石戒指拿去戴就是了。”情美连连摇头道：“不不！这个戒指，大概值两三千块钱，若是丢了，可赔不起。再说，这戒指又不是你自己的，若是你自己的，我就大着胆子借了去充一充面子，可是你这戒指，还是未婚夫人的呢。那位小姐若是看见你手上没有戒指，问起你来，你何言

答对?”计春笑道:“你也未免说得我太怕她了。你拿去戴着吧。”他口里说着,手上就已经把那戒指取了下来,交给情美。她接着戒指笑道:“既然如此,我倒有些却之不恭,那么就是这样办。我说定了,借你……”说着,将戒指先戴在手指上,然后右手比着左手的手指头,口里默算道:“现在两点,三四五六七八九十至迟十一点就回家了。我借九小时吧。不过有一层,你既然没有戴戒指,不宜和孔小姐见面。你在我这里再委屈一宿吧。”计春道:“这是我求之不得的事。怎么说起委屈两个字来了?”情美到了这时,就不由得喜笑颜开起来,情不自禁地将手搭在计春的肩上,向他连连地点着头道:“谢谢你啦!”计春道:“你这人太客气了。朋友的东西,互相通融一下子,那算得了什么?”情美瞟了他一眼道:“朋友?我们似乎要比朋友胜过一筹吧?”计春笑道:“却又来了!既是我们的交情比朋友还要胜过一筹,你把我的戒指拿去戴一两天,又算得什么?这哪里还值得你在口里老念着呢。”情美且不理会他这句话,顿着眼皮,咬住下嘴唇,似乎又把什么事想出了神。计春道:“你还想什么?”情美道:“今天我七点钟就要走,你又不便回去,把你扔在我这里孤孤单单的,那是怎么办呢?”计春道:“这不要紧。我随便到哪里去待几个钟头,就把这几小时混过去了。”情美依然咬了下嘴唇,在那里想心事。她忽然笑着瞅了计春一眼,点点头道:“我有办法了。老九是个戏迷,我买两张戏票,让你和老九听夜戏去吧。”计春笑着摇手道:“这如何使得?”情美笑道:“这又如何使不得呢?你别疑心生暗鬼躲躲藏藏的。老老实实就和她公开地交朋友,我一点也不吃醋。再明白说一点,老九年轻呢,只晓得玩,还不懂得什么叫爱情。你这一颗心,都在我身上了,凭老九那点本事,还不能把你套了去呢!你怕什么?”她这种话,越是说得直爽,越是让计春死心蹋地,简直没有丝毫可以拂逆的余地。听她说着,只有嘻嘻地笑。到了下午四点钟,情美果然去买了两张戏票,同时打着电话给唐小曼,说有要紧的事商量,请她立刻就来。等到戏票买到了,唐小曼也就来了。情美告诉她说是请她陪计春看一晚上的戏,明天另有报酬。小曼就笑道:“你待周未免太好了。花钱买票让我陪他去听戏,那还罢了,又怕我不耐烦,还许着我另外报酬。难道你和他订了条约,非成天成夜,陪着他不可吗?”情美笑道:“瞎!是的。要成天成夜陪着他的,我给你一个机会,让你今天去接近他。你若是能在我手上把他夺了去，我才佩服你呢。我们什么事都丢开，要怎么办就怎样说。你若是今天不去，那就是故意面子上装做正经，以后你们俩就别到一处玩了。”计春以为她这样说了，小曼必要性急起来的，可是所猜的正是反面。小曼突然地站了起来，将计春一只手抱在怀里，将头靠着计春的肩膀，笑道：“小周！你得替我争口气，和我多亲热亲热。”计春望了情美，只是笑，什么也说不出来。三个人在屋子里纠缠了许久，陆家又办了很精致的晚饭给计春和小曼吃。情美因为要去赴席，只是在旁边坐下干陪着。到了八点钟，情美叫了一辆汽车来，亲自送计春和小曼上戏馆子去听戏，她才从从容容地到穆家吃酒去。计春对于唐小曼这种天真活泼的态度，本来也是很爱的。但因为和情美那般相好，实在不忍丢了她和第二个人谈恋爱，而况她也看破了这事，嘴里只管直说，弄得人也不好去做那明知故犯的事。这时离开了情美，和小曼同座看戏，年岁既差不多，一个穿着平整的西服，头发梳得溜光；一个穿了短袖淡蓝色的花绒旗袍，梳着两个小辫，分在头的左右。看戏的看到都这样想着，哪里来的这一双如此年轻的摩登男女？心里如此想着，由身边经过的人，都不免向他俩身上看看。计春并不因为这样引起别人的注意，是一件少年可耻的事，他倒十分得意，不住地偏过头来，和小曼说东说西。因为他是这样得意，所以在听戏的时候，也就忘记了一切，及至把戏听完，也就十二点多钟了。小曼急于要上舞场，就由计春在附近汽车行里雇了一辆汽车，直接把小曼送到舞场里去。在舞场里一问，说是情美今天请假没有来。计春想着她必是回家安歇了，立刻坐了车子到陆家来。那汽车到了门口，接连按上了几响喇叭。他心里想着，里面听了这种喇叭声，知道是自己来了，必定有人来开门的。因之在车上付了车钱，才从从容容地下车。及至汽车开走了，门里面还没有响声，于是伸着手，就去按门上的电铃。两次，三次，把电铃按到四次，还不曾有人出来开门。计春心想：这可怪呀！她家里人，都是深夜不睡的；有时候情美快到天亮回来，那电铃一响，门就开了。这时不过十二点多钟，舞女家里算是很早，怎么这门就叫不开？是了，电铃也许坏了，且用手捶着门试试看。于是捏着拳头，咯咯咯，在门上捶了几十下。捶的结果，依然是双扉紧闭。不过这时他正对了那大门，久在夜色里，眼睛渐渐亮了。

这一亮，看清楚了。呀！这门是反扣的，外面还插着一把锁呢。情美就算吃酒不曾回来，她母亲呢？她家里的女仆呢？还有半做厨子半做听差的一个南方人呢？难道都去做客去了？自己对了那大门，呆呆地望着，不知是何缘故，心里却有些怦怦乱跳。心里想着：她全家人都不在家，这必定有些缘故。可是这般夜深了，向哪里去问这些缘故呢？若去问街坊吧，恐怕陆家和街坊邻居，都没有什么来往。这时胡乱去打人家的门，将人家由睡梦中惊醒，人家不会说是我发狂吗？那么，向舞场去打听，然而她向舞场是请假的。她若是出了什么事，那还要说自己多少涉些嫌疑呢！自己在这门口呆呆地望着，没有一个办法。后来这胡同里远远地有皮鞋声响，计春料着是警察来了，赶快就走了开去。余子和家，夜深是不能去了；朋友家里，也不能半夜拜会。最后想着只有回到那四五天不曾去的自家公寓里安身了。当他刚进了公寓大门时，伙计见了他，第一句话便道："周先生，你可回来了。那位孔小姐，昼夜地寻你。今天晚上，还打了两遍电话找你呢！还有一位老……"计春不等他说完，心里已是乱跳。想着：这必是钻石戒指这件事发作了，这公寓里如何能住？便抢着道："孔小姐找我有要紧的事吗？那我连夜就去吧。"说毕，扭转身就向门外走。伙计追了出来道："周先生！你务必要到孔小姐那里去一趟。她有十分要紧的事，非要你当面不可哩。"计春听说，更是慌了。不能回公寓，这个时候，到哪里去？只有回舞场去，是一条正路。纵然明天情美吃醋，说是陪小曼跳舞了，但是谁教她家今天晚上关门大吉呢？他想着有了理由，便又回到皇宫舞场来。在舞场上的唐小曼，看到他去而复回，倒很是诧异。这时候了，情美为什么不留住他，还让他出来？计春到了这里，当然也不会想第二个了。在屋顶上电灯放着醉人的紫光，音乐台上奏着那尊声的调子时，计春搂着小曼，一歪一跛地慢舞着，低低地向她道："老九！今晚上我没地方安身了，怎么办？"小曼道："找情美去，她没有回来吗？她的床也不能搬了走。"计春道："你说怪不怪？她家的大门反锁了，叫不开门。"小曼道："你不回家去？"计春道："夜深了，叫门费事，而且也不方便，现在快两点钟了，我还没有个安身之处。真着急！"小曼撅了嘴道："着急，活该！"计春笑道："你不是说要在情美手上把我夺过来吗？"小曼瞅了他一眼道："我就知道你在我面前玩手段。"计春道："我可赌死咒，她家大门，实在是反锁了。你不信，我们一同去看看。要不然，你叫叫她家的电话，叫通了，就算我骗你。”小曼道：“我们姊妹们感情不错，难道我真抢你不成？”计春道：“你既是要避嫌疑，我也没有法子，我就在这里坐到天亮走吧。”说到这里，音乐已经停止了。小曼回到舞女座上，回想到计春这样年少，而用钱又是那样挥霍，有这样的机会，似乎也不可失掉。于是就悄悄地走到电话室里，向情美家打电话去。果然地，叫了十几分钟的电话，不听到一点回音。小曼这才信着计春的话不假，就算是假的，自己打过了这遍电话，也就对得住她了。小曼回来之后，二次和计春合舞。计春又提到今晚无处安身的话。小曼笑道：“隔壁就是旅馆，你不会开房间去。”计春笑道：“你不能陪我去吗？”小曼道：“你不知道带舞女住旅馆，那是要犯法的吗？”计春笑道：“这样夜深，警察还会去查房间吗？那也未免太多事了！多给茶房两个钱，他自然会同我们遮盖过去。”小曼瞅了他一眼道：“看你小小年纪，你倒是什么都懂，这都是情美这班女朋友把你教坏了的吧？”计春笑道：“她倒是没有教我做坏事。”小曼道：“谁教过你做坏事？”计春笑道：“回头我可以详细告诉你。”小曼点着头微笑道：“哼！我倒是要审问审问你。”两个人谈着话，又合跳了两次舞。因为上半夜两人同看戏的，都感到疲倦。到了三点钟，小曼先就离开了舞场了。不到十分钟，接着计春也就走了。他们这样不知天高地低的少年，只顾眼前。计春所说要详细告诉小曼的话，少不得总是要告诉她的。小曼详详细细地问，他自然也就详详细细地说出来了。这舞场隔壁，就是一家中央饭店。在次日下午两点钟的时候，小曼脸上黄黄的，蓬着头发，紧裹着斗篷，由饭店大门口出来，坐人力车而去。这饭店某号房间里，计春一人坐在沙发上喝着茶，心里想着：倘然今生一生都是这样地过去，那倒也快活。不过这件事最好不让情美晓得，那就更有兴趣了。他想着出神，门外夹道里，正有卖报小贩，慢慢唱着报纸名字，走了过去。计春心里一动，这有好几天不曾看报了，倒要看看报上国家社会在这几天可曾发生什么问题。于是叫报贩进来，大大小小买了几份报看。他两手捧着，还不曾展开来，便在报头边，广告第一行，看到了“计春弟鉴”四个大字。什么？有人登报找我呢？也许是同名字的人吧！再将大字下的小字全文一看，乃是：“登报数日，觅弟不至，岂有心躲避乎。尊大人

现卧病医院，势甚危殆；弟若不前来，谁负此重责？若弟有甚困难，不能抽身，亦望设法告知。其余各问题，容面叙。仪白。”计春一看，这不成问题，必是令仪登报的了。她这广告上说：我父亲卧病医院，这话有些靠不住。我父亲卧病在安庆，他不会进医院的，令仪怎样又会知道？我父亲若卧病在北平？根本上没有听到说他要来，这显然是令仪丢了戒指，着了急来找我了。我原来猜这戒指，也不过值一千多块钱。情美说要值两三千块钱，仔细想起来，也许不止值这些个钱。在小说上曾看到过，一只戒指，有值几万的呢。若果是那样值钱，令仪怎样肯放过我？这不是闹着玩的，赶快给令仪送回去为是。心里想着，再拿别的报看看，上面都有这一种广告。这不用说，一定是令仪发了急了，所以到处大登广告。俗言道得好：逃得了和尚逃不了庙，我家还在安庆呢。我若老躲避着，她必定会找到我家里去的，那么我还是早早把戒指取回来，送还给她吧！他如此想着，更是不敢稍缓，立刻会了旅馆账目，拿了那卷报纸，坐着人力车子，就向陆情美家来。还不曾到呢，远远地就看到那门口拥着一群人，还有两位穿黑衣服的警察，指手画脚，在那里说话。计春心里又是一动，在胡同口上就跳下车来，自己装成一个过路人的样子，慢慢走到情美大门口去，只听到一个人道：“她们家木器家伙，全是租来的，丢了要什么紧，至于能带的东西，全带走了。”计春见说话的是个老年人，便取下帽子向他点了一个头道：“老先生！这是怎么回事？”那老人叹了一口气道：“别提了！这一家子是当舞女的，前前后后，在这胡同里欠下不少的债，昨晚上卷逃了。”说着这话，只管向计春周身上下打量，接着问道：“你这位先生认得她吗？”计春得了这个报告，犹如在天灵盖上打了个霹雳。睁了双眼，望着大门，许久才道：“不能进去瞧瞧吗？”警察向他望着道：“你是陆情美的舞客吗？”计春道：“不！我是新闻记者。”警察道：“你有名片吗？”计春伸手到衣服袋里掏了一阵，笑道：“没有，我不想出门就会遇到这种事，没有带名片。”警察道：“对不住！这可不能随便进去，主人翁一逃走，这里就是是非之地了，谁愿意进去犯嫌疑？”计春听说连新闻记者进去都有嫌疑，若是表明自己和情美的关系，那不客气，也许他要被带走。自己省点事，还是走开吧。警察一再提到舞客两个字，这倒让自己想起来了：自己认得情美，是陈子布介绍的，陈子布就是情美最老资格的一个舞客。情美何以逃跑？逃跑到什么地方去了，陈子布总应该知道。他介绍这种女子和我做朋友，不能不负点责任，我找他去。这个念头转了过来，立刻又奔到陈子布的寓所来。但是他和现在的计春一样，行李箱笼，都寄放在一家头等公寓里。然而他的人却是没有固定的地方安顿，人和行李，也许四五天不见面。计春赶去时，当然是不在家了。计春越是找不着人，心里就越没有了主张。他口想着：这事是有些蹊跷，陈子布虽和我感情很好，但是一位新朋友，究竟他为人如何，却是不得而知。再说无论交情怎样地好法，没有把爱人让给朋友的。看陈子布和情美的情形，以前应该是极热的人，何以他自己愿意离开，却让给我。天下事又是这样无独有偶。陈子布把情美让给我了，情美又把我让给小曼。虽说做舞女的，把爱情这件事情看得十分淡，可也不应当公开地这样做。他心里想着，脚上沿着人家屋宇的墙脚，只管一步步地向前移着，自己不知道走了多少路，也不知道到了什么所在？偶然醒悟过来，抬头看时，却是一条素不相识的胡同。自己觉得心里像火烧一般，立刻掉转身，向来的路上走回去。但是也只走了几步，心里忽然省悟过来，我往哪里去？见令仪去，把什么脸见她？回公寓去，她可以找到公寓里来？找其他的朋友想法子吗？那些人和陈子布是一流的。可是不回去，也不找人，就整天整晚在胡同里走着不成？而且这样走着，也绝想不出一个什么办法来的！于是那脚步慢慢地缓移，缓到一寸挪不动，究竟是站住了。他心里想着：情美跑了，我倒陷住了。她待我那样好，突然地跑了，是想不到的事。莫非那都是骗我的吗？若说骗我，没有别事，必是为了这钻石戒指。她为了这钻石戒指，连码头都可以抛开，想必这戒指值钱。与其这样让她骗了，我不如自己卖了来花，虽是得罪了令仪，那也值得。啊！便宜了这个女骗子。他心中如此想着，脚下就是一顿，这种动作，完全是他情不自禁，无意识地表示出来的。偏是在这时，有两名巡逻的警士，由这里经过，看到他一个穿西服的少年站在人家墙角下跺脚，这却是件可疑的事，便走向前来问道；“这位先生！你站在这里做什么的？”计春猛然一抬头，心里不由怦怦地乱跳着，就向警士笑道：“我不做什么？”警士道：“你不做什么，为什么站在这里跳脚呢？”计春笑道：“是吗？我自己都不知道。我丢了一枝自来水笔，遍地里都没有找着，所以我发急了。丢了就

丢了吧，我也不找它了。"说时，他搭讪着向四周看了几看，也就走了。这样一来，真把他为难极了，公寓里去不得，朋友家里也去不得，甚至大街上也停留不得，这怎么办？他走路时，自言自语地道："狗急跳墙，人急悬梁。我要悬梁了。"他如此说着，自然十分着急。然而他真个悬了梁，那现代青年的下场，也就太惨了。

第三十回

欲死未能挺身谈奋斗
求生乏术访客作狂游

有人研究自杀者的心理，以为除了那特殊的情形而外，十之八九，都是一时的冲动，在这冲动的期间，觉得只有死是最后的安慰，并不害怕；过了这个最短的冲动期间，慢慢地害怕起来，就不想死了。这个时候，周计春也是这样想着：自己忽略了，把一个值三千块钱的戒指，随随便便地丢了，本来就对不起孔令仪，而况自己一时糊涂，又打开了她的箱子，偷了她百十块钱。便算是和她已经结了婚的丈夫，做出了这样不道德的事，她也就大可以提出来做个离婚的理由了。便是不离婚，她也瞧不起我这个人，我这一辈子，还想个出头之日吗？这真是我的错误。本来当个穷学生，很好地，又要做有钱人家的女婿；做了有钱人家的女婿，也就该顺着这一条道儿走了。吃了三天饱饭，偏又要迷恋舞女。到了现在，哪一条路也走不通，如何是好？自杀了吧！他心里转着念头，脚下不停地乱走，到了最后，居然有个解决的办法了。他主意既定，抬头一看，这里是西四牌楼，走不多远，便是北海。有了！向北海投水去吧，北海总是个名胜地方，死在北海，也落一个干净。主意想定了，索性坐了人力车，径直就到北海来。这时，已经是深秋天气了，树木大半落了叶子，就是没有落下来的，也变了深褐色。地面上的草，都变着一种焦黄灰白的颜色。那些碧瓦红墙，在枯树中显露了出来，虽然不失它的伟大，然而一轮偏西的太阳斜照着，加上百十只乌鸦，只在树梢上飞栖不定，这便显出这个幽邃的名园，有很深的荒凉意味。计春在进园门以前，那是抱着必死的决心的，到了园里以后，最先经过琼岛前那座斜形

的大石桥,就想向水里一跳,但是水在这里,绕着琼岛,不是怎样地宽阔,而且又是游人来往必经之路,万一跳了下去,让人给救起来了,那不成了笑话了吗?死也要死个痛快,必须找个水面宽阔,无人看见的所在,一跳下去就死。他如此想着,走过了琼岛,顺着水岸向北走。远远地看到那北岸的五龙亭,参差着立在水边,便想起曾和令仪佩珠在那里品茗闲话的韵事,今生今世,是不会再有这甜蜜的生活了。这样好的地方,多看一分钟,多有一分钟的安慰,不要急于跳河,我先得把这风景饱足地赏玩一下。因为如此,他又再向前进,直逼近了五龙亭边。这虽然是深秋天气,然而也不是游人绝迹的时候。当他走近了五龙亭时,其中有一群男女走了出来,嘻嘻哈哈的,快乐着过去。他心里就想着,天下事是如何地不平等啦!我这里穷无所归,正要跳海呢,他们却是这样欢喜。可是话又说回来了,焉知他们这班人里面,将来没有和我一样的?他心里想着,眼睛很注意那些人,却看到了其中一个女子,很有些像袁佩珠,于是又想到了自己之有今日,完全是袁佩珠的缘故。设若在和令仪翻了脸以后,不受她的鼓动,立刻就找冯子云先生去,就早已做好学生了。他心里只管前思后想,却忘了自己是来寻死的,等到把思想停止了,猛然抬头一看,却见这北海白水漂荡,斜阳倒映在水里,金光一道,带入湖心,十分好看。再向东南望着那景山上的亭子,耸峙在翠柏丛中,映带着几角宫殿,简直是幅画图。这样好的宇宙,为什么把它抛别了?我若死了,明天这时,在水面上就要浮出一具肿头散发的尸身来。那时,必是许多人围住了看……他想到这里,不但是心里乱跳,而且身上还有些抖颤。他不敢在岸边立着了,跑过来十几步,还喘着气呢。然而不死怎么样?这个难关不得过呀!他焦急着,又在路上转了起来。有了,刚才我曾想到袁佩珠,她和陈子布这些人很好,可以托她向陈子布打听,陆情美究竟在哪里?只要把那戒指拿回来了,至于用了令仪百十块钱,那是小数目,总好办。有一线生机,我总应当根据了这一线生机去奋斗,何必急于死呢?他由迟疑着变到怕死,由怕死更变到求活,这是一定的道理,于是坐了人力车,直奔袁佩珠家来。在一路上,他虽想到没有脸去见佩珠了,然而事实逼着来了,受人家的指摘,总比寻死好得多。所以也就横下心来,一切不管,挣着那口硬气,到袁家来。当他走到袁家门口的时候,自己很踌躇了一会子，伸头向大门里看了几遍，见门房的门紧紧地关着，并没有人声。设若自己不进门去惊动着，便是在大门外站立到晚上，恐怕也没有人出来招待，因之来回地徘徊了好几趟，始终不敢冲了进去。到了后来，他自己暗中用劲，将脚顿了两顿，心里想着：再要不进去，天就黑了，人家还要疑心我是一个溜门贼呢。于是不顾利害，伸手在门环上乱打了几下。一个听差走了出来，向计春身上看了一看，本打算凶狠狠问上一句的，后来看到他穿了漂亮的西服，而且头上戴的那顶帽子，也是丝绒的，这才忍住了一口气，从从容容地问道："你要会哪个？"计春道："我是来拜会你家大小姐的，有点要紧的事要对她说，务必请她出来见见。她若有事，我只做五分钟的谈话好了。"说着，在身上掏出一张名片来交给听差。听差拿着名片进去，他站在大门洞子里等候，可是不住地心跳，以为佩珠必定不见，或者是听差骂了出来。然而事实与理想相反的，听差出来时，一阵高跟皮鞋响，佩珠竟是走出来欢迎了。她老远地笑道："今天是什么风把你刮了来？请到客厅里坐。"计春老远地将帽子拿在手上，红红的面皮，就点着头走过来。到了客厅里时，更让他出于意外，便是电灯灿烂之下，陈子布也坐在沙发椅子上抽烟卷。看到计春，他就迎上前来和他握着手，笑道："老周，你今天有一件很失意的事吧？"计春却不料心里憋住一个哑谜，进门便让他猜破了。因发笑道："你怎么知道，我有什么失意的事？"子布道："陆情美逃跑了，不是你一件很失意的事吗？我知道你到我公寓里去了一趟，大概就为这个事。你不必惦记她了，她亏空了有四五千块钱的债，不跑怎样办？你还能替她还四五千块钱的债吗？"计春正要开口，袁佩珠走过来，拍了他的肩膀，笑道："先坐下，有话慢慢地说，忙什么？"计春看看佩珠的态度，脸上总是带了微笑，为什么这样，倒是猜不出。难道她对于前事竟是毫不介怀吗？这样，还不难找他们帮一点忙了，于是诚诚恳恳，就把自己借了令仪的钻石戒指，又转借给情美的事全说出来，因皱了眉道："她把我这戒指带走，教我把什么东西去交还人家？她可以骗我，我可不能骗别人啦。"佩珠听说，向子布对望了一下，笑道："啊！这舞女心太毒，我听说令仪那戒指要值四千多块钱呢！"计春听着，这价值又加上了一千，更是增加了不快。子布笑道："老周，这是你不对。孔小姐将这样贵重的东西交给你，你为什么随便地转借别人？"计春

道："惟其如此，所以她找我，找得很厉害。她知道我不敢见她的，就登着报说我父亲病在医院里。她似乎也是不择手段了。子布兄，你对于情美的历史，是知道得比我清楚的，你想她这样一走，还是先到天津，还是径直就回上海？"子布道："当然是先躲到天津租界上去，你想，她要是回上海去，在火车上要经过两天两夜，她不怕北京打电报出去，将她截留下来吗？"计春低着头想了一想，又点点头道："这是对的。她藏在天津什么地方，你总知道吧？"子布笑道："便是她到天津去了，我还是揣度之词。我哪能够知道她藏在什么地方？不过……"说到这里笑了一笑，又道："若要找她，也许有条路子，只是万一你找着她了，我可有些对不住人。"佩珠听了这话，立刻睁了眼睛望着他，那意思自然是不高兴他这样说。但是子布依然不管，笑道："有位新作家余何恐，你可晓得？"计春道："他是一个文学家，我怎么不知道？"他这样一说，袁佩珠却微微地笑了。她为什么发笑呢？这可是个疑问了。子布笑道："你知道他就好。我写个通信地址给你，你到天津找他去。因为他和情美，也有很深的交情。情美到了天津，必定会去找他，你由这条线索，可以找着情美了。"计春道："你认识这位余先生吗？那么，请你写封介绍信。"子布道："我却是不认识，不过你拿爱好文学的青年资格去拜会他，他总是乐于接见的。"计春听他说并不认识余何恐，那么，这篇话根本有些可疑，于是脸上现了一种犹豫的样子，同时带上那惨淡的微笑。子布笑道："你大概不相信我的话吧？你在她家很熟的，印象当然很深。她卧室里有幅小中堂，是横写的一首新诗，这样特别的陈设品，你总记得？"计春道："记得的，我也很奇怪，因为情美是个摩登女子，这或者是摩登之一，就没有问她，免得她笑我。"子布笑道："那就对了，这奇怪东西就是余何恐送的，那字的下款，是英文署名，所以你不晓得。其实他两个人合照的相片还很多呢。哼！情美到天津去了，也许藏在他家里。"计春到了这时，不得不问了，便道："余何恐住在哪里呢？"子布道："我哪里晓得？"计春不由板了脸道："那么着，我们说的许多，全是废话了。"子布道："也不是废话。他在《天津日报》副刊上，天天发表文章，你找到报馆去，还问不出他的住址来吗？"计春听说，低头想了一想，自己连着点几下头道："对了，这样去找，总可以找得着的。今天晚上九点钟，还有一班到天津去的车子，我今晚就去。到了天津休息半晚，明天一早我就到报馆里去打听余何恐的下落。只要他肯见我，什么问题都解决了。”子布和佩珠，面对面地只是笑了一笑。计春以为他们笑自己做事太急，却看不出这里别有蹊跷。心里想着：身上还有几十块钱呢，到天津去跑一趟，今天去，明天去，这也没有多大关系。他们便是笑，也不过笑我无用，到了现在，我已经够无用的了，还怕什么？他这个时候，下了二十四分的决心，也不管上天津是不是冒险，站了起来，向陈子布握着手道：“多谢你的指教，回北平来，我再请你。”陈子布握着他的手，还想说什么时，佩珠站在身后，那两只秀眼，只管不停转着乌眼珠子，于是他就只管含笑将计春送出大门口来。计春看看手表，已经有八点多钟，赶那趟晚车上天津，时间是有余的。因之到了大街上，进了一家小饭馆，找着屋角单独的一副座头上坐下，要了一壶酒，两碟菜，自斟自饮地带想着心事。他望着手上的玫瑰酒，心想我现在可以喝这样好的酒；又望了盘子里的干烧鲫鱼，心想我现在可以吃这好的菜；假使我在北海投水死了，现在可就伏在泥坑里，滚着泥球了！这样看起来，为人还是要奋斗，天下只有奋斗的人，有成功的希望。我自从做牧牛的孩子，混到了现在做一个摩登少年，这都是奋斗来的。那时候的艰难困苦，要胜过现在百倍，那样的困难，我都奋斗过来了。现在我穿得这样好，吃得这样好，身上又有钱，怎么我反是不能奋斗呢？几杯热酒下肚，他的胆子就壮起来了。自己挺着胸，用手轻轻地拍了几下桌子，口里低声喊着道：“奋斗奋斗！决计奋斗！我什么也不怕。”抬起手表来看看，已经是八点多钟，这就快到上车的时候了。自己不再犹豫，坐了人力车子，就直奔东车站。他到了正阳门，看见那巍峨的箭楼，灿烂的电灯，都现出这美丽的世界来。他心里又想着，眼面前这些东西，不都是人力造出来的吗？只要肯努力，世界都可以改造过来。这样小小的困难，算得了什么？他凭空想得了奋斗两个字，精神突然地振奋起来，于是在这种奋斗的精神里，就搭车上了天津。当晚到天津，业已夜深，便住在旅馆里。次晨一早起来，便跑到天津报馆里，去打听余何恐的下落。日报馆当然是晚上办公的。计春赶到那里，只有营业部的人在办事，问起余何恐来，大家都回说不知道。计春又问余何恐什么时候到馆里来，那营业部的人，答复得更决断，说是没有这样一个人。这可让他大大地失望了。想了一天一宿

的奋斗，到了这时，奋斗从何处下手呢？他无精打采地回到了旅馆，便有十点钟了。若是在这里还犹豫两小时，便又要给一天的旅馆钱了，但是不犹豫的话，难道就这样空了双手回北平去不成？到了北平，又在哪里安身？回公寓去，令仪找着了，能放过我吗？他下了那一番的奋斗决心，到这时又迷惑了。回北平既是无可交代，住在这上等旅馆里，又把什么来交代？他也想到报馆里编辑先生，有的是在晚上办事的，那么，不妨晚上再到天津报馆去一趟。纵然在旅馆再住一天，好在是个小房间，每天只两块钱房钱，身上还有几十元藏着呢，便是花了也不打紧。这样想着，心里又坦然了。由早上十点，到晚上，这时间太长了，怎样把这时间消磨过去呢？曾听到人说，天津落子不错，到了天津来了，也要尝尝这落子的风味，于是先在市场逛逛，找了一家饭馆吃了饭，混进落子馆去。到了落子馆里坐定以后，这才明白：原来不过是几十个妓女，在小台上，每人清唱一段下去，听了二三十个人唱过，实在感不到兴趣。这时已经有了两点多钟，去电影院赶第一场电影，却也正好。因之出了落子馆，匆匆地又到电影院来。看完了电影，时间还不过五点多钟，又在各市场上兜了几个圈子。吃过了晚饭，好容易才熬到了七点钟。他心里想着这是最后一着棋子了。见了报馆的编辑先生，无论如何，要他把余何恐的住址说了出来。他第二次到了天津报社，便指明了要会编辑先生。传达室的人，就答复着道："编辑先生没来！"计春问道："什么时候才来呢？"传达室的人道："不一定。反正是早着啦！"计春这次又算是白来了。站在传达室门口，再想问两句时，那人检检理理，检好了一束信封稿卷之类，就起身进里面去了。计春呆呆站立了一会，不知怎好。但是奋斗那两个字，立刻在脑筋里又泛映出来。他想着：编辑先生今晚上总是要来的，回头我再来一趟好了。这一点儿麻烦都不能忍受，我又奋斗些什么呢？他在极无可奈何的情形之下，自己又回到旅馆去了。但是回到旅馆之后，一无人谈话，二又无书可看，十分烦闷。想着：九点钟还有一场电影呢！看完了这场电影，再去奋斗吧。他并没有想到余何恐的住址，未必是打听得出来的。在十一点多钟，他随着许多看客，出了电影院的门，第三次，又到天津报社来了。这一次，传达倒不说编辑先生没来，就告诉他，这是工作时间，编辑没有工夫会客，有事请写个纸条，可以让编辑先生用书面答复。计春却不一定要见编辑先生，只是要知道余何恐的下落就得了，于是用自来水笔，在自己名片上写了一行字道："鄙人系余何恐先生学生，由平来访，请示余地址。"传达看了看，拿着进去了。不到十分钟，他就拿原名片回来了，交给计春，上面用红水笔加写了两个大字"不知"。这一下子犹如将一瓢冷水向计春劈头浇了下来。拿住名片，半晌做声不得。许久才道："怎么不知道呢？余先生不是常在你们报上发表文章吗？"传达板了脸，冷冷地道："那我们说不上。"计春本来是心里慌乱无主张，又碰了传达这样一个钉子，心里头可就更乱，张口结舌地问了那传达室的人道："报馆怎样寄稿费给他呢？"传达依然板着脸，回答那三个字："说不上。"这三个字比什么辩论都厉害，让问的人，不能再向下说了。计春没有那种力量，非逼得传达说出来不可，也就只好垂头搭脑回旅馆去了。他在旅馆房间里想着：我就这样回北平去吗？那当然不能够！这旅馆住下去每天不吃不喝，也要两块多钱，这如何可以持久？奋斗奋斗这都是胡说，从何奋斗起？人生真是苦恼，多活一天，就要多受一天苦；人总有一日要死的，与其这样苦苦地挣扎，倒不如死了干净。报上登着有许多人没有了办法，就在旅馆里开房间，吃安眠药自杀，论到我现在，往哪里都走不通。那么，这倒是一个了结的办法，要不然，就丢了面子去和令仪求情吧！令仪纵然不念我以前的过失，难道她还能够和好如初吗？自然，求她帮助在北平念书是不可能了。冯子云先生，几乎和我成了仇人了，这个时候去要求他，那也是自找钉子碰，那么口到安庆去？但是我自己宣言脱离家庭了，难道这个时候我反而回到家庭里去不成？既全不是路，只有喝安眠药水死了的好。计春奋斗了几天几晚的结果，现在还是走向自杀的这一条路。他本是坐在一张小沙发椅上，跳了起来，自己叫着自己的名字道："周计春！你有什么脸面见你父亲？你父亲为着你受了多大的牺牲，你就是这样地报答他吗？死了吧，死了吧。"到了这时，他自杀的念头，又跟着转深起来，于是两只手插在西装裤袋里，又在屋子里打着转转。抬起头来向屋顶四周看看，他想着：我会死在旅馆里，这是想不到的事。我会死在天津，更是想不到的事。可是话说回来了，若不是陈子布那小子撒谎，我怎会到天津来呢？假使我不自杀，必须要报这个仇！他心里继续地想，脚下也就继续地走。最后他又想到了，我若是要

报仇的话，我必须争气活着。我身上还有二三十块钱，总可以过活几天。在这几天之内，我再想法子好了。我能活着一天，就活着一天。想到这里，就把袋里一卷钞票掏了出来看看，大概还有三十元以上，同时又看到手上还有订婚的戒指，心想把这订婚的戒指拿去换了，也可以换个一二十块钱，维持得几天。那么，在我又何必自杀呢？有道是人有旦夕祸福，说不定在这几天之内，我就可以找出一点福气来。现在就死，那倒是死早了。在他这一番转念之后，由突然决心要死，又第二次不死了。既是不死了，索性坐下来，想个出路吧，于是坐在沙发椅子上用手撑了头，慢慢地想着。坐在椅子上想心事不算，复又横躺在床上，跷起一只脚来，颠之倒之的，只管想着。两只眼睛，望了天花板只管出神。最后，他由床上跳了起来，口里叫道："有了。"于是在桌子抽屉里拿出信纸信封来，放在桌子中间，摆好了笔墨，就写起信来。信纸虽是直格子的，文字却是横写的。那信是：

何恐先生：请你恕我冒昧，忽然写这封信给你。因为我常读你的作品，是你手下一个信徒。为了有这信徒的资格，所以在我这方面，就斗胆写信给你了。我是一个有热烈思想的青年，同时我是不明社会黑暗的幼稚分子，于是我成了个迷路的小羊。我在你作品中，看出你是个有血性的男子，必能指导崇拜你的青年。现在，请你允许我一见，做五分钟的谈话。五分钟的谈话，在先生并没有什么损失，可是对于我就受惠无穷了。我为了此事，特地到天津来的。现时住在四方饭店三百零一号，以三天为期，静等先生的回示。祝你健康！

你的信徒周计春上

他写好了这封信，在信封上写着《天津报社》文艺栏转交，而且为了令人注意起见，注明是快信。在次日一早，就亲自送到邮局去发了。他自己也明知道这是极不可靠的一个方法，自己亲自到报馆里去找余何恐还不曾得一点消息，平白地写一封信去打听，哪能得着什么结果？便是余何恐肯和我见面，能不能告诉我陆情美的下落，那还是个问题。事到于今，也就只有过一天是一天。不，简直是过一小时算一小时。计春发了信回旅馆来，算是办完了一件事。自己又坐到这小房间仅有的一只小沙发上去，手撑了头慢慢地想着。在旅馆里除了想心事，并没有别的事情来消磨光阴，除了想心事而外只有看报。所以他在胡思乱想之后，便是看报来消遣。等卖报的来了，他买了四五份日报，放在茶几上，然后一份一份地拿起来看着。看来看去，忽有一行大字题目印入眼帘，乃是："大学生忧国自杀。"跟着看下去，这新闻占据了大半版报纸，内容无非赞誉这个人是位好青年，不明是何缘故，突然地在寝室里吞鸦片自杀了，在他床上枕头下，检出两封遗书，一封是告别父母的，一封是给朋友的。信上说到自杀并无别的原因，只是看到国事越不可为，自己又没有挽救的法子，所以灰心万分，只好自杀，借此来激励国人。计春把这段新闻颠倒着看了七八遍，心里就起着疑问，天下有为了国事来自杀的吗？假使我要自杀的话，倒也可以照这个样子办。在我死后，倒也可以掩盖许多丑恶，也许在一星期后，这些报纸上，要把我自杀的新闻登上了。他两手捧了报纸，只管出神，放下这张报，又把别份报拿起来检查检查。他检查的结果，却看到了许多电影广告，于是将报丢了，跳起来道："快乐一时是一时，看电影去。"他说着，洗过一把脸，将衣裳又扑扑灰，然后对墙上悬的镜子照着，向影子笑着点头道："发愁也是无用，看电影去吧。"说着，还抬起手来在呢帽沿边挥了一挥，做个很滑稽的样子，表示他心里头是空空洞洞的。其实这屋子里并没有第二个人，他就是不这样地表示，也没有人疑心他心里如何。他因为所走的路子越走越窄了，又想到徒自发愁无益，所以在这天下午，他越发地放浪形骸，尽量地玩。看完了电影，就去吃馆子，吃完了饭，便又去听戏，回旅馆的时候，已经十二点有余了。一个人由早上工作到晚，固然会感到疲倦，可是由早上游戏到晚，也是会感到疲倦，所以展开被褥，倒上床去就睡着了。他酣睡着，自己不知道经过了多少时候，却听到卧室门咚咚地打着响。抬起头看时，却听到茶房叫道："周先生！还没有起来吗？有朋友会你来了。"这不由计春不感到奇怪。天津根本没有我的朋友，更有谁人会知道我在这里住着呢？正如此奇怪着，却听到房门外有带南方口音的道："是这号房间里吗？不要错了吧？"计春这就料着是找错了房间的，于是披衣下床，开了房门，只见一个穿青呢西服的，戴着黑丝绒帽，架了宽边眼镜，口袋上插了一管自来水笔。看那样子，是一位很时髦的男子，不过年龄却到三十岁以外去了。计春正在向那人打量，那人取下头上的丝绒帽子，露出一头油亮漆黑的头发，早是带了笑

容，抢着进门来了。他笑向计春道："贵姓是周吗？我是余何恐！"计春脑袋一颠，正想着是心里一跳，但是他立刻满脸堆下笑容来，哦哦了一阵。茶房见是没有错误，就自去预备茶水。计春因为还穿着小衣踏着鞋呢，口里连说对不起，忙着穿衣服和洗脸。余何恐倒不拘束，自在沙发上坐下，笑道："不要忙！我既是自己找上门来的，不一定要限定五分钟的谈话，就是五十分钟，那也不要紧。"他说着话，自取下帽子，在墙壁衣钩上挂了，又在身上取出个银制的烟盒子来，自点着火，架了腿坐着抽起来。计春一面穿衣洗脸的时候，一面已在那里想着：在我读他那许多平民文学创作的时候，以为他必是一个穿蓝布短褂裤的青年，却原来是这样一个漂亮人物。那么他和陆情美要好，那是可能的事。或者他到这里来，陆情美已经知道的了。于是他心里那块石头，不觉落了下去，精神也就振奋起来了。

第三十一回

一客登堂牧童堪作范
三餐断火名士更无家

这位余何恐先生来拜会周计春，果然来得有些突然，可是并非计春理想中那样来的。当计春赶忙漱洗完了，向他鞠着躬，坐下之后，少不得说了一些景仰的话。余何恐就不等他说出原因，先就笑道："我新出的那本《烈火》，你看过吗？"他说时，点了一根烟卷抽着，喷出两口烟来，又摇了两摇大腿，似乎对于那本新著，很是得意。但是计春对于他的著作，虽是在刊物上看得不少，可是这本《烈火》，却未曾看到，而且这一程子，沉迷在女色里面，绝对不提到书本子上去，便是《烈火》这书的名字，也不曾听到，哪里看过这种书？不过既要恭维人家，就不能这样实说了，便点着头道："看过的，文章太好了。"余何恐道："你对于这书，有批评吗？当然，你不能为这事要见我。你是对于文学上有什么疑问要来问我的吗？我看到你的信，太恳切了，认为你是一个同志，所以不回你的信，直接就看你来了。"计春于是站起身来，说是不敢当。余何恐道："你有什么疑难的事要我帮忙，你只管说。大概不为的是什么经济问题吧？"计春本来想把陆情美的事，径直就说出来，无奈人家一来之后，尽说的是些正大题目，不便向这一方面谈，只好改了口道："倒没有什么经济上的困难。因为崇拜余先生的学问，很想见见。不想余先生这样客气，倒先来看我，这真是平民化。"余何恐听了这话，就不由得深深地笑着，将鼻子的两边斜纹，笑得印出很深。他吸了两口烟，微笑道："你就为了见我，到天津来的吗？"计春顿了一顿，半低了头道："我还来找一位陆……陆女士。"余何恐身子起了一起，笑道：

“哦！啊！为了女人！陆女士是你个学校里的呢？”计春道：“并非为了别的。她经我的手借了人家一样值钱的东西，我要在她手上讨回去。她……她是一个舞女，叫情美。”他说着，很快地看了余何恐一眼。看他听了这话，情形如何。他听了之后，对于陆情美这三个字，好像没有什么印象。淡淡地笑道：“你怎么会认识一个舞女呢？这可奇怪了。我虽然喜欢上咖啡馆，也并不带着八股先生的臭味，反对跳舞，但是对于入舞场买舞的这种舞法，却未敢苟同。因为这是很显然的，乃是一种买卖。对于跳舞的本旨，离开得很远！”计春一想，心里大大地震动了一下。幸是自己不曾把话完全说了出来，要不然，必定受他一顿教训。他根本就反对舞女，怎么会认得陆情美呢？于是答道：“我不是在舞场上认得她的，是在朋友家里见着，由朋友介绍认得的。我认为这种女子，虽然是在社会上的颓废青年，但照她本身说，也有可怜的地方。她……”一面说着，一面偷看余何恐的态度，见他抽着烟卷，却有些微微点头的样子，似乎表示自己这话可取。这才接着道：“因为如此，所以我对于她，也就当着平常朋友看待。其实……”余何恐摆了两摆手笑道：“这一层你倒不必去解释，我很了解。一样值钱的东西？是一样什么东西呢？”计春说到这里，也就把情美骗取钻石戒指的事，略略说了一说。却不说令仪是自己的未婚妻，也不说和陆情美发了什么关系。余何恐听着沉吟了许久，微笑道：“那么你到天津来是逼上梁山？你若是找不着这位陆女士，回去不回去呢？”计春觉着这是透露口风的一个机会了，便说不回去了，打算另谋出路。说到这里，余何恐少不得就盘问起他的历史来。计春知道这种大文豪，对于农工是表示同情的，就把自己真正的历史说了出来。余何恐突然两手一拍大腿，喊道：“好极了！”同时就伸出手来，向计春握着，紧紧地摇撼了几下，笑道：“我正需要一个由农村里出来的人做朋友。你来找我，那就好极了。我现在想编一本三幕剧，题目是《牛》。我很想在这篇剧本里，把农村经济崩溃的核心来把握住，只是我没有农村生活经验……不过我当年教书的时候，也曾到乡村里去考察过几日，但是无论怎样细心体会，那也不过表面上一种观察罢了。你既是当过牧童的，关于这种题材，当然是能够供给的。你能不能和我合作？”计春这是做梦也想不到的事，这样名扬中国有权威的作家，居然要和自己合作，这可是幸运了。便笑道："我并没有什么本领……"余何恐连连摇着手道："并不需要你什么本领，只要你是一个农村里出来的人，这就什么都够了。你住在这旅馆里，经济上如何负担得起？你就搬到我家里去住吧。老实说，我家里那种舒服，不会差于这旅馆里的。你带有行李没有？"计春说是没有。余何恐就叫着茶房进来，教他把这号房的账目结了，便向计春道："你这就同我一路走，用不着客气。"计春真想不到一个新交的朋友，倒有这样干脆，这事过于顺适，自己倒有些疑心了，便站着笑道："恐怕我不能给余先生多大的帮助。"余何恐道："我请你同我去，你就同我去好了。我这人决不知道什么叫做虚伪的。"计春听人家说得如此干脆，若是不去，倒反映着自己虚伪；而况自己除了这样做去，也是没有第二条路子可走的了。当时也就不便再说什么，跟着余何恐走去。到了他家，却是在上海弄堂式的所在，一幢小小的洋楼，屋子外面，短砖墙和铁栅栏，围住了一个小院子。里面有两块草皮，和几盆花木，顺着铁栅门，有一条洋灰泥路。向外开的两扇玻璃门上挂有两幅花绸窗帘，一眼望到，便会知道这是一家租界公寓，或买办阶级的人家，却不料余先生会和这种人住在一处。余何恐刚刚是推开那铁栅栏门，那玻璃门打开着，就有人在里面，叫着相迎道："余先生回来了，回来了！"计春向前看时，却是三位烫发长衣的女郎，登着高跟鞋，嘻嘻哈哈地走了出来。随后有两个穿长衣，两个穿西服的青年，也就笑着出来，在走廊上就把余何恐包围住，笑问道："余先生一早就到哪里了？我们还等着余先生买点心吃呢。"余何恐笑着将两手乱摇道："别忙，别忙！我给你们带一个戏剧顾问来了。这一回上演，成绩一定可以办到九十分以上。信不信由你。"说着，手上拿着帽子，乱摇着走进屋子去了。计春跟着他走进了屋子，却见地板是油光的，天花板是雪亮的，寸来厚的织花地毯上，陈设着蓝绒的沙发椅子，圆桌上蒙着蓝绸的桌围，上面放的茶具，细景瓷描金的，烟灰缸也是景泰蓝的。总之，在欧化中还要显出富贵气来，但是这好像还是预备那平常一种人来坐的。在这时，他推开旁边一扇门，侧了身子，将手连指两下，眼睛向计春望着，那意思自然便是让计春进去。计春到里面看时，有写字台，写字椅，长长的绒面沙发睡榻，桌上放着石膏的维纳斯裸体像，壁上也是大幅的裸体画。在这写

字台对面，有幅油画，画着一个小孩子牵了一头牛，下河去喝水。那小孩子全身一丝不挂，赤条条的，两脚站在水里，弯着腰用力牵了那绳子。牛却不肯听话，四腿前撑，身向后挂，绳子缚在牛角根和牛脖子上，牵得笔直。余何恐将手指着那画道："你看看，这画画得如何？完全是力的表现，就是那个穿西服的密斯脱曹画的。"计春对于艺术却是外行，便点头说好。余何恐自坐在写字椅子上，叫计春在旁边椅子上坐下，他笑道："我们先且做十分钟的谈话，看看我们能不能合作。我的戏剧，是看了这画有所冲动的，也想找这样一个小孩上演。"计春道："放牛的孩子，裤子是要穿的。"余何恐道："我也知道裤子是要穿的，但是我想在穷得裤子都没有了这一点上着力。"计春笑道："乡下人一件衣服打七八个补钉，那倒是有的。在门口河里洗澡还要挨骂，放牛不穿裤子那不行！"余何恐道："我觉得这画不错，据你说是错误了。"计春微笑道："这画实在错了。缚牛的绳子，不是缚在脖子上。"余何恐道："上街来的牛，我也看见过的，好像是缚在牛头上的呀！"计春笑道："牛头上怎样系绳子？牛的力气很大，绳缚在牛的头上，一个小孩怎样牵得动？"余何恐用手摸摸头，吸了口气，想道："莫非像马缰一样，衔在牛口里？"计春道："不！牛的绳子是穿在鼻子眼里的。"余何恐两手按了桌沿，睁着眼向他看了道："奇怪！牛绳子是穿在鼻子眼里的？那怎样的穿法？"计春道："在牛小的时候，就要把它两个鼻子眼打通。在这眼里，有用铁圈的，也有用小木栓的。譬如说木栓吧，一头大，一头小，小的由左眼穿出右眼去，绳子就系在拴子小头上。一拉绳子，牛的鼻子痛，它就不能不跟着走了。要不然，你请想，那样一个大东西，小孩子怎样牵得动呢？所以小孩子放牛，就怕牛鼻子断了。这个东西断了，牛就满山满野地跑，没有几个人是不能把它鼻子接好的。"余何恐听了他的话以后，沉思了一遍，忽然两手一拍，站了起来道："对了对了。是这样的，一定是这样的。"他说毕，笑着跳了起来，打开这房门，拍着手笑道："你们都来，你们都来，关于牛，我有新的发现了。"在他这话说过之后，那些男女就一阵风似的，拥了进来。余何恐指着一位披长头发，打黑领结的西服青年笑道："密斯脱曹，你错了，牛的绳子是穿在鼻子眼里的，不是缚在牛头上的。"那密斯脱曹，不由得臊得两脸通红，就正着脸道："牛的绳子，也有绑在头上的。何况事实是事实，艺术是艺术，那原来不能一律而论的。”余何恐倒不和他辩驳，却掉转脸向大家道：“有了这位密斯脱周，加入了我们这个团体，就给予我们的帮助不少。今天晚上，我们可以开一个谈话会，大家可以把自己对于农村生活，正想描写而又不敢下笔的事情，都写了出来。谈话会的时候，我们就轮流着来问他，他知道的，自然能给我们一个明确的答复，就是不知道的，也可以给我们一些旁证，总比我们那想当然的好一些。”他这样说着，除了那位青年艺术家而外，大家都一致赞成。计春看他们以余何恐为首，都很热烈地向自己表示好感，这绝不能道人家是有什么假意。自己是个牧童孩子出身，向来是到处隐瞒着的，却不料到了这种地方，竟是如此受欢迎。看看这余先生的起居饮食都是很优越的，在这里住下，目前自然是不成问题，就是往将来说，有这样一位名教授相认识，比冯子云总要高过七八倍。托了他的力量，总可以找一条出路。他到了余何恐家里，他是更觉得脚跟踏实，心里又宽慰许多了。心里既是愉快着，自然脸上也就带有笑容。其中一个女生看到，向他连看了两下，两个酒涡儿一漩，便向计春笑道：“密斯脱周，我很想写一篇小说，题目是《乡村一女性》，大意说她要抵抗那父母之命，媒妁之言的婚姻，走进都会上来。后来在都会上受到了许多波折，还是回到乡村去，找她的Lover。”说到这里，她脸上带了一些笑容，说出这样一个英文单字，接着笑道：“密斯脱周！你看这样布局好不好？”计春笑道：“好是好的，不过乡村女子，她们绝不会这样办。”余何恐笑道：“我们不要先把已成之局来问他，要不然便是这个玩意。”说时，用手指了那幅水彩画：“比如说吧，我们要说四川预征钱粮，已经到民国七八十年，我就很疑惑，若是一家每年应该完纳三担粮，七八十年，就要三百担粮，将全县全省的农人这些粮食算起来就可惊异了。他们预征去了，怎样地变钱用？又堆积在什么地方？遇到一个问题，我们不能照理想去写，必定要考量一下子。”计春道：“余先生这话，根本有点错误。钱粮不过是个名称，是拿钱折合的，并不是真把粮食送到公家去，而且官家征粮，也不能一次就预征七八十年。这不过不分年月，征得次数太多，就预征这些个年了。”余何恐拍着手笑道：“你看，我们所想得新鲜，而头头是道的事情，全是一桩错误。密斯脱周加入我们这个团体，这个忙就帮大

了。”接着，他用手连连拍了几下。他这样说着，也不过是平淡出之，可是在场的这些人全是笑嘻嘻的，脸上表示着一种羡慕之色来。计春看到大家这样对他表示好感，他也就越发地得意，把这几天所忍受的痛苦，也都忘记了。不过他心里也就发生着疑问，陈子布何以介绍他给我？他邀了这整群的男女在家里起哄，这是什么意思？他这种铺张，大概每月花钱不少，他的钱从何而来的呢？不过这也是人家生活上的一种秘密，不是随便就观察得出来的，于是他虽安然地在这里住下了，却也是遇事留心。这一群男女和余何恐谈谈说说之后，接着也就在一处吃午饭。余何恐虽是不曾有太太，但是他这家庭里，有女仆，有厨子。在客厅的另一边，设有饭厅。开出来的菜饭却是非常地丰盛。大家吃吃喝喝之后，有的约着去看电影，有的约着上书店去买杂志，剩一个不曾走的，就在客厅里沙发上躺下睡觉。余何恐自己呢，连计春在座，一概不理会，买了一大包花生仁，放在茶几上，他又拿了一本英文杂志，躺在那软榻上看。左手拿着书，右手随便由茶几上抓着花生仁向嘴里放了进去。吃花生仁的时候，必定还用两个指头，将花生仁挪搓一阵，因此将那上面红的薄皮，洒得身上，绒面睡榻上，织花地毯上，无处不是。计春自很感到无聊，可是在人家看书的时候，又不便去打搅人家，也就只好悄悄地走进书房里来，抽了两本书到客厅里去看。但是余何恐自看书，自嚼花生仁，对于他的行动，并不注意。看书的看书，睡觉的睡觉，这样安静了三四个小时，到了下午六七点钟，那些男女都回来了，除原数不算而外，又增加了三四个人。那些青年男女，倒很是洒脱，并不要什么人介绍，就交谈起来了。还是先前那个问话的女生发起道：“余先生，我们这个小组织里面，加入了密斯脱周，这是我们大家的荣耀。依着我的主张，今天晚上，我们应当喝一点酒，以资庆祝。”余何恐用手摸了嘴道：“你们知道我刚是忌酒三天，怎么又把酒字来勾引我呢。好吧，今天晚上，欢迎密斯脱周，再喝一回，下不为例了。”他如此一说，大家又哄然地笑了起来，到了吃晚饭的时候，果然预备了酒。余何恐见了酒之后，也格外有精神。一面喝酒，一面谈些散文和戏剧问题，不想同席酒喝得过多，有两位女同志，醉得不能走，就睡在他床上。他歪歪倒倒地走进卧室去，却夹了一条俄国织绒毯子出来，站在客厅中间，卷着舌头道："这没有关系，哪里不能睡觉？"他一面说着，一面就坐在地毯上，抓了沙发椅上的靠垫，在茶几脚下放着，当了枕头，人就在地板上躺下去，自己牵了俄国毯子在身上盖着，伸了个懒腰，就闭上了眼睛。不但那些未起哄的男女学生他不管，便是接来的新朋友周计春，他也不管。后来大家走了，只剩计春一人，他留着吧，又不知在什么地方睡，走吧，又不知向哪里去好。只得抽了一本书，在书房里看。不想余何恐睡了之后，竟是鼾声大作，直到十二点钟，他还不曾醒过来。计春没有法子，只好自在那张绒面的软榻上睡了。当他睡到那软榻上的时候，看到墙上悬的一叠日历浮面的那张，乃是十日，直待那张日历撕到二十日的时候，他依然还是在这软榻上睡着。自然，这种生活，未免不上轨道，但是经过这日历撕去十张之后，他已很受到余先生的熏陶，在他的日记本子上，自己写下了这几条诫语：(一)铲去一切封建思想。(二)用自己的力量去找出路。(三)要谋大众的利益。(四)不做奴才。(五)战胜环境，不与恶势力谋妥协！因为他有了这些诫语，也就发生了以下许多疑问：想做有钱人的姑爷，是不是封建思想呢？是不是做奴才呢？为了读书，去受令仪的挟制，是不是和恶势力妥协呢？做一个规规矩矩的学生，读读教科书，是不是为大众谋利益呢？在许多疑问之下，把他要找出钻石戒指去见令仪的意思，就冷去了十之八九。而况天天这班见面的朋友，他们都以现代青年自许，天天说那些和他们不同样的青年，是没落了的人。计春想着：若是不和他们同样，那也就没落了。十几岁的人青春活泼，怎样可以没落下去呢？所以他在余何恐家里住着，有吃有喝，有朋友谈话，或者游戏，混混一天，也就忘记了一切。可是有一天上午，发生了恐慌了。有七八个青年，都在余何恐书房里谈话，研究一元论和二元论。看看太阳晒过窗子第二层玻璃了，应该是十二点钟了，厨子没有送点心来吃，也没有送茶来喝，便有一个人自告奋勇去找厨子。不料厨子不见了，女仆也不见了，而同时，还发现了厨房里的煤灶没有生火。这人叫着进书房来道："工友们实在不容易对付。余先生出去了，他们无故罢工。"计春道："倒不是无故罢工，昨晚上我听到他们和余先生要钱，争吵了几句，大概没有得着钱就走了。余先生一早就出门去了，也不外为了此事。"一个女生笑道："别忙，我还可以找到一些吃的。

这橱子里有余先生一盒巧克力糖呢。"说着,果然将书架下一架小玻璃橱门打开,捧出大半盒糖来。计春道:"大家都有些饿了,糖怎样吃得饱?"女生又在橱子里捧出一只盒子来,摇了两摇笑道:"这可以吃了。这是五块钱一磅的西洋饼干。"她说着,还不曾放到茶几上去,早就有人掀开了盒子盖。第二个人凭空伸着手,便抓去了一把,第三个人伸手来抓时,她却一闪,闪到第四个人身边去,那人索性把饼干盒子接过去了。大家正乱着呢,余何恐悄悄地推着房门走将进来,见大家在抢饼干,倒也不以为意。可是他淡淡地笑道:"家里没有厨子,吃馆子去吧。"大家齐齐地答应着道:"好呀!我们就去呀!"余何恐轻轻地摇摆着手道:"慢来,这里有个大前提,就是我身上一毛钱也没有,哪位身上有钱,先垫一垫。"他一谈到垫钱,大家面面相觑。其中两位女生,脸上先红了,计春道:"我的十块钱,昨天同余先生买了饼干和巧克力了,也光了。"余何恐伸手搔搔头发道:"十二点多钟了,米还不知道在哪里,怎么办,怎么办?"一个男生道:"我们各人回去吃饭吧。"其余的人都附和着,应了一个喔字。有两个人感到似乎不大尴尬,口里莫名其妙地,说了几句没有关系,但是虽然这样地说着,各人悄悄地戴着帽子,慢慢地溜着走了。计春是无处可跑的,只有在书房里站着。余何恐笑道:"我不是开玩笑,今天真是身上光了,还有什么可吃的吗?"说着拿过饼干盒子一看,里面却是连饼干粉屑也不曾有,倒是那半盒巧克力糖,他们来不及吃,还有不少在里面。他坐到写字椅上,抓了两块糖在手上,慢慢地送到嘴里咀嚼着,两只眼翻着望了窗户。计春站在一边,却没有做声。他将糖果盒子推了一推,笑道:"肚子饿了,你不吃一点,中饭固然是没有着落,晚饭可也是没有着落呢。"计春道:"肚子里空空的,把这东西吃下去,恐怕会腻得更难受,倒还不如饿着的好。"余何恐口里咀嚼着糖果,左腿架在右腿上,只管摇撼着,看那情形,却很是自在。计春想着:这不是办法,又渴又饿,就是脚踏在地毯上,身子坐在绿绒的写字椅上,那又有什么意思?可是这位余先生却一点不在乎。心里想着,眼光射到他身上,就不住地紧锁双眉。余何恐道:"你若是饿得难受的话,我倒有个办法在这里,把床上那条俄国毯子拿去当了,总可以当个七八块钱,将就一点,可以到小馆子里去吃两顿了。"计春微笑着,可没有答话。余何恐道："你觉得我这种算盘太不经济吗？其实为人都是想不开，除了五官四肢，哪一样东西，是娘肚子里带出来的？用吃的换穿的，用穿的换吃的，只要维持住了这条生命，身外之物，怎么调换，也没有关系。"计春道："不是那样说。只要肚子饱就得了，又何必要上馆子。我身上零钱还有一点，去买几套油条烧饼来吃就是了。"余何恐鼓掌笑道："这就好极了。给我也买两套回来，空心吃糖果，有点腻得难受。快去快去！"计春倒不想他吃着巧克力的糖果，对于油条烧饼，也是如此欢迎，于是笑着出去了。回来时，却不见余何恐，正疑惑是别处去了，他却两手捧了一把瓷茶壶，笑了进来道："总算我有本事。你想，有了油条烧饼没有一口热水喝，那怎样使得？因之我把那条旧的绉纱围脖送给了隔壁的小老妈，运动着她，找壶茶喝。她喜笑颜开，偷了他主人的龙井茶叶，泡了这样一大壶，还许了我回头再送开水来。喝热茶，吃油条烧饼，这可是人生一件乐事。"他说着话，斟满了一杯热腾腾的酽茶在手，见油条烧饼，用旧报纸托着，放在茶几上。他把油条折断了，将两个烧饼一夹，张开大口，就咬着咀嚼起来。不消两三分钟，就吃个精光，向外仰着脖子，端起茶杯，来个碗底朝天，吃喝完了，叫声痛快。计春道："这样看起来，余先生今天也是饿了。"余何恐道："我今天七点钟，就起来了，闹到这时怎样不饿？不过我不便说，我要说出来，你受心理作用更加会饿了。"计春笑道："我真想不到，余先生还知道挨饿哲学。"余何恐摇着头笑道："若不懂得挨饿哲学，我们又怎么做平民运动呢！干脆，到晚上，你还是去买些油条烧饼来，不用做别的指望了。"他如此说着，却也坦然，依然躺着看书。这天晚上，果然吃的是烧饼。次日上午，吃的还是干烧饼。但是到了晚上，余何恐不能忍耐了，将俄国毯子当了，和计春在江苏馆子里吃晚饭，并有南京盐水鸭子和干烧鲫鱼，非常痛快。人生找钱最便利的法子，莫过于当当。什么时候要用，什么时候就有。余何恐既然学得了这个便利，于是跟着当长衫，当被褥，卖《韦氏大字典》，到了最后，打算拍卖屋子里家具，让房东知道了，说余何恐欠三个月房租，不能让他搬。他倒也并不抵抗，只用一只小网篮，捡了一些书纸笔砚出来，屋子里全部动产，都抵押给房东了。当余何恐当俄国毯子的时候，每日还有三四个人来在一处谈话吃喝，等到当被褥的时候，每日至多来一两个人；

现在已经是拍卖木器家具了，哪里还有人来？所以余何恐提了那只小网篮，也并不想去找什么人，就雇了两部胶皮车，找了一家小旅馆住下。这旅馆的组织，和北平的小客店也差不多，屋子里只有一张大炕，一张小桌子。对于客人只供给灯火茶水，每日每人收住宿费二角。余周二人没有行李，他们本不肯接待，余何恐进门就给了一块二毛钱，算交了三天房钱，这才让他们住下了。计春虽是来自田间的，不怕受苦，但是跟随余何恐的原因，以为他是个有权威的作家，必能找些出路，在这半个月之中，却是每况愈下，落到带破网篮住大炕的小旅馆，只觉得茫茫前途，又走上了黑暗之路。因之进这小旅馆以后，坐立不安，紧紧地锁着双眉，斜靠了黑木板桌子站定，但看余何恐，他却毫不介意，在网篮里拿出一叠书本，放在炕上，当了枕头自己躺了下去，将脚架了起来，口衔了半根雪茄烟，笑道："你不用发愁。今天晚上，你供给我材料，我来开始工作。不，说来就来，马上就动手。"他说了这声，人跳下了炕，将一张报纸，铺在那黑木板桌上，然后陈设了纸笔墨砚，坐在炕沿上就编起剧本来。一口气写了三张稿纸，复又放了笔，将放在窗户台上的那一小截雪茄烟，又捡了起来，用火柴点着。因为太短了，两个指头夹住放在嘴角上吸了两口，才问计春道："现在该你供给材料了。你说，你父亲当佃户的时候，是怎样受地主的压迫呢？"计春道："我们不叫地主，叫东家的。"余何恐道："不管是地主或东家吧，你就说是怎样地受压迫吧。"计春道："压迫倒也说不上，就是凭我父亲的力量，和东家种了大小上十丘田，约莫可以收三十担稻子。这三十石里面，东家要去十四五担，其余是我们的了，可以说是平半分。东家是将他的田价生利息，我们是用劳力，种子，牛，粪，换来这些粮食。此外，还有一季麦，与东家无分，是佃户独收的。"余何恐两个指头夹了雪茄，另一只手，却去搔头发，踌躇着道："这样说起来，却不至于……那么，你们生活苦不苦呢？"计春道："当然是苦。"余何恐笑道："那就好，你挑苦的说。"计春道："我们每日一餐饭，一餐粥，一餐杂粮。每餐一碗菜，只有盐，没有油。吃的苦不算，我父亲一件棉袄穿了十二年，盖的被，还是娶我母亲时候制的。衣服和被上面，总有一百个补钉，都是我父亲缝的。"余何恐道："你母亲不管吗？"计春道："我母亲早就死了。我父亲很可怜，又做娘，又做老子，除了上田做工，还要来来去去，在家里做三餐饭，等我睡了，偷着替我洗衣服。”余何恐道：“你老子这样穷，哪有钱给你读书呢？”计春顿了一顿，就把父亲破产上城磨豆腐的话，说了一遍。余何恐道：“你父亲这么不错。你怎么没有提过？”计春道：“余先生不是说过忠孝是封建思想？我要是说了我父亲的好处，怕人家笑我腐化。”余何恐默然，点了两点头。许久，他才叹口气道：“这是过渡时代应有的现象！”

第三十二回

纸上见凶音客窗陪泪
夜阑作小贩雪巷惊寒

这是过渡时代应有的现象，这样一句话，在新人物感到腐化，或旧人物感到离奇的当儿，都靠它来解决了。像周计春提出来的这个问题，本来是不容易答复。若说思念父亲是对的吧，余何恐向来是主张废除家庭制度的，不合自己的主张；若说思念父亲是不对的吧，刚才自己才夸奖了他父亲几句，这顷刻之间，自己也不能自圆其说。所以匆促之间，使出了他的老着，只说一句："这是过渡时代应有的现象。"计春对于这句话，在可解不可解之间，要完全明白，就当再问余何恐两句。只是他正在忙于著作，不是说废话的时候，也就不敢追问。余何恐继续地需要材料，自己也就继续地供给材料。而余何恐得了许多材料以后，文不加点，就去编他那三幕剧本。这个剧本是在他脑筋里经营了一年多的好作品，现在有了计春供给实在的材料，也就加倍地得意。到了次日晚上，他已把这本三幕剧的剧本，完全脱稿。计春住在这简陋的小客店里，在那昏黄的灯光下，看到人影如有如无，这已经是极不好的印象。加之人静静地坐在这里，却有似臊非臊，似臭非臭的气味，只管向鼻子里送了进来，令人闻到，说不出来有一种什么不好受的感觉。余何恐真是一个平民化的文学家，他毫不在乎，他手上托了抄写的稿纸，口里衔着雪茄烟，斜靠了桌子，在那里校对，他忽然向计春道："密斯脱周！这一段对白，你看怎么样？以下是父亲对牧牛的儿子说的，他说：这东家太可恶了，一块钱买五斗稻的时候，他说不忙收租，只管存放下来。现在稻卖三斗的时候，就一天来逼两三次，他妈的……"计春插嘴道："余先生！你是把我父亲做背景吗？”余何恐道：“是的。”计春道：“他倒是老实，向来不骂人家父母。”余何恐笑道：“你也太老实了。这是描写农人的口吻，与你父亲何干？”于是继续地念着剧本道：“只过了四个月，一块钱多赚两斗。越是有钱的人，越在穷人身上榨油。孩子你记着，有钱的人，都是我们的仇人。我们千万不能和他合作。”计春听到合作两个字，本来又想说不对。乡下做庄稼的人，知道合作两个字做什么解释？不过他同时感想到这对白上的两句话：“有钱的人都是我们的仇人，千万不能和有钱的人合作”这可有些研究的余地。除了自己这半年来，都是沾了有钱人的光而外，便是余先生他终日地想找出几个资本家出钱，开一所模范剧场，似乎也是找有钱人合作，就以过去而论，他住的那洋房子，终日吃喝游戏，那钱并非是由穷人身上弄来的。这话又说回来了，假如是由穷人身上弄来的，他就成了这剧本上的土豪，是在穷人身上榨油的了。那么，无论那过去的钱，是由穷人身上来的，或者是由富人身上来的，都有不对。前者是投降资本家，后者是剥削穷人。总而言之，是个只会消耗的寄生虫。在计春这般沉沉思索着穷人富人合作问题的时候，几百里路外，他的父亲周世良睡在医院的病床上，也沉思着这穷人富人合作的问题呢。他想着：凭了孔家大小姐勾引我的孩子，破坏了孩子们的婚姻，这个人是可恨的；但是自己病在北平，找儿子，儿子不见面；找朋友，朋友又走了。眼睁睁就要病死在小客店里，幸得她不辞劳苦，送到这医院里来，而且花了许多的医药费。自从进医院之日起，她每日都到医院里来探病一回，就在这上面说，这个人的心肠就不坏。假如是没有她，或者我已经死了。在乡下我受着周高才的敲诈，我晓得有钱的人，是怎样发财起来的，我已经恨有钱的人了。到了省里，那孔大有，挂着一块孔善人的招牌，只是在面子上做些好事。若是得罪他，他拿出来的手段，比不善的人还要厉害，于是我不恨有钱的人，我只是怕有钱的人了。他正如此沉思着，房门推开了。令仪却伸了头进来，她没有说话，先就笑着，然后轻轻地走到床面前问道：“老人家，今天觉得更好些了吗？”世良点头道：“好多了！吃过半碗挂面，又吃过一碗牛乳。只是我那孩子，怎么还不见面呢？医生说我应当在这里还休息一个礼拜。我可是很着急。”令仪顿了一顿，微笑道：“不要紧的，他实在是跟随着学校里全体，到绥远旅行去了。你老人

家出了医院，他也就回来了。”世良道：“孔小姐，你虽是这样说了好几回，我怕总是你哄我的。不要是他有什么岔事，已经逃走了吧？”令仪摇着头，同时还摆着手道：“不不！我怎能够骗你这么大年纪的人呢？这医院里规矩很重的，不能带外面的东西进来，等你病好了出院，我再请你吧。我想那小客店里，也不是安身之所，已经给你开销了店钱，把行李搬到贵会馆去了。一切你都放心。”世良这就抱着拳头道：“孔小姐，我何以为报呢？”令仪微笑道：“你老人家不恨我也就得了。我还敢说什么报不报呢？”她提出了这话，世良倒有些不好意思，口里连说着罪过罪过，也就敷衍过去了，但是在令仪心里，却并不以为得了世良的谅解，就满足了的。她探完了病，且不回余子和家，却坐了汽车到本县会馆来。她那家里派来的那位老账房先生刘清泉，因为他们的婚姻问题，纠缠在北平，始终还没有走。这时令仪一直走到他卧室来，进门第一句话，便道：“老刘！那报馆里把我们更正的信，怎么还不发出来？你办事不行，我自己去交涉。”刘清泉为了他小姐的事，也正躺在床上出神，听了一句喊叫，直跳起来，睁眼向令仪望着，倒发呆了。令仪红着脸道：“你瞧，现在我倒找了这样一个累，花了钱不算，还要天天到医院里去陪小心。”刘清泉笑道：“那是小姐做好事呀！有什么后悔的呢？”令仪道：“做好事？我花几个钱也就完了，何必天天还到医院里去陪小心呢？这都为了那段新闻引起来的。报馆里给我惹起了这样大的麻烦，怎么不给我登更正的稿子呢？这件事我得去问问，我一定要他们更正过来。”她口里说着，身子一转，就有要走的样子，刘清泉只得抢上前两步，将房门拦住了，拱了两拱手道：“别忙，别忙。小姐！我说实话，我没有到报馆里去更正。因为人家报上，并没有指出我们的姓名。我们去更正，那不是拖扫帚打火，惹祸上身吗？”令仪道：“我的更正，不是对社会而设，是对周家老头子而设。只要他相信，儿子不是为了我逼走的，就得了。”刘清泉道：“这件事好办。你交给我，我一定可以办妥当了。在周世良没有出医院以前，你还是照旧地去看他，甚至于对他还要好些。我到了时候，自然有办法。”令仪皱了眉道：“我到了现在，一点主意都没有了。你果然办得妥当的话，我有什么不能依你？”清泉道：“那就好了。包你无事！”令仪对于这位刘先生，认为阅历甚深，向来也就信任的。他既是说得这样地有保障，也就不再追问。在过了一星期之后，世良已经出了医院，住在会馆里了。看到寄住在会馆里的同乡学生，喜气洋洋地进出，就不由得联想到自己的儿子身上去。自己初到北平来的时候，到公寓里去看儿子，公寓里只说同朋友出去了。若是同朋友出去了，没有一去不回来的，而况我病在医院里，几乎要死去，父子之间，感情向来不错，他何以竟置之一边，不来看我呢？令仪说他旅行去了，这话突然而来，有些靠不住。自己还是要到公寓里去查查。当他的心里这样活动着的时候，刘清泉已先他一着，这就到了会馆里来拜会他。一见面，老远地拱了手向他笑道："周老板，你好！贵恙都痊愈了？"世良怔了一怔，问道："你是刘先生？我在南方去了一趟，你还在北平。"刘清泉一想，事到如今，也无需客气，不如单刀直入就把这话说明了，且看他态度如何，然后说话。因之向他微笑道："你要问我为什么没有走吗？"说时，伸起手来，揭开了帽子，搔了两搔头发，又笑道："说起来，就是为着你家令郎。"世良猛然听到这话，甚是不解，就望了他的脸，做个沉吟的样子道："你先生在北平，是为了我的孩子？"刘清泉一点不慌忙，很从容地将帽子取下，挂在墙上，然后缓缓地在一张靠背椅子上坐下了，笑道："不但是我在北平，是为了令郎，就是今天到这里来，也是为了令郎。"世良道："为了他，他在哪里呢？"他口里说着，手上拿了一只茶杯，想要和客人倒茶，站着待了半天，没有一个做道理处。刘清泉将一张空椅子拖了一拖，然后拍着椅子靠背道："你请坐下，有话慢慢地说。"世良看了这情形，更是有点疑惑，两手同时去扶椅子靠背，脸望着人想坐下。却忘了手上还拿着一只茶杯，一疏神，那茶杯砰的一声落到地上，砸了一个粉碎。刘清泉向他摇着手笑道："周老板，你放心，没有什么事。不过我要让你明白这事情的根由，不能不详详细细地对你说一说。"世良这才觉得自己太心慌了，口里连道："对不起！对不起！我太没有礼貌了。"说着，连忙到外面去，找着扫帚簸箕，将碎瓷扫了开去。刘清泉还是将他让着坐下，笑道："老人家你先不用着急。令郎虽是不在北平，却也没有多大问题。我们小姐，更是对他只有好意，没有恶意。只是他自己误会了。"他说了这样一个话帽子，世良还是不能了解，只管睁了两只老眼去望着人。刘清泉自己在身上掏出烟卷来抽了，然后将计春和令仪两度发生波折的经过，都实说了。最后声明着道："这次他趁小姐不在家，把她一只

钻石戒指拿走。虽然是值六七千块钱,但是我们这位大小姐……”说着,淡笑一声,又道“她并不是丢不起这珍宝的人,她也并不追究,还是在她的朋友面前得了消息,知道他是追这个骗戒指的舞女去了。这事情不过是个人私事,也不曾经官,不知怎么样,就传到新闻界耳朵里去了,你看这个……”说时,他就在身上掏出一片剪下来的报纸,两手递给周世良看。那上面有一行大字题目,乃是:《摩登少年失踪》。在大题目之下,还有两行小题目:“既非失恋自杀,亦非因贫私逃,只为丢了爱人的钻石”。至原文就把这事记得很长。中间有一段说:“该生有未婚妻,为皖籍富绅之女,生一切用途,均为女所接济。不料生停而入者亦悖而出。在平又恋一舞女,将未婚妻所助之款,一律化诸舞女之身。近因将其未婚妻钻石戒指一枚,戴之指上,出入舞场,以壮观瞻。此钻石价值约及六七千元,为舞女所觊觎,遂于其回肠荡气之余,设计骗去。女闻而大怒,将兴问罪之师,生亦自知无面目见其情人,遂不辞而别。旅馆中遗下箱柜被褥,均穷极奢华,其平日享用可知。且闻彼为一豆腐店商人之子,年不过十七岁,有此境遇,而更如此荒唐,又更奇矣!”世良对于文言文,虽不十分懂,但这一段文字里面,并没有用什么典故,却十有八九可懂,两手捧了报纸,抖颤着不定,望了刘清泉道:“什……什么?他丢了值六七千块钱的东西?”刘清泉笑着摇手道:“我说了,我们小姐并不追究。”世良道:“那么,他是吓跑了,不是跟着同学旅行去了!他跑到哪里去了呢?”刘清泉皱了眉道:“就是因为不知道,才叫失踪了。”世良只管捧着那剪下来的一小幅报纸看,不觉连连地流下几点眼泪水来,滴在那报纸上。刘清泉以为他必定有番议论,或者追问儿子的下落。于今见他并不说什么,只是哭下来,这叫他来报信的人,很感到窘迫无话可说。世良洒了一阵眼泪,将报纸放下,自在袖子笼里,抽出一条白布手绢来擦了两只眼睛,眼眶子红红地就叹了一口气。刘清泉除了安慰他,也没有别的法子。因道:“周老板,你一定明白,我们小姐绝没有去逼他。因为他拿了戒指去以后,彼此就不再见面了。”世良摇着头道:“我不怪她,就是她要追究,也是应当的。我不想辛辛苦苦教导儿子念书,结果倒教出一个贼来。我怎不伤……”他说不下去了,哽了嗓子,只管哽咽着,眼泪水比上次更来得凶猛,由脸上直流到胡子梢上,真个成了泪珠向下滚着。他虽不哭出声来,只看他上半身完全都在抖颤着，便可以知道他悲痛到了什么程度。刘清泉虽然是想用话来劝他，却不知道用什么话来劝他好。只好道："周老板，不要紧的，不要紧的，你何必这样？"世良抖擞着又流着泪道："儿子跑了，我虽是舍不得，这还在其次。做父母的，教养儿子，实在是无意思了。"刘清泉道："周老板，我们上次见面，话就谈得很好，有话我也不妨对你实说。我们东家，虽然只有这一个姑娘，但是他样样可以依她，婚姻的事情，就不能依她。因为我们老爷只占了一个富字，可没有占上一个贵字。他很想靠着这姑娘招赘一个做官的姑爷进门来。姑娘和令郎谈恋爱，这是他伤透了心的事情。最近他有一个电报给我，倘若她不把婚约解除，他就不要这个姑娘了。可是我们姑娘呢，她又把婚姻这件事，看得稀松。好像结婚离婚，却犹如吃酒打牌一样；随时可以上场，随时也就可以下场。以我看来，目前她虽然和令郎很要好，又未必能长久，倒不如这个日子早就拆散开了，倒省了将来一场波折。周老板，川资方面，你若是短少了，钱这倒不成问题，兄弟准可以和你设法子。"世良抱了拳头，连连拱了两下手道："多谢多谢！现在我明白了。孔小姐待我这番恩德，刘先生今天来到这里的美意，都是极力地顾全着我。我周世良纵然不懂人事，自己的儿子，拐走了人家的东西，他畏罪潜逃，是自作自受，还有什么话说？至于婚姻两个字，我根本就不愿意。我一个开豆腐店的人，和省城里的首富做亲家，那不成了笑话了吗？现在我的儿子，又做出这样没有人格的事出来，难道还教人家大小姐婚配这样一个蠢才不成？不过我这个小畜生，若是没有自寻短见的话，大概还在北平。我要在北平城里等等，和他见上一面。"说到这里，就淡笑一声道："不瞒你说，这回我到北平，下了个有来无去的决心。我那家小豆腐店，也盘给你们老爷了。我现在就是要回省去，也是饿死的货。所以我到了这里，走不走，都不吃劲了。"刘清泉笑道："这个你放心。敝东家很相信我的话，若是周老板回南的话，那家铺子，可以退回给周老板，也不用你拿钱来赎，做一笔账记在那里好了。"世良苦笑着摇了两摇头道："我这样大年纪，还那样去苦扒苦挣做什么？"刘清泉见他一味地消极，丝毫没有埋怨人的意思，更觉得这老头子可怜，倒着实地安慰了他一顿，方才辞去。到了这时，周世良如梦初醒，才明白了儿子是真正地跑了。这孩子小小的年纪，一让人家勾引坏了，就不成

器到了这般模样。这便要他同回到省里去,他哪里还能吃从前那一番苦?只是更丢脸丢给乡里人看罢了。他的思想这样变化之下,就没有把计春的情形,写了一个字回去,倒是切切实实地回了孔大有一封信,说是计春已经离开了北平,欠下孔小姐不少的私债,他根本无面目见人,这婚姻自然是不能再谈了。这不但是他的信如此写着,刘清泉回给他东家的信,也是如此写着。于是孔大有方面,心里就算落下了一块石头。但是天下事总是这样不平均的;孔大有那方面,是不必为着姑娘发愁了,可怜周世良这方面,就更为着儿子担心。以前惦记儿子,不过是惦记儿子不念书;如今却是惦记着儿子的生命,是有是无?他第一个时期想着儿子,到公寓里去打听时,公寓还是回说不知道下落;第二个时期到公寓里去打听时,公寓里账房,却找了警察,将计春行李书籍点交给世良,由世良提出物件来,折抵了房钱;到了第三个时期,他费的时间不短了,花的钱也不少了,却是无从去找儿子的下落。他自己除了把带来的川资花光,便是计春所遗留下来的东西,也都渐渐地变卖了。在他第一、第二期等儿子的时候,刘清泉还不断地来看他,便是孔小姐也带了口信给他,说是已进学校,不能再来奉看了。说话之间,隆冬已到,只听那天空里凄惨的西北风,吹过那屋脊外的电线,呜!呜!啧啧啧!便让人添了无限的凄惶。他住在会馆里临院子的一间小屋内,窗格扇上的纸,除了变做焦黄色而外,重重叠叠,补贴上了许多大小方圆的纸块。西北风由天空里带来的冷气,扑着纸窗咕咕作响。屋子里虽然有个小白炉子,那炉子里冒出来的火光,还带了黄色,好像也是在那里做最后的挣扎。炉子口上,放了一把铅铁水壶,壶嘴里,若断若续地向外冒着热气,壶里头叮铃叮铃的响声,也像听得见,也像听不见。世良找了一把矮椅子,放在炉子边,两手撑了大腿,托住了头,沉沉地想着,许久许久,才昂起头来,叹了一口气,然而他的头向上昂,他脸上两行眼泪,却是向下落着。回头看看一张靠墙的小黑板桌子放了一大叠当票,将一块破砚池盖子把当票来压住了。桌子底下却放了一只藤制的圆筐子,筐子口上绕了一条蓝色板带,筐子里拥着一堆破旧的黑棉袄。在筐子下,放了一只其大如拳的小玻璃罩灯,上面有很小铜链子,乃是预备提着的。这些东西,是做什么用的?原来世良所有的钱,都为了寻儿子,散传单登广告,花费得干净了。他想着:两次破产,转到了这个地方来,还有什么脸面去见同乡。儿子不回头,老死也就只好老死在北平了,但是住在这地方坐吃山空,怎样能够维持到永久?原来是想拉人力车,但是北平城里的路径不熟,而且在车厂子里租车,还要一家铺保,自己就办不到,继而又想找家豆腐店去当伙计,然而豆腐店掌柜,因他是南方人,又不肯用。最后,他便想做一个卖吃食的小贩。但是北平这地方当小贩的,都有一种唱歌式吆唤声。一个四五十岁的南方人,却无能为力。可有一件,在他每晚夜深,不能睡着安稳的时候,六街人静,在那永巷之中,有一种很惨厉的吆唤声送入耳鼓。这种吆唤声送了人耳朵之后,却在人脑里留下很深的印象,而且这种吆唤声,字数很简单,只是将"硬面饽饽"四个字,每字都拖得极长,并无别的技巧。世良以前听着,不明白这是干什么的,后来才听说,这是卖一种粗糙点心的。每晚上灯出来,卖到夜深,而且这种买卖,也就是夜越深生意越好。世良听到,心里就不免一动,他想着:假使做这种生意,或者不难;而且是在晚上出来的,纵然是碰到人,彼此不认识,也就不至于难为情了。在他这样的计划定了,就专心向这条路上走。不久,他打听得了饽饽作坊所在,偷偷地置备了一套卖饽饽的家具。这家具就是饽饽作坊里一个伙计卖给他的,而且把做这种生意的一点小秘诀也就告诉他了。因为这个伙计,他也是卖饽饽的出身,所以在世良听了确是比较有益。在他这样望着桌子下面那个旧藤筐时,他已经做了这买卖有两个星期了。那件破旧袄子下面,就藏有昨晚剩下来的几个饽饽。他望了火,出神了许久,忽然自言自语地叹了一口气道:"不想我一个在南方做庄稼的人,倒跑到北平来卖硬面饽饽。"说毕,又叹了一口气,于是站起身来,在床铺底下,抽出一件老羊皮的背心来。这背心并没有面子,也没有钮扣,穿在身上,用一根布带子拦腰一捆,就算完毕了。然后把藤筐上的带子在身上背着,再提了那盏玻璃灯,就悄悄地到作坊里去了。在这两个星期以来,他虽继续地卖着饽饽,但是还不曾受过多大的痛苦。今日白天出去,便是白日无光,西北风刮着,愁云惨淡,一直向人家屋顶压将下来。本来在北方的天气,纵然不刮风,人在冰冷的空气里走着,也觉脸上其冷如割。现在遇到这样的大风天,直吹得人身子摇摇摆摆,向前两步,还要退后两步,人只在胡同里滚着走。好容易挣扎着到了作坊里,批发了百十个饽

饽,又到卖窝头的摊子上,吃了五个窝头,两碗红豆小米粥,肚子饱了,全身也有些暖气了。看看街上,已是整排的马路电灯,在寒空里放出那惨淡的青光来,差不多的店铺,都关上铺门了。世良才听到老手说:做这种生意的,不愁天气坏。因为天气不好,平常的人,都不出门,或在家里烧大烟,或在家里打牌。到了夜深,肚子饿了,这硬面饽饽的声浪,一声声地进入了人家的耳鼓,自然吸引着人来买饽饽吃。世良觉得昨天挣钱不多,今天应当加倍地工作,才可以捞本,于是专向那冷僻的街巷走了去。到了晚上十点钟以后,在这样风寒的天,路上已看不到有人走路。胡同墙边的路灯,在枯寂的空气里,反是白光射目。在那白光中,飘飘荡荡地飞起雪片来。这雪片被风一吹,简直成了雪烟,向人身上乱扑。那猛扑的程度,向人袖子笼里,领圈里,都钻了进去。便是当世良张开口来叫着硬面饽饽的时候,雪片直冲入他的嘴里,让他舌头冰凉一下。世良戴着一顶线织的兜头帽子,这帽子好像一个袋,由头上直套下来,连耳朵也在内,只有一个小窟窿,露着鼻子眼睛在外。在他这样迎风走了去,口里吆唤着的时候,那雪花却不问人受得了受不了,只管向世良身上扑着。世良将藤筐背在右肋下,左手提了灯,右手插在背心里,低了头,嗓子里发出那苍老干燥的吆唤声:"硬……面……饽饽……"当他竭力吆唤出来的时候,嘴里呼出来的热气,立刻冻着成了白烟。在那手提的玻璃灯光里,还可以看得出来,那只小灯,提着略高于他的膝盖,只看那灯下所照的黄光圈子,或立或走,这也就可以知道他手上提的灯,是怎样地摇摆不定了。灯是摇摆的,世良的脚步,也是走得前后踉跄不定了。他走得虽是这样地艰难,但是世良心里,他总记着:无论晴雪,每日必得到那公寓门口去绕上一个弯。他心里这样地想着,或者有一天,儿子回到北平来了呢,他必定要到这公寓里来的。这公寓里账房,已经知道我等儿子流落在北平卖饽饽了,那么他听到了我叫卖饽饽的声音,必定会把这事告诉我的儿子。他若是个有人心的,能够不来见我吗?他如此计划着,也并不感到他计划的错误。照着每晚一趟的规矩,总是向那里走去。像这天晚上的大风雪,他走得只管打晃荡,然而他还坚定了他的固有计划,总要到那公寓前后去转转,总怕儿子或者回来了,自己却失掉了相逢的机会。因之他忘记了一切的困难,一步跟着一步,拼命地向那条路上走。

当他到了那公寓胡同里，恰是由南迎面的西北风，挟了那如烟如雾的雪片，向人身上直扑将来。他被这风雪袭击得太厉害，只得更弯了那向前鞠躬式的身子，以便减少这风势攻击的范围。同时他嘴里依然喊出那凄惨的调子："硬面饽饽！"他这种拼命的吆唤声，由寂寞的空气里，喊了出去，似乎有登高一呼的情形，但是不听见一点回响，更让人增加了无限的伤感。勉强地吆唤了几声，并不听到什么声音，自已也就不再吆唤，顺了人家的墙角，慢慢地走着。这却听到唏哩哗啦，一阵打麻雀牌的声音。抬头看时，那墙里人家灿烂如银的灯光，由里面向外反射出来，这可以证明里面人家是一团欢喜。心想那里面，必定是炉火烧得红红的，开水煮得热热的，大家在那几百支的灯光下面说笑地斗着牌，是多么快乐！外面这样大的风雪，大概是不知道的了。这样看起来，天地生人，也太是不平等。我在外面卖硬面饽饽这种滋味，怎样也让他们试试呢？他心里如此想着，向墙角里一缩，缩在一个避风的所在，将藤筐子放了下来，向怀里笼住了两只袖子，于是蹲在地上，休息片时。大概是今天晚上太辛苦了，那病后不久的身体，竟是不能支持这风雪的扑去，所以他到了这里蹲下来之后，简直站不起来，背靠了墙，缓缓地向下坐着，不由得哼了两声。这墙角里虽然避风，但是不能够避冷。世良虽是将两只手都插在皮背心里面，但是这风雪里面的温度，却是特别地低，低得到零下八度。世良将身体紧紧地蜷缩着，以便取暖，然而那寒气不断地袭来，周身的肌肉，于是都拥起了疙瘩，从脚到手，就筛糠似地抖着。本待背了饽饽筐子，起身再走，但听到呜呜呜带着雪的风声，又哭又气地喊着，于是提了那盏小灯，向外照了一照，原来地面上已雪厚数寸了。自已缩回墙角来，更是抖得厉害，最后心慌意乱，人竟冻糊涂了。仿佛听到屋子里人说：火锅子烧开了，吃了再接着打牌吧；又有人说，屋子里火太大，卷起一点窗户纸，透点新鲜空气进来吧。以后世良便什么都不知道了，人依然是在那墙角落里。

第三十三回

无路忍归来几番生死
弥留依老弱半夜凄凉

北平这地方，虽是雪夜十分严寒，但是有两种人，无论如何，他必须出来的。其一是打更的更夫，其二是站岗的警察。所以周世良卖硬面饽饽，虽然是苦，但是总可以找着同志。在他藏在那墙角里一小时以后，两个巡逻警也就由此经过了。虽然那屋子里面，有牌声送出来，这并不足以使巡警注意。因为这是一家做大官的人家，斗牌消寒，这是人家关起大门来的私事，当然也就不得加以干涉。只是有一件事，便把他们引着停住脚了，便是这墙角里有道黄光放了出来，上前一看，乃是一盏玻璃罩油灯，更在灯光下，发现一个饽饽筐子，还有一个人倒在墙脚下。一个巡警叫起来道："了不得！这里有了倒路的了。"另一个巡警也挤上前，他是年岁大而又富有经验的人，听着这话，就用手摸了一摸世良的鼻息，便道："不要紧！还有气。赶快向局里打电话吧。"这时，巡警也顾不得惊动打牌的人与否，硬叫开了大门，在他们号房里，借着电话，打到了局子里去。在半小时以后，世良就由汽车送到了官医院。在他醒过来以后，睁眼看着，自己已是躺在普通病室里。他是住医院有经验，一睁眼就认得，心里可就想着，我莫非是做梦，怎么又到了医院里呢？他猛然间可不知是何理由，闭上了眼睛，仔细想想，他才明白了。这是昨晚上出去卖饽饽，在人家墙角落里，曾冻得身体不能支持，就这样昏睡过去，原来又是死里逃生了。睁开眼来看着，大夫和看护都纷纷地来问他，病体怎么样了？世良口里虽表示着好得多了，可是他心里却大为不解。一个卖硬面饽饽的，北平市上有一个不为多，死一个不为少，在街上倒毙了就倒毙了吧，为什么一定要把我救活呢？他心里这样地埋怨着大夫，可是大夫却格外地多事。当他在官医院里诊治了两个礼拜之后，大夫对他说："你可以出院了。但是你在这一个冬天，都不能再出来工作。因为你的身上一点抵抗力都没有，再要冻死在路上，就不能救活了。"周世良道："我要不出来工作，哪来钱吃饭？不冻死也要饿死了。"大夫听说，仔细一盘问，才知道他是一个孤身汉子，自然全告诉了警察，依然由警察将他送回会馆去，而且找着了会馆董事，说他不能再出去做晚上生意，会馆里当供给他过冬的衣食，不然，就打发他回原籍去。董事听了这话，当然也就添了一番心事，当时只答应再为设法。又过了两天，世良的身体，差不多完全恢复健康了。他向破桌子底下看看，那堆煤球只剩了些碎粉了。再把床底下的一只洋铁箱子打开，里面存储的米，只好敷衍四只箱子角。虽然自己还有两三块钱余蓄，这又能够维持几天呢？为了求活起见，这饽饽生意，还是不能不做。他又想着：那天在路上冻得晕死过去，只因为那晚大风大雪，岂能每晚都是那样子的冷法吗？他如此想着，背着藤筐，提着灯，向外就走。当他走到院子里时，却有几个同乡的学生，站在那里。有两个都穿了西服，脖子上绕了毛绳围巾，手上带了皮手套，肩上却挂了一双溜冰鞋。还有两个，是皮袍上再加了皮领大衣。不过这大衣却比皮袍子短了一大截。据说：这是西服大衣，套在中国衣服上穿，是最摩登的式子。其实穿这种大衣的，不见得有罩中国衣服的长大衣不穿，不过是北平学生穿衣服的一种办法罢了。世良一看了这种装束，便知道是学生。尤其是他们把帽子歪戴了，在帽子辫带上结了一块学校的徽章，就表示出那活泼的青春态度来。记得带了计春初次来会馆的时候，就看到这一群学生。现在他们依旧地当学生，可是自己的儿子，就不知混到什么所在去了。他心里这样地想着，望着那些人，自不免发怔。其中一个年纪最轻的，头上戴了尖顶毛绳帽子，又架了大框眼镜，活现出那淘气的样子来。世良回想初见面的时候，记得他穿了短脚裤子，那淘气也不下于今日，于是望了那少年只管出神。他却笑道："周老爹！你令郎进了哪个学校？"世良知道自己父子这段故事，同乡大概都清楚的。他这样问着，分明是有意讥笑。便道："唉！不要提起。"那少年笑道："你只望把儿子念书毕了业，就做老太爷，到现在还是背

这破藤筐了。你那考第一的儿子，也是无用，还不如当年留他在家里看牛呢。"世良听了这话，比用刀尖挖他的心还要难过，一阵头晕，天昏地黑，人站立不住，和饽饽筐子手提玻璃灯，一齐向地面上滚了去。这一下子，把全院子的人都惊动了，围拥上来看着。有几位年长有经验的，说世良中了风，不能乱动，于是悄悄地将东西捡开，把他抬上床去睡着。那个说幽默话的学生，以为世良中了风，完全是自己两句话所刺激的，吓得心慌意乱，立刻打了电话给陈会董，说是同乡的周老头子想儿子想得要死，赶快来一趟吧。当会董的人，就最怕无主的人会死在会馆里，听了这个消息，不敢露面，就派了他的兄弟陈仲儒来了。全会馆的闲人，借了这个题目，忙乱着有大半天的工夫，方由医生打了药针，将他救活过来。陈仲儒等他神智完全恢复过来了，便到他屋子里来，陪着他谈话。见桌上放了饽饽筐子，看看桌上，又看看他的脸。这时，他两个颧骨高撑，嘴瘦削着尖了起来，那黄手背上，带着粗如绵绳的青纹，正有些像鸡爪。卖力气的人，会瘦到这种样子，那滋养不足的成分，也就大大地可想而知了。便道："周老爹，你的令郎，恐怕是不在北平了。你老在这里等着，无衣无食，怎么是个了局？再说，你的身体也是太弱了，便是想找活路也不行。在外出远门的人，无非为了一种图谋，或者是名，或者是利。你既不为名，卖硬面饽饽也不算利，你在这里留恋做什么？"世良看了窗子外面几个学生来往着，呆呆地看了去，只管流下眼泪水来。他坐在床铺板上，斜靠了砖墙，头歪着垂在肩膀上，那眼泪水牵丝般地向怀里滚来，泪珠点点滴滴地滴在手背上，他也不去理会，只管让它在手背上湿着。陈仲儒道："周老爹，你觉得我的话怎么样？你若是愿意回家的话，我和哥哥商量，在公款下和你筹一笔川资。"正说到这里，却听到窗子外的学生们叫道："老李！我们瞧影戏去吧？"老李答道："我要到北海溜冰去。"陈仲儒将嘴向外一努，低声道："周老爹，你听见吗？把子弟去念书，有什么用。放了功课不念，一个要去看电影，一个要去溜冰。你家里没有一万八千家产，苦扒苦挣教儿子念书，落到现在……"这话不好说了，就顿了一顿。周世良依然将头靠住了墙壁，懒懒地道："照着陈先生这种话说，穷人家子弟就不能念书了？"陈仲儒道："情理是情理，事实是事实。这个年月，不讲情理，所以穷人不能念书，除非中国另外辟个穷人城，穷人就可以念书了。”世良靠了那墙，默然着许久叹了一口气道：“你这话有理，我错了，不该把儿子念书。”陈仲儒道：“说起来，我也应当负一点责任的。设若去年你们初来，我不把你们介绍到怀宁会馆去住，如何会认得孔小姐？不认得孔小姐，令郎也许不会落到现在……”他说到这里，又踌躇起来，世良抱着拳头拱拱手道：“你放心！我怎能够那样不懂好歹呢？”陈仲儒道：“周老爹，你假如愿回去的话，我就在良心上要好过些。川资一层，都在我身上。”说着，伸手连拍两下胸膛。世良低头想了许久，才答复了他那句话道：“陈先生！你看我有些不行了吗？”陈仲儒虽看出他的身体极其虚弱。但是他这句问话，却不解是什么意思。因道：“你是太辛苦了。”世良点了几点头道：“既然如此，我就回去吧！”说着，又长长地叹了一口气。陈仲儒看了他这情形，也是的确替他难过，望着墙上挂的日历道：“你哪一天走呢？”世良道：“乡下人本来不懂得阳历。但是这个一号，我可记得清楚。因为我是一号到的北平，我还是一号离开北平吧。有三天的工夫，我想你先生总可以替我设法。”陈仲儒道：“你既然要走，当然是越快越好，又何必万分无聊地在这里住着呢？”他口里说着，就把自己身上揣的日记小本子掏了出来，将这件事明明白白地记在上面，然后告辞而去。世良到了这时，是没有什么可惦记的了。他只望那日历上的纸条，撕着发现到了一号，然后离开这痛心疾首的北平。可是那日历只撕到三十一号，陈仲儒就给他把川资办来了。在那昏黄的灯光下，陈仲儒掏出三十块钱现洋交给他。他两只黄蜡似的手，颤巍巍地捧住那一大截现洋，在那颤巍巍的时候，就带向着陈仲儒作揖，同时两只眼睛里的眼泪，双管齐下地向洋钱上落着。陈仲儒道：“周老爹，你不必这样，这样倒让我更是不好过。这钱并不是我的，不过是公众的钱，经了我的手来转交给你的。”世良点点头道：“我明白。但是我是个能自己卖力气的庄稼人，而且原本也有田种，为什么千里迢迢跑到北平来累同乡呢？我真该死！”说着，连连地顿了两下脚，那眼泪流下来的程度，越发是像两股泉水了。陈仲儒看了他这样子，也不免替他难过。便道：“我想令郎出去奋斗去了。不外是两条路：一条是成功，一条是失败。成功了，他不能不来找你这老子。失败了，他也不能不回家去，你们父子们，总可以见面的。你要和你儿子见面，你必须撑持你这身体，留得父子团圆吧。”世良虽

明知这话未必然，难得人家有这样的好意来安慰着，只管是和人家点头作揖，口里连道："我一定记着陈先生这句话，好好地保养。"但是他的环境，怎样能够让他好好地保养呢？次日，他上了三等火车，遇着无票乘车的人太多，挤得他没有座位，只好把铺盖卷放在人堆里，自坐在铺盖卷上。在火车上坐了两天两晚，不但是周身骨头酸痛，而且两腮上因虚火上升，只是发烧得泛红，而且一路之上，没有一个伴侣，更想到回去把什么脸见人。没有什么解闷的，就不住地去抽旱烟。两天两晚的旱烟抽下来，脑筋也就受得刺激不少了。到了汉口，偏赶上了下水轮船的独班，打算进统舱去找着铺位，由汉口到安庆，茶房一定要他五块钱。世良去了二十多块钱的车票，又去了三块多钱的船票，却拿不出五块钱来买铺位了。他倚恃着自己出过几回门，也就不在乎，找到二层船舱后梢，就在厕所外面船板上展开铺盖来。这四九寒天，江风是极冷的，睡到晚上，这后梢二三十个穷坐客，都忍耐不住，只得起来，在舱外边，避风的船舷上走来走去，运动运动，借以取暖。当打那官舱门外过的时候，隔着玻璃门向里张望，只见那官舱里的客人，脱得只穿一件薄薄的短夹袄，在大电灯下打麻雀牌。世良看到，心里就想着无钱的人出门，不但是受罪，而且是受气。从今以后，回到了家乡，永远不想出门了。这样懊丧地在船上又经过了一天一晚，到这日下午八点钟，到了安庆了。江风依然是刮着不算，却又漫天漫水，下着鹅毛片的雪阵。这是外国公司的航船，安庆并没有码头，船就在江心里停轮了。雪雾里面，在水面上浮荡着三五星灯火，便是岸上开来的划船，运送客人。下船的客人，肩挑背负，各带着行李，人叠人地挤在船边上，等到划船靠近大轮了，上船下船的人，骂着喊着，跳着跌着，甚至哭着，滚着，闹成了一团。世良虽是在船上吹了两天的江风，没有生气了，然而轮船在江心下船客，只有一二十分钟工夫，若不抢下划子，就要被轮船带到下水大通芜湖去了，所以他侧了身子挤在人堆里，一手拖着铺盖卷，一手高提了网篮，伸长了颈脖子，也只是向外挤。这船边的栏杆，开了一个缺口，垂着三级梯子到江面的划子上去。然而这还去着划子有四五尺高，梯子前面，又没有什么遮拦的，人走到了栏杆缺口，待要下梯子，那后面的人一拥，你站不住脚，如不跳，便只有滚下去。世良两手都有东西，气力又不行了，于是网篮行李互相颠撞着。后面一位挑担子的太湖客人，一头箩筐，向他腰眼里一撞，他便提了东西倒栽下划子去。他的头正碰在人家木箱上，一阵麻木，痛得半晌移动不得。然而上了划子的人，叫着骂着，有的找人，有的找东西，哪个来管他。江上的风雪，越发是大，划子载得客人又过多，逆了风雪，半时靠不拢岸。等靠了岸时，世良两只脚两只手，都冻得麻木了。一路之上，他也想得烂熟了，到了安庆，先要找着倪洪氏母女，向人家道歉，告诉自己不能通信的原因，而且干脆把两家亲事废了，不要耽误菊芬孩子的前程，所以他登了岸之后，将行李寄放在小客店里，自己冒着风雪进城，就去访倪洪氏。有半年了，她母女是否还住在原处，不得而知，且先到那里，向邻居打听再说。他想定了，便是这样办。安庆城是建筑在山坡上的，街道是上上下下的石级，电灯是很远相隔一盏，又不大明亮，加上这雪阵又非常地密，路途更有些模糊。世良急于要去见人，在雪的石级上走着，不分高低，就摔了四五跤，而同时觉得有些气喘，只觉呼吸有些急促不灵。他以为这是累的，并不理会，依然向前走。好容易到自己开豆腐店的所在了。这样风雪之夜，人家多半是关门睡觉了，向哪里去打听倪家消息呢？若去敲人家的门，深更半夜，恐人家不愿意。他记起来了，街的转角所在，有一个巡警的岗位，向那里去打听，于是高高低低，又跑向那岗位边去打听。那警察所站的地方，却是有一盏电灯高悬着。他看到周世良撞跌着走过去，很是注意地看着，及至看清楚了便道："咦！你不是豆腐店的周老板吗？什么时候回来的？"世良道："我刚下船，来找倪家母女。她住在……"他说到这里，顿时两腿软着，身子蹲了下去。警察道："周老板！你怎么了？"世良竟是坐在雪地里做声不得。警察弯了腰向他脸上看看，见他脸色惨白，眼睛微闭，失声叫了一句不好，立刻将警笛吹着，引了四五名警察跑着向前来。这时世良会说话了，抬起手来，招了两招道："请各位把倪家母女叫来，我先和她们说两句话。"警察都是这街面上的熟人，知道他和倪洪氏是儿女亲家，这病人已经到了相当的程度了。这样大的风雪，哪还能久在街头，这也不问世良同意与否，就趁着附近开门看热闹的人家，借了一把藤椅子，将他放在上面抬了向前走，只转了一个弯，就到了倪家。因为她们自世良去后，孔善人给了她们十块钱搬家费，逼着她们搬了。她们也是一时找不着房子，就在本巷又找了人家后门口一间

小屋子住着。这样的风雪之夜，母女两个，守着一盏孤灯，有什么意思，因之盖着厚被也就安然地入梦了。这时听到街上一片嘈杂的声音，她们也就惊醒了。后来那声音居然闹到门口，而且拍起门来。这让她两个，更为吃惊。洪氏一个翻身坐了起来，披着衣裳先坐起来，口里叫道："谁打门？我们姓倪。"外面警察答道："正要找姓倪的。周老板回来了！"菊芬睡在娘跟前，将被盖着头，听到这话，头向外伸着喊起来道："干爹回来了！"只这一声，她自己也就坐了起来。洪氏也顾不得她了，出了卧室来开大门。门开了，四个警察，不容分说，将人抬了进去。洪氏所住的，除了卧室而外，便是一间小小的过道。这时警察将病人抬到过道里，她又大吃一惊，赶快在卧室里取出灯来相照，这可不就是周老板吗？只见他脸色惨白，嘴唇发青，这是一种极不好的现象，手上捧了的油灯，那玻璃罩子只管玲玲作响，几乎要落下来，这可以知道她抖颤到了什么程度。有一个警察将灯接了过来，因道："你最好找一床被先给他盖上，再烧一杯开水给他喝。"世良立刻抬起手来，眼睛向洪氏望着，摇了几摇，洪氏道："周老板！你这是怎么了？"世良道："大嫂子！我不行了。"说着，有气无力地顿了一顿，又接着慢慢地道："我……我不能……害你。叫他们，把……我抬出去……"说到那个去字，已经是没有声音了。倪洪氏一阵心酸，眼泪就流下来。便道："周老板！你放心，这不像你的家一样吗？你真是有个三长两短，我的家就是你的家；我的女儿就是你的女儿。"这两句话，大概让世良深深地受着感动，那枯瘦的脸上，也就流下两行眼泪来。菊芬已是披好了衣服，一面扣着纽扣，一面走出来。她一看到世良面无血色，垂手垂足地躺在藤椅上，哇的一声便哭了。洪氏牵着她向后退了两步，连道："傻孩子！你哭什么？干爹受的寒，睡一会子就会好的。"这时左右的街坊，也都被这些声浪惊醒了。见洪氏留一个要死的人在家里，觉得她有侠气。大家受了她的感动，有火的送火，有热水的送热水。警察到了这时，也感到人家不过是亲戚而已，怎好把病重的人，向人家家里抬，也就自告奋勇，去找了一位西医来。那医生诊了脉，便将洪氏拉到一边，低声和她道："这个人既是刚刚下船的，当然有许多别后的话要说。现在我和他打一针强心针，让他再延长一些时候，有什么话，你们就赶快地去请他说吧。"洪氏道："他是这样地不行吗？"医生道："无论如何，今晚是不能过去的。我看到你们家贫寒，这是一番好意，你不要误了事。”那医生也不再多说话，自去和病人注射了一针，医药费也不要倪洪氏出一文，提了皮包，径自走了。倪洪氏看到世良的样子，就知道不行，现在医生如此说了，她更是知道无望，于是走到世良面前，弯了身子，低声向他道：“周老板！你有什么话说吗？计春呢？”世良道：“计春这孩子……不必提了。”说时，他见菊芬也站在面前，就抬起一只手来，战战兢兢地向她指着道：“她是一个好姑娘，你不要误了她的前程。我们还是那句话，我们以前订的婚姻，不必算了。”洪氏流着泪道：“周老板！你不必为难，我早就说了，计春得着一个有钱的岳丈，他的书就可以念得出来了。你去后，他若肯认我的话，我依然把他当做干儿子。我决不能为了我的丫头，误了他的前程。”菊芬在一边听了这话，公公将死，也不要她了。自己有了什么错事，让他父子两个都看不起呢？伤心之余，还加着一分委屈，这就心里更是难过。索性跑进屋子去，伏在床上，号陶大哭。世良虽是没有什么力气说话了，但是神经还是很清明的。听到菊芬这样哭，于是眼望了卧室里，用手指了两指。洪氏明了他的用意，就向屋子里叫道：“孩子！你出来吧，你干爹想你呢。”菊芬哽咽着，走了出来，只管掀起一片衣襟，不住地揉着眼睛。她哭着走着的时候，世良只是用眼睛看了她，一直等她走到面前来，然后向她连连地招着手，将她招到了面前，握住了她的手道：“孩子！你不要把我的意思弄错了，我这样子办，那全是一番好意。你计春哥哥，他不是人了。我不能教你这样好的孩子，和那种人成婚配。你说，你懂了我的意思吗？”菊芬揉着眼睛，点了几点头。世良握了她的手不曾放，却望了洪氏道：“大嫂子！做父母的人，都是呆子。费尽了力气，不但是儿女们不见你的好处，只要望到不受他们的累，也就死都闭眼睛了。但是你这个孩子，可是不同；以后，你对于儿女的前程，不要爬高望低，总要安守本分做去。”他这一串话，说得太多了，未免有些吃力，于是喘了几口气，闭了眼睛，休息了一会儿。因有人说话声，他又睁开眼来，向屋子周围看看，见还有几个邻居坐在这里。于是抱了拳头，向四周拱拱，慢慢地道：“诸位！这倪家大嫂子，是天字第一号的好人。若不是她放我进来，我就做了一个倒路鬼，以后还得请各位另眼相看。”说着，顿了一顿，又道：“我那儿子，……他……他也并不是坏人……不

过是人家勾坏……”他越说声音越小，而且连贯不起来，到了最后，索性将不曾说出来的话，完全停止不说。坐在旁边的邻居，低声向洪氏道：“这是快不行的样子了，就在这地方和他搭上一个小铺，让他平平安安去吧，而且也应当和他预备后事。这样夜深，什么也不能办了。明天一早，可以到孔善人家里去……”菊芬听了这话，立刻抢着道：“什么孔善人？孔恶人罢了。我娘儿两个就是当当，也可以办干爹的善后。”洪氏就拍着她的脊梁道：“干爹这种样子，你还闹脾气啦？”邻居们也有知道周倪两家事情的，觉得让他们向孔家化棺材，是触忌讳的事，就不便说了。夜色渐渐地深了，来管闲事的，自不能久在这里陪伴，各各回去，最后就剩她母女二人坐在这里。到了六点钟，那窗子外的雪片，还是一阵阵地向下涌着。这过道里，虽是两面都有门关着，但是在门缝里有冷风射了进来，只觉满屋子寒气袭人。屋子里点了两盏煤油灯，放在撑住门的小桌上，是为着和这可怜的娘儿俩壮胆子的，但是那灯焰都为了油快要熬干，渐渐地矮缩下去了。靠墙已经搭了一副床板，垫了一床草席子，上面铺着一床褥子，世良直挺挺地和衣睡在上面。她娘儿俩将两件长大的棉衣在他身上盖着。因为仅有一床被，不能不留着自用呢。这时“当……当……”一种很沉着的声音，由雪空里送了进来。世良忽然轻轻地问道：“大嫂子这是什么声音？”洪氏道：“这是迎江寺打天明钟。快天亮了，熬过了这一关，你老人家就好了。”世良抱着拳头，苦笑道：“佛菩萨！保佑你母女二人，我告辞了。计春……那孩子……年轻……你原谅……”在他断续不成语调的时候，那抱拳的手，慢慢地垂下，眼睛也闭了。这是人家儿子的父亲；辛辛苦苦两番破产为了儿子的父亲；南北奔走，九死一生，为了儿子的父亲。两盏煤油灯，有一盏煤油灯焰慢慢地挫下去，以至于全熄了，正象征着这儿子的父亲的生命。

第三十四回

合作变空言又成逐客
相逢忘旧怨好是明星

这样的风雪夜里，一间破旧的屋子里，睡着一个无气息的人。我们想想这倪洪氏母女，是一种什么境况？但是这个死人的儿子，却在另外一个地方，做那华丽甜美的梦，梦到他和一个美丽的女郎结婚，他父亲也摩登起来，穿了那玄色的大礼服，站在主婚人席上做主婚人呢。来宾真是不少，将一个大礼堂，挤得水泄不通。大家身上，都汗出如浆。做新郎的人，不能够脱衣服，只好是忍受着。但是忍受又忍受，到了最后，他实在忍不住了，情不自禁地将手来扯了衣襟，要当扇子摇，偏是那衣襟摆重，又有些儿摇不动。及至自己睁开眼来一看，却是睡在一张铁床上，盖着新被褥呢！屋子里所以热得这样，却因为是墙边的热汽管子，温度太高了，在屋子里的人，受不了这种温度。原来在这个时候，余何恐先生，又转到北平来，当了大学教授，而且是个主任。同时受了一个小资本家的委托，在北平建筑模范剧场，请他当顾问。教授的薪水，是三百六十元。顾问的薪水，是五百元。合计起来，每月差不多有九百元的收入。余先生在天津穷了好几个月，精神上真感到枯索无味，现在忽然有了这大批的收入，不能不舒服一下，以资调剂。所以到了北平以后，也不找民房住，老老实实地，就住在旅馆里，为的是旅馆里床帐被褥，一切俱全，只要有钱，家庭立刻就组织起来了。周计春呢，他这几个月以来，对于余先生，有了莫大的帮助。所有余先生关于农村生活的描写，完全是他供给的材料。余先生卖了两本戏剧的稿子，约有两千块钱，不久就可以寄到，所写的十九，就是计春报告的材料。在这一点

上，余何恐也不能不感谢他，所以余何恐到北平来了，把他也就带到北平来。又感觉他仅仅跟随着，也不是办法，就介绍他到大学里去，当了一名旁听生，免得说他是个无业青年。不过这旁听生，听课与不听课，学校当局是不负责任的。计春初来北平时，觉得一跃而做了大学生，很是得意。每日还到学校里去旁听两堂课，后来觉到功课方面，十样倒有九样不大了解，在教室里听课，如同受几小时的罪，他感到得不着什么益处，索性就不上课了。余何恐在这旅馆里开了一间大房间，里面是卧室和浴室，外面是客厅。本来让计春住在客室里的睡榻上，住不到半个月，余先生已经有了女朋友来往，将他放在一块儿住，很有些不方便。因之又另外和计春开了一个小房间，让计春一人在那里睡。这样一来，计春更是得其所哉。在这个寒天，北平的娱乐场，只有跳舞场和电影院的温度最高。对于舞场呢，计春创巨痛深不愿去了，每日只是以看电影来消遣。好在单独地有一间房子，可以任其所为。回到旅馆来，将余先生买的大批刊物，睡到床上来看。屋子里既然很暖和，而且要吃什么喝什么，按着铃叫茶房办来就是了。好在这一切都写在余先生的账上，不必去费心的。这天在大雪之后，街上的积雪，约莫有一尺多深，除了各种车子在街上来往奔走，简直没有什么行人。计春到大门口看看，因为雪地里走路的车辆，很是缺少，自己看看雪景也就缩回旅馆来了。走向余何恐的房间时，房门还是闭的，见有一个茶房经过，便低声问道："到这时候，余先生还没有起来吗？已经两点钟了。"茶房微笑道："昨晚上睡得太迟吧？"计春道："那位女客尚守贞小姐，走了没有？"茶房笑道："说不上。但是没有开房门。"计春对房门看看，也就微笑着走开，自己走进那屋子去，心里就想着，一个人熟了，就什么坏处，都会看出来。以前我想着余何恐这个人，必是个穿蓝布长衫吃苦头的朋友。现在和他混久了，知道他有了钱，什么坏事都肯做。他的稿费要寄到了，我得分他几百块钱来用。我有了钱，就可以把唐小曼找来，至少也有一个女朋友同来看电影。他如此想着，躺在床上出神。暖和的屋子里，白天就做了一个梦。到了晚上，余何恐的女朋友还没有走，他就让计春在一处吃饭。那尚守贞年纪极轻，才十六岁，坐在一桌，那粉香只管向人鼻子里送了来，让人在脑筋里留下一个深印；因之当周世良在安庆城里断气的时候，计春正梦着和那尚守贞结婚呢。他醒过来是个梦，扭着电灯看看手表，刚交六点，到天亮还早。不能起床，于是将被掀开了一只角，露出了上半截身子来，透点凉气。他想着：余先生四十多岁了，这位尚小姐真会爱着他吗？假如我有余何恐那么些个钱，我就可以和他竞争一下。想到这里，想得有味，又蒙眬地睡去，倒是茶房来捶门，砰砰咯咯，将他惊醒。计春醒过来，手里还搂住了枕头呢。回想梦里的事，心里还只是跳。及至看清楚了，搂着的不过是枕头，这才大胆问外面是谁？茶房道："余先生请你去有话说。"计春看手表，已是九点多钟，也可以起床了。于是匆匆地起床，漱洗一完，立刻就向余何恐屋子里来。只见面对面地，他和尚小姐坐在桌子边吃早茶，刀叉盘碟，将桌子都摆满了。尚小姐穿了一件青色绒袍子，袖子短短的，露出溜圆的胳臂来。她见着计春头微微地低着，虽然垂下眼皮来，那乌眼珠还在长的睫毛里偷着看人。计春想起梦里的事，再看她胸前隆然高起，腰身细得一把，脸就红了。余何恐倒不介意，拉开右手边的椅子，让他坐下。因笑道："这两天我是陶醉在爱情的海里，什么都忘了。昨天晚上，华北文艺会的干部人物，打个电话给我，说是我那本两幕剧《乡下人》，非常之好。定在这个礼拜六晚上，在博爱大礼堂上演。这一出戏，我们在天津排过多少次的，由我们几个老角儿演，当然没有什么问题。我想自己到天津去一趟，把那几个人约一约。今天若是赶不回来呢，明天早上，文艺会的人倘有代表来，你就接洽一下。"计春道："尚小姐也去吗？"余何恐笑道："天气太冷了！我不愿意她出门。而且她在天津又没有熟人，我把她丢在旅馆里，自己出去找人，也冷落了她。不然，我也不能冒了这样的风雪天去胡跑。这华北文艺会，是个很有力量的集团。他们要我们来表演，这是我们找出路的一个好机会。我现在吃了东西，要整理关于《乡下人》的文稿，在上演之前，好托报纸给我们出一张特刊。你可以做一个短短的介绍文，先交给文艺会，让他们在周刊上预告一下。做了给我看，我就要走了。"计春这几个月受了余何恐的熏陶，发表欲是特别地火炽。听了这话，茶也不要喝，便在身上掏出自来水笔，伏到另外一张小桌上，找了一张横格纸，文不加点，就写了起来。在他作文的时候，他自有那一股子横劲，连头也不抬起来，只管写着。等他把文章写好了，这才拿着稿子念了一遍。回头看时，余何恐和尚小姐一同坐在沙发上，

他一手搭着尚小姐的香肩，一手夹了雪茄，放在嘴边吸着。计春将稿子递了过来，他将雪茄放下，一只手拿了看着，那文是：

《乡下人》，这个两幕剧，——是我们伟大的艺人余何恐先生的创作。余先生是位努力于平民文学能实际走到民间去的作者。在这本剧里，用了他正确的意识，新颖的技巧，尤其见到他伟大而美妙的作风。戏的内容是这样：一个乡下人，来投靠城里的资本家，这资本家是他的近亲，理应加以援手的，而他所要求的，也只是三块钱。但是这资本家能开了三千元的支票，给姨太太买钻戒，却不肯借他三块钱，只打发他住在柴房里，说他是个乡下人，不配进上房。不过这乡下人带来许多乡下的土产，瓜菜之类，姨太太却最喜欢吃，叫了乡下人来，赏给他二十块钱，叫他常常送菜来。后来乡下人送菜送多了，姨太太十分欢喜，索性把自己的孩子认乡下人做义父，要那资本家陪乡下人吃饭。在这里面，暴露了资本家的丑态，把握住了时代的核心。

余何恐看到这种地方，不免将眉毛皱了两皱，微笑道："把握住时代的核心这句话，在这里似乎用不上。应该这样说：这出戏剧，本来还应当编得沉痛些，只是在某一种关系下，不能办到。所以这是喜剧，而喜剧的意味，只好偏重于暴露资产阶级一方面。这样说，比用把握住时代的核心这一个滥调，要好得多。"计春笑道："我觉得不用这句话，人家会疑心我们把握不住时代。就要让人家说我们是没落的作品。"余何恐还要说什么，茶房进来，说华国银行的常经理来了。余何恐听到，立刻站了起来，口里连道："请请请！"口说着，两手还不住地扯了两扯衣襟，手上拿的那张稿纸，慌里慌张地放在桌上，就不曾理会得了。那常经理拥了皮大衣皮帽子走将进来，衣帽还不曾脱下，两只眼睛，早就向尚小姐身上盯着，笑问道："这是哪一位？"余何恐笑道："这是尚小姐！来来，我给你介绍。这是常有德先生，他是银行界里的名人，全中国都知道。"尚小姐因他这样地郑重介绍，就站起来笑盈盈地行了一个鞠躬礼。常有德脱了帽子，也还了一鞠躬。而在当时，已经把尚小姐看了个透澈了。他慢慢地脱下了大衣，站在桌子边，伸手就去取那木盒子里的雪茄烟。不想在这个时候，却看到盒子上放了一张蓝墨水写的稿子，于是捡起来看了一遍，笑道："啊！余先生这样地攻击资本家，我倒不是资本家，不过干的是银行事业，总有些资本家的嫌疑。我倒要代表资本家……”余何恐笑道：“常先生有些错误吧？你看那稿子上的口气，是我写的吗？”常有德笑道：“《乡下人》这本戏，可是余先生编的。若是将来模范剧场建筑起来，所演的都是这一类的戏，恐怕股东方面，有些不愿意。”余何恐答道：“那是当然！那是当然！”常有德将雪茄烟咬掉了头子，衔在口里，向沙发上坐下，那雪茄还不曾点着呢，尚小姐就擦了一根火柴送了过来。常有德看了那张稿子之后，心中本来大不谓然，可是这根火柴的力量，却是特大，他将烟吸着了，立刻软化下来，就向尚守贞弯腰又点头道：“这可是不敢当。”守贞对于银行经理这种客气，似乎有些受宠若惊的样子，索性斟了一杯热腾腾的茶，两手捧着送了过来。计春在一边看到，心里很是不愿意；所以不愿意的原因有三：其一是常经理不睬他；其二是余先生这样恭维资本家，言行不符；其三是尚小姐花枝一般的人，未免太糟蹋自己了。老在这里冷眼看人，还有什么意味？于是扭转身竟自走了。到了屋子里，怒气兀自未息，将饭店里放在桌上的一套文具和信笺，提起笔来，一连写了七八张标语：如铲除资本阶级，以及养成大无畏的精神，打倒欺骗青年的文妖等。但是写了七八张标语，也并不能够对着什么人示威，只是一个人在屋子里“大无畏”一阵子也就罢了。气不过，又在床上睡了。正蒙眬间，房门敲着响，将门打开，却是尚小姐笑嘻嘻地站在门外，心里忽然地醒悟过来，又是在做梦。做梦也是很好，这回别糊里糊涂地就醒了，必得在梦里温存一下子，落得便宜，于是弯着腰笑道：“尚小姐光顾，真是荣幸之至，请到里面坐。”守贞手扶了门机纽，伸着头向里面看了一看，笑道：“不必了。余先生走了，我一个人寂寞得很。周先生到我们屋子里去坐坐吧。”计春听着话，眼看了守贞的脸色，鼻子里闻着香气，心里暗念着，这决不是梦，若是梦，哪有这样清楚。尚小姐见他只管沉吟着，便笑问道：“你这是做什么？怕余先生不愿意吧？”计春不曾考虑，突然地答道：“我怕是梦。”他这句话，守贞听了，也有些领会，不由得脸上红了起来，笑道：“青天白日，怎么说是做梦。”计春觉得真不是做梦了。在这几个月不曾有女朋友往还的时候，现在又特别地感到有趣，立刻精神焕发，跟着守贞向大房间去了。他是十一点多钟去的，在那屋子里开了饭吃，到了三点半钟出来，同着守贞一路去看

电影。到了电影散过以后，他又请守贞吃馆子。直到晚上七点钟，方始回旅馆来。不想叫茶房拿钥匙开门时，茶房却说余先生早回来了。计春听了这话，就是一怔。守贞红着脸向他低声道："没关系，你说是我要你请的好了。"计春立刻也就想到，若是躲躲闪闪的，那也反是不好，索性大了胆子跟在守贞身后一同走进屋去。一眼看到桌上烟灰缸上，已是架上好几个半截雪茄烟头子。余何恐横躺在沙发上，还是不住地抽雪茄呢，见他二人进房，便跳起来道："你们到哪里去了？"计春道："尚小姐一个人坐在屋子里闷得很，要我请她去看电影。她要回我的礼，又请我吃馆子。"余何恐向他二人周身上下看了一个够，也就没有再说别的。尚小姐见他不做声，胆子越发地大起来了。鼻子里哼了一声道："嘴上无毛，办事不牢，怎么又不上天津去呢？"余何恐笑道："你没有听到常有德说，反对我们演这种戏吗？我们正要和他合作的时候，犯不上为了这种不相干的事，将感情破裂了。"计春道："对于华北文艺会，怎样地答复人家呢？"余何恐道："我们又没有听他指挥的义务，演不演，在乎我们，无所谓怎样地答复。"计春见他口里说话干脆，脸色也板得没有一些笑容，心里究竟有些毛病，也不敢在此扰人，自回房去了。但是余何恐对于他们出去同玩的事，似乎不怎样摆在心中。到了次日，依然一处吃喝玩笑。计春这也就以为没事了。过了六七日，在一个晚上，余何恐却和他坐在一张沙发上，表示很亲密的样子，低声向他道："计春！你是很有希望的青年，终日和我住旅馆，这不是办法。我应当和你找一条出路。"计春道："余先生有这样好的意思，那就好极了，教我往哪条路走呢？"余何恐道："你想不想出洋？"计春笑道："那当然愿意。"说着站起身来望了他，好像很期待他宣布下文。余何恐道："并非我不愿你在我一处，无奈常有德说你思想太新，他不愿你在北平和我共事。他在政治上很有力量的，你怎样能和他斗争？我有一个朋友办的星光歌舞团，现时在南京表演，哄动一时，挣钱不少，不久他们要全班到南洋去。因为要走远，就需要几个话剧人才加入，以便组织得更健全些。我想介绍你去。至于川资，那是自然由我出的。"计春听了这话，知道他分明是要脱离关系，不免心里冷了半截，退后两步，手扶了椅子，沉吟着低声道："余先生觉得这是出路吗？"说着一笑。余何恐道："怎么不是出路？他们这个组织，几乎哪里都可以去，吃饭穿衣，绝对无问题的。人生在世，不就是为了这两件事吗？再要说到恋爱，那更好办。他们那个团体就完全是过的爱情生活，他们还要到南洋去呢。南洋是中国人发财的地方，你为什么不去？”说着，就在身上掏出一叠钞票和一封信，一齐交给计春。他虽然将信和钞票接着，然而心里已是跳荡不休，两只眼珠呆定着，眼泪水几乎要哭出来。余何恐道：“这是一百块钱，你就坐二等车到南京去，还可以多一半钱啦。我这一点面子是有的。你去了，他们一定收留你。将来我有钱，还可以接济你。今天我就要搬出旅馆住到朋友家去，你明天就去吧。”计春并不是余何恐的子弟，他不肯留在一处，有什么法子可以强迫他？只得点点头道：“好吧！我去试试。若是能到南洋去，这个机会，倒也不可失却的。”余何恐站起来一手握了他的手，一手拍了他的肩膀，笑道：“你有表演天才，无论什么地方去，也不会失败的，你好好地努力吧！”说着，又握住了计春的手，摇撼几下。计春站在一边发愣，又偷眼看尚小姐的态度时，见她微垂了头，眼睛对地毯上注视着。自然这里面含有着一番委屈，自己这也就不便向她告别，便向余何恐鞠了一个躬道：“好吧，多谢余先生了。”他拿了钱和信回到房去，就在床上躺着。始而他心里很有些不服，后来一转念，假如我不认得余何恐呢，也许我已经自杀了。这也好，免得总是依赖人不图长进，既然要走，在这里多耽搁一天，有什么意思？搭晚车走吧。他心里想着，用手拍了一下床，自己向自己表示着已下了这一番决心。到了这日晚上，前门外的平浦通车，就把他载着送上了南京。但是到了南京以后，便消灭了“周计春”这三个字，那以往种种，也就只好说譬如昨日死了。在这日子过后的两年多，是秋高气爽的时候，南京各处的广告牌上，贴着有“星光歌舞剧团重到首都”的字样，另一张广告，刊着歌舞团里各明星的名字。其间有男明星的名字，特别加大写着“秋潮”两个字的，也是这歌舞团里叫座人物之一。南京这些摩登男女，各捧异性人物，逐日拥挤到戏馆子里去，而前两年在北平不见了的孔令仪小姐，也在这歌舞团出演的戏院子里发现了。她并不是来看舞女的，她是醉心于这里的话剧主角秋潮。在最初两次看戏的时候，她觉得秋潮这个人，虽然身量长些，但是有些像周计春，不过在舞台上，有一种化装术夹乎其间，还不敢十分认定。接着又看了两天，他的态度，他的声音，简直就是

计春无疑。这真是想不到的事。他在北平宣告失踪了以后,倒是加进这个歌舞团里来。虽然当初和他订婚,不过是闹脾气的,但是他现在做了艺术家,有许多女子要追逐他。他便不是周计春,自己也少不得设法和他交朋友。倘果然是未婚夫到了,那又怎好放弃他,让别人夺了去?如此想着,就写了一封很详细的信,寄到歌舞团演员们的住所。她心里想着,计春现在是个明星,追逐他的女子很多,他或者明白了我从前对于他的态度,不过是舞弄而已,他决不会来理会我。然而事实与她所想相反的便是在发信的第二日中午,计春却亲自来拜访她了。令仪这时在一个大学校当旁听生,依然过着她那繁华生活,带了一个包车夫,两个女仆,租了一幢上海弄堂式的楼房住着。这日中午,正在卧室里梳妆打扮,预备吃过了午饭,又去看歌舞去。及至女仆送上一张名片,接过来看时,却明明白白写得是周计春,这就不由得她心里怦怦地连跳了两下,哟了一声,这就向楼下迎了过来。这个时候,计春虽不是在台上那种打扮,但是那面庞长得越发地丰润,脸腮上由白里透出红来,那头发虽不曾用什么油来擦抹着,然而弯曲之间,自然地柔软可爱,穿的西装,也是平贴光润,没有丝毫的皱纹。令仪看到,又只说了一声哟字。计春立刻跑了过来,伸手和她握着。笑道:"孔小姐!久违了。想不到我们在这里会面。"令仪见他并不分着什么界限,也就随着让他将手握住,先摇撼了几下,那眼光闪电似的,在他身上看了一遍,这才分开手来,分别坐下。计春向屋子周围看了看,笑问道:"这就是孔小姐一个人住在这里吗?"令仪微笑道:"不是一个人,还有几个人呢?不过,我为了你受累不少。"计春红了脸道:"这真是对不住。所以我找不着那钻石戒指,也就不敢和你见面了。"令仪摇着头道:"问题不在这上面,这一件事是我生平值得纪念的一件事,这一封有关系的信,我依然还保存着呢。你看看这封信,你就明白了。"说着,她就起身翻箱倒箧找出一封信来,递给计春看。这其中有一张信纸,是用红笔圈了的,当然这是最要紧的那一张了。先看那红圈起首的地方,乃是:

我孔氏门中,并不靠儿女来支撑门户,好便要,不好便不要。且尔亦非尔母所生,尔如此放浪,尔母伤心已极,亦不能如前对尔姑息。今与儿约,儿能与周氏子永远断绝往来,回南读书,改过自新,则过去之事,可以不说;

否则尔与周氏子结婚之日，即吾宣布尔来历之时，以后永远断绝父女关系。不但我之财产，尔不能分润半文，即我亲友之家，亦不容尔居住。限尔在信到三日之内，回我一电……

计春将一张信纸看完，还要去看第二张信纸。令仪起身，将他的手背按住道："你想，这不就够了吗？我受压迫不受压迫？"计春道："孔小姐几个母亲呢？"令仪道："对了，这信上说，我不是我娘生的。我也很奇怪，怎么会不是我娘生的呢？我也把这话问过我父亲两回，他说不能说，一说之后，父女感情就破裂了。因为如此，所以我始终不能问下去。你既然是不见了，我在北方的经济来源，又要断绝，所以只好回南，依了我父亲的条件。但是我对你的感情，很是不错。你父亲病在北平，还是我送他到医院里去医好的呢。"计春道："我后来到北平，遇见同乡，也曾听说一点。"令仪道："现在令尊呢？"计春道："两年多没有通信了，大概回家去重过农村生活去了。我觉得我干这种职业，他不会赞同的，也就无通知他的必要了。"令仪笑道："你现在是个明星，全国皆知啦。你父亲还有什么不愿意的。"说时，低着头沉吟了一会儿，笑道："你先不通知你父亲，将来再说吧。你现在对于社会上，是姓周呢，还是姓秋呢？"计春笑道："当然是姓秋。你不见我那名片是墨笔写的，我是连周计春的名片都不预备了。"令仪道。"这为了什么？"计春笑道："并不为了什么，姓名不过是人的记号，爱用哪几个字，就用哪几个字，这有什么关系？"令仪笑道："你现在是崭新的人物了。新人物都是不用真姓名的，大概你就为的是这个缘故吧？"计春想了一想，笑道："我原来用秋潮这个名字，不过是好玩的。除了在台上，人家依然叫我周先生。后来我写信到北平的本县会馆去，问我父亲，是到北平找我去了没有。那会馆里的长班，却给我来了一封信，说是大逆不孝，败坏门风，我本县全族的人，已经驱我出族。会馆里贴有布告，宣布我的罪状，请我以后不必向会馆里写信，免得反受人的辱骂。我有了这封信，真像小说上所说的话，气得我七窍生烟。本来这姓氏家族思想，这是封建势力没有铲除的表现，要他何用？只是我那同族的人，在不孝上面，加了'大逆'两个字，而且还说我败坏门风，这实在侮辱了我。他们凭了什么资格，可以对我下驱逐两个字？我本来想质问他们一番，继而想着，这必是我父亲的意思。他费了许多力量，让

我去读书，就是想我毕了业以后，做官发财，他好在家里做老太爷。这种封建思想，本来就是一种买卖主义。他因为我不能好好去替他做牛马，所以回到乡下去。向族人告我的忤逆，唆动族人，驱我出族。他们是人多，我一个人无论有什么充足的理由，也是斗他们不赢，所以我一赌气，就表示和他们脱离关系，索性把周字不姓了。我因为不用周计春的名片，怕你不见我，所以我临时写了一张。你瞧，这才是我的名片呢。”说时，自衣袋里取出姓名两字横列的名片，交给令仪看。果然，上面两个图案字，乃是“秋潮”。令仪笑道：“这样说起来，我们倒是同病相怜，都是家庭所不要的人。”计春道：“我们现在要为大众谋利益，谈什么家庭；有家庭，我也许要推翻，没有家庭，那不是正好吗？”令仪笑道：“呀！你的意思，现在这样新。我很惭愧，赶你不上啦！”计春道：“这也算不了什么新思想。老早我就是这样主张的了。”令仪虽是坐着，然而她两只眼睛，却十分地忙，由头至尾，将计春看了个烂熟。见他的西服，那样平贴无皱，领子上和衬衣的袖口上，也是白得连一线黑斑都没有。彼此说话，虽还隔有几尺路，但是他身上，自然有一种细微的香气，向人鼻子里面送了来。令仪也不曾说话，忽然之间，嘻嘻地笑了。现在的周计春，不是两年前的人物了。他走过的繁华都市，和各种人物交过朋友；尤其是女子一方面，他朝夕研究，有了更深切的认识。像令仪这样有钱的小姐，以前认为是最不好惹的女子，现在却认为是最好惹的女子，所以当令仪那样嘻嘻一笑，计春就一切都明白了。他想着：不应当一来之后，就给予她太好的感想，因站起身来道：“我今天是抽着工夫出来的，不能久事耽搁，改天再见吧。”说着，人就向外走了。令仪将他送到大门口，对于他的后影，还呆呆地看了一阵。她心里同时想着，周计春会有了今日，这是想不到的事。我写了一封信给他，他就来了，在我看得自然是不稀奇。不过现在追逐他的人，十分地多，望到有这样一回，也就难于登天呢。她一人沉思着回房去，坐在椅子上，还是昏沉沉地思索着。忽然楼梯上咯咯咯一阵乱响，却有五六个女同志拥了进来，笑着叫道：“走吧走吧，快开演了。”其中有一个活泼些的，早是跑到了桌子边去，看到放了一张秋潮的名片，就问道：“这秋潮的名片，是由哪里来的？”令仪淡淡地笑道：“他刚才来看我，递进来的名片。”同时两三个女郎麻了嘴说是不信。令仪笑道：“你们爱信不信？他第一次穿西装的相片，还在这里呢。”大家听说，就吵着要令仪拿出来看。令仪为了这个，也想起了一件事。古人说：无心插柳柳成荫。这倒很对呢。

第三十五回

嫁婿为风流屈成伉俪
见娘搆疑案当做偷儿

天下事，有因就有果。往往种因在百十年之前，而结果在百十年之后。至于两三年内的因果，那都是很平常的事。令仪和计春初相识的时候，为了要和她照相，曾替他做了两套西服。这在大小姐的行为上说来，很算不得一件什么事。照过相之后，计春和她各取一张，计春的曾在书桌上摆设着，后来就不知抛到什么地方去了。令仪所得的这相片，一天也不曾摆，只是当时看看，以后就放在箱子里，始终也不曾理会。收检箱子的时候，偶然看到，觉得也怪有趣的，不曾抛去，依然放着。今天因为自己说秋潮来了，许多吃不着天鹅肉的人，有些不肯信。她忽然想到计春还有一张相片在自己箱子里呢，就说出来了。这些姑娘们听到，更引为是神秘的消息，就包围着令仪，非要她拿了出来不可。有的简直说明了，她完全是骗人的。令仪道："这也值不得骗你们，要看就给你们看。"她也不管受累不受累，一连开了几只箱子，终于是把那张相片找了出来了。她只刚拿到手上，有那手快的，早已抢过去了。果然地，这相片上，一个是令仪，一个穿西服的青年，很像戏剧明星秋潮。令仪道："这个不是伪造的吧？这是两年前照的相，两年前我们熟得在一处照相了，这有什么稀奇。"这一群姑娘，将那张相片，你抢我夺，头挤头，挨在桌子上来看着。令仪见她们这样宝贵，更是得意地笑道："你们再把相片掉过来看着。老实说，哼……"她坐在旁边，不说完却笑了。大家将相片翻转来看时，上面有墨笔写的字道："令姊对我，不但解衣推食，而且推心置腹，有同手足。照此相时，令姊欲我在镜前精神焕发，特为制西服两套。相片所着，即其一也，其他可知矣。对此恩惠，如何可报？唯有做令姊终身不二之臣，庶可报答于万一耳。影既摄得，即为我二人终身合作之证明。特志数语，以为纪念。令仪姊爱存。小弟计春述。”有的就问，计春就是秋潮吗？令仪笑道：“这个我也不愿答复。但是你们看看这相上的人，可与秋潮有分别吗？若没有分别，有谁人能在这相片后面写字。”大家听着，立刻喧哗起来。好像令仪宣布中了彩票的头奖，旁人既是欣慕，又是嫉妒；脸上笑着，心里恨着；有的要她请去看歌舞，有的要她请去吃饭，有的要她介绍秋潮见面谈谈。令仪在十分得意之下，一切都答应了。在两日之内，一切也都照办了。可是这个消息，不知如何传到新闻记者耳朵里去了，到了第三日，报纸下软性新闻里登着这样一条新闻：“南京新出现明星秋潮的未婚妻。”所幸新闻里面，还没有知道令仪的履历，只说是姓孔而已。在这日上午，计春又来访令仪了，到了屋子里，且不坐下，披着花呢夹大衣，微歪了戴着盆式呢帽，脖子上搭了花围巾，直垂到腹部来，手上拿了一根细藤手杖，轻轻地靠着椅背，皱了眉道：“孔小姐！报上今天登的，你看见吗？这事影响到我很大。谁把这个消息送了出去的？”计春走进门来，就这样郑重地问着。这在令仪一方，是应该就答复他问题的了。可是她并不注意这一点，却偏了头向计春看着笑道：“你真是变了一个人了。怎么样子看你，你就怎么样子好看。”计春笑道：“我的小姐！你别打岔，我要问你这消息漏出去的缘由？”令仪红着脸道：“知道你现在成了大明星，把以前的事都忘了，但是，我这里还有你的东西呢！”计春道：“是那戒指吗？”令仪道：“戒指算得什么？只要有钱，金银店里个个可以去定打。你忘了吗？第一次穿西装的时候，和我照了一张相，上面还有你题的字呢。”计春这才将帽子向墙上一扔，不偏不倚，挂在衣钩上。身子向沙发椅子上一坐，两手撑着大腿来托住了头。他的行为，虽然还很是浪漫，但是也表现出来很是踌躇。令仪站起来，斜撑了一只桌子犄角，瞅了他微笑道：“你现在有了爱人吗？”计春没有做声，依然手托了头，坐在那里。令仪笑道：“当然地，现在追逐你的女子多着呢，可是，知道你的历史的，只有我一个吧？”计春突然站起来道：“那么，你宣布我偷过你的钻石戒指？”令仪正色道：“原来你就是用这种手腕来对付朋友的。”计春道：“那么，你为什么说只有你知道我的历史？”令

仪咬了下嘴唇，垂下了眼皮，许久才答道："无非是说我和你交情不错。"计春点点头道："说起以前的事来，我对于你，只能说一声惭愧，当然我应当感谢你，而且我们又在南京相会了，这不能算是偶然的。只是我服从了你，我的损失就大了。"令仪笑道："怎么说是服从了我，你始终认为我是压迫你的吗？"计春道："怎么不是？你把那爱情之火来烧我，比用侵略主义来压迫我，那还要厉害呢。"令仪听他这话，又是那其辞若有憾焉，其实乃深喜之的调调儿，心里十分欢喜，便接着问道："那么，你有什么损失呢？"计春又坐下去，沉吟了许久，叹了一口气道："事到于今，我不得不说了。上海方面，我有一个朋友他很愿帮我的忙同我一路去出洋，假使今天报上这段消息让他知道了我一年以来所计划的事，就要成为泡影。"令仪想了一想道："他同你出洋，所帮忙的地方，是只限于金钱呢？还是另有其他办法？"计春道："出洋也不过要人家在金钱上帮助而已。"令仪道："也就不过如此罢了。别人能帮助你的事，难道你的令姊还有什么办不到吗？"说着，手一拍胸膛说："那全由你老姐负责了。"计春道："照说呢，你这种力量是有的，只是我，是在你面前失了信用的人了。"令仪笑道："你知道说这句话，我就相信你以后的为人了。我是久有出洋之意，我的家庭，你是知道的，当然也不把筹几个出洋费，当着难事，只是我父亲说我是个女孩子，不肯轻易放我出去。既然有你和我一同出洋……"计春道："你以为我改了姓秋，你父亲就不反对了吗？"令仪笑道："这个我都想好了。你到过南洋的，你不能在南洋找个朋友和你证明一下子，你是一个华侨吗？那自然我绝不对我父亲说，你是个唱戏的，等到出洋回来以后，你有了身份了，便是知道你是周计春，那也没有什么关系了。"计春道："若说通信的朋友，我倒是有。只是你所说的话，完全是替我设想，你真有这番意思待我吗？"令仪且不说什么，深深地叹了一口气，然后微摇着头坐在椅子上，又接着叹了一口气："我也就不必说什么了。"计春昂着头想想，也就噗嗤一声笑了。于是脱了大衣，挂在衣钩子上，回头看到房门是敞开的，就砰的一声关上了。他再到令仪对面去望了她只管傻笑。令仪瞅着他微笑道："你现在也知道要俏皮了，围了这样漂亮的围巾让我瞧了。"计春一味地傻笑，把脖子伸了过去。在这个时候，令仪用的女仆，正提了开水，要进房来泡茶，到了房门口，见房门紧紧地闭上，用手轻轻地推了一推，里面的暗锁已经锁上了，哪里推得动。女仆也是微笑一笑，就走开了。约有两三个小时，那房门才开着。计春穿了大衣，戴着帽子出来，那围巾可就围在令仪的脖子上了。他在前面走，令仪在后面送着，直送到大门口来，笑道："我等着你回来吃饭呢。"计春笑着点头，答应了准到，慢慢地走上大街，转了一个弯，回头看不见令仪了。这才由怀中衣袋里，掏出一卷钞票来，这其间五元的也有，十元的也有，合起来，共是一百五十五元。在钞票里面，另外夹着一张支票，上面写明支付四百元，下面署名是孔令仪记。计春看看支票，依然向袋里揣着，拍拍衣襟，自言自语地道："无论什么女子，现在我都有办法。"于是笑嘻嘻地坐了人力车子，回他的寓所去了。金钱总是能支配着这整个世界的，计春有了令仪金钱的援助，他的态度又变了。过了几天，报上又登着小新闻，说着秋潮的未婚妻，已经打听出来了，乃是安徽安庆名媛，孔令仪小姐，不久他们就要出洋，要等出了洋回来，才结婚呢。有人拿了这报上的消息去问计春，他不承认，也不否认，只是微笑，但是在七日之后，秋潮脱离了歌舞团了，便住在令仪家里楼下。在他寄居的期间，南京与新加坡方面，新加坡与安庆方面，安庆又与南京方面，常把秋潮两个字播来送去，结果安庆的孔大有，知道有位华侨子弟，并无父母，在南京大学读书，他并不知道朝字去了三点水，这人是青年戏剧家秋潮，而且他终日和算盘账本做伴，脑筋里也不会留下歌舞明星的影子，自然也不会疑心的，更不料着新女婿便是旧姑爷了。因此他写了好几封信到南京，要秋潮到安庆去见上一面。令仪对于这件事，却有点为难。因为他家里那位曾到过北平的账房先生刘清泉，是认得计春的，一见面，岂不把这事识破了，因之再三地推诿。直到阴历年边，打听得清楚了，刘清泉已经下乡去收账，约有十几天才能回来，于是单独地先回家看看，果然刘清泉走了两天了。这就打个电报给周计春，让他快来。计春自己也就想着，到安庆只住一天，和孔大有稍为周旋，第二天就走，住的所在，就是孔大有家里，对谁也不露面。这有谁能看出我的真面目？而且我在安庆是个穷小子，而今穿起西服来，是个长身玉立的少爷，料着就是碰到了熟人，也没有谁认得出来。他这样地想着，就大胆地搭了轮船回安庆来，电约着令仪到码头上来接。在这时，令仪并不感到所嫁者是豆腐店小老板，感到所嫁者乃是名闻

全国的歌舞明星，对于计春真是百依百顺。接了电报，老早地就带了几个男仆人到码头趸船上来接。这时仆人里面，有一个鲁进，是知道令仪身世最详细的人，而同时也是孔大有的心腹。令仪因为他的资格老，就把一件优差他做。当接着新姑爷的时候，就让他和新姑爷拿过手提箱来，为着新姑爷放赏钱，他可以拿着第一份。鲁进起初听说，小姐所嫁的是个戏子，后来又听说，和戏子的名字，音同字不同，实在是个学生。无论如何，他这就有些疑心了。因之来欢迎新姑爷的时候，特别地留心，见面之后，他就不免一怔，这个人好生面熟，在那里见过？可是仔细地想想，亲戚朋友里面，都不曾有这样一个人。当时放在心里，也就不再思索了。及至把新姑爷接到家里，孔大有亲自出来款待，鲁进依然不时地向前伺候着茶水。究竟他是个有心人，来来去去，在计春说话的声音里，就听出破绽来了。他虽然是操着国语，然而有时说得快了，却在声音里一般透露出安徽话来。什么华侨，完全是大小姐弄的玄虚，乃是安徽人假扮的。大小姐要嫁安徽人，也不妨，何必绕上这样一个大弯子，这必有瞒人的一个道理在内。他想到这里，就猜中十之五六了。到了晚上，他又在床上，陆续地想着，既是本地人就有见着他的可能，自己好像和他见过面，这决不是胡猜的。由大小姐今日嫁安徽人，与上次和安徽人订婚联想起来，恍然大悟，于今的华侨，就是以前的豆腐店小老板。大小姐实在爱上了他，非嫁他不可，所以让他把姓名都改变过来了。好极了，她现在又有了一个内幕在我手心里抓着，不怕她不理会我。不过这事还不能冒昧，我必得再找一人将他认一认，若是不错，我再打我的算盘。越想越对，一晚都没有睡好。次日起了一个早，并不让第二个人知道，就一直到倪洪氏家里来。洪氏提了一筐子米菜，要到井边去洗，在大门口就和他相逢了。鲁进回头看看没有人，向洪氏拱了两拱手道："恭喜恭喜。"洪氏也笑道："我明白了，听说你们大小姐快要办喜事了。姑爷是个在外国住家的财主呢！"鲁进道："她快要出洋了，不知道什么时候能回来。我引你去看一看她，好吗？"洪氏道："阿弥陀佛！你今年应该又生儿子又发财，怎么肯做起这样的好事来了。只是我应当偷偷地去，不让你们老爷知道才好。前两年我到你们公馆里去了一趟，你老爷暗地里和我闹了不少的脾气，非要我离开省城不可。后来这孩子到南京到北平，总不在家，他才放了心。现在若知道我还是去看她，你们老爷一定会翻脸的。我是个穷婆子要什么紧？只是那孩子娇生惯养这么大了，你老爷真要不认她，哪个再养得起她，那不是害了她一生吗？去是愿意去，你能保我不出一点什么毛病吗？”鲁进笑着，自向她家里走，洪氏倒跟随了进来。鲁进低声道：“我是看了我们认识有二十几年了，今天才来和你报这个信。你自己不要错过了。老实告诉你，我们这位新姑爷，非常像你的干儿子，小女婿。你何不偷去认认？”洪氏听了这话，做声不得，却只管抖颤起来。向鲁进望了道：“不见得有这样的事吧？你们老爷立过誓的，你们大小姐，要嫁了姓周的，他就不要这女儿了。你们大小姐哪有这么大胆，还把他引了进来呢？”鲁进道：“我们老爷，没有见过秋潮，也没有见过周计春。冒充不冒充，他一概不懂。我以前到你家里，在豆腐店看过那孩子的，他现在虽然身材长得高了些，然而那五官的位置总是跑不了的。在这些所在，我再三地留意，我就更加看出了不错，而且他尽管满口京腔，一快了就要露出安徽音来，我看那也是他故意做作的，越发地现出他的假来。”洪氏战战兢兢地道：“真有这样的事？他们的胆子也太大了。不见得吧？”鲁进道：“不管是与不是，你何妨去看上一看。”洪氏手上提的一筐子米菜，竟是抖颤着，落到地上来，却拿不出什么主意。菊芬手上拿了一件不曾缝纫完了的褂子，走了出来道：“妈，你为什么不去看看？干爹死了两年了，大概那个人还不知道。你不应当让他知道这个消息吗？”洪氏索性坐在一把破椅子上，用手摸了头道：“我去得吗？假如真是他的话，我也不能认他。你要知道，那样一来，孔大小姐完了，你计春哥哥也完了。我们能得什么好处呢？”鲁进道：“老太太！我这番来意，你还不明白吗？我的岁数一年比一年大了，还能在孔家当一辈子奴才不成？老实说，现在我找了这个机会，要请你帮我一点忙，让他们小两口子给我一千八百，万事俱休，如其不然，我就喊出来，大家好不成。”说着，说着，他就变了脸了。洪氏道：“鲁二爷！你教我无缘无故地去讹人吗？”鲁进道：“只要你点点头，说这新姑爷是你以前的女婿。我得了好处，将来就分你一半，若不是的呢，也请你看个虚实，我也就死了这条心。”洪氏道：“钱是我不要，只要大家无事，我陪你走一趟，倒无关紧要。我若说不是的，你肯信吗？你可不要诬赖好人呀。”鲁进道：“你认定了不是的，我说是的，那也是枉然。”

洪氏说："好吧，你带我进去看看吧。"鲁进道："白天我是没有法子带你去。今天晚上八九点钟，我悄悄地开了后门，等着你，引你到我们大小姐书房外面一间厢房里藏着，你在暗处，他在明处，你自然看得清楚了。你认定了，我依然悄悄地把你送了出来。神不知，鬼不觉，岂不是好？"菊芬道："要去我也去。我母亲是个老实人，怕她会闹出什么乱子来。"鲁进道："多一个人多担一分心。你不去也罢！"菊芬道："我非去不可。我不去，我娘也就不去。"鲁进道："你去就去，但是到了那个时候，你得听你妈的话，不能乱跑，也不许随便做声。"菊芬道："这个我办得到。你去布置就是了。"鲁进见她母女依允了，以为自己大功告成，欢欢喜喜地回孔家去。到了晚上七点钟，他便溜到后门边，悄悄地将门开了，门只一响，早有两个人影子闪了过来。鲁进低声道："是倪家大嫂子吗？你们来得早呀！现在正是时候，你们跟我进来吧。"在这冬天，到了晚上八点钟，那已经是很黑暗的了。这门是由孔家花园里通出来的，离着正屋灯火，恰是很远。鲁进放了她们进来，将门关上了。黑黝黝的，彼此只微微看到前面两个人影子。洪氏心里却捏着一把汗，在这样黑夜里，跟随一个男子这样走路，那算怎么一回事。这话可又说回来了，自己现有这样大的年纪，也决不会犯什么瓜田李下的嫌疑，便是碰到了人，只说是来看热闹的，也没有什么关系。她如此想着，也就自己壮起胆子来，一步一步地跟了鲁进走去，一只手四周的扶墙扶壁，另一只手便紧紧地握住了菊芬的手，彼此都是汗湿透了。菊芬虽是不曾说话，然而鼻子里嘘嘘地透着气，还可以听得到。洪氏将她的手轻轻地摇撼了几下道："别害怕！我在这里要什么紧？跟着我走吧。"菊芬也不了解母亲这话有什么把握，不过有了这话，胆子好像大些，于是探着步子，转弯抹角，向里面走来。先是多半在黑暗地方走，后来慢慢地遇到光亮了。然而鲁进引着她们，故意地在避开了光线的所在走，最后他们由小夹道里穿出来。对过是一所大厅，灯烛辉煌，人语喧哗，而且还有些酒肉香，向人鼻子里送来。鲁进到了这时，也不避男女之嫌，拉了倪洪氏一只衣袖，向前就飞跑。由这里折进一所旁院子里去北面一列房屋，只亮了一盏电灯，隐约之中，看出来是很华丽的样子。身边是南面的一道走廊，由这里穿到西厢房的门口来。在这里似乎鲁进对于一切事情，都已布置妥当了，因之他手一扶着门，那门就开了。她母女二人，也不知到了什么所在。被他一手一个拉着送了进去，到了那屋子里，鲁进随手就把门儿带上，他走开了。她母女两人，也不知到了什么所在？只是在这里嗅到一种汗臭味，身子所触的，乃是一副光铺板，似乎这是一间底下人住的屋子了。屋于里面看不见什么，这里窗棂上有两块小小的玻璃，由玻璃窗向外看着，借着上房那一线光亮，倒什么都看得清楚了。洪氏心里想：想必是向外面看去，可以看到大小姐和新姑爷的。因轻轻地握了菊芬的手，低声道："你千万不要做声。"菊芬将手一摔道："我知道。"洪氏因为她的声音太沉重，也就不敢再说话了。二人都各守了一块玻璃，眼巴巴地向外望着。也不知经过了多少时候，新姑爷不曾来，大小姐也不曾来，便是引了进来的鲁进，也不曾由这里经过。菊芬究竟有些小孩子脾气，首先就有些不耐烦，顿着脚，轻轻地道："这个人不是故意拿我母女开玩笑吗？既不见个鬼影，我们又出去不了。他再要不来，我要出去了。"洪氏轻轻地喝道："少胡说，俗言说等人易久，你是等的这个样子，其实并没有多少时候。"菊芬叹了一口气，摸着那床铺板，自己先躺下了。但是洪氏口里如此说，心里也是很感到烦躁，既然动不得，又怕耽误久了，夜深不好出去，自己也很后悔，不该这样地来。先还扶了窗格向外看着，后来见窗格外并没有什么，看着也是烦闷，于是悄悄地摸到了床边，缓缓地躺了下来。不想她们躺的这副床铺板，不过是用两条窄板凳支搭着，根本就不怎样地坚固。菊芬一个人睡在上面，已经有些摇摇摆摆的了，再加着洪氏猛然睡了下去，床板向下沉着，哄然一声，把这床架倒塌了下去。倪洪氏母女本来就有些心绪不宁，现在于黑暗之间重重地向下跌落着，声音发生出来，又是这样地大，二人早是吓慌了。慌乱着摸索爬了起来，不是将桌上放的灯罩碰着落下来了，便是将桌子下面的瓷面盆打翻过来了。这时，有个人由外面喊了进来道："这又是狗和猫在打架？不定要打碎多少东西。"说着话时，一阵脚步响，有人走进这屋子来。这时，母女二人吓得抖成了一团，哪里晓得答话，或者想个办法。那人既是走进来了，看到里面黑洞洞的，又没有一点声息，自言自语地道："这是个空屋子，打碎了，也不过是些破东西。由着这小猫小狗去闹吧。"他口里说着，人已是向外面走了出去。洪氏蹲在地上，心里便暗暗地叫着救苦救难观世音菩萨。那人走了出去，却有人问道："空

屋子里什么东西？这样大响一下。"又一人答道："是猫和狗打架。"那人答道："这可糟了，我有两块腊肉放在那里，必是让狗拖去了。"只一声，便有一道白光，射进这西厢房来，乃是来人手里所持的手电筒亮了。洪氏母女再想要躲闪，已是来不及。那两个人随着电光走进来，首先呵哟了一声道："不得了，有贼了。"洪氏缩在墙角里，周身抖颤，哪里说得出话来。那两个人随电光进来，猛然看到了两个人，也是向后一缩。及至看得清楚是两个女人，便用灯光照射着喝道；"你们是什么人？"洪氏两手乱摇着道："不不……我们是……"另一个人却是大声叫着："有了贼了。"不到五分钟，屋檐下电灯亮着，挤了满院子人。早有几个男仆，横拖直扯，将倪洪氏母女，扯到了院子里来。这院子里不但有了孔善人，便是孔善人的大小姐，也站在许多人后面看热闹。孔善人口里衔了雪茄，笼着袖子，脸上紧绷绷地红着，瞪了两只大眼向倪洪氏母女望着。在电灯光下，他将洪氏看清楚了，啊哟了一声道："这还了得！你不是住我屋子的倪家的吗？你深夜藏在我家里做什么？你说！哼！这必有余党。大家四处找找看。"男女仆人，答应了一声，拿着灯，带着棍棒，纷纷地屋前屋后去找着。菊芬被人家拖了出来，始而是觉得别人把她当贼，这是一件可耻的事。后来看到了孔善人，又看到了孔善人身后，站着一位摩登姑娘，心里就想着：她的面貌，有些和我的相片相同，这就是孔家大小姐，我的姐姐，我的情敌了。不想我一辈子的幸福，都牺牲在这位姑娘手上。她心里如此想着，眼睛就不免只管向这位姑娘身上看着。令仪向孔大有道："你看，那东西还把眼睛瞪着我。"孔大有用手指着洪氏，又指着菊芬道："这是谁？你说！"洪氏道："她她……她是我姑娘。不过……不过陪我来看看，没有她什么事。"令仪道："爹！她们就是住我们房子的那姓倪的吗？"孔大有道："是的。这东西搬家的时候，还讹了我一笔钱，于今倒来偷我，我若是饶了她，好人没有人做了。来啊！把她们送到警察局里去。"令仪指着菊芬道："你这贱货！贼骨头！你也配吗？"菊芬道："大小姐！我什么事不配？"洪氏道："大小姐！你不要冤枉好人啦。我们有话不愿说。"令仪指着听差道："把这老东西捆起来。先掌她的嘴，我要她贼婆叫大小姐。"令仪吩咐了，早有两个男仆人向前去捉洪氏的手。洪氏身子一闪，身后有个仆人，朝定她的后腿，一脚踢出去。洪氏哎哟一声，便蹲在地上。菊芬跳了起来，两手高举着道："你们不要乱动手打人，我们不是自己进来的，是你们二爷鲁进，请了我们进来的。你孔善人名闻四海，能诱人犯法吗？"孔大有将手挥着大众道："且莫动手，听她说。我问你，鲁进为什么请你娘儿两个进来。"菊芬道："妈！事到如今，我不得不说了。一来免得负了贼名，二来免得你挨打吃官司。"就向孔大有道："你们不是有一位新姑爷上门了吗？"孔大有道："不错！这又和你什么相干？"菊芬冷笑道："自然相干啦！你们家里听差，说那人好像周计春，请我娘儿俩在暗中来认一认。不是周计春，他依然悄悄地送我们回去。若是周计春。哼！我也不说了。我们来，没有什么坏意，为什么这个样子对付我们？"说时，人向天井中间站着，两手叉了腰，瞪着眼道："我说了实话了，这有什么大罪吗？好在不是我们自己要进来的，请你把鲁进找来对质再说。"她这一篇话，不但孔大有目瞪口呆，这令仪红着脸，心里也跳慌了。

第三十六回

事白各断肠生离死别
病痊一哭墓地老天荒

当菊芬理直气壮地在许多人中间喊叫起来以后，大家都发了呆，不知道如何是好了。孔大有想了一想，便改成了和易的颜色，向菊芬道："既是这样说，我就去把鲁进叫了来。倪家嫂子，鲁进还常到你们家去吗？"倪洪氏两手撑了腿，慢慢地坐了起来道："他一年也不到我家去一回。"孔大有道："那么，他今天引了你们进来，是什么用意？"洪氏道："我不晓得，你去问他。"孔大有道："你居然肯来，那又是什么意思呢？"菊芬道："你装糊涂吗？周计春是我母亲的干儿子，他老子死在我家，我娘儿两个，当衣服给他收殓的。他若是来了，我们应当见见他，给他一个信。我们过去的事，你应当知道。"说着，用手指了令仪道："大小姐，你，哼！"冷笑一声道："你能说不知道吗？我们有人引了来的，这有什么不对？"令仪虽是在交际场上什么风浪都经过了，但是今晚上这个场合，她实在没有法子对付，脸上青一阵，白一阵，简直说不出一句话来。孔大有既不能对她娘儿两个怎样发脾气，就顿了脚道："这还了得！鲁进呢？快叫他来。这还了得！"鲁进知道这事弄糟了，原来是藏躲起来了。后来一想，藏躲着也不是个了局，就由人丛里面答应了出来道："我在这里啦！"说着，走到孔大有面前低声道："老爷！我这是好意，你老不要错了。我看这位新姑爷，有好几分像周家那孩子，我请倪家嫂子来认一认。不是的呢，那就不声不响地完了。是的呢，我私下对你老说上一声，你老也好自做打算吧。"孔大有望了他道："你为什么事先不和我说明？这一层现在且不要去管，你把秋姑少爷请了来，让她们认认。"他这一句话说出来了不打紧，令仪站在他身后，几乎是把那颗芳心跳出了口腔子来。低声道："这不是一件笑话吗？让人家知道了这事的缘由，我的面子在哪里摆？"孔大有道："不然，他要不来让人看看，那倒弄假成真了。他来了，我们且不要说明，假使倪家母女并不认得他，只要她摆摆手就完了。这些缘故，他怎会知道？快请姑少爷来。"只这一句，许多仆人答应着。不多大一会儿工夫，就把计春请了来了。计春只听说孔家捉到了贼，自己是位新亲，不便乱跑，没有来看。这时岳父打发人请了来，倒有些莫名其妙。走到这院子里，见人丛中站了一位十七八岁的姑娘，面貌很熟；再看到她身边，站了一位半老妇人，正是自己旧岳母。不用说，这是自己抛弃了的未婚妻菊芬了。两年多不见，她成人了，她们为什么在这里？这一种缘由，那不用说，一定是知道我了。自己看清楚了，想明白了，一霎时，便如刑犯验明正身，立刻就要拿去正法，不是心跳，简直是周身的肌肉颤动了。总而言之，脑筋已失去了主宰，站在这里，五官四肢，自己一样也不能去指使，只要她娘儿两人一开口，就是对自己宣布死刑了。孔大有指着他道："倪家嫂子，你看看，这就是我们的女婿。你认识他吗？"令仪站在这里，几乎跟了这句话，要栽到地上去。倪氏注视着道："这位就是新姑少爷吗？"孔大有和了全院子人，都把眼睛注视着她和计春身上。计春本是呆了，索性装成莫名其妙的样子，只是微笑。孔大有道："怎么样？你认得他吗？"洪氏摇摇头道："不认得。"这三个字，真出乎令仪计春意料以外，犹如吃返魂丹一样，立刻活过来，才将鼻子眼里闷住的那一阵气呼了出去。孔大有道："你不认得？灯下你看不清吧？你上前去，再仔细地看看。"倪洪氏果然向前两步，向计春脸上望着。计春虽是不断地发出微笑来，然而他四肢冰凉，心里分不出次数来地乱跳。倪洪氏道："不认得，不认得！"孔大有虽听她这样说了，但是看到计春那样惶恐的情形，究竟很是疑心。便问菊芬道："你认得不认得？"菊芬道："我妈不认得，我自然不认得了。"鲁进两只眼睛比在场的任何一人，都要睁得大些。他看到令仪站在那里发呆，计春在那里做苦笑，都是挣扎着镇定的，至于洪氏说话，声音颤动，眼泪几乎要流出来。菊芬说话，带着冷笑，分明生气，这里面更是有内幕。便道："倪家嫂子！你说的都是实话吗？"洪氏用手指着天道："天在头上，我是凭着我的良心说话。孔老

爷!”说着,向大有微笑道:“你还要把我们送警察局吗?”孔大有眼看这事究竟有些蹊跷,今天晚上,一时分辨不出是非来,过一天仔细考察,总可以水落石出。便道:“你们来的意思,既没有对我怎么样。我孔家是善门,还能为难孤儿寡妇吗?你回去吧。”菊芬道:“我妈让你们踢了一脚,和孔老爷讨些跌打损伤的药,我们拿回去吃吧。”令仪道:“赏你们五块钱吧。”菊芬摇着头道:“我们不要钱……”洪氏不让她把话说完,扶了她就抢了走出去。计春看到,不由得眼睛随了她们的后影,想跟上去,但是看了令仪站在这里,一动脚,又停住了。令仪逃过了这一层难关,神志已定,想到鲁进这奴才掀起这么大的风浪,实在可恶,便向孔大有冷笑道:“我们家里人待底下人也太好了,这样无事生非。”鲁进见她突然说出硬话来,心中大是不平,抢着道:“这件事里头有黑幕。”令仪道:“有什么黑幕?你一个当下人的,也太骄横了。明天你就和我走。”鲁进道:“我不能走!你们有把柄在我手里,今天这件事你们遮掩过去了。你们还有一件大大的黑幕在我手心里呢!”令仪气极了,跳上前来,一掌就向他脸上扑去,骂道:“你这奴才,也欺人太甚了。”鲁进哪里肯受,回手就要打令仪,早有几个仆人抢上前来拦住了。鲁进跳着脚,叫起来道:“这丫头打我,我不能依她。丫头!你以为你是孔家小姐吗?你做梦!你是四十八吊钱,老爷买了来的。”孔大有早是气得抖颤,只叫反了。这时喝道:“你这混账东西,你这样不分上下,我重重地办你。”鲁进被几个人拦住,指手画脚地叫道:“事到于今,我一不做,二不休了。你们以为这大小姐姓孔吗?别不害臊了,她就是这倪家嫂子的女儿,八九个月的时候,她母亲病得要死,她父亲没有钱请医生,卖给我们老爷了。老爷本来不肯要,她父亲说,她妈要死,她没有乳喝,一死就死两个,求老爷把她收留下来。老爷见她父亲说得可怜,将她收留下来了,给了她父亲四十吊钱。后来又补了八吊钱,都是我经手的。丫头!你听见没有?你父亲有了这四十八吊钱,才把你母亲的病治好。你母亲自己说,她的一条性命,是卖了你救活的,好像你是她一个恩人,所以虽是几个月的时候,就把你卖了。她这一世,也不能忘记了你,你的妹妹也知道这事,她是一个讲孝道的姑娘,不和你计较这些。所以你以前要嫁姓周的,她就把姓周的让给你,她们有话在先,不认你的,而且认了你,会打断了你一生的富贵,所以今天你骂她，你打她，她都忍受了。我看在她们母女两个，不说的话就多了，还不止我知道的这一些呢。”令仪拉住了孔大有道：“爹！他说的这些话是真的吗？”孔大有叹了一口气道：“你去问你的母亲吧！”只这句话，孔太太由人丛里挤了出来，执着令仪的手道：“孩子！你不要害怕，我生的也好，我收来的也好，你总是我几个月看着大的。我不能让别人将你带了去。”令仪一时之间，说不出心里那一番酸甜苦辣的滋味，拉住了孔太太的手号啕大哭起来。鲁进在一边冷笑道：“我是造谣吗？这都是实在的事吧！”孔大有指着他，跳着脚骂道：“你这东西，实在是混账。我也养你二三十年了，到今天还用这种手段来对付我。”鲁进道：“我就是这样办了。假使你老爷觉得我办事不对，只管开革我，但是我有这一张嘴，就许我说话，以后我还是要……哼！你看着吧。”说毕，他就向外走了。这一出热闹戏，到这里算是收场了。这却把那个本在局中，置身事外的周计春，呆呆地站住，说不出一个字来，依然把两只手插在西装裤袋里，呆呆地站在一边。孔大有看了他那样子，知道他也很是难受，无论他是不是周计春，现在闹穿了令仪是买来的女孩子，而且还闹个当面不认亲生母，这让做新姑爷的，不能不发生些感慨，于是向计春道：“今天这场事，真是出乎意外。现在夜已深了，有什么事，到了明天我们慢慢再商量吧。”计春答应了一声是，身随着听差，走向特设的客房里来。他心里自是不住地寻思着：今天晚上这一关，真是险极了，假使干娘将我认了下来，那又不知道闹成了一副什么局面。她宁可自己吃亏，却不肯把我的真面目揭了出来，这虽是为了成全她女儿，实在也是顾全我。我怎能够忍着心不理她们呢？但是理了她们，我的真姓名就要出来了。孔大有还肯将女儿嫁给我吗？现在我知道了他女儿的内幕，他必定加倍将就我，我正好借了这个机会，多弄几个钱，原来约好了的五万元的留学费，两千元的川资，三千元的服装费，那是车成马就的了。我若一露口风，自然我的婚事要取消，便是孔大有对于这个女儿，也许真要驱逐出去。我怎么办？还是做有钱人的姑爷望着出洋呢？还是说穿了，同归于尽呢？他坐在客房里椅子上，手撑了头，慢慢地沉思着。在他如此思索的时候，便有那嘤嘤的哭声，隔着院子，随风传了过来。这无须说，必是令仪在哭。本来地，她又羞又愧，教她什么法子下台，只有哭了。说到这个愧字，我对我的

干娘，今天板脸不认她，真亏我做得出来。好在我娶菊芬，她是我的岳母！我娶令仪，她还是我的岳母。造化弄人，真是无奇不有，可是这话又说回来了，我不认岳母，反正我娶的是她的女儿，她饶恕了我，那还有可说。菊芬那小小年纪，受了孔家这样的侮辱，我不认她，她就不认我，她对于我，也太肯让步了。难道我就一点不受她的感动吗？可是，教我有什么法子？认了她们，我就完了；令仪也就完了。这也不是我干娘的本意。他只管沉思着，哪里能够睡得着，背了两只手，只管在屋子里徘徊着。身后忽然有人轻轻地喊了一声姑少爷！计春回头看时，便是那多事的鲁进，于是板着脸道："你还有什么话说?"鲁进微笑道："我在门外看了大半天了，好像你有很重的心事。"计春道："你惹了这样一场大祸，我怎么没有心事。"鲁进微笑道："那么我索性告诉你一点消息，让你添些心事吧。那个卖豆腐的周世良，前年冬天，由北平回来，下船就病了，当晚死在倪家，据他自己断气的时候说，是儿子害了他。"计春道："你瞎说!"他口里如此说着，脸上的颜色变白了。鲁进看着，越发知道了他的心事，又微笑道："今天晚上，你没有出来的时候，倪家二姑娘，当众就说出来了。你不信……"说时，一个听差进来倒茶。鲁进道："开豆腐店的老周不是死了吗?"听差道："死了，想儿子想死的。听说死得很惨，几乎找不着棺材来装殓。"鲁进道："倪家二姑娘不是说了吗?还是她母女两个当当办的丧事呢！唉！人生要儿女做什么？不过是淘气受累。"计春听了这话，心中像开水浇了一般，哪里还能做声。他立刻想到自己错怪了父亲了。他回来就死了，后来几个月，才有族人驱我出族的事，这与他无干呀。他便坐了下来，伏在桌子上，将两手环抱着来枕了头。鲁进向那听差道："我们出去吧，姑少爷要睡觉了。"计春也不理，只是这样地伏着。当他抬起头来的时候，泪痕满面，口涎牵丝般地流着，眼睛红红的，人是哽咽着说不出话来。他觉得倪氏母女太好了，也太苦了，应当看看她们去。纵然这件事闹翻了，也不能管了。他下了这样的决心，就不曾睡觉，只是抬起手来，不住地看那手表，可是这时已经一点多钟了，在安庆，这决不是去寻找人的时候，姑且忍耐着，到了明天早上再说。他自己抽出手绢来，擦擦眼泪，扭熄了电灯，漆黑地在屋子里坐着了。到了窗子外面，由鱼肚色变到一切的事都可以看见了，他也再不踌躇，自己向大门口去开大门，要向外走。当他开大门的时候，却把门房里的听差惊醒，就喊着问："是谁开门？"计春道："我是你们姑少爷，要到倪家去看看。她们家住在哪里？"门房披衣抢着出来道："不要先通知老爷吗？"计春道："我偷着去一会子，立刻就回来的。"说着，掏出两块现洋来塞在那人手上。那人有了钱，不但不来拦阻着计春，而且把倪家的详细地点，也就告诉他了。计春出得门来，直向倪家跑去。那大街上的店户，多半未开门。晓色蒙蒙的街上，罩在薄雾里，那未曾熄灭的路灯，零落的，昏黄的，在电线杆上站着，这便有一种凄惨况味。计春在那寂无人行的街上想着，自己也未免来得太早了，干娘听到敲门声，必要吃上一惊，以为我来和她算账的。我得在敲门之先，就要用温和的话来安慰她。计春自以为是地走了去，可是到了那条巷子里，老远地就听到有妇人的哭声。计春本来心里很乱，听到了这种声音，就以为与自己有什么关系，心里更慌，站住了脚，静静地听着，好像哭儿哭女。自己绝没有什么人这样来哀哭的；又是自己多心了！于是沿着人家的门牌，一家家地找去。及至找到那号门牌，大门开着，门口烧了一堆纸灰，哭声正由这屋里出来。计春看到，不由倒退了两步。原来那屋子里一群男女纷乱在一处，倪洪氏披头散发坐在地上号啕着哭，弯了腰，鼻涕眼泪一齐向下流。计春顿了一顿，正不知如何是好！里面有两个男人抢了出来，指着他道："你不是周计春？"计春点着头道："我是……"那人道："好，你来得好！倪家小姑娘昨天晚上回来自尽了。"计春张开了嘴，只说得一个啊字，两个人就把他拖了进去。叫道："大嫂子！这小子来了。"洪氏一抬头，两手抓住了计春两只手，哭着道："你看不见她了，她回来之后，一个人在里头小屋子里睡，我以为她生气了，也不敢劝她，半夜里我起来看她，她……她……她上吊了。我的儿啦，你苦啊！"说毕，放了计春，一头向墙上撞去，幸而有人在旁一把将她抱住。计春便是铁石的心，到此时也不能不哭了。向屋子里面看时，菊芬直挺挺地睡在铺板上，用一块红布，将脸遮盖了。计春看到，也是跳脚大哭起来，口里喊着道："你为什么就死？你为什么就死？"因他哭得这样哀痛，将屋子里一班帮忙人的怒气稍微和缓了些，就有一个人搭腔道："你说她为什么要寻死吗？这里有她一封信，你看吧。"说着，将一封信塞到计春手上来。计春一面擦眼泪，一面将信拆出来看。那信写的是：

母亲:我对你不住,我永别了!今天晚上,我遇到了那人,见他木头一样,眼睁睁看了我们,只当不认识。人心是多么可怕呀!我委曲求全熬到今日,几乎落了一个贼名。我觉得这件事太可耻了;太让我灰心了。我活到一百岁,便是伤心到一百岁,不如早死了好。我死后你再和他去办交涉,我想他们可以可怜可怜你了。恕我不孝吧!儿菊芬绝笔。

计春看完了,只管跳脚,哇哇地哭着。正纷乱着,大门外又是一阵乱,向外看时,却是令仪带了一群男女仆人飞跑而来了。她到了大门口,见里面这样一片哭声,也是一怔,看到洪氏坐在靠墙的一张矮椅子上,垂了头哽咽着,便道:“妈!我现在明白了,来认你和妹子了。”她说着,正待进去跪下来。洪氏站起来,猛然地伸出两手,将她紧紧地搂住,又大声哭起来道:“儿啊!你明白晚了。你妹子自尽了!她这一生委屈死了。她委屈有三年了,她不能再委屈了。所以……”计春听了这样哀哭叫屈声,犹如人家用尖刀刺了在他心上一样,一阵酸痛,人就昏沉沉地向地上倒下去,倒下去之后,便一切人事都不知了。等他醒了过来时,已经发觉是睡在医院里,自己看看窗户外面的太阳光,已经有些歪斜,那么,为时不早,自己已是在医院里睡了大半天了。医生见他醒过来了,又在他身上诊察了一遍,就对他道:“不要紧的!你好好地休养三五天,就可以出院的。”计春道:“是什么人送我到这里来的?”医生道:“是令岳孔府上派人送来的。我们这就去和他通电话,说你醒了,大概不久就有人来了。”计春心里想着:难道到了现在,他还肯认我做女婿吗?这也就怪了。他如此地想着,在痛苦里面稍微又能得着一点安慰。只在一小时以后,医院看护引了一个人进来看他的病,计春认得,便是在北平曾同住过会馆的刘清泉。连忙由被里伸手出来,抱拳相迎。刘清泉笑道:“周先生!你好好地养病吧。我是回城来拿账本的,碰上这件事了。我若是早回来一天,也许没有这场祸。”计春道:“你来了!就好极了!我要和你打听打听我父亲的事情。”刘清泉道:“令尊吗?就葬在玉虹门外土地庙边,那里是通贵县的大路。”计春点点头道:“我干娘把他葬在那里,我知道她是什么意思了!请问你,我父亲到北平去,听说是流落了……”刘清泉摇摇手道:“这话过两天再说吧。这里也不是谈话的地方。”计春以为说多了话,医生是要干涉的。他不说也罢,听他的话音,好像还要找一个较稳妥的地方，慢慢地来谈一谈。那么，总算他念旧，还是用善意来维持的了。自己心里这样地想着，也就期待着刘清泉日后的约会。在医院里休息了两三天，每天来探望的，只是刘清泉一人。他心里想着，洪氏受了这样大的刺激，或者病倒了不能出门，可是令仪并未和我有什么隔阂，何以她也不来看我呢？自己也曾把这话去问刘清泉，他却答复的是："大小姐心里那一份难过，大概不比你差什么。这个时候，你可不必去追问了，过两天你自然会明白。"计春看他这情形，好像令仪也有不得已的地方，自己也就更急于要知道这实在的情形。到了第四天，他万分隐忍不住了，就和医生说一定要出院。不容他出院时，他就自己跑了出去。医生出于无奈，这才将刘清泉用电话找了来。刘清泉对于他要出院的这一层，却并不拦阻，只是要和他一同出去。计春想着事情闹到这种样子，自然也不好意思单独地进孔家的门。有了刘清泉来陪伴着，这就极好收场了。因之也没有怎样地考量，跟了刘清泉就走，但是他所走的路，弯弯曲曲地，直引着他走进一家旅馆去。计春始而还以为他引着来会什么人的，后来他和计春开了房间，付了房钱，这才让计春吃了一惊。因问道："怎么样？孔府上不许我去了吗？"刘清泉让他坐下，笑着还递了一杯茶到计春手上，这才道："周先生！你是聪明人，还有什么不知道的，敝东家为人思想很旧的，他现在知道周先生为了令尊的事，和全族人脱离了关系的，而且又有人把戏剧明星秋潮的照片，送给敝东看了，那么，秋朝就是秋潮，这也很显然。依了敝东家的意思，觉得你是个明星了，婚姻两字是成问题的……"计春点点头微笑道："他又要悔婚，这也是当然的。"刘清泉道："别忙！你等我说完。敝东家的意思，若是周先生还有意读书的话，他情愿在一次之下，帮助你一千八百的学费，以后彼此就不必通消息了。"计春道："孔小姐现在呢？"刘清泉想了一想，笑道："她不大自由了，但是她很对得住你，你父亲病在北平小客店里的时候，是她送到医院里去的，要不然，令尊恐怕就在北平过去了。"计春低着头想了许久，忽然昂着头叹了一口气道："这样说起来，我是把所有的人完全都辜负了。多谢多谢！你们老爷的好意要送我钱，但是我不好意思再受人家的恩惠了。我也没有脸面再去见你们小姐，烦你转告一声，我这几年唱戏，爱人太多；也不知道什么叫爱情。我和她订婚，不过是想骗那五万元的出

洋费。现在我是天地间一个罪人，我不忍骗人了。请她不必挂念我吧。这时候还早，我要到我父亲坟上去痛哭一场，晚上就搭船到南京，我依然渡江北上去求学。”刘清泉道：“你有钱吗？”计春道：“我没有钱不要紧，我做到哪里是哪里。大不了，是把我的性命牺牲了。我为了要完成我父亲的志愿，把性命丢了，那比我现在自杀了强得多。好吧，旅馆也不用住了，我走了。”说毕，他起身就向外面走着。刘清泉跟着出来时，计春已经走得很远了。刘清泉因他说明了，是到坟墓上去，这似乎无追赶他之必要，也就只好由他去吧。计春走上了街，将身上储蓄的钱，买了一瓶酒，几色水果，一束纸钱，出了西门，慌里慌张，就向玉虹门而来。这时，已经到了下午四点钟，正是小学生下学回家的时候，不断地看到小孩子背了书包，在街边走。有的有大人领着，有的是合了小孩子的伙伴走。计春看到，想起以前自己在省城读书的事，便觉心如刀割。他正为难着，却见一位五十附近的人，背上负着一位八九岁挂书包的男学生。那孩子只管用手去乱摸那人的头发，那人不但不生气，而且还哈哈地笑着。计春看呆了，却有些不服。那人望了他笑道：“先生！你有所不知，我就是这个男孩子，惯坏了，只要他好好地念书，淘气一点，那是小孩子的本性，也就不去管他了。”计春点头道：“做父母的，都是这样想，哪个做儿女的，能体谅父母的苦心。”那人笑道：“这位先生！你真是好青年。你老太爷有福气，有你这样好的儿子。”计春不敢向下说了，怕是会落下眼泪来，一路走着，看了那小儿女的父母，笑嘻嘻地欢迎儿子回家。心想他们必是这样地继续向下做，将儿女由小学升到中学，由中学更升到大学，结果呢像我也是其一吧！他心里慌乱着，穿了小巷，走到玉虹门。这玉虹门有安庆一道子墙，当年曾国藩和太平天国的军队，两下对峙的时候，在山头上新建筑的。出了这门，高高低低，全是乱山岗子。山岗上并无多少树木，偶然有一两株落尽了叶子的刺槐，或者是白杨，便更显着荒落，不过山上枯黄的冬草和那杂乱的石头，也别是一种景象。这里又不断地有那十余丈的山沟，乃是当年军营外的干濠。西偏的太阳，照着这古战场的山头，在心绪悲哀的人看着，简直不是人境，所走的一条大路，是通计春家乡的。在那边山坡上，不断地拥出一些土馒头来；有的土已稀松了，棺材洞穿，露着不全的骷髅骨在外。计春站在一个小高坡上一望，乌鸦阵阵地由头上飞过去，西北风由昏黄的太阳光里吹到人身上来，却别是一种冷法。在斜坡那面紧傍了大路有个小土地庙，那里也有许多乱坟，父亲必是埋在那里了。一口气直奔过去，果然高高低低，有十几个坟，其中有一个坟头，短短的碑，望了故乡的路，上面写着："故周世良之……"那个"墓"字，已经被土埋着了。计春静悄悄地，将手绢里包着的水果陈列着，将纸钱解散，擦了火柴来焚化了，将酒瓶打开，洒了酒在坟头上，一阵心酸，便跪在这短碑之前，自已哽咽着，不知身在何处了。耳边听得有人在大路上道："那个穿西服的人对坟头下跪，奇怪！"又有人道："那大概是替父母上坟的。这个年头，青年人肯替父母上坟，也就难得了。一百个里面，难找一个。"又有一个人道："你这一包饼，买回去给什么人吃？"又有人答："给儿子吃！"又问："你既然知道一百个儿子……"那声音越说越远了，有些听不清楚。计春依然跪在碑前，口里叫道："父亲！我是天地间一个罪人。你饶恕我，让我自新吧！我的心碎了！"那西边的太阳，快要沉下去，发了土红色，靠近了白茫茫的江雾。它好像不忍看这大地；因为这大地上有无数的父母，在那里做牛马；无数的儿女，在那里高唱铲除封建思想而勒索着牛马的血汗，去做小姐少爷。计春这一声"我是天地间的罪人"感动了太阳，所以太阳的颜色，也惨然无光了！